Alle Rechte, einschließlich das des vollständigen oder
auszugsweisen Nachdrucks in jeglicher Form, sind vorbehalten.

Der Preis dieses Bandes versteht sich einschließlich
der gesetzlichen Mehrwertsteuer.

Umwelthinweis:
Dieses Buch wurde auf chlor- und säurefreiem Papier gedruckt.

Carole Mortimer

Zauber der Sonneninsel
Roman

Aus dem Amerikanischen von
Hartmut Huff

1. KAPITEL

"Sie versperren mir die Aussicht." Juliet drehte sich um, aus ihrer frühmorgendlichen Träumerei gerissen. Überrascht nahm sie den Mann wahr, der nicht weit entfernt auf der Terrasse auf einer Liege lag und stirnrunzelnd zu ihr schaute.

Sie hatte die Anwesenheit eines anderen überhaupt nicht bemerkt, als sie an der Küste stand und auf das ruhige Wasser hinausblickte. Auch war ihr die Schönheit des Sonnenaufgangs, der vom Wasser reflektiert wurde, entgangen, während sie überlegte, wie lange sie noch hier bleiben müsste. Die meisten Menschen hätten es nicht als Unannehmlichkeit betrachtet, weiter in diesem vornehmen Hotel auf der paradiesischen Insel Mallorca zu bleiben, aber Juliet war nicht zum Vergnügen hier!

Und ganz sicher war sie nicht in der Stimmung, sich die Grobheit dieses Mannes gefallen zu lassen. Er mochte ja auch für seinen Hotelaufenthalt bezahlt haben – und das war sehr viel, wie sie wusste! Doch mit den Kosten für seine Hotelsuite hatte er kein Anrecht auf exklusive Aussicht erworben.

Ihre grauen, von langen dunklen Wimpern umrahmten blitzenden Augen verrieten ihr Missfallen. „Ich dachte, die Aussicht sei für alle da", schnappte sie und strich mit einer Hand ihr langes leuchtend rotes Haar über ihre Schulter zurück. Beim Verlassen ihrer Suite hatte sie es nicht im Nacken zusammengesteckt, wie sie es sonst tat.

Sie war jetzt seit fast einer Woche auf der Insel und fand, dass sie mit den Nächten am schwersten fertig wurde. Sie hatte keine Probleme, sich tagsüber zu beschäftigen, aber nachts fiel sie für nur wenige Stunden in einen unruhigen Schlaf, erwachte dann gegen drei Uhr morgens und konnte nicht wieder einschlafen. Sie hatte es sich angewöhnt, lange Spaziergänge an der Küste zu machen, sobald es hell wurde.

Noch zwei Tage, hatte Juliet bei ihrem heutigen Spaziergang beschlossen, und dann würde sie zurück nach Hause, nach England fahren. Mit ihrem Aufenthalt hier löste sie ohnehin nichts. Die Person, deretwegen sie hergekommen war, ließ sich einfach nicht sehen, und das musste sie eben akzeptieren.

Der Mann erhob sich von der Liege. Er war groß und schlank, trug ein schwarzes T-Shirt und enge Jeans, und sein überlanges Haar glänzte golden in der Sonne. Seine Augen waren so blau wie das Wasser vor ihnen. Er blinzelte in die helle Morgensonne, als er über die Terrasse auf sie zuzugehen begann.

Es war erst kurz nach sechs, zu früh zum Aufstehen für die anderen Hotelgäste, und Juliet merkte plötzlich, dass sie beide hier allein waren. Und dieser Mann wirkte eher feindselig.

Als er unmittelbar vor Juliet stehen blieb, wurde ihr erst seine volle Größe bewusst. Er war mindestens einen Kopf größer als sie, so dass sie ihre Unterlegenheit ihm gegenüber noch deutlicher spürte.

„Die Aussicht gehört jedermann", murmelte er heiser. „Ich war nur überrascht, noch jemand anders so früh am Morgen hier draußen zu sehen."

Und das gab ihm das Recht, grob zu ihr zu sein? Seine Entschuldigung war nicht gerade überschwänglich, aber andererseits machte der Mann den Eindruck, dass er sich, wenn überhaupt, nur selten entschuldigte.

Er musste Ende dreißig sein, hatte ein gut aussehendes Gesicht mit markanten Zügen, dunkle Wimpern um scharfe, wache blaue Augen, eine lange, gerade Nase, einen geschwungenen Mund und ein energisches Kinn.

Juliet zuckte die Schultern. Ihre Kleidung war seiner ähnlich, abgesehen davon, dass ihr T-Shirt blau war und in ihren Jeans steckte.

„Der Morgen ist der schönste Teil des Tages", erklärte sie – wenngleich sie sich dessen um drei Uhr morgens nicht so sicher war.

„Ich teile Ihre Auffassung", stimmte er zu und sah sie mit durchdringendem Blick an.

Obwohl er leger gekleidet war, sah er nicht wie die üblichen Urlauber aus, die Juliet bisher in diesem exklusiven Hotel gesehen hatte. Die meisten von ihnen, die Männer mit eingeschlossen, waren mehr daran interessiert, mit ihrer Kleidung modisch zu wirken, als sich wirklich zu entspannen und die Sonne und das Meer zu genießen. Dieser Mann hingegen vermittelte den Eindruck, als sei ihm Mode völlig egal. Er kleidete sich bequem und scherte sich den Teufel darum, welchen Eindruck er auf andere machte. Selbst das leicht gewellte goldblonde Haar war unmodisch lang. Vielleicht schätzte sie ihn aber völlig falsch ein – was sie sehr oft tat –, was sie spätestens wissen würde, wenn sich seine modebewusste Frau und seine verwöhnten Kinder gleich zu ihm gesellten.

„Schön, wenn Sie mich dann entschuldigen würden …" Sie schenkte ihm ein abweisendes Lächeln, bevor sie sich abwandte.

„Nein", sagte er plötzlich hinter ihr.

Juliet drehte sich stirnrunzelnd um. Was meinte er damit?

„Ich habe vor ein paar Minuten Kaffee bestellt", sagte er lächelnd, wobei er weiße Zähne entblößte und sich Fältchen in seinen Augenwinkeln zeigten.

Es war erstaunlich, wie dieses Lächeln sein Gesicht veränderte. Er wirkte nicht mehr unnahbar und feindselig. Dennoch war Juliet noch immer irgendwie über seine Art verwirrt.

„Warum leisten Sie mir nicht Gesellschaft?" schlug er vor.

Ihre grauen Augen weiteten sich. Gerade erst war sie dem Mann begegnet, der sofort unhöflich zu ihr gewesen war. Jetzt besaß er sogar den Nerv, sie zum Kaffee einzuladen. „Würde Ihre Frau das nicht ein bisschen komisch finden?" erwiderte sie mit süßem Sarkasmus.

Sie hatte sich seit ihrer Ankunft hier sehr zurückgezogen und allen Versuchen anderer Gäste, sie anzusprechen und in ihre Aktivitäten mit einzubeziehen, widerstanden. Sie war ohnehin eine Einzelgängerin, so dass ihr das nicht schwergefallen war. Sie hatte gewiss nicht die Absicht, diesem Mann beim Kaffee – oder etwas anderem – Gesellschaft zu leisten.

Er verzog den Mund. „Ich habe keine Frau", erzählte er trocken. „Und selbst wenn ich eine hätte, wüsste ich nicht, was falsch daran sein sollte, Sie zu bitten, mit mir eine Tasse Kaffee zu trinken."

Juliet spürte, wie ihre Wangen heiß wurden. Vielleicht war sie ein bisschen übervorsichtig, doch ihre bisherige Lebenserfahrung hatte sie gelehrt, anderen Menschen nur wenig zu vertrauen – besonders einem einsamen Mann, dem sie so zufällig begegnet war.

„Ich werde nicht ..."

„Würden Sie bitte das Tablett auf den Tisch stellen? Und bringen Sie noch eine Tasse!" Der goldblonde Fremde sprach über Juliets Schulter hinweg, und als sie sich umdrehte, sah sie den Kellner mit seinem Kaffeetablett kommen. Tatsächlich befanden sich neben Kaffee auch Croissants und Brötchen darauf.

Er ist offensichtlich ein Mann, der es gewohnt ist, Befehle zu erteilen, und erwartet, dass sie befolgt werden, dachte sie, während sie zuschaute, wie der Kellner das Tablett auf den Terrassentisch stellte.

„Kommen Sie und setzen Sie sich!" forderte er sie auf, während er mit langen Schritten zurück zur Terrasse schlenderte. „Möchten Sie etwas essen?" Er deutete auf die Brötchen und die Croissants. „Das reicht für zwei."

Juliet schaute ihn verwirrt an. Sie hatte seine Einladung zum Kaffee zwar nicht ablehnen können, aber ihm musste klar sein, dass sie im Begriff dazu gewesen war, als der Kellner kam. Und doch ignorierte er das einfach. Er hatte sie in eine Position gebracht, in der sie unhöflich wirken würde, wenn sie ablehnte.

Widerwillig gesellte sie sich zu ihm. Der Mann wartete, bis sie es sich bequem gemacht hatte, bevor er Platz nahm. Statt einen Stuhl ihr gegenüber zu nehmen, wie sie gehofft hatte, setzte er sich einfach links neben sie.

„Ich möchte nichts essen, danke", lehnte sie steif ab. Sie fühlte sich in dieser Situation nicht wohl. Sie hatte den Eindruck, zu etwas gezwungen zu werden, und das passte überhaupt nicht zu ihrem gewöhnlich selbstständigen Wesen.

Er schaute sie abschätzend an. „Sie sehen nicht so aus, als ob Ihnen ein paar Pfund schaden könnten." Sein Blick war dabei auf ihre fast knabenhafte Figur gerichtet.

Juliet war sich der Tatsache wohl bewusst, dass sie jetzt, mit ihren siebenundzwanzig Jahren, wahrscheinlich schlanker als je zuvor war und dass es nicht zu ihr passte, so dünn zu sein, aber sie schätzte es nicht, dass dieser Mann ihr das sagte. „Nur Kaffee, danke", erklärte sie. Sie hatte die Absicht, ihn so schnell wie möglich zu trinken und dann die Flucht zu ergreifen.

Doch während er nickte, bevor er ihr den heißen Kaffee einschenkte, wurde ihr klar, dass ihr Plan völlig unrealistisch war. Sie goss reichlich Sahne in die Tasse, wusste aber, dass der Kaffee dennoch zu heiß war, um eilig getrunken zu werden.

„Ich heiße übrigens Liam." Er schaute sie fragend an.

„Juliet", murmelte sie in ihre Tasse, bevor sie zögernd einen Schluck von der dampfenden Flüssigkeit nahm.

„Danke!" Er lächelte unverbindlich, als der Kellner mit der zweiten Tasse und noch einem Teller kam. „Sind Sie geschäftlich hier oder zum Vergnügen?"

Juliet blickte scharf zu ihm auf, als ihr bewusst wurde, dass er wieder mit ihr redete. „Geschäftlich?" wiederholte sie knapp.

Er zuckte die Schultern und lehnte sich in seinem Stuhl zurück. „Es gibt hier viele Möglichkeiten für Geschäfte. Sogar dieses Hotel steht zum Verkauf."

Sie war wohl kaum in der Lage, eines der Carlyle-Hotels zu kaufen. „Das glaube ich", antwortete sie unverbindlich. „Sind Sie deshalb hier?" konterte sie.

Er schüttelte den Kopf. „Für mich ist das nur eine Vergnügungsreise. Ich war bloß neugierig, was Sie betrifft. Sie sehen nicht wie einer der Typen aus, die sich auf einem Abenteuerspielplatz wie dem hier bewegen." Er schaute sie mit fragend hochgezogenen Augenbrauen an.

Juliet schäumte fast vor Empörung. Wie welcher „Typ" sah sie nicht aus? Oh, natürlich hatte er Recht, aber dennoch …

Liam nickte. „An Urlaub zu denken und tatsächlich einen zu machen sind zwei völlig verschiedene Dinge, nicht wahr?" sagte er trocken.

„Aber Sie sind doch gerade erst angekommen – ich meine, ich habe

Sie in der vergangenen Woche hier nicht gesehen", erklärte sie verlegen. Ihre Wangen hatten sich wieder gerötet, als ihr klar wurde, dass sie zugegeben hatte, dass er der Typ Mann war, den sie bemerkt hätte, wenn er vorher aufgetaucht wäre.

„Ich bin gestern Abend angekommen. Wie Sie sagten, es schien mir zu dem Zeitpunkt richtig zu sein", fügte er grimmig hinzu. „Jetzt bin ich mir nicht mehr so sicher."

„Sie hatten dazu ja schwerlich Zeit", betonte Juliet.

Liam schaute sie über den Rand seiner Kaffeetasse an. „Wie lange sind Sie schon hier?" fragte er.

Sie zuckte die Schultern. „Fast eine Woche."

„Und?" Er hob die Augenbrauen.

Plötzlich wurde ihr klar, worauf er hinauswollte. „Ich bin nicht in der Absicht hergekommen, mich zu amüsieren", zisch sie gereizt.

Er lehnte sich wieder zurück. „Nein? Dann sind Sie geschäftlich hier?"

Dieser Mann war wirklich zu neugierig und verdammt direkt! „Vielleicht", erwiderte sie unverbindlich und probierte wieder ihren Kaffee.

„Aber so erschreckend bin ich doch nicht, oder?"

Sie blickte auf und stellte fest, dass Liam sie beobachtete. Belustigung tanzte in diesen tiefblauen Augen, als er jetzt betont auf die halb leere Tasse in ihrer Hand blickte. Juliet stellte die Tasse mit einem Klappern auf die Untertasse zurück. „Ich denke, ich sollte lieber in meine Suite zurückgehen. Ich möchte duschen und mich vor dem Frühstück umziehen", erklärte sie ihm gespreizt.

Er nickte. „Essen Sie mit mir zu Mittag!"

Sie erstarrte abweisend. „Nein, ich ..."

„Wir sind beide allein, Juliet", fiel er durchaus vernünftig ein. „Es ist lächerlich, wenn wir beide allein essen."

Sie stand plötzlich auf, wobei ihr offenes Haar über ihre schmalen Schultern fiel und rot im Sonnenschein blitzte. „Ich ziehe es vor, allein zu essen", zisch sie. „Und ich bin ganz sicher nicht hier, um mich anmachen zu lassen!" Sie atmete vor Empörung schwer …

Liam schien von ihrem Ausbruch unbeeindruckt zu sein und musterte sie abschätzend. „Das habe ich keinen Augenblick lang von Ihnen geglaubt", sagte er schließlich leise.

Juliet warf ihm einen letzten finsteren Blick zu, bevor sie auf dem Absatz kehrtmachte und durch den Garten zum Haupteingang des Hotels eilte. Während sie das tat, war sie sich wohl bewusst, dass er jeden ihrer Schritte genau verfolgte.

Als sie sich im Empfangsbereich befand, begann Juliet wieder ruhiger zu atmen, wenngleich sie ihren Schritt nicht verlangsamte, als sie zum Lift hinüberging. Nicht, dass sie auch nur einen Augenblick lang geglaubt hatte, dass dieser Mann, Liam, ihr folgen würde. Sie fühlte sich nur durch die ganze Begegnung völlig beunruhigt und wollte so schnell wie möglich in der Abgeschiedenheit ihrer Suite sein, um ihre strapazierten Nerven wieder beruhigen zu können.

Liam war nicht der erste Mann seit ihrer Ankunft hier gewesen, der ein gewisses Interesse an ihr gezeigt hatte. Es hatte mehrere andere alleinstehende Männer gegeben, die sie offensichtlich als Beute für eine Urlaubsromanze betrachteten, obwohl sie keinem von ihnen zutraute, eine Romanze im Sinn zu haben, sondern vielmehr für die Dauer des Aufenthaltes eine Bettgefährtin zu suchen! Aber sie war an Annäherungsversuchen nicht interessiert gewesen. Das Gleiche galt Liam gegenüber.

Sie war aus einem völlig anderen Grund hergekommen, und nach sechs Tagen des Wartens musste sie akzeptieren, dass die Reise wahrscheinlich vergeblich gewesen war. Sie hatte sie ohnehin aus Verzweiflung angetreten – ein letzter verzweifelter Versuch, Edward Carlyle zu finden und mit ihm zu reden, bevor es zu spät war. Das Problem war, dass er ihr sehr deutlich zu verstehen gegeben hatte, dass er nicht mit ihr sprechen wolle, dass er ihr nichts zu sagen habe. Durch eine zufällige Bemerkung seiner Sekretärin, die sie tagelang bedrängt hatte, ihr seinen Aufenthaltsort zu nennen, hatte sie erfahren, dass er auf Mallorca sein würde, um mit einem möglichen Käufer seines Hotels zu sprechen. Dieses Hotels.

Statt zu duschen und sich umzuziehen, legte sie sich auf das Bett und starrte an die Decke. Die Zeit verrann, und sie wusste einfach nicht, was sie tun sollte, um zu verhindern, dass alles um sie herum zusammenbrach. Edward Carlyle war der Schlüssel, wie sie wusste, aber sie wusste auch, dass er die Absicht hatte, alles zusammenbrechen zu lassen.

Juliet war dem Mann nie begegnet, kannte ihn aber durch seinen Vater, William. Sie wusste, dass die beiden Männer vor Jahren miteinander gestritten hatten, worauf Edward die Familie und das Familienunternehmen mit dem Schwur verlassen hatte, nie wieder zurückzukommen. Und jetzt stand das Familienunternehmen kurz vor dem Ruin. Genau dies würde geschehen, wenn Edward Carlyle nicht eingriff. Aber bisher war er gegenüber ihrer Bitte, sich zu treffen und über die Situation zu sprechen, unzugänglich gewesen.

Sie war erschüttert gewesen, als sich nach Williams Tod vor zwei Monaten bei der Testamentseröffnung herausstellte, dass er „Carlyle Properties" zu gleichen Teilen Juliet und seinem Sohn Edward vermacht hatte, da sein jüngerer Sohn schon mehrere Jahre zuvor verstorben war. Als Williams persönliche Assistentin wusste Juliet natürlich, wie das Unternehmen zu führen war, doch wegen der Besitzverhältnisse, wonach sie und Edward Carlyle gleichberechtigte Inhaber waren, war es ihr unmöglich, ohne Zustimmung des anderen Partners wichtige Entscheidungen zu treffen. Und Edward Carlyle weigerte sich sogar, ihre Briefe zur Kenntnis zu nehmen, geschweige denn nach England zu kommen und mit ihr über die Führung des Geschäfts zu sprechen.

Offensichtlich brauchte Edward Carlyle die „Carlyle Properties" nicht, weil seine eigene Kette von Exklusivhotels äußerst erfolgreich war, aber Juliet fühlte sich aus Loyalität zu William verpflichtet, das Unternehmen weiterzuführen. Er hatte so viel für sie getan. Sie wollte ihn nicht im Stich lassen ...

Unglücklicherweise war das Immobiliengeschäft noch immer außerordentlich schwierig, und es war William erst vor drei Jahren gelungen, das Unternehmen zu retten, als der Markt zusammengebrochen war und es viele Pleiten gegeben hatte. Jetzt verbesserte sich die Lage für alle, die diesen Kollaps überlebt hatten, aber dennoch mussten Entscheidungen sehr vorsichtig getroffen werden. Aber ohne Edward Carlyles Zustimmung konnte Juliet überhaupt keine treffen ...

Mit einem Stöhnen drehte sie sich auf dem Bett um. Sie musste Edward Carlyle einfach finden. Noch zwei Tage, und dann würde sie nach England zurückkehren und von neuem mit der Suche nach ihm beginnen. Aufgeben konnte sie nicht! Das war sie William einfach schuldig ...

Juliet hatte nicht einmal gemerkt, dass sie eingenickt war, wusste aber, dass sie einige Zeit geschlafen haben musste, als sie sich auf dem Bett umdrehte und strahlenden Sonnenschein durch die Türen fallen sah, die zum Balkon ihrer Suite im ersten Stock hinausführten. Ein Blick auf ihre Uhr verriet, dass es nach elf Uhr war. Fast Mittagszeit, und sie hatte noch nicht einmal gefrühstückt!

Wie üblich war ein Mittagsbüfett in einem der Gärten aufgebaut, als Juliet fast eine Stunde später hinunterkam, nachdem sie geduscht und ein hellrotes Baumwollsommerkleid angezogen hatte, das sich irgendwie nicht mit der Farbe ihres Haares biss.

Dieser Mann, Liam, war die letzte Person, der sie begegnen wollte. Doch er saß nahe dem Büfett an einem Tisch und beobachtete sie nachdenklich. Er trug noch immer die verblichenen Jeans, dazu aber jetzt ein kurzärmliges himmelblaues Hemd. Sein Haar wirkte in der gleißenden Mittagssonne noch goldener, und seine Haut leuchtete wie dunkle Bronze.

Zweifellos verbringt er wie viele der anderen Gäste hier die meiste Zeit damit, in der Sonne zu sitzen und nichts weiter zu tun, als sich zu bräunen, dachte Juliet, während sie ihren gefüllten Teller auf dem Tisch absetzte und sich niederließ, wobei sie es strikt vermied, in Liams Richtung zu schauen.

Sie fühlte sich nicht mehr sehr hungrig, als sie auf den Salat und das Obst auf ihrem Teller blickte. Was machte sie hier überhaupt? Gott, das alles war Zeitvergeudung und …

„An Ihrer Stelle würde ich das essen", murmelte eine vertraute Stimme über ihr. „Sie sehen aus, als ob der leiseste Windstoß Sie wegpusten würde!" fügte Liam grimmig hinzu.

Juliet errötete verärgert, als sie seinen Kommentar hörte. „Ich hätte das Essen wohl kaum ausgewählt, wenn ich nicht die Absicht hätte, es zu verzehren", gab sie spitz von sich, wobei sie ihre Gabel in ein Stück Melone spießte und es betont langsam zum Mund führte. Danach schaute sie ihn herausfordernd an.

„Obst und Salat …" Er schüttelte den Kopf, während er auf dem Stuhl neben ihr Platz nahm. „Damit kann man wohl kaum Pfunde ansetzen, nicht wahr?"

Sie schluckte das Stück Melone und erstickte fast daran, weil sie vergessen hatte, es zu kauen. „Ich habe nicht die Absicht, ‚Pfunde anzusetzen', danke!" brachte sie schließlich heraus.

Liam beugte sich vor. Seine Ellenbogen ruhten neben ihr auf dem Tisch. Die Härchen an seinen gebräunten Armen glänzten ebenfalls golden. „Es mag ja modisch sein, schlank zu sein, Juliet", sagte er leise, „aber die meisten Männer bevorzugen eine Frau, die man richtig anfassen kann."

Sie keuchte als Reaktion auf diese Vertraulichkeit. Diesem Mann musste doch inzwischen ganz klar sein, dass sie seine aufdringliche Gesellschaft nicht schätzte. Gott, sie hatte ihm klipp und klar gesagt, dass sie nicht zu haben sei. Aber vielleicht ist diese Tatsache allein eine Herausforderung für ihn, gestand sie sich matt ein.

„Mir ist wirklich völlig egal, was die meisten Männer bevorzugen", erklärte sie ihm. „Aber wenn Sie nichts dagegen haben, würde ich mein Mittagessen gerne in Ruhe zu mir nehmen." Sie schaute ihn bedeutungsvoll an.

„Lassen Sie sich nicht stören!" Er lehnte sich entspannt zurück, verschränkte die Arme vor der Brust und sah sie verschmitzt an.

„Sie …" Sie brach ab und blickte an ihm vorbei zu dem Tisch, an dem er Minuten zuvor noch gesessen hatte.

Eine Frau saß jetzt an dem Tisch und schaute fragend zu ihnen herüber – eine wunderschöne Frau, die Mitte dreißig sein musste. Ihr blondes Haar war kurz, aber perfekt gestylt, ihr Make-up gekonnt aufgetragen. Und sie wartete offensichtlich auf Liam … Er hatte seit seiner Ankunft hier nicht viel Zeit vergeudet. Frühstück mit Juliet, Mittagessen mit dieser anderen Frau! Und die andere Frau mit ihrer leicht üppigen Figur sah genau wie die Art Frau aus, die ein Mann anfassen konnte!

Juliet wandte sich wieder an Liam: „Ich glaube, Ihre Begleiterin ist gerade gekommen", informierte sie ihn direkt.

Er richtete seinen Blick beiläufig zu dem Tisch hinüber und hob die Hand grüßend in Richtung der Frau, bevor er sich wieder an Juliet wandte: „Vielleicht sehe ich Sie später", sagte er heiser, während er aufstand, um zu gehen.

Nicht, wenn ich dich zuerst sehe! Diesem aufdringlichen Mann aus dem Weg zu gehen würde die beiden letzten Tage ihres Aufenthalts zu einer noch größeren Prüfung machen, als die vorangegangenen sechs es gewesen waren. Vielleicht aber auch nicht, dachte sie und zog eine Grimasse, als sie bemerkte, wie die schöne blonde Frau zu ihm aufschaute und lächelte. Er sah aus, als sei er mit ihr völlig beschäftigt. Gott sei Dank!

Männer, vor allem der Typ, für den sie Liam hielt, waren nichts, was sie in ihrem Leben wollte. Sie wollte keinen Mann in ihrem Leben!

Außer Edward Carlyle. Sie musste ihn unbedingt in ihrem Leben haben, im Leben von „Carlyle Properties" – andernfalls würde es kein Unternehmen mehr geben.

Dieser Gedanke brachte sie völlig davon ab weiter zu essen, und sie legte die Gabel beiseite und ließ das Essen unberührt.

Sie wollte gehen, war sich aber der Tatsache bewusst, dass Liam sie zweifellos beim Gehen beobachten würde, wenn sie das täte.

Aber was macht das schon, ob Liam dich beobachtet oder nicht? tadelte sie sich verärgert selbst und stand entschlossen auf.

Sie ging mit erhobenem Kopf an dem Tisch vorbei, an dem er mit der attraktiven blonden Frau saß. Er war in ein Gespräch mit seiner Begleiterin vertieft und schaute nicht einmal in ihre Richtung. Juliet war noch wütender auf sich, weil sie überhaupt den Gedanken gehabt hatte, dass er ihr Fortgehen bemerken würde.

Am Abend hatte Mallorca etwas Wundervolles. Der Sonnenuntergang hob die Schönheit des orangefarbenen Mauerwerks der Häuser hervor, das auf dieser bezaubernden Insel so weit verbreitet war. Und auch das Hotel selbst, auf das Juliet an der Küste entlang zuspazierte, um zu Abend zu essen, war in das rosa Glühen des Sonnenuntergangs getaucht.

Wenn sie doch nur auch so wie die anderen sorgenfreien Urlauber sein könnte, die sich hier einfach nur vergnügen wollten! Aber es schien Jahre her zu sein, seit sie sorgenfrei gewesen war. Falls sie das je gewesen war!

Sie war ein Pflegekind gewesen. Dann folgten viele Jahre, in denen sie allein auf sich gestellt in der Welt war. Bevor sie Simon kennen lernte ...

Bei dem Gedanken an ihn zuckte Juliet zusammen. Sie hatte seit Jahren nicht mehr an ihn gedacht. Sie weigerte sich, an ihn zu denken. Es war alles zu schmerzlich ...

Aber warum dachte sie ausgerechnet jetzt an ihn? Sie runzelte die Stirn. Sie wusste, warum. Dieser Mann, Liam, erinnerte sie irgendwie an Simon. Oh, nicht mit seinem Verhalten! Liam war weitaus selbstsicherer und stärker, als Simon es je gewesen war. Aber ihre Haarfarbe war ähnlich. Simon war ebenso blond wie Liam gewesen. Und er hatte die gleichen blauen Augen gehabt. Er war auch fast so groß wie der andere Mann gewesen.

Vielleicht war dies der Grund, warum Liam in ihr eine so starke Reaktion bewirkt hatte. Gewöhnlich konnte sie mit allen Annäherungsversuchen mühelos fertig werden, ohne dabei das Gefühl zu haben, weglaufen zu müssen. Aber Liam hatte ihr von Anfang an das Gefühl vermittelt, sich verteidigen zu müssen. Und jetzt kannte sie den Grund dafür. Er erinnerte sie an Simon, den sie einmal so sehr geliebt hatte …

Nachdem Juliet das realisiert hatte, fand sie es nicht gerade förderlich für ihren Seelenfrieden, dass Liam die erste Person war, die sie sah, als sie eine halbe Stunde später den Speiseraum des Hotels betrat. Er saß allein an einem Tisch nahe dem Fenster mit Blick auf die stille Bucht dieses wunderschönen Ortes im Norden der Insel. Seine Begleiterin war nicht bei ihm. Er sah hinreißend attraktiv in einem weißen Dinnerjackett, schneeweißem Hemd und weißer Schleife aus. Er hatte sein blondes Haar zurückgekämmt, und seine Augen zeichneten sich tiefblau gegen seine Bräune ab.

Juliet wandte rasch den Blick von ihm ab, weil er sich der Tür zuwandte, durch die sie gerade eingetreten war. Er wartete offensichtlich auf jemand, da sein Tisch für zwei Personen gedeckt war.

Das schwarze Kleid, das sie trug, war schlicht, aber elegant, schmiegte sich eng an die Konturen ihres Körpers und zeigte ihre wohlgeformten Beine unter dem knielangen Saum. Ihr Haar, durch die leichte Brise an diesem Nachmittag etwas zerzaust, war lose in ihrem Nacken mit einer schwarzen Spange zusammengesteckt. Sie trug ein leichtes Make-up und hatte Lippenstift in einem hellen Pfirsichton aufgelegt.

Sie hatte sich im Spiegel gemustert, bevor sie ihre Suite verließ, und wusste, dass sie eher elegant attraktiv als angeberisch sexy wirkte – so, wie sie es immer vorgezogen hatte auszusehen, wenn sie bei Geschäftsessen für William als Gastgeberin auftrat. Es war der Stil, in dem sie sich wohl fühlte. Aber nicht, wenn Liam sie so intensiv beobachtete!

Sie richtete ihren Blick auf den Rücken des Oberkellners, der sie zu ihrem Tisch führte, und schaute dabei weder nach links noch nach rechts in den eleganten, von Kerzen beleuchteten Speiseraum.

„Guten Abend, Juliet!"

Sie blickte beim Klang seiner Stimme auf, und ihre Augen weiteten sich, als ihr klar wurde, dass der Oberkellner gegangen war, nachdem er sie an Liams Tisch geführt hatte. Liam stand jetzt auf und sah sie amüsiert an.

Sie schüttelte den Kopf, und ihre Miene verdüsterte sich. „Da scheint irgendein Fehler vorzuliegen …" Sie fühlte sich plötzlich verunsichert.

„Kein Fehler, Juliet", versicherte er ihr und trat um den Tisch herum, um den Stuhl zurückzuziehen, der seinem gegenüberstand.

Sie schaute ihn stirnrunzelnd an, machte aber keine Anstalten, sich zu setzen. „Aber ich will gar nicht mit Ihnen essen", platzte sie direkt heraus.

„Oh, ich denke, das wollen Sie schon, Juliet!" murmelte er spöttisch. In seinen dunkelblauen Augen war noch immer Belustigung.

Sie blickte verärgert zu ihm auf. „Mit absoluter Sicherheit nicht!" erwiderte sie. „Was ist aus Ihrer Begleiterin geworden? Hat es nicht geklappt?" höhnte sie. Wirklich, dieser Mann war außerordentlich arrogant, wenn er geglaubt hatte, dass sie bereit war, mit ihm zu Abend zu essen, und gar so weit gegangen war, dem Oberkellner zu sagen – was offensichtlich war, weil der besagte Mann sie, ohne zu zögern, zu diesem Tisch geführt hatte! –, dass sie bei ihm sitzen würde. Sie hatte jedenfalls nicht die Absicht, das zu tun.

Die Belustigung war jetzt aus seinem Blick verschwunden. Seine Augen waren schmal. „Setzen Sie sich, Juliet!" sagte er zu ihr, leise zwar, aber dennoch in einem Tonfall, der jede weitere Diskussion ausschloss.

Er fühlte sich zweifellos unbehaglich wegen der Aufmerksamkeit, die – zwar unauffällig – die anderen Gäste im Raum wegen ihres offenkundigen Widerwillens, sich zu ihm an den Tisch zu setzen, zeigten. Wahrscheinlich war ihm das noch nie zuvor passiert, wurde Juliet deutlich.

Ihr Blick war ruhig, als sie zu ihm aufschaute, ihre Augen grau und gelassen. „Ich sagte Ihnen doch, dass ich mit Ihnen nicht zu Abend essen möchte", sagte sie gleichmütig.

Liam richtete sich auf. Sein Gesichtsausdruck war jetzt grimmig. „Und wenn Sie sich erinnern, so sagte ich, dass Sie das tun werden", erwiderte er herausfordernd.

Ihre Augen wurden jetzt groß. „Vielleicht funktioniert diese arrogante Annäherungsweise bei bestimmten Frauen", entgegnete sie erbost, „aber bei mir ganz gewiss nicht! Wenn Sie mich jetzt entschuldigen würden …" Sie schaute ihn betont an, da er ihr im Weg stand, so dass sie sich nicht vom Tisch entfernen konnte.

„Gewiss." Er trat beiseite. „Aber ich hatte den Eindruck", fügte er leise hinzu, als sie sich abwandte, „dass Sie mit mir sprechen wollten."

Juliet drehte sich um. „Ich kann mir beim besten Willen nicht vorstellen, wie Sie auf die Idee gekommen sind", sagte sie ungläubig. „Ich habe alles getan, was ich konnte, um Ihnen zu zeigen, dass ich an nichts von dem interessiert bin, was Sie vorhaben mögen. Ihre Arroganz ist wirklich absolut ungeheuerlich, Mr. … Liam!"

„Mein Name ist Carlyle, Juliet", erklärte er ihr leise. „Edward William Carlyle", fügte er betont hinzu. „Sind Sie noch immer der Meinung, dass Sie keinen Wert darauf legen, mich wieder sehen zu wollen?" Er erwiderte kühl ihren Blick, hatte dabei die Augenbrauen spöttisch hochgezogen.

2. KAPITEL

*J*uliet brauchte nicht erst gebeten werden, sich zu setzen. Sie fiel fast auf den Stuhl und blickte zu dem Mann auf, von dem sie jetzt wusste, dass er Edward Carlyle war, der Mann, dessentwegen sie hier war.

Er war Edward Carlyle. Edward William Carlyle, dessen zweitem Namen offensichtlich das Liam entnommen war. Guter Gott, sie konnte es noch immer nicht glauben. Er war ihr den ganzen Tag so nahe gewesen.

Er hatte genau gewusst, wer sie war, erkannte sie plötzlich, während er wieder Platz nahm, hatte mit ihr den ganzen Tag Katz und Maus gespielt ...

Und das tut er noch, gestand sie sich ein, als er sie kühl ansah. Er wirkte völlig entspannt, als er sich im Stuhl zurücklehnte.

Juliet atmete langsam und ruhig ein. Sie hatte Edward Carlyle endlich gefunden, oder besser, er hatte sie gefunden! Sie durfte sich nicht von ihrem Groll über seine Täuschung leiten lassen, weil sie mit ihm sprechen musste. Aber sie war dennoch verärgert.

„Sie haben Recht", sagte sie verlegen. „Ich möchte mit Ihnen sprechen. Ich ..."

„Sollen wir zuerst das Essen bestellen?" schlug er vor, als der Kellner an ihrem Tisch erschien.

Das Letzte, wonach ihr jetzt zu Mute war, war essen. Sie hatte das Gefühl, dass sie ersticken würde, wenn sie etwas äße. „Ich hatte noch keine Gelegenheit, auf die Speisekarte zu schauen", sagte sie etwas unbeholfen.

Liam – Edward Carlyle – warf ihr einen abwägenden Blick zu. „Möchten Sie, dass ich für Sie bestelle?" bot er an. „Ich kann den Lachs und das Schweinefleisch empfehlen."

Dazu sollte er im Stande sein – schließlich gehörte ihm ja das verdammte Hotel. „Gut", akzeptierte sie kurz angebunden und klappte ihre Speisekarte zu, bevor sie sich abwandte, um abwesend aus dem Fenster zu starren, während er mit dem Kellner sprach.

So hatte sie sich die Begegnung mit Edward Carlyle nicht vorgestellt. Sie hatte geglaubt, es würde eine geschäftliche Besprechung sein, und nicht, dass sie beide hier in Abendkleidung sitzen und gemeinsam essen würden.

Er sah William überhaupt nicht ähnlich. Sein Vater war dunkelhaarig gewesen, hatte scharfe graue Augen und weichere Gesichtszüge als sein Sohn gehabt. Es war ihr nachzusehen, dass sie die beiden Männer nicht miteinander in Verbindung gebracht hatte. Aber das änderte nichts an der Tatsache, dass sie jetzt Edward Carlyle gegenübersaß, die Zusammenkunft stattfand, die sie seit zwei Monaten gewollt hatte – und dass sie sich völlig hilflos fühlte, weil sie nicht wusste, wie sie das Gespräch beginnen sollte, das sie führen mussten!

Sie atmete schwer ein, als sie sich ihm wieder zuwandte und ihn ansah. „Mr. Carlyle ..."

„Ich heiße noch immer Liam", fiel er ein. „Niemand außer meinem Vater hat mich je Edward genannt. Und er war ‚Mr. Carlyle'", fügte er grimmig hinzu.

Die Ablehnung, die zwischen den beiden Männern bestanden hatte, als William noch lebte, war in Liams Stimme noch deutlich bemerkbar. Juliet beugte sich vor. „Wir müssen sprechen, Mr. ... Liam", berichtigte sie sich auf sein Stirnrunzeln hin. „Aber ich glaube nicht, dass dies die richtige Umgebung dafür ist." Sie blickte sich betont in dem sich schnell füllenden Restaurant um. Ein Pianist und ein Geiger bezogen nun ihre Plätze am anderen Ende des Raumes.

„Nein", gab er unvermittelt zu, als die Musik leise im Hintergrund zu spielen begann.

Juliet musterte ihn. Sie sah ihn jetzt mit anderen Augen, weil sie nun wusste, dass er nicht ein Mann war, der versucht hatte, sie zu einem Urlaubsflirt zu verführen. Auch nahm sie in diesem Augenblick die Härte um seinen Mund und seine Augen, die Kraft in den ausgeprägten Linien seines Gesichts wahr. Er machte nicht den Eindruck, als ob er, ganz gleich, unter welchen Umständen, ein einfacher Gesprächspartner sein würde.

„Wir werden zu Abend essen, Juliet", sagte er leise zu ihr. „Dann können wir beim Kaffee in einer der Lounges sprechen."

Das war auch nicht ideal. Es war eine geschäftliche Angelegenheit, nicht etwas, worüber man in dieser luxuriösen Umgebung bei einer Tasse Kaffee sprechen konnte.

„Juliet", fuhr Liam unbeirrt fort, wobei er sie fest ansah, „entweder machen wir das zu meinen Bedingungen oder gar nicht."

Ihre Augen blitzten. Er wusste, dass er die Oberhand hatte und die Situation völlig beherrschte. Und er genoss die Macht.

Aber wenn sie jetzt aufstand und einfach hinausging, würde er ihr dann je wieder Gelegenheit geben, mit ihm zu sprechen? Er hatte das nicht nötig. Er hatte bereits sein Desinteresse an „Carlyle Properties" gezeigt. Wenn sie überhaupt mit ihm reden wollte, musste sie sicherlich das Abendessen mit ihm über sich ergehen lassen. Aber wenn sie nicht übers Geschäft sprachen, worüber sollten sie dann in den Stunden reden, die das Essen dauern würde?

„Erzählen Sie mir von sich, Juliet!" forderte er sie auf, nachdem ihr Lachs an den Tisch gebracht worden war.

Sie schaute ihn überrascht an. Was meinte er damit, dass sie von sich erzählen sollte? Was gab es zu erzählen? Er musste doch wissen, dass sie seine Partnerin bei „Carlyle Properties" war, und er hatte sehr deutlich festgestellt, dass er nicht übers Geschäft reden wollte, also ...

„Von sich persönlich, Juliet", sagte er langsam und spöttisch, als er ihre verwirrte Miene bemerkte.

Sie blinzelte ihn an und machte keine Anstalten, das Fischbesteck zu benutzen, das sie aufgenommen hatte, um ihren Lachs zu essen. Persönlich? Es gab nichts Persönliches. „Carlyle Properties" war während der letzten sieben Jahre ihr ganzes Leben gewesen.

„Es muss doch irgendetwas geben", neckte er sie, während er zu essen begann.

Sie schüttelte den Kopf. „Nein, ich ..."

„Wo leben Sie? Haben Sie Familie? Einen Freund? Einen Geliebten? Oder sind Sie verheiratet? Haben Sie Kinder?"

Die Fragen kamen in so rascher Folge, dass Juliet kaum Zeit zum Atemholen fand, bevor Liam die nächste stellte. Aber was er fragte, war zu persönlich, da sie nur Geschäftspartner waren!

„Ich könnte Ihnen dieselben Fragen stellen", erwiderte sie herausfordernd.

Er verzog spöttisch den Mund. „Nun, sicher habe ich keinen Freund!"

Ihre Wangen wurden bei seinem anzüglichen Tonfall heiß. „Ich habe heute Ihre Freundin gesehen", rief sie verärgert.

Er runzelte leicht die Stirn, die sich fast augenblicklich wieder glättete. „Sie meinen Diana. Diana ist nicht meine Freundin, Juliet. Sie ist meine persönliche Assistentin."

Juliet warf ihm einen skeptischen Blick zu. Wenn er beschlossen hatte, die andere Frau so zu bezeichnen, war das seine Sache, aber es hatte den Anschein erweckt, als bestünde eine Vertrautheit zwischen den beiden, aus der auf eine etwas tiefere Beziehung zu schließen war als die, welche er beschrieben hatte.

„So, wie Sie die persönliche Assistentin meines Vaters waren", fügte er weich hinzu.

Juliet schaute ihn fest an, aber in den blauen Augen, die ihren Blick erwiderten, war nichts zu lesen. *Wie viel weiß dieser Mann bereits über mich?*

Sie nickte zur Bestätigung kühl. „Wie ich die persönliche Assistentin Ihres Vaters war."

„Und jetzt sind Sie seine Teilerbin", brachte Liam scharf heraus.

Sie schluckte schwer. Es musste Williams Sohn seltsam erscheinen, dass sein Vater sein Testament auf diese Weise aufgesetzt hatte, gab sie offen zu, aber wenn Liam während der vergangenen beiden Monate das geringste Interesse an „Carlyle Properties" gezeigt hätte, würde sie ihm mit Freuden erzählt haben, dass sie wusste, dass er ältere Rechte auf das Unternehmen hatte. Sie spürte aber, dass er froh darüber sein würde, wenn er „Carlyle Properties" untergehen sah. Doch sie verdankte William zu viel, um das zuzulassen.

„Sie haben meine Frage nicht beantwortet, Juliet", fuhr Liam mit harter Stimme fort.

„Ist das nötig?" Sie hielt seinem Blick mit einer Ruhe stand, die sie nicht empfand. „Sie scheinen bereits genug über mich zu wissen. Und ich bin mir sicher, dass Sie das, was Sie nicht wissen, herausfinden könnten!"

Er reagierte mit einem gleichgültigen Schulterzucken auf ihren Temperamentsausbruch und lehnte sich in seinem Stuhl zurück. „Sie wohnen in ‚Carlyle House' – haben das wahrscheinlich bereits seit einiger Zeit getan, sogar vor dem Tode meines Vaters?" Er hob spöttisch die Brauen.

„Mehrere Jahre zuvor", gestand sie ein.

Er schürzte die Lippen. „Und wie stand Ihr Freund dazu?"

Gott, wie beharrlich er war! „Ich habe keinen Freund", konterte sie scharf und war so wütend, dass sie vor Erregung zu zittern begann.

„Im Augenblick?"

„Niemals!" erwiderte sie heftig.

Er betrachtete sie ungläubig. „Sie haben nie einen Freund gehabt?"

Nur den einen. Simon. Aber der war tot. Und sie hatte seitdem niemand mehr lieben wollen.

Liam verzog den Mund. „Sie scheinen recht lange Zeit zu brauchen, um diese Frage zu beantworten", spottete er.

Juliet atmete tief und heftig ein, hatte nicht die Absicht, zuzugeben, dass sie einen Freund gehabt hatte, weil sie nicht die Absicht hatte, über Simon zu sprechen. Ganz gewiss nicht zu diesem Mann.

„Warum ist mein Privatleben so interessant für Sie, Liam?" Sie verwendete seinen Vornamen jetzt absichtlich, da sie durch diese Vertraulichkeit wieder gleichgestellt waren. „Unser Gespräch ist rein geschäftlich", erinnerte sie ihn entschlossen.

Er hielt ihrem herausfordernden Blick stand. „Ich weiß gern immer alles, was es über die Leute zu wissen gibt, mit denen ich geschäftlich zu tun habe", erwiderte er leise.

Juliet spürte die Wärme in ihren Wangen. Ihr gefiel der Gedanke nicht, dass dieser Mann alles über sie wusste. Sie hatte in den letzten sieben Jahren sehr zurückgezogen gelebt. Die Tatsache, dass sie jetzt einen Geschäftspartner hatte, dessen Name Synonym für die Exklusivität seiner Hotels in aller Welt war, durfte das nicht ändern.

„Ich bedaure, Sie enttäuschen zu müssen, Liam", sagte sie kurz, „aber ich habe wirklich kein Privatleben, von dem ich erzählen könnte."

„Eine Karrierefrau also, hm?"

So wie Liam das sagte, klang es fast beleidigend. Seine Äußerung traf dennoch zu. Sie war eine solche Frau, aber nicht im Sinne der nüchternen Geschäftsfrauen, die für nichts anderes leben, als Erfolg zu haben und voranzukommen, egal, auf wem sie herumtreten oder wen sie aus dem Weg räumen mussten. Aber „Carlyle Properties" war das Zentrum ihres Lebens geworden, und das zählte für sie.

„Nur soweit das ‚Carlyle Properties' betrifft", erklärte sie steif. Sie fühlte sich bei dieser Unterhaltung immer unwohler.

„Es ist interessant, dass eine junge siebenundzwanzigjährige Frau, die in keinerlei sichtlicher Verbindung zur Familie Carlyle steht, in ‚Carlyle House' lebt und die Hälfte des Familienunternehmens erbt ..."

Es war überhaupt nicht „interessant". Tatsächlich stellte sich jetzt heraus, nachdem sie diesem Mann begegnet war, dass das Ganze mehr Probleme aufwarf, als es die Sache wert war. Aber sie schuldete William so viel ...

„Vielleicht", räumte sie distanziert ein. „Aber als persönliche Assistentin Ihres Vaters ..."

„Und wie ‚persönlich' war das?" Liam betrachtete sie mit verengten Augen über den Tisch hinweg.

Juliet schaute ihn scharf an. „Und was, Mr. Carlyle, wollen Sie damit andeuten?" fragte sie bissig.

Er zuckte die Schultern. „Mein Vater war alt genug, um Ihr Großvater sein zu können ..."

„Wohl kaum, Liam", fiel sie verächtlich ein.

„Er war fünfundsechzig, als er starb, Juliet", erinnerte er sie kühl. „Mehr als alt genug, um Ihr Großvater zu sein."

Sie hatte William nie unter diesen Gesichtspunkten gesehen, aber bei dieser Betrachtungsweise nach Lebensjahren hätte William tatsächlich ihr Großvater sein können. Aber dennoch ...

„Warum haben Sie bei ihm gelebt, Juliet?" Liam gab ihr keine Chance zu antworten, bevor er wieder angriff. „Das ist doch in einer Geschäftsverbindung sicher nicht normal?"

Jetzt fühlte sie sich tatsächlich angegriffen. Dieser Mann, der in dieser Situation scheinbar völlig emotionslos wirkte, war offensichtlich keineswegs so gefasst, wie er vorgab. „Ihr Vater und ich waren Freunde und sonst nichts", erwiderte sie abwehrend.

„Enge Freunde?"

Sie fühlte sich jetzt nicht nur angegriffen, sie wurde angegriffen. Daran bestand kein Zweifel. Liam betrachtete sie mit finsterer Miene.

Juliet verzichtete darauf, weiter zu versuchen, mit ihm zu essen. Sie vergeudeten beide nur ihre Zeit. „Ich schlage vor, wir treffen uns morgen früh um zehn in einem der Konferenzräume, Liam", sagte sie gelassen zu ihm, während sie sich nach ihrer Handtasche bückte. „Wir können dann über alles sprechen, was Sie beschäftigt."

Seine Augen wurden zu unheimlichen blauen Schlitzen. „Alles?"

„Was vernünftig ist", ergänzte sie.

Er schüttelte den Kopf. „Ich denke nicht, dass Sie in der Position sind, Konditionen zu diktieren, Juliet", erklärte er verächtlich.

Das dachte sie ebenfalls nicht. Aber sie hatte das Gefühl, dass, wenn sie diesem Mann auch nur ein bisschen Schwäche zeigte, er dies zu seinem Vorteil nutzen würde. Und um so erfolgreich zu werden, wie er es in den vergangenen zehn Jahren geworden war, musste er nach Regeln spielen, die er selbst bestimmte. Im Vergleich zu diesem Mann war sie eine Anfängerin.

„Möglicherweise nicht", räumte sie ein und stand energisch auf. „Aber dennoch führe ich keine Geschäftsgespräche beim Abendessen. Und dies ist ein Geschäftsgespräch, Liam", fügte sie entschlossen hinzu. „Wenn wir uns morgen treffen, werde ich die notwendigen Dokumente mitbringen, damit wir sachlich über ‚Carlyle Properties' reden können."

Er schenkte ihr einen Blick, der besagte, dass sie die Dokumente mitbringen könne, aber dass es ganz allein bei ihm lag, ob sie darüber sprechen würden oder nicht.

Juliet war von dem Blick erschüttert, doch es gelang ihr, ihm kühl zuzunicken, bevor sie sich umdrehte und den Speiseraum verließ …

Sie war noch immer über die Erkenntnis bestürzt, dass er Edward Carlyle war. Kein Wunder auch, dass die Begegnung mit Liam so heftige Erinnerungen an Simon ausgelöst hatte – die beiden Männer waren Brüder gewesen …!

Keiner der beiden hatte William auch nur entfernt geähnelt, und Juliet wusste, dass sie ganz nach Williams blonder, blauäugiger Frau geraten waren – der Frau, die nach Simons Geburt gestorben war.

Juliet war neunzehn gewesen und hatte im Büro von „Carlyle Properties" als Schreibkraft gearbeitet, als sie Simon kennen lernte, den fünfundzwanzigjährigen Sohn des Inhabers. Und beide fühlten sich von Anfang an zueinander hingezogen.

Zu dieser Zeit hatte Juliet nicht einmal gewusst, dass Simon einen Bruder hatte. Zwischen William und Edward hatte es, Jahre bevor sie in die Firma kam, Auseinandersetzungen gegeben, infolge deren sich Edward völlig von seiner Familie gelöst hatte. Umgekehrt war der Name Edward in seiner Familie auch nicht mehr erwähnt worden, und Fotos von ihm, die vielleicht einmal im Hause gewesen sein mochten, waren längst schon entfernt worden, als Juliet die Szene betrat.

Nicht, dass das Juliet etwas bedeutet hätte. Es war Familiengeschichte, und da sie selbst eine Waise war, hatten familiäre Beziehungen für sie ohnehin etwas Mysteriöses an sich. Zu der Zeit war sie viel zu sehr in Simon verliebt gewesen, um sich um etwas anderes zu kümmern. Und zu ihrem Erstaunen war ihre Liebe erwidert worden. Ihre Romanze war heftig, und sie verbrachten ihre ganze Freizeit miteinander. Mit Williams Billigung. Er schien erfreut darüber zu sein, dass sein Sohn sesshaft wurde, hatte Juliet in sein Haus aufgenommen und ihr seine Zuneigung geschenkt.

Es war das erste Mal, dass Juliet ein richtiges Familiengefühl empfand, und sie erinnerte sich, dass sie nur darüber staunen konnte, dass „mein lieber älterer Bruder", wie Simon ihn boshaft bezeichnete, sich von so viel Nähe und Geborgenheit gelöst hatte.

Aber es war nur ein flüchtiger Gedanke gewesen. Ihr Leben war immer stärker mit dem der Carlyle-Männer verknüpft gewesen, und William machte sie zu seiner Privatsekretärin, als ihre Beziehung zu seinem Sohn sich vertiefte.

Und dann war die schreckliche Nacht gekommen, in der Simon umgekommen war. Es war eine Nacht, die Juliet nie vergessen würde. Der Albtraum verfolgte sie in den vergangenen sieben Jahren. William verhielt sich wunderbar ihr gegenüber, trotz des Verlustes seines jüngeren Sohnes, und so entstand in jener Nacht ein Band zwischen ihnen beiden, das bis zu dem Tag halten sollte, an dem er starb.

Es bestand noch immer, was Juliet betraf. Aber sie wusste, dass Liam Carlyle eine solche Verbindung nie verstehen würde, dass er sie nur schwarzsah. Sie hatte mit seinem Vater im Haus der Familie gewohnt, also musste sie die Geliebte seines Vaters gewesen sein. Und dabei war die Wahrheit doch eine völlig andere! Juliet würde nie die Geliebte eines Mannes sein. Und auch nicht die Frau eines Mannes. Nach Simon würde es in ihrem Leben keinen Mann mehr geben.

Keinen Mann mehr. Doch im Augenblick schien ihr Leben mit Liam verbunden zu sein – er war ihr Geschäftspartner –, obwohl sie so ein Gefühl hatte, als ob das morgen früh zu einem Ende kommen würde.

Sie hatte es versucht. Niemand konnte sagen, dass sie es nicht versucht hätte. Aber wenn sie jetzt versagte, würde sie William im Stich gelassen haben.

In dieser Nacht fand Juliet ebenfalls keine Ruhe. Sie stand auf und ging wieder die Papiere durch, die sie aus England mitgebracht hatte, damit Edward – Liam – Carlyle sie prüfen konnte.

Sie zog sich für ihre Geschäftsbesprechung sorgfältig an. Bisher waren ihre Begegnungen alles andere als geschäftlich gewesen, und sie ahnte, dass sie an diesem Morgen ihr ganzes Selbstvertrauen aufbringen musste.

Ihr Rock war schlicht, schwarz und maßgeschneidert und schloss kurz über ihren Knien ab. Die hellgrüne Bluse schmiegte sich um ihre schmale Taille. Sie hatte nur einen Hauch Make-up aufgelegt und ihr Haar im Nacken lose zusammengesteckt. Mit ihrer Dokumentenmappe unter dem Arm sah sie sehr geschäftlich aus.

Zumindest hoffte sie das. Das Letzte, was sie gebrauchen konnte, war ein Gefühl von Unterlegenheit gegenüber Liam Carlyle.

Die Empfangsdame lächelte sie forschend an, als sie sich der Rezeption näherte.

Juliet erwiderte das Lächeln. „Ich bin heute Morgen mit Mr. Carlyle in einem der Konferenzräume verabredet." Es klang eher wie eine Feststellung als eine Frage, aber ihr war nicht klar, welchen Raum Liam für ihre Zusammenkunft ausgewählt hatte. Deshalb schwieg sie lieber abwartend.

„Miss Berkley?" fragte die Empfangsdame.

Gut, zumindest wusste das junge Mädchen, wer sie war, was viel versprechend war. „Das ist richtig", antwortete Juliet mit einer gewissen Erleichterung. Sie hatte das schreckliche Gefühl gehabt, dass Liam nicht einmal da sein würde, nachdem sie gestern Abend so gegangen war.

„Miss Gilbraith wartet in der Kaffeelounge auf Sie", informierte die Empfangsdame sie, wobei sie in Richtung auf den elegant möblierten Raum zu ihrer Linken wies.

„Miss Gilbraith …?" Juliet runzelte die Stirn. „Wer …?"

„Mr. Carlyles Assistentin", sagte das Mädchen wiederum freundlich lächelnd zu ihr.

Diana … Aber warum wartete diese Frau auf sie und nicht Liam? Er hatte doch sicher nicht beschlossen, diese Sache von seiner persönlichen Assistentin erledigen zu lassen? Kümmerten ihn sein Vater und dessen Unternehmen so wenig, dass er die Verantwortung dafür einfach einem anderen übertragen hatte?

Juliet bedankte sich bei dem Mädchen an der Rezeption, bevor sie zu der Lounge hinüberging. Sie wollte nicht glauben, dass Liam das getan hatte! Oh, ihr war klar, dass er noch immer Groll gegen seinen Vater hegte, aber das war wirklich unglaublich! Was bildete dieser unverschämte Mann sich ein?

Diana Gilbraith saß an einem Tisch nahe dem Fenster und blickte uninteressiert auf die Boote hinaus, die in der Bucht segelten. Die Frau sah ebenso schick wie gestern aus. Sie trug ein blaues Sommerkleid, das ihre tiefe Bräune betonte und ihr Haar, das lose auf ihre Schultern fiel, noch blonder wirken ließ. Wenn Juliet geschäftlich gekleidet war, dann war diese Frau für einen Tag in der Sonne gekleidet.

Juliet reckte die Schultern, als sie sich der anderen Frau näherte, und sammelte sich, um zuversichtlich und selbstsicher zu wirken. „Miss Gilbraith?"

Auf diese Frage drehte sich die andere Frau mit einem herzlichen Lächeln zu ihr um und erhob sich mit einer fließenden, beeindruckenden Bewegung. Unmöglich, dass sie nur Liams persönliche Assistentin war...

„Miss Berkley", grüßte sie herzlich, und ihre tiefblauen Augen lächelten ebenfalls. „Nennen Sie mich bitte Diana!"

Unter den gegebenen Umständen hatte sich Juliet darauf vorbereitet, die andere Frau nicht zu mögen, aber es war unmöglich, dieser Herzlichkeit zu widerstehen. „Juliet", erwiderte sie verlegen. „Ist Mr. Carlyle nicht hier?" Das war er offensichtlich nicht, aber wie sonst sollte sie das Thema nach Liams Verbleib anschneiden?

„Setzen wir uns doch, ja?" schlug Diana ruhig vor und wartete, bis sie beide Platz genommen hatten, bevor sie das Gespräch wieder aufnahm. „Unglücklicherweise musste Liam heute früh abreisen", erzählte sie Juliet bedauernd. „Aber er bat mich, ihn bei Ihnen zu entschuldigen."

Juliet war eigentlich darauf gefasst gewesen. „Wann wird er zurückkommen?" forschte sie, angestrengt darum bemüht, ihre Enttäuschung zu verbergen.

„Das sagte er nicht." Diana Gilbraith zuckte vage die Schultern. „Aber Liam ist nun mal so", fügte sie hinzu. „Er wird mich anrufen, wenn er mich braucht."

Juliet konnte sich gut vorstellen, dass er das tun würde. Aber irgendwie mochte sie die andere Frau und hatte das Gefühl, kein Recht zu haben, irgendetwas zu vermuten, was sie und ihren Arbeitgeber betraf. Etwas an Diana Gilbraith verriet ihr, dass es eine völlig falsche Vermutung sein würde.

Natürlich mochte das mit dem Ehering zu tun haben, den Diana trug, wie Julia sich eingestand. Sekunden zuvor hatte sie den schlichten Goldring, der neben einem großen diamantenbesetzten Verlobungsring steckte, bemerkt.

Aber das alles half Juliet auch nicht weiter. Sie musste Liam Carlyle sprechen, und der schien einfach irgendwohin verschwunden zu sein.

Sie seufzte schwer. „In diesem Fall gibt's wohl nichts mehr zu sagen." Sie schnitt eine Grimasse und stand auf. „Danke dafür, dass Sie mich das wenigstens haben wissen lassen", fügte sie höflich hinzu. Es war schwerlich Dianas Schuld, dass ihr Arbeitgeber einfach verschwunden war.

„Oh, ich glaube, Sie verstehen nicht ganz!" sagte Diana. „Vielleicht habe ich mich auch nicht sehr gut ausgedrückt. Liam ist zu seiner Villa in den Hügeln gefahren. Er möchte, dass Sie ihm dort Gesellschaft leisten."

Juliet starrte die andere Frau an und war nicht in der Lage, etwas zu sagen. Ihre Miene, dessen war sie sich sicher, musste völlige Verständnislosigkeit ausdrücken.

Diana schüttelte schuldbewusst den Kopf. „Sie müssen mir verzeihen, Juliet. Liam hat mir ab heute eine Woche Urlaub gegeben, und ich bin ganz aufgeregt wegen der Aussicht, heim zu meiner Familie zu kommen. Aber das ist natürlich kein Grund dafür, dass ich so schwatze." Sie verzog reumütig das Gesicht. „Liam möchte, dass Sie zu seiner Villa fahren und ..."

„Fahren?" wiederholte Juliet benommen und ließ sich zurück in ihren Sessel fallen. Sie war bestürzt darüber, erfahren zu haben, dass Liam eine Villa auf der Insel hatte. Noch mehr bestürzte sie die Tatsache, dass er erwartete, dass sie dorthin fuhr. Sie war noch nie in einem Land mit Rechtsverkehr gefahren.

Diana nickte. „Draußen wartet ein Mietwagen auf Sie. Ich werde Ihnen den Weg erklären und natürlich eine Karte geben, damit Sie sich nicht verfahren."

Es bereitete Juliet noch immer Probleme, das alles zu verarbeiten. Liam wollte, dass sie zu seiner Villa fuhr, die irgendwo auf der Insel lag, und wollte dort mit ihr über das Geschäft sprechen? Warum nicht hier? Warum musste sie zu seiner Villa fahren? Plötzlich wusste sie genau, warum. Liam Carlyle mochte es nicht, dass ihm gesagt wurde, was zu tun sei, und gestern Abend hatte sie die Zeit und den Ort ihrer Zusammenkunft diktiert.

Es schien, als hatte sie keine andere Wahl, als die Fahrt zu machen.

„... und Ihre Rechnung beglichen." Diana Gilbraith sprach lächelnd zu ihr.

Juliet schüttelte verwirrt den Kopf. „Wie bitte?" Sie war so in ihre Gedanken versunken gewesen, dass sie kein Wort von dem gehört hatte, was die andere Frau gesagt hatte.

„Ist schon gut." Diana lächelte sie wieder an. „So wirkt die Insel nun einmal nach ein paar Tagen, das geht vielen so", stellte sie fest. „Ich werde immer sehr träge, wenn wir uns hier aufhalten. Ich sagte Ihnen gerade, dass Liam Sie im Hotel abgemeldet und Ihre Rechnung beglichen hat."

Juliet blinzelte verwirrt. Sie vermochte diesem Gespräch überhaupt nicht zu folgen. „Warum?" fragte sie stirnrunzelnd. Aber sie hatte das Gefühl, die Antwort bereits zu kennen.

„Sie werden natürlich in seiner Villa wohnen", sagte Diana nachdrücklich. Sie schien keine Ahnung zu haben, welche Wirkung diese Information auf Juliet hatte.

Liam hatte sie im Hotel abgemeldet, ihre Rechnung beglichen und erwartete nun, dass sie losfahren und bei ihm in seiner Villa bleiben würde, ohne es vorher mit ihr abgesprochen zu haben. Er wusste sehr genau, dass er die Macht besaß, die Bedingungen für alle weiteren Begegnungen von ihnen zu diktieren …

3. KAPITEL

Wäre Juliet besserer Laune gewesen, sie hätte die Fahrt zu Liams Villa genossen. Die Aussicht war prächtig. Aber sie musste sich sehr konzentrieren, um überhaupt fahren zu können, da sie an den Rechtsverkehr nicht gewöhnt und sehr besorgt war.

Sie fühlte sich wie eine Marionette, deren Fäden gezogen wurden – von Liam Carlyle.

Der Mann war so schwer zu fassen wie ein Chamäleon!

Aber sie musste versuchen, an ihn heranzukommen und Geschäfte mit ihm zu machen. Versuchen – das war das Schlüsselwort. Juliet hatte das Gefühl, dass es schwerer sein würde, als sie es sich vorgestellt hatte.

Die Fahrt zu Liams Villa schien ewig zu währen, obwohl die Entfernung gar nicht so groß war. Aber sie wusste nicht genau, wohin sie fahren musste, und schaute ständig auf die Landkarte, die Diana Gilbraith ihr gegeben hatte, den Blick auf das X gerichtet, das die Stelle markierte, an der die Villa lag. Sie schien sich in der Nähe eines Dorfes zu befinden. Als sie das Dorf nach der Mittagszeit verließ, hielt sie Ausschau nach einem Schild, das auf die Villa hinwies, deren Namen sie nicht einmal hätte aussprechen können, wenn sie jemand danach hätte fragen wollen.

Verdammter Liam Carlyle! Sie fühlte sich völlig hilflos – an einem Ort, den sie nicht kannte, in einem Land, dessen Sprache sie nicht verstand, vom Sprechen ganz zu schweigen.

Sie musste die Villa verpasst haben. Sie war so von dem terrassenförmig angelegten Dorf fasziniert gewesen, das an dem Hang eines Hügels klebte, von den Orangen- und Zitronenbäumen, die auf den Terrassen neben den Häusern wuchsen, dass sie gar nicht merkte, dass sie die andere Seite des Dorfes erreicht hatte.

Ihr war heiß. Eine tiefe Müdigkeit überfiel sie, als sie schließlich wendete, um zurückzufahren. Diesmal fand sie die Villa ohne Probleme, wenngleich sie an dem Weg, der zu ihr hinunterzuführen schien, stutzte. Das konnte doch nicht das richtige Haus sein? Im Vergleich zu dem Luxus, aus dem sie gerade kam, wirkte diese Villa fast bäuerlich.

Doch der Name schien zu stimmen, und selbst wenn es die falsche Villa wäre, würde ihr der Besitzer vielleicht den Weg zum richtigen Haus weisen können.

Wenn der Besitzer zu Hause gewesen wäre! Auf mehrfaches Klingeln erfolgte keine Reaktion, was Juliets Verärgerung noch verstärkte. Auch wenn alles dagegen sprach, musste dies das richtige Haus sein. Sie hatte nicht die Absicht, auf der ganzen Insel nach Liam zu suchen. Dieser verdammte Mann hatte sie im Hotel abgemeldet. Okay, er hatte ihre Rechnung bezahlt, aber unverschämt war das trotzdem! Und so würde sie einfach vor der Tür bleiben, bis er auftauchte.

Falls er auftauchte … Es bestand trotz allem die Möglichkeit, dass er überhaupt nicht hergekommen war, dass er sie vergeblich über die Insel hatte fahren lassen. Er …

„Kommen Sie und schwimmen Sie ein wenig! Sie sehen sehr erhitzt und mitgenommen aus", sagte eine vertraute Stimme langsam.

Juliet drehte sich unwillkürlich um. Ihre Wangen wurden heiß, als sie Liam ansah, der neben der Villa stand und sie beobachtete. Er hatte ein Handtuch um seine Hüften geschlungen. Sein Oberkörper war völlig nackt. Das dunkelblonde Brusthaar glitzerte in der Sonne …

„Ich habe fast eine Stunde nach dieser verdammten Villa gesucht", übertrieb sie in ihrer Wut. „Das ist nicht gerade eine Hauptstraße."

„Es soll auch keine sein", erwiderte Liam spöttisch. „Es wäre wohl kaum eine Zuflucht, wenn jedermann sie finden könnte."

Sie wusste, dass er Recht hatte, doch im Augenblick war sie zu verärgert, um das zuzugeben. „Schön, jedenfalls bin ich jetzt hier", schnappte sie, und ihre Augen blitzten.

„Das sehe ich." Liam musterte sie aufmerksam.

Sie sah schrecklich aus. Das hellgrüne Sommerkleid, das sie für die Fahrt angezogen hatte, war jetzt zerknittert und klebte in der Hitze der Nachmittagssonne an ihr. Ihr Haar, das sie hochgesteckt hatte, fiel wieder über ihr Gesicht und den Hals. Aber wenn sie so elend aussah, dann war es die Schuld dieses Mannes. Außerdem war sie hungrig. Sie hatte vor dem Verlassen des Hotels nur wenig gegessen. Alles in allem war sie nicht gerade bester Laune.

„Wir müssen geschäftliche Dinge besprechen", erklärte sie angespannt. Sie merkte, dass es in ihrem Kopf zu pochen begann, wahrscheinlich eine Folge der anstrengenden Fahrt im heißen Sonnenschein.

„Erst, wenn Sie sich ein wenig entspannt haben – und vielleicht etwas zu Mittag essen?" fügte er fragend hinzu. „Und dann ein Bad nehmen, um sich abzukühlen."

Ihr war klar, dass ihr Gesicht zeigte, in welcher Laune sie sich befand, dass die hellen Sommersprossen um ihre Nase in scharfem Kontrast zu ihrer blassen Haut stehen würden. Da sie rothaarig war, wurde sie nicht braun. Ihre Haut färbte sich nur rot und nahm dann wieder die gewöhnliche Blässe an. Ihre Augen funkelten vor Ärger, und ihr Mund war zu einer festen, wütenden Linie geschlossen.

Vielleicht war Schwimmen doch keine schlechte Idee …!

„Ihr letztes Angebot nehme ich an", warf sie ein. „Dann können wir übers Geschäftliche sprechen. Und anschließend muss ich den Rückflug nach Hause buchen."

Liam streckte eine Hand aus, um anzudeuten, dass sie ihm hinter die Villa folgen solle. Hinter der rustikalen, fast verwahrlosten Front der Villa erwartete Juliet eine Überraschung. Da glitzerte ein riesiger Swimmingpool im Sonnenschein. An einer Seite befand sich eine wunderschöne, von Blumen bedeckte Terrasse, inmitten deren duftender Schönheit Liegen standen, und auf einem der Tische stand ein Krug mit eisgekühltem Fruchtsaft. Aus den beiden Gläsern, die neben dem Krug standen, schloss Juliet, dass Liam sie erwartet hatte – oder dass außer ihm noch jemand in der Villa war.

„Bedienen Sie sich!" Er wies auf den Fruchtsaft. „Ich würde Ihnen gern ein Glas anbieten, aber in der Stimmung, in der Sie sind, würden Sie es wahrscheinlich ablehnen!" fügte er amüsiert hinzu.

Ihr war bewusst, dass sie sich kindisch verhielt, und es nützte auch nichts, dass er sie darauf aufmerksam machte, denn sie hasste das Gefühl, manipuliert zu werden.

Aber den Fruchtsaft abzulehnen wäre völliger Blödsinn gewesen. Es war sehr heiß, und sie war noch durstig von der Reise.

Dankbar nahm sie auf einem der Liegestühle Platz, schenkte zwei Gläser Saft ein und trank durstig. Das Getränk war köstlich und schien eine Mischung aus Orangen- und Grapefruitsaft zu sein.

„Besser?" Liam setzte sich neben sie und nippte an seinem eigenen Saft, während er sie spöttisch betrachtete.

„Sehr viel besser", entgegnete sie und blickte anerkennend auf das Panorama, das sich ihr bot, hinab auf das tiefblaue Meer.

„Findet diese ‚verdammte Villa' Ihre Zustimmung?" brachte er langsam heraus.

Sie wandte sich scharf zu ihm. „Es ist sehr hübsch hier", erklärte sie kurz.

„Das finde ich auch." Selbstzufrieden lehnte er sich in der Liege zurück. Das Handtuch verrutschte etwas und zeigte seine langen, muskulösen Beine.

Juliet blickte beiseite, fühlte sich wieder unwohl – dieses Mal wegen der Anwesenheit des halb nackten Mannes. Liam hingegen schien sich deswegen keine Sorgen zu machen. Warum sollte er auch? Das war sein Zuhause, seine „Zuflucht". Wenn er wollte, konnte er hier völlig nackt herumlaufen.

Dennoch war ihr immer noch etwas rätselhaft, warum er sie überhaupt auf diesen offensichtlich sehr privaten Besitz eingeladen hatte. Es schien für ihn etwas sehr Persönliches zu sein, hatte nichts mit dem üppigen Luxus des Hotels, das sie verlassen hatte, gemeinsam. Es war für ihn offensichtlich ein Ort, um sich völlig zu entspannen, um fern von jeder geschäftlichen Hektik zu sein.

Und sie fühlte sich hier sehr verlassen, als ob sie mehrere Kilometer von jeder anderen Wohnstätte entfernt sei …

Er richtete sich unvermittelt auf, und Juliet bewegte sich unfreiwillig nach hinten. Liam schaute sie stirnrunzelnd an. „Ich wollte gerade nur vorschlagen, dass wir jetzt schwimmen gehen, nachdem Sie sich ein wenig abgekühlt haben ..." Er musterte sie eindringlich, hatte die Augen nachdenklich zusammengekniffen.

Sie schluckte schwer, weil sie bemerkte, dass sie sich wie ein linkischer Teenager verhielt und nicht wie eine siebenundzwanzigjährige Geschäftsfrau. Sie war einfach nicht daran gewöhnt, mit nur teilweise bekleideten Männern zusammen zu sein, gleich unter welchen Umständen ...

Sie nickte abrupt. „Ich werde meinen Badeanzug aus dem Wagen holen."

„Bedeutet das, dass ich auch etwas anziehen muss?" fragte Liam leise.

Ihre Augen wurden groß. Er trug unter diesem Handtuch nichts. Oh Gott ...! „Ich denke, es wäre wohl besser", erklärte sie ihm kurz, während sie sich erhob. „Unter den gegebenen Umständen."

„Und welche Umstände sind damit gemeint?" Liam stand ebenfalls auf und war ihr gefährlich nahe. „Die Tatsache, dass Sie die Geliebte meines Vaters waren?" fügte er bissig hinzu.

Juliet keuchte bei diesem unerwarteten Angriff. „Ich ..."

„Sie sind bei mir völlig sicher, Juliet", entgegnete er ironisch. „Unter den gegebenen Umständen."

„Ich war nicht die Geliebte Ihres Vaters!" protestierte sie.

„Ach, nein?" Er wandte sich angewidert ab, um durch die großen gläsernen Schiebetüren in die Villa zu treten.

Juliet starrte ihm nach, zu bestürzt, um sich bewegen zu können, und wischte sich die Tränen ab, die sie plötzlich blendeten. Sie war nie auf den Gedanken gekommen, und William, dessen war sie sich sicher, ebenso wenig, dass eine solche Schlussfolgerung aus ihrer Beziehung gezogen werden könnte. Von niemandem. William war für sie der Vater gewesen, den sie nie gekannt hatte, ganz besonders nach Simons Tod, und es war einfach unvorstellbar, dass Liam ihr jetzt so etwas zum Vorwurf machte.

Aber er hatte das getan. Glaubte das offensichtlich. Und da William tot war, hatte sie keine Möglichkeit, auf welche Weise auch immer, das Gegenteil zu beweisen.

Warum sollte sie auch? Liam hatte kein Geheimnis aus der Tatsache gemacht, dass er nichts als Verachtung für seinen Vater empfand – für den Mann, den sie geliebt hatte und der, wie sie sicher wusste, ihre Liebe erwidert hatte. Sie schuldete Liam keine Erklärungen über einen Vater, zu dessen Beerdigung er nicht einmal gekommen war.

Als sie Williams plötzlichen Tod – er war an einem Herzinfarkt gestorben – überwunden hatte, hatte sie Liams Londoner Büro darüber informiert, wann die Beisetzung stattfinden würde, und war bestürzt, als er nicht einmal dazu erschienen war.

Der Wortlaut von Williams Testament verriet eindeutig, dass er die Kluft zwischen sich und seinem Sohn überbrücken wollte – wenn auch erst nach seinem Tode –, weshalb es für sie Ehrensache war, zumindest mit Edward Carlyle Verbindung aufzunehmen und ihn zu informieren. Die Tatsache, dass er nicht gekommen war, zeugte davon, dass er diesen Riss nicht kitten wollte. Erst als deutlich geworden war, dass sie das Unternehmen nicht ohne seine Kooperation führen konnte, hatte sie beschlossen, wieder Kontakt zu ihm aufzunehmen.

Aber wie sehr hätte sie sich gewünscht, das nicht tun zu müssen! Sie hasste die Art, wie verächtlich er über William sprach.

Sie saß noch immer auf der Liege, als Liam wenige Minuten später wieder aus der Villa kam. Er trug jetzt eine dunkelblaue Badehose. Sein Körper war schlank, durchtrainiert und tief gebräunt.

„Haben Sie Ihre Meinung geändert, was das Schwimmen anbelangt?" amüsierte er sich, als er am Beckenrand stand.

Sie hatte ihre Meinung in jeder Hinsicht geändert, was ihn betraf. Sie hätte wissen müssen, was für eine Art Mann er war, als er nicht zu Williams Beerdigung gekommen war, als er weiterhin all ihre Briefe und Anrufe ignoriert hatte. Sie vergeudete ihre Zeit damit, überhaupt zu versuchen, mit ihm zu sprechen, erniedrigte sich unnötigerweise, da es doch offensichtlich war, dass er gar nicht die ehrliche Absicht hatte, mit ihr über „Carlyle Properties" zu sprechen. Die hatte er nie gehabt.

„Ich muss gehen", erklärte sie ihm unvermittelt und stand auf. „Es war ein Fehler."

Liam hob die Brauen. „Ein größerer Fehler, als sofort hierher zu kommen?" fragte er scharf.

„Das finde ich nicht", erwiderte sie verächtlich. „Ich hatte geglaubt, Sie schuldeten Ihrem Vater …"

„Ich schulde William Carlyle nichts!" fiel er ihr heftig ins Wort, und ein Muskel zuckte in seiner Wange, als er sie wütend anschaute. Seine Augen glitzerten. „Er hatte nur einen Sohn – Simon. Hat er Ihnen das nie erzählt?" höhnte er.

Juliet blinzelte zu ihm hinüber. Es war so lange her, seit jemand Simon erwähnt hatte. Sie und William hatten in stillschweigender Vereinbarung nie über ihn gesprochen. Die Erinnerungen waren zu schmerzlich und saßen tief. Jetzt riss Liam wieder eine Wunde auf, die nie richtig hatte heilen können …!

Sie befeuchtete ihre plötzlich trockenen Lippen. „Simon ist tot." Ihre Stimme brach.

„Das war ich auch, über zehn Jahre lang. William kann nicht einfach jetzt, wo er tot ist, auf einmal auf unsere Beziehung bauen!" knurrte Liam wütend. „William Carlyle hatte keine Söhne, als er starb, Juliet", meinte er boshaft. „Wie sollte er da die Hälfte seines Unternehmens einem von ihnen hinterlassen können? Nehmen Sie die Firma, Juliet – ich denke, dass Sie sie sich wahrscheinlich verdient haben!"

Mit dieser Feststellung sprang er ins Wasser und tauchte Sekunden später wieder auf, um mit zügigen, kräftigen Stößen durch den Pool zu schwimmen.

Sie wollte gehen – musste gehen –, konnte sich aber irgendwie nicht bewegen. Es war, als seien ihre Beine aus Blei.

Liams Worte über seinen Vater waren voller Bitterkeit gewesen, und Bitterkeit beruhte, wie sie wohl wusste, auf Schmerz, einem Schmerz, der so tief saß, dass Bitterkeit nötig war, um ihn überleben zu können.

Sie hatte nicht die geringste Ahnung, worüber William und Liam vor all diesen Jahren gestritten hatten – William hatte nie über seinen älteren Sohn gesprochen –, aber sie wusste, dass Liam nie den Schmerz überwunden hatte, sich von der einzigen Familie, die er hatte, trennen zu müssen.

Zehn Jahre. Es war eine lange Zeit, keinen Kontakt mehr zu seiner Familie zu haben. Anscheinend hatte Liam auch keine anderweitigen Bindungen. Er schien stets zu machen, was er wollte. Während der letzten zehn Jahre musste er seine Zeit damit verbracht haben, ein Geschäftsimperium von Hotels und Freizeiteinrichtungen aufzubauen, um in dieser Branche erfolgreicher zu werden, als sein Vater es in seiner je hatte werden können. Vielleicht war es ein Weg, sich an seinem Vater zu rächen? Juliet war keine Psychologin, aber dies war mehr als eine Möglichkeit.

Sie zweifelte keinen Augenblick daran, dass Liam meinte, was er sagte. Sie war sich sicher, dass er ein Mann war, der immer meinte, was er sagte. Aber wie konnte sie etwas nehmen, von dem sie wusste, dass sie kein Recht darauf hatte? Ihre erste Reaktion war gewesen, als man ihr sagte, sie besäße die Hälfte des Unternehmens, dass Edward Carlyle alles bekommen solle. Schließlich hatte sie wirklich kein Recht darauf. Aber sein Ausweichen im Laufe der letzten zwei Monate hatte ihr nur zu klar gezeigt, wie uninteressiert er an dem Unternehmen war.

Dennoch konnte sie nicht einfach als alleinige Besitzerin der Firma gelten. Das wäre völlig falsch. Und es war offensichtlich auch nicht das, was William gewollt hatte.

„Noch immer hier?" knurrte Liam, der sich lässig aus dem Pool schwang und ein Handtuch ergriff, um sich abzutrocknen. „Sie haben Ihr Ziel erreicht, Juliet", bemerkte er amüsiert. „Wir haben nichts weiter zu besprechen."

Ihre Augen blitzten warnend. Er mochte von William in der Vergangenheit verletzt worden sein, mochte jetzt Grund haben zu glauben, sie sei die Geliebte seines Vaters gewesen, aber das gab ihm nicht das Recht, so mit ihr zu sprechen!

„Da müssen Papiere unterzeichnet werden …"

„Schicken Sie die an mein Londoner Büro!" Er winkte lässig ab. „Meine Anwälte werden sich darum kümmern."

„Aber …"

„Juliet", fiel er ihr ruhig ins Wort – zu ruhig, „ist Ihnen noch immer nicht klar, dass ich absolut nichts mit der Familie Carlyle zu tun haben will?"

„Ihr Name ist Carlyle …"

„Um meiner Missetaten willen", unterbrach er sie gereizt, das Handtuch jetzt um seinen Hals geschlungen. „Aber ein Name macht mich nicht zu einem von ihnen."

Sie schaute ihn stirnrunzelnd an. Er sprach mit echtem Hass von seinem Vater und seinem Bruder, einem Hass, der sehr tief saß …

„Schauen Sie nicht so entsetzt drein, Juliet", sagte er belustigt. „Nicht jeder kann die Familie lieben, die einem gegeben ist."

Sie erstarrte. „Das kann ich nicht beurteilen", entgegnete sie.

Er schaute sie einen Augenblick ausdruckslos an und zuckte dann zusammen, als er begriff, was sie damit meinte. „Oh Gott! Es tut mir leid." Er schüttelte den Kopf.

Eine eigene Familie zu haben war etwas gewesen, wonach sie sich immer gesehnt hatte, als sie jünger gewesen war. Aber aus irgendeinem Grunde hatte sich ihre Mutter, die sie nie gekannt hatte, geweigert, sie zur Adoption freizugeben, und mit den zahlreichen Pflegeheimen, in denen sie gewesen war, verband sie nichts als eine undeutliche Erinnerung an freundliche, wohlmeinende Menschen, die ihr gegenüber nie wirkliche Zuneigung zeigten, genauso wie es umgekehrt bei ihr gewesen war. Dann war ihre Mutter gestorben, als Juliet fünfzehn gewesen war. In diesem Alter hatte sich Juliet schon viel zu alt dazu gefühlt, adoptiert werden zu wollen. Sie hatte das Pflegeheim verlassen, sobald sie alt genug dazu gewesen war, um ihr eigenes Leben zu leben.

Das war auch der Grund dafür, warum Williams Freundlichkeit, sowohl vor als auch nach Simons Tod, so wichtig für sie gewesen war; warum sie sich so verpflichtet fühlte, sich trotz Liams Beleidigungen hinsichtlich ihrer Beziehung zu seinem Vater jetzt an seinen älteren Sohn zu wenden.

„Es ist nicht wichtig", wehrte sie ab.

„Doch, das ist es, verdammt", rief Liam. „Kommen Sie, lassen Sie uns etwas zu Mittag essen, Juliet! Vielleicht haben wir uns anschließend ja beide etwas beruhigt."

Soweit sie es beurteilen konnte, war sie nicht erregt, aber wenn Liam das so sehen wollte, war das seine Sache. Und sie brauchte wirklich noch eine weitere Chance, um seine Meinung über „Carlyle Properties" zu ändern.

„Ich werde meine Meinung über irgendwelche Beteiligung an der Firma meines Vaters nicht ändern." Er schien ihre Gedanken erraten zu haben, als sie ins Haus gingen, um das Essen zuzubereiten. „Ich habe mich einmal davon gelöst, und ich beabsichtige, es dabei zu belassen."

„Liam ..."

„Juliet ...", erwiderte er spöttisch. Die schlechte Laune, die er vor wenigen Minuten noch gezeigt hatte, war definitiv verflogen. „Versuchen Sie nicht, sich in Dinge einzumischen, die Sie nicht verstehen", riet er ihr ruhig.

„Aber ..."

„Mittagessen", verkündete er entschlossen, als sie nun die Küche betraten.

Liam ging an den Kühlschrank und begann, Salat, kalten Braten und Käse herauszunehmen. Offensichtlich war dies wirklich seine Zuflucht vor der Außenwelt, ein Platz, an dem er völlig allein war. Unglücklicherweise aber, das wusste Juliet, bedeutete ihre Anwesenheit hier überhaupt nichts. Liam war wirklich unnachgiebig, was „Carlyle Properties" betraf.

Sie bereiteten gemeinsam schweigend das Essen vor und nahmen ihre gefüllten Teller mit nach draußen, wo sie sich zum Essen an den Pool setzten.

„Und ich erwarte, dass Sie das essen", warnte Liam, als sie in dem stocherte, was auf ihrem Teller lag. „Ihrem Aussehen nach zu urteilen, hätte jemand schon vor Jahren diese Sache für Sie in die Hand nehmen sollen." Er selbst aß mit sichtlichem Vergnügen.

Juliet schaute ihn ungeduldig an. „Sie sind nicht nur rücksichtslos, sondern auch arrogant."

Er lächelte sie unbeeindruckt an. „Habe ich schon gehört", erklärte er mit einem Nicken.

Ein Mann in seiner Position konnte es sich wahrscheinlich leisten, arrogant zu sein, aber Juliet fand es mehr als nur ein bisschen zermürbend, so herumkommandiert zu werden. Sie und William hatten immer als Team gearbeitet, und seit seinem Tod war sie diejenige gewesen, die Anweisungen gegeben hatte, sowohl im Haushalt als auch in der Firma.

„Das Haus", sagte sie plötzlich. „Was soll ich damit machen?"

Liams Augen wurden schmal. „Soweit ich mich erinnere, wurde es Ihnen hinterlassen", erklärte er barsch.

Er hatte also die Briefe gelesen, die sie ihm über die Anwälte geschickt hatte, und wahrscheinlich auch ihre eigenen, obwohl er beschlossen hatte, sie zu ignorieren! Was bewies, dass er keineswegs so desinteressiert an seinem Vater war, wie er glauben machen wollte.

Sie zuckte die Achseln. „Es ist das Haus Ihrer Familie ..." Sie brach ab, als sie den Ärger in seinem Gesicht wahrnahm. „Es heißt ‚Carlyle House', Liam", fügte sie hinzu.

„Dann ändern Sie eben den Namen. Oder Ihren eigenen", knurrte er. „Das ist etwas, was ich selbst schon vor Jahren hätte tun sollen!"

„Ich ..."

„Wein." Er stand plötzlich auf. „Wir sollten dazu etwas Wein trinken", verkündete er, bevor er zurück in die Villa schritt.

Juliet starrte ihm nach. Er war wirklich ein Mann, der nur schwer zu begreifen war. Eigentlich wollte sie das auch gar nicht mehr versuchen. In einem Augenblick war er höflich, im nächsten griff er wieder an. Die Angriffe erfolgten zugegebenermaßen nur, wenn das Gespräch auf seine Familie kam, aber da dies ja tatsächlich alles war, worüber sie sprechen mussten, war es eine Belastung, um es gelinde auszudrücken.

Sie nahm wortlos das Glas Wein, das er ihr ein paar Minuten später reichte, und nippte dankbar an der goldenen Flüssigkeit.

„Essen Sie!" wies er sie barsch an.

Sie schaute ihn verlegen an. „Liam …"

„Essen Sie einfach, Juliet!" sagte er ungeduldig. „Ich habe Sie nicht gebeten, nach Mallorca zu kommen, um nach mir zu suchen – und wenn Sie zu viel Wein auf nüchternen Magen trinken, werde ich wahrscheinlich mit einer betrunkenen Frau konfrontiert sein."

Er war wirklich der arroganteste Mann, der ihr je begegnet war. Noch nie in ihrem Leben war sie betrunken gewesen, rührte Alkohol fast nie an, und Liam hatte sicher kein Recht zu behaupten, sie würde von einem Glas Wein betrunken werden.

Juliet schaute ihn nicht an, als sie etwas von dem Essen nahm, nippte trotzig zwischendurch an dem Wein und bemerkte nach einer Weile, nachdem ihr Glas zweimal nachgefüllt worden war, dass sie sich tatsächlich ein bisschen beschwipst zu fühlen begann. Die lange Fahrt, zu viel Hitze und Sonne, gefolgt von der Anspannung des Versuchs, mit Liam zu sprechen, sagte sie sich entschuldigend. Es hatte gewiss nichts mit dem Wein zu tun!

„Wie lange besitzen Sie diese Villa schon?" Sie beschloss, es wieder mit höflicher Unterhaltung zu versuchen.

„Lange genug", erwiderte Liam kurz.

„Ich fragte doch nur", murmelte sie und nahm noch einen Schluck Wein.

„Und ich antwortete nur", entgegnete er gereizt.

„Nicht genau", erklärte sie herausfordernd.

„Wie genau sollte meine Antwort denn ausfallen?" höhnte er. „Wollen Sie nur hören, in welchem Jahr und Monat ich ungefähr die Villa erworben habe, oder muss es auf den Tag genau sein?"

„Ach, vergessen Sie's doch!" rief Juliet wütend. „Es ist ohnehin nicht wichtig."

„Warum fragen Sie dann?" sagte er verächtlich.

„Ich dachte, dass zumindest einer von uns versuchen sollte, höflich zu sein", erwiderte sie scharf. „Offensichtlich ist nur einer von uns dazu im Stande!"

Liam zuckte unbekümmert die Schultern. „Offensichtlich muss das auch nur einer von uns sein."

Juliet atmete wütend ein. Er war so verletzend, dass es fast an Ungehörigkeit grenzte! Er kannte sie nicht, wusste wirklich überhaupt nichts von ihr – außer dem, was er sich in seiner mehr als furchtbaren Fantasie zurechtgelegt hatte! –, und er hatte kein Recht, so mit ihr zu sprechen.

„Ich habe genug." Sie schob den Teller, der fast noch unberührt war, zurück und das leere Weinglas daneben. Dies war für sie ebenso Zeitvergeudung gewesen wie für ihn!

„Ich denke, das haben wir beide", stimmte er grimmig zu. „Sie haben etwas in mein Leben zurückgebracht, was ich lieber völlig vergessen hätte, Juliet", erklärte er scharf.

Sie schaute ihn mit vorwurfsvollem Blick an. „Sie können doch Ihren eigenen Vater nicht vergessen!"

„Warum nicht?" Seine Augen funkelten. „Er hat mich bereits vor zehn Jahren vergessen!"

„William ist tot, Liam", sagte sie verzweifelt. Tränen standen jetzt bei dem Gedanken an den Mann, der sich so um sie gekümmert hatte, in ihren Augen. „Tot!" wiederholte sie nachdrücklich. „Sie können doch nicht weiter verbittert über jemanden sein, der tot ist!"

Er schüttelte den Kopf. „Ich habe schon vor langer Zeit damit aufgehört, Bitterkeit ihm gegenüber zu fühlen. Tatsächlich habe ich vor langer Zeit aufgehört, überhaupt etwas für ihn zu fühlen!" fügte er barsch hinzu.

Juliet starrte ihn mehrere, scheinbar endlose Minuten an, unfähig, die Gefühle zu verarbeiten, die Liam für einen Mann hatte, der ihr nichts als Freundlichkeit erwiesen hatte. Und ganz gleich, was Liam sagte, er zeigte Bitterkeit gegenüber seinem Vater. Sie kannte diese Gemütsbewegung von sich nur zu gut, um sie nicht zu verkennen, hatte sie aber nie gegenüber William verspürt.

„Ich denke, ich gehe wohl besser", sagte sie schließlich ruhig und erhob sich.

Liam blickte zu ihr auf und blinzelte in die helle Sonne. „Sie haben Ihren Flug noch nicht gebucht", erklärte er leise.

Jetzt war sie sich nicht mehr sicher, ob sie noch dazu im Stande sein würde und nach Palma fahren konnte. In ihrem Kopf begann sich alles zu drehen, da sie den Wein zum Essen nicht gewohnt war. Gott, das Letzte, was sie wollte, war, Liam könnte merken, dass sie sich wirklich nicht gut fühlte.

Sie schüttelte den Kopf und versuchte klar zu denken. „Das kann ich tun, wenn ich in Palma bin", parierte sie. Sie wollte nur weg von hier, bevor Liam die Wahrheit bemerkte – dass er es „mit einer betrunkenen Frau" zu tun hatte.

Ich bin nicht direkt betrunken, versicherte sie sich. Ich fühle mich einfach nur nicht so wie sonst. Tatsächlich fühlte sie sich in diesem Augenblick unfähig dazu, irgendetwas zu tun.

Liam erhob sich neben ihr und schaute sie aufmerksam an. „Ist mit Ihnen alles in Ordnung?" Er runzelte die Stirn. „Sie sind sehr blass geworden."

Sie war sich über ihren Zustand im Klaren. Sie hatte gespürt, dass die Farbe aus ihrem Gesicht wich, als er die Worte sagte. Und die Sonne, die von dem Blau des Swimmingpools reflektiert wurde, sorgte dafür, dass sie sich benommen zu fühlen begann, obwohl sie zugleich von dem glitzernden Licht wie hypnotisiert war und nicht wegschauen konnte.

„Juliet?" wiederholte Liam, diesmal scharf.

Endlich blickte sie zu ihm auf und blinzelte heftig, um ihn zu fixieren. Liams Gesicht war nur noch eine verschwommene Kontur, und je mehr sie blinzelte, desto undeutlicher wurde es.

Liam fasste sie bei den Oberarmen, als sie leicht zu schwanken anfing. „Juliet, was …?"

Mehr hörte Juliet nicht mehr. Sie merkte bloß noch, wie eine tiefe Ohnmacht sie überkam …

4. KAPITEL

„Also, ich kann ehrlich sagen, dass dies das erste Mal war, dass eine Frau so auf mich gestürzt ist", sagte eine Stimme, die ihr nur zu vertraut vorkam, langsam.

Juliet öffnete mühsam die Augen – das war alles, was sie in diesem Augenblick vermochte. Ihr ganzer Körper, einschließlich der Lider, fühlte sich schwer wie Blei an. Und die Sonne, die in den Raum strahlte, veranlasste sie sogar, die Augen wieder zu schließen, da die Helligkeit sie schwindlig machte.

„Aufwachen, aufwachen", ermutigte Liam sie – viel zu ausgelassen für ihren Geschmack. „Kommen Sie, Juliet! Trinken Sie etwas Fruchtsaft! Dann werden Sie sich besser fühlen!"

In diesem Moment glaubte sie nicht, dass sie sich jemals besser fühlen würde. Ihr Kopf hämmerte, ihr Körper schmerzte, und ihr Mund war wie ausgetrocknet. Und es gab tatsächlich Menschen, die in Gesellschaft Alkohol tranken, um sich zu amüsieren. Das müssen Masochisten sein, fand sie.

„Juliet, Zeit aufzuwachen", ermunterte Liam sie mit dieser fröhlichen, überlauten Stimme.

Warum? wollte sie wissen. Sie wollte einfach nur schlafen, bis sie sich wieder wie ein Mensch fühlte. Falls das möglich war.

„Was war das?" erkundigte sich Liam freundlich, als sie etwas verhalten murmelte.

„Ich sagte ..." Sie zuckte beim Klang ihrer eigenen Stimme zusammen. „Ich sagte", sagte sie wieder, diesmal erheblich ruhiger, „hören Sie bitte auf, so laut zu sprechen. Und außerdem ist es hier in diesem Raum viel zu hell."

„Ich spreche völlig normal", informierte er sie gelassen, wenngleich seine Stimme etwas weicher klang. „Und ich werde die Vorhänge zuziehen, falls Sie sich so besser fühlen."

Vorhänge? Welche Vorhänge? Wo ...? Juliet öffnete beide Augen rechtzeitig genug, um zu sehen, wie Liam das Zimmer durchquerte, und spürte plötzlich Panik, als sie merkte, dass sie sich in einem Schlafzimmer befand und in einem Bett lag. Was …?

„So." Liam hatte sich ihr wieder zugewandt. Er trug jetzt ein dunkelblaues Hemd und helle Jeans. „Wie fühlen Sie sich heute Morgen?"

„Morgen? Was …?"

„Du liebe Güte, Juliet!" brachte Liam nur langsam heraus, während er zu ihr hinüberkam und neben ihr stehen blieb. „Es geht Ihnen ziemlich schlecht, was?" Er schüttelte spöttisch den Kopf, als er sich auf die Bettkante setzte. „Sie haben sechzehn Stunden lang geschlafen und können noch immer nicht klar denken, nicht wahr?"

Sechzehn Stunden! Dann hatte sie richtig gehört. Es war Morgen!

Sie wollte sich aufrichten, stellte aber fest, dass das nicht möglich war, weil Liam auf der Decke saß. Sie schluckte. „Wie bin ich hierhergekommen?"

Liam verschränkte die Arme vor der Brust. „Was glauben Sie wohl, wie Sie hergekommen sind?" spöttelte er. „Ich habe Sie nicht an den Haaren hierhergezogen, falls Sie das glauben."

Liam musste sie hergetragen haben. Er musste sie auch ins Bett gelegt haben.

Sie schluckte schwer. „Ich erinnere mich nicht, was passiert ist …"

„Wirklich?" Er blickte sie mit verschmitztem Lächeln an.

Juliet wünschte, dass er nicht so verdammt fröhlich dreinschauen würde. Sie hatte sich zur Närrin gemacht, was er offensichtlich genoss. Das war nicht sehr gentlemanlike. Aber wann hatte sich Liam ihr gegenüber je wie ein Gentleman verhalten?

„Ich muss einen leichten Hitzschlag bekommen haben", entschuldigte sie sich nervös und wich seinem Blick aus, während sie sich aufrichtete, um etwas von dem Fruchtsaft zu trinken, den er neben sie auf den Nachttisch gestellt hatte.

„Oder Ähnliches", erklärte Liam spöttisch. „Ich sage Ihnen das nur ungern, Juliet, aber die Sonne ist auf Mallorca im November nicht heiß genug, als dass man einen Hitzschlag bekommen könnte."

Juliet hörte seine Erwiderung kaum. Sie war zu entsetzt, weil sie beim Aufrichten bemerkt hatte, dass sie außer ihrem BH und ihrem Slip nichts anhatte. Liam hatte sie ausgezogen, bevor er sie zu Bett gebracht hatte.

„Sie sind wieder sehr blass geworden", stellte er etwas vorwurfsvoll fest. Und Juliet merkte schnell, warum. „Sie sind doch nicht schwanger, oder?" fügte er barsch hinzu.

Sie keuchte unwillkürlich. „Natürlich bin ich nicht schwanger", protestierte sie und zog dabei die Bettdecke schützend hoch.

„Ich wüsste nicht, was daran ‚natürlich' ist", erwiderte er verächtlich. „Sie haben schließlich sieben Jahre lang mit meinem Vater zusammengelebt."

„Ich sagte Ihnen doch ..." Sie brach ab, weil ihre schriller werdende Stimme ihr wieder Kopfschmerzen verursachte. Sie schloss die Augen, um sich zu beruhigen. Liam schien es zu genießen, eine Reaktion von ihr hinsichtlich seines Vaters zu bekommen, aber sie war nicht bereit, ihm ausgerechnet jetzt diese Befriedigung zu geben.

Wie hätte sie schwanger sein können, da es außer Simon niemand in ihrem Leben gegeben hatte? Liam konnte über seinen Vater denken, was er wollte – nichts von dem, was sie sagte, würde ihn vom Gegenteil überzeugen –, aber sie kannte die Wahrheit. Und es gab keine Möglichkeit, dass sie schwanger sein konnte.

„Sie sind so weiß wie die Laken." Liams Stimme klang noch immer vorwurfsvoll.

„Es wird mir gut gehen, sobald ich mich geduscht und angezogen habe", erklärte sie abwehrend. Sie wollte ihm nicht sagen, wie elend sie sich gerade jetzt fühlte – oder ihn wissen lassen, wie sehr sie wollte, dass er ginge, damit sie sich etwas anziehen konnte.

Er betrachtete sie skeptisch. „Irgendwie bezweifle ich das", brachte er schließlich nur langsam heraus.

„Hören Sie, es tut mir leid, wenn ich Ihnen Unannehmlichkeiten bereitet habe", erwiderte sie. „Der Wein ist mir zu Kopf gestiegen", meinte sie ungeduldig, als sie seine spöttische Miene sah. „Aber ich werde abreisen und Ihnen aus dem Weg sein ..."

„Aus meinem Bett", berichtigte er sie. „Die Villa gehört mir", erinnerte er sie, als sie begann, die Stirn zu runzeln.

Sie blickte überrascht zu ihm auf, erleichtert darüber, dass es nicht in Wirklichkeit sein Bett war, zugleich aber beunruhigt über die Art, wie er sie ansah. Sein Blick wurde weich. Ein Lächeln spielte um seine Lippen.

Plötzlich herrschte eine gewisse Anspannung in dem Raum. Ihre Blicke trafen sich. Juliet war sich auf einmal Liams Nähe sehr bewusst. Spürte, dass er auf der Bettkante saß, spürte die Wärme, die sein Körper ausstrahlte, nahm den fast unmerklichen Duft seines Rasierwassers wahr. Und war sich ihres kaum bekleideten Körpers bewusst ...

Sie hatte das Bettzeug noch immer bis zum Kinn hochgezogen, aber ihre Schultern und Arme waren nackt, und ihr Haar klebte in wirren roten Locken an ihrer heißen Haut. Und dieser Mann hatte sie letzte Nacht fast komplett ausgezogen ...

Juliet hatte nie wirklich über ihren Körper nachgedacht, darüber, ob sie auf Männer attraktiv wirkte oder nicht, ob sie Interesse an ihr hatten. Jetzt aber überlegte sie überraschenderweise, wie Liam ihre langen, glatten Gliedmaßen fand, die leichte Schwellung ihrer Brüste, den sanften Schwung ihrer Hüften und Schenkel ...

Gott, sie war sich plötzlich nicht nur völlig ihres eigenen Körpers bewusst, sondern auch Liams muskulöser Kraft. Sein Hemd war halb aufgeknöpft, so dass die goldblonden Härchen zu sehen waren, die sich gegen seine gebräunte Haut abzeichneten. Nie zuvor war sie sich eines Mannes körperlich so bewusst gewesen. Und es war etwas, was sie nicht fühlen wollte – überhaupt nicht, und vor allem nicht für diesen Mann.

„Wenn Sie aus dem Zimmer gehen würden, könnte ich mich duschen, anziehen und dann abreisen", sagte sie förmlich, wobei ihr Blick unverwandt auf sein hartes Gesicht gerichtet blieb.

„Kein Grund zur Eile", sagte er heiser und griff nach einer ihrer Locken, wobei seine Finger ihre nackten Schultern streiften. „Oder?" fügte er weich hinzu.

Juliet schluckte schwer, unfähig, den Schauer zu unterdrücken, der ihr bei der sanften Berührung seiner schlanken, aber kräftig wirkenden Hand über den Rücken lief. „Ich dachte, wir seien übereingekommen, dass es sonst nichts zu besprechen gäbe", sagte sie atemlos.

„Sind wir das?" Liam war plötzlich viel näher, sein Gesicht jetzt nur Zentimeter von ihrem entfernt. Juliet nahm die dunklen Farbflecken im Blau seiner Augen sowie seine langen goldfarbenen Wimpern wahr. „Vielleicht könnten wir etwas anderes finden", murmelte er heiser.

Sie konnte sich nicht vorstellen, was. Und sie wünschte sich, er würde aufhören, so mit ihrem Haar zu spielen. Er hatte jetzt mehrere Locken um seine Finger gewunden und strich ihr weiterhin über die nackten Schultern.

„Das glaube ich nicht." Juliet lehnte sich in dem Kissen zurück, während sie den Kopf schüttelte und sich so weit wie möglich von Liam entfernt hielt, angesichts der Tatsache, dass sie im Bett lag, während er neben ihr, über sie gebeugt, dasaß. „Es war ein Fehler gewesen, hierherzukommen."

„Ich habe nie zuvor eine Frau hergebracht", überlegte er leise, wobei sein Blick langsam über ihr jetzt errötetes Gesicht glitt.

Sie glaubte, dass dies entscheidend war. Er hatte sie nicht hergebracht, und er nahm ihr die Tatsache übel, dass sie auf diese Weise in sein Leben eingedrungen war, dachte über ihre Verbindung zu seinem Vater nach – eine Verbindung, die Erinnerungen wachrief, die er lieber vergessen hätte.

Doch zugleich fiel es ihr schwer zu glauben, dass er nie eine Freundin oder Geliebte in diese abgelegene Villa gebracht hatte. Es war der perfekte Ort für Intimsphäre und Entspannung.

„Sie haben diesmal auch niemand hierhergebracht", sagte sie. „Ich kam nur her, um über Ihren Vater zu sprechen", erinnerte sie ihn absichtlich, wohl wissend, dass sie dieser Vertraulichkeit so schnell wie möglich ein Ende setzen musste.

Die Erwähnung seines Vaters wirkte auf Liam wie ein Schlag ins Gesicht. Er richtete sich auf und löste seine Hand aus ihrem Haar, bevor er aufstand. „Richtig", gab er barsch zu. „Ich werde Kaffee aufsetzen. Kommen Sie, sobald Sie fertig sind!" Er durchschritt das Zimmer und schloss die Tür heftig hinter sich.

Juliet spürte, wie sie wieder tief und beherrscht atmete, doch es dauerte mehrere Minuten, bis sie sich beruhigt hatte. Dennoch zitterte sie leicht. Und sie glaubte nicht, dass das etwas mit dem gestrigen Weinkonsum zu tun hatte.

Was hatte Liam getan? Das Verlangen, das sie in seinen Augen gesehen hatte, war keine Täuschung gewesen. Dessen war sie sich sicher. Das aber bei einem Mann, der ihr nichts als Verachtung gezeigt hatte, seit er zugegeben hatte, dass er genau wusste, wer sie war, fand sie mehr als nur ein wenig beunruhigend. Hatte er beabsichtigt, sie zu verführen, nur um ihr zu beweisen, dass alles stimmte, was er ihr zum Vorwurf machte? Es schien die logischste Erklärung zu sein, aber eine, die Juliet besonders entsetzte. Sie hatte keine Möglichkeit gehabt, auf diese Verführung zu reagieren, aber dennoch war es nicht erfreulich zu erkennen, welche Verachtung Liam für sie hatte.

Sie schlug das Bettzeug zurück, schwang die Beine auf den Boden, um aufzustehen, und ging zu dem angrenzenden Raum, der ein Badezimmer zu sein schien. Zumindest wäre sie in diesen Raum gegangen, wenn ihre Beine nicht in dem Augenblick versagt hätten, als sie aufstand. Juliet spürte, wie sie fiel, und schlug, unfähig, das zu verhindern, dabei gegen den Nachttisch. Das leere Glas, in dem der Fruchtsaft gewesen war, fiel ebenfalls herunter und zerschellte neben ihr auf dem kühlen Marmorboden.

Mehrere Sekunden lang saß sie benommen auf dem Boden, unfähig zu verarbeiten, was gerade geschehen war. Das konnte doch nichts mit dem Wein zu tun haben?

„Was, zum Teufel ...!" Liam stürzte in das Zimmer und schaute finster drein, als er neben ihr stand.

„Passen Sie auf die Scherben auf!" warnte sie. Aber zu spät, denn er begann zu fluchen, nachdem er mit seinen nackten Füßen auf eine Scherbe getreten war.

„Macht nichts", winkte er ab, wobei er das Glasstück, das nicht in seine Haut gedrungen war, von seinem Fuß abwischte. „Was ist passiert?" Er hockte sich neben sie.

Sie schluckte und strich ihr Haar zurück. „Ich weiß es nicht. Ich war aufgestanden, und im nächsten Augenblick, also – ja, ich bin umgefallen", schloss sie verlegen. Nie zuvor war sie in Gesellschaft eines Mannes so wenig bekleidet gewesen. Und ausgerechnet vor Liam Carlyle musste das passieren.

Seine Augen wurden zu Schlitzen, während er ihren schlanken Körper musterte. „Und Sie sind sich sicher, dass Sie nicht schwanger sind?" fragte er schließlich scharf.

Juliet atmete heftig ein. Sie errötete vor Wut, und ihr Mund wurde zu einer schmalen Linie. „Ja, das habe ich Ihnen doch schon gesagt!" rief sie, wobei sie seinen Blick herausfordernd erwiderte.

Liam schaute sie mehrere Sekunden lang an und schüttelte dann den Kopf. „Was, zum Teufel, ist los mit Ihnen?" brummte er. „Das ist ja keine normale Reaktion auf zu viel Alkohol."

„So viel habe ich nicht getrunken …"

„Ich glaube wirklich nicht, dass das noch wichtig ist, Juliet", unterbrach er ruhig ihren wütenden Protest.

„Warum erwähnen Sie das dann dauernd?" Ihre Augen blitzten.

„Ich glaube, Sie brauchen einen Arzt", sagte er nachdenklich, ihren Ausbruch ignorierend.

„Seien Sie nicht albern!" schimpfte Juliet, die sich am Bett festhielt, während sie sich langsam aufrichtete. Die Wände drehten sich jetzt nicht mehr so um sie. Wenn sie alles langsam angehen würde …

„Legen Sie sich wieder ins Bett!" befahl Liam, während er aufstand. „Ich werde einen Freund anrufen, der Arzt ist."

„Ich will keinen Arzt", beharrte sie stur – aber sie legte sich dennoch wieder ins Bett, weil ihre Beine erneut zu zittern begannen.

„Ich erinnere mich nicht, Sie gefragt zu haben, was Sie wollen", erklärte Liam ihr arrogant. „Sie sind Gast in meinem Hause. Offensichtlich ist Ihnen nicht gut. Also werde ich einen Arzt rufen."

Sieh an! Gott, er war wirklich der herrischste Mann, der ihr je begegnet war! „Und ich habe dazu gar nichts zu sagen?" fragte sie herausfordernd.

„Überhaupt nichts", bestätigte er gelassen.

„Sie wollen keine Leiche im Haus haben!" sagte sie spöttisch.

Er sah sie kühl an. „Mit einer Leiche wäre leichter fertig zu werden als mit einer kranken Frau", verkündete er, bevor er wieder das Schlafzimmer verließ.

Juliet verzog rebellisch den Mund, während sie sich im Bett aufrichtete. Sie war davon überzeugt, dass das, was immer ihr fehlen mochte, nichts Ernstes war. Und sie hatte noch immer die Absicht abzureisen – sobald sie lange genug aufbleiben konnte, um sich anzuziehen.

„Erschöpfung!" sagte Liam angewidert, der wieder auf der Kante von Juliets Bett saß, das sich in einem Gästezimmer befand, wie sie nach Ankunft des Arztes festgestellt hatte.

Liams Freund Tomas war sehr freundlich und zuvorkommend, aber außerordentlich gründlich bei seiner medizinischen Untersuchung gewesen. Er hatte schließlich erklärt, dass sie unter Erschöpfung leide und dass sie wahrscheinlich nicht regelmäßig oder oft genug esse, um genug Kraft für den Geschäftsalltag zu haben. Juliet wäre gut ohne den letzten Hinweis ausgekommen, da Liam bereits hinreichend Bemerkungen über ihre Essgewohnheiten gemacht hatte.

„Was, verdammt, haben Sie getan, dass Sie so erschöpft sind?" fragte Liam jetzt, den Blick auf ihr blasses Gesicht gerichtet. „Ich dachte, Sie hätten die letzte Woche Urlaub gemacht", fügte er vorwurfsvoll hinzu.

Bei seinem Verhalten sah Juliet rot. Was sie getan hatte? „Ich habe in den letzten beiden Monaten versucht, eine Firma mit einem Partner zu führen, der sich weigert, kooperativ zu sein!" Sie funkelte ihn an.

„Es ist also meine Schuld, ja?" sagte er schneidend.

„Nicht ganz", gab sie zu. Sie wusste sehr wohl, dass es nicht nur die beiden letzten Monate gewesen waren, die voller Anspannung und harter Arbeit gewesen waren. Sie hatte lange, lange Zeit hart und schwer für „Carlyle Properties" gearbeitet. Aber es hatte ihr Leben ausgefüllt, sie beschäftigt, ihr keine Zeit gelassen, über andere Dinge nachzudenken oder zu grübeln.

„Aber Ihr Verhalten war sicher keine Hilfe." So leicht wollte sie ihn nicht davonkommen lassen. Die letzten beiden Monate, in denen sie versucht hatte, mit ihm zu sprechen, waren die Hölle gewesen. „Und was den Urlaub in der letzten Woche anbelangt" – sie warf ihm einen kläglichen Blick zu –, „so wissen wir wohl beide, dass das nicht wahr ist."

Er erhob sich abrupt. „Sie sagen also, es ist meine Schuld, weil ich ‚Carlyle Properties' Schwierigkeiten bereitet habe?" Er ging ans Fenster hinüber und starrte ins Tal hinunter, auf das blaue Meer.

Juliet blickte auf seinen starren Rücken. Sie hätte sagen können, dass die Anspannung der letzten Monate nichts damit zu tun habe, wie sie sich jetzt fühlte. Aber das wäre eine Lüge gewesen. Was sie persönlich betraf, so waren die vergangenen zwei Monate ein Albtraum gewesen.

„Ich sagte, es war keine Hilfe", sagte sie nochmals ruhig.

Liam drehte sich plötzlich zu ihr um. „Ich muss darüber nachdenken." Er schritt zur Tür hinüber. „Ich werde Ihnen gleich etwas zu essen bringen."

„Äh – könnte ich meinen Koffer aus dem Wagen haben?" fragte Juliet fast zaghaft, da sie spürte, dass Liam kurz vorm Explodieren war. Er war kein Mann, der es schätzte, auf seine Unzulänglichkeiten aufmerksam gemacht zu werden. „Ich würde mich gerne anziehen, bevor ich aufbreche", erklärte sie auf seinen finsteren Blick hin.

Sein Mund wurde schmal. „Ich werde Ihren Koffer holen, Juliet, damit Sie einen Morgenmantel oder sonst was anziehen können und es im Bett ein wenig angenehmer haben. Aber Sie werden noch nicht abreisen", fügte er grimmig hinzu.

Ihre Augen weiteten sich. „Aber …"

„In den nächsten vierundzwanzig Stunden wird sich nichts ändern, was ‚Carlyle Properties' betrifft. Und Tomas sagte, dass Sie Ruhe brauchen und erheblich mehr zu essen", knurrte er kompromisslos. „Und ich sagte Ihnen, dass ich nachdenken muss."

Der Mann war wirklich unmöglich. Doch wenn er bei seinem Nachdenken zu dem Ergebnis kam, dass er dem Unternehmen helfen sollte, wäre dieser zusätzliche Tag vielleicht das Warten wert.

„Ich brauche nicht im Bett zu bleiben."

„Tomas sagte, Sie müssen ruhen, und das werden Sie tun, verdammt!" erklärte Liam entschlossen.

Einem solchen Mann war Juliet nie zuvor begegnet. Er war absolut nicht wie William, der sehr höflich und fürsorglich gewesen war, der ihre Meinung über Dinge geschätzt und sie als ebenbürtig behandelt hatte. Liam hingegen behandelte sie wie jemanden, der sein Leben nur kompliziert machte. Und wahrscheinlich tat sie das auch.

„Dann also nur den Koffer", willigte sie ein – wenngleich er eine Enttäuschung erleben würde, falls er glaubte, sie würde länger als die vereinbarten vierundzwanzig Stunden hierbleiben.

Er nickte kurz, bevor er ging. Juliet war kaum mit einem matten Seufzen zurück auf das Kissen gesunken, als er schon wieder mit dem Koffer zurück war. Er stellte ihn unmittelbar an der Schlafzimmertür ab und blickte sie streng an, bevor er den Raum wieder verließ.

Und Ihnen ebenfalls einen schönen Tag noch, dachte Juliet kläglich, während sie aufstand, um frische Kleidung aus dem Koffer zu nehmen. Ihr war klar, dass sie eine Belästigung für ihn war, dass er sie nicht hierhaben wollte, aber er war derjenige, der darauf bestanden hatte, dass sie blieb.

Männer! Nein ... sie korrigierte sich langsam. Nur Liam Carlyle. Seit sie einander zum ersten Mal begegnet waren, hatte er sie nur abwechselnd herausgefordert und verspottet – bis auf die wenigen kurzen Minuten, als sie geglaubt hatte, er wolle etwas anderes von ihr. Aber daran wollte sie jetzt nicht denken, wollte einfach nicht zugeben, dass sie sich für sehr kurze Zeit bewusst gewesen war, was für ein umwerfend attraktiver Mann er war. Und er schien sich ihrer auch sehr bewusst gewesen zu sein.

Aber das änderte nichts. Er war Williams Sohn und, was noch entscheidender war, er war Simons Bruder ...!

„Essen Sie jetzt!" befahl Liam kurz, der ihr gestattet hatte, aufzustehen und sich zum Mittagessen am Pool zu ihm zu gesellen. „Ich weiß nicht, was mein Vater mit Ihnen gemacht hat, aber Sie sehen aus, als würden Sie durchbrechen, wenn Sie noch etwas mehr Druck ausgesetzt sind!" fügte er angewidert hinzu.

„Ich sagte Ihnen doch" – Juliet beherrschte sich nur mit Mühe –, „William hat überhaupt nichts mit mir gemacht."

„Nur ein väterliches Auge auf Sie gehabt, was?" höhnte Liam. „Da hat er aber verdammt schlechte Arbeit geleistet!"

Sie hatte versucht, etwas von dem Obst, Käse und frischen Brot zu essen, das Liam zum Mittagessen bereitgestellt hatte, aber es schien, dass der Mann jedes Mal einen Streit begann, wenn sie sich auch nur bemühte, in seiner Gesellschaft zu essen. Sie würden nie einer Meinung über William sein, und so war es vergeblich, überhaupt über den älteren Mann zu sprechen.

„Warum verkaufen Sie Ihre Hotelanlage hier?" Sie versuchte, das Thema zu wechseln.

Er hob die Brauen. „Wer sagt, dass ich das tue?"

Juliet runzelte die Stirn. „Ihre Sekretärin ..." Sie brach ab, schaute ihn aufmerksam an und legte die Apfelsine ab, die sie zu essen versucht hatte. „Haben Sie es genossen, dieses Spielchen mit mir zu spielen, Liam?" sagte sie scharf. Ihr wurde plötzlich bewusst, dass er das getan hatte, begriff zu spät, dass keine von Liams Sekretärinnen so indiskret gewesen wäre, eine derart wichtige Information über seinen Aufenthaltsort und den scheinbaren Verkauf eines seiner Hotels einer völlig Fremden am Telefon zu geben. Es sei denn, sie hätte den Auftrag dazu gehabt!

„Nicht besonders." Er schüttelte den Kopf. „Ganz sicher nicht, nachdem ich Ihnen erst einmal begegnet war", fügte er grimmig hinzu. „Sie sind nicht das, was ich erwartet hatte, Juliet." Er schaute sie nachdenklich aus zusammengekniffenen Augen an, als ob er sich noch immer nicht ganz im Klaren über sie sei, eben weil sie nicht das war, was er „erwartet" hatte.

Sie konnte sich nur allzu gut vorstellen, was er erwartet hatte, und das war nicht sehr erfreulich. Oh, ihr war klar, dass das nicht zu ihrem Vorteil ausfiel! Sie war eine junge Frau, die mehrere Jahre mit einem sehr viel älteren Mann zusammengelebt hatte.

„Und unter Berücksichtigung Ihres Zustandes hat mein Vater wohl alles aus Ihnen herausgeholt", fügte Liam grob hinzu.

Juliet keuchte – was sie in der Nähe dieses Mannes nur allzu oft zu tun schien. Aber er machte so gemeine Bemerkungen, dass es unmöglich war, das zu lassen!

„Arbeitsmäßig, meinte ich natürlich", fügte er verächtlich hinzu.

„Natürlich", pflichtete sie ihm bissig bei.

„Ich dachte, ich hätte Ihnen gesagt, Sie sollen essen." Er blickte betont auf das Essen, das noch immer auf dem Teller lag.

„Und Sie sind daran gewöhnt, dass die Leute das tun, was Sie ihnen sagen, nicht wahr?" spottete Juliet.

„Gewöhnlich, ja, natürlich", sagte er ohne Einbildung. „Ich leite ein Millionenunternehmen, Juliet. Irgendjemand muss schließlich Anweisungen geben."

Und eine kleine Firma wie „Carlyle Properties" war nicht einmal die Mühe eines Nachdenkens wert. Das begriff sie jetzt.

„Ich bin keiner Ihrer Angestellten, Liam", erklärte sie ihm ruhig. „Und Auseinandersetzungen wie diese, wenn ich versuche zu essen, sind meinem Appetit nicht förderlich!"

Er schnitt eine Grimasse. „Daran bin ich also auch schuld?" Er schüttelte kläglich den Kopf. „Ich wette, Sie sind im Geschäft beeindruckend, was? Niemand würde glauben, dass hinter diesem zerbrechlich wirkenden Äußeren eine Frau aus Stahl steckt!"

„Eine Frau aus Stahl?" Er musste scherzen! Oh, sie hatte es gelernt, gegenüber den vielen Schlägen des Lebens unempfindlich zu sein, aber als unbeugsam würde sie sich sicher nicht bezeichnen.

„Vielleicht kann ich am Ende doch verstehen, warum der alte Herr

Sie in seiner Nähe hielt", überlegte Liam. „Wenn alles andere versagte, fuhr er die großen Geschütze auf."

„Liam ..."

„Oder, in diesem Fall, die kleinen", fuhr er spöttisch fort, wobei er sie betont von oben bis unten musterte. „Wer könnte gegenüber einem kleinen Kümmerling, wie Sie es sind, schon als harter Geschäftsmann auftreten?" Er schüttelte wieder den Kopf.

Du könntest das, hätte Juliet sagen können. Aber sie tat es nicht. Sie war viel zu sehr damit beschäftigt, an der Bemerkung „kleiner Kümmerling" Anstoß zu nehmen. „Ihr Vater hat mich als seine Assistentin behalten, weil ich in meinem Beruf gut war – und bin!" erklärte sie ihm steif. „Aus keinem anderen Grunde!"

Liam zuckte die Schultern. „Aber offensichtlich ist es Ihnen nach dem Tode meines Vaters zu viel geworden."

Sie atmete heftig ein. Natürlich war es für sie zu viel geworden, nachdem William gestorben war. Sie hatte die letzten beiden Monate gegen den Strom schwimmen müssen – ohne jede Hilfe.

Sie richtete sich gerade auf und saß sehr steif da. „Wenn Sie sich vielleicht nur ein einziges Mal um ‚Carlyle Properties' gekümmert hätten, wenn Sie gekommen wären und sich die Firma angesehen hätten, hätten Sie sehen können, wie gut sie geführt wird", erklärte sie scharf.

Liam nickte abwägend. „Ich beabsichtige, genau das zu tun." Juliet blickte ihn scharf an, aber sein Gesichtsausdruck war undurchdringlich, und er erwiderte nur fest ihren Blick. „Was meinen Sie damit?" fragte sie vorsichtig.

Er zuckte wieder die Schultern. „Ich habe ein wenig über die Sache nachgedacht und beschlossen, doch mit Ihnen nach England zu fahren und einen Blick in die Bücher von ‚Carlyle Properties' zu werfen."

Juliet starrte ihn verwundert an. Warum genau hatte er so plötzlich seine Meinung geändert?

5. KAPITEL

„Guter Gott, nichts hat sich geändert!" Juliet drehte sich um, als sie in dem Empfangsbereich von „Carlyle House" stand, die Brauen hochgezogen, und Liam ansah, der unmittelbar hinter ihr stand.

Sie waren an diesem Morgen nach England zurückgekehrt. Mit Liams Privatjet. Wenn Liam auch dieses Haus und seine Familie vor zehn Jahren verlassen haben mochte, er reiste und lebte jetzt stilvoll. Sein Jet war luxuriös. Die Formalitäten am Flughafen waren so schnell erledigt worden, dass Juliet kaum zum Atemholen gekommen war, bevor sie hinausgeführt und in den Jaguar gesetzt wurde, mit dem Liam gern in England zu fahren schien.

Er war an diesem Nachmittag direkt nach „Carlyle House" gefahren. Er hatte das Familienhaus zwar seit all diesen Jahren nicht besucht, wusste aber noch, wo es lag.

Jetzt schaute er sich um, und Juliet versuchte, das Haus mit seinen Augen zu sehen. Es war so, wie William es immer geliebt hatte, mit antiken Möbeln und entsprechender Einrichtung, Vasen, gefüllt mit frischen Blumen in allen Zimmern, einer riesigen Farbzusammenstellung in Creme- und Orangetönen auf einem runden Tisch in diesem Empfangsbereich. Als sie zu dem vertrauten Wohnzimmer gingen, wusste Juliet, dass im Kamin ein großes Feuer brennen würde. Ja, alles war noch ganz genau so, wie William es geliebt hatte, und sie persönlich sah keinen Grund, das zu ändern.

Liams Miene war ernst, als er langsam herumging und Dinge betrachtete, die ihm einst sehr vertraut gewesen sein mussten – ihm noch vertraut waren.

Juliet konnte nicht sagen, dass sie sich sonderlich glücklich darüber fühlte, wie die Dinge waren, aber das hatte nichts mit dem „Carlyle House" zu tun.

Liam hatte nach seiner Ankündigung, mit ihr zurückzukehren, dafür gesorgt, dass sie beide drei Tage später fliegen konnten. Zwei Tage hatte sie sich völlig ausruhen müssen, und er hatte all ihre Proteste ignoriert, dass sie lieber sofort zurückkehren wolle, nachdem die Entscheidung getroffen war. Nichts von dem, was sie während dieser beiden Tage gesagt hatte, hatte ihn von seinem Entschluss abbringen können, dass sie ruhen müsse. Obwohl sie eingeräumt hatte, dass sie sich etwas besser fühlte, hatte sie es nicht genossen, dass Liam sich um sie kümmerte.

„Miss Juliet!" begrüßte die Haushälterin sie herzlich, als sie durch die Tür kam. „Wie schön, Mr. Liam …!" rief Janet vor Freude, als sie ihn am Fuß der breiten, geschwungenen Treppe stehen sah.

„Janet", grüßte er sie trocken. „Mein Gott, nichts hat sich verändert." Fast benommen schüttelte er den Kopf, ging die wenigen Schritte, die ihn noch von der Haushälterin trennten, und umarmte sie innig.

Janet Byrd, klein und mollig, mit warmen blauen Augen und völlig weißem Haar, war als Dienstmädchen zur Familie Carlyle gekommen, als William seine Braut ins Haus gebracht hatte, und seitdem immer dort gewesen. Sie hatte nie geheiratet, sondern erklärt, die Carlyles seien ihre Familie.

Jetzt war nur Janet im Haus, aber sie konnte noch immer Geschichten davon erzählen, wie großartig alles mit sechs Dienern und einer Armee von Gärtnern vor vierzig Jahren gewesen war, die das Anwesen in einem makellosen Zustand gehalten hatten. Nun wurde es von einem selbstständigen Gärtner, der zweimal wöchentlich kam, gepflegt. Fast sechzig Jahre alt, hatte Janet alle Veränderungen im Hause miterlebt.

Sie wirkte erfreut darüber, Liam in seinem alten Zuhause zu sehen. „Warum hat mir niemand gesagt, dass Sie kommen?" Sie schaute Juliet ein wenig tadelnd an. „Ich hätte Ihr altes Zimmer vorbereiten können", sagte sie mit einem Kopfschütteln.

Liam verzog das Gesicht. „Ich bin mir noch nicht sicher, ob ich bleibe oder nicht", sagte er knapp, als er die ältliche Haushälterin schließlich losließ. „Und wenn ich bleibe, dann möchte ich ganz sicher nicht mein altes Zimmer!"

Janet wirkte verletzt. „Aber ..."

„Können wir einen Tee haben, Janet?" Juliet übernahm ruhig das Kommando. An Liams sturem Zug um den Mund erkannte sie, dass er nicht die Absicht hatte, sich etwas aufdrängen zu lassen, was er nicht wollte – nicht einmal von der Frau, die er seit seiner Geburt vor achtunddreißig Jahren kannte. „Es ist ein anstrengender Tag gewesen", übertrieb sie – die Reise war so glatt verlaufen, dass es schwerfiel, zu glauben, dass sie tatsächlich wieder in England waren. Aber Liam wirkte, als ob er für einen Tag bereits genug hätte. Die Rückkehr nach „Carlyle House" bedeutete für ihn offensichtlich eine Anstrengung.

„Ich werde ihn gleich bringen." Janet war sichtlich froh, etwas Nützliches zu tun. „Es ist schön, Sie wieder hier zu sehen, Mr. Liam."

Liam schüttelte den Kopf, nachdem die Haushälterin hinaus in die Küche gegangen war. „Janet hatte ich völlig vergessen", erklärte er stirnrunzelnd.

Juliet bezweifelte, dass er sie tatsächlich vergessen hatte. Er hatte nur jede Erinnerung an seine Familie und alles, was mit ihr zu tun hatte, während der letzten zehn Jahre verdrängt. Was immer der Grund für den Bruch mit seiner Familie gewesen sein mochte – sie bezweifelte, dass sie das je erfahren würde –, es musste etwas Schwerwiegendes gewesen sein.

„Danke!"

Sie schaute Liam fragend an, da sie die ruhige Bemerkung nicht verstand.

„Für die Bitte um Tee", erklärte er reumütig. „Sie sind schon ein recht scharfsinniges kleines Ding, nicht wahr?" bemerkte er, während er zum Wohnzimmer schritt.

„Würden Sie bitte aufhören, so herablassend über meine Größe zu sprechen?" entgegnete Janet. Sie hatte Mühe, mit ihm mitzukommen.

Er drehte sich zu ihr um. Sein Gesicht zeigte echte Überraschung. „Ich wollte nicht herablassend sein." Er runzelte die Stirn. „Es ist nur – also, Sie können doch nicht leugnen, dass Sie wirklich etwas klein geraten sind, oder?" Er verzog das Gesicht. „Nach unserer Reise sind Sie offensichtlich ein wenig gereizt." Er sah sie nachdenklich an. „Vielleicht hätten wir noch ein paar Tage mit der Rückkehr warten sollen."

Ein paar Tage mehr, an denen dieser Mann ihr ständig gesagt hätte, was sie zu tun habe, und sie hätte ihm eines der Tabletts mit dem Essen an den Kopf geworfen! „Mir geht es ausgezeichnet. Danke!" erklärte sie ihm scharf. „Ich würde es nur begrüßen, wenn Sie mich zur Abwechslung als erwachsene Frau behandeln würden!"

„Ich dachte, das täte ich", sagte er ruhig.

Juliet schaute zu ihm hinüber, während sie vor dem Kamin stand. In seinem Tonfall war etwas zu Intimes gewesen. Aber seit jenem Morgen, als sie in ihrer Unterwäsche im Bett gelegen hatte, hatte es keinen weiteren Hinweis darauf gegeben, dass er sie als Frau überhaupt zur Kenntnis genommen hatte – was gewiss keine erkennbare Erwiderung des intensiven Gefühls bedeutete, das so flüchtig zwischen ihnen bestanden hatte.

Sie schluckte schwer. „Als Geschäftspartnerin dann", korrigierte sie sich verlegen. Sie spürte, dass jetzt eine physische Spannung zwischen ihnen vorhanden war. Aber es war das Letzte, was sie ausgerechnet mit diesem Mann haben wollte – mit irgendeinem Mann.

„Für den Augenblick." Er nickte kurz. „Wir werden erst wissen, wie lebensfähig die Firma ist, wenn ich mir ‚Carlyle Properties' angesehen habe", erklärte er auf ihren fragenden Blick hin.

Juliet konnte nur annähernd vermuten, was er meinte und was er tun würde, wenn er später feststellte, dass die Firma nicht lebensfähig war!

„Sie ..." Sie brach abrupt ab, als Janet mit dem Teetablett hereinkam, auf dem auch einige appetitliche Sandwiches lagen. „Danke, Janet!" Sie lächelte die ältere Frau an.

„Ich werde für alle Fälle ein Zimmer für Sie vorbereiten, Mr. Liam", erklärte die Haushälterin, bevor sie ging.

Liam lächelte schief. „Sie war immer eine hartnäckige Frau. Mein Vater hätte sie wahrscheinlich vor Jahren heiraten sollen", fügte er mit einem Stirnrunzeln hinzu.

Juliet schaute ihn verwirrt an, die Kanne noch in der Hand. „Wie bitte?"

Er erwiderte ihren Blick gelassen. „Janet liebte meinen Vater seit Jahren. Das wussten Sie doch sicher?" sagte er ironisch.

Das hatte sie ganz sicher nicht gewusst. Sie hatte nie auch nur einen Hinweis bemerkt, dass die andere Frau sich so zu William hingezogen gefühlt hatte. Obwohl sie es immer für ein wenig eigenartig gehalten hatte, dass eine wunderbare Frau wie Janet, die offensichtlich einmal eine sehr schöne Frau gewesen war, nie geheiratet hatte.

„Anscheinend nicht", erklärte Liam langsam auf Janets verblüfftes Schweigen hin. „Na ja, es heißt ja, dass niemand so blind ist …", schloss er trocken. „Wahrscheinlich wollten Sie das einfach nicht sehen. Schließlich hätte das Ihre eigene Beziehung zu meinem Vater beeinträchtigt."

Juliet spürte die Hitze in ihren Wangen. „Ich habe Ihnen wiederholt gesagt", sagte sie mit Nachdruck, „dass meine Beziehung zu Ihrem Vater völlig platonisch war."

„Ich weiß." Liam nickte spöttisch. „Und ich habe wiederholt zu glauben versucht", fügte er ebenso nachdrücklich hinzu, „dass Sie tatsächlich hier mehrere Jahre lang gelebt haben, als, wie es scheint, seine Assistentin und platonische Begleiterin."

Offensichtlich glaubte er das noch immer nicht. Schön, sie würde es nicht wiederholen.

„Ich hatte immer angenommen, dass mein Vater Janets Gefühle nicht erwiderte, weil er nach dem Tode meiner Mutter nicht ständig eine Frau in seinem Leben haben wollte." Liam runzelte die Stirn. „Aber da Sie einige Zeit hier waren, war dies offensichtlich nicht der Fall."

Juliet musste sich wieder auf die Lippe beißen. Egal, was sie sagte, Liam würde sich nicht davon überzeugen lassen, dass sie mit seinem Vater kein Verhältnis gehabt hatte. Und am Ende des Tages war ihr eigentlich wirklich egal, was er dachte, wenn er ihr nur dabei half, „Carlyle Properties" zu retten.

„Arme Janet!" fügte er anzüglich hinzu, während er seine Teetasse aus Juliets leicht zitternder Hand nahm.

Die Haushälterin war über Williams Tod außerordentlich betroffen gewesen. Sie war bei ihm gewesen, als er starb, hatte ihm an diesem Morgen eine Tasse Tee ins Schlafzimmer gebracht und dabei festgestellt, dass er irgendwann während der Nacht einen Herzinfarkt gehabt haben musste. Es war keine Zeit mehr geblieben, einen Arzt zu rufen, da William fast augenblicklich gestorben war. Es schien fast, als habe er nicht allein sein wollen, als er ging. Aber Juliet war nie auf die Idee gekommen, dass Janet ihren Arbeitgeber geliebt hatte. Wie schrecklich für die andere Frau! Und wie traurig, dass ihre Liebe offensichtlich in all diesen Jahren unerwidert geblieben war!

Janet wusste, auch wenn Liam das Gegenteil vermutete, dass es nie mehr als Freundschaft zwischen Juliet und William gegeben hatte, dass dieser ältere Mann mehr ein Vater für sie als irgendetwas anderes gewesen war. Und so hatte Juliet keinen Grund, sich vor Liam zu rechtfertigen.

Liam warf einen ungeduldigen Blick auf seine Armbanduhr. „Na ja, da es zu spät ist, heute noch ins Büro zu gehen, warten wir bis morgen damit. Ich werde jetzt erst einmal duschen und mich umziehen, bevor ich mich hier umschaue." Seine Miene war wieder grimmig. „Obwohl ich zu meiner ersten Feststellung stehe: Nichts scheint sich verändert zu haben!"

Abgesehen davon, dass sein Vater und sein Bruder gestorben waren, nachdem er vor zehn Jahren fortgegangen war, hätte Juliet bemerken können. Aber sie tat es nicht. Dies alles war schon so schwierig genug, auch ohne zusätzliche Feindseligkeit zwischen ihnen.

„Ich werde Janet bitten, Ihnen Ihr Zimmer zu zeigen", sagte sie höflich, während sie nach der Haushälterin läutete.

Liam beobachtete sie abwägend. „Sie sind recht gut darin, was?" murmelte er spöttisch.

Sie bereitete sich innerlich auf die Beleidigung vor, die, wie sie wusste, kommen würde. „Gut worin?"

Er zuckte die Schultern. „Herrin im Hause zu sein. Erfordert langjähriges Training", fügte er kühl hinzu, bevor er seine leere Tasse absetzte und hinaus in die Halle schritt. Juliet konnte Sekunden später das Gemurmel von Stimmen hören.

Liams letzte Bemerkung war von unmissverständlicher Doppeldeutigkeit gewesen, aber sie schmerzte, obwohl sie sie halb erwartet hatte. Ihre Hände zitterten, als sie ihre eigene Tasse unberührt absetzte. Mit „Herrin des Hauses" meinte Liam etwas völlig anderes als das, was es üblicherweise bedeutete, und er hatte absichtlich verletzend sein wollen.

Er war ein seltsamer Mann, bestand in der einen Minute darauf, dass sie sich ausruhen sollte, während sie in seiner Villa war, in der nächsten, in diesem Hause, behandelte er sie mit der Verachtung, die die Geliebte seines Vaters seiner Meinung nach verdient hatte. Aber er hatte Recht, was ihre Unempfänglichkeit hinsichtlich Janets Gefühlen zu William anbelangte. Juliet war nie auf die Idee gekommen, dass es von Janets Seite aus hätte mehr sein können. Kein Wunder, dass die andere Frau bei seinem Tod so betroffen gewesen war. Juliet empfand jetzt ein gewisses Schuldgefühl gegenüber der Haushälterin.

Liam wollte das zweifellos – obwohl die Schuld, die sie seiner Meinung nach fühlen sollte, ihre eigene vermeintliche Affäre mit seinem Vater betraf!

Vor dem Abendessen beschäftigte sich Juliet im Arbeitszimmer und erledigte dringende geschäftliche Angelegenheiten. Erst fünfzehn Minuten, bevor aufgetragen wurde, ging sie nach oben, um sich zu duschen und umzuziehen. Sie hatte Liam nicht gesehen, seit er das Wohnzimmer nach dem Tee so abrupt verlassen hatte, und konnte nur vermuten, dass er sich um seine eigenen Geschäfte kümmerte.

Ihre Kehle war wie zugeschnürt, als sie über den Korridor zu ihrem Schlafzimmer ging und sah, dass die Tür, die etwas von ihrem Zimmer entfernt war, leicht offen stand. Jemand war in Simons Zimmer! Janet hatte doch sicher nicht beschlossen, Liam dieses Zimmer zu geben? Nein, so unsensibel konnte Janet nicht sein.

Aber Liam!

Juliet eilte den Korridor entlang und blieb vor der Tür stehen, die seit sieben Jahren nicht geöffnet worden war. Und sie konnte den Raum noch immer nicht betreten. Sie stand an der Schwelle und schaute hinein, beobachtete, wie er umherging und das Zimmer betrachtete, das genauso geblieben war, wie Simon es verlassen hatte.

Er drehte sich plötzlich um und sah sie dastehen. Er hatte bereits einen schwarzen Abendanzug und ein schneeweißes Hemd angezogen.

„Ich dachte, ich ziehe mich zum Abendessen um", bemerkte er trocken, als er sah, dass sie ihn anstarrte.

Juliet war egal, was er zum Abendessen trug. Sie wollte nur, dass er dieses Zimmer verließ. „Das ist Simons Zimmer", sagte sie steif.

Liam verzog den Mund. „Ich bin mir wohl bewusst, wessen Zimmer das war, Juliet", erklärte er scharf. „Mein kleiner Bruder hat die Möbel offensichtlich selbst ausgewählt!" Er blickte spöttisch auf die Möbel aus Chrom und Glas, die zu der dezenten Eleganz des übrigen Hauses überhaupt nicht passten.

Er hatte Recht – Simon hatte alle Möbel darin selbst ausgesucht, hatte große Freude daran gehabt, sein ganz persönliches Reich so modern einzurichten.

„Aber das dürften Sie ja kaum wissen, nehme ich an, oder?" sagte er, während er durch den Raum auf sie zuging. „Er ist jetzt seit über sieben Jahren tot ...", überlegte er.

Sie wusste genau, wie lange Simon tot war, hätte Liam das nicht nur auf den Tag genau, sondern auch auf die Stunde und Minute sagen können.

„Das weiß ich", sagte sie abrupt. „Was tun Sie hier?" Sie hatte das Gefühl, sich nicht von der Tür fortbewegen zu können, nachdem die sich schließlich wieder geöffnet hatte, obwohl sie spürte, dass Liam den Raum verlassen wollte.

Er zuckte lässig die Schultern. „Ich wollte nur anhand der Dinge, die er hinterlassen hat, sehen, ob mein kleiner Bruder sich überhaupt verändert hatte."

Juliet hätte ihm sagen können, dass sie auch eines „der Dinge" war, die Simon hinterlassen hatte, und hätte fragen können, was sie ihm über seinen Bruder verriet, wenn er sie ansah. Doch der Schock, dieses Zimmer wieder zu sehen, war für einen Abend mehr als genug. Eine verbale Auseinandersetzung mit Liam über ihre einstige Beziehung zu Simon würde sie nicht auch noch durchstehen können.

Liam verzog mit einem Blick auf das Chrom und Glas das Gesicht. „Offensichtlich hat er das nicht!" sagte er angewidert.

Sie wusste nicht, ob Simon sich verändert hatte oder nicht, nachdem Liam gegangen war. Sie konnte sich nur an den Simon erinnern, den sie gekannt hatte. „Zu seiner Beerdigung sind Sie auch nicht gekommen", sagte sie ausdruckslos. Es gelang ihr schließlich, Liam aus dem Zimmer zu folgen und die Tür fest hinter sich zu schließen. Sie zitterte, und ein Schauder lief ihr über den Rücken.

Er schüttelte grimmig den Kopf. „Er war bereits tot und begraben, als ich davon aus der Zeitung erfuhr."

„Und die Kluft zwischen Ihnen und Ihrem Vater war so groß, dass Sie nicht einmal das Gefühl hatten, ihm vielleicht etwas Gutes zu tun, indem Sie zurückkommen?" Juliet runzelte die Stirn.

Seine Augen wurden kalt. „Nichts hatte sich geändert", sagte er harsch. „Ich wäre trotzdem nicht der Sohn gewesen, den er wollte!"

„Aber..."

„Juliet, mischen Sie sich nicht in Dinge ein, die Sie nicht verstehen können und nie verstehen werden", unterbrach er sie mit warnender Stimme.

Sie konnte nicht verstehen, weil sie nicht die Hintergründe kannte, doch irgendwie hatte sie den Eindruck, dass Simon mit dem Zerwürfnis zwischen Vater und älterem Sohn zu tun hatte. „Ich finde es nur schade, dass Sie und William vor seinem Tod keinen Frieden schließen konnten." Sie zuckte die Schultern.

Liam schaute ungeduldig auf seine Uhr. „Ihnen bleiben jetzt noch fünf Minuten, um sich für das Abendessen umzuziehen, Juliet", sagte er, das Thema wechselnd. „Nach meinen Erfahrungen aus der Vergangenheit würde ich Ihnen raten, nicht zu spät zu einem Abendessen von Janet zu kommen."

Er hatte absolut Recht. Janet legte großen Wert auf Pünktlichkeit beim Essen. Aber Juliet hatte das Gefühl, nichts essen zu können, selbst wenn es ihr gelang, sich noch rechtzeitig umzuziehen. Nachdem sie Simons Zimmer so plötzlich wieder gesehen hatte, war ihr jeder Appetit vergangen.

„Und sagen Sie nicht, Ihnen ist nicht nach Essen zu Mute!" Liam sah ihre nächste Bemerkung richtig voraus, auch wenn er den Grund dafür nicht kannte. „Diese Diskussion haben wir bereits mehrfach geführt. Auch der Arzt hat gesagt, ich solle dafür sorgen, dass Sie täglich drei Mahlzeiten zu sich nehmen", fügte er warnend hinzu.

Juliet musste einfach lachen. „Er sagte, ich solle dafür sorgen, dass ich dreimal täglich esse, nicht Sie", protestierte sie.

Liam drehte sie entschlossen in Richtung auf ihr Zimmer. „Dann sorgen Sie dafür! Gehen Sie und ziehen Sie sich um! Schnell!" befahl er, als ob sie wieder protestieren wollte.

Juliet eilte in ihr Zimmer, wusch sich, bürstete ihr Haar und legte ein leichtes Make-up auf, bevor ihr bewusst wurde, was sie tat. Liam war geradezu versessen darauf, Befehle zu erteilen – und zu ihrem Verdruss befolgte sie diese.

Sie wollte nicht zum Essen hinuntergehen. Sie brauchte Zeit, um darüber nachzudenken, dass sie ihn in Simons Zimmer gefunden hatte.

„Beeilen Sie sich und ziehen Sie sich an, Juliet!" sagte eine ihr nur allzu vertraute Stimme an der Tür. „Uns bleibt nur noch eine Minute, um keinen Ärger zu bekommen", fügte Liam warnend hinzu.

Juliet hatte sich beim Klang der Stimme heftig umgedreht und starrte ihn wortlos an. Wieder stand sie vor ihm, nur mit Unterwäsche bekleidet – diesmal einem schwarzen BH und einem gleichfarbigen Spitzenslip –, um in das schwarze, knielange Kleid zu schlüpfen, das sie noch nicht hatte anziehen können.

Liam stand an der anderen Seite des Zimmers und betrachtete sie mit zusammengekniffenen Augen. Sein Blick wanderte langsam über ihren Körper, verweilte auf ihren Brüsten und glitt dann über den Schwung ihrer Taille zu den Hüften hinunter. „Aber vielleicht ist das den Ärger wert", murmelte er, während er langsam auf sie zukam.

Juliet schaute ihn in stummer Faszination an, war unfähig, sich zu bewegen, zu protestieren, als er sie in seine Arme nahm. Das Keuchen war kaum über ihre Lippen gekommen, als er sie mit seinem Kuss verschloss.

Er erforschte sanft ihren Mund, hatte die Arme um ihre nackte Taille gelegt, fuhr mit einer Hand über ihr Rückgrat und erfasste ihr fließendes Haar, umschloss ihren Nacken …

Der Kuss war so plötzlich gekommen, so unerwartet, dass Juliet keine Zeit zum Widerstand fand. Sie tastete nach seinem Hemd, hielt ihn fest, als er seinen Körper an sie presste. Sie spürte seine Schenkel hart und fest an ihren. Die Spitze seiner Zunge liebkoste feucht ihre Unterlippe, bevor sie in die Wärme ihres Mundes drang.

Juliet fühlte sich überfallen, als ob sie beide auf unerklärliche Weise vereint seien, sie völlig ihres Willens beraubt sei. Wäre er grob und fordernd gewesen, hätte sie den Bann brechen können, aber so, wie er sie liebkoste, wurde eine Reaktion in ihr geweckt, die sich nicht mehr unterdrücken ließ.

Seine andere Hand glitt über ihre Taille zu dem sanften Hügel ihrer Brust und umschloss sie. Die Daumenspitze bewegte sich rhythmisch über die bereits erhärtete Brustspitze. Wärme durchströmte bei der intimen Liebkosung ihre Schenkel. Ihr ganzer Körper schien zu brennen.

„Du bist so wunderschön!" keuchte Liam, während er ihren Hals mit zärtlichen Küssen bedeckte. Er beugte sich tiefer und nahm durch den hauchdünnen Stoff ihre andere Brustspitze in die warme Höhle seines Mundes und ließ seine Zunge darüber gleiten.

Juliet keuchte und presste voller Verlangen den Mund auf seine Lippen. Ihr wurde vor Lust ganz schwindelig, als Liams Hand langsam zur Innenseite ihrer Schenkel glitt und seine Handfläche sich rhythmisch streichelnd bewegte.

Diese doppelte Erregung war beinahe unerträglich. Ihr Atem wurde heftig und flach, als sie sich jetzt an seine Schultern klammerte …

Liam hob den Kopf, um wieder ihren Hals zu küssen. Seine Lippen waren warm und besitzergreifend, seine Zunge verweilte an einer Stelle direkt unter ihrem Ohrläppchen. Juliet erschauerte. „So täuschend unschuldig", murmelte er heiser …

Täuschend …? Was …?

„Miss Juliet!" Das Rufen ihres Namens wurde von einem lauten Pochen an die Tür begleitet. „Zeit zum Abendessen", fuhr Janet fröhlich fort. „Aber ich kann Mr. Liam nirgendwo finden", fügte sie besorgt hinzu.

Der Klang von Janets Stimme vor ihrem Zimmer hatte bewirkt, was Juliet von selbst nicht zu können schien, nämlich, den sinnlichen Zauber zu brechen, mit dem Liam sie gefangen hatte. Sie entzog sich ihm heftig und starrte ihn entsetzt an. Was hatte sie getan?

„Miss Juliet?" sagte Janet wieder, diesmal beunruhigt. „Ist alles in Ordnung?"

Das fand sie nicht. Sie fühlte sich durch die Intimität, die sie gerade mit Liam geteilt hatte, wie vernichtet. Sie mied seinen Blick, während sie nach ihrem Morgenmantel griff. Kaum hatte sie ihn übergestreift und den Gürtel geschlossen, kam Janet, die keine Antwort erhalten hatte, besorgt in das Zimmer.

Die Augen der Haushälterin wurden groß, als sie Liam in Juliets Schlafzimmer sah. „Sie haben auf mein Klopfen nicht geantwortet, und deshalb war ich mir nicht sicher …" Sie brach ab. „Das Abendessen ist fertig", fügte sie lahm hinzu. Sie wirkte sehr verlegen.

Liam nickte. „Wir werden in einer Minute unten sein", erklärte er kurz.

„Ich … sehr gut", erwiderte Janet abrupt und wandte sich ab. „Es – es tut mir leid, wenn ich Sie gestört habe", sagte sie und schloss die Tür fest hinter sich, als sie ging.

Oh Gott, wie schrecklich, dass all dies geschehen war! Dass aber Janet jetzt einen falschen Eindruck gewann, was sie beide anbelangte, war einfach entsetzlich. Denn Janet war sich der Tatsache sehr wohl bewusst, dass Juliet und Liam sich erst vergangene Woche kennen gelernt hatten!

Juliet warf einen verlegenen Blick zu Liam, ließ sich jedoch von seiner kalten Miene, den höhnisch verzogenen Lippen nicht entmutigen. Welches Recht hatte er auch, ihr gegenüber so spöttisch zu sein? Er war schließlich derjenige gewesen, der diese Intimität herbeigeführt hatte, nicht sie.

Und diese Intimität war es, die sie zusammenzucken ließ, wenn sie nur daran dachte. Seit Simon hatte es niemanden in ihrem Leben gegeben. Und dass es sein älterer Bruder war, auf den sie so reagiert hatte, machte alles noch schlimmer.

Liam musterte sie mit zusammengekniffenen Augen. Sein Gesicht war noch immer kalt. „Du solltest dich besser zum Abendessen anziehen", sagte er gleichmütig.

Juliet wollte jetzt nicht mehr zum Abendessen hinuntergehen. Sie konnte unmöglich mit ihm an einem Tisch sitzen, als ob nichts zwischen ihnen vorgefallen sei. Nie wieder könnte sie je in seiner Gesellschaft sein, ohne sich daran zu erinnern, wie intim er sie berührt und wie er sie liebkost hatte. Warum hatte sie ihm das bloß erlaubt! Sie verstand selbst nicht, was in sie gefahren war.

Er verzog den Mund, als er offensichtlich ihre Weigerung spürte, sich zu ihm zu gesellen. „Janet ist bereits misstrauisch genug", gab er verächtlich von sich. „Ich glaube wirklich nicht, dass wir noch zusätzlich Öl ins Feuer gießen müssen, indem ich allein zu Abend esse!"

Das sah Juliet ein, aber sie wusste nicht, wie sie mit ihm essen und sich verhalten könnte, als ob nichts geschehen sei.

„Das hat sich zu einer richtigen Familienaffäre entwickelt, nicht wahr?" fuhr er spöttisch fort, wobei sein Blick scharf über Juliets zerzaustes Haar und ihre geschwollenen Lippen glitt.

Sie runzelte die Stirn. „Was soll das heißen?" Es war das erste Mal, dass sie etwas sagte, nachdem er sie geküsst hatte, und zu ihrem Ärger klang ihre Stimme sehr belegt.

Er zuckte die Schultern. „Du hattest zuvor gesagt, dass du meinen Bruder auch kanntest?"

„Ja." Sie runzelte noch immer die Stirn.

„Und wie gut kanntest du den lieben Simon?" höhnte er. „Oder kanntest du ihn vor meinem Vater?"

Sie schluckte schwer. Die Röte ihrer Wangen war Antwort genug.

„Eine Familienaffäre." Er nickte kalt. „Der Vater und beide Söhne – wirklich nicht schlecht, was?" sagte er angewidert. „Nur, dass du mich nicht auf die Liste setzen kannst. Und ich habe auch nicht die Absicht, das in Zukunft geschehen zu lassen", fuhr er barsch fort. „Du hast den Test gerade nicht bestanden, Juliet", fuhr er verächtlich fort.

Sie versuchte noch immer, mit den Beleidigungen fertig zu werden, mit denen er sie eben überschüttet hatte. Er konnte doch nicht wirklich glauben ...? Aber sie sah seiner harten Miene an, dass er das tat! „Welchen Test?" fragte sie matt.

Liam zuckte nur mit den Schultern. „Was für Pläne du auch immer haben magst, um mich in das Netz zu ziehen, mit dem du die anderen Carlyle-Männer umgarnt hast – ich rate dir, vergiss das! Für mich ist das eine rein geschäftliche Angelegenheit. Mit Männern zu schlafen, mag ja deine Methode sein, so weit zu kommen, wie du gekommen bist, aber was mich betrifft ..."

Juliet dachte gar nicht erst nach. Sie brauchte auch nicht nachzudenken. Ihr Arm zuckte hoch, und ihre Hand schlug heftig auf Liams linke Wange. „Hinaus!" sagte sie energisch. „Verschwinde aus meinem Zimmer!" Ihre grauen Augen funkelten.

„Ich würde dir raten, das nicht noch einmal zu tun, Juliet", erwiderte Liam unbeeindruckt. Er fuhr mit den Fingern seiner linken Hand betont über die Wange, auf die sie gerade geschlagen hatte. „Beim nächsten Mal könnte ich mich revanchieren", fügte er grimmig hinzu.

Sie starrte ihn mit großen Augen an und spürte, dass sie zu schwanken begann, noch während die Dunkelheit sie zu umhüllen drohte.

„Oh nein! Das wirst du nicht", sagte Liam grimmig, während er sie unter den Armen fasste und auf das Bett setzte.

Juliet erholte sich und erwiderte Liams Blick ein wenig benommen. Zumindest war sie nicht wieder ohnmächtig geworden.

Er verzog spöttisch den Mund. „Kannst du das auch auf Kommando tun, oder hat sich das einfach so entwickelt?" fragte er höhnisch.

Sie schüttelte leicht den Kopf, um klar denken zu können. „Ich weiß nicht, was du meinst", sagte sie schließlich matt.

„Ach, wirklich?" höhnte er mit eisigem Blick. „Vielleicht solltest du mir doch nicht beim Essen Gesellschaft leisten, Juliet. Ich habe das Gefühl, dass ich Lust bekommen könnte, dich noch vor Ende des Essens zu erwürgen!" fügte er angewidert hinzu. „Du weckst wirklich diese Gefühle in mir. Ich würde dir raten, etwas zu schlafen."

Er ging zur Tür hinüber. „Wir werden morgen ins Büro gehen", sagte er entschlossen, während er stehen blieb. „Weiß Gott, was ich dort entdecken werde!" Er verließ den Raum und schlug die Tür zu.

Juliet hatte sich nicht gerührt – konnte sich nicht bewegen. Sie konnte nur auf dem Bett sitzen und auf die Tür starren, die Liam gerade so heftig hinter sich zugeschlagen hatte.

Was glaubte er denn bloß, bei „Carlyle Properties" herausfinden zu können …?

6. KAPITEL

"Warum so niedergeschlagen?" fragte Liam, als sie das Büro betraten. Sie waren mit zwei Wagen in die Stadt gefahren, da Juliet beschlossen hatte, unabhängig von Liam für die Heimfahrt zu sein. Aber als sie den Parkplatz erreichte, hatte Liam sie dort erwartet.

„Ich bin nicht niedergeschlagen." Sie erwiderte seinen Blick gelassen, entschlossen, nicht so zu wirken, als ob sie sich verteidigte.

Sie waren sich beim Frühstück begegnet – zum ersten Mal seit Liams verletzenden Bemerkungen am Abend zuvor. Es war eine extrem ruhige Mahlzeit gewesen, das Gespräch auf ein Minimum reduziert. In stillschweigender Übereinkunft waren beide um halb neun zum Büro aufgebrochen.

Juliet war wirklich nicht niedergeschlagen. Sie war jedoch angespannt und wusste, dass eine Menge davon abhing, wie Liam sich heute entschied.

„Sicher?" spottete er.

Nein, sie war sich nicht sicher. Sie hätte ihm am liebsten dieses selbstgefällige Lächeln aus dem Gesicht geschlagen! Aber für jemand, der Gewalt verabscheute ...!

„Absolut. Danke!" konterte sie kurz. Sie nickte dem Mädchen zu, das am Empfang saß, und war überhaupt nicht überrascht, als Linda Liam mit offener Begeisterung ansah. Diese Wirkung schien er auf die meisten Frauen auszuüben. Mich mit eingeschlossen, wie sie zugab. Aber nach dem vergangenen Abend war sie sich sicher, dass das nie wieder geschehen würde.

Liam schaute sich kritisch um, als sie sich durch das Gebäude bewegten. „Carlyle Properties" befand sich im Erdgeschoss des Bürogebäudes. Die zehnköpfige Belegschaft umfasste die Computerabteilung und das Rechnungswesen. Die Büros waren feudal eingerichtet. Das lag aber mehr daran, dass William der Auffassung gewesen war, eine sorgfältige Ausstattung mache einen guten Eindruck auf die Kunden.

Sie lächelte John Morgan an, der seit Williams Tod ihr Assistent war. Er kam über den Korridor auf sie zugeeilt. Sie hoffte, dass er ihr heute helfen würde, Liam davon zu überzeugen, dass die Firma noch lebensfähig sei. „John ..."

„Gott sei Dank, dass Sie hier sind, Juliet!" fiel er ihr ins Wort. Sein jugendliches Gesicht wirkte besorgt. Er war fünfundzwanzig und von William aufgebaut worden, um Juliet zu helfen, als der alte Mann sich halb zur Ruhe gesetzt hatte. „Ich habe versucht, Sie zu Hause anzurufen, aber Janet sagte, Sie seien bereits losgefahren und ..."

„Beruhigen Sie sich doch, John", fiel sie beschwichtigend ein. Sie wusste, dass Liam hinter ihr stand. Das Letzte, was sie wollte, war, dass er mit einem Problem konfrontiert wurde, kaum dass sie durch die Tür gekommen waren.

„Aber Sie verstehen nicht." John runzelte noch immer die Stirn. „Eine Miss Gilbraith traf hier vor etwa einer halben Stunde ein und ..."

„Liam?" Bei der Erwähnung des Namens seiner Assistentin hatte sich Juliet scharf zu ihm umgedreht. Was machte Diana Gilbraith denn hier?

„Wir sprechen gleich darüber in deinem Büro, Juliet", erwiderte er gleichmütig.

Sie versuchte, in seinem Gesichtsausdruck zu lesen. Aber sie vergeudete ihre Zeit. Liam war einer der rätselhaftesten Männer, denen sie je in ihrem Leben begegnet war.

„Ist in Ordnung, John." Sie wandte sich wieder zu dem jungen Mann. „Ich weiß, wer Miss Gilbraith ist." Aber nicht, was sie hier tut.

„Ach, ja?" John wirkte nach dieser Information erleichtert. „Also, ich war mir nicht sicher, was ich mit ihr tun sollte, und da habe ich sie in Ihr Büro geführt ..." Er verzog unsicher das Gesicht. Er war groß, dunkelhaarig und sein attraktives Gesicht jugendlich ernst.

„Danke, John!" Juliet drückte beruhigend seinen Arm. „Ich werde später mit Ihnen reden."

„Das war außerordentlich unhöflich", bemerkte Liam leise, als sie wieder allein auf dem Korridor waren.

Unhöflich von ihr? Die Assistentin des Mannes befand sich bereits in dem Gebäude, war in ihrem Büro, und er hatte den Nerv, sie der Unhöflichkeit zu bezichtigen? Er ...

„Du hättest – John? – und mich miteinander bekannt machen sollen", fuhr er arrogant fort.

Sie atmete verärgert ein. „Ich denke, du hättest mir sagen müssen, dass Diana Gilbraith bereits hier ist", erwiderte sie.

Er zuckte gleichgültig die Schultern. „Natürlich ist Diana hier. Sie ist meine Assistentin."

„Und es wäre höflich von dir gewesen, mir zu sagen, dass sie bereits hier ist", erklärte Juliet hitzig.

Er zuckte wieder die Schultern. „Ich wüsste nicht, wieso das wichtig ist. Wärst du so freundlich, mich zum Büro meines Vaters zu führen", fügte er kalt hinzu, „und dann Diana zu mir zu schicken?"

Julias Augen weiteten sich. „Aber ..."

„Ich glaube, das ist doch jetzt mein Büro?" Liam hob die Brauen.

Niemand hatte dieses Büro seit Williams Tod vor zwei Monaten benutzt, aber offensichtlich wollte Liam es während der Zeit seiner Anwesenheit mit Beschlag belegen.

„Es sei denn, du benutzt es jetzt?" Liam blickte sie herausfordernd an.

„Natürlich nicht." Juliet atmete tief ein. Dieser Mann wollte sie wütend machen, und er merkte, dass er damit Erfolg hatte. In dem dunklen Blau seiner Augen war ein spöttisches Glitzern. „Das Büro ist leer", erklärte sie ihm förmlich.

Sein Mund wurde schmal. „Jetzt nicht mehr! Hast du damit ein Problem?" fuhr er fort. Er schaute sie kalt an.

Ja, sie hatte ein ernstes Problem damit. „Überhaupt nicht", versicherte sie ihm kühl. „Hier entlang." Sie ging über den Korridor zur letzten Tür an der rechten Seite voraus, legte eine Hand auf die Klinke und wandte sich kurz zu ihm um. „Dies ist mein Büro." Sie deutete auf die Tür an der gegenüberliegenden Seite des Korridors.

Er verzog spöttisch den Mund. „Wie angenehm!" brachte er heraus.

Sie wandte sich abrupt von ihm ab und stieß die Tür zum Büro seines Vaters – zu seinem Büro! – auf.

Wie das Haus, so war auch dieser Raum in dem Stil eingerichtet und möbliert, den William mochte. Der Schreibtisch und die dazugehörigen Sessel waren antik, die Wände in einem gedämpften Grün tapeziert, der Teppich in dem gleichen Grünton gehalten. Die Schreibtischfläche aus grünem Leder war jetzt leer, doch zu Williams Zeiten war sie mit Akten übersät gewesen – Akten, die sich jetzt in Juliets Büro befanden, wo Diana Gilbraith die letzte halbe Stunde auf sie gewartet hatte.

„Ich werde Mrs. Gilbraith schicken …" Juliet wandte sich so heftig zum Gehen um, dass sie mit Liam zusammenprallte, der hinter ihr stand. Sie blickte wortlos zu ihm auf. Ihre Körper berührten sich fast.

„Ich weiß nicht, wie du dich in der Vergangenheit verhalten hast, Juliet, aber ich schätze derartige Dinge im Büro überhaupt nicht!" bemerkte er, fasste sie bei den Schultern und schob sie beiseite, während er tiefer in den Raum trat: „Und würdest du bitte Diana sagen, dass sie hierherkommen möchte?" fügte er zur Verabschiedung hinzu. Er nahm in dem hochlehnigen Sessel hinter dem Schreibtisch Platz.

Sie atmete tief ein, um sich zu beruhigen, bevor sie die Tür zu ihrem Büro öffnete. Sie blieb in der Tür stehen, um in den Raum zu schauen, wo Diana Gilbraith saß. Nicht hinter ihrem Schreibtisch, wie Juliet angenommen hatte, sondern ihm gegenüber.

Diana blickte mit einem herzlichen, freundlichen Lächeln auf. Sie hatte eine offene Akte auf ihren Knien liegen. „Hallo!" Sie erhob sich mit einer geschmeidigen Bewegung. „Fühlen Sie sich jetzt besser?"

Juliet war sich nicht ganz sicher, was sie erwartet hatte, als sie ihr Büro betrat, doch gewiss nicht die Freundlichkeit dieser Frau! Soweit sie sehen konnte, waren die Papiere auf ihrem Schreibtisch nicht angerührt worden.

Sie starrte die Frau ausdruckslos an. „Besser?" wiederholte sie mit einem Stirnrunzeln.

„Hm!" Diana, deren blondes Haar so sorgfältig wie immer frisiert war, nickte. „Als Liam mich gestern anrief, erklärte er mir, dass der Grund für seine Verzögerung sei, dass Sie sich nicht so gut gefühlt hätten. Ich muss sagen, Sie haben ein bisschen mehr Farbe auf den Wangen als beim letzten Mal", fügte sie ermutigend hinzu.

Juliet war sich nicht darüber im Klaren, wie sie die Freundlichkeit dieser Frau bewerten sollte. Schließlich arbeitete Diana für Liam, und ihm traute sie alles zu. Vielleicht wollte sie sie nur in falsche Sicherheit wiegen!

„Ich habe mehrere Tage in der Sonne verbracht", erwiderte sie ausweichend. „Äh – Liam ist in dem Büro gegenüber", fügte sie hinzu. Ihre Stimme wurde bei der bloßen Erwähnung seines Namens härter. „Er möchte, dass Sie zu ihm kommen."

Diana nickte. Ihre blauen Augen waren noch immer herzlich. „Dann sehe ich Sie wahrscheinlich später." Sie verließ den Raum mit einem Lächeln.

Juliet schloss die Tür dankbar hinter der Frau, bevor sie sich hinter ihren Schreibtisch setzte und dabei einen Seufzer ausstieß, erleichtert darüber, endlich allein zu sein.

„Mir scheint, dass dies das richtige Büro ist!"

Juliet war über Liams Eindringen verwirrt. Sie blickte erstaunt von der Akte auf, an der sie gearbeitet hatte. „Aber das ist mein Büro. Was suchen Sie denn?"

Die Tür auf der anderen Seite des Korridors war fünfundvierzig Minuten lang fest geschlossen geblieben, nachdem Diana Gilbraith das Büro dort betreten hatte. Und nachdem Juliet fünfzehn Minuten an ihrem Schreibtisch gesessen und auf irgendeine Reaktion von Liam gewartet hatte – sie war sich nicht einmal im Klaren, auf welche –, hatte sie beschlossen, sich mit der Arbeit zu befassen, die sich auf ihrem Schreibtisch angesammelt hatte.

Was immer Liam während der letzten fünfundvierzig Minuten getan haben mochte, er wirkte nicht sehr glücklich. Juliet merkte, dass sie sich anspannte.

Nachdem Liam die Tür betont leise hinter sich geschlossen hatte, schritt er energisch durch den Raum und blickte sich dabei neugierig um. Juliets Raum war in Blau und Weiß gehalten – weiße Wände, dunkelblauer Teppich. Ihr Schreibtisch und die Stühle aus dunklem Holz waren einfach und praktisch, nicht so üppig verziert wie Williams Büromöbel. Sie zog es vor, in dieser mehr klinischen Atmosphäre zu arbeiten, fühlte sich in der Kargheit des Raumes wohl.

Sie lehnte sich zurück, war entschlossen, nicht eingeschüchtert zu sein. „Ich glaube nicht, dass dieser Raum deinen Vorstellungen entspricht", bemerkte sie trocken.

Er reagierte mit einem gleichgültigen Schulterzucken. „Der eine ist mir so egal wie der andere", stellte er verächtlich fest. „Mein Kommentar bezog sich auf die Tatsache, dass sich in dem Büro meines Vaters keine Informationen über ‚Carlyle Properties', befinden."

Sie hatte gewusst, dass es nicht lange dauern würde, bis er das bemerkte – tatsächlich war sie sogar überrascht darüber, dass es so lange gedauert hatte. Nach Williams Tod hatte sie nicht in seinem Büro arbeiten wollen. Es war also nur logisch gewesen, dass sie seine sämtlichen Unterlagen in ihr Büro hinübergeholt hatte. Sie waren in den Aktenschränken verstaut, die eine Wand ihres Büros säumten.

Liam nahm ihren Blick in diese Richtung wahr. „Sollen wir sie zurückbringen, oder soll ich hier arbeiten?" Er wandte sich ihr wieder herausfordernd zu.

Dass er hier arbeitete, wollte sie ganz gewiss nicht, und das wusste er, verdammt! „Ich habe John gebeten, in mein Büro zu kommen", erwiderte sie, so ruhig sie konnte. „Wir werden alle wichtigen Unterlagen im Laufe des Vormittags in Will… – in dein Büro bringen."

Er schüttelte den Kopf. „Das ist nicht genug, fürchte ich", stellte er scharf fest.

Er „fürchtete" überhaupt nichts – er war nur sehr entschlossen, die Dinge so zu haben, wie er sie haben wollte. Und das schloss die Carlyle-Akten mit ein! „Ich …" Sie brach plötzlich ab und blickte zur Tür, als John Morgan nach kurzem Klopfen ihr Büro betrat.

„Juliet, man munkelt ..." John brach ebenso abrupt ab und wirkte verlegen, als er den anderen Mann im Zimmer stehen sah.

Liam schaute ihn abwägend an. Er stand völlig entspannt da. Was die beiden anderen Personen in dem Raum sicher nicht waren, wie Juliet offen zugestand.

„Man munkelt ...?" forschte Liam, wobei er seinen Blick auf den jüngeren Mann richtete.

John fasste sich und richtete sich etwas auf, obwohl seine Wangen noch leicht gerötet blieben. „Man munkelt, dass Sie Edward Carlyle sind", verkündete er.

Liam nickte kurz. „Das bin ich", bestätigte er kurz. „Aber meine Freunde nennen mich Liam", fuhr er weniger barsch fort, während er grüßend die Hand ausstreckte. „Was wahrscheinlich der Grund dafür ist, warum mich Juliet alles andere als Liam nennt", fügte er spöttisch hinzu.

John schien sich nicht ganz sicher zu sein, was die letzte Bemerkung anbelangte, schüttelte aber die Hand des älteren Mannes. „John Morgan", erklärte er, „ich war Ihres Vaters ..."

„Juniorassistent." Liam nickte. „Das Einzige, was im Büro meines Vaters geblieben zu sein scheint, sind die Personalakten", sagte er kühl, womit er Juliet daran erinnerte, dass wenig dort geblieben war.

Ihr Mund wurde auf diese unausgesprochene Zurechtweisung hin schmal. „Dein Vater und ich hatten beide Kopien dieser Akten, so dass es nicht nötig war, sie für mein Büro zu duplizieren", erwiderte sie trotzig.

„Hm!" Liam nickte langsam, wobei er ihren Blick ebenso kühl erwiderte. „Ich hatte mir so etwas gedacht", erklärte er bissig. „Nett, Sie kennen gelernt zu haben, John", sagte er etwas herzlicher zu dem jüngeren Mann. „Ich bin mir sicher, Sie und mein Vater haben gut zusammengearbeitet. Ich hoffe, bei uns läuft das ebenso."

Juliet warf ihm einen scharfen Blick zu. Was meinte er mit dieser Bemerkung? Sicher würde Liam doch stiller Teilhaber sein, wenn er damit einverstanden war, diese Firma bestehen zu lassen? Aber irgendwie bezweifelte sie, dass Liam an irgendetwas in seinem Leben still teilhaben könnte.

„Um unser Gespräch fortzusetzen", unterbrach Liam barsch ihre Gedanken, und in seiner Stimme war keine Wärme mehr, „im Laufe des Vormittags ist mir aber nicht schnell genug", wiederholte er entschlossen.

Sie hatte das bereits vermutet. „Hör zu, Liam ...", sie benutzte diesen Namen absichtlich, wenn auch nur, um zu demonstrieren, dass sie das konnte, „... ich bin jetzt fast zwei Wochen lang nicht im Büro gewesen. Ich habe eine Menge nachzuarbeiten." Sie deutete auf den Papierstapel auf ihrem Schreibtisch.

„Wir sind jetzt zu zweit hier, Juliet", erwiderte er kühl. „Und je schneller ich mit den Arbeiten und Verträgen der Firma vertraut bin, desto eher bin ich in der Lage, dir beim Aufarbeiten zu helfen."

Ihre Blicke trafen sich. Juliet war sich wohl der Tatsache bewusst, dass John ebenfalls in dem Raum war, und sie fühlte, dass sie dadurch im Nachteil war. Ohne ihn wäre sie vielleicht besser mit dieser Situation fertig geworden. Vielleicht. Aber das bezweifelte sie irgendwie! Es war nicht ihre Absicht gewesen, dass Liam ihr bei irgendetwas half, von der Aufarbeitung der Post von „Carlyle Properties" ganz zu schweigen.

Schließlich wandte sie den Blick ab und schaute John an. „Haben Sie Zeit, mir dabei zu helfen, John?" Sie klang ruhig, kochte aber innerlich.

„Natürlich." John überlegte noch immer. Er spürte offensichtlich die Feindseligkeit zwischen Juliet und Liam und war sich nicht ganz sicher, wo sein Platz zwischen den beiden war.

Sie wandte sich wieder an Liam: „Wir werden dafür sorgen, dass Ihrer Bitte schnellstmöglich entsprochen wird", erklärte sie distanziert. „Sobald ich alles auf meinem Schreibtisch durchgearbeitet habe, was sofortiger Erledigung bedarf", fügte sie stur hinzu. Sie würde nicht alles stehen und liegen lassen, um für diesen Mann zu springen.

Sein Mund wurde schmal, und seine blauen Augen verengten sich ebenfalls, als merke er, dass sie auswich. „Also schön", sagte er schließlich und trat zur Tür.

Juliet stieß einen erleichterten Seufzer aus.

„Aber noch eines, Juliet." Liam blieb in der offenen Tür stehen und schaute sie unverwandt an.

Der Entschlossenheit seiner Miene entnahm sie, dass sie den Seufzer der Erleichterung zu schnell ausgestoßen hatte. „Ja?" fragte sie vorsichtig.

„Mir ist klar, dass es einige Zeit dauern wird, die Aktenberge über den Korridor zu transportieren", räumte er ein. „Aber es gibt eine Akte, die ich gerne sofort hinübergeschickt haben möchte."

Juliet runzelte die Stirn. Soweit sie wusste, hatte Liam seit mindestens zehn Jahren nichts mit der Firma zu tun gehabt. Wie also konnte er jetzt nach etwas ganz Speziellem fragen?

„Sie ist zehn Jahre alt. Sie muss vielleicht aus dem Archiv im Keller geholt werden." Er zuckte die Schultern. „Ich nehme an, dass die erledigten Akten dort noch immer abgelegt werden, oder?"

„Ja", bestätigte Juliet verwirrt. Seine Forderung hatte sie völlig überrumpelt. Welches Interesse mochte er an einem Projekt haben, das zehn Jahre alt war?

Er nickte angespannt. „Ich möchte die Akte Walters vom Dezember dieses Jahres", ordnete er kurz an, bevor er so plötzlich verschwand, wie er wenige Minuten zuvor eingetreten war.

Waren das nur Minuten gewesen? Juliet hatte das Gefühl, als sei sie in einem Wirbelsturm endloser Minuten gefangen gewesen. Sie …

„Mann!" John artikulierte benommen ihre Überlegungen. „Das ist also der lange verloren geglaubte Sohn." Er schüttelte den Kopf, während er auf dem Sessel gegenüber Juliet Platz nahm. „Nicht ganz das, was ich erwartet habe", sagte er nachdenklich.

Juliet hatte das auch nicht erwartet. Noch weniger seine Forderung nach der Akte Walters. Natürlich war er damals noch hier gewesen, hatte vielleicht mit dem Projekt zu tun gehabt, aber dennoch fand sie es sehr sonderbar.

Sie war jetzt ganz gespannt darauf, diese Akte selbst zu sehen, und beabsichtigte, sie gründlich durchzuarbeiten, bevor sie sie an Liam weitergab. Sie hatte schnell gelernt, dass Liam Carlyle nichts ohne Absicht tat. Es musste einen Grund dafür geben, warum er gerade diese Akte wollte. Aber sie bezweifelte sehr, dass er sich herablassen würde, ihr zu erzählen, welcher Grund das war.

7. KAPITEL

Nichts. Absolut nichts. Das Archiv im Keller war durchsucht worden und nochmals durchsucht und dann ein drittes Mal. Von John Morgan. Aber es gab keine Akte Walters.

Doch Liam hatte überzeugt geklungen. Und wie Juliet schon festgestellt hatte, irrte er sich selten. So war sie schließlich selbst in den Lagerraum gegangen. Nach einer halben Stunde fruchtlosen Suchens gab sie zu, dass John Recht hatte – es gab keine Akte Walters.

Doch wenn es einen Kunden namens Walters gegeben hatte, musste auch eine Akte da sein, und wenn, wie Liam gesagt hatte, der Vorgang zehn Jahre alt war, dann musste die Akte unten im Lagerraum sein.

Aber im Lagerraum gab es keine Akte Walters.

Juliet wusste ganz einfach nicht mehr, was sie tun sollte. Es war das Erste, worum Liam sie hinsichtlich der Firma gebeten hatte, und sie konnte es nicht einmal finden ...

Über eine Stunde war vergangen, und Liam würde nicht viel länger darauf warten, dass die Akte in sein Büro gebracht wurde. Aber vielleicht hatte er doch einfach einen Fehler gemacht. Es war eine Möglichkeit.

Zwei blonde Köpfe waren über Williams grünlederne Schreibtischfläche gebeugt, als Juliet den Raum nach einem kurzen Klopfen betrat. Diana und Liam saßen dicht nebeneinander dahinter. Diana blickte auf und lächelte, als Juliet eintrat. Liam schaute nur finster drein.

Juliet fühlte sich wie ein Eindringling! Die beiden standen sich offensichtlich sehr nahe. Juliet überlegte, wie Liam „diese Sache" außerhalb des Büros betrachtete.

Er lehnte sich in dem hochlehnigen Ledersessel zurück und schaute Juliet mit zusammengekniffenen Augen an. „Ja?" Er blickte betont auf ihre leeren Hände.

Sie befeuchtete ihre Lippen. „Äh – es scheint keine Akte Walters zu geben." Sehr dynamisch! So viel zum Angriff. Sie klang wie ein verlegenes Schulmädchen. Sie reckte entschlossen die Schultern. „Bist du dir sicher, dass der Name richtig ist?"

Liams Mund wurde schmal. „Definitiv."

„Wir können natürlich weitersuchen. Es besteht die Möglichkeit, dass der Vorgang falsch abgelegt worden ist." Sie zuckte kläglich mit den Schultern.

„Wie entgegenkommend!" Er verzog den Mund.

Juliet runzelte die Stirn. „Es ist zehn Jahre her, Liam", erklärte sie ungeduldig. Gott, damals hatte sie noch gar nicht für die Firma gearbeitet. „Du könntest doch den falschen Namen haben …"

„Nein", fiel er barsch ein. „Hat mein Vater irgendwelche Papiere irgendwo anders aufbewahrt? Im Hause vielleicht?"

„William arbeitete zuweilen zu Hause", begann sie langsam. „Aber …"

„Dann werden wir dort suchen", unterbrach er schroff.

Was war so besonders an dieser Akte Walters, dass er so entschlossen war, sie zu finden? Liam hatte für das Unternehmen gearbeitet, bis er sich von der Familie und dem Geschäft gelöst hatte, wie Juliet wusste.

„Worum genau ging es bei diesem Projekt?" Sie schaute ihn noch immer fragend an.

„Es war ein sechsstöckiges Bürohaus", gab er grimmig von sich.

Juliet glaubte, er würde mehr sagen. Aber er sprach nicht weiter, sondern erwiderte nur ihren Blick. Juliet war verwirrt.

Oh Gott, sie musste es aufgeben, Liams Denkweise verstehen zu wollen. Sie musste ganz einfach so schnell wie möglich diese Akte finden. Vielleicht war sie zu Hause, obwohl sie absolut nicht begreifen konnte, warum sie dort sein sollte.

„Ich verstehe", sagte sie, obwohl sie natürlich überhaupt nicht verstand. Aber das war insgesamt gesehen eine Kleinigkeit. „John und ich sind jetzt so weit, dass wir die anderen Akten hierherbringen können", fügte sie hinzu.

„Ich werde Ihnen helfen", bot Diana freundlich an.

Liam macht ein solches Angebot nicht, dachte Juliet. Sie spannte sich an, als er aufstand und durch den Raum zu ihr kam. Sie spannte sich noch mehr an, als er die Hände in ihre Richtung hob.

„Ein Spinnennetz", brachte er spöttisch heraus, als er das Gewebe aus ihrem Haar entfernte, wobei er ihre Schläfe mit seinen Fingerspitzen streifte.

Juliet spürte, dass ihre Wangen heiß wurden. Was hatte sie von ihm erwartet, zumal Diana Gilbraith ja bei ihnen war?

„Danke!" sagte sie heiser und strich sich das Haar aus dem Gesicht.

Er verzog spöttisch den Mund, als er sie mit amüsiertem Blick betrachtete. „Aber gerne", murmelte er leise.

Juliet drehte sich plötzlich zu der anderen Frau um. Sie überlegte, was Diana von all dem halten mochte. Wahrscheinlich war sie zu diskret, was ihren Arbeitgeber betraf, als dass sie überhaupt über sein Benehmen nachdachte.

„Kümmere dich um meine Briefe, Diana!" Liam sprach im geschäftlichen Ton mit seiner Assistentin. „Wir sehen uns später", fügte er trocken hinzu.

Juliet schaute finster, als er das Büro verließ. Zum Mittagessen war es zu früh. Er war doch sicher nicht für den Rest des Tages weggegangen? Mit Diana allein gelassen, wollte sie die andere Frau nicht fragen, und Diana würde wohl kaum freiwillig irgendwelche Informationen bezüglich der Pläne ihres Arbeitgebers erteilen.

Zur Mittagszeit hatten sie den ganzen Aktenberg zurück in Williams Büro geschafft. Und Liam war noch immer nicht zurückgekehrt. Vielleicht würde er das auch nicht, dachte Juliet, während sie einen kleinen Imbiss in ihrem Büro einnahm. Der bestand aus einem Apfel und einem halben Käsesandwich, das sie in der Cafeteria des Hauses gekauft hatte. Anders als Liam hatte sie keine Zeit, in aller Muße irgendwo zu Mittag zu essen.

Wie gewöhnlich stand die Tür ihres Büros auf, und sie blickte auf, als Diana hereinkam und vor sie trat. Sie mochte Liams Assistentin immer mehr, nachdem sie den Vormittag zusammengearbeitet hatten. Sie fand sie fröhlich und arbeitswillig, sie brachte eine unendliche Geduld auf, die Dinge richtig zu ordnen. Zweifellos musste sie das auch, wenn sie für Liam arbeitete!

Diana schaute enttäuscht drein, als sie die Reste des Käsesandwiches auf Juliets Schreibtisch sah. „Ich dachte, Sie würden vielleicht mit mir zum Lunch gehen", sagte sie kläglich. „Aber ich sehe, Sie haben schon gegessen." Sie zuckte die Schultern. „Aber Sie könnten sich doch zu mir setzen und ein Dessert essen?" fügte sie hoffnungsvoll hinzu.

Juliet wollte schon ablehnen, änderte dann aber ihre Meinung. Sie hatte den ganzen Vormittag keine Pause gemacht, und selbst wenn sie nur mit der anderen Frau Kaffee trank, war das besser als nichts. Wenn Diana und Liam länger hier sein würden, könnte es nützlich sein, zumindest einem der beiden näherzukommen. Außerdem konnte es für Diana auch nicht lustig sein, einfach hierher abgeschoben zu werden, und es wäre unhöflich, wenn Juliet ihre Einladung ablehnte.

„Dessert klingt gut." Sie erwiderte das Lächeln und stand auf, um ihre Jacke zu nehmen. „Da gibt es ein nettes französisches Restaurant um die Ecke, wo sehr guter Kuchen serviert wird." Sie und William waren zuweilen dort hingegangen, um sich zu belohnen, wenn sie besonders hart gearbeitet hatten.

Das Restaurant war wie üblich sehr voll, aber es gelang Juliet und Diana schließlich, einen Zweiertisch zu finden. Doch als sie sich setzten, überlegte Juliet, worüber sie eigentlich reden sollten. Liam war offensichtlich ein Tabuthema, und Juliet war völlig zurückhaltend, was ihre Vergangenheit betraf, so dass wirklich nur Dianas Familie als Gesprächsstoff blieb.

„Hat sich Ihre Familie gefreut, Sie letzte Woche daheim zu sehen?" fragte sie die andere Frau, um das Gespräch zu beginnen. Die meisten Frauen, so nahm sie an, würden froh darüber sein, über ihre Kinder sprechen zu können, obwohl sie das eigentlich nicht genau wusste, da sie selbst keine hatte.

„Tatsächlich sind es meine Stiefkinder – ein Junge und ein Mädchen aus Toms erster Ehe –, deshalb haben wir sie gewöhnlich nur am Wochenende", erzählte Diana. „Ich habe mit dem Heiraten ziemlich lange gewartet – ich bin zu sehr Karrierefrau", fügte sie hinzu und verzog das Gesicht.

„Wollen Sie und Tom keine eigenen Kinder?" erkundigte sich Juliet neugierig.

„Nun, tatsächlich ..." Diana brach ab, als der Kellner kam, um ihre Bestellung aufzunehmen. „Nur Kaffee und Kuchen, nicht wahr, Juliet?" fragte sie und nickte dem Kellner bestätigend zu, nachdem Juliet stumm zugestimmt hatte.

„Möchten Sie nicht mehr?" Juliet schaute ernst, als sie wieder allein waren. „Sie brauchen doch keine Rücksicht auf mich zu nehmen, nur weil ich schon gegessen habe."

Diana lachte unbekümmert. „Ich versuche, nicht zu viel Gewicht anzusetzen. Sehen Sie ..."

„Nicht noch eine Frau, die ständig auf ihr Gewicht achtet", fiel eine ihr nur zu vertraute Stimme spöttisch ein. „John sagte mir, dass ich euch beide hier finden würde", erklärte Liam, als Juliet überrascht zu ihm aufblickte.

Sie konnte nicht recht glauben, dass er hier war. Sie fühlte sich von diesem Mann verfolgt. Aber sie informierte John immer darüber, wohin sie ging, wenn sie das Büro verließ. Es war also ihre eigene Schuld.

„Setzt du dich zu uns?" lud Diana herzlich ein. Sie schien die Spannung zwischen Juliet und Liam nicht zu spüren.

„Wenn Juliet nichts dagegen hat." Er schaute sie forschend an.

„Natürlich nicht", erwiderte sie, obwohl es tatsächlich das Letzte war, was sie wollte. Sie hatte das Gefühl, dass sie und Diana Gilbraith sehr gut miteinander auskommen würden, und empfand mehr als nur ein wenig Bedauern darüber, dass Liam ihre Unterhaltung gestört hatte.

Da sie an einem kleinen Tisch für zwei Personen saßen, auf den nun noch ein drittes Set gelegt wurde, damit Liam ebenfalls essen konnte, mussten sie sehr eng zusammenrücken. Juliet rückte heftig beiseite, als sie spürte, dass ihr Knie Liams Oberschenkel unter dem Tisch berührte, als er sich setzte.

Er warf ihr einen amüsierten Blick zu. „Entschuldigung", murmelte er trocken und schob seinen Stuhl etwas zurück.

Was hatte dieser Mann an sich, dass er sie so gereizt machte? Er hatte diese Wirkung bereits auf sie gehabt, bevor sie gewusst hatte, wer er tatsächlich war.

„Ich werde das nehmen, was die Damen haben", erklärte Liam dem Kellner, als der kam, um die Bestellung aufzunehmen.

Diana schaute ihn belustigt an, nachdem sie wieder allein waren. „Vielleicht änderst du deine Meinung, wenn du gesehen hast, was wir bestellt haben!" sagte sie neckend zu ihm.

Er schenkte ihr ein Lächeln. „Wahrscheinlich", kommentierte er trocken. „Ihr beide glaubtet also, eine Pause verdient zu haben?" fügte er spöttisch hinzu. „Alle Arbeit erledigt, was?"

Juliet öffnete den Mund, um eine scharfe Antwort zu geben – zumindest hatten einige Leute an diesem Vormittag gearbeitet –, aber Diana war schneller als sie.

„Sklaventreiber!" sagte sie amüsiert zu ihm.

„Möglich", räumte er abwinkend ein. „Ich bin im Haus gewesen, Juliet. Die Akte ist nicht im Schreibtisch meines Vaters. Und der Aktenschrank ist verschlossen."

Juliet starrte ihn nur an. Er war heute Vormittag wieder im Haus gewesen? Sie verstand das nicht.

„Ich habe den Schlüssel", erzählte sie ihm verwirrt.

Er nickte, als ob er das bereits vermutet hätte. „Kann ich ihn bitte haben?" Er streckte betont die Hand aus.

Sie runzelte die Stirn. In dem Aktenschrank in Williams Büro befanden sich seine privaten Dokumente. Natürlich, William mochte ihr das Haus vermacht haben, aber Dinge wie seine persönlichen Papiere mussten sicher Liam gehören. Dennoch empfand sie einen gewissen Widerwillen, Liam den Schlüssel zu dem Schrank zu geben.

„Er ist in meinem Büro", entgegnete sie ausweichend. Zugleich hatte sie aber das Gefühl, als sei Liam dazu im Stande, einen Blick in ihre Handtasche zu werfen, wo er den Schlüssel in einem Reißverschlussetui entdecken würde.

Er erwiderte ihren Blick, als ob er genau das vermutet hatte. Doch statt sie als Lügnerin zu bezeichnen ... „Dann hole ich ihn später", antwortete er schließlich und lehnte sich zurück, als der Kellner mit Kaffee und Kuchen kam. „Ich verstehe, was ihr meint", sagte er kläglich mit einem Blick auf das süße Zeug.

„Ich hatte dich gewarnt." Diana lachte über seine Miene und zwinkerte Juliet zu.

Zwischen den beiden bestand eine unbeschwerte Kameradschaft – das Duzen war bester Beweis dafür –, und doch war Juliet davon überzeugt, dass es keine Affäre zwischen den beiden gab. Vielleicht hatte es einmal eine gegeben, und das war der Grund dafür, dass sie so unbeschwert miteinander umgehen konnten.

Liam richtete forschend seinen Blick auf sie, als sie eine Gabel voll klebrigem Kuchen zu sich nehmen wollte. „War der erste Tag so schlimm, wie du erwartet hattest?" fragte er trocken.

Der Kuchen gelangte nicht bis an ihren Mund, weil sie Liam anstarrte. Was meinte er mit dem „ersten Tag"? Wie lange beabsichtigten er und Diana bei „Carlyle Properties" zu bleiben?

„Es ist nicht sehr fair, ihr diese Frage in meiner Anwesenheit zu stellen, Liam", tadelte Diana, die unbekümmert ihren eigenen Kuchen aß und offensichtlich auch genoss.

Er hob die Brauen. „Ich erinnere mich nicht, Juliet je gesagt zu haben, dass ich fair sein würde", brachte er spöttisch heraus.

„Um deine Frage zu beantworten", sagte sie ruhig, „wenn ich wüsste, was genau du von ‚Carlyle Properties' willst, könnte ich vielleicht besser helfen."

Sein Blick wurde eisig. „Die Wahrheit", erklärte er barsch. „Die ist es, die ich von ‚Carlyle Properties' will!"

Juliet schaute ihn stirnrunzelnd an. „‚Carlyle Properties' hat nichts zu verbergen", sagte sie langsam zu ihm. Sie legte die Gabel mit dem

Kuchen auf den Teller zurück. Der Appetit war ihr wieder vergangen. „Alles ist auf dem aktuellen Stand. Du kannst auf jede unserer Baustellen gehen, sämtliche Akten einsehen …" Sie brach ab, als ihr einfiel, dass es eine Akte gab, die er aus dem einfachen Grunde nicht einsehen konnte, weil sie nicht zu finden war. Und das schien die Einzige zu sein, an der er interessiert war.

„Genau." Liam nickte auf ihr Zögern hin.

Ihre Augen funkelten. „Was ist so Besonderes an dieser einen Akte, Liam?" fragte sie gereizt.

„Ich glaube, das ist meine Angelegenheit", erwiderte er eisig. „Das meine ich wörtlich. Du warst damals ja noch nicht einmal in der Firma."

Juliet war sich sehr bewusst, dass Diana zuhörte. Diese war leicht verblüfft über Liams aggressives Verhalten.

Juliet schob ihren Teller fort. Sie war hier, weil sie geglaubt hatte, Diana Gesellschaft leisten zu müssen. Das war nicht mehr nötig, da Liam jetzt hier war. Und sie hatte absolut keine Lust, noch mehr Zeit in seiner Gesellschaft zu verbringen!

„Dann sollte ich wohl besser nicht noch mehr Zeit vergeuden und ins Büro zurückgehen, um die Suche nach dieser verdammten Akte fortzusetzen!" Sie vermochte ihren eigenen Ärger kaum zu unterdrücken.

„Das solltest du wirklich!" stimmte er ihr schneidend zu, ohne seinen Blick von ihrem vor Ärger geröteten Gesicht abzuwenden.

„Liam …"

„Halte du dich da raus, Diana!" empfahl er ihr heftig, ohne sie anzusehen. „Du verstehst das einfach nicht."

„Da hast du Recht. Das tue ich nicht", gab sie verwirrt zu. „Ich habe nie erlebt …"

„Das ist eine Sache zwischen Juliet und mir", fiel er barsch ein. „Nicht wahr?" fragte er kalt.

Das war es sicherlich, nur dass Juliet überhaupt nicht wusste, was „diese Sache" war! Wenn sie nicht wütend aufeinander waren, schienen sie einander in den Armen zu liegen – und keine dieser Situationen war das, was sie sich sonderlich wünschte. Wie sollten sie überhaupt die geschäftlichen Dinge klären können, wenn sie immer so aneinandergerieten? Und in Liams Armen zu sein ... das machte alles noch verworrener.

Juliet bückte sich nach ihrer Tasche. „Ich sehe euch beide dann im Büro", sagte sie förmlich und stand auf.

Diana verzog mitleidig das Gesicht. „Danke, dass Sie mir Gesellschaft beim Essen geleistet haben."

Juliet schenkte ihr das erste echte Lächeln, seit Liam sich zu ihnen gesellt hatte. „Ich hab's genossen." Bis sie unterbrochen worden waren. „Vielleicht können wir das noch einmal wiederholen, bevor Sie abreisen?"

„Keine Sorge." Liam war derjenige, der antwortete, und es klang drohend. „Ihr Mädchen werdet reichlich Zeit haben, zum Essen auszugehen. Ich habe das Gefühl, dass wir einige Zeit bei ‚Carlyle Properties' bleiben werden."

Juliet antwortete ihm nicht, sondern ging einfach fort, den Rücken kerzengerade aufgerichtet, als sie der Tür des Restaurants zustrebte. Wie lange würde „einige Zeit" wohl sein? Aber wie lange das auch sein mochte, es würde in jedem Fall zu lange sein, was sie betraf! Und sie hatte Liam ja nicht nur den ganzen Tag im Büro. Er war ja auch noch im Hause! Wundervoll!

Nur, dass er an diesem Abend nicht im Hause war. Juliet kehrte um sechs Uhr allein aus dem Büro zurück. Liam und Diana waren irgendwann im Laufe des Nachmittags gegangen und nicht zurückgekehrt. Und Liam kam auch nicht zum Abendessen, so dass Juliet mit Janet allein war.

Es war das erste Mal, dass sie mit der Haushälterin allein war, seit die ältere Frau in ihr Schlafzimmer gekommen war und Liam dort ebenfalls angetroffen hatte. Obwohl Juliet Janet gut genug kannte, um zu wissen, dass sie diese Tatsache nicht erwähnen würde, empfand sie eine leichte Verlegenheit.

„Mr. Liam rief an, um mitzuteilen, dass er erst sehr spät zurückkommen werde", sagte Janet, als sie die Suppe auftrug.

Schön, das hätte er ihr auch sagen können – dann hätte sie nicht den ganzen Nachmittag damit verbringen müssen, sich vor seiner Rückkehr zu fürchten.

„Er war immer ein aufmerksamer junger Mann", erinnerte sich Janet. „Und er war ein hübscher kleiner Junge."

Natürlich war Janet lange genug hier, um sich daran zu erinnern. Seltsamerweise konnte sich Juliet Liam nicht als „hübschen kleinen Jungen" vorstellen.

Janets Miene verdüsterte sich. „Es war schade, dass er und sein Vater sich so viel stritten, als er älter war. Simon natürlich ..." Sie brach verlegen ab. „Nun ja, viele junge Männer streiten mit ihren Vätern. Das gehört nun mal zum männlichen Ego", schloss sie.

Juliet schaute die ältere Frau gespannt an. „Ist das so?" fragte sie leise. Sie musste zugeben, dass sie neugierig auf die Beziehung war, die die drei Männer einst gehabt hatten. Sie hatte gewusst, dass sie alle sehr verschieden waren, hatte sie sich aber irgendwie nicht als Familie vorstellen können. Liam war mehrere Jahre älter als Simon gewesen, so dass die beiden wahrscheinlich wenig gemeinsam gehabt hatten. Aber sie waren dennoch Brüder gewesen.

„Oh ja!" Janet nickte wissend. „Meine eigenen Brüder waren als Teenager entsetzlich. Sie stritten sich mit jedem und über alles."

„Haben Liam und Simon sich gestritten?" fragte sie.

„Sie waren wie Katze und Hund." Janet seufzte schwer. „William – Mr. William musste immer zwischen sie treten. Ich denke, dass er glaubte, sie würden sich eines Tages noch umbringen, wenn er das nicht täte." Bei dieser Erinnerung schüttelte sie den Kopf.

Juliet versuchte, sich Liam und Simon, die fünf Jahre auseinander waren, als hitzköpfige junge Männer vorzustellen. Simon war immer ein wenig wild gewesen. William war erfreut darüber gewesen, dass er durch seine Beziehung zu Juliet ruhiger zu werden schien. Aber Liam konnte sie sich irgendwie nicht als wilden jungen Mann vorstellen.

Juliet war nicht entgangen, dass die Haushälterin sich versprochen und ihren ehemaligen Arbeitgeber William genannt hatte. Vielleicht hatte Liam doch Recht, was Janets Gefühle gegenüber William anbelangte, obwohl sie bezweifelte, dass Janet es schätzen würde, wenn sie jetzt versuchte, etwas über diese Gefühle herauszufinden.

„Stattdessen stritten William und Liam, was der Grund dafür war, dass Liam ging", sagte Juliet nachdenklich.

„Nur, weil … Nun ja, das ist jetzt Schnee von gestern", sagte Janet kurz und richtete sich auf. „Essen Sie Ihre Suppe, bevor sie kalt wird!" betonte sie und verließ den Raum.

Juliet war an die dominierende Art der anderen Frau gewöhnt. Sie wusste, dass es eigentlich Janet war, die den Haushalt führte, und dass sie das schon seit Jahren getan hatte. Als Juliet nun klar war, was Janet für William empfunden hatte, konnte sie nur Mitleid mit der Situation der Haushälterin haben.

Aber es wäre ihr lieb gewesen, wenn Janet weiter über das geredet hätte, was vor zehn Jahren geschehen war. Sie hätte zu gerne erfahren, was tatsächlich passiert war. Sie wusste, dass William es bedauert hatte, was immer es gewesen sein mochte, aber dennoch hatte er nie versucht, sich mit seinem älteren Sohn auszusprechen.

Janet machte mit ihrem Verhalten mehr als deutlich, als sie den Hauptgang auftrug, dass sie nicht beabsichtigte, das Gespräch fortzusetzen, und so aß Juliet in nachdenklichem Schweigen.

Sie hatte vor, nach dem Essen in Williams Arbeitszimmer zu gehen, um zu versuchen, die Akte zu finden, die Liam so dringend haben wollte. Sie fürchtete den Augenblick, in dem sie Williams Schreibtisch durchsuchen musste. Sein Arbeitszimmer war ebenfalls ein Platz, den zu betreten ihr Schmerzen bereitete, und seit seinem Tod war sie nie an seinen Schreibtisch im Hause gegangen. Doch wenn sie es nicht täte, würde Liam es tun, und irgendwie fand sie diesen Gedanken noch unerträglicher.

Das Gefühl war so schlimm, wie sie befürchtet hatte. Williams sämtliche private Papiere befanden sich in seinem Schreibtisch, und sie durchzugehen war, als würde man das persönliche Tagebuch von jemand lesen. Deshalb reduzierte Juliet ihre Suche auf ein Minimum. Die Akte musste schließlich eine bestimmte Größe haben, und sie war gewiss nicht in der kleinen Kiste in der untersten Schreibtischschublade eingeschlossen, in der William seine wirklich persönlichen Dinge aufbewahrte, wie sie wusste.

Doch unter der Kiste lag ein großer brauner Umschlag, von fast ähnlicher Größe wie die Schublade selbst. Der Name Walters sprang ihr förmlich von dem ersten Blatt Papier entgegen, das Juliet aus dem Umschlag nahm. Es war die Akte Walters. Warum war ausgerechnet diese Akte in Williams Schreibtisch versteckt?

Selbst nachdem Juliet alle darin befindlichen Dokumente gelesen und darüber nachgedacht hatte, war sie einer Antwort auf diese Frage nicht näher gekommen!

Alles schien völlig in Ordnung zu sein – ein Projekt, das William selbst vom Anfang bis zum Ende überwacht hatte. Das Gebäude war termingerecht fertig gestellt worden, alle Rechnungen bezahlt, alle Kosten beglichen. Warum also war diese Akte für Liam so wichtig?

„Arbeiten noch spät in der Nacht?"

Sie blickte beim Klang seiner Stimme schuldbewusst auf. Das einzige Licht im Zimmer fiel aus der Leselampe, die auf Williams Schreibtisch stand. Liam wirkte dunkel und drohend in dem offenen Türrahmen.

Er trug noch immer den Anzug und das Hemd, das er den ganzen Tag getragen hatte, wenngleich die Krawatte jetzt fehlte und der oberste Hemdknopf geöffnet war. „Ist es nicht ein bisschen spät, um noch zu arbeiten?" Er bewegte sich katzengleich weiter in den Raum. Das Licht tauchte sein Gesicht bedrohlich in einen dunklen Schatten.

Juliet warf einen kurzen Blick auf die Wanduhr. Mitternacht. Sie hatte nicht gewusst, dass es schon so spät war. Sie musste sich über zwei Stunden lang mit dieser Akte beschäftigt haben. Und sie war noch immer nicht klüger geworden.

Sie lehnte sich müde zurück. Ihre Schultern schmerzten, weil sie so lange vorgebeugt gesessen hatte. „Hattest du einen schönen Abend?" sagte sie höflich distanziert, wie sie hoffte.

„Nicht besonders", brummte er. Er setzte sich auf die Schreibtischkante und schaute sie an.

Was meinte er damit? Sie nahm an, dass das davon abhing, mit wem er den Abend verbracht hatte. Wenn es eine Frau gewesen war, so kam er sehr früh zurück, hatte wahrscheinlich nicht damit gerechnet, überhaupt zurückzukehren. Obwohl sie es nicht wollte, war sie neugierig. Es musste doch irgendwo in seinem Leben eine Frau geben. Er war sexuell zu attraktiv, als dass es anders sein könnte.

„Es tut mir leid." Sie runzelte die Stirn, da sie nicht wusste, was sie sonst sagen sollte.

„Ach, ja?" fragte er skeptisch. „Wie viel hat Diana dir beim Mittagessen erzählt, bevor ich kam und euren kleinen Plausch unterbrochen habe?"

Diana? Was hatte Diana mit der Tatsache zu tun, dass der Abend nicht sehr erfolgreich gewesen war?

„Wir waren gerade erst gekommen und hatten bestellt", erzählte Juliet förmlich.

Er nickte kurz. „Ich habe nichts dagegen, dass ihr beide zusammen esst, aber ich möchte nicht, dass über meine Privatangelegenheiten gesprochen wird", sagte er kalt.

Juliet starrte ihn an. „Wir haben nicht über deine Privatangelegenheiten gesprochen!" keuchte sie verärgert.

Er stand auf. „Ich wiederhole nur, dass ich das nicht will. Diana ist immer außerordentlich diskret gewesen, aber sie könnte unter den gegebenen Umständen durch dich in eine unangenehme Lage gebracht werden."

„Welche Umstände?" Juliet spürte, dass sie immer ärgerlicher wurde.

„Du bist, im Augenblick, meine Geschäftspartnerin." Er zuckte abweisend die Schultern.

Juliet entging das „im Augenblick" nicht. Bedeutete dies, dass er bereits irgendeine Entscheidung bezüglich „Carlyle Properties" getroffen hatte?

„Ich bin mir sicher, dass – unter den gegebenen Umständen – sowohl bei Diana wie bei mir Verlass darauf ist, dass wir nicht über dein Privatleben sprechen." Sie wurde zornig. „Diana kennt das offensichtlich besser, und ich bin offen gestanden nicht daran interessiert." Ihre Augen glitzerten, als sie zu ihm aufblickte.

„Ach, nein?" sagte er herausfordernd. „Diesen Eindruck hast du gestern Abend aber nicht vermittelt!"

Sie spürte, dass die Farbe aus ihren Wangen wich. Gestern Abend war – nun, sie wusste nicht recht, was zwischen ihnen gestern Abend geschehen war. Es war ein Zwischenfall, den sie am liebsten völlig vergessen würde.

Liam verzog den Mund wieder verächtlich. „Du weißt nicht einmal, ob ich verheiratet bin oder nicht", sagte er höhnisch.

Hatte er nicht gesagt, dass er es nicht sei, als sie sich zum ersten Mal begegnet waren? Hatte er gelogen?

Sie wusste wenig von ihm. Das gab sie zu. Aber sie hätte doch sicher gewusst, ob er verheiratet war? Außer Diana war auf Mallorca keine andere Frau bei ihm gewesen, und so hatte sie angenommen …

Aber sie hätte nichts annehmen sollen. Nicht alle Frauen begleiteten ihre Ehemänner auf Geschäftsreisen. Tatsächlich wäre das sogar außerordentlich kompliziert, falls es Kinder in einer Ehe gab. Kinder. Daran hatte sie überhaupt nicht gedacht …

„Entspann dich, Juliet!" höhnte Liam, als er ihre entsetzte Miene wahrnahm. „Ich bin nicht verheiratet. Zumindest", fügte er leise hinzu, „nicht mehr."

Er war verheiratet gewesen. Gab es Kinder? Wo war seine Frau jetzt? Hatte er …?

„Was ist denn, Juliet? Lässt du dich mit verheirateten Männern nicht ein?" spottete er, als er ihren erschrockenen Gesichtsausdruck sah. „Hat keine Zukunft, was?" bemerkte er verächtlich. „Nur sehr wenige Männer verlassen ihre Frauen wirklich wegen einer Geliebten. Es ist eine Tatsache des Lebens, dass Geliebte es sehr schwer haben." Er zuckte unbekümmert die Achseln.

Sie wusste darauf keine Antwort.

„Aber ‚Partner' nicht, was?" fuhr er unerbittlich fort. „Die scheinen weit besser zu sein!" Er sah sich abschätzend in dem Zimmer um. „Große Häuser, Geschäftsanteile." Er richtete seinen eisigen Blick wieder auf ihr blasses Gesicht. „Nicht schlecht für ein Mädchen aus dem ..."

„Das ist genug!" Juliet stand entschlossen auf. Ein Muskel pochte an ihrem Hals, als sie ihn aufgebracht ansah.

Sein Mund war eine schmale Linie. „Glaube mir, ich habe noch nicht einmal angefangen!" bemerkte er gelassen. „Seltsam, ich hatte nie geglaubt, dass mein Vater ein leichtgläubiger Mensch sei", überlegte er. „Doch man sagt ja, dass es keinen größeren Narren als einen alten Narren gibt. Im Falle meines Vaters scheint das so gewesen zu sein!" Er schüttelte angewidert den Kopf. „Aber ich bin weder alt noch ein Narr, und deshalb wird das bei mir nicht funktionieren, Juliet."

„Ich will nichts, was bei dir ‚funktioniert'", protestierte sie hitzig. „William hat mir diese Dinge hinterlassen, weil er es so wollte, und nicht wegen einer Beziehung zwischen uns. Die einzige Beziehung, die bestand, war wie die zwischen Vater und Tochter." Und es wäre tatsächlich eine solche Beziehung geworden, wenn es zu ihrer Heirat mit Simon gekommen wäre.

„Ach, wirklich?" erwiderte Liam trocken. Sein beleidigender Tonfall war unmissverständlich.

„Du ..."

„Was ist das?" Liam ignorierte ihren Ausbruch und griff an ihr vorbei auf den Schreibtisch.

Juliet drehte sich um, um zu sehen, was so plötzlich sein Interesse geweckt hatte. Ihre Wangen röteten sich, als er sie kalt und anklagend anblickte, nachdem er die Akte Walters an sich genommen hatte. Sie hatte ihm doch die Akte geben wollen, um Himmels willen! Sie hatte nur noch keine Gelegenheit dazu gehabt. Er hatte sie mehr oder weniger von dem Augenblick an, als er ins Arbeitszimmer gekommen war, angegriffen!

„Ich fand die Akte in Williams Schreibtisch ..."

„Und du wolltest sie erst einmal durchgehen", sagte er barsch. „Hast du etwas Interessantes gefunden?" wollte er wissen.

Überhaupt nichts. Es war eine Akte wie jede andere Akte in den Archiven von „Carlyle Properties". Der einzige Unterschied zu den anderen war, dass sie hier in der untersten Schublade von Williams Schreibtisch aufbewahrt worden war.

Liam schlug die Akte heftig zu. „Ich werde das jetzt an mich nehmen", erklärte er kalt. „Und wir sehen uns morgen beim Frühstück."

Juliet blieb allein im Schatten des Arbeitszimmers zurück und fühlte sich so schrecklich, als sei sie gerade von einem Wirbelsturm herumgestoßen worden!

8. KAPITEL

„Liam wird heute nicht kommen", berichtete Diana fröhlich, als sie am nächsten Morgen in Juliets Büro schaute. Juliet hatte fast die ganze Nacht wach verbracht. Es war ihr unmöglich gewesen, nach der Auseinandersetzung mit Liam Schlaf zu finden. Und da sie Liam an diesem Morgen meiden wollte, hatte sie Kaffee in ihrem Schlafzimmer getrunken und auf das Frühstück ganz verzichtet, nur um dann von Janet zu erfahren, dass Liam das Haus bereits sehr früh am Morgen verlassen hatte. Ihre Erleichterung mischte sich mit einer gewissen Neugier, wohin er gefahren sein mochte.

„Geschäfte?" fragte sie beiläufig und blickte von ihrem Schreibtisch auf.

„Wer weiß das schon bei Liam?" Diana zuckte die Schultern. „Ich werde die Papiere weiter durcharbeiten, die Sie uns gestern gegeben haben", sagte sie beim Gehen und schloss die Tür von Juliets Büro hinter sich.

Liam hatte Recht: Diana war sehr diskret! Hatte er gestern Abend etwas in der Akte gefunden, was sie einfach nicht entdeckt hatte, als sie sie durchgesehen hatte? Wonach suchte er?

Gott, sie wünschte sich, er würde endlich eine Entscheidung hinsichtlich des Unternehmens treffen. Das Warten brachte sie noch um!

John kam später am Vormittag in ihr Büro, und Juliet spürte, dass er eine Erklärung darüber wollte, was tatsächlich vorging. Was keineswegs überraschend war, bedachte man, dass Liam hereinspaziert gekommen war und Williams Büro mehr oder weniger übernommen hatte – gelinde ausgedrückt.

Es gab nicht viel, was sie John erzählen konnte. Sie hatte selbst keine Ahnung, was eigentlich geschah – was keine große Hilfe für John war, wie sie ihm zugestand. Aber mehr konnte sie ihm im Augenblick nicht sagen.

„Wird Liam heute Abend mit uns essen?" fragte Janet sie, als sie später an diesem Abend heimkam.

Wie sollte sie das wissen, da sie ihn den ganzen Tag nicht gesehen hatte? Er hatte nicht einmal mit Diana gesprochen. Nicht, dass diese wegen seiner Abwesenheit beunruhigt gewesen wäre. Diana schien gern allein zu arbeiten.

Die beiden Frauen waren nicht dazu gekommen, gemeinsam ein schnelles Mittagessen einzunehmen. Juliet steckte jetzt wieder mitten in ihrer Arbeit, und Diana ging noch immer die Unterlagen in Williams Büro durch.

„Ich habe keine Ahnung", erwiderte Juliet. „Liam informiert mich nicht über das, was er tut."

„Das hat er nie getan." Janet schüttelte mitfühlend den Kopf. „Er war immer der unabhängigere der beiden Jungen."

Jungen? Wieder fiel es Juliet schwer, sich Liam als Jungen vorzustellen.

Janet lachte, als sie ihren Gesichtsausdruck bemerkte. „Ich sehe ihn nie anders!" sagte sie lächelnd. „Er war ein spitzbübischer kleiner Teufel." Ihre Miene verdüsterte sich leicht. „Bis Simon geboren wurde."

Juliet versteifte sich ein wenig bei der Erwähnung ihres verstorbenen Verlobten. Sie hatte mit Janet nie über Simon gesprochen. Tatsächlich hatte sie seit seinem Tod überhaupt nicht über ihn gesprochen. Sie war sich nicht sicher, ob das gut war oder nicht. Sie wusste nur, dass sie es zu schmerzlich fand, über ihn zu reden.

Dennoch war sie an dieser Unterhaltung interessiert. „Wie wirkte sich das auf Liam aus?" Sie runzelte die Stirn. Da sie selbst keine Geschwister hatte und auch sonst keine Familie, war das für sie unbekanntes Territorium.

Janet zuckte die Schultern. „Nun ja, seine Mutter starb. So verbesserte das die Situation nicht. Und Mr. William liebte das Baby abgöttisch, was auch nicht half, und so …"

„Liam und Simon kamen nicht miteinander aus", vermutete Juliet.

„Ich würde nicht sagen, dass sie als Kinder nicht miteinander auskamen", sagte Janet langsam. „Liam war schließlich fünf, als Simon geboren wurde – bereits auf der Schule und hatte seine Freunde. Erst als sie größer wurden, zeigte sich die Abneigung deutlicher." Sie schüttelte traurig den Kopf. „Als die beiden dann Teenager waren, gab es offenen Krieg."

Liam hatte also einen Groll auf seinen jüngeren Bruder gehabt. Aus seinem Verhalten gegenüber Simon hatte sie geschlossen, dass es keine Liebe zwischen den Brüdern gegeben hatte, und genau das hatte Janet gerade bestätigt.

„Es war sehr schwer für Mr. William." Janet seufzte schwer.

„Er liebte seine beiden Söhne ..."

„Das ist fraglich, Janet!" fiel eine schroffe, ärgerliche Stimme ein. Beide Frauen drehten sich um und sahen, dass Liam das Haus unbemerkt betreten hatte.

Janet errötete, weil sie dabei überrascht worden war, dass sie so über ihn sprach, und Juliet musste zugeben, dass sie mit sich auch nicht allzu glücklich war. Sie war sich sicher, dass Liams Bemerkungen letzte Nacht, wonach sie nicht über ihn oder seine Privatangelegenheiten reden sollte, nicht nur Diana, sondern auch Janet betrafen!

Er trat energisch in die Eingangshalle und schloss die Tür heftig hinter sich. „Wir nehmen den Kaffee im Arbeitszimmer meines Vaters, Janet", sagte er eisig zu der Haushälterin. „Im Arbeitszimmer, Juliet!" erklärte er mit drohender Miene, während er an ihr vorbeiging. Janet machte ein gequältes Gesicht. „Ach je!" seufzte sie und schaute Liam schuldbewusst nach.

„Machen Sie sich keine Sorgen!" sagte Juliet leise und drückte sanft ihren Arm. „Wir haben nichts Falsches getan." Obwohl sie bezweifelte, dass Liam das auch so sah.

Janet schüttelte bedauernd den Kopf. „Ich kenne diesen Blick", sagte sie und schnitt eine Grimasse. „Sein Vater hatte einen ..." Sie brach verlegen ab. „Liam war immer so störrisch wie ein Maultier. Und es wird ihm nicht gefallen, dass wir über ihn gesprochen haben."

„Es wird schon gut werden", versicherte Juliet ihr mit mehr Zuversicht, als sie tatsächlich empfand. Liam war wütend, und wenn sie ihn noch länger warten ließe, würde das seine Stimmung weiter verschlechtern. „Gehen Sie und holen Sie den Kaffee! Ich werde mit ihm reden." Sie lächelte die ältere Frau beruhigend an.

Juliet atmete tief ein und folgte Liam zum Arbeitszimmer. Sie bebte fast vor Nervosität, als sie den Raum betrat und Liam hinter dem Schreibtisch in Williams Sessel sitzen sah. Sein Gesicht glich einer kalten, wütenden Maske. Offensichtlich würde dies kein freundliches Gespräch werden.

Er saß vorgebeugt da, hatte die Ellenbogen auf den Schreibtisch gestützt und die Finger vor dem Gesicht zusammengelegt, wobei er sie mit eisigem Blick musterte.

Das Schweigen zog sich endlos hin, bis Juliet das Gefühl hatte, ihre Nerven würden zerreißen. „Um Himmels willen, Liam", brachte sie schließlich angespannt heraus, weil sie sich immer noch wie ein ungezogenes kleines Mädchen fühlte. „Janet hat nur ..."

„Mich interessiert nicht, was Janet hat", fiel er barsch ein. „Ich glaube, ich habe meine Gefühle gestern Abend sehr deutlich formuliert!"

Sie schluckte schwer. „Janet fragte nur, ob du zum Abendessen da sein würdest", fuhr sie entschlossen fort. „Und eines führte zum anderen." Sie zuckte hilflos die Schultern.

Er verzog den Mund. „Dessen bin ich mir sicher. Schön, in Zukunft ..." sein Gesicht wurde hart „... würde ich es begrüßen, wenn eines nicht zum anderen führte."

„Gut", erwiderte sie, weil sie seiner Stimmungsschwankungen müde war. „Ich werde mich bemühen, deinen Namen nicht wieder über meine Lippen kommen zu lassen!"

Er lehnte sich zurück und betrachtete sie nachdenklich. „Wirklich?" brachte er langsam heraus.

Juliet gefiel die Art, wie er sie ansah, überhaupt nicht. Sie fühlte sich dabei unwohl. „Wirklich!" erwiderte sie etwas abwehrend.

Liam erhob sich langsam, bewegte sich ruhig um den Schreibtisch herum und schaute sie durchdringend an. „Wirklich niemals?" fragte er herausfordernd.

In ihren Wangen spürte sie jetzt wieder Hitze, und sie wollte sich bewegen. Stattdessen blieb sie, wo sie war. Innerlich wollte sie nichts anderes, als von ihm wegzukommen. Was war an diesem Mann, das diese Wirkung auf sie hatte?

Sie hielt seinem Blick stand. „Hör zu, Liam", sagte sie entschlossen. „Es wäre offensichtlich besser, wenn wir uns so fern wie möglich voneinander hielten ..."

„Warum?" fiel er leise ein. „Zuweilen waren wir uns sehr nahe ... so nahe, dass ich es sehr genossen habe." Sein Blick wanderte prüfend über ihr Gesicht und ihren Körper.

Ihre Wangen brannten jetzt, und sie musste sich zwingen, nicht zurückzuweichen. „Du weißt sehr gut, wovon ich rede, Liam", brachte sie heraus. „Du bist geschäftlich hier. Es besteht keine Notwendigkeit, so zu tun, als ob uns etwas verbindet!"

Er zuckte unbekümmert die Schultern. „Aber auf einer Ebene verbindet uns etwas, Juliet", sagte er mit belegter Stimme. „Tatsächlich wundere ich mich, wie gut ..."

Sie wusste genau, welche „Ebene" er meinte. Und sie war darüber überhaupt nicht erstaunt – bestürzt wäre eine bessere Formulierung gewesen.

Sie mochte sich zwar nicht bewegt haben, aber sie errichtete eine Barriere um sich! „Du wirst nicht mehr lange hier sein, Liam, also ..."

„Sagst du das, oder fragst du das?" fragte er scheinbar ruhig.

Ihre Augen blitzten verärgert über seine Wortspielereien. „‚Carlyle Properties' ist in deinem Teich ein sehr kleiner Fisch, Liam", rief sie ungeduldig. „Sobald du gesehen hast, was du sehen wolltest, wirst du dich wieder um deine anderen Geschäfte kümmern. Bis dahin wäre es vielleicht besser, wie ich bereits gesagt habe, wenn wir uns so weit wie möglich aus dem Wege gingen."

„Hast du es so mit deinem letzten Geschäftspartner gehalten?" höhnte er herausfordernd. „Eigenartig. Ich glaubte, du hättest mit meinem Vater eine andere Vereinbarung gehabt."

Sie atmete bei seinem absichtlich verletzenden Tonfall heftig ein.

„Ich war nicht die Geschäftspartnerin deines Vaters", erinnerte sie ihn gereizt.

„Oh nein, natürlich, das warst du nicht!" Er nickte zustimmend.

„Assistentin, nicht wahr? Nun, ich nehme an, dass er in seinem Alter alle Assistenz brauchte, die er bekommen konnte – das würde ich an deiner Stelle nicht tun", riet er mit bedrohlich leiser Stimme, als sie instinktiv die Hand hob.

Ihre Hand erstarrte mitten in der Bewegung. Ihr Atem war heftig. „Du bist der beleidigendste Mann, der mir je in meinem Leben begegnet ist", brachte sie schließlich heraus. „Du sprichst von deinem Vater!" Sie schaute ihn wütend an, weil er das Andenken eines Mannes beschmutzte, der ihr sehr wichtig gewesen war. Und dem sie umgekehrt wichtig gewesen war.

„Er war ein Mann, oder nicht?" entgegnete Liam barsch.

„Er war mein Freund", wehrte Juliet ab. „Mein sehr guter Freund." Sie hätte sich selbst treten mögen, weil ihre Stimme so bewegt klang. Liam würde Dinge wie platonische Liebe zwischen zwei Menschen, die nicht miteinander verwandt waren, nicht verstehen. Und jetzt war auch nicht der Augenblick, ihn darüber aufzuklären, da sie hören konnte, dass Janet sich dem Arbeitszimmer mit einem Kaffeetablett näherte.

„Könnte ich das Abendessen auf meinem Zimmer haben?" bat sie die andere Frau förmlich, als diese nach kurzem Klopfen an die Tür eintrat. Sie vermied es, Liam dabei anzusehen.

„Ich habe etwas mit dir zu besprechen, Juliet", sagte Liam kalt, bevor Janet noch antworten konnte.

Sie brachte es noch immer nicht fertig, ihn anzusehen. Sie brauchte Zeit und Abstand zu ihm. „Kann das nicht bis morgen warten?" fragte sie abrupt.

„Nein. Das kann es nicht", erwiderte er kompromisslos. „Es ist geschäftlich", fügte er kurz hinzu, weil sie noch immer ablehnend dreinschaute.

Juliet atmete schwer ein. Liam hatte in dieser Situation die Oberhand, und das fühlte er. Wenn es um die Zukunft von „Carlyle Properties" ging – etwas, was William ihr anvertraut hatte –, dann hatte sie keine Wahl ...

Sie nickte. „Ich werde nach dem Essen zum Kaffee kommen", räumte sie ein und blickte endlich zu ihm auf – und wünschte dann, das nicht getan zu haben! In Liams Blick war eine starke Zurückweisung zu spüren.

Wenngleich „Zurückweisung" nicht ganz das richtige Wort war. Wie er zugegeben hatte, gab es eine gemeinsame Ebene, und gegen diese Tatsache wehrte sich Liam offensichtlich. Er wollte sie eigentlich nicht kennen lernen, verspürte aber die Wirkung, die sie aufeinander hatten.

„Also gut", akzeptierte er eisig, offensichtlich über den Kompromiss nicht allzu glücklich. „Um zehn Uhr im Arbeitszimmer!" fügte er barsch hinzu.

„Also gut", erklärte sie distanziert.

„Und sorgen Sie dafür, dass sie ihr Essen aufs Zimmer bekommt, Janet!" Er wandte sich an die Haushälterin: „Juliet hat die Angewohnheit, zu vergessen, dass ihr Körper Nahrung braucht!" fügte er trocken hinzu.

Juliet sah ihn mit schmalen Augen an, bevor sie auf dem Absatz kehrtmachte und abrupt den Raum verließ.

„Er muss offensichtlich immer das letzte Wort haben", murmelte sie mürrisch vor sich hin, während sie die Treppe hochging. Sie hoffte, dass er durch das Abendessen Verdauungsstörungen bekäme!

Juliet fand, dass es viel zu schnell zehn Uhr wurde. Sie aß etwas von dem köstlichen Abendessen, das Janet ihr hochgebracht hatte. Bei dem bloßen Duft des Gerichtes fühlte sie sich hungrig – vor allem, als ihr plötzlich klar wurde, dass sie völlig vergessen hatte, Mittag zu essen. Es hatte sicher nichts mit dem zu tun, was Liam ihr gesagt hatte!

Warum weckt er solch kindische Rebellion in mir? überlegte sie. Sie hatte ihr Leben die letzten sieben Jahre lang sehr bedächtig verbracht. Doch Liam hatte sie in wenigen Tagen gefühlsmäßig aus dem Gleichgewicht geworfen. In der einen Minute war sie wütend auf ihn, in der nächsten unfähig, seiner Umarmung zu widerstehen. Sie würde froh sein, wenn er wieder aus ihrem Leben verschwände. Wäre sie das wirklich …?

Ja, Liam weckte in ihr Emotionen, die sie lange Zeit nicht empfunden hatte, Emotionen, mit denen sie sich überhaupt nicht wohl fühlte, doch zumindest verlief ihr Leben nicht mehr so eintönig, seit sie ihm begegnet war.

Sie konnte sich doch nicht in ihn verliebt haben …? Doch nicht ausgerechnet in Liam!

Sie fühlte sich in seiner Anwesenheit wütend, verärgert, zuweilen unsicher, aber diese anderen Gefühle – die Erwartung, ihn wiederzusehen, die Freude, die sie in seinen Armen empfunden hatte, die Tatsache, dass sie sich in seiner Gesellschaft so lebendig fühlte – was bedeutete dies? Es konnte nicht bedeuten, dass sie sich in ihn verliebt hatte – bereits in ihn verliebt war …

Gott, es war bereits zehn Uhr. Wenn sie nicht bald hinunterginge, würde er …

„Soll der Berg zum Propheten kommen?" sagte Liam langsam, als er unangekündigt ihr Schlafzimmer betrat.

Nach diesen Gedanken über ihn war es für Juliet unmöglich, mit ihm allein in ihrem Schlafzimmer zu sein!

Sie erhob sich abrupt von dem Tisch am Schlafzimmerfenster, an dem sie gesessen hatte. „Ich wollte gerade hinunterkommen", erklärte sie ihm förmlich, wobei sie den Raum durchquerte und sich betont neben die offene Tür stellte.

Liam zuckte die Achseln, machte aber keine Anstalten, zur Seite zu treten. „Jetzt bin ich hier", erklärte er leichthin. „Wir können ebenso gut hierbleiben."

„Über geschäftliche Dinge wird besser in der passenden Umgebung gesprochen", beharrte sie.

Er verzog spöttisch den Mund. „Soweit ich mich erinnere, habe ich dir schon einmal gesagt", erklärte er, womit er sie an den Abend in dem Hotel auf Mallorca erinnerte, „dass ich selten in Büros Geschäfte mache, Juliet", fuhr er trocken fort. „Bei einem guten Essen oder in einem Schlafzimmer", fügte er betont hinzu, „sind mehr Geschäfte als in einem Konferenzzimmer abgeschlossen worden."

Seine Anspielung auf das Schlafzimmer entging Juliet nicht, und die darin enthaltene Kränkung gefiel ihr ebenfalls nicht. „Ich würde es trotzdem vorziehen, hinunter ins Arbeitszimmer zu gehen", erklärte sie distanziert.

„Wie auch immer", sagte er schließlich mit einem Schulterzucken. „Für mich ist das wirklich völlig unwichtig."

Sie glaubte, dass er sich von den meisten Dingen nicht beeindrucken ließ. Und wie sie aus Erfahrung wusste, würde Liam unabhängig von der Umgebung sagen, was er zu sagen hatte.

„Also dann ins Arbeitszimmer", sagte sie entschlossen.

„Nach dir." Er trat mit einer übertriebenen Bewegung beiseite, um sie vorbeizulassen.

Juliet hob den Kopf hoch, als sie Anstalten zum Gehen machte, und blickte überrascht auf, als er sich vor sie stellte. Ihre Augen weiteten sich, als sie seinen Gesichtsausdruck wahrnahm.

„Was ist bloß an dir?" murmelte er, fast zu sich selbst. „Ich habe allen Grund, dich nicht zu mögen, und doch …" Er schüttelte verärgert über sich selbst den Kopf. „Was benutzt du, Juliet? Zauber und magische Tränke?" fügte er harsch hinzu.

Sie schluckte schwer, war unfähig, sich zu bewegen. „Ich weiß nicht, was du meinst." Sie erzitterte unwillkürlich.

Liam bemerkte die Reaktion auf seine Nähe. „Oh, ich denke schon!" Er nickte und hob langsam eine Hand, um über ihr langes Haar zu streichen. „Ich möchte mit dir schlafen, Juliet!" Das sagte er so, als ob das Verlangen danach völlig gegen seinen Willen sei.

Juliet zweifelte nicht daran, dass es so war. Sie empfand das umgekehrt genauso. Doch der Unterschied war, dass sie wusste, dass das nicht geschehen konnte. Es nicht geschehen würde!

„Liam …"

„Fang keine Diskussionen an, Juliet!" sagte er hart, seine Arme besitzergreifend um ihre Taille geschlungen. „Die habe ich zur Genüge geführt, und am Ende des Tages ist alles für die Katz in dem Augenblick, in dem ich mit dir allein bin!" brachte er verärgert heraus. Sein warmer Atem streifte ihre Schläfen.

Es gab keine Möglichkeit, seiner stählernen Umarmung zu entkommen, ohne dass sie sich dabei wehtat, aber dennoch hielt sie so weit Abstand von ihm, wie sie konnte, und stieß gegen seine Arme. „Das ist lächerlich, Liam!"

„Das weiß ich, verdammt", murmelte er böse. „Aber vielleicht ist der einzige Weg, die Sache aus der Welt zu schaffen, mit dir zu schlafen!"

„Du …" Sie kam mit ihrem Protest nicht weiter, weil er den Mund fast brutal auf ihre Lippen presste.

Es war keine Zärtlichkeit in ihm. Er kümmerte sich nicht um die Druckstellen, die er auf ihrer weichen Haut hinterließ. Da war nur ein mächtiges Verlangen, als er ihren Mund und ihren Körper mit einer Wut eroberte, die an Wildheit grenzte.

Juliet stöhnte auf. Düstere Erinnerungen durchströmten sie – Erinnerungen, die sie veranlassten, mit jedem Quäntchen ihrer Kraft gegen ihn anzukämpfen.

Aber es war ein Kampf, den sie nur verlieren konnte.

Liam war so viel stärker als sie, beherrscht von einer Leidenschaft, die er nicht einmal zu unterdrücken versuchte, als er sie auf seine Arme nahm und die Tür mit einem Fuß zutrat, bevor er sie durch das Zimmer zum Bett trug. Er gab ihr keine Chance zu entkommen, weil er sich mit seinem ganzen Gewicht auf sie legte und ihren Mund wieder mit seinem verschloss, wobei er heftig und voller Verlangen ihren Körper streichelte.

Es gab keine Reaktion auf die fordernden Küsse. Liam schien das leise Schluchzen, das tief aus ihrer Kehle kam, nicht zu bemerken. Hilflos drückte Juliet mit den Händen gegen seine Brust. Sie wurde von Panik ergriffen und zitterte.

„Liam, nein!" schrie sie, während sie sich verzweifelt bemühte, sich unter ihm vorzuwinden.

Er hob den Kopf, um mit dunkel verhangenem Blick auf sie zu starren, schaute verständnislos auf die Ströme von Tränen, die ihr jetzt über die Wangen liefen.

„Liam, bitte!" Sie blickte mit schmerzerfüllten Augen zu ihm auf. Ihr Gesicht war völlig weiß. Ihre Hände waren vor ihren Brüsten abwehrend zu Fäusten geballt.

Er runzelte die Stirn, schüttelte benommen den Kopf und atmete tief ein. „Oh Gott!" stöhnte er schließlich, wobei er sich neben sie auf das Bett warf und einen Arm vor die Augen nahm, als ob er die Erinnerung an das verdrängen wollte, was gerade fast geschehen wäre.

Juliet lag starr auf dem Bett, war unfähig, sich zu bewegen, zitterte zu heftig, um auch nur einen Versuch zu machen aufzustehen, obwohl sie in diesem Augenblick nicht mehr wollte, als so viel Entfernung wie möglich zwischen sich und Liam zu bringen.

„Verdammt!" Er sprang vom Bett auf, schritt zum Fenster hinüber und schaute blicklos auf die Auffahrt hinaus.

Juliets Benommenheit begann sich zu legen, doch dafür spürte sie den Schmerz jetzt umso intensiver. Liam hatte mit ihr schlafen wollen, gleich ob mit oder ohne ihre Zustimmung. Zweifellos hätte er es vorgezogen, wenn sie gewollt hätte, aber ...

„Schau nicht so entsetzt drein!" befahl er barsch. Er sah sie von der anderen Seite des Zimmers an. Er war jetzt sehr blass, ein Nerv zuckte in seiner Wange. „Ich gebe zu, dass ich für ein paar Minuten nicht ganz bei Verstand war, aber ohne deine Einwilligung hätte ich nicht mit dir geschlafen!" Er schüttelte den Kopf, als wolle er damit andeuten, wie verrückt er gerade gehandelt hatte.

„Die hätte ich nie gegeben", erwiderte sie heiser, überrascht, dass sie überhaupt Worte artikulieren konnte.

Liam atmete heftig ein. „Wahrscheinlich nicht", räumte er eisig ein. „Das werden wir wohl nie wissen. Aber was ich weiß, ist", fügte er schnell hinzu, als Juliet ihm versichern wollte, dass sie es ganz sicher wusste, „dass ich nicht länger in diesem Hause bleibe." Er schaute sich um. „Es ist nur ein Haus. Und doch ist es für mich immer mit schlechten Erinnerungen verbunden!"

Und jetzt würden noch mehr darin sein! Juliet glaubte nicht, dieses Schlafzimmer je wieder betreten zu können, ohne sich an das zu erinnern, was hier mit Liam geschehen war.

Sie richtete sich langsam auf, spürte die Druckstellen, die er an ihrem Körper hinterlassen hatte. „Ich werde ausziehen", sagte sie leise. Sie schaute ihn nicht einmal an. Sie wusste, dass sie hier nicht länger bleiben konnte. Es war vorher schon schlimm genug gewesen, aber jetzt …!

„Mein Vater hat dir das Haus vermacht, es gehört dir", erinnerte Liam sie barsch.

Sie schüttelte den Kopf, bewegte sich wie ein Automat, während sie ihre Schuhe überstreifte. „Ich habe es nie gewollt. Ich weiß, dass du mir nicht glaubst, aber ich habe nie etwas von dem gewollt, was er mir hinterlassen hat. Aber William fühlte sich verantwortlich …" Sie brach plötzlich ab, drehte sich schnell um und sah Liam erschreckt an. Sie hatte zu viel gesagt, wie ihr seine düstere Miene verriet.

„Verantwortlich für was?" fragte Liam prompt.

Gott, das hatte sie mitgenommen! Nie würde sie …

„Juliet!" sagte er heftig.

Sie befeuchtete ihre trockenen Lippen. „Nichts", leugnete sie eilig. „Es war nichts."

Er wirkte nicht überzeugt – und Juliet hatte das gewusst. Er war viel zu aufmerksam. Ihm entging wenig von dem, was um ihn herum geschah. Und er glaubte, sie sehr gut zu kennen. Das war nicht der Fall, aber er glaubte es.

Er schenkte ihr einen nachdenklichen Blick, während er langsam den Raum durchquerte, um dann vor ihr stehen zu bleiben. „Ich wollte dir heute Abend eine Frage stellen, Juliet, und ich glaube, du hast sie mir gerade beantwortet!" sagte er kalt.

Sie blickte zu ihm auf, und sein Gesichtsausdruck gefiel ihr überhaupt nicht. Warum gab ausgerechnet er sich angewidert? Sie war doch diejenige, die fast ...

Liam verzog bissig den Mund. „Es war eine Verschleierung, nicht wahr, Juliet?" beschuldigte er sie erregt. „Eine Verschleierung, die ein Leben kostete ..." Er brach ab, als Juliet unvermittelt aufstand.

Hatte sie ihn zuvor mit Entsetzen angesehen, war das nichts im Vergleich zu der schrecklichen Verzweiflung, die sie jetzt fühlte. Wie konnte er das so schnell wissen? Wie konnte er das Geheimnis, das sie und William so viele Jahre lang gehütet hatten, auch nur erahnt haben?

9. KAPITEL

Liam wandte sich von ihr ab, hatte die Hände tief in die Hosentaschen gesteckt, während er sich zum Fenster hinüber bewegte, um so weit von Juliet entfernt zu sein, wie es in diesem Raum möglich war. „Wie gut kanntest du meinen kleinen Bruder, Juliet?" fragte er schließlich. Er hatte ihr noch immer den Rücken zugewandt.

Sie schluckte heftig. „Ich hatte doch gesagt …"

„Wie gut?" Sein Tonfall war unnachgiebig.

Sie blickte auf ihre geballten Hände. „Ich war mit ihm verlobt. Wir wollten heiraten", sagte sie ruhig.

Sie spürte, dass Liam sich ruckartig zu ihr umdrehte, um sie anzuschauen. Sie war aber außer Stande, den Kopf zu heben und seinen forschenden Blick zu erwidern. Wenn sie ihn jetzt ansähe, würde er alles in ihrem Gesicht lesen können. Sie hatte es so lange für sich behalten … Obwohl es schien, als ob Liam jetzt die Wahrheit wusste. Sie begriff noch immer nicht, wie er es überhaupt wissen konnte …

„Du sagtest, dass du vor zehn Jahren noch nicht hier warst, deshalb wusste ich, dass es so etwas sein musste", sagte er abschätzig. „Du hast ständig geleugnet, mit meinem Vater eine intime Beziehung gehabt zu haben. Also blieb nur Simon. Du hast zumindest einem Mitglied dieser Familie sehr nahe stehen müssen, um solche Informationen haben zu können. Mein Vater war im Begraben von Familienleichen Experte", fügte er angewidert hinzu.

Juliet konzentrierte sich noch immer auf das „vor zehn Jahren". Sie begriff nicht, was Liam meinte. Es war nicht zehn Jahre her, es war nur … Irrte sie sich? Sprach Liam vielleicht von etwas anderem? Der Akte Walters? Liam hatte gesagt, dieses Projekt sei zehn Jahre alt. Wenn es darum ging, von welcher Verschleierung sprach er dann?

Sie atmete schwer ein. „Es ist so lange her, Liam …"

„Ein Mann ist aber gestorben!" erklärte er heftig. „Die Entschädigung, die mein Vater der Familie gezahlt hat, wird nie etwas daran ändern, dass Simon allein für dessen Tod verantwortlich gewesen ist. Aus Gier und Unfähigkeit – vor allem aber aus Gier!" schloss er verächtlich.

Juliet war sehr blass. Sie starrte ihn an. Simon hatte jemand getötet? Wie? Warum?

„Keine noch so hohe Geldsumme kann das wieder gutmachen", fügte Liam hinzu. „Simon hätte reichlich für das zahlen müssen, was er getan hatte. Aber das wollte mein Vater nicht akzeptieren", sagte er bitter. „In seinen Augen konnte Simon keinen Fehler machen."

Juliet wurde übel. Sie konnte kaum atmen. Simon hatte jemand getötet? Und William hatte das gewusst, hatte das verschleiert, hatte dieses Wissen für sich behalten, hatte es mit in den Tod genommen? Gott, kein Wunder ...

„Du wolltest einen Mann heiraten, der praktisch des Mordes überführt war", fuhr Liam unerbittlich fort. „Oh, mein Vater hat die Akte manipuliert! Simons Unterschrift taucht auf keinem einzigen Dokument auf. Aber wir beide wissen, dass das verdammte Gebäude eingestürzt ist und den armen Teufel unter sich begraben hat, weil Simon minderwertiges Baumaterial benutzte und die Rechnungen gefälscht hatte, damit es anders aussah. Das Geld, das er dabei gespart hat, hat er an sich genommen. Obwohl ich meinem Vater das gesagt habe, weigerte er sich, die Wahrheit zu sehen, warf mir vor, verbittert gegenüber dem naiven Jungen zu sein, den er für meinen Bruder hielt." Liams Gesicht war voller Abscheu. „Daraufhin bin ich gegangen", rief er. „Ich wollte nichts mehr mit dieser Familie zu tun haben, wollte nicht zu ihr gehören!"

Sie kannte jetzt das Geheimnis für Liams Entfremdung von seiner Familie. Gott, es war viel schlimmer, als sie sich je hatte vorstellen können. Simon ... Mein Gott, wie konnte er das getan haben? Und wie konnte William ...?

„Aber mein Vater kannte die Wahrheit", erklärte er kalt. „Warum hätte er sonst all die Dokumente in dieser Akte geändert und seine eigene Unterschrift daruntergesetzt? Nur, um Simon nach wie vor zu schützen! Und du hast das fortgesetzt." Er schüttelte voller Abscheu den Kopf.

Juliet schaute ihn gequält an. „Ich wusste nichts davon", keuchte sie. „Ich wusste es nicht!" wiederholte sie verzweifelt.

„Wie kannst du das sagen?" sagte er voller Verachtung. „Offensichtlich fühlte sich mein Vater dir gegenüber irgendwie verantwortlich – das hast du doch bereits zugegeben! –, und diese Verantwortlichkeit kann nur dadurch entstanden sein, dass du wusstest, dass du jemanden heiraten würdest, der dazu fähig war, einen Mann aus eigener Gier sterben zu lassen. Gemeinhin bezeichnet man so etwas als Erpressung, Juliet", fügte er verächtlich hinzu.

Juliet war zu schockiert, um auch nur zu versuchen, sich gegen diese Anschuldigung zu verteidigen. Was hatte Simon nur getan? Wie konnte William ihn so beschützt haben? Kein Wunder, dass William so erfreut darüber gewesen war, als Simon zur Ruhe gekommen zu sein schien und heiraten wollte ...

Liam hatte Recht. William hatte sich ihr gegenüber verantwortlich gefühlt, aber wegen seines Schuldgefühls. Liams kalter, verächtlicher Gesichtsausdruck verriet ihr, dass er ihr keine andere Erklärung glauben würde. Und die Wahrheit war zu schmerzlich, als dass sie darüber hätte reden können.

„Ich ziehe aus diesem Haus aus, Juliet", erklärte Liam ihr schroff. „Sofort! Ich hätte nie hierher zurückkehren dürfen." Er schüttelte den Kopf, während er sich umsah. „Es ist ein Haus voller Lügen und Zerstörung. Und je schneller ich wieder von hier fort bin, desto besser!" Er schritt entschlossen zur Tür.

Juliet schaute ihn nur an. Er hatte Recht, was das Haus betraf. Es war voller Lügen und Zerstörung, und auch sie wollte nicht länger hier sein!

„Liam ..."

„Nicht jetzt, Juliet", rief er, während er die Tür aufriss. „Ich muss weg von hier – von dir! –, damit ich endlich wieder klar denken kann!" Er schlug die Tür heftig hinter sich zu.

Juliet war zu entsetzt, um sich bewegen zu können. Oh William, was hast du bloß getan? Sie weinte stumm in sich hinein.

Juliet war sehr blass, als sie am nächsten Morgen das Büro betrat. Sie hatte die Nacht ebenfalls nicht geschlafen. Sie hatte darüber nachgedacht, wie sie den Rest ihres Lebens verbringen sollte. Denn sie hatte nicht die Absicht, länger in „Carlyle House" oder bei „Carlyle Properties" zu bleiben. Nach Liams gestrigen Enthüllungen hatte sich alles geändert.

Sie schuldete William nichts. In ihr, zu diesem Ergebnis war sie während der dunklen Stunden der Nacht gekommen, hatte William einen Weg für seinen Sohn gesehen, anständig zu werden, hatte gehofft, dass eine Ehe seinen Sohn endlich zur Ruhe bringen und zähmen könne. Doch Simon hatte bewiesen, dass das nicht geschehen war. Sein Tod war ebenso gewalttätig wie unnötig gewesen.

Ihre Liebe zu Liam, auch zu diesem Schluss war sie gekommen, war absolut vergeblich. Vielleicht war dies der Preis, den sie für ihr Schweigen zu bezahlen hatte, was Simon betraf.

Deshalb war es jetzt, nachdem die letzten Bande zur Familie Carlyle gerissen waren, für sie an der Zeit zu gehen. Oh, sie hatte nicht die Absicht, einfach zu verschwinden! Sie hatte noch wichtige Dinge zu regeln. Doch sobald sie das erledigt hatte ...

Sie wusste nicht, wohin sie gehen sollte. Nur weit weg von hier und Liam!

Gott, es war kein Wunder, dass Liam seinen Vater und seinen Bruder so sehr verachtete. Und sie ...

Es war die Verachtung von Liam, mit der sie nicht fertig wurde.

„Wie nett, dass du gekommen bist!"

Juliet drehte sich beim barschen Klang seiner Stimme schuldbewusst um. Sie hatte gerade ihr Büro betreten wollen, als die Tür gegenüber sich öffnete. Ihr Glück natürlich, dass es Liam war!

Ihr war klar, dass sie fast eine ganze Stunde zu spät gekommen war, aber sie hatte sich nicht dazu motiviert gefühlt, an diesem Morgen überhaupt herzukommen. Das Unternehmen war auf Lügen aufgebaut. Auf dem Tod eines Mannes.

Simon hätte es nicht nötig gehabt, so etwas zu tun, weil William ihm immer alles gegeben hatte, worum er gebeten hatte, was sein Verbrechen noch schlimmer machte. Kein Wunder, dass es Liam unmöglich gewesen war zu bleiben, weder bei seiner Familie noch bei der Firma.

So, wie es ihr jetzt ging.

„Ein langer Abend berechtigt dich noch lange nicht zum Späterkommen", tadelte er sie. „Und ebenso wenig der Umstand, dass du Mitbesitzerin bist", fügte er beleidigend hinzu.

„Ich ..."

„Wenngleich du überhaupt nicht hier sein solltest, so wie du aussiehst!" Er schaute sie an. Sein verächtlicher Blick verweilte auf ihrem blassen Gesicht. „Was ist los, Juliet?" höhnte er. „Hat die Wahrheit so geschmerzt?"

Ihre Augen füllten sich mit Tränen. Was Liam ihr vergangene Nacht erzählt hatte, hatte sie nicht nur verletzt, es hatte sie schockiert, angeekelt und ihre Gefühle für William ernstlich verändert. Und was Simon betraf ...

„Oh, um Himmels willen!" rief er ungeduldig beim Anblick dieser ungeweinten Tränen. „Warum bringst du mich immer dazu, dass ich mich wie ein Schuft fühle?" sagte er angewidert. „Ich habe mich einmal von dieser Familie gelöst, Juliet. Du warst diejenige, die mich zurückholen wollte! Was hattest du erwartet, was meine Gefühle gegenüber William und Simon betrifft?" fügte er verärgert hinzu. „Nur weil sie beide tot sind, werden sie doch nicht plötzlich liebe, nette Menschen für mich. Ich hatte sie durchschaut. Ich wollte nicht wie sie sein, nichts von ihnen haben!"

Das wollte sie auch nicht, nachdem sie jetzt wusste, was William getan hatte.

„Wir müssen reden, Liam." Ihre Stimme war rau durch all die Tränen, die sie in der Nacht geweint hatte. „Aber jetzt ist nicht der richtige Augenblick dafür." Sie schaute sich um. Der Korridor bot nicht gerade Privatsphäre, obwohl sie sich eingestehen musste, dass sie bislang nicht gestört worden waren. Wahrscheinlich hatten die Angestellten Liams erhobene Stimme gehört und deshalb darauf verzichtet, auf den Korridor zu treten. „Kann ich heute Abend mit dir reden? Es ist sehr wichtig für uns beide, Liam." Von ihrem Ärger und ihrer Abneigung gegenüber diesem Mann war nichts mehr zu spüren. Ihre Kampfeslust war verflogen.

„Im Haus?" Seine Stimme war scharf, seine Augen schmal.

„Nein!" Sie unterdrückte nur mühsam ein Zittern. Sie hatte ihre Sachen bereits gepackt – das war mit Grund dafür, warum sie an diesem Morgen zu spät gekommen war –, und sie hatte die Absicht, nur noch einmal kurz nach Carlyle House zurückzukehren, um ihre Koffer zu holen.

Juliet atmete tief und beherrscht ein. „Vielleicht können wir gemeinsam zu Abend essen?" schlug sie etwas ruhiger vor.

„Ein Abendessen, bei dem ich sitzen und zuschauen muss, wie du nichts isst?"

„Dann ein Drink", räumte Juliet erregt ein. Sie wusste, dass er mit dem Abendessen Recht hatte. Sie glaubte nicht, dass sie in der Lage war, auch nur einen Bissen zu sich zu nehmen, selbst wenn sie es versuchte. „Einfach irgendwo, wo wir ungestört reden können." Sie schaute bittend zu ihm auf.

Seine Miene blieb hart. „Was wäre so privat, dass wir nicht hier darüber sprechen können, Juliet?"

„Ich ..." Sie brach plötzlich ab, als John Morgan über den Korridor auf sie zukam.

„Okay, ich habe verstanden", murmelte Liam, als er den anderen Mann kommen sah. „Aber es sollte ein wichtiger Grund sein", fügte er ungeduldig hinzu. „Ich habe im Augenblick eine Menge mehr zu tun, als mich um ‚Carlyle Properties' zu kümmern!"

Sie wusste nicht, ob er den Grund für wichtig halten würde. Sie beabsichtigte, ihm zu sagen, dass sie weder ihren Anteil der Firma noch „Carlyle House" behalten wollte. Dass beides ihm gehören würde. Aber da er beides auch nicht haben wollte ...

„John", begrüßte er den anderen Mann. „Möchten Sie mich oder Juliet sprechen?"

„Juliet", erwiderte John.

„Natürlich", stellte Liam fest. „Dann lasse ich euch beide allein. Wir werden zusammen um halb sechs Uhr gehen, Juliet. Ist das in Ordnung? Wir können dann entscheiden, wohin wir gehen", fügte er hinzu.

Das war alles andere als ideal, weil es bedeutete, dass sie ins Haus zurückkehren musste, nachdem sie mit ihm gesprochen hatte. Aber unter diesen Umständen ... „Es ist mir recht", sagte sie leise.

„Gut." Irgendwie gelang es ihm zu überspielen, dass es ihm völlig gleich war, ob es ihr recht war oder nicht. Wenn sie privat mit ihm sprechen wollte, gab Liam ihr zu verstehen, dass er den Zeitpunkt festlegte, nicht sie.

„Also dann halb sechs", bestätigte sie abrupt.

„Ja." Liam drehte sich um und betrat sein Büro.

John schaute ihm stirnrunzelnd nach. „Ich blicke bei ihm nicht durch", sagte er schließlich langsam. „Er ist die letzte Stunde den Korridor auf und ab gegangen. Ich bin mir sicher, er hat darauf gewartet, dass Sie kommen. Und jetzt, wo Sie da sind, scheint seine Stimmung auch nicht besser geworden zu sein."

Liam mochte vielleicht auf ihre Ankunft gewartet haben, aber nur, um sie anfahren zu können, weil sie so spät ins Büro kam! Liam war wirklich leicht durchschaubar. Er hatte nicht hier, bei „Carlyle Properties", sein wollen, wollte nicht hier sein und sperrte sich dagegen. Sie zweifelte nicht daran, dass nur Neugier ihn hierhergetrieben hatte – Neugier, die inzwischen mehr als befriedigt sein musste. Und Juliet zweifelte jetzt nicht mehr daran, dass er bald gehen würde. Aber sie würde ihm zuvorkommen und seinen Plan durchkreuzen.

Allerdings würde sie erst gehen, nachdem sie ihm gesagt hatte, was sie vorhatte, selbst wenn sie ihm die Gründe dafür nicht nennen konnte.

Die Minuten und Stunden des Vormittags zogen sich quälend dahin, wahrscheinlich auch, weil es Juliets letzter Tag bei „Carlyle Properties" war und sie, genau wie Liam, nicht mehr hier sein wollte. Trotz allem, was sie ursprünglich gedacht hatte, war es vielleicht am besten, wenn Liam das Unternehmen zusammenbrechen ließ. Die Firma war belastet.

Gegen ein Uhr verspürte sie das Bedürfnis nach einer Pause. Und ihr war egal, was Liam dazu sagen würde, dass sie eine Stunde Mittag machte. Morgen würde sie nicht mehr hier sein!

Diana kam in dem Augenblick über den Korridor, als sie ihr Büro verließ. Die Frau schenkte ihr ein herzliches, freundliches Lächeln. „Mittagessen?"

An Mittagessen hatte Juliet eigentlich gar nicht gedacht. Sie wollte nur irgendwo für eine Stunde an der frischen Luft sein, weil das eine Stunde weniger bedeutete, die sie hier zu verbringen hatte. „Ja", antwortete sie kurz, ohne die andere Frau anzusehen.

Dianas Gesicht erhellte sich. „Ich begleite Sie. Darf ich? Das Mittagessen gestern zählt ja nicht wirklich."

Juliet wollte keine Stunde mit dieser Frau verbringen, versuchte aber höflich zu sein. Im Augenblick wollte sie mit niemandem zusammen sein. „Ich ..."

„Ich sage Liam, dass wir gehen", sagte Diana und schnitt ihr das Wort ab. „Es wird nur einen Augenblick dauern", versprach sie, bevor sie das Büro betrat, das sie und Liam in den letzten Tagen geteilt hatten.

Juliet konnte sich nicht vorstellen, dass Liam von der Idee, seine persönliche Assistentin für eine Stunde entbehren zu müssen, absolut begeistert sein würde, zumal sie selbst an diesem Morgen schon eine Stunde zu spät gekommen war.

Liams Zorn ließ nicht lange auf sich warten!

„Was heißt das, du willst mit Juliet zum Essen gehen?" rief er wütend. Diana hatte die Bürotür einen Spalt offen gelassen, nachdem sie den Raum betreten hatte.

Juliet zuckte zusammen, als sie seine erboste Stimme hörte, und wünschte sich, irgendwo anders zu sein. Sie hörte Dianas leise gesprochene Antwort nicht, nur Liams Reaktion darauf.

„Wie soll ich mich sonst fühlen?" erwiderte er barsch. „Ich vergeude kostbare Zeit damit, mir diesen verdammten Laden anzusehen, obwohl ich mich um eigene, viel dringendere Dinge kümmern müsste. Du bist schwanger und – Gott, es tut mir leid, Diana!" Seine Stimme war bei seiner Entschuldigung weich geworden. „Ich weiß, dass du dich schlimm fühlst. Mach dir keine Sorgen! Irgendetwas wird uns schon einfallen. Es ist ja kein Weltuntergang. Tom wird darüber hinwegkommen. Er wird es verstehen. Oh Gott, Diana, wein doch nicht! Du weißt doch, dass ich das nicht ertragen kann. Diana …"

Juliet blieb nicht länger, weil sie nicht mehr zuhören konnte. Sie war sich sicher, dass Diana und Liam sie vergessen hatten. Ihre eigenen Interessen waren viel wichtiger. Diana schwanger, ihr Mann Tom würde es verstehen. Das reimte sich alles zusammen.

Diana trug Liams Kind.

Juliet war bestürzt, völlig schockiert. Sie saß lange in ihrem Wagen, unfähig, sich zu bewegen.

Was hatte sie erwartet, gehofft? Dass sie bei ihrem Gespräch mit Liam heute Abend irgendwie etwas retten könnte, eine Beziehung zwischen ihnen entstehen würde?

Gott, sie liebte ihn. Und er hatte eine Affäre mit einer verheirateten Frau – einer Frau, die nun sein Kind erwartete. Was für ein Chaos!

Juliet wusste später nicht mehr, wie sie nach Hause gekommen war. Aber sie wusste nach der Unterhaltung, die sie gerade gehört hatte, dass sie nicht mehr zu „Carlyle Properties" zurückkehren, dass sie Liam nicht wiedersehen konnte. Das Einzige, was ihr blieb, war, ihre Sachen zu nehmen und zu gehen. Sie würde für Liam eine Nachricht hinterlassen und darin ihr Tun erklären. Sie würde ihm mitteilen, dass er hinsichtlich Firma und Haus von ihrem Anwalt hören würde. Es war ihr unmöglich, jetzt selbst mit ihm zu sprechen. Gleich, wie sie aufeinander reagiert hatten, und egal, was sie für Liam empfinden mochte, sie spielte in seinem Leben keine Rolle.

Und er würde keine Rolle in ihrem spielen ...

Eine sehr verblüfft dreinschauende Janet begegnete ihr, als sie das Haus betrat. „Miss Juliet, ich habe die Koffer in Ihrem Zimmer gesehen ..." Sie runzelte die Stirn. „Was ist denn passiert? Wollen Sie in Urlaub fahren?"

Sie war sich sicher, dass die ältere Frau gemerkt haben musste, dass all ihre Habe in diesen beiden Koffern steckte – alles, was sie mitnehmen wollte. Und das war nur Kleidung und ein paar persönliche Dinge. Sie wollte nichts von dem, was die Familie Carlyle ihr irgendwann geschenkt hatte.

„Kein Urlaub, Janet", sagte sie sanft zu der anderen Frau. „Ich werde dieses Haus verlassen."

Die Haushälterin wirkte betroffen. „Aber ..."

„Es ist so am besten, Janet." Sie drückte beruhigend den Arm der anderen Frau. „Ich denke, wir wissen beide, dass ich schon vor sieben Jahren hätte gehen sollen, als – nun ja, als Simon starb." Sie schüttelte den Kopf. „Ich hatte mich damals nur nicht stark genug gefühlt, die Trennung zu vollziehen."

„Würde es dir etwas ausmachen, diese Bemerkung zu erklären?"

Beide Frauen drehten sich beim Klang von Liams Stimme erstaunt um. Er stand mit grimmiger Miene hinter ihnen in der Tür.

Juliet starrte ihn an. Wie war er hierhergekommen? Sie hatte den Wagen nicht vorfahren gehört.

„Nun?" Er schaute sie herausfordernd an und schloss die Tür heftig hinter sich.

Sie erinnerte sich nicht, worüber sie und Janet bei seinem Eintreffen gesprochen hatten, so schockiert war sie über seine Anwesenheit.

„Warum hast du dich nicht stark genug gefühlt, vor sieben Jahren zu gehen?" forschte er ungeduldig.

In diesem Haus hatte immer eine wirklich düstere Stimmung geherrscht. Das erkannte Juliet jetzt. „Mein Verlobter war damals gerade gestorben", erwiderte sie ruhig. Sie konnte seinen forschenden Blick nicht erwidern.

„Simon?" sagte Liam verächtlich. „War er wirklich für jemand ein Verlust?"

„Mr. Liam!" keuchte Janet schockiert.

Er schaute sie mit leichtem Bedauern an. „Es tut mir leid, Janet, aber Sie wissen, dass es keine Liebe zwischen meinem Bruder und mir gab. Wir hatten nichts gemeinsam, außer unseren Eltern. Wenn wir nicht miteinander verwandt gewesen wären, hätten wir uns bei der ersten Begegnung verabscheut." Er schüttelte angewidert den Kopf. „Simon war ein verzogenes Kind, das zu einem verzogenen, destruktiven Mann heranwuchs, der glaubte, dass die Welt ihm etwas schuldig sei."

Er hatte den Simon, den Juliet als den wirklichen Simon kennen gelernt hatte, so genau beschrieben, nicht den Simon, den sie zu lieben geglaubt hatte. Sie hatte ihn für einen wundervollen, goldblonden Adonis gehalten, und wunderbarerweise schien er sie für ebenso attraktiv gehalten zu haben.

Aber das alles war eine Lüge gewesen, eine Täuschung. Simon hatte sie überhaupt nicht wirklich geliebt, sondern hatte nur versucht, seinem Vater zu beweisen, dass er ein verantwortungsbewusster Erwachsener geworden war, damit William sich zur Ruhe setzen und die Kontrolle über die Firma völlig Simon überlassen konnte. Seit Liam ihr von der Vergangenheit erzählt hatte, wusste sie genau, warum William Grund gehabt hatte, das zu bezweifeln.

Janet warf ihr einen besorgten Blick zu. „Ich glaube, dass es niemandem hilft, sich mit der Vergangenheit zu befassen, Liam", sagte sie ruhig zu ihm.

„Die Vergangenheit schafft die Gegenwart", erwiderte er grob.

„Die Vergangenheit ist tot", stellte die Haushälterin entschlossen fest. „Und damit Ihr Vater und Simon."

Ein Hauch von Regung zeigte sich darauf in Liams Gesicht, war aber so flüchtig, dass Juliet nicht sagen konnte, was es zu bedeuten hatte. „Aber mein Vater hat sichergestellt, dass ich hierher zurückkommen muss, indem er mir nach seinem Tod die Hälfte der Firma überließ", erklärte er wütend.

Janet schüttelte den Kopf. „Sie hätten nicht zurückkommen müssen, Liam. Es wäre einfach gewesen, wenn Sie Ihre Anteile verkauft hätten. Irgendetwas in Ihnen muss Sie zur Rückkehr bewegt haben", betonte sie.

Er verzog den Mund. „Meine Neugier war geweckt. Das gebe ich zu", sagte er mürrisch. „Und das noch mehr, nachdem ich Juliet kennen gelernt hatte. Sie war nicht ganz das, was ich erwartet hatte."

„Was hattest du erwartet, Liam?" Sie krauste die Stirn, konnte es erahnen auf Grund der Dinge, die er ihr seit ihrer ersten Begegnung gesagt hatte, wusste genau, was er gedacht hatte! Sie hatte mit seinem Vater zusammengelebt, die Hälfte der Anteile des Unternehmens geerbt. Es war offensichtlich, was er hinsichtlich der Beziehung angenommen hatte. Und er hatte sich geirrt, so sehr geirrt ... Ebenso wie sie, wie sie jetzt wusste, aber aus anderen Gründen.

Liam schaute sie kalt an. „Nicht dieses Geschöpf, als das du dich erwiesen hast!" rief er. „Ich dachte, mein Vater sei auf eine etwas ... üppigere Frau abgefahren!" fügte er beleidigend hinzu.

Juliet keuchte und sah Janet besorgt an. Sie war sich jetzt sicher, obwohl sie es zu Williams Lebzeiten nie bemerkt hatte, dass die Haushälterin ihn sehr gemocht hatte. Liam war derjenige, der ihr dies als Erster klargemacht hatte, was seine Kränkung doppelt schmerzlich machte.

Janet war erstarrt und schaute Liam tadelnd an. „Das ist genug, Liam", sagte sie entschlossen. „William war ein guter Mann, und ich werde nicht tatenlos dastehen und zuhören, wie Sie ihn verunglimpfen, Liam."

Er fuhr sich erregt mit einer Hand durch sein blondes, dichtes Haar. „Ich weiß, was Sie für meinen Vater empfunden haben, Janet." Seine Stimme war weich geworden. „Aber das ändert nichts an der Tatsache, dass er Simon immer in Schutz genommen und auch Entschuldigungen für sein Verhalten gefunden hat, wenn dieser für seine Taten zur Verantwortung hätte gezogen werden müssen."

„William wusste das", sagte Janet müde. Sie sah plötzlich alt aus. Ihre Schultern waren gesenkt, ihr Gesicht vor Kummer gefurcht. „Am

Ende wusste er das nur zu gut, Liam." Sie richtete sich ein wenig auf. „Und er hat einen hohen Preis dafür gezahlt, dass er Simon zu sehr liebte und blind für sein Verhalten war. Wie alle anderen. Juliet mit eingeschlossen", fügte sie mit einem bedauernden Blick in ihre Richtung hinzu.

Juliet erblasste. Ihre Augen wurden dunkel. Sie schaute Janet bittend an.

Liam verzog den Mund. „Wie ich sehe, wurde Juliet sehr gut … dafür belohnt, dass sie blind für Simons Verhalten war", sagte er kränkend.

Janet schüttelte den Kopf. „Liam, Sie wissen ja gar nicht, wovon Sie reden", erwiderte sie. „Aber vielleicht ist es an der Zeit", fügte sie hinzu.

Juliets Augen wirkten in der Blässe ihres Gesichts riesig. „Bitte, Janet, nicht!" flehte sie, wobei ihr Tränen in die Augen traten.

„Juliet, ich habe immer verstanden, wie Sie das empfunden haben." Die ältere Frau berührte sanft ihren Arm. „Wir zwei haben nie darüber gesprochen. Ich hatte William gesagt, dass Sie mit einer anderen Frau darüber sprechen müssten, statt alles hinunterzuschlucken, aber er glaubte, dass Sie das nicht begrüßen würden." Janet seufzte. „Im Nachhinein glaube ich, dass er sich geirrt hat."

„Das ist jetzt alles Vergangenheit, Janet." Ihre Stimme klang gequält.

Die ältere Frau schüttelte den Kopf. „Es wirkt sich aber auf die Gegenwart aus." Sie warf Liam einen viel sagenden Blick zu. „Und wenn ich mich nicht irre, ist es die Ursache für ein Problem zwischen Ihnen beiden."

Juliet gab ein bitteres Lachen von sich. „Es gibt kein Problem zwischen Liam und mir, Janet. Wir mögen uns ganz einfach nicht!" Sie wusste, dass das eine Lüge war. Doch wollte sie zumindest die Fassung bewahren.

„Sie sehen, Janet", kommentierte er bissig, „es gibt kein Problem. Juliet und ich wissen beide, wo wir stehen."

„Absoluter Unsinn." Die Haushälterin winkte ungeduldig ab. „Ich habe Sie beide beobachtet. Sie mögen sich sehr wohl – es ist mehr als nur das, nach dem, was ich gesehen habe!" fügte sie wissend hinzu, worauf Juliet vor Verlegenheit errötete. „Es ist Zeit für die Wahrheit, Juliet", sagte sie sanft zu ihr. „Höchste Zeit, würde ich sagen."

„Wozu soll das gut sein?" wollte Juliet wissen. Sie wollte nicht, dass Liam etwas von der Vergangenheit erfuhr! Das war vorbei, für immer vorbei. Darüber zu sprechen würde nichts ändern.

Janet schüttelte den Kopf. „Vielleicht zu nichts", räumte sie ein. „Aber es ist an der Zeit, dass die Geister in diesem Haus endlich zur Ruhe kommen."

Juliet schaute sie an, bemerkte den Schmerz in Janets Gesicht und spürte, dass diese Frau mit ihren Problemen auch noch nicht ins Reine gekommen war. Vielleicht war es wirklich an der Zeit, dass die Wahrheit ans Licht kam. Dann konnte alles seinen Lauf nehmen. Liam würde in seine Welt zurückkehren und Juliet ihre eigene suchen. Vielleicht würde die Wahrheit sie und Liam noch weiter auseinanderbringen ...

„Wenn wir uns noch länger unterhalten wollen, schlage ich vor, dass wir uns alle ins Wohnzimmer begeben", sagte Liam kurz. „Wir können es uns dort zumindest bequem machen."

Juliet glaubte nicht, dass Bequemlichkeit die nächsten Minuten irgendwie einfacher machen würden.

„Also", sagte Liam, nachdem sie alle Platz genommen hatten. „Was ist das für eine großartige Enthüllung, die Sie da hinsichtlich meines Bruders machen wollen, Janet?" fragte er spöttisch. „Glauben Sie mir, nichts von dem, was Sie mir über ihn erzählen könnten, würde mich überraschen!"

Die Haushälterin runzelte die Stirn. „Vielleicht nicht", pflichtete sie ihm bei. „Doch bevor ich über Simon spreche, möchte ich mit einer anderen Legende aufräumen, an die Sie sich zu klammern scheinen. Juliet und Ihr Vater waren nie mehr als Freunde. Das weiß ich", fügte sie entschlossen hinzu, „weil Ihr Vater in den letzten zwanzig Jahren seines Lebens jede Nacht das Bett mit mir geteilt hat. Ja, Liam!" Sie schenkte ihm ein klägliches Lächeln. „Ich weiß, dass Sie immer etwas vermutet hatten. Aber ich sage Ihnen jetzt, dass Ihr Verdacht richtig war. Ich liebte William. Und er liebte mich."

Liam runzelte die Stirn. „Aber warum ..."

„... haben wir nicht geheiratet?" schloss Janet. „Weil ich ihn nicht heiraten wollte. Oh, nicht, weil ich ihn nicht genug liebte! So war es nicht", fügte sie gefühlvoll hinzu. „Aber ich war hier die Haushälterin und nicht die Geliebte."

Liam stand auf. „Danach zu urteilen, waren Sie in jeder Hinsicht die Frau des Hauses, nur nicht dem Namen nach! Mein Vater hätte ..."

„Ihr Vater respektierte meine Entscheidung, Liam. Er hat sie nie verstanden, respektierte sie aber", sagte Janet ruhig. „Ich war glücklich damit, wie die Dinge waren. Hätten wir sie geändert, hätte dies Druck auf uns ausgeübt – einen Druck, den ich für unnötig hielt. Sie sehen also, Liam, ich weiß, wovon ich rede, wenn ich sage, dass William immer nur wie ein Vater zu Juliet war." Sie lächelte ihn wieder kläglich an.

Juliet spürte, dass es Liam schwerfiel, die Beziehung zwischen seinem Vater und Janet zu verstehen, und sie musste zugeben, dass diese Beziehung etwas war, was sie an sich nicht hätte akzeptieren können. Aber, wie Janet deutlich gemacht hatte, war das ihre Beziehung gewesen, und sie waren offensichtlich beide damit glücklich gewesen.

Liam schaute die Haushälterin ungläubig an. „Aber als er starb, hat er Ihnen nichts hinterlassen", stellte er ungeduldig fest. „Seine Frau, aber nicht dem Namen nach!" Er schüttelte den Kopf. „Es mag Ihre Entscheidung gewesen sein, Janet, aber das Ergebnis ist nicht akzeptabel. Zumindest nicht für mich." Er sah Juliet fragend an.

Sie schluckte schwer. „Ich ..."

„Keiner von Ihnen sollte sich Gedanken darüber machen, wie William sein Testament aufgesetzt hat", unterbrach Janet. „Ich kannte es. Wir haben darüber gesprochen. Er wollte, dass Sie beide das bekommen, was Sie bekommen haben. Und William hat für mich bereits vor langer Zeit gesorgt", erklärte sie leise. „Ich bin gut versorgt, glauben Sie mir", fügte sie hinzu, als Juliet immer noch betroffen dreinschaute und Liam eine finstere Miene machte.

„Aber ..."

„Das ist nicht wichtig, Liam", unterband Janet seinen Protest. „Diese Situation ist bereits vor langer Zeit zur Zufriedenheit aller Beteiligten geregelt worden. Ich erwähnte das nur, weil es wichtig für Simon ist. Und für die Nacht, in der er starb", fügte sie ruhig hinzu, wobei sie Juliet besorgt anschaute.

Juliet erstarrte, als Simons Name wieder erwähnt wurde. Sie wollte jetzt nicht über ihn reden – war nicht bereit, über ihn zu sprechen. Sie würde nie bereit dazu sein, über ihn zu reden. Vor allem nicht mit Liam!

Sie erhob sich abrupt. „Janet, ich ..."

„Liam muss die Wahrheit erfahren, Juliet", sagte die ältere Frau zu ihr. „Es ist bereits zu viel Unheil angerichtet worden. Sie beide müssen die Vergangenheit vergessen. Und der einzige Weg, das zu tun, besteht darin, darüber zu sprechen."

Juliet hatte Mühe zu atmen. Über die Vergangenheit zu sprechen, würde alte Wunden wieder aufreißen. Dabei hatte es doch so lange gedauert, den Schmerz zu unterdrücken, den sie bei ihr ausgelöst hatten.

„William war in der Nacht, als Simon starb, wie üblich bei mir", fuhr Janet entschlossen fort. „Wir beide hörten die Schreie", fügte sie erregt hinzu.

Liam runzelte die Stirn. „Welche Schreie?"

Juliet wusste, welche Schreie gemeint waren. Monate danach hatte sie noch Albträume gehabt und war nachts beim Klang dieser Schreie aufgewacht. Ihrer eigenen ...

„Janet, bitte ...!" sagte sie mit gebrochener Stimme. Ihr Atem kam stoßweise, Tränen schnürten ihr die Kehle zu.

Die ältere Frau schüttelte den Kopf. „Ich kann nicht länger schweigen, Juliet. Das wäre falsch. Zu viele Menschen sind bereits verletzt worden. Und jetzt läufst du davon ..."

„Läufst davon?" wiederholte Liam scharf, wobei er Juliet mit schmalen Augen ansah. „Was soll das heißen?" wollte er von Janet wissen.

„Juliets Koffer stehen oben", erklärte sie. „Sie wollte abreisen, als Sie heimkamen."

Liam schaute noch immer Juliet an. „Du wolltest abreisen, ohne mir das auch nur zu sagen?"

Sie befeuchtete ihre trockenen Lippen. „Ich wollte es dir heute Abend sagen, aber ..."

„Aber aus irgendeinem Grund hast du deine Meinung geändert." Er lachte barsch.

Sie hatte ihre Meinung geändert, weil sie gehört hatte, wie er mit jemand anderem über eine Affäre diskutiert hatte! Sie liebte diesen Mann, und ihn zu verlassen war das Letzte, was sie tun wollte. Aber welche Wahl blieb ihr?

„Ja", gab sie heftig zu. „Ich habe meine Meinung geändert."

Sein Mund wurde vor Ärger schmal. „Du ..."

„Liam, vor sieben Jahren, in der Nacht, als er starb, hat Simon versucht, Juliet zu vergewaltigen!" fiel Janet erregt ein.

Juliet spürte, wie die Farbe aus ihren Wangen wich. Niemand hatte jemals ... Niemand hatte je zuvor diese Worte gesagt.

Simon hatte versucht, sie zu vergewaltigen.

10. KAPITEL

"Verstehen Sie jetzt?" rief Janet ungeduldig zu Liam, während sie Juliet half, sich auf den Sessel zu setzen.

"Ist schon in Ordnung, Juliet", sagte Janet sanft, während sie auf der Sessellehne Platz nahm, um sie in ihren Armen zu halten. "Wir hätten schon längst darüber reden sollen." Sie drückte Juliet an sich, als die Tränen zu fließen begannen. "Sie haben das nicht verarbeitet. Wie hätten Sie das auch gekonnt, nach dem, was Simon getan hatte?" Ihre Stimme wurde schrill vor Ärger auf den Mann, der Juliet so verletzt hatte.

Janets Enthüllungen hatten all die Erinnerungen an diese entsetzliche Nacht zurückgebracht. Was sie aber wirklich so schwer traf, war Liams Reaktion darauf. Sie hatte ihn angeschaut, als Janet gesprochen hatte, und seine Reaktion darauf war Abscheu gewesen! Sie wusste nicht, was darauf gefolgt war. Sie hatte ihn nicht wieder ansehen können.

Was dachte er? Dass sie Simon ermutigt haben musste, ihn verführt, gelockt und dann ihre Meinung geändert hatte?

Juliet lehnte sich im Sessel zurück, schloss die Augen und verdrängte die beiden anderen Menschen, die mit ihr im Zimmer waren ...

Es war kalt in dieser Nacht vor sieben Jahren gewesen, außerdem hatte es geschneit. Juliet hatte allein mit William zu Abend gegessen. Sie hatten über die Vorbereitungen ihrer Hochzeit zu Weihnachten mit Simon gesprochen. Simon hatte angerufen und mitgeteilt, er sei von einem Geschäftspartner zum Abendessen eingeladen worden. Es hatte Juliet nie gestört, wenn Simon sich kurzfristig verabredete. Sie hatte akzeptiert, dass er helfen musste, ein Unternehmen zu führen, und das schloss sehr oft den Umgang mit Klienten mit ein.

Sie lag im Bett und las, als sie Simons Wagen in der Auffahrt hörte und die Haustür sich ein paar Minuten später öffnete. Sie war erleichtert, dass er wohlbehalten zurückgekehrt war, und so stand sie auf, um ihren Morgenmantel anzuziehen, hinunterzugehen und mit ihm noch einen Schlummertrunk zu nehmen, bevor sie sich für die Nacht auf ihre jeweiligen Zimmer zurückzogen.

Juliet hatte gerade nach dem Seidenmorgenmantel gegriffen, als ihre Schlafzimmertür plötzlich aufgestoßen wurde. Sie drehte sich erschrocken um, beruhigte sich aber, als sie Simon dort stehen sah. Allerdings runzelte sie die Stirn, als sie merkte, wie schmutzig er war. Sein blondes Haar war vom Wind zerzaust, seine Krawatte hing offen vor seiner Brust, sein Hemdkragen war nicht zugeknöpft, und auf seinem weißen Hemd war ein roter Fleck.

„Du bist verletzt!" sagte sie ängstlich, ging durch den Raum zu ihm und streckte die Hand aus, um die Brust an der Stelle zu berühren, wo sie rot war. „Hattest du einen Unfall?" Panik überkam sie. „Was …?" Sie brach ab, und ihre Sorge wandelte sich in Erstaunen, als sie merkte, dass der rote Fleck kein Blut war, wie sie ursprünglich angenommen hatte.

„Es ist Lippenstift", erklärte Simon höhnisch, als er ihr Stirnrunzeln wahrnahm.

Sie ließ die Hand sinken und trat einen Schritt zurück. „Lippenstift?"

„Mein Gott, bist du naiv!" sagte er verächtlich, während er in das Zimmer drängte. „Du hast doch nicht wirklich geglaubt, dass ich an all diesen Abenden, an denen ich aus war, Geschäftsessen hatte, oder?" Er schaute sie mitleidig an.

Natürlich hatte sie ihm geglaubt. Warum hätte sie das denn nicht tun sollen?

„Arme naive Juliet!" Simon schloss eine Hand um ihre blassen Wangen. Seine Finger pressten sich schmerzhaft in ihre weiche Haut. Sein Gesichtsausdruck wurde plötzlich wild, und ihr wurde übel von dem Geruch von Alkohol, den er getrunken hatte. „Ich mag zwar dem alten Herrn einen Gefallen tun, indem ich dich heirate", rief er höhnisch, „aber das bedeutet nicht, dass ich den Zauber anderer Frauen nicht unendlich attraktiver fände. Es gibt schließlich eine Menge hübscher Frauen, die entgegenkommend sind. Unglücklicherweise hatte ich heute Pech, so dass ich mich mit dir begnügen muss!" Er zog sie grob an sich und küsste sie heftig.

Juliet war so erschüttert, dass sie nicht klar denken konnte. Simon heiratete sie, um seinem Vater einen Gefallen zu tun? Andere Frauen? Gott, sie ...

„Um Himmels willen, Juliet!" Simon sah sie verdrossen an. „Es ist schlimm genug, dass ich dich überhaupt heiraten muss. Du könntest zumindest ein bisschen Reaktion zeigen, statt dich wie ein Stück Holz zu verhalten!"

Sie konnte jetzt das Blut in ihrem Mund schmecken. Er hatte seinen Mund so wild auf ihren gedrückt, dass ihre Oberlippe geplatzt war. Und sie war von solchem Ekel erfüllt, dass sie sich am liebsten übergeben hätte. Sie stieß gegen ihn, versuchte verzweifelt, sich aus seinem festen Griff zu befreien, schlug mit den Fäusten gegen seine Brust.

Seine Augen glitzerten, als er sie wieder von oben bis unten musterte. Er hielt ihre Handgelenke fest umschlossen. „Du willst es also auf die harte Tour?" sagte er triumphierend. „Das ist mir recht, Juliet. Ich mag Frauen mit Schwung."

„Ich hasse dich!" Liebe hatte sich in Sekundenbruchteilen in Hass verwandelt – grausame, schmerzhafte Sekunden, die sie zu zerstören drohten. Sie wollte nur fort – von Simon, von dem Schmerz, den er ihr zufügte.

„Dann hasse nur, Juliet!" Simon grinste. „Wahrscheinlich werde ich es mehr genießen, wenn du es tust."

Was folgte, war ein Albtraum. Ihr Nachthemd wurde von ihrem Körper gerissen. Eine tiefe Abscheu stieg in ihr auf. Juliet war sich ihrer Schreie erst bewusst, als die Schlafzimmertür aufgestoßen wurde und William im Türrahmen stand.

Er erfasste in Sekundenschnelle, was vorging – sah ihre Furcht, ihren Zustand, Simons höhnisch-trotziges Verhalten –, und er kam, um den jungen Mann aus dem Zimmer zu zerren. Ihre erhobenen Stimmen erfüllten nun das Haus.

Dann herrschte plötzlich Stille.

Und Simon lag tot am Fuß der Treppe …

Juliet hatte das Gefühl, als ob das Widerdurchleben dieser entsetzlichen Augenblicke ein ganzes Leben gedauert hätte. Aber sie wusste, dass es nur eine Welle von Bildern, von Erinnerungen gewesen war, dass nur Sekunden vergangen waren, seitdem sie die Augen geschlossen hatte.

Doch sie konnte es nicht ertragen, diese Augenblicke wieder zu erleben. Nicht in Janets Gegenwart. Und sicher schon gar nicht in Liams.

Sie stand plötzlich auf und stürmte aus dem Raum, ignorierte Janets besorgten Schrei, Liams Ruf. Sie rannte einfach nur, rannte immer weiter.

Und Juliet rannte weiter – aus dem Haus, aus dem Bezirk, aus dem Land.

Nach Mallorca.

Zum Carlyle Hotel. Dies war der Ort, an dem jemand sie wohl zuallerletzt suchen würde. Falls überhaupt jemand nach ihr suchte. Was sie bezweifelte.

Zum ersten Mal seit Jahren schien es, als könne sie sich völlig entspannen, als sei die Dunkelheit der Vergangenheit genau dort, wo sie hingehörte – in der Vergangenheit. Irgendwie hörte sie während der nächsten zehn Tage voller Sonnenschein und Ruhe auf, ihre Last zu sein. Sie musste sie nicht länger tragen. Es war jetzt Liams Last. Ebenso wie „Carlyle Properties".

Das Einzige, was Juliet seit ihrer Rückkehr nach Spanien getan hatte, war, den Anwalt in England anzurufen und ihn anzuweisen, die nötigen Papiere vorzubereiten, so dass die Firma Liam komplett überschrieben werden konnte. Sie hatte auch Anweisung gegeben, das Haus auf Janet zu überschreiben. Die ältere Frau hatte sicher mehr Anrecht darauf. Juliet würde nichts mehr mit der Familie Carlyle zu tun haben.

Sie wollte, dass es so war.

So musste es sein.

Ihre Liebe zu Liam war vergebens aus so vielen Gründen. Der

Hauptgrund aber war, dass er ihre Liebe nie erwidern würde. Durch die Lösung von der Firma und dem Haus hatte sie absolute Freiheit in jeder Hinsicht gewonnen. Die Welt war groß – eine Welt ohne Liam, das gab sie zu, aber zum ersten Mal freute sie sich auf die Zukunft. Sie wusste noch nicht, was die Zukunft für sie barg, doch die Liebe zu Liam hatte sie irgendwie von den Fesseln der Vergangenheit befreit.

„Du versperrst mir die Aussicht."

Sie erstarrte. Diese Worte. Diese Stimme. Eine Stimme, die, als Juliet fast genau diese Worte beim letzten Mal vernommen hatte, noch arrogant und selbstsicher gewesen war, jetzt aber sanft und zärtlich klang.

Warum war Liam hier? Wie hatte er gewusst, wo er sie finden konnte?

Sie drehte sich langsam um, hielt die Hände leicht geballt vor sich. Sie wusste nicht, was sie sehen würde.

Er stand nur drei Meter entfernt von ihr im Sand, trug Jeans und ein blaues, kurzärmeliges Hemd. Aber es war sein Gesicht, das sie hypnotisierte. Er wirkte älter. Furchen waren um Nase und Mund eingegraben, und sein Gesichtsausdruck war ernst. Und er hatte abgenommen. Das zeigte sich an diesen Furchen in seinem Gesicht und dem losen Sitz seiner Jeans.

„Liam, was ist passiert?" Besorgt schaute sie ihn an und machte einen Schritt auf ihn zu.

„Das fragst du mich? Simon und mein Vater ..."

Juliet hatte beschwichtigend eine Hand gehoben. „Janet hat dir inzwischen wohl die Wahrheit erzählt. Das ist genug."

Er schüttelte den Kopf. „Nie genug, Juliet. Was Simon zu tun versuchte ..." Er brach in unterdrückter Wut ab. „Mein Vater hat den Preis für diese sieben Jahre mit dem Wissen bezahlt, dass, wenn die beiden nicht miteinander gekämpft hätten, Simon nicht die Treppe hinuntergestürzt wäre! Gott, Juliet ..."

„Es ist vorbei, Liam." Sie seufzte. „Und ich denke, es sollte so bleiben." Sie hatte sich schließlich mit der Tatsache abgefunden, dass Simon während des Kampfes mit seinem Vater die Treppe hinuntergestürzt und umgekommen war. Es war eine Last, die William bis an sein Grab getragen hatte.

Liam erwiderte ihren Blick. Dann nickte er zustimmend. „Du siehst gut aus", murmelte er heiser.

Ihr war klar, dass die letzten zehn Tage der Ruhe und das gute Essen sich ausgewirkt hatten. Sie sah in ihrem weißen Sommerkleid frisch und gesund aus. Ihr Haar fiel offen auf ihre Schultern, und ihre Augen leuchteten tiefgrau in ihrem glühenden Gesicht.

„Wir haben nicht über mich gesprochen …"

„Doch, haben wir", widersprach er. „Als wir das letzte Mal sprachen, taten wir genau das. Ich habe bis gestern Abend gebraucht, um herauszufinden, wo du warst, als dein Anwalt sich endlich erweichen ließ und mir erzählte, woher er seine Anweisungen bezüglich der Firma und des Hauses bekommen hatte. Und selbst dann wollte er nur verraten, dass es Mallorca war", fügte Liam hinzu. „Ich musste noch Stunden telefonieren, bis mir klar wurde, dass du tatsächlich hierhergekommen warst. Du hattest gewusst, dass dies der letzte Ort sein würde, an dem ich nach dir suchen würde!"

Sie sah Liam stirnrunzelnd an. „Warum hast du überhaupt nach mir gesucht?" Sie klang verwirrt. „Ich dachte, wir hätten alles gesagt, was gesagt werden musste."

„Ich hatte das gesagt, was ich glaubte sagen zu müssen", gab er selbstkritisch zu. „Gott, Juliet …" Er brach ab, als sie einen Schritt zurückging, während er auf sie zutrat. „Ich würde dir nie wehtun." Er seufzte. „Du bist schon genug verletzt worden!"

Sie befeuchtete ihre Lippen. „Warum bist du dann hier?"

„Verstehst du nicht, Juliet?" Er fuhr sich mit einer Hand durch sein volles Haar. „Ich habe dir nie wehtun wollen. Oh, ich weiß, dass ich das habe!" gab er zu, als er ihre skeptische Miene bemerkte. „Dass ich verdammt grausam zu dir war. Aber was sollte ich tun? Ich hatte mich ausgerechnet in die Frau auf Erden verliebt, von der ich es zuallerletzt erwartet hätte."

Sie schluckte schwer, war sich sicher, ihn missverstanden zu haben. Liam konnte unmöglich gesagt haben, dass er sie liebte.

Er schaute sie ungeduldig an. „Juliet, können wir nicht irgendwohin gehen, wo wir ungestört sind?" sagte er.

Sie war noch immer durcheinander von dem, was er eine Minute zuvor gesagt hatte. Liam liebte sie?

„Juliet?" forschte er unsicher, als sie ihm nicht antwortete.

Natürlich konnten sie von diesem Strand fortgehen. Wenn Liam ihr wieder sagen würde, dass er sie liebe, könnten sie überall hingehen.

„In meine Suite?" schlug sie atemlos vor, unfähig, ihren Blick von ihm abzuwenden.

Er nickte. „Ich hatte noch keine Gelegenheit, mir ein Zimmer zu nehmen." Sie machten beide kehrt, um Seite an Seite zum Hotel zurückzukehren. Sie berührten sich nicht, waren einander aber sehr bewusst.

Juliet hatte eine der Suiten im Erdgeschoss buchen können, so dass sie nicht durch das Hotel gehen mussten. „Möchtest du einen Drink?"

„Vielleicht in ein paar Minuten." Sein Blick blieb auf ihrem gesunden Teint haften. „Wenn du mich bis dahin nicht hinausgeworfen hast", fügte er kläglich hinzu.

Sie runzelte die Stirn. „Warum sollte ich das tun?"

Er atmete heftig ein. „Ich habe schreckliche Dinge zu dir gesagt ..."

„Mit Recht, denke ich", unterbrach Juliet ihn. „Die Situation stellte sich sehr eindeutig dar. Du ..."

„Ich hätte versuchen sollen, mehr zuzuhören, statt Schlussfolgerungen zu ziehen", fiel er ein. Selbstverachtung war in seiner Stimme zu hören.

„Das glaube ich nicht", sagte sie beschwichtigend. „Ich war mit deinem Bruder verlobt, lebte nach Simons Tod mit deinem Vater zusammen, erbte nach seinem Tod ein Haus und die Hälfte der Firma. Ich denke, du bist zu Recht zu deinen Schlussfolgerungen gekommen!"

Sie hatte in den letzten zehn Tagen viel darüber nachgedacht. Zu welch anderen Schlüssen hätte Liam unter den gegebenen Umständen denn kommen sollen?

Liam verzog das Gesicht. „Lass mich nicht so einfach davonkommen, Juliet!" seufzte er. „Wie Diana mir wortreich erzählt hat, verdiene ich jede nur denkbare Beschimpfung."

Juliet erstarrte bei der Erwähnung des Namens der anderen Frau. Sie hatte Liams Beziehung mit ihr vergessen. Welchen Unterschied machte es, dass er sie liebte, wenn er seiner Assistentin verpflichtet war?

„Wie geht es Diana?" fragte sie kühl.

„Nicht so gut." Liam runzelte die Stirn. „Der Arzt hat angeordnet, dass sie ein paar Wochen im Bett bleiben muss."

Juliet befeuchtete ihre Lippen. „Ich verstehe."

„Sie hat dir also von dem Baby erzählt?" forschte er.

„Nicht direkt", antwortete Juliet ausweichend. Sie wollte nicht in ein Gespräch verwickelt werden, in dem sie zugeben musste, dass sie unbeabsichtigt etwas gehört hatte, was sie nichts anging.

Liam zuckte die Schultern. „Tom ist verdammt wütend über die ganze Sache, was an der Situation aber nichts ändert."

Juliet starrte ihn ungläubig an. „Hat er denn kein Recht, wütend zu sein?" keuchte sie. Schließlich war Toms Frau schwanger mit dem Baby eines anderen Mannes – dieses Mannes!

Liam schnitt ein Gesicht. „Nicht direkt, nein. Schließlich war er ja auch dabei. Sie hat es nicht allein getan."

Sie runzelte die Stirn. Lag es an ihr, oder hatte das Gespräch gerade eine Wendung genommen, die sie einfach nicht erwartet hatte?

Sie schüttelte den Kopf. „Irgendwie kann ich dir nicht folgen, Liam." Sie setzte sich in einen der Sessel, war sich sicher, dass dies eine lange Unterhaltung werden würde.

Liam setzte sich ebenfalls, nahm auf der anderen Seite des Raumes ihr gegenüber Platz. „Tom und Diana hatten vor Jahren entschieden, dass sie keine Kinder haben wollten. Aber irgendwie wirkten Dianas

Pillen vor drei Monaten nicht, und jetzt ist sie trotzdem schwanger. Doch wenn sie aufpasst, vorsichtig ist und sich und das Baby schont, wird alles gut werden. Tom ist voller Panik wegen dem, was in der Vergangenheit passiert ist. Ich habe versucht, ihn zu beruhigen, aber er erinnert sich zu gut daran, was mit Becky passiert ist." Er seufzte. „Es gibt eigentlich keinen Grund dafür, dass das wieder passieren sollte, aber er macht sich Sorgen."

Nein, es lag nicht an ihr. Sie wusste wirklich nicht, worum es in diesem Gespräch ging. „Wer ist Becky?" wollte sie ungeduldig wissen.

„Dianas Schwester. Meine Frau", fügte er hinzu, während Juliet verständnislos dreinschaute. „Sie starb vor vier Jahren im Kindbett. Und das Baby kam tot zur Welt."

Juliet starrte ihn nur an. Sie hatte gewusst, dass er verheiratet gewesen war, aber es war ihr nicht klar gewesen, dass es sich um Dianas Schwester gehandelt hatte. Sie erinnerte sich in diesem Augenblick an das Gespräch zwischen Diana und Liam, und plötzlich ergab es einen ganz anderen Sinn. Liam hatte überhaupt keine Affäre mit Diana, und das Baby war nicht von ihm. Er gehörte nur zur Familie und war um sie und ihren Mann besorgt. Und um ihr ungeborenes Baby.

Was nicht überraschend war, wenn seine eigene Frau und sein Baby gestorben waren. Gott, wie schrecklich für ihn! Ihre eigenen Verluste in der Vergangenheit waren schlimm genug gewesen, aber seine Frau und das Baby verloren zu haben ... Es musste entsetzlich für ihn gewesen sein. Das war es wahrscheinlich noch immer.

„Ich wusste nicht ...", sagte Juliet erschöpft.

„Woher auch?" Liam zuckte die Schultern. „Es ist einige Zeit her, aber nichts, worüber ich sprechen möchte. Es ist nur schlimm, dass es Dianas und Toms Freude auf ihr eigenes Baby beeinträchtigt."

„Aber dennoch wird alles gut werden, nicht wahr?" sagte Juliet besorgt. Sie hatte Diana lieb gewonnen.

„Dessen bin ich mir sicher, wenn Tom den Schock überwunden hat." Er nickte. „In der Zwischenzeit suche ich nach einer neuen persönlichen Assistentin", fügte er langsam und unsicher hinzu. „Und wie

Diana mir während einer ihrer weniger heftigen Gardinenpredigten erklärte, kenne ich jemand, der dafür mehr als qualifiziert ist." Er schaute sie betont an.

Juliet blinzelte und erwiderte wachsam seinen Blick. „Mich?"

„Hm!" gab er leise zu. „Die Vorteile sind, dass das Gehalt gut ist und du viel Freizeit haben würdest. Ich arbeite schwer, aber ich genieße auch gern. Allerdings gibt es da einen entscheidenden Nachteil", fügte er verlegen hinzu. Juliet war noch immer verwirrt, dass er ihr tatsächlich Dianas Stelle anbot. Wie sollte sie für ihn arbeiten können, wenn sie so viel für ihn empfand? Und wenn sie glaubte, was er ihr zuvor gesagt hatte, nämlich dass er diese Gefühle ihr gegenüber auch habe, so würde das für eine harmonische Partnerschaft bei der Arbeit nicht gerade vorteilhaft sein. Es sei denn ...

„Liam, ich dachte, du sagtest, dass du mir glaubst, was meine Beziehung zu deinem Vater betrifft ..."

„Das tue ich!" versicherte er ihr. Er trat durch den Raum zu ihr, um neben ihrem Sessel niederzuknien. „Natürlich tue ich das." Er hielt ihre Hände fest umschlossen. „Das war nicht der Nachteil, von dem ich sprach", sagte er ungeduldig. „Obwohl ich mir im Nachhinein nicht allzu sicher bin, ob es ein besonderes Kompliment für mich war, dass du glaubtest, eine Beziehung mit mir sei ein Nachteil!" Er schüttelte den Kopf. „Was soll's, zum Teufel? Wahrscheinlich habe ich das verdient! Nein, der Nachteil liegt darin, dass meine Assistentin eine verheiratete Dame sein muss."

Juliet runzelte die Stirn. „Warum?"

Er zuckte die Schultern. „Meine Frau besteht darauf ..."

„Aber du sagtest doch gerade ..."

„Nun ja, sie ist noch nicht ganz meine Frau." Er verzog unsicher das Gesicht. „Aber ich hoffe es." Er schaute sie durchdringend an. „Juliet, willst du mich heiraten?"

Sie starrte ihn wieder an. Sie schien in diesem Augenblick nicht im Stande zu sein, etwas anderes zu tun!

„Ich liebe dich sehr", fuhr er bittend fort. „Ich weiß, dass ich das nicht sehr deutlich gezeigt habe, aber wenn du es zulässt, würde ich gern den Rest meines Lebens damit verbringen, das wiedergutzumachen. Und eine Menge anderer Dinge", fügte er hinzu, wobei er offensichtlich an die Vergangenheit dachte. „Juliet?" fragte er, als sie noch immer schwieg. „Ich möchte dich einfach lächeln und glücklich sehen."

Sie schluckte schwer. „Du willst auch, dass ich dicker werde", sagte sie zusammenhanglos.

„Nur ein bisschen", räumte er ein. „Ich will mich einfach um dich kümmern!"

„Und wer wird sich um dich kümmern?" sagte sie heiser.

„Du. Falls du es möchtest. Ich meine ..."

„Ich weiß, was du meinst, Liam." Sie lachte leise und beugte sich vor, um die Arme um seinen Hals zu schlingen. „Und ich liebe es, mich um dich zu kümmern. Und dass du dich um mich kümmerst. Ich liebe dich, Liam", erklärte sie ihm selig. „Ich liebe dich so sehr!"

„Gott, ich hätte nie geglaubt, dass ich dich das je würde sagen hören!" stöhnte er heiser. Er begrub sein Gesicht in ihrem vollen Haar. „Ich möchte den Rest meines Lebens mit dir verbringen, dich lieben und von dir geliebt werden."

„Ja!" rief sie verzückt. „Ja, ja, ja!"

„Ich finde es schade, dass Diana und Tom beschlossen haben, ihr Baby Liam John zu nennen", murmelte Juliet noch benommen ...

Sie hatten sich gerade geliebt, wundervoll und leidenschaftlich.

Liam wirkte schläfrig und hatte die Arme um sie gelegt. Er zog sie an sich. „Ich war eher erfreut darüber, dass sie es nach mir nennen." Er klang verwirrt. „Ich dachte, du bist das auch. Du hast wirklich genug Zeit damit verbracht, mit ihm zu spielen", neckte er sie.

Diana hatte erst vor drei Wochen zu aller Freude einen gesunden Sohn zur Welt gebracht, und Juliet musste zugeben, dass sie eine Menge Zeit damit verbracht hatte, sich um Dianas Baby zu kümmern.

„Aber wie sollen wir unseren zukünftigen Sohn eigentlich nennen?"

„Wir haben noch reichlich Zeit, um ..." Liam brach ab, als sie sanft den Kopf schüttelte und mit glänzenden Augen zu ihm aufschaute. „Wir haben nicht reichlich Zeit?" sagte er langsam.

Sie zuckte die Achseln. „Etwa dreiunddreißig Wochen nach den Berechnungen des Arztes", erzählte sie ihm glücklich.

„Juliet!" Liam richtete sich ruckartig im Bett auf. „Du solltest dich besser hinlegen ... Oh, du liegst ja! Also, gut, wir sollten besser ..."

„Beruhige dich, Liam!" Juliet lachte liebevoll. „Ich bin fit, gesund und sehr glücklich. Und so wird auch unser Baby sein", versicherte sie ihm entschlossen.

Er blickte staunend auf sie. „Ich hatte nicht geglaubt, dass es möglich sei, aber in diesem Moment liebe ich dich mehr denn je." Er zog sie in seine Arme. „Ich liebe dich, Juliet Carlyle, du Mutter meines Kindes."

Sie zuckte nicht mehr zusammen, wenn sie den Namen Carlyle hörte. Und ihr Sohn würde das auch nicht tun. Oder ihre Tochter. Oder beide.

„Was denkst du gerade?" Liam lächelte sie an. Es war ein viel weniger grimmig dreinschauender Liam als sonst. Ihre jetzt sechs Monate junge Ehe war außerordentlich glücklich.

„Ich denke", sagte sie langsam, während sie die Arme um seinen Hals schlang und ihn zu sich heranzog, „dass ich möchte, dass wir uns wieder lieben!"

„Jederzeit, mein Liebling." Er lachte heiser. „Jederzeit!"

– ENDE –

Madeleine Ker

Wilde Rosen auf Mallorca
Roman

Aus dem Amerikanischen von
Anke Hobbie

1. KAPITEL

Obwohl es erst Anfang März war, beschloss Petra, die Fahrt nach Sa Virgen zu riskieren. An diesem Samstagmorgen hatte die Frühlingssonne viele Segler auf das Meer hinausgelockt.

Petra hatte schon immer etwas gegen Menschenansammlungen gehabt – obwohl es schwierig war, mit dieser Abneigung ausgerechnet auf Mallorca zu leben. Ihre Gefühle hingen unmittelbar mit der tiefen Liebe zur Natur zusammen, die bei ihr zur Leidenschaft geworden war.

Wenn sie sah, was die Menschen ihrer Umwelt antaten, wie sie das Wasser verschmutzten, die Luft verpesteten, dann sehnte sie sich weit weg von der gesamten Menschheit. Deshalb lenkte sie ihr kleines Segelboot nun in Richtung Cala Vibora.

Ein wenig unbehaglich fühlte sie sich schon. Denn wie die Schlange, nach der Cala Vibora benannt war, besaß diese Bucht nadelspitze Zähne aus Felsgestein, die unter der Wasseroberfläche verborgen waren. Gefährliche Klippen und unberechenbare Strömungen machten sie zu einer höchst unsicheren Bucht, besonders in dieser Jahreszeit. Manchen Segler hatte der Versuch, Cala Vibora zu erreichen, das Leben gekostet. Doch hier war der goldene Strand fast immer menschenleer, und man konnte einige vom Aussterben bedrohte Tierarten beobachten.

Als sie sich den gefährlichen Klippen näherte, spannten sich ihre Gesichtszüge in äußerster Konzentration. Das Grün des Meeres schien sich in ihren Augen widerzuspiegeln. Es erforderte Entschiedenheit und Erfahrung, das Boot in diesen gefährlichen Strömungen auf Kurs zu halten. Petra fühlte die Vibrationen des Kiels, die sich durch die Teakholzwand auf die Gummisohlen ihrer Schuhe übertrugen.

Einen schrecklichen Moment dachte sie, das Boot würde an einem gefährlich aufragenden Felsen zerschellen. Sie fühlte die Angst wie einen körperlichen Schmerz. Aber um Haaresbreite glitt sie daran vorbei, und dann war sie plötzlich im stillen blaugrünen Wasser der Bucht.

Petra holte die Segel ein. Ihre geschmeidigen Bewegungen verrieten

Routine. Hier in der Bucht war das Wasser ruhig wie in einem Teich, und sie seufzte vor Erleichterung und Zufriedenheit.

Sie steuerte das Boot auf den Strand zu, der von bewaldeten Felsen umgeben war, und erst in diesem Augenblick sah sie die Motoryacht, die im seichten Wasser vor Anker lag.

„Das ist doch nicht ... Oh, verdammt!" rief sie enttäuscht.

All die Anstrengungen und Risiken, um allein zu sein, und dann war ihr jemand zuvorgekommen!

Ärgerlich betrachtete Petra das fremde Boot. Sie hasste diese pompösen Schiffe. Ihrer Meinung nach waren die Besitzer keine Sportsleute, sondern hielten sich ihre Yachten nur aus Prestigegründen.

Und dieses Boot wirkte besonders protzig. Es war nicht weiß wie die meisten anderen, sondern grau wie ein Hai, und es sah nach Schnelligkeit, Kraft und Geld aus. Vor allem nach Geld. Allein die beiden Motoren am Heck mussten so viel gekostet haben wie ihr komplettes Boot. Durch die lange, flache Form wirkte diese Yacht geschmeidig und kraftvoll, wie dafür geschaffen, auch in rauer See zu bestehen.

Eine Weile betrachtete Petra gereizt den Eindringling. Irgendwie schien der Frühlingshimmel jetzt nicht mehr so blau, der Tag nicht mehr so schön zu sein.

Schließlich gab sie sich innerlich einen Ruck. Warum sollte sie sich von einigen Geldprotzen vertreiben lassen?

Petra warf den Anker und zog das unförmige Ölzeug aus. Bei diesem Anblick wäre mancher Mann schwach geworden, denn Petra Castle hatte eine hervorragende Figur. Der rote Pullover und die Jeans betonten ihre Formen. Man sah ihr an, dass sie viel Sport trieb. Ihre Bewegungen waren sehr anmutig, als sie leichtfüßig in das Schlauchboot stieg und auf den Strand zupaddelte.

Petras Haar war kastanienbraun mit kupfernem Schimmer und umrahmte in weichen Wellen ihr Gesicht, das, nach Meinung ihres Vaters, zu breit war, um wirklich schön zu sein. Doch er musste zugeben, dass es genug junge Männer gab, die sich an den Wochenenden um Petras Aufmerksamkeit bemühten.

Vom Schlauchboot aus betrachtet, wirkte die graue Yacht noch größer und eleganter. Es schien niemand an Bord zu sein. Beim Vorbeifahren las Petra den Namen ‚Epoca' am Bug des Schiffes. Sie konnte sich nicht erinnern, es jemals im Hafen gesehen zu haben.

Sie watete durch das seichte Wasser an Land, wobei die aufgekrempelten Jeans ihre schlanken Fesseln zeigten.

Bis auf die Stimmen der Möwen und das Rauschen des Meeres war es hier ganz still. Hoch oben am blauen Himmel schwebten zwei Falken fast bewegungslos in der Luft.

Aus einem Beutel, den Petra um den Hals trug, zog sie ein kleines starkes Fernglas und richtete es auf die Falken. Ein Männchen und ein Weibchen waren es, die mit ihren scharfen gelben Augen die Insel nach Mäusen oder Eidechsen absuchten. Irgendwo in den Klippen musste das Nest mit ihren Jungen sein.

Bei dem Gedanken lächelte sie. Sa Virgen war dicht bewaldet und bot einigen der seltensten Tierarten des Mittelmeerraumes eine letzte Zuflucht. Abgesehen von einer schmalen steinigen Straße, die sich bis zum höchsten Punkt der Insel hinaufwand, zeigten sich kaum menschliche Spuren. Im Dialekt von Mallorca bedeutete „Sa Virgen" die Jungfrau, und dieser Name bezog sich sowohl auf die unberührte Schönheit dieser Insel als auch auf ihre Verletzlichkeit.

Aber selbst hier lauerten die Bulldozer. Seit Jahren existierten Pläne, Sa Virgen zu einem Ferienzentrum für reiche Urlauber zu machen – mit einem Hubschrauberlandeplatz, einem Hafen und hundertundfünfzig luxuriösen Apartments. Und das sollte erst der Anfang sein! Begriffen die Menschen denn nicht, dass sie Sa Virgen damit zerstörten?

Petra kletterte den schmalen Pfad hinauf zu den Klippen und legte sich oben ins Gras. Von hier aus hatte sie eine gute Sicht in das luxuriöse Innere der Yacht. Sie verzog verächtlich den Mund. Dicke Teppiche und graues Leder, wohin man sah. Die Kabinen unter Deck waren zweifellos ähnlich eingerichtet.

Auf einem Tisch auf dem hinteren Deck stand eine Schale mit exotischen Früchten, daneben eine Flasche Champagner in einem Eiskübel.

Lieber Himmel! Wenn sie noch länger hierblieb, würde sie möglicherweise mehr zu sehen bekommen, als ihr lieb war!

Schade, dass sie sich nicht ein wenig auf der Yacht umsehen konnte. Das wäre etwas für ihren Bruder James gewesen, der gerade für einen sechswöchigen Urlaub aus London gekommen war und Boote leidenschaftlich liebte. Petra hatte zwar ein schlechtes Gewissen, aber Neugier und Spannung überwogen, als sie in das Cockpit spähte. Über einem der Sitze hing nachlässig ein Damenmantel. Auf die Ellenbogen gestützt, starrte Petra wie gebannt in das Innere des Schiffes und zuckte erschreckt zusammen, als sie eine männliche Stimme neben sich hörte.

„‚Sulky Susan', nehme ich an?"

Petra rollte sich blitzschnell herum. Sie hatte keine Schritte gehört, weil sie so damit beschäftigt gewesen war ...

Als ihr bewusst wurde, wobei man sie erwischt hatte, wurde sie rot vor Scham. Zwei Gestalten standen über ihr, ein Mann und eine Frau. Der Mann lächelte leicht, aber die Frau verzog keine Miene.

„Bitte?" sagte Petra verwirrt.

„Sie müssen ‚Sulky Susan' sein." Der Mann nickte in Richtung Bucht. „So heißt doch Ihr Boot, nicht wahr?"

„Oh – ja." Petra überlief es heiß vor Verlegenheit, als sie aufstand.

Die Frau hatte eine auffallend helle Haut, Haar und Augen waren tiefschwarz. Ihre Schönheit war kalt und doch leidenschaftlich, ihre Augen hatten einen fast animalischen Ausdruck. Es konnte kaum einen größeren Kontrast geben als zwischen der makellosen Eleganz der Frau und Petras legerer Kleidung. Das helle Wollkostüm der Frau, nach der letzten Mode geschnitten, verriet Wohlstand und Geschmack. Ihre Miene war verächtlich, als sie Petra betrachtete.

Der Mann war groß und dunkel, offensichtlich Spanier. Petra schätzte ihn auf Mitte dreißig. Er war einer jener Männer, die in jeder Art von Kleidung phantastisch aussahen. Die dunkelgraue Kaschmirjacke betonte seinen athletischen Oberkörper. Die Jeans saßen knapp um die schlanken Hüften und die langen Oberschenkel. Seine Beine steckten bis zu den Knien in Lederstiefeln, denen man ansah, dass sie sehr teuer waren.

Dass diese beiden die Besitzer der ‚Epoca' waren, hätte selbst dann außer Frage gestanden, wenn die ganze Bucht voll von Booten gewesen wäre.

Die Frau wandte sich ihrem Begleiter zu und fragte in affektiertem kastilianischen Dialekt: „Wer ist sie? Was hat sie hier zu suchen?"

Petra zupfte nervös ein paar Grashalme von ihrem Pullover. „Ich heiße Petra Castle", sagte sie. Sie war diesen Leuten eine Erklärung schuldig. Schließlich hatten sie sie dabei erwischt, wie sie ihr Boot beobachtete. In fließendem Spanisch fuhr sie fort: „Ich habe nur die Möwen betrachtet. Ich wollte nicht herumspionieren."

„Meine liebe Miss Castle", erwiderte der Mann in Englisch, „kein Mensch würde Ihnen so etwas zutrauen."

Der Sarkasmus war unüberhörbar. Sein Blick und sein sinnlicher Mund ließen Petras Herz höher schlagen, und sein Lächeln verriet, dass er sich seiner Männlichkeit und seiner Macht über Frauen sehr bewusst war.

Seine Augen und das dichte, leicht gelockte Haar waren schwarz. Aber es war die Nase, die dieses Gesicht unverwechselbar machte. Sie musste einmal gebrochen gewesen sein.

Diese Mischung aus männlicher Schönheit und Brutalität war verwirrend, und Petra fühlte ihre Knie zittern, als sie ihm in die Augen sah. Hinter seinem Lächeln war etwas anderes verborgen, etwas Dunkles und Ursprüngliches, das sie erschauern ließ.

Die Frau seufzte ungeduldig, schien zu spüren, was in Petra vor sich ging. Das Lächeln des Mannes vertiefte sich dagegen.

„Sie müssen ein mutiges Mädchen sein", sagte er sanft. „Sie haben einiges riskiert, um nach Cala Vibora zu kommen."

Petra erwiderte schnippisch: „Nicht mehr als Sie."

„Das stimmt nicht." Der Tonfall war typisch spanisch, aber sein Englisch war korrekt und fast perfekt. „Wir haben der Strömung fünfhundert PS entgegenzusetzen, während Sie auf den Wind angewiesen sind, und der ist sehr unbeständig. Sie hätten fast den Felsen gestreift. Wir haben Sie beobachtet."

Petra fühlte sich unbehaglich. Sie hatten also gesehen, wie sie die Klippen hinaufgeklettert war und mit dem Fernglas die fremde Yacht ausgekundschaftet hatte. „Ich komme oft hierher, um die Vögel zu beobachten", erklärte sie in Spanisch. „Ich kenne die Risiken."

„Tatsächlich?" Er zog eine Augenbraue hoch, als wäre er tief beeindruckt. Diese Art von Spott konnte Petra nicht ausstehen.

„Tatsächlich", entgegnete sie kurz. „Es tut mir leid, wenn ich Sie gestört habe, aber ich würde jetzt gern weiter die Klippen entlanggehen."

„Hier geht es nicht weiter", sagte er mit befehlsgewohnter Stimme. „Der Pfad hier ist während des letzten Regens teilweise weggespült worden."

Petra zögerte. Es hatte vor kurzem tatsächlich stark geregnet. Selbst auf Mallorca waren einige Straßen unpassierbar gewesen.

„Wir kommen gerade aus dieser Richtung", fuhr er fort, offensichtlich amüsiert darüber, dass sie seinen Worten misstraute. „Es ist sehr gefährlich, und ich lasse Sie dort nicht hinauf."

„Ich spreche Ihre Sprache ganz gut", sagte sie auf Spanisch. „Fast so gut, wie Sie Englisch sprechen. Im Übrigen brauchen Sie mich nicht zu beschützen."

„Nun gut", erwiderte er, ebenfalls auf Spanisch. „Dann werden wir eben Ihrer sprachlichen Eitelkeit schmeicheln, statt meiner."

Die Frau hatte bisher geschwiegen und nur mit unbewegter Miene abwechselnd Petra und den Mann beobachtet. Nun sagte sie ungeduldig: „Lass uns gehen, Tomás." Petra dachte an den Champagner – zweifellos gab es noch andere Freuden, die an Bord der ‚Epoca' warteten.

„Aber ich bin neugierig", entgegnete er und ließ Petra nicht aus den Augen. „Neugierig auf diese Petra Castle, die allein nach Cala Vibora segelt, um Vögel zu beobachten, und die genau weiß, was sie riskiert. Außerdem haben wir uns noch nicht miteinander bekannt gemacht.

Wilde Rosen auf Mallorca

Miss Castle, darf ich Sie meiner Begleiterin vorstellen? Cristina Colom. Cristina, dies ist Petra Castle. Und mein Name ist Tomás Torres."

Er reichte Petra die Hand, und ihr blieb nichts anderes übrig, als auch ihm die Hand zu geben, die er mit einer leichten Verbeugung an die Lippen führte und küsste.

Petra fühlte, wie ihr das Blut in die Wangen schoss, und in diesem Augenblick brach Cristina Colom in helles Gelächter aus. Ihr Lachen klang echt, nicht gezwungen. Und mit einem fast körperlichen Schmerz wurde es Petra bewusst, wie lächerlich sie wirken musste – eine zerzauste junge Frau in Jeans und Pullover, die wie hypnotisiert diesen außergewöhnlichen Mann anstarrte, der ihr im Scherz einen Handkuss gab. Sie entzog ihm abrupt die Hand. Petra hasste es, sich zum Gespött anderer Leute zu machen. „Was finden Sie denn so lustig?" fragte sie kühl.

„Ihren Gesichtsausdruck", entgegnete die Frau. „Sie sind es offensichtlich nicht gewohnt, dass man Ihnen die Hand küsst."

Wenn Tomás Torres ebenfalls amüsiert war, verstand er es gut zu verbergen. „Ich habe eben merkwürdig altmodische Manieren", sagte er leichthin. Als hätte er Petras Gefühle erraten, fügte er sanft hinzu: „Ich wollte Sie nicht verletzen."

„Ich fühle mich nicht im Geringsten verletzt", erwiderte Petra steif. Mit einer hastigen Bewegung zog sie ihren Pullover zurecht, wobei ihre Brüste sich einen Moment lang unter der dünnen Wolle abzeichneten. Sein Blick verriet, dass es ihm nicht entgangen war.

Er dachte nicht daran, sein Interesse zu verbergen. Anerkennend ließ er seinen Blick über ihre Figur gleiten, dann sah er ihr direkt in die Augen. In seinem Blick lagen Herausforderung und Begehren. Verlegen wandte Petra ihren Blick ab.

„Wie oft kommen Sie nach Sa Virgen?" fragte er.

„Sooft ich Lust habe", erwiderte sie kühl.

„Sooft Sie Lust haben?" Spöttisch wiederholte die Frau Petras Worte. „Sie reden, als gehörte Ihnen die Insel und nicht ihm!"

Petra betrachtete den Mann nachdenklich. Tomás Torres. Ihr Herz klopfte wie rasend, als sie begriff, wer vor ihr stand. Ausgerechnet sie, die so viel über Sa Virgen zu wissen glaubte, hatte nicht bemerkt, mit wem sie sprach! Denn wenn dieser Mann Tomás war, dann gehörte Sa Virgen ihm tatsächlich. Und dann war er es, der hinter „Proyecto Virgen SA" stand, der Firma, deren Pläne zur Erschließung der Insel bei Naturliebhabern große Empörung ausgelöst hatten. „Sie sind also Tomás Torres?" Sie atmete tief und fühlte, wie ihr Zorn wuchs. „Entschuldigen Sie, dass ich nicht früher bemerkt habe, welch seltene Ehre Sie mir erweisen", sagte sie kalt. „Sie müssen sehr menschenscheu sein, Señor Torres."

„Ich liebe mein Privatleben", korrigierte er sie. „Das ist nicht dasselbe."

„Auf jeden Fall zeigen Sie sich nicht gern in der Öffentlichkeit."

Er betrachtete sie gelassen. „Warum sagen Sie das?"

„Ich weiß nicht, wie viele Versammlungen es schon zum Thema Sa Virgen gegeben hat", antwortete Petra. „Sie sind zu allen persönlich eingeladen worden, aber nicht einmal erschienen!"

„Ahh!" Die Frau sah sie verächtlich an. „Sie gehören also dieser Gruppe von Zerstörungswütigen und Fanatikern an, die überall so viel Ärger macht!"

„Ich bin keine Fanatikerin, ich möchte nur die Natur erhalten." Petra war empört. „Und Zerstörungswut kann man wohl eher Señor Torres vorwerfen!"

„Nicht nur mir." Tomás Torres war verärgert. „Im letzten Sommer haben so genannte Umweltschützer auf dieser Insel eine Versammlung abgehalten. Sie haben Sa Virgen mehr geschadet als irgendetwas in den letzten tausend Jahren."

„Sie haben sich ein wenig danebenbenommen", sagte Petra, aber es klang nicht sehr überzeugend. Sie selbst war nicht an dieser beschämenden Aktion beteiligt gewesen. Die Diskussion um Sa Virgen hatte eine Reihe von Verrückten angelockt, die nicht unter Kontrolle zu halten waren. Deshalb war die gut gemeinte Kampagne „Hände weg von Sa Virgen" zu einer völligen Katastrophe geworden.

„Ein wenig?" wiederholte er ironisch. „Sie haben Feuer angezündet, überall ihren Abfall zurückgelassen und sich auch sonst wie die Wilden benommen. Ich kann Ihnen versichern, das war kein schöner Anblick, Miss Castle."

„Es war einfach widerwärtig", stimmte die Frau ihm zu.

„Das Verhalten dieser Leute ist nichts gegen das, was Sie mit Sa Virgen vorhaben", entgegnete Petra zornig. „Ihre Pläne für diese Insel sind abscheulich!"

„Darf ich höflich fragen, wer Ihnen eigentlich das Recht gibt, mir zu erzählen, was ich mit meinem Eigentum machen soll?" Der Sarkasmus in seiner Stimme war unüberhörbar.

„Ich nehme diese Gelegenheit wahr, weil Sie sich Ihren Kritikern ja nie stellen", entgegnete Petra. „Sie verstecken sich hinter Ihren Anwälten und Sprechern, die dafür sorgen, dass Sie unsere Argumente nie zu hören bekommen."

„Ich bin bestens informiert", widersprach er ungeduldig. „Immerhin lese ich Zeitung. Und was diese Versammlungen angeht: Warum sollte ich dort erscheinen? Nur um mich von Ignoranten beleidigen zu lassen?"

„Ignoranten ist nicht das richtige Wort." Petra ließ sich nicht einschüchtern, obwohl er etwa zehn Jahre älter als sie und ein reicher und angesehener Mann war. „Unter den Leuten, die Sa Virgen schützen wollen, sind einige der bekanntesten Vogelkundler und Wissenschaftler des Mittelmeerraumes. Und die als Ignoranten zu beschimpfen, spricht nicht gerade für Sie, Señor Torres!"

„Sa Virgen gehört mir", fuhr er fort, als hätte er sie gar nicht gehört. „Warum sollte ich irgendjemand darüber Rechenschaft ablegen, was ich mit meinem Besitz zu tun gedenke?"

Seine Arroganz verschlug Petra einen Augenblick die Sprache. „Immerhin sind Sie kein Gott", sagte sie schließlich.

„Sie aber auch nicht", entgegnete er und warf ihr dabei einen kalten Blick zu.

„Warum lässt du dir diese Unverschämtheiten gefallen?" empörte sich Cristina Colom. „Es lohnt sich nicht, mit diesem Mädchen zu streiten. Sie ist nicht einmal Spanierin. Warum gibst du dich mit ihr ab?"

„Sie zeigt zumindest einen Funken Intelligenz", sagte er lächelnd, „obwohl ihre Manieren wirklich zu wünschen übriglassen." Er sah Petra unverwandt an. „Sie sprechen ausgezeichnet Spanisch, Petra. Ich nehme an, Sie sind Tom Castles Tochter?"

„Ja." Petra fühlte sich unbehaglich. „Woher wissen Sie das?"

„Ihr Vater ist ein erfolgreicher Schriftsteller. Er ist auf Mallorca bekannt. Weiß er, dass Sie allein nach Cala Vibora gesegelt sind?"

„Meine Familie vertraut mir. Ich habe Ihnen doch schon gesagt, dass ich oft hierherkomme." Petra warf ihm einen herausfordernden Blick zu. „Ich nehme an, Sie werden mich jetzt auffordern, Ihren Besitz zu verlassen?"

„Aber nein", sagte Torres liebenswürdig. „Besucher sind immer willkommen auf Sa Virgen – besonders, wenn sie die Natur respektieren."

Seine Scheinheiligkeit machte sie wütend. „Und was ist mit den Hubschraubern, die Ihre reichen Naturliebhaber zu ihren neu gebauten Apartments bringen werden?"

„Sie schaden der Umwelt weniger als Ihre so genannten Umweltschützer." Offensichtlich ärgerte es ihn, dass Petra auf seinen Versuch, den Streit beizulegen, nicht reagierte.

„Komm jetzt, Tomás", drängte Cristina Colom. „Vergiss diese Verrückte und lass uns umkehren!"

Aber Petra wollte sich nicht so leicht abwimmeln lassen. Die Chance, Tomás Torres persönlich ihre Meinung zu sagen, würde sie wahrscheinlich nie wieder bekommen!

Ohne ihren Blick von ihm abzuwenden, fuhr sie fort: „Wie lange wird es dauern, bis Ihre Hubschrauber und Landrover die Falken verscheucht haben? Sie müssen doch wissen, dass auf dieser Insel auch einige sehr seltene Schildkrötenarten leben! Wie fänden Sie es, wenn eine Horde unwissender Leute die Strände nach ihren Eiern absuchte, nur um sie als hübsches Souvenir mit nach Boston oder Manchester oder Oslo zu nehmen?"

„Miss Castle …"

„Fühlen Sie denn gar nichts für diese Insel?" fragte sie heftig. „Wenn Sie der Besitzer von Sa Virgen sind, ist es dann nicht Ihre Pflicht, sie zu beschützen, statt sie zu zerstören?"

„Passen Sie auf, was Sie sagen!" fuhr Torres sie an.

„Das schockiert Sie wohl?" fragte Petra bitter. „Das soll es auch. Die Tatsache, dass Sie genug Geld haben, um sich diese Insel zu kaufen, gibt Ihnen nicht das Recht, sie zu zerstören!"

„Sa Virgen gehört den Torres seit tausend Jahren", entgegnete er verächtlich. „Ich bin erstaunt, dass Sie das nicht wissen, wo Sie doch so eine Expertin in Bezug auf Sa Virgen sind."

Diese Spanier und ihr Familienstolz, dachte Petra spöttisch. „Lenken Sie bitte nicht ab. Wenn Sie dieses Feriendorf bauen, wird etwas Einzigartiges unwiderruflich zerstört werden!"

Sein Gesichtsausdruck wurde bitter. „Ich dachte, Sie hätten ein Fünkchen Intelligenz, aber Sie reden genauso wie all diese angeblichen Umweltschützer, Petra. Sie kommen doch auch oft nach Sa Virgen. Doch die anderen möchten Sie davon abhalten, dasselbe zu tun. Ist das nicht Egoismus?"

„Andere verhalten sich hier vielleicht nicht so wie ich."

„Man merkt, dass Sie noch sehr jung sind."

„Ich bin nicht zu jung, um Recht von Unrecht unterscheiden zu können", sagte Petra erregt. „Ich möchte verhindern, dass auf Sa Virgen gebaut wird und diese knatternden Hubschrauber das natürliche Gleichgewicht der Insel stören."

„Die Hubschrauber tun nichts dergleichen", erwiderte Torres schroff. „Und Falken und andere Tierarten scheint der Lärm, den sie machen, nicht zu stören."

„Das haben Sie sicher schon bewiesen, stimmt's?"

„Stimmt." Torres sah sie kalt an. „Der Landeplatz wird auf der anderen Seite der Insel gebaut, weit weg von den Nistplätzen der Falken. Und der Hubschrauber wird Sa Virgen sowieso nur einmal in der Woche anfliegen."

„Einmal in der Woche? Das reicht, um ..."

„Kommen wir noch einmal auf die Leute zurück, die angeblich die Insel zerstören würden", unterbrach er sie. „Dieser Gedanke ist absurd. Meine Gäste werden Leute sein, die die Natur lieben und die reich genug sind, um sich einen kostspieligen Urlaub leisten zu können – keine Horde von Wilden."

„Lieber Himmel." Petra schüttelte den Kopf. „Ich kann Sie nur bedauern. Sie scheinen wirklich zu glauben, dass reiche Leute die Natur mehr lieben als arme."

Er behielt sich offensichtlich mühsam unter Kontrolle. „Ich glaube, dass Menschen, die eine Menge Geld bezahlt haben, um ihren Urlaub hier zu verbringen, dieser Insel weniger Schaden zufügen als ungebetene Gäste."

Seine Anspielung trieb Petra die Zornesröte ins Gesicht. „Es gibt keine Schilder, die gewöhnlichen Leuten verbieten, hierherzukommen. Aber das wird sich dann ändern, oder?"

„Ich werde darauf achten, dass die Zahl der Besucher auf der Insel beschränkt bleibt, wenn Sie das meinen", erwiderte Torres unfreundlich. „Es ist notwendig, um das ökologische Gleichgewicht intakt zu halten. Das kann Ihnen doch nur recht sein!"

Petra lächelte spöttisch. „Nun, zum Glück gibt es Menschen, die sich gegen Sie wehren. Wir werden ja sehen, ob Ihr Feriendorf je gebaut wird!"

„Soll das eine Drohung sein, Miss Castle?"

„Sie wissen so gut wie ich, dass es erheblichen Widerstand gegen Ihre Pläne gibt", antwortete Petra heftig. „In einem Monat findet eine Diskussion in Palma statt, und wir hoffen, damit die Öffentlichkeit zu mobilisieren. Das Umweltministerium schickt einen Vertreter. Ich weiß, dass auch Sie eingeladen worden sind", fügte sie hinzu. „Ich hoffe, wir sehen uns dort."

„Ich werde einen Vertreter schicken, genau wie der ehrenwerte Umweltminister", versicherte Torres spöttisch.

„Oh, natürlich. Einen Vertreter. Wahrscheinlich einen Ihrer Rechtsanwälte? Sie haben wohl Angst, selbst zu kommen? Ich glaube gern, dass Ihnen das unangenehm wäre."

„Sie müssen wirklich verrückt sein, Miss Castle." Cristina Colom schien mehr erstaunt als ärgerlich zu sein. „So mit ihm zu sprechen ..."

Petra beachtete Cristina Colom gar nicht. „Oder sind Ihre Argumente zu schwach, um einer Prüfung standzuhalten? Erscheinen Sie deshalb nie in der Öffentlichkeit?"

Tomás Torres sah sie zornig an, aber er hatte sich anscheinend gut unter Kontrolle, denn er erwiderte ihren Angriff nicht. Es war schwer zu sagen, ob er über Petras Attacken verärgert oder amüsiert war. „In mancher Hinsicht sind Sie zwar sehr naiv, aber reden können Sie, sowohl in Englisch als auch in Spanisch."

„Und in Deutsch, Französisch und Schwedisch!" ergänzte Petra schnippisch.

Er lachte und ließ dabei makellos weiße Zähne sehen. „Ah", sagte er sanft, „dem Himmel sei Dank für diesen Anflug von Eitelkeit. Ich habe mich schon gefragt, ob Sie überhaupt menschliche Regungen zeigen können."

Sein Lachen nahm Petra den Wind aus den Segeln. Ihre Nerven waren aufs Äußerste gespannt, und alle Farbe war aus ihrem Gesicht gewichen.

Aus irgendeinem Grund war ihre Wut wie weggeblasen, und ihr kam zu Bewusstsein, wie unverschämt sie sich gegenüber diesem Fremden und seiner Begleiterin verhalten hatte.

„Tomás, wir müssen jetzt gehen." Cristina Colom klang gefährlich ruhig. „Ich weiß, sie ist hübsch und amüsant, aber nun hast du wirklich genug Zeit verschwendet. Kommst du?"

Torres sah Petra lange an. Wäre er einer dieser Jungen gewesen, die ständig um ihre Gunst stritten, hätte sie genau gewusst, was sein Blick ihr sagen wollte. Aber er war so anders als alle Männer, die sie kannte, und das verwirrte sie am meisten.

Plötzlich fühlte sie sich kraftlos und hätte viel darum gegeben, wenn sie sich einfach hätte hinsetzen und die Augen schließen können.

„Natürlich, meine Liebe. Lass uns gehen." Er wandte sich ab und stieg den steinigen Pfad hinunter.

Petra hatte keine andere Wahl, als den beiden zu folgen. Sie war zwar nicht dazu gekommen, die Natur zu beobachten, aber es war trotzdem ein höchst interessanter Besuch gewesen.

Ohne dass sie wusste, wie es kam, ging sie plötzlich neben Torres. Cristina war schon ein Stück voraus.

„Bestellen Sie Ihrem Vater meine besten Grüße", sagte er leichthin, als hätten sie gerade in einem Restaurant gegessen und nicht auf den Klippen eine heftige Diskussion geführt.

„Danke." Petra wusste, dass das Gespräch damit beendet war.

Auf dem Rückweg machte Torres Konversation, die von Petra nicht mehr als ein paar einsilbige Antworten erforderte. Cristinas Stimme war so ausdruckslos wie ihre Miene. Trotzdem wusste Petra instinktiv, dass sie sich eine Feindin gemacht hatte.

„Achten Sie auf die Felsen, wenn Sie zurücksegeln", sagte Tomás Torres ernst. „Seien Sie vorsichtig!" Er begleitete sie bis zu ihrem Schlauchboot und half ihr, es ins Wasser zu bringen. Und bevor Petra protestieren konnte, hob er sie mit einer Leichtigkeit hoch, als ob sie eine Feder wäre. Nichts hätte ihre Ohnmacht besser demonstrieren können! Petra fühlte, wie ihr das Blut ins Gesicht schoss.

Torres trug sie durchs seichte Wasser zum Schlauchboot und ließ sie aus seinen Armen hineinfallen, dass das Boot schaukelte.

Petra meinte, ein boshaftes Glitzern in seinem Blick zu sehen.

„Sie können hierherkommen, wann immer Sie Lust haben", rief er ihr zum Abschied zu. „Niemand wird Sie daran hindern!"

Petra paddelte zu ihrem Segelboot zurück. Ihre Haut brannte, wo Torres sie berührt hatte, und das Herz schlug ihr bis zum Hals. Sie beobachtete, wie Torres durch das seichte Wasser zurück an Land watete. Er drehte sich nicht einmal um. Was für ein Mann! Noch nie war sie jemandem wie ihm begegnet. Wer immer im Streit um Sa Virgen recht hatte, Tomás Torres war eine außergewöhnliche Persönlichkeit.

Als Petra das Segel setzte, hatte sie sich schon ein wenig beruhigt. Sie sah zu der grauen Yacht hinüber und entdeckte Torres und Cristina an Deck. Die beiden beobachteten sie und hatten selbst anscheinend nicht die Absicht, die Bucht zu verlassen. Offensichtlich warteten sie darauf, dass Petra endlich davonsegelte.

Mit zusammengebissenen Zähnen konzentrierte Petra sich auf das, was vor ihr lag. Bevor sie um die letzten Felsen herumsegelte, warf sie noch einen Blick zurück. Torres war jetzt allein an Deck und winkte ihr nach. Sie erwiderte nur kurz seinen Gruß, dann segelte sie zurück nach Palma.

2. KAPITEL

„Er hat gesagt, meine Bücher gefallen ihm?" Tom Castle schnitt sich ein großes Stück vom Sonntagsbraten ab. „Hat er sie in Englisch oder in der spanischen Übersetzung gelesen?"
„Das hat er nicht gesagt."
„Das ist aber ein großer Unterschied. In der Übersetzung kommen die Pointen manchmal nicht so gut heraus."
„Ich hoffe, du hast dich nicht danebenbenommen", warf Petras Mutter ein. „Wenn es um diese Insel geht, bist du oft so verletzend. Und außerdem hättest du niemals allein nach Cala Vibora segeln dürfen! Worüber habt ihr denn gesprochen?"
„Ich habe ihm erzählt, dass ich seine Pläne abscheulich finde und hoffe, dass er sie nicht durchführen kann."
„Aber Petra!"
„Also, ich finde, dass Petra ihre Sache gut gemacht hat." James warf seiner Schwester einen aufmunternden Blick zu. „Es muss für Don Tomás Torres eine völlig neue Erfahrung gewesen sein, dass ihm mal jemand die Meinung gesagt hat."
„Das ist es ja gerade", fuhr Margaret Castle fort. „Petra kann sehr direkt sein, wenn sie sich in ein Thema verbissen hat. Die Spanier verstehen das nicht immer. Vielleicht hat sie ihn beleidigt. Und wenn ich mir vorstelle, dass ein so bedeutender Mann wie Tomás Torres den Leuten erzählt, unsere Petra hätte keine Manieren ..."
„Nun übertreibe nicht, Margaret. So, wie ich Torres einschätze, lässt er sich nicht so leicht aus der Ruhe bringen", beschwichtigte Tom Castle.
„Das glaube ich auch", stimmte James zu. „Obwohl ich Mutter recht geben muss. Petra kann manchmal wirklich sehr hartnäckig sein. In all diesen langweiligen Umweltschutzversammlungen hat sich ihre Redegewandtheit bemerkenswert entwickelt. Er wird sie wahrscheinlich nicht so schnell vergessen!"
„Irgendjemand muss sich doch für die Umwelt einsetzen", vertei-

digte Petra sich. „Sonst wird es bald keine Umwelt mehr geben, für die wir etwas tun können."

„Auf jeden Fall hätte ich gern seine Yacht gesehen", gestand James. „Aber vor allem seine Freundin."

„Du weißt wenigstens, was Vorrang hat", sagte sein Vater mit einem amüsierten Lächeln. James, der fast fünf Jahre älter war als Petra, arbeitete als Arzt in London, aber er besuchte seine Familie auf Mallorca, sooft er konnte.

Wenn er da war, schien das Haus voll Fröhlichkeit und Lärm zu sein, so wie an diesem sonnigen Sonntagnachmittag. Helen war das einzige Familienmitglied, das fehlte. Petras ältere Schwester war mit einem Spanier verheiratet und wohnte seit zwei Jahren mit ihm in Barcelona.

Die Castles lebten schon lange auf Mallorca. Petra war sieben Jahre alt, als ihr Vater seinen ersten Roman in England veröffentlichte. Die Einnahmen aus diesem Buch ermöglichten ihm, seinen Beruf als Mathematiklehrer aufzugeben und mit seiner Familie nach Mallorca zu ziehen.

Seitdem wohnten sie in dieser hübschen Villa in einem Vorort von Palma. Die Familie war nicht reich, aber Tom Castles anhaltender Erfolg als Autor amüsanter Romane brachte genug Geld ein, um ihnen ein sorgloses Leben zu ermöglichen.

„Wenn er so reich ist, dass er sich eine teure Yacht leisten kann, und der Himmel weiß, was sonst noch", überlegte Petra laut, „warum ist er so darauf aus, seine Pläne für Sa Virgen zu verwirklichen? Wahrscheinlich kann er nicht genug kriegen."

James lachte auf. „Eine oder zwei Millionen kommen immer ganz gelegen, oder meinst du nicht?"

„Wenn Sa Virgen mir gehören würde, würde ich niemals etwas tun, was der Insel schaden könnte", erklärte Petra. „Auch nicht, wenn ich arm wie eine Kirchenmaus wäre."

„Es ist wirklich komisch", sagte James. „Unser Name ist Castle – Schloss, und ‚torres' bedeutet ‚Turm'. Das klingt wie eine mittelalterliche Schlacht. Petra, verlieb dich nicht in ihn! Die Vorzeichen sind nicht besonders gut."

„Ich habe nicht die Absicht", meinte Petra energisch.

„Und warum redest du seit vierundzwanzig Stunden nur über ihn?"

„Er ist mein Feind. Einer, der die Umwelt verschandelt."

„Hm. Ich glaube eher, dass du für diese dunklen, gefährlichen Typen ziemlich anfällig bist."

Seine Worte irritierten sie, obwohl sie wusste, dass er sie nur auf den Arm nehmen wollte. Doch dann stimmte sie in das Lachen der anderen ein.

Am Montagmorgen saß Petra wieder in ihrem Büro. Ihre Gedanken waren noch bei diesem wunderbaren Wochenende auf dem Meer.

Seit achtzehn Monaten arbeitete sie für Gomila & Rodriguez, und sie liebte ihre Arbeit. Vorher war sie zweieinhalb Jahre bei einer großen Grundstücksfirma beschäftigt gewesen. Dort hatte sie schließlich gekündigt, weil sie nicht an der rücksichtslosen Ausbeutung Mallorcas beteiligt sein wollte. Die Tatsache, dass immer größere Teile der wunderbaren, ursprünglichen Küste durch Hotels und Apartmentblocks verschandelt wurden, hatte ihr Umweltbewusstsein geweckt.

Ihre Arbeit wurde ihr von Tag zu Tag verhasster, und als sie die Anzeige von Gomila & Rodriguez in der Zeitung las, hatte sie die Gelegenheit ergriffen und es nie bereut.

Gomila & Rodriguez war eine der angesehensten Anwaltskanzleien in Palma. Petra musste härter arbeiten als jemals zuvor, aber sie konnte dort auch ihre Neigungen und Talente entwickeln.

Ihre größte Begabung waren Sprachen. Helen und sie hatten eine ausgezeichnete Schule auf der Insel besucht, wo Französisch und Spanisch unterrichtet wurde. Den katalanischen Dialekt, der auf Mallorca gesprochen wurde, hatte sie sich selbst angeeignet. Während ihrer Zeit in der Grundstücksfirma waren noch Deutsch und Schwedisch hinzugekommen.

Sie konnte ohne Schwierigkeiten von einer Sprache in die andere wechseln und machte sich bei Gomila & Rodriguez schnell unentbehrlich. Die aus vielen Nationalitäten bestehende Bevölkerung Mallorcas brachte eine Fülle von Schwierigkeiten mit sich. Eigentlich wollte Petra in Abendkursen ihr Italienisch verbessern, doch ihr ausgefüllter Terminplan ließ ihr kaum noch Zeit für neue Aktivitäten.

Regelmäßig jeden Mittwoch ging sie zu den Versammlungen ihrer Umweltgruppe. Dort trafen sich Einheimische und Ausländer, die sich für den Schutz der Natur engagierten.

Als Petra am Mittwochabend durch den Versammlungsraum auf eine Gruppe von Freunden zuging, folgten ihr neugierige Blicke.

Gabriel Sanchez, der auf seinem üblichen Platz unter einem großen Ölgemälde saß, klärte sie schließlich auf.

„Sei gegrüßt, heilige Georgina! Hast du wieder ein paar Drachen zur Strecke gebracht? Wie ich hörte, sollst du die Ehre von San Virgen ohne Rücksicht auf Verluste verteidigt haben!"

Auf Mallorca verbreiteten sich Neuigkeiten in Windeseile, deshalb war Petra eher amüsiert als erstaunt über seine Worte. „Wer hat dir denn das erzählt?"

„Oh, alle reden davon, dass du Tomás Torres auf seiner eigenen Insel eine Ohrfeige verpasst hast."

„Unsinn! Ich habe ihn überhaupt nicht angerührt!"

„Außerdem sollst du ihm deutlich zu verstehen gegeben haben, was du von ihm und seinem Feriendorf hältst!"

„Das stimmt allerdings", gab sie lächelnd zu.

„Nun komm schon", drängte eines der Mädchen, „sag uns, was passiert ist!"

Petra berichtete kurz von ihrer Begegnung mit Torres, und ihre Zuhörer amüsierten sich köstlich. Die Tatsache, dass keiner von ihnen Torres je gesehen hatte, machte Petras Erlebnis umso interessanter.

Nur dass er sie in das Schlauchboot hatte fallen lassen wie einen Fisch, der aussortiert wird, weil er zu klein ist, davon erzählte sie natürlich nichts.

„Wie hat er sich dir gegenüber verhalten?" fragte Barry Lear, der unausgesprochene Anführer der Gruppe. Barry war ein großer, hagerer Amerikaner. Er arbeitete am Forschungsinstitut für Raubvögel und war einer der engagiertesten Umweltschützer der Insel. „Ich meine, wie hat er auf dich persönlich reagiert?"

Petra dachte nach. „Ich glaube, er fand mich ganz amüsant."

„Amüsant?"

„Er hat ein ungeheures Selbstbewusstsein", erklärte sie. „Man kommt nur sehr schwer an ihn heran. Seine Freundin ärgerte sich jedenfalls mehr über mich als er selbst. Nur einmal war er nahe daran, seine Selbstbeherrschung zu verlieren."

„Dann hast du also Eindruck auf ihn gemacht?" fragte Barry.

„Er nannte mich einen Pseudo-Umweltschützer. Du hättest seinen Blick dabei sehen sollen!"

Barry Lear betrachtete sie forschend. Seine durchdringenden hellbraunen Augen erinnerten an die Raubvögel, die er so liebte. Obwohl er erst Anfang dreißig war, wirkte er mit seinem von Sonne und Wind gegerbten Gesicht zehn Jahre älter. „Was glaubst du, ob er dich mag?" fragte er schließlich.

„Lieber Himmel, nein!" Aber Petra errötete leicht, vielleicht weil dies schon das zweite Mal war, dass jemand darauf anspielte. Bevor die anderen etwas dazu sagen konnten, wurde der Gastredner dieses Abends angekündigt, und der Raum wurde für die Diavorführung verdunkelt.

Der Vortrag über besonders seltene Gebirgspflanzen wirkte einschläfernd auf Petra, und als das Licht wieder anging, war sie dankbar für den Kaffee, den Barry Lear ihr brachte. Mit ihm kam Andres Peraza, einer seiner Kollegen vom Institut. Die beiden setzten sich Petra gegenüber. Barry schlug ein Bein über das andere und betrachtete sie forschend.

„Ich habe über etwas nachgedacht", begann er. „Du weißt doch, dass Ende des Monats die Diskussion zum Thema Sa Virgen stattfindet. Weil jemand vom Umweltministerium teilnimmt, finde ich, dass auch Torres kommen sollte, und zwar persönlich."

„Gute Idee", stimmte Petra zu. „Aber warum sollte er ausgerechnet diese Versammlung besuchen, wenn er bisher noch nie gekommen ist?"

„Weil du ihn darum bitten wirst."
„Ich?"
„Ich habe das Gefühl, dass du Eindruck auf Señor Torres gemacht hast. Er wird vielleicht auf dich hören."
„Da bin ich mir gar nicht so sicher", widersprach sie unbehaglich.
„Du könntest zumindest versuchen, ihn persönlich einzuladen."
„Aber das habe ich doch schon auf Sa Virgen getan!"
„Dann tust du es eben noch einmal." Barry lächelte.
„Warum sollte er kommen?"
„Weil er dich wiedersehen will. Ich habe das im Gefühl", fuhr er fort, bevor Petra ihn unterbrechen konnte. „Entweder, du bist ihm auf die Nerven gegangen, oder du hast ihm gefallen oder beides. Auf jeden Fall wird er dich nicht so schnell vergessen. Wenn du ihn anrufst und zu der Versammlung einlädst – vielleicht kommt er deinetwegen."

„Barry hat einen Instinkt für diese Dinge", bestätigte Julia Symmonds, eine Engländerin, die sich mit einigen anderen Mädchen inzwischen zu ihnen gesellt hatte. „Ich finde die Idee gut. Wenn du Torres dazu bewegen kannst, zu der Debatte zu kommen, werden wir ihm einen Empfang bereiten, den er so schnell nicht vergessen wird!"

Petra zuckte zusammen. Barry Lear und seine Freunde hatten an der verhängnisvollen Kampagne im letzten Jahr zwar nicht teilgenommen, aber sie gehörten doch zum radikalen Flügel der Umweltgruppe. Und Julias Ton gefiel ihr überhaupt nicht.

„Mach dir keine Sorgen!" Barry hatte ihre Gedanken anscheinend erraten. „Wir werden ihn nur mit Worten angreifen. Denk daran, wir sind Wissenschaftler, keine Wilden!"

„Im Übrigen lässt die Öffentlichkeit sich nicht von irgendwelchen Vertretern beeindrucken", fügte Julia hinzu. „Das Umweltministerium schickt einen Vertreter und Torres auch. Wir werden die Einzigen sein, die persönlich erscheinen! Aber wenn auch Torres kommt – das würde Eindruck machen!"

„Genau", stimmte Barry zu. „Das könnte eine richtige Diskussion werden und nicht nur leeres Gerede. Also, was meinst du?"

Petra hatte eigentlich nicht den Wunsch, Torres noch einmal wiederzusehen, aber sie wusste, dass die Gruppe es von ihr erwartete. Sie hatte sehr viel Achtung vor Barry Lear und seinen Fähigkeiten und wollte nicht den Eindruck erwecken, dass sie sich nicht für ihre gemeinsame Sache einsetzte. „Er wird wahrscheinlich sagen, dass die Zeit zu knapp ist."

„Er hat noch drei Wochen, um sich vorzubereiten. Außerdem wird er sowieso nur ein paar Fragen beantworten müssen."

„Ich weiß nicht einmal, wie ich an ihn herankommen soll."

„Ruf ihn einfach an", schlug Barry vor. „Und wenn du es fertigbringst, ihn zu überreden, hast du mehr für Sa Virgen getan als irgendeiner von uns."

„Die Presse wird auf jeden Fall da sein und wahrscheinlich auch ein Kamerateam von Mallorca TV", sagte Julia eifrig. „Die ganze Insel wird zusehen, wenn wir jedes seiner Argumente widerlegen. Danach muss die Bevölkerung uns einfach unterstützen! Das wäre für uns ein großer Schritt nach vorn."

„Du willst Sa Virgen doch schützen, oder?" wandte sich eines der Mädchen an Petra.

„Natürlich will ich das", sagte sie. „Ich liebe Sa Virgen!"

„Abgesehen davon, dass du Sa Virgen liebst", warf Andres ein, „ist diese Insel der letzte Zufluchtsort für einige seltene Tierarten. Wir müssen dafür kämpfen, sie zu schützen, Petra, und dabei geht es um mehr als nur um Gefühle."

„Ich glaube, dass Petra sich über die Bedeutung von Sa Virgen sehr wohl im Klaren ist", wies Barry ihn zurecht. „Du brauchst ihr also keinen Vortrag darüber zu halten."

„Entschuldige!" Andres zuckte die Schultern. „Ihr denkt vielleicht anders darüber, aber mir bedeutet Sa Virgen so viel, weil ich hier geboren und aufgewachsen bin, versteht ihr?"

„Natürlich", sagte Petra, aber ihr war gar nicht wohl bei dieser Sache. Warum nur? Weil sie sich von Torres eingeschüchtert fühlte? Oder weil ihr das Ganze wie ein Betrug vorkam?

„Wenn dir wirklich etwas an Sa Virgen liegt, dann musst du es einfach tun", drängte Julia.

„Also gut, ich werde es zumindest versuchen. Was soll ich tun?"

„Bravo", sagte Barry zufrieden. „Ich gebe dir seine private Nummer. Sie steht nicht im Telefonbuch. Wenn du ihn morgen Mittag anrufst, wird er sicher zu Haus sein. Alles klar?"

„Alles klar." Petra versuchte, gute Miene zum bösen Spiel zu machen, während Barry die Telefonnummer auf einem Zettel notierte.

Petra rief erst zwei Tage später vom Büro aus bei Torres an. Vorher hatte sie sich einfach nicht getraut. Jedes Mal, wenn sie seine Nummer wählen wollte, verließ sie der Mut.

Am anderen Ende der Leitung meldete sich eine männliche Stimme, offenbar der Sekretär oder Butler.

„Könnte ich bitte mit Señor Torres sprechen?" fragte sie.

„Ich glaube nicht, dass der Señor zu Hause ist." Die Stimme klang unpersönlich. „Wer spricht dort?"

„Mein Name ist Petra Castle."

„Möchten Sie eine Nachricht hinterlassen?"

„Ja, bitte." Sie wusste nicht, ob sie enttäuscht oder erleichtert sein sollte oder beides.

„Einen Moment bitte, Señorita."

Während Petra wartete, malte sie geistesabwesend Figuren auf ihren Notizblock. Entsetzt schreckte sie zusammen, als sie Torres' tiefe Stimme erkannte.

„Petra Castle?"

„Oh – hallo!" Petra fühlte, wie ihr heiß wurde. „Ich dachte, Sie wären nicht da."

„Für Anrufer nicht zu Haus", korrigierte er. „Das ist nicht das Gleiche. Was kann ich für Sie tun?"

„Ich wollte Sie noch einmal an den Neunundzwanzigsten erinnern." Sie versuchte trotz ihrer Nervosität, ihre Stimme so unbekümmert wie möglich klingen zu lassen.

Torres sagte nach einer Weile: „Sie müssen meinem Gedächtnis auf die Sprünge helfen. Was ist an diesem Tag?"

„Die Debatte über Sa Virgen. Sie findet in der Ramon-Lull-Halle statt, am Freitag, dem Neunundzwanzigsten dieses Monats, um neunzehn Uhr dreißig. Sie wollten doch kommen!"

„Ich habe gesagt, ich werde einen Vertreter schicken", berichtigte er sie gelassen.

„Also kommen Sie nicht?"

„Ich habe nicht die Absicht, nein."

„Oh. Ich hätte Sie für mutiger gehalten", sagte Petra herausfordernd.

„Um Ihrem wilden Haufen entgegenzutreten, brauche ich wirklich keinen Mut."

„Meine Freunde sind kein wilder Haufen, sondern Wissenschaftler und Umweltschützer."

„Und wie ist es mit Ihnen?"

„Ich versuche, mich für die Natur einzusetzen. Außerdem liebe ich Sa Virgen, Señor Torres. Und ich werde nie das Geld haben, um in einem Ihrer Apartments zu wohnen, nicht einmal für eine Woche. Wenn Sie also Ihr Feriendorf bauen, werde ich Sa Virgen nie mehr betreten können."

„Mir bricht das Herz."

„Ihre Pläne grenzen an Vandalismus!"

„Aber sie versprechen Profit."

„Ihr Profit bedeutet zwangsläufig die Zerstörung von etwas sehr Wertvollem!" Petras Stimme bebte vor Zorn.

„Das ist meine Angelegenheit. Wenn Sie mir also nichts anderes zu sagen haben ..."

„Warten Sie!" bat Petra einlenkend. „Sie wollen auf keinen Fall zu unserer Versammlung kommen?"

„Das ist sehr unwahrscheinlich", bestätigte Torres. Nach einer kurzen Pause fuhr er fort: „Aber ich bin gern bereit, mit Ihnen allein darüber zu reden."

„Schön." Petras Augen begannen zu leuchten. „Dann lassen Sie uns darüber reden."

„Nicht jetzt. Könnten Sie mich am Wochenende besuchen?"

Petra glaubte nicht richtig gehört zu haben. „Sie wollen, dass ich zu Ihnen komme? Weshalb?"

„Sollten Sie etwa keinen Mut haben?"

„Das ist es nicht", log sie. Warum wollte er sie treffen? Mit ihm zu telefonieren, war schon schlimm genug. Bei dem Gedanken, ihn in seinem Haus wiederzusehen, fühlte sie sich mehr als unbehaglich. Doch dann fielen ihr Barry und die anderen aus der Gruppe ein, und was sie sagen würden, wenn sie sich jetzt weigerte. „Wenn ich zu Ihnen komme, versprechen Sie dann, an der Versammlung teilzunehmen?"

„Nein. Aber wenn Sie mich nicht besuchen, werde ich höchstwahrscheinlich nicht kommen. Andererseits, wenn es Ihnen gelingt, mich zu überzeugen ..."

„Ich weiß nicht, warum Sie mich unbedingt treffen wollen", sagte sie verwirrt.

„Fürchten Sie sich vor mir?"

Petra bemühte sich, ihrer Stimme Festigkeit zu geben. „Nein, natürlich nicht."

„Schön. Dann kommen Sie. Also, sagen wir, um halb drei am Samstagnachmittag?"

„Ich weiß nicht einmal, wo Sie wohnen!"

„Fahren Sie die Straße nach Esporles. Kurz vor San Sebastian ist ein Schild nach Alcamar. Dort müssen Sie abbiegen. Auf Wiedersehen, Petra."

Verblüfft erwiderte sie seinen Gruß und legte den Hörer auf. Vielleicht hatte Barry Lear doch recht gehabt. Vielleicht hatte sie doch Eindruck auf Torres gemacht. Oder bildete sie sich das nur ein? Es war sehr unwahrscheinlich, dass ein Mann wie Tomás Torres sich für ein einfaches Mädchen wie sie interessierte. Oder hatte er andere Beweggründe? Petra wurde das Gefühl nicht los, in dieser Sache von beiden Seiten ausgenutzt zu werden.

Petra machte sich mit großem Elan an die Arbeit. Señor Gomila, der gerade das Büro betrat, warf ihr einen anerkennenden Blick zu.

Ihr kam ein Gedanke. „Señor Gomila, kennen Sie Tomás Torres?"

„Sie meinen den jungen Tomás Torres? Natürlich."

„Sind Sie ihm schon begegnet?"

„Sehr oft. Ich kannte seinen Vater gut. Tomás ähnelt ihm sehr." Jaime Gomila lächelte. „Seine Mutter – ah, Petra, das war eine Schönheit! Pechschwarze Augen, ein Lächeln, dass einem das Herz stehen blieb, Haar wie schwarze Seide ..." Er nickte gedankenverloren. „Sie war eine erstaunliche Persönlichkeit. Ganz Mallorca lag ihr zu Füßen."

„Lebt sie denn nicht mehr?"

„Nein. Sie starb vor einigen Jahren zusammen mit ihrem Mann." Señor Gomila seufzte. „Die beiden wurden bei einem tragischen Verkehrsunfall getötet."

„Das tut mir leid", sagte Petra leise. Anscheinend war ihrem Chef der Tod der Torres sehr nahegegangen. „Tomás Torres – ich meine den Sohn – wie hat er sich die Nase gebrochen?"

„Bei demselben Unfall. Es ist sehr schade, er sah seiner Mutter sehr ähnlich."

„Er sieht immer noch sehr gut aus." Petra lächelte.

„Tatsächlich?" Señor Gomila zwinkerte ihr zu. „Fragen Sie mich deshalb so aus?"

„Nein, nein, ich gehöre nicht zu seinen Anhängern. Wir haben nicht die gleichen Interessen. Aber trotzdem", sagte sie nachdenklich, „er hätte sich die Nase richten lassen können. Das ist doch heute kein Problem mehr."

„Vielleicht will er es gar nicht."

„Bitte?"

Aber Jaime Gomila lächelte nur unergründlich und ging in sein Büro, während Petra über seine letzte Bemerkung nachdachte.

Nachmittags rief Petra Barry Lear an, um ihm von Torres' Einladung zu berichten. Barry war begeistert. „Ich habe es dir ja gleich gesagt! Es musste einfach funktionieren. Aber verschwende bloß keine Zeit mit ihm, hörst du?"

„Bestimmt nicht", versprach sie, erregt von der Aussicht auf diese Einladung. Jetzt war sie froh darüber, dass sie Barrys Plan zugestimmt hatte. „Ich tue, was ich kann."

Sie arbeitete eineinhalb Stunden länger als gewöhnlich, um eine Übersetzung für Jaime Gomila zu beenden. Die Straßen waren fast leer, als sie in ihrem kleinen Fiesta nach Haus zu ihren Eltern fuhr.

Die untergehende Sonne tauchte Palma in goldenes Licht. Die Landschaft außerhalb der Stadt war bezaubernd. Riesige Agaven säumten die Straßen und hoben sich dunkel gegen den orangefarbenen Himmel ab. Felder mit Mandel- und Obstbäumen erstreckten sich bis zu den Hügeln, die im Abendlicht violett leuchteten. Und zwischen Orangenhainen ragten Windmühlen, die so typisch für Mallorca waren, Symbole einer Lebensweise, die langsam, aber sicher ausstarb. Musste man sich nicht glücklich schätzen, in dieser wunderbaren Umgebung zu leben? Wenn nur alle so denken würden! Aber immer weiter wurde gebaut – bis die ganze Landschaft zerstört war.

Warum sah Tomás Torres das nicht? Hatte die Geldgier ihn blind gemacht? Trotz seines Charmes und seiner Intelligenz schien er nichts begriffen zu haben. Oder vielleicht war er gar nicht so intelligent, wie sie dachte?

Inzwischen hatte sie das Haus ihrer Eltern erreicht. Als sie den Wagen abschloss, dachte sie an diesen energischen Mund, die schwarzen Augen und die auffallende Nase. Der Mann war ihr unheimlich. Es hatte keinen Zweck, sich auf Torres einzulassen. Sie musste versuchen, ihre Beziehung zu ihm nicht zu persönlich werden zu lassen.

Zum ersten Mal hatte sie das Gefühl, wirklich etwas ausrichten zu können. Der Kampf für Sa Virgen war bisher in endlosen Debatten stecken geblieben, und das Gerede hatte die Öffentlichkeit eher abgeschreckt. Aber wenn es ihr gelang, Tomás Torres zu bewegen, zu dieser Versammlung zu kommen, zusammen mit einem Vertreter des Umweltministeriums, wäre das schon ein Fortschritt.

3. KAPITEL

Es regnete den ganzen Samstagmorgen. Erst gegen Mittag hörte es auf, und ein leichter Wind vertrieb die grauen Wolken. Vor Nervosität brachte Petra beim Mittagessen kaum einen Bissen hinunter. James beobachtete sie amüsiert.

„Ich habe dir ja gesagt, dass dieser dunkle, gefährliche Typ dein Verderben ist. Ich habe dich noch nie so durcheinander gesehen."

„Ich bin nicht durcheinander", sagte Petra schnippisch, „nur nervös, weil ich ihn überreden muss, zur Versammlung zu kommen. Ich fürchte nur, dass er mich heute Nachmittag mit Haut und Haar verschlingen wird."

Ihr Vater lachte. „Muss er sich zu der Veranstaltung eigentlich selbst mitbringen?"

„Wir planen eine Diskussion, keine Hinrichtung", erklärte Petra. „Er soll uns nur seinen Standpunkt erklären."

„Nun lasst Petra doch in Ruhe", schaltete sich Margaret Castle ein. Zu Petra gewandt, fragte sie liebevoll: „Was willst du denn anziehen?"

„Wenn er dich sowieso verschlingt, wie wäre es denn mit etwas Senf?" schlug James vor.

„Ich lege Wert darauf, ernst genommen zu werden", entgegnete Petra trocken und stand auf. „Entschuldigt mich bitte. Das Lamm muss sich für die Schlachtbank vorbereiten."

Die Straße nach Esporles war noch nass vom Regen, und die Landschaft sah frisch und sauber aus. Petra liebte den Frühling, wenn Obst- und Mandelbäume in voller Blüte standen wie jetzt. Sie war so von der Schönheit der Natur gefangen, dass sie fast das Schild nach Alcamar übersehen hätte.

Für spanische Verhältnisse war die Straße in gutem Zustand. Sie führte ein paar Kilometer ständig bergauf, und je höher Petra kam, umso wilder wurde die Landschaft.

Plötzlich versperrte ein großes Doppeltor die Straße. Fasziniert betrachtete Petra die Marmorsäulen zu beiden Seiten des Tores und die wundervollen schmiedeeisernen Ornamente. Dahinter erstreckten sich Felder mit Orangen- und Zitronenbäumen, und in der Ferne war ein bewaldeter Hügel zu erkennen.

Langsam öffnete sich das Tor einen Spalt, und ein einfach gekleideter Mann kam auf ihren Wagen zu.

Petra drehte das Fenster herunter. „Guten Tag. Ist das hier das Anwesen von Señor Tomás Torres?"

Er lächelte freundlich. „Sie befinden sich auf seinem Grundstück, seit Sie von der Hauptstraße abgebogen sind. Sie sind Señorita Castle?"

„Ja."

„Willkommen. Der junge Herr erwartet Sie bereits. Ich öffne Ihnen das Tor."

Petra winkte dem Pförtner zu und folgte der Straße, die durch endlose Orangenhaine führte.

Tomás Torres schien die halbe Insel zu gehören! Es war erschreckend, dass ein Mann so viel Land besitzen konnte. Welch ein Widerspruch: Großgrundbesitzer wie Torres trugen die Hauptverantwortung für die Umwelt, doch gerade sie waren diejenigen, die der Natur am meisten Schaden zufügten.

Heute Nachmittag wollte sie Tomás Torres endlich einmal die Meinung sagen! Eine solche Gelegenheit bot sich so schnell nicht wieder.

Nach etwa einem Kilometer erreichte Petra das Haus. Sie parkte den Wagen auf der kiesbestreuten Einfahrt und stieg aus. Ihr stockte der Atem.

Das also konnte man mit Geld und Macht erreichen!

Aus Steinen gebaut, die dieselbe Farbe hatten wie die Hügel der Umgebung, und von Efeu bewachsen, stand Tomás Torres' Haus auf einer kleinen Anhöhe. Unzählige hohe Fenster unterschieden das Gebäude von den typischen Häusern Mallorcas, die normalerweise nur wenige und kleine Fenster hatten. Ein offensichtlich sehr alter Turm ragte aus dem weitläufigen Garten und erhob sich stolz und mächtig über die Dächer des Hauses.

Ein Bogengang führte durch den Innenhof zum Haupteingang. Blühende Bäume standen in großen Töpfen um einen Springbrunnen. Das leise Plätschern des Wassers war das einzige Geräusch. Hohe Wände schirmten diesen Ort von der Außenwelt ab. Eine Bougainvillea streckte ihre roten Blüten der Sonne entgegen.

Petra hörte Schritte hinter sich und wandte sich um. Der Hausherr kam über eine marmorne Freitreppe auf sie zu.

Torres trug eine elegante Wolljacke, ähnlich der, die er auf Sa Virgen getragen hatte, doch statt Jeans und Stiefeln trug er eine modische graue Hose und maßgefertigte Schuhe. Seine eindrucksvolle Statur und seine dominierende Ausstrahlung waren ihr noch gut in Erinnerung. Doch nun kam ihr die Sinnlichkeit seiner Lippen und seines Blickes mit einem Schlag wieder ins Bewusstsein. Er blieb direkt vor ihr stehen, und der Ausdruck seiner schwarzen Augen ließ ihr Herz höher schlagen.

Er sah überwältigend aus! Durch die gebrochene Nase wirkte sein markantes, braungebranntes Gesicht noch interessanter. Seine Augen waren wie dunkle Seen, in denen die Seele einer Frau untergehen und ertrinken konnte.

„Nun", unterbrach Petra das Schweigen mit gespielter Fröhlichkeit, „hier bin ich also."

„Hier sind Sie also", erwiderte er ruhig. Er streckte die Hand aus und nahm ihr die Sonnenbrille ab, als ob er sich erinnern wollte, wie sie aussah. Petra versuchte, seinem durchdringenden Blick standzuhalten, doch sie fühlte, wie ihre Mundwinkel vor Nervosität zitterten.

„Sie sind es tatsächlich, aber Sie sehen anders aus als letztes Mal."

Das war alles? Mehr als eineinhalb Stunden hatte sie gebraucht, um sich für diese Verabredung zurechtzumachen!

Dabei hatte die Erinnerung an Cristina Colom eine große Rolle gespielt. Petra hatte ihr volles kastanienbraunes Haar sorgfältig zu einem kunstvollen Chignon aufgesteckt, der den schlanken Nacken freiließ. Sie hatte nur etwas Make-up aufgelegt, um ihren vollen Mund und ihre schönen Augen zur Geltung zu bringen.

Sie trug ein maßgeschneidertes Kostüm aus pfirsichfarbenem Leinen. Die schlanke Taille wurde von einem Gürtel betont, der in der Farbe zu den Schuhen und ihrer Tasche passte.

Petra wusste, dass sie noch nie hübscher und begehrenswerter ausgesehen hatte. Deshalb konnte sie die Enttäuschung über Tomás Torres' offensichtliche Gleichgültigkeit kaum verbergen.

Es war nur eine kurze Gefühlsaufwallung, aber Tomás Torres entging das nicht. Er lachte und beugte sich zu ihr hinunter. Ehe sie wusste, wie ihr geschah, hatte er mit dem Mund ganz sanft ihre Lippen berührt. „Sie sehen bezaubernd aus", sagte er ernst. „Willkommen auf Alcamar!"

Petra schwebte wie auf Wolken, als er sie ins Haus bat und in einen großen, kühlen Raum führte, der mit wertvollen alten Möbeln und Teppichen ausgestattet war. Die Wände waren mit kostbarem Holz verkleidet.

Ein Hausmädchen servierte den Kaffee auf einem Silbertablett. Es war sehr schwer, sich von dieser angenehmen und geschmackvollen Umgebung nicht beeindrucken zu lassen. In diesem Haus herrschte eine Atmosphäre, die so einzigartig war wie der Besitzer. Petra meinte, noch seinen Kuss auf ihren Lippen zu spüren, sanft und warm.

Sie machte es sich auf dem Sofa bequem. „Sie müssen meine Unwissenheit entschuldigen, Señor Torres", sagte sie förmlich, „aber bis heute habe ich noch nie etwas von Alcamar gehört, obwohl ich schon hundertmal an dem Schild vorbeigefahren sein muss. Sie haben eine Menge Orangenbäume."

„Ungefähr eine halbe Million", bestätigte er sachlich.

„So viele? Lieber Himmel, ein Baum für jeden Einwohner von Palma!"

„Das klingt, als ob es ein Verbrechen wäre, Orangenbäume zu haben", sagte Torres sarkastisch.

„Land zu besitzen ist nichts Verwerfliches."

„Das freut mich."

„Es kommt nur darauf an, wie man mit dem Land umgeht", fuhr

sie fort und sah ihm direkt in die Augen. „Ob man es ausbeutet und zerstört oder ob man versucht, es für die kommenden Generationen zu erhalten."

„Danke für die Belehrung." Torres verbeugte sich leicht und lächelte sie spöttisch an.

„Um die Wahrheit zu sagen, Señor, ich bin angenehm überrascht, dass Sie nicht der reiche Müßiggänger sind, für den ich Sie bisher gehalten habe."

„Müßiggänger gibt es hier nicht", sagte er. „Die Hälfte dieser Bäume habe ich mit meinen eigenen Händen gepflanzt."

Unwillkürlich sah sie auf seine Hände. Es waren schöne Hände, lang und schmal und trotzdem kräftig. Starke Männerhände, wie geschaffen zum Arbeiten und Kämpfen, aber auch, um zärtlich zu sein.

„Das mit den Orangenbäumen ist beeindruckend." Petra trank einen Schluck Kaffee. „Und da Sie offenbar kein verhätschelter Playboy sind, müssten Sie eigentlich begreifen, worum es mir geht." Seine Haltung wurde starr.

„Seit meinem zwölften Lebensjahr habe ich auf Alcamar hart gearbeitet", erwiderte er kalt. „Ich versichere Ihnen, dass ich oft lieber ein reicher Müßiggänger gewesen wäre. Eigentümer von Alcamar zu sein, ist nicht so einfach, wie Sie glauben." Er lächelte ironisch. „Eigentlich war mir ein anderes Leben vorbestimmt."

„Mir bricht das Herz", erwiderte sie spöttisch. Bewusst hatte sie seine eigene Redewendung vom Telefongespräch wiederholt. „Es mag schwierig sein, Alcamar zu erhalten", fuhr sie schnell fort, „aber Sie können kaum von mir erwarten, dass ich Sie bemitleide, weil Ihnen dieses wunderschöne Anwesen gehört."

„Um Mitleid habe ich nicht gebeten." Bisher hatte Torres gestanden, nun setzte er sich neben sie und lehnte sich bequem zurück. „Wir sind auch nicht hier, um über Alcamar zu reden."

„Nein." Sie stellte die leere Kaffeetasse auf den Tisch und nahm ein Bündel Papiere aus der Handtasche. „Ich habe Ihnen etwas zum Lesen mitgebracht, Señor Torres."

„Das freut mich", sagte er, aber es klang, als meinte er das genaue Gegenteil.

„Sie sollten diese Papiere lesen", empfahl Petra. „Vielleicht können sogar Sie etwas daraus lernen. Das hier ist zum Beispiel eine Broschüre über Sa Virgen, die die Umweltgruppe letztes Jahr veröffentlicht hat."

Torres blickte verächtlich auf das Dokument, das hauptsächlich von Barry Lear zusammengestellt worden war. „Ich habe dieses Meisterwerk schon gelesen. Reine Panikmache."

„Tatsächlich?" Petra beugte sich angriffslustig vor. „Dann zeigen Sie mir doch die Stellen, die nicht wahr sind."

„Die ganze Broschüre ist eine einzige Lüge", erwiderte er, während er die Papiere durchblätterte. „Dieser so genannte Wissenschaftler behauptet, ich will aus Sa Virgen eine Betonwüste machen."

„Er ist kein ‚so genannter Wissenschaftler'", empörte Petra sich. „Zufälligerweise ist er ein Freund von mir und außerdem ein anerkannter Vogelkundler!"

„Ich weiß, was er ist", sagte Tomás verächtlich. „Barry Lear ist eigentlich Gast auf dieser Insel, aber er benimmt sich nicht so. Er macht nur Schwierigkeiten. Und Sie nennen ihn Ihren Freund?"

„Ich bewundere sein Engagement", erwiderte Petra hartnäckig. „Für Sie mag er ein Fanatiker sein, weil er Ihren Plänen im Wege steht. Aber Leute wie er sind die Einzigen, die sich auf dieser Insel über die Umwelt Gedanken machen!"

„Sie reden wie ein verblendetes Schulmädchen", sagte er kalt.

„Es tut mir leid, wenn ich Sie in dieser Hinsicht enttäuschen muss." Petra hatte Mühe, sich unter Kontrolle zu halten.

„Sie verwechseln Aggression mit Hingabe, Petra. Dabei hat das nichts miteinander zu tun."

„Von Ihnen hätte ich sowieso nicht erwartet, dass Sie Barry Lear objektiv beurteilen", schnappte sie wütend. „Deshalb können Sie sich die Mühe sparen, mich gegen ihn zu beeinflussen!"

„Beeinflussen?" fragte Torres ungläubig. „Wenn jemand versucht, andere Leute zu beeinflussen, dann ist es doch Lear. Seine Anschuldigungen sind absurd, das müssten selbst Sie erkennen. Ich beabsichtige, eine kleine Anzahl Häuser auf einem begrenzten Areal zu bauen und keine Betonburgen auf der ganzen Insel. Autos werden dort sowieso nicht erlaubt sein."

„Und wie ist es mit Ihren Hubschraubern?" fragte Petra scharf.

„Oh, Entschuldigung – ich hatte ganz vergessen, dass die Falken Fluglärm über alles lieben."

„Reden Sie keinen Unsinn! Ich habe nur gesagt, dass eine Landung pro Woche die Falken nicht stören würde."

„Das glaube ich nicht", erwiderte sie heftig.

Ungeduldig strich er sich durch das dichte, leicht gelockte Haar. „Der moderne Hubschrauber ist kein feuerspeiendes Ungetüm, sondern ein schnelles, sicheres und relativ leises Verkehrsmittel. Er vergiftet weder die Luft noch das Wasser."

„Wie selbstgerecht Sie sind!" Petra wehrte sich gegen seine Überzeugungskraft. „Sie können unmöglich abschätzen, welche Konsequenzen diese ganze Technologie für Sa Virgen haben wird! Millionen von Jahren war Frieden auf der Insel, und jetzt soll sie dem Lärm und vor allem den Menschen ausgesetzt werden. Das ist der Anfang vom Ende, sehen Sie das nicht?" Ihre Stimme klang verächtlich, als sie fortfuhr: „Oder hat die Aussicht auf viel Geld Sie geblendet?"

Sie stockte, als sie seinen wütenden Gesichtsausdruck sah. „Nun", sagte sie fast entschuldigend, „Sie hätten mich nicht hierher einladen sollen, wenn Sie die Wahrheit nicht vertragen können. Aber ich nehme an, Sie hatten eine bestimmte Absicht, als Sie mich hierher einluden?"

„Allerdings. Vielleicht sollten wir jetzt zur Sache kommen!" Er stand auf. „Ich möchte Ihnen etwas zeigen."

Torres führte Petra die Treppe hinauf in ein Zimmer, das offensichtlich die Bibliothek war. In den Wandregalen waren unzählige Bücher verstaut, deren goldverzierte Ledereinbände in der Sonne glänzten.

In der Mitte des Raumes stand auf einem großen Lesetisch ein Modell der Insel.

„Sa Virgen!" rief Petra überrascht.

„Ja. Sa Virgen." Torres beobachtete Petra, während sie auf das Modell zuging und jedes Detail genau betrachtete.

„Das ist phantastisch! Es muss Jahre gedauert haben, so etwas zu bauen!" Der Puig Virgen war höher als sie selbst, und jede Einzelheit der Landschaft war sorgfältig herausgearbeitet worden. „Hier ist Cala Vibora und hier der Strand." Mit dem Finger zeichnete sie den Weg nach, auf dem sie schon so oft mit ihrem Boot in die Bucht gekommen war.

„Und hier auf den Klippen haben wir uns getroffen", ergänzte er. „Aber ich möchte Sie auf die andere Seite der Insel aufmerksam machen." Er führte sie um den Tisch herum zur Nordseite des Modells. Oberhalb von Cala Lom lag am Hang angeschmiegt eine Siedlung. Petra musste sich hinunterbeugen, um die Details zu erkennen: Dächer, Swimmingpools und das flache Rund eines Hubschrauberlandeplatzes. Verglichen mit dem Rest der Insel, war das geplante Dorf winzig und nicht unattraktiv.

„Die Belastung für Sa Virgen wird minimal sein", erklärte Torres. „Der Boden ist dort flach und nicht bewachsen, so dass keine Bäume gefällt werden müssen. Sie sehen selbst, wie weit der Ort von den Nistplätzen der Vögel entfernt liegt und dass es unmöglich ist, von dort nach Cala Vibora zu gelangen." Er klopfte mit dem Finger auf den Landeplatz des Modells. „Wie Sie ebenfalls feststellen können, müssen die Hubschrauber die Insel nicht überfliegen. Sie kommen direkt von Palma und landen hier. Sie machen nicht mehr Lärm als die Linienmaschinen, die Sa Virgen tagtäglich überfliegen."

Schweigend betrachtete Petra das Modell. Wenn sie die Sache von dieser Seite sah, fiel es ihr sehr schwer, ihre Opposition aufrechtzuerhalten.

Torres ging ans Fenster zu einem kleinen Tisch. „Hier haben wir ein Modell der geplanten Apartmenthäuser. Selbst Sie werden zugeben müssen, dass es durchaus kein hässlicher Entwurf ist!"

Das Haus war tatsächlich schön. Durch die traditionellen mallorquinischen Elemente fügte es sich vollkommen in die Landschaft ein.

„Ich muss zugeben", sagte sie schließlich, „dass ich schon schlechtere Entwürfe gesehen habe." Sie warf ihm einen kurzen Blick zu. „Das heißt, wenn dies der Realität entspricht."

„Natürlich."

„Aber eines können Sie nicht im Voraus planen, nämlich das Wichtigste: die Menschen. Wenn nur einer von ihnen unvorsichtig ist und einen Waldbrand verursacht, gibt es eine Katastrophe."

„Vor zehn Jahren hatten wir einen Brand auf Sa Virgen", entgegnete Torres trocken, „verschuldet von Campern, die sich dort ohne Erlaubnis aufhielten. Alle zwei oder drei Jahre passiert so etwas, und immer sind irgendwelche Naturliebhaber daran schuld." Sein Blick war kalt. „Menschen wie Sie, Petra."

„Das ist unfair!"

„Aber es ist wahr. Andererseits brauchen Leute, die eine Kochgelegenheit in ihren eigenen Apartments haben, kein Feuer im Wald anzuzünden." Er wies auf das Modell der Insel. „Auf jeden Fall wird im Dorf Personal sein, das für alle Notlagen gerüstet ist."

„Aber Sie können Ihre Gäste nicht die ganze Zeit überwachen. Es wäre doch möglich, dass sich einer von ihnen trotzdem danebenbenimmt."

„Das Problem gibt es in jedem Hotel. Aber abgesehen davon, werden wir Sa Virgen speziell für Urlauber anbieten, die Ruhe, Einsamkeit und die Natur lieben. Es wird keine Läden geben, keine Nachtclubs, keine Diskotheken."

„Aber Sie müssen doch einsehen, dass ..." Petra gab sich noch nicht geschlagen, und Torres hörte sich geduldig ihre Einwände an. Während sie mit ihm stritt, war die Sonne herausgekommen, schien durchs Fenster und füllte den Raum mit ihrem goldenen Licht. Über der Insel, die Gegenstand ihrer Diskussionen war, flogen jetzt wahrscheinlich die Falken hoch in die klare Luft.

Fast eine Stunde lang versuchte Petra, seine Argumente zu widerlegen. Aber Tomás Torres hatte auf alles eine Antwort. Zum ersten Mal wurde ihr bewusst, dass sein Plan kein unüberlegter und grausamer Angriff auf die Schönheit der Insel war, sondern tatsächlich ein exaktes und sorgfältig durchdachtes Projekt. Und sie begann zu spüren, dass sie es mit einem Mann von Torres' Format wohl kaum aufnehmen konnte. Dazu bedurfte es mehr Information und eines sehr viel schärferen Verstandes – wie zum Beispiel Barry Lears.

„Das ist alles neu für mich", gab sie schließlich zu und betrachtete das Modell nachdenklich. „So etwas habe ich noch nie gesehen."

„Keiner hat das bisher. Alles, was ich Ihnen erzählt habe, ist streng vertraulich. Aber ich habe es seit langem geplant, und niemand wird mich daran hindern."

„Wenn Ihr Plan wirklich so gut ist, dann verstehe ich nicht, warum Sie damit nicht schon längst an die Öffentlichkeit gegangen sind."

„Ich bin nicht verpflichtet, meine Pläne mit irgendjemand zu besprechen."

„Aber es gibt viele Leute, die das für eine moralische Verpflichtung halten", erklärte sie. „Wenn Sie Ihnen die Wahrheit erzählen würden ..."

„Sie akzeptieren also meinen Plan?" unterbrach er sie ironisch.

„Nicht unbedingt", wich Petra aus. „Mir wäre es lieber, wenn auf Sa Virgen alles so bliebe, wie es ist. Aber ich gebe zu, dass Ihr Plan nicht schlecht klingt. Und deshalb glaube ich, dass Sie zu unserer Versammlung kommen sollten, um die Leute über Ihre Absichten aufzuklären."

„Halten Sie es denn für möglich, dass Ihre Freunde das alles überhaupt verstehen wollen?" fragte Torres skeptisch.

„Na ja, Sie können dieses Modell natürlich nicht mit in die Ramon-Lull-Halle bringen. Aber trotzdem sollten Sie hingehen. Es ist wichtig, dass Sie Ihren Kritikern einmal Rede und Antwort stehen, und zwar persönlich, nicht durch Vertreter."

Er sah sie forschend an. „Und wenn Sie mich vertreten würden?"

„Also darauf wollen Sie hinaus", rief sie empört. „Sie wollen mich zu Ihrer Verbündeten machen! Sie dachten, wenn Sie mich für Ihren Plan gewinnen könnten, würde ich ein gutes Wort für Sie einlegen?"

„So direkt würde ich es nicht ausdrücken. Aber im Prinzip haben Sie Recht. Ich habe gehofft, wenn ich Sie umstimmen könnte, würden Sie mir helfen, auch andere zu überzeugen."

„Darauf können Sie lange warten", entgegnete sie wütend. „Ich stehe immer noch auf der Seite der Falken, Señor Torres!"

„Dann sind Sie also gegen mein Projekt?"

„Auf jeden Fall unterstütze ich es nicht", erklärte Petra entschlossen. „Und eines weiß ich genau: Ihre schmutzige Arbeit für Proyecto Sa Virgen können Sie allein tun!"

Einen Moment starrten sie sich schweigend an. Dann legte Torres den Füllfederhalter beiseite, mit dem er gespielt hatte. Er sah nicht einmal unzufrieden aus. „Bueno. Zumindest haben Sie sich die Wahrheit angehört, und das ist schon ein Anfang. Lassen Sie uns jetzt nicht mehr über Sa Virgen reden. Wir wollen doch nicht den ganzen Nachmittag mit Streiten verbringen! Sie müssen sich Alcamar ansehen."

Wieder hatte sie das deutliche Gefühl, dass dies keine Einladung, sondern ein Befehl war. Es blieb ihr nichts anderes übrig, als einzuwilligen. Immerhin hatte sie ihr Bestes getan. Und es schien, als machte sich dieser Mann tatsächlich Gedanken um Sa Virgen. Ob er zur Versammlung erscheinen wollte, musste er nun selbst entscheiden.

Sie erinnerte sich an etwas, was ihre Mutter am Abend zuvor erzählt hatte, und sagte: „Ich würde mir gern die Goyas ansehen."

Torres drehte sich überrascht zu ihr um. „Die Goyas? Wie kommen Sie darauf?"

„Ihre Familie soll zwei herrliche Gemälde von Goya besitzen", erwiderte sie lächelnd. „Oder handelt es sich dabei nur um ein Gerücht?"

„Ah." Seine Miene entspannte sich. „Es tut mir leid, aber ich kann Ihnen die Bilder im Moment nicht zeigen. Doch wenn Sie sich für Malerei interessieren, werde ich Ihnen gern einige andere schöne Gemälde zeigen!"

„Sehr gern."

„Kommen Sie bitte mit." Er führte sie durch eine Tür am anderen Ende der Bibliothek.

Dieser Teil des Hauses war wegen der geschlossenen Fensterläden kühl und dämmerig und wirkte irgendwie geheimnisvoll. Überall standen antike Möbel, es schien kaum etwas zu geben, was aus dem zwanzigsten Jahrhundert stammte. Die Atmosphäre des Hauses hielt Petra gefangen.

„Dieses Haus hat eine ganz eigenartige Ausstrahlung", bemerkte sie schließlich, als sie den letzten Raum des Flügels betraten.

Torres betrachtete sie neugierig. „Wie meinen Sie das?"

Petra versuchte es zu erklären. „Es ist, als ob jeder, der hier gelebt hat, eine Kostbarkeit hinzugefügt hat – ein Möbelstück, ein Gemälde oder vielleicht auch nur eine Erinnerung." Sie erschauderte plötzlich. „Etwas, das sagen soll: Ich habe hier gelebt. Das gibt dem Haus etwas Einzigartiges und Lebendiges. Ach", sie lachte verlegen, „ich kann es nicht erklären."

„Ich weiß, was Sie meinen", erwiderte Torres ruhig. „Sie brauchen es nicht zu erklären, Petra."

Er stieß die Fensterläden auf, und Sonnenlicht flutete ins Zimmer. Am Ende des Raumes hingen zwei große Ölgemälde. Als Petra näher kam, erkannte sie die lebensgroßen Bildnisse einer jungen Frau und eines jungen Mannes. Nach dem Stil der Kleidung zu urteilen, waren die Bilder vor ungefähr dreißig Jahren gemalt.

„Wie schön sie sind", sagte Petra und meinte sowohl die Gemälde als auch die porträtierten Personen. Instinktiv wusste Petra, wer sie waren. Selbst wenn Jaime Gomila ihr nicht von dem seidigen dunklen Haar und den schwarzen Augen erzählt hätte, sie hätte Tomás' Mutter erkannt. Die Ähnlichkeit mit dem Sohn war nicht zu übersehen, und der Mann hatte die gleiche imposante Gestalt und schlanke Figur wie sein Sohn.

„Das sind wirklich außergewöhnliche Gemälde", sagte Petra leise. „Sie müssen ein Vermögen wert sein."

„Solange ich lebe, werden sie bestimmt nicht verkauft", erwiderte er kurz.

„Wann kamen Ihre Eltern ums Leben?" Petra war sich nicht sicher, ob sie ihn mit dieser Frage verletzte.

„Vor zehn Jahren."

„Wie alt waren Sie damals?"

Tomás sah sie belustigt an. „In den Zwanzigern."

Petra lachte. „Weshalb wollen Sie mir Ihr Alter eigentlich nicht verraten?"

„Ich möchte nicht, dass Sie mich für altersschwach halten."

Unwillkürlich glitt ihr Blick über seinen schlanken, muskulösen Körper. „Das tue ich ganz bestimmt nicht", versicherte sie und errötete. Schnell wandte sie sich wieder den Gemälden zu und fuhr fort: „Ich bin dreiundzwanzig. Das kommt Ihnen wohl sehr jung vor, nicht wahr?"

„Sie sind jung", gab er zu, „aber Sie sind auch eine reife, wunderschöne Frau. Wenn Sie es unbedingt wissen wollen: Ich bin sechsunddreißig. Jetzt halten Sie mich wohl für einen Greis?"

„Sie stehen schon mit einem Fuß im Grab." Petra lächelte und warf ihm einen kurzen Blick zu. „Ich habe Sie auf Mitte dreißig geschätzt, als wir uns das erste Mal sahen."

„Sie sind eben klug, Petra", sagte er sanft.

Plötzlich war eine Vertrautheit zwischen ihnen, die Petra erschauern ließ. Dies war so ganz anders als die endlosen Wortgefechte, die sie sich vorher geliefert hatten. Sie konzentrierte sich auf die Gemälde, um sich von den beunruhigenden Gedanken zu befreien. „Ihr Vater sah sehr gut aus. Er muss etwa in Ihrem Alter gewesen sein, als das Bild gemalt wurde."

„Ja, ungefähr. Sie möchten wissen, wie es passiert ist, nicht wahr?"

„Wenn Sie nicht darüber reden wollen …"

„Es war ein Autounfall", erklärte er brüsk. „Der Wagen meiner Eltern wurde auf der Fahrt nach Cabo Formentor von einem Bus von der Straße gedrängt. Er stürzte über die Klippen auf die darunterliegenden Felsen."

Petra kannte die Straße gut genug, um sich die schreckliche Szene vorzustellen. Unwillkürlich berührte sie seinen Arm. „Es tut mir so leid, Tomás. Ich weiß, dass Sie im Wagen waren, als es passierte."

„Im Allgemeinen spreche ich nicht gern darüber." Er zuckte die Schultern. „Aber mit einigen Leuten ist es möglich." Er sah ihr direkt in die Augen, und Petra fühlte wieder diese Schwäche, die ihr den Atem nahm. Dieser Mann, der doch ihr Feind sein sollte, begann allmählich Macht über ihre Gefühle auszuüben.

Plötzlich drehte Torres sich um und ging zum Fenster hinüber. „Ich werde Ihnen jetzt den Garten zeigen", sagte er mit einer Stimme, die keinen Widerspruch duldete, und schloss die Fensterläden.

Als sie durch das sanfte Dämmerlicht auf die Tür zugingen, stieß Petra zufällig gegen ihn. Es war nur eine leichte Berührung, bei der ihr Arm und ihre Brust für eine Sekunde seine Seite streiften. Es war ihr, als stünde ihre Haut in Flammen. Schweigend gingen sie in den sonnenüberfluteten Garten, und als er sich ihr schließlich wieder zuwandte, war sein Gesichtsausdruck viel herzlicher. Petra spürte, dass aus ihrer anfänglichen Feindschaft etwas anderes, Tieferes geworden war, das sie miteinander verband.

Sie gingen einen der gepflasterten Pfade entlang, die durch das große, eher verwilderte Gelände führten. Schließlich erreichten sie einen rechteckig angelegten Garten, dessen Mittelpunkt ein von Moos überwucherter Springbrunnen bildete. Die Wege wurden von Rosenspalieren beschattet.

„Wie wundervoll!" rief Petra aus, als Tomás sie durch den Eingang führte, der von einem steinernen Bogen gebildet wurde. Wie im Traum ging sie an den Spalieren entlang, ohne darauf zu achten, dass die überhängenden Zweige noch schwer vom Regenwasser waren. Und als sie einen Zweig streifte, ergoss sich ein ganzer Schwall Wasser über ihr Gesicht. Erschrocken trat sie zurück.

„Sie müssen schon ein wenig Acht geben", meinte er, während Petra ärgerlich ein Tuch aus ihrer Tasche zerrte.

„Kommen Sie, ich helfe Ihnen." Tomás nahm ihr das Taschentuch aus der Hand und tupfte ihr Gesicht trocken. Seine Nähe und seine dunklen Augen waren nicht gerade dazu angetan, sie zu beruhigen. Die sanften Berührungen seiner Finger trieben ihr die Röte ins Gesicht. Sie konnte nichts weiter tun, als stillzuhalten und zu hoffen, dass er es nicht bemerkte.

Schließlich gab er ihr das Taschentuch zurück. „Darf ich fragen, welches Parfüm Sie benutzen?"

„Gar keins", erwiderte sie überrascht.

„Das brauchen Sie auch nicht." Sein Blick glitt zu ihrem Mund. „Ihre Haut duftet ohnehin nach Rosen."

„Reden Sie keinen Unsinn", wehrte Petra nervös ab. „Das ist wahrscheinlich der Duft der Rosen über uns."

„Tatsächlich?" Er beugte sich vor, seine Lippen berührten fast ihren Hals, als wollte er den Geruch ihrer Haut wahrnehmen.

Petra kam Tomás unwillkürlich entgegen, bis ihre Brüste ihn ganz leicht streiften. Sie schloss die Augen. Alle ihre Sinne sehnten sich nach seinen warmen Lippen. Wenn er sie jetzt in die Arme nehmen würde …

Aber er machte einen Schritt zurück und lächelte amüsiert. „Nein", sagte er und schüttelte den Kopf. „Das sind nicht die Rosen, das ist wirklich Petra. Ihre Haut duftet tatsächlich süß. Aber jetzt werde ich Ihnen endlich den Turm zeigen. Kommen Sie, ich führe Sie hin."

Wie betäubt folgte sie ihm durch den Garten. Wenn er beabsichtigte, sie mit seinem Charme aus der Fassung zu bringen, dann hatte er sein Ziel schon fast erreicht. Auch auf diesem Gebiet war sie ihm nicht gewachsen.

4. KAPITEL

Der gewaltige Turm beherrschte das gesamte Anwesen. Torres stieß die mit groben Eisennägeln beschlagene Eichentür auf und drehte sich zu Petra um.

„Das erfordert gute Beine. Sind Sie fit?"

„Fit wie ein Floh", versicherte sie ihm zuversichtlich.

„Dann also ohne Unterbrechung!" kommandierte er und stürmte die Treppe hinauf.

Die steinerne Wendeltreppe führte in steiler Spirale aufwärts. Außerdem war es dunkel, und das Steigen war anstrengender, als Petra gedacht hatte. Schon nach dem ersten Treppenabsatz war sie außer Atem, und als sie den zweiten Absatz erreichten, waren ihre Beine schwer wie Blei.

„Nicht so schnell!" keuchte sie. „Ich muss ein bisschen ausruhen."

„Wenn wir oben sind." Torres drängte rücksichtslos weiter, und sie musste sich seinem Tempo anpassen. Doch als ihr endgültig die Luft wegblieb und sie jeden Moment ohnmächtig zu werden drohte, schimmerte von oben Licht herab und gab ihr Kraft, die letzten Reserven zu mobilisieren.

Restlos erschöpft lehnte Petra sich gegen die Steinbrüstung. „Ich bin völlig fertig!"

„Nach der kleinen Anstrengung?" fragte er spöttisch. Er selbst schien nicht einmal außer Atem zu sein.

„Wahrscheinlich machen Sie das drei- oder viermal täglich."

„Das nicht, aber ich bin vielleicht mehr daran gewöhnt."

„Ich nehme an, Ihre Freundin Cristina Colom schwebt die Treppe hinauf?" erkundigte Petra sich trocken. Den ganzen Tag hatte sie an Cristina gedacht, sie aber bis jetzt nicht erwähnt.

„Cristina lässt sich dabei ein bisschen mehr Zeit." Er lachte.

Warum hatte sie nur gehofft, dass Cristina nie mit ihm hier oben gewesen war? „Und weshalb haben Sie mich dann in einem solchen Tempo den Turm hochgejagt?"

„Sie sind doch in Form!"

„Nicht so sehr, wie ich dachte. Liebe Güte, ist mir heiß!" Ihr Chignon hatte sich gelöst, und sie versuchte mit beiden Händen, die Frisur wieder in Ordnung zu bringen. „Das lange Haar ist eine Plage", stöhnte sie. „Nächste Woche lasse ich es abschneiden, das ist sicher."

„Daran sollten Sie nicht einmal denken", widersprach er so heftig, dass sie ihn erstaunt ansah.

„Warum denn nicht?"

„Warum nicht?" wiederholte er. „Gerade Sie sind doch so für die Schönheit der Natur. Ihre Haare sind ebenfalls schön, und ich protestiere dagegen, sie jemals abzuschneiden."

„Sie reden wie mein Vater", sagte sie. Doch im Stillen freute sie sich über das Kompliment. „Jedenfalls wäre das nicht passiert, wenn Sie nicht solch ein Tempo vorgelegt hätten."

„Hören Sie auf zu klagen und kommen Sie hierher, damit Sie die Aussicht genießen können."

Trotz der überstandenen Anstrengungen fühlte sie sich seltsam belebt. „Was für ein Ausblick!" Vorsichtig lehnte sie sich über die Brüstung und schaute hinunter. „Ich habe gar nicht gemerkt, wie hoch wir hier sind. Man kann ja die halbe Insel sehen!"

„Auf jeden Fall hat man einen guten Blick auf Palma, und bei klarem Wetter kann man sogar bis nach Ibiza hinübersehen." Er wies auf die Kathedrale von Palma und machte sie auf den Strand von Arenal im Osten aufmerksam. Die Besitzungen der Torres erstreckten sich kilometerweit nach allen Seiten: Orangenbäume, soweit das Auge reichte.

„Haben Sie wirklich all diese Bäume mit Ihren eigenen Händen gepflanzt?" fragte sie beeindruckt.

„Ja. Um die Wahrheit zu sagen, drei oder vier meiner Männer haben mir dabei geholfen." Nachdenklich fuhr er fort: „Vielleicht wäre es besser gewesen, ich hätte sie nicht gepflanzt."

„Was meinen Sie damit?" Petra wandte sich ihm zu. „Sie haben dieses Tal doch zum Blühen gebracht. Der Duft der Orangenblüten im Sommer muss phantastisch sein!"

„Ja, das stimmt allerdings", gab er zu. „Dieser Duft entschädigt für vieles."

„Wie lange hat es gedauert, alle diese Bäume zu pflanzen?"

„Zehn Jahre."

„Zehn Jahre?"

„In der Geschichte von Alcamar ist das nur ein Moment."

„Ich nehme an, dieser Ort hat Ihrer Familie auch den Namen gegeben. Torres bedeutet Turm."

„Das stimmt", erwiderte er. „Genauso, wie Sie Castle heißen, weil Ihre Familie einst in einem Schloss wohnte."

„Wahrscheinlich eher im Schatten eines Schlosses." Sie warf ihm einen schnellen Blick zu. „Mein Bruder meint, dass wir beide uns niemals einig werden können, weil unsere Namen schon Abwehr symbolisieren."

„Ein Schloss und ein Turm", sagte Tomás nachdenklich. „Eine kriegerische Kombination. Das wird sich herausstellen, meinen Sie nicht auch?"

Wieder sah er sie herausfordernd an. Petra versuchte, seinem Blick gelassen standzuhalten. „Wir werden sehen."

„Wer weiß", fuhr er leise fort, „vielleicht bedeutet es auch, dass wir uns in mancher Beziehung ähnlich sind?"

„Aber nicht, was Sa Virgen angeht", sagte Petra brüsk. Sie durfte nicht vergessen, warum sie hier war!

„Nein", stimmte er amüsiert zu, „nicht in der Beziehung."

Petra lehnte sich gegen die Steinbrüstung und beobachtete Tomás. Die Art, wie er in das Land hinausstarrte, erinnerte sie an einen Adler. „Haben Sie immer allein hier gelebt, seit Ihre Eltern tot sind?" fragte sie.

Langsam, als wäre er mit den Gedanken weit fort, antwortete er: „Mehr oder weniger allein. Meine Schwester Isabella hat hier gewohnt, bis sie vor drei Jahren heiratete."

„Ist sie älter als Sie?"

„Ein Jahr jünger. Sie lebt mit ihrem Mann und ihren beiden Kindern in der Nähe von Madrid. Aber um Ihre Frage zu beantworten – abgesehen vom Personal, lebe ich allein auf Alcamar."

„Allein?" wiederholte sie. „Oder einsam?"

„Warum sollte ich mich einsam fühlen?"

„Ganz ohne Familie, meine ich."

Tomás sah sie verächtlich an. „Sie denken sicherlich, dass ich eigentlich verheiratet sein müsste und eine Schar von Kindern im Garten lärmen sollte?"

„Warum nicht? Das wünschen sich die meisten Menschen."

„Es ist wirklich merkwürdig, dass Frauen sich einen unverheirateten Mann über dreißig nur schwer vorstellen können", erwiderte er heftig. „Dabei ist das gar nicht so schwer."

„Vermissen Sie weibliche Gesellschaft denn nicht?"

„Ich versichere Ihnen, dass ich jetzt mehr weibliche Gesellschaft habe, als wenn ich verheiratet wäre", sagte er trocken.

„Das erklärt natürlich einiges!"

„Oh, ich führe kein ausschweifendes Leben, falls Sie das glauben. Ich wollte nur sagen, dass ich die Gesellschaft von Frauen genieße. Und ich habe eine ganze Reihe von guten Freundinnen, die eine Ehefrau sicher nicht dulden würde."

„Eine eifersüchtige Ehefrau bestimmt nicht. Aber eine vernünftige Frau würde niemals versuchen, Sie von Ihren Freunden fernzuhalten. Meinen Sie nicht auch, dass auf Ihrem Besitz die Hausherrin fehlt?" Sie betrachtete den verwilderten Garten und dachte an die verdunkelten, unbenutzten Räume der Villa.

„Sie beziehen Ihre Lebensanschauungen wohl aus irgendwelchen Frauenmagazinen", höhnte er.

„Was haben Sie denn gegen Ehe und Kinder?" Petra errötete unwillkürlich.

Einen Moment lang sah Tomás sie forschend an. „Na gut", sagte er schließlich. „Angenommen, Sie haben recht. Wen schlagen Sie mir denn dafür vor?"

„Das müssten Sie selbst am besten wissen." Sie warf ihm einen kurzen Blick zu. „Wie wäre es mit Señorita Colom?"

„Das ist eine Möglichkeit", sagte er, ohne eine Miene zu verziehen. „Sie ist schön, reich, und sie teilt Ihre Meinung, dass Alcamar eine Hausherrin benötigt."

Petra schwieg betroffen. Cristina war also tatsächlich darauf aus, Tomás Torres zu heiraten. Was war daran so verwunderlich? Es gab wahrscheinlich viele Frauen, die das wollten. „Und werden Sie sie heiraten?"

„Vielleicht", antwortete er gleichgültig.

„Sie ist wirklich sehr schön", sagte Petra leise. Plötzlich war ihr trotz der warmen Sonne kalt. „Bei unserem Zusammentreffen auf Sa Virgen war sie sehr ärgerlich auf mich."

„Das kann ich mir gar nicht vorstellen, wo Sie doch so charmant waren", meinte er mit gespieltem Ernst.

Petra musste lachen. „Darf ich weiter nach Sa Virgen kommen, obwohl Sie jetzt wissen, was für eine Fanatikerin ich bin?"

„Jederzeit." Sein Lächeln machte den Tag wieder schön. „Aber was ich über Ihr Haar gesagt habe, meine ich ernst. Wenn Sie es abschneiden, dürfen Sie die Insel nie wieder betreten."

„Dann wird es mir in ein paar Jahren bis auf die Taille reichen", klagte sie.

„Es ist wunderschön", fuhr Tomás unbeirrt fort. „Ich mag es, wenn Frauen die Haare offen tragen. Obwohl ich Ihren Zopf auch ganz nett finde."

„Dieser Zopf hat mich fast eine Stunde Arbeit gekostet", sagte sie gekränkt. „Es freut mich, dass Sie ihn wenigstens nett finden."

„Ihre Frisur hat sich wieder gelöst."

„Verdammt!" Sie versuchte, das Haar wieder festzustecken. Warum musste immer etwas passieren, was sie aus der Fassung brachte?

„Warten Sie, ich helfe Ihnen." Tomás stellte sich hinter Petra, sie ließ die Arme sinken, während er geschickt die Nadeln aus ihrem schweren Zopf löste.

„Die Flechte ist so dick wie mein Handgelenk", sagte er bewundernd. „Und wie Ihr Haar glänzt! Es ist wie Sie – natürlich und wunderschön." Seine Berührungen waren sanft, fast wie eine Liebkosung, und seine zärtliche Stimme ließ ihr Herz schneller schlagen.

Er drehte sie zu sich um, und sie sah ihn wie gebannt an. Dann streichelte er ihr sanft über die Wange.

„Seien Sie ehrlich", sagte er leise, „sind Sie wirklich nur wegen Sa Virgen hierhergekommen?"

„Ich verstehe nicht", sagte Petra verwirrt.

„Ich glaube, Sie verstehen mich sehr wohl." Seine Hände glitten an ihrem Körper herab und schlossen sich um ihre schmale Taille. „Sie sind so anmutig. Als ich Sie auf Sa Virgen sah, waren Sie wie ein ungezügeltes Wesen, das auf die Insel gehörte. Und ich hatte ganz seltsame Gedanken."

„Was für Gedanken?" flüsterte sie, als er schwieg.

„Dass Sa Virgen Ihnen gehörte und ich der Eindringling war."

„Bestimmt habe ich mich benommen, als gehörte die Insel mir. Was müssen Sie bloß von mir gedacht haben!"

„Ich dachte, Sie wären ..." Wieder schwieg er einen Moment und fuhr dann fort: „Guapissima."

Petra sah ihn überrascht an. Das Wort bedeutete schön oder lieblich. Dann stimmte es also doch: Tomás Torres fühlte sich von ihr angezogen!

„Warum sind Sie so erstaunt?" fragte er amüsiert. „Hat Ihnen denn noch niemand gesagt, dass Sie schön sind?"

Petra schüttelte schweigend den Kopf. Mit leicht geöffneten Lippen sah sie in sein braungebranntes, markantes Gesicht. Die Erkenntnis, dass er sie schön fand, ließ ihr das Herz bis zum Hals schlagen. Unwillkürlich berührte sie mit den Fingerspitzen sanft seine Nase.

„Finden Sie mich hässlich?" Er sah sie forschend an.

Petra schüttelte den Kopf. „Hässlich nicht", sagte sie weich.

„Was dann?"

Plötzlich verließ sie alle Selbstsicherheit. Es war, als ob ihr die Ungeheuerlichkeit dieser Situation erst jetzt bewusst würde. Sie hatte Angst – nicht nur vor Tomás, sondern vor ihren eigenen Gefühlen. Das kam alles zu schnell, zu intensiv. Seine Nähe wirkte auf sie berauschend wie Alkohol, und ihr Herz war voll von Gedanken und Wünschen, vor denen sie sich fürchtete. Wenn ihr noch ein Fünkchen Verstand geblieben war, dann würde sie jetzt gehen, bevor seine Worte oder Liebkosungen sie noch stärker in seinen Bann schlugen.

Hastig befreite Petra sich aus seiner Umarmung und warf einen Blick auf die Uhr. „So spät ist es schon? Ich muss gehen. Wahrscheinlich habe ich Sie schon viel zu lange aufgehalten."

„Sie haben eine Verabredung?"

„Nein. Ich meine, ja." Dann, weil sie ihn nicht belügen wollte, sagte sie die Wahrheit: „Nein."

„Nein, ja, nein", sagte er amüsiert. „Ich mag Frauen, die sich alle Möglichkeiten offen halten."

„Ich habe keine Verabredung." Petra lachte nervös. „Aber trotzdem ist es besser, wenn ich jetzt gehe."

Einen Moment lang sah Tomás sie prüfend an. Sie wusste, dass er sich insgeheim über ihre Verwirrung lustig machte. Dann nickte er. „Wie Sie wollen. Aber wir müssen noch Ihre Frisur in Ordnung bringen", erinnerte er sie.

„Oh, versuchen Sie einfach, den Zopf mit den Haarnadeln irgendwie aufzustecken. So kann es jedenfalls nicht bleiben."

„Wie lange, sagten Sie, hat es gedauert, um den Chignon so zu flechten?"

„Fast eine Stunde – oh nein!" schrie sie auf, als sie merkte, dass er ihr Haar löste, bis es ihr offen auf die Schultern fiel.

„Ich hätte Ihnen nicht vertrauen sollen", sagte sie resigniert.

Aber Tomás hörte ihr gar nicht zu. „Dios", murmelte er zärtlich, „solch wundervolles Haar!" Er hob eine Locke hoch. „Und wie es duftet!" Er sah sie übermütig an. „Fast eine Stunde?"

„Ja", erwiderte Petra ärgerlich. „Warum haben Sie das getan?"

„Erstens, um Ihr Haar offen zu sehen. Zweitens, weil Sie so nicht nach Hause kommen können, ohne dass Ihnen einige peinliche Fragen gestellt werden." Er lachte sie an. „Deshalb müssen Sie nun noch eine Stunde länger hier bleiben."

Petras Ärger war schon verflogen. „Und ich dachte immer, dass ich nicht auf den Mund gefallen bin. Aber hier kann ich mich nicht frisieren. Können wir ins Haus gehen?"

In der Villa klingelte Tomás nach dem Hausmädchen, das ihnen zuvor den Kaffee serviert hatte. „Können Sie sich daran erinnern, wie Señorita Castle das Haar trug, als sie hier ankam?" fragte er.

„Ja, Don Tomás." Es war offensichtlich, welche Schlussfolgerung das Mädchen aus dieser Situation zog.

„Könnten Sie es wieder so frisieren?"

„Ja, Don Tomás."

„Estrella ist sehr geschickt", versicherte er Petra. „Entspannen Sie sich und überlassen Sie ihr alles andere."

„Vielen Dank." Petra folgte dem Mädchen zu einem Stuhl am Fenster.

Tomás ging zu einem Tischchen, auf dem einige Kristallkaraffen standen. „Ich hoffe, Sie mögen Sherry?"

„Sehr gern." Er schenkte ihr ein Glas ein und setzte sich in ihre Nähe.

„Kommen wir noch einmal auf die Versammlung zurück", sagte Petra und bemühte sich, den Kopf stillzuhalten. „Ich habe darüber nachgedacht."

„Und?" fragte er gelangweilt.

„Sehr wahrscheinlich kommen Presse und Fernsehen. Das könnte Ihr Vorteil sein. Wenn es Ihnen gelingt, die Leute zu beruhigen, können Sie leichter Ihre Pläne verwirklichen."

„Glauben Sie wirklich, dass Ihre Versammlungen den Umweltminister veranlassen, sich gegen meine Pläne zu stellen?" fragte er verächtlich. „Lohnt es sich für mich überhaupt, dorthin zu gehen, wenn ich nicht einmal weiß, was mich erwartet?"

„Es erwartet Sie nichts außer Fragen", erwiderte Petra ungeduldig. Dann lächelte sie ihn an. „Und außerdem haben Sie gute Argumente. Wer weiß? Vielleicht können Sie dann sogar Ihre ärgsten Feinde überzeugen."

„Es gibt Leute, die sich niemals überzeugen lassen."

Petra dachte an Barry Lear und musste Tomás insgeheim Recht geben.

„Meine Freunde sollten Sie nicht unterschätzen, Tomás, aber es besteht immerhin die Möglichkeit, dass sie den Umweltminister überzeugen können."

„Und Sie? Was halten Sie von meinen Plänen?"

Petra schwieg nachdenklich. „Als ich heute Nachmittag hier ankam", sagte sie zögernd, „bestand für mich überhaupt kein Zweifel, dass Ihre Pläne falsch sind. Aber nachdem Sie mir dieses Modell gezeigt und Ihre Absichten erklärt haben, muss ich zugeben, dass sich meine Meinung geändert hat."

„Es gibt also doch noch Wunder." Tomás' Stimme klang ironisch.

„Das bedeutet nicht, dass ich hundertprozentig auf Ihrer Seite stehe." Petra beobachtete ihn aus den Augenwinkeln. „Aber ich bin auch nicht mehr gegen Sie. Ihre Pläne sind gut durchdacht. Aber ich meine, Sie sollten auch die anderen davon überzeugen."

„Tatsächlich." Es war schwer zu sagen, ob er ihr zustimmte oder nicht. Sie meinte es jedenfalls ernst. Nachdem sie das geplante Dorf zumindest im Modell gesehen hatte, war sie entschlossener denn je, ihn zum Kommen zu bewegen. Er sollte die Gelegenheit nutzen, um die Umweltgruppe von seinen Plänen zu überzeugen.

Auch für sie wäre es die beste Lösung, denn dann würde sie nicht in Gewissenskonflikte geraten.

Während Estrella sie frisierte, tat Petra ihr Bestes, ihm ihren Standpunkt klarzumachen. Als der kunstvolle Zopf fertig war, sah sie Tomás eindringlich an.

„Bitte kommen Sie, Tomás", sagte sie leise. „Es würde wirklich viel für mich bedeuten."

Er zuckte die Schultern. „Also gut. Aber nur, damit Sie endlich Ruhe geben."

„Oh Tomás!" Sie sah ihn strahlend an. „Sie werden sehen, dass Sie sich richtig entschieden haben."

„Das hoffe ich auch." Er stand auf und kam auf sie zu. Sie fühlte, wie er ihr Haar berührte. „Hätten Sie Lust, bei der Ernte zu helfen?"

„Bei der Ernte?"

„Nächsten Samstag ist die erste Ernte des Jahres. Wir pflücken nur die reifsten Früchte. Vielleicht möchten Sie einmal den Reichen bei der Arbeit zusehen."

„Ich komme sehr gern!"

„Sie müssen sehr früh da sein", warnte er sie. „Wir fangen im Morgengrauen an, und nachmittags ist schon alles vorbei."

„Ich werde um sieben Uhr hier sein", versprach sie. „Und jetzt muss ich gehen", fuhr sie fort. Sie wollte Barry und den anderen die große Neuigkeit erzählen. „Es war ein wunderbarer Nachmittag, und ich freue mich sehr auf Samstag."

Es dämmerte schon, als Tomás sie zu ihrem Wagen begleitete. Der Turm warf einen langen Schatten über den Garten, und die Luft war erfüllt von Vogelstimmen.

„Auf Wiedersehen, Petra", sagte er leise. Als er sich zu ihr vorbeugte, erwartete sie, dass er sie küssen würde, doch stattdessen berührte er mit dem Mund nur sanft ihre geschlossenen Augenlider. „Auch für mich war es ein schöner Nachmittag. Ich werde bis Samstag an Sie denken."

Er zog sie an sich, und sein Mund suchte ihren. Petra schloss die Augen. Zuerst wusste sie nicht, wie sie seinen sanften Kuss erwidern sollte. Doch dann stieg eine Welle der Leidenschaft in ihr auf, ihre Lippen öffneten sich, und sie fühlte, wie seine Zunge zärtlich in ihren Mund eindrang. Tomás streichelte ihre Wangen, dann ließ er die Hände an ihrem Körper entlanggleiten und liebkoste ihre Brüste.

Er war so stark. Sie schmiegte sich an seine muskulösen Schultern und spürte, wie er seine kräftigen Schenkel gegen ihre presste. Sie war wie benommen, als er sie freigab. Sein Blick war voller Begehren. „Geh jetzt", sagte er heiser, „bevor wir etwas Dummes tun."

Wie betäubt stieg Petra in ihren Wagen, sie war kaum imstande, den Schlüssel ins Zündschloss zu bekommen. Sie winkte Tomás zu und fuhr langsam an, aber ihre Sinne konnten sich noch nicht von ihm lösen. Im Rückspiegel sah sie seine schlanke Gestalt, und sie winkte ihm noch einmal zu.

Auf dem Heimweg fragte sie sich, ob sie das alles nur geträumt hatte.

James war mit Freunden ausgegangen, als Petra nach Haus kam.

Das war ihr sehr recht, denn in diesem Moment hätte sie seine gutmütigen Späße nicht ertragen können. Sie unterhielt sich kurz mit ihrer Mutter, erzählte ihr aber nur, was unbedingt notwendig war. Sie fühlte sich völlig erschöpft und sehnte sich nach einem heißen Bad und nach Schlaf.

Es gab so vieles, über das sie nachdenken musste. Es schien ihr, als sei sie nicht mehr dieselbe Frau, die nachmittags dieses Haus verlassen hatte.

Sie sagte gute Nacht und wollte die Treppe hinaufgehen, als ihre Mutter bewundernd ausrief: „Was für eine wunderbare Haarnadel! Hast du die schon getragen, als du fortgingst? Ich sehe sie jetzt zum ersten Mal."

„Haarnadel?" Petra tastete über ihr Haar. Da war etwas in ihrem Chignon. Sie zog es heraus und betrachtete es verwirrt. Tomás musste es in ihrem Haar befestigt haben, nachdem das Mädchen sie frisiert hatte.

Die Nadel war aus reinem Silber und offensichtlich sehr alt. Denn in dieser Art wurde schon lange nicht mehr gearbeitet. Den Kopf bildete eine große, ovale Perle, die sanft und geheimnisvoll in einer wunderbar gearbeiteten Fassung schimmerte.

Petra schloss die Finger ganz fest um diese Kostbarkeit. „Nein", antwortete sie ruhig, „ich habe sie noch nicht getragen, als ich fortging. Gute Nacht, Mutter."

Ohne den forschenden Blick ihrer Mutter zu beachten, ging Petra in ihr Zimmer.

Wie ein Lauffeuer verbreitete sich unter den Umweltschützern die Nachricht, dass Tomás Torres an der Debatte teilnehmen würde. Das große Ereignis brachte hektische Aktivitäten in Gang. Julia Symmonds mobilisierte all ihre Freunde bei den Medien, Barry Lear war damit beschäftigt, Einzelheiten mit Tomás Torres' Rechtsanwälten auszuhandeln.

„Er bringt Alfonso Ramirez mit", erzählte Julia Petra, als sie sich das nächste Mal trafen. „Den besten Anwalt auf ganz Mallorca. Dein Señor Torres hat einige einflussreiche Freunde."

„Nun", sagte Petra, „es ist auf alle Fälle ein Anzeichen dafür, dass er die Versammlung ernst nimmt."

„Das tut Barry auch." Julia sah finster aus. „Er tut gut daran, uns ernst zu nehmen. Das wird kein Zuckerlecken für ihn, ob Alfonso Ramirez dabei ist oder nicht!"

Petras Interesse an Sa Virgen hatte nachgelassen. Für sie war alles ohne Bedeutung, selbst ihre Arbeit, die sie sonst so in Anspruch genommen hatte. Jetzt schien ihre Tätigkeit bei Gomila & Rodriguez nur dazu da, die Zeit bis Samstag auszufüllen, wenn sie Tomás wiedersehen würde.

Vielleicht hatte sie sich tatsächlich verliebt. Und wenn das so war, dann hatte sich ihr Leben jetzt schon geändert. Denn nichts, nicht ihre Arbeit, nicht Sa Virgen und auch nicht ihre Familie, bedeutete mehr für sie als die kleine Haarnadel, die sie jeden Tag in ihrem Zopf trug.

5. KAPITEL

Das Wetter war herrlich, und es begann bereits warm zu werden, als Petra am Samstagmorgen auf Alcamar eintraf. Die Ernte war schon in vollem Gange.
Überraschend wenig Leute arbeiteten in den Orangenhainen, nur Tomás und zwei Dutzend Männer und Frauen jeden Alters. Trotzdem wollten sie nicht, dass Petra ihnen beim Pflücken half. Sie gaben ihr einen Lastwagen, mit dem sie den Pflückern langsam folgen musste. Petras Füße reichten kaum bis an die Pedale, und vom Lenken taten ihr bald die Arme weh, doch sie verspürte eine tiefe Freude darüber, dabei sein zu können.

Der Duft der Zitrusfrüchte erfüllte die Luft, und je höher die Sonne stieg, desto wärmer wurde es. Tomás hatte nicht übertrieben, als er sagte, dass sie ihn bei der Arbeit sehen würde. Zwischen ihm und den anderen Männern gab es keinen Unterschied, außer vielleicht, dass er weniger redete und noch härter arbeitete. Sogar für Petras geübtes Ohr war der mallorquinische Dialekt der Leute ungewohnt, und sie hatte Mühe, ihre Gespräche zu verstehen.

Später saß sie auf der Motorhaube des Lastwagens und reichte den Leuten den Ziegenlederbeutel mit Wein. Währenddessen beobachtete sie Tomás, der sich leichtfüßig wie ein Tänzer bewegte, obwohl er am härtesten arbeitete. Sein leichtes Baumwollhemd war schon nach einigen Stunden so verschwitzt, dass es ihm am Körper klebte und sich die harten Muskeln seines Oberkörpers darunter abzeichneten. Er war überwältigend attraktiv, der größte und bestaussehende Mann von allen. Petra fühlte den Wunsch in sich aufsteigen, diese glatte braune Haut mit ihrer Zunge zu berühren und den salzigen Geschmack zu kosten.

Als sie die meisten der duftenden Früchte eingebracht hatten, kam er zu ihr und sah mit strahlenden Augen zu ihr auf.

„Um Himmels willen, geben Sie mir sofort etwas zu trinken! Ich fühle mich wie ausgedörrt."

„Wie schaffen Sie das bloß?" fragte Petra bewundernd und reichte ihm den Weinbeutel. „Ich wäre jetzt schon tot."

„Dann eignen Sie sich nicht zur Gutsherrin." Tomás hob den Beutel hoch, legte den Kopf zurück und ließ den Wein in seinen Mund fließen.

„Sie wirken richtig glücklich", sagte er und gab ihr den Beutel zurück.

„Das bin ich auch." Sie lächelte ihm zu. „Ich bin schon lange nicht mehr so glücklich gewesen."

„Gut." Er stemmte die Fäuste in die Hüften und grinste. „Warum starren Sie mich so an?"

Sie errötete. „Ich habe gerade gedacht, dass Sie jetzt ganz anders aussehen als sonst. Und ich habe Sie einen reichen Müßiggänger genannt! Was Sie heute getan haben, würde jeden normalen Menschen umbringen."

„Man gewöhnt sich daran." Tomás betrachtete ihre Figur mit unverhohlener Bewunderung. Sie trug verblichene Jeans und ein buntes Hemd, das über den Brüsten spannte, und eine der Frauen hatte ihr einen Strohhut zum Schutz gegen die Sonne gegeben.

„Und Sie, Miss Petra? Sie sehen heute auch anders aus." Sein Blick glitt ihren Hals hinab bis zu der Stelle, wo ihr Hemd mit seiner Nadel zusammengehalten wurde.

„Tomás, ich weiß wirklich nicht, wie ich Ihnen danken soll", sagte Petra und berührte die Perle mit ihren Fingerspitzen. „Das ist ein sehr wertvolles Geschenk."

„Sie brauchen mir nicht zu danken." Er lächelte.

„Sie ist wundervoll und kostbar. Ich habe geweint, als ich sie entdeckte." Petra sah ihm in die Augen. „Ich danke Ihnen", sagte sie schlicht.

„Es ist ein altes Erbstück. Übrigens haben Sie sich einen netten Platz dafür ausgesucht. Wenn es sticht, küsse ich den Schmerz fort."

„Ich glaube, es wird Zeit, dass Sie wieder an die Arbeit gehen", erwiderte Petra würdevoll.

„Stimmt", gab er zu. „Vielleicht steckt in Ihnen doch eine Gutsherrin." Er ging wieder an die Arbeit und überließ Petra ihren Träumereien.

Am frühen Nachmittag war die Arbeit beendet, genau wie Tomás vorausgesagt hatte. Die beladenen Lastwagen wurden von Fahrern abgeholt und brausten einer nach dem anderen durch das Tor in Richtung Palma davon. Innerhalb weniger Tage würden die Früchte ihre Bestimmungsorte in ganz Europa erreicht haben.

Unter den Bäumen wartete auf großen Tischen ein üppiges Essen auf die Helfer, und plötzlich wurde der Tag zum Fest. Petra betrachtete die lachenden braunen Gesichter und sah zu, wie die Leute sich auf die Schüsseln mit Paella und die Krüge voll Sangria stürzten. Sie kam sich vor wie in einer längst vergangenen Zeit.

Auch sie war sehr hungrig und vertilgte eine Unmenge Muscheln und Garnelen, aber Tomás aß kaum etwas.

„Mir ist einfach zu heiß", bekannte er. „Und ich fühle mich schmutzig. Übrigens ist das die neunzehnte Muschel, ich habe mitgezählt. Sie werden Magenschmerzen bekommen."

„Das glaube ich nicht." Sie lächelte ihm zu und nahm sich noch eine Muschel. „Ich kann mehr davon vertragen, als Sie denken. Aber Sie müssen auch etwas essen, Tomás."

„Ich gehe zuerst schwimmen", erwiderte er.

„Haben Sie einen Swimmingpool?" fragte Petra sehnsüchtig, denn sie fühlte sich auch sehr verschwitzt.

Tomás grinste sie an. „Ich habe meinen Teich."

„Oh." Petra kannte die Teiche auf Mallorca, die ursprünglich als Wasserspeicher angelegt worden waren, den Bauern aber auch zum Baden dienten. Doch für englische Begriffe wirkten diese grünlichen, algenüberwucherten Gewässer nicht gerade einladend.

„Haben Sie Lust, mich zu begleiten?" fragte er scheinheilig.

„Ich komme auf jeden Fall mit und passe auf, dass Sie nicht ertrinken", wich sie aus.

„Manchmal frage ich mich, wer von uns beiden der Naturliebhaber ist", spöttelte er. „Also los!"

Sie gingen durch die Orangenhaine bis zum Wasserspeicher. Er war so groß, dass die ‚Epoca' darin ohne Schwierigkeiten einen Kreis hätte beschreiben können. Das Wasser war dunkelgrün, wie Petra erwartet hatte. Deshalb begnügte sie sich damit, sich am Rand hinzusetzen und ihre Füße ins Wasser hängen zu lassen.

Tomás schien sich noch immer zu amüsieren. Ohne Scheu zog er seine Kleidung aus. Petra starrte fasziniert auf seinen braungebrannten Körper, seine breiten Schultern und die schmalen Hüften. Sein knapper schwarzer Slip wäre selbst an den Stränden von Palma gewagt gewesen. Aber sie hatte nicht viel Zeit, darüber nachzudenken, denn er tauchte schnell ins Wasser und kraulte ans andere Ende des Teiches.

Es war die heißeste Tageszeit, und Petra spürte den unwiderstehlichen Drang, ebenfalls in den Teich zu springen. Nicht das grüne Wasser hielt sie zurück, sondern der Gedanke, dass ihre Unterwäsche noch weniger verhüllte als die von Tomás. Aber er war inzwischen eine ziemliche Strecke entfernt und schaute sich nicht nach ihr um.

Sie schlüpfte schnell aus ihrem Hemd und den Jeans. Nur mit einem kleinen Slip und einem fast durchsichtigen BH bekleidet, ließ sie sich ins Wasser gleiten.

Es war ein wunderbares Gefühl. Die Oberfläche war warm von der Sonne, doch darunter war das Wasser kühl und frisch. Petra schwamm schnell hinter Tomás her.

„Ich dachte mir schon, dass Sie sich doch noch überwinden würden. Fühlen Sie sich jetzt besser?"

„Himmlisch! Man muss sich nur an das grüne Wasser gewöhnen."

„Das Wasser ist ganz sauber. Die Farbe kommt nur von den Algen auf dem Grund."

„Ich kann es kaum glauben", sagte Petra. „Tomás Torres in einem Teich! Aber Sie müssen sich irgendwann doch einen Swimmingpool aus Marmor bauen, sonst fangen die Leute noch an, über Sie zu reden."

„Hier bin ich schon als kleiner Junge geschwommen", erklärte er. „Es ist auf jeden Fall gesünder, als in diesen kleinen Dingern voll Chlor zu baden, die ihr Engländer Swimmingpools nennt." Er schwieg, und Petra fand ihn unbeschreiblich attraktiv. „Natürlich müssen Sie auf die Kaulquappen Acht geben", fuhr er nach einer Weile fort.

„Die Kaulquappen?" wiederholte sie verwirrt.

„Das sind kleine Tiere, die in Teichen leben", erläuterte er ernsthaft. „Sie sind schleimig, aber harmlos. Ihr Biss ist nicht gefährlich – es sei denn, die Wunde entzündet sich. Ich sehe da gerade eins an Ihrem Arm."

Plötzlich hatte Petra das Gefühl, dass sie etwas am Arm kitzelte. Mit einem kleinen Schrei versuchte sie, das Ding abzuschütteln, und wurde rot, als sie feststellte, dass es nur ein Blatt war. Er grinste.

„Biest!"

„Sie brauchen anscheinend männlichen Schutz", vermutete er und schwamm auf sie zu.

„Gibt es diese Dinger tatsächlich?" fragte Petra und bemühte sich, nicht allzu ängstlich zu erscheinen.

„Nicht in diesem Teich", versicherte Tomás. Plötzlich schlang er seine Arme um sie und presste sie an sich. Seine harten Schenkel streiften ihre Beine.

Petra klammerte sich an seine Schultern und fühlte sich wie betäubt von seiner Berührung. Er war so braun, dass ihre Finger gegen seine dunkle Haut ganz hell aussahen.

„War es eine gute Ernte?" Sie bemühte sich, so kühl wie möglich zu erscheinen – als hielte kein attraktiver, fast nackter Mann sie eng umschlungen.

„War es eine gute Ernte?" äffte er sie nach. „Wen willst du eigentlich täuschen? Ich fühle doch, dass dein Herz rast wie das eines gefangenen Vogels."

Petra legte ihre Hand auf die Stelle über seinem Herzen und spürte den schnellen, harten Schlag. „Deins aber jetzt auch", entgegnete sie atemlos und lächelte.

„Das kommt von der Anstrengung bei der Ernte." Tomás schaute auf ihren Mund. „Du bist wunderschön, Petra. Alle Männer haben dir heute Morgen nachgesehen."

„Und alle Frauen haben dich beobachtet. Du bist hier offensichtlich der unangefochtene Herrscher. Bist du auch ein Tyrann?"

„Ich bin einfach skrupellos", neckte er sie. „Im Umkreis von hundert Metern ist keine Frau vor mir sicher."

„Dann bin ich in der Gefahrenzone." Sie lächelte unsicher und mied seinen Blick.

„Ja", bestätigte Tomás und zog sie an sich, „das bist du."

Sein Mund war warm und besitzergreifend. Petra schmiegte sich eng an Tomás, bis ihre Brüste seine nackte Haut berührten. In der kühlen Tiefe fühlte sie, wie er seine Hüften gegen ihren Körper presste, während seine Zunge in ihren Mund eindrang.

Sein Kuss wurde fordernder, und sie spürte eine heiße Welle des Begehrens in sich aufsteigen. Seine Hände glitten ihren Rücken entlang, und er zog Petra noch fester an sich.

„Tomás", flüsterte sie, „ich musste dich heute morgen immerzu ansehen."

„Mir ging es genauso."

Ihre Schenkel gaben seinem Druck nach und öffneten sich. Petra zitterte, als sie seine starke, unverhüllte Erregung an ihrem Körper spürte. Es war wie ein Wunder für sie, dass er sie so sehr begehrte. Sie wusste, dass dies kein primitives Verlangen war, sondern ein viel tieferes und reiferes Gefühl. Er lächelte und liebkoste sanft ihr Gesicht und ihren Hals. Ohne ein Wort zu sagen, trieben sie eng umschlungen im Wasser, bis er aufseufzte. „Die Leute sind bald mit dem Essen fertig, und dann müssen wir zurück sein."

Petra sehnte sich nach seiner Umarmung, als sie zum Ufer schwammen und aus dem Wasser stiegen.

Sie saßen am Teich im Gras, um sich in der Sonne trocknen zu lassen. Sein Blick wanderte verlangend über ihren Körper, und Petra war sich bewusst, dass ihre Unterwäsche mehr zeigte als verhüllte und ihre

Brustspitzen sehr deutlich zu sehen waren. Sie selbst hatte Mühe, nicht ständig auf das schwarze Dreieck seines Slips zu schauen.

Er küsste sie wieder, und seine Zunge spielte mit ihrer wie eine heiße Flamme. Petra stöhnte und drängte sich an ihn. Sie konnte ihm nicht widerstehen. Seine Berührungen berauschten sie und verwirrten ihre Sinne.

„Danke, dass du heute gekommen bist", sagte er sanft.

„Um nichts in der Welt hätte ich darauf verzichtet. Es war wunderschön. Ich hoffe nur, dass ich euch bei der Arbeit nicht zu sehr im Weg war."

„Du warst eine große Hilfe. Den Lastwagen hast du wie ein Profi gefahren. Du hast deinen Lohn verdient!"

„Aber ich will dafür keine Bezahlung!"

„Du musst es nehmen, sonst bekomme ich Schwierigkeiten mit der Gewerkschaft." Die Sonne hatte sie inzwischen getrocknet, und er berührte sanft die zarte Haut ihrer Schenkel. „Nun haben wir keinen Grund mehr, in der Sonne zu liegen und uns zu küssen", sagte er bedauernd.

„Brauchen wir denn einen Grund?" Petra legte ihre Arme um seinen Nacken und lächelte.

„Ja, sogar einen guten. Denn wenn ich meine Leute nicht bald bezahle, werde ich hier nicht mehr lange das Sagen haben. Außerdem muss ich noch im Hafen die Verschiffung der Orangen überwachen. Und heute Abend bin ich zu einer Cocktailparty eingeladen", sagte er ohne Begeisterung.

„Mit Cristina?" Petra sank das Herz.

Einen Moment lang zögerte Tomás. Aber dann nickte er. „Ja, mit Cristina."

Zumindest freut er sich nicht darauf, dachte Petra und fühlte die Eifersucht wie einen Stachel. „Ist Cristina auch schon mit dir im Teich geschwommen?" fragte sie neugierig.

„Was glaubst du?"

„Ich glaube einfach, sie fürchtet sich zu sehr vor den schleimigen Kaulquappen."

Sein amüsierter Blick war wie eine Belohnung. „Die Kaulquappen haben eher Angst vor ihr. Aber im Ernst, ich denke, Cris würde lieber vor Hitze sterben, als ihre kleine Zehe in diesen Teich zu stecken. Komm, Liebling, wir müssen gehen."

Zumindest das habe ich ihr voraus, dachte Petra, während sie sich ihr Hemd zuknöpfte. Trotzdem machte sie der Gedanke an Cristina traurig. Sie kannte Tomás noch nicht gut genug, um ihn direkt darauf anzusprechen. Außerdem hatte sie überhaupt keine Berechtigung dazu, nur weil er sie geküsst hatte.

Trotzdem hätte sie gern gewusst, wie es zwischen Tomás und Cristina stand. Petras Gefühle für ihn waren so stark, dass sie nicht nur ein Flirt für ihn sein wollte, sondern viel mehr. Sie wusste, dass er sie jetzt schon tiefer verletzen konnte als irgendjemand sonst, und das machte sie unsicher. Die Beziehung zwischen Tomás und Cristina trug noch zu ihrer Unsicherheit bei.

War vielleicht schon alles zu Ende? Wenn er sie nun nicht um ein Wiedersehen bat? Der Gedanke, ohne eine weitere Verabredung mit Tomás nach Haus zu gehen, war wie ein körperlicher Schmerz.

Er bemerkte ihren traurigen Gesichtsausdruck und sah sie forschend an. „Was bedrückt dich?"

„Nichts", log sie und versuchte zu lächeln.

„Habe ich dich irgendwie verletzt?" fragte er.

„Nein." Tomás trug nur Jeans, und sie kuschelte sich gegen seine breite nackte Brust. „Nein", wiederholte sie sanft, „du hast mich überhaupt nicht verletzt."

„Gut." Tomás küsste sie und fasste ihre Hände. „Ich werde zu eurer Versammlung am Neunundzwanzigsten kommen", versprach er. „Aber das ist noch lange hin. Wir müssen uns unbedingt vorher sehen! Hast du Lust, mit mir auf den Puigpunyent zu kommen? Keine Bergtour natürlich, nur ein Spaziergang. Wir könnten uns die wilden Blumen anschauen, und vielleicht bekommen wir ja auch Adler zu sehen, für die du dich so interessierst. wir könnten einen ganzen langen Tag zusammen verbingen, nur wir beide."

„Das wäre wunderbar!" rief Petra. Der Puigpunyent war der höchste Berg Mallorcas und eine der schönsten Regionen der Insel.

„Wie wäre es mit morgen?"

„Einverstanden!" Diesmal machte Petra kein Hehl aus ihrer Freude, und er schien sich über ihren Eifer zu amüsieren.

„Am besten, wir fahren mit deinem Wagen. Mein alter Ferrari ist für Bergpfade nicht gerade geeignet."

„Dann solltest du dir einen Jeep kaufen", schlug sie vor. „Ich glaube allmählich, dass du geizig bist, Don Tomás."

„Jeeps, Swimmingpools aus Marmor – was noch?" stöhnte er. „Ich bin nicht so reich, wie du denkst, Mädchen. Komm, wir müssen in die Wirklichkeit zurückkehren!"

Die folgenden Tage waren die glücklichsten, die Petra jemals erlebt hatte. Wenn sie mit Tomás zusammen war, vergaß sie alles und fühlte sich wie eine ganz andere Frau. Sie war glücklich, und die überschäumende Freude, zu leben und zu lieben, veränderte ihr ganzes Dasein.

Tomás war in jeder Hinsicht ein außergewöhnlicher Mann. Hinter seiner fast brutalen Männlichkeit verbargen sich Zärtlichkeit und Humor. Er weckte nie gekannte Gefühle in ihr, und sie wusste, dass sie ihn brauchte.

Die Tatsache, dass Petra immer mehr Zeit mit ihrem ehemaligen Feind verbrachte, war zuerst ein Gegenstand ständiger Belustigung für James und ihre Eltern. Doch als sie bemerkten, dass Petra immer mehr aufblühte und ihre Augen leuchteten, warfen sie sich nur noch gelegentlich viel sagende Blicke zu.

Natürlich waren sie neugierig auf Tomás. Und als er sie am Donnerstag vor der Versammlung zum Essen einlud, erschien Petra die Gelegenheit günstig, ihn ihrer Familie vorzustellen. Er sollte sie um sieben Uhr abends zu Hause abholen.

Sie hatte das grüne Samtkleid ausgesucht, das schönste Abendkleid, das sie besaß. Der tiefe Ausschnitt betonte ihren schlanken Hals und ihre vollen Brüste. Um die schmale Taille trug sie einen Satingürtel.

Farbe und Stoff des Kleides brachten ihren zarten Teint voll zur Geltung, ohne aufdringlich zu wirken.

Über die silberne Haarnadel dachte sie eine Weile nach. Sie wollte ihr Haar offen tragen, weil er das liebte. Vielleicht konnte sie die Nadel als Brosche tragen. Dann fiel ihr ein, dass Tomás ihr sicher eine Blume mitbringen würde, denn das war eine alte Sitte auf Mallorca. Sie konnte die Nadel dazu benutzen, die Blüte an ihrem Kleid zu befestigen.

Petras Gedanken wanderten zurück zum Tag zuvor, als sie den ganzen Nachmittag am Strand verbracht hatten. Ohne sich zu küssen, wie sie es sonst taten, hatten sie eng umschlungen im Sand gelegen und stundenlang nur geredet, wie es Liebende tun. Worüber, konnte sie sich nicht mehr erinnern. So viele Dinge hatten sie sich zu sagen. Und sie wussten, dass es noch viel mehr zu erzählen gab.

Tom Castle pfiff anerkennend, als seine Tochter im Abendkleid, eine leichte Wollstola über dem Arm, die Treppe herunterkam.

„Also wirklich", sagte er bewundernd, „du meinst es ernst!"

„Ja", gab Petra lächelnd zu, „ich meine es ernst."

„Du siehst bezaubernd aus, Liebling." Ihre Mutter betrachtete sie liebevoll. Sie ahnte mehr von Petras Gefühlen als die anderen.

„Solltest du nicht mehr Make-up nehmen?" war James' einziger Kommentar.

Petra schüttelte den Kopf. Sie wusste instinktiv, dass Tomás es nicht mochte, wenn eine Frau sich auffällig schminkte. Sie hatte nur Lippenstift aufgelegt und ihre Augen mit Kajal und etwas Lidschatten betont. Es war ihr bewusst, dass sie nie besser ausgesehen hatte.

In diesem Augenblick verkündete Motorengeräusch Tomás' Ankunft. James warf einen neugierigen Blick nach draußen. „Was für ein Auto!"

„Müssen wir ihm die Hand küssen, oder tut es auch eine Verbeugung?" erkundigte sich Petras Vater amüsiert.

„Bitte, seid nett zu ihm", bat sie. „Ich hole ihn herein."

Es war eine von den Frühlingsnächten, die den Sommer schon ahnen lassen. Unzählige Lichter spiegelten sich in der Bucht von Palma und wurden von den leuchtenden Sternen noch überstrahlt. Petra war noch nie im „Las Anclas" gewesen, aber wie fast jeder in Palma hatte sie schon viel davon gehört. Vom Restaurant aus hatte man einen Ausblick über den Yachthafen, der sich mit allem, was Monte Carlo oder Biarritz zu bieten hatten, messen konnte. Und das Essen war hervorragend.

Als sie es Tomás sagte, lächelte er. „Das hast du schon zweimal erwähnt."

„Vielleicht liegt es daran, dass ich mir bisher aus Essen nicht viel gemacht habe."

„Dann muss ich aufpassen, dass du nicht zu dick wirst." Sein Blick glitt zu ihrem Ausschnitt, wo sie seine Orchidee mit der Perlennadel befestigt hatte. „Aber darüber muss ich mir bei dir keine Gedanken machen. Das Kleid steht dir, Petra."

„Findest du es nicht zu gewagt?" Petra schaute sich nach den sehr formell gekleideten Gästen um. „Ich wusste nicht, wohin du mich ausführen wolltest, sonst hätte ich mir einen Pelz geliehen, um mich zu verhüllen!"

„Es ist nicht zu gewagt. Du hast eine wunderbare Figur, und die brauchst du nicht zu verstecken."

Petra lächelte, traute sich aber nicht zu sagen, wie fabelhaft er selbst aussah. Die Kombination aus Eleganz und männlicher Kraft zog die Blicke aller Frauen auf sich. Der Abendanzug gab ihm etwas Kultiviertes und betonte gleichzeitig seinen muskulösen Körper.

„Danke, dass du so nett zu meiner Familie warst", sagte sie. „Du hast ihnen gefallen."

„Ich mag deine Eltern und deinen Bruder auch sehr. Offensichtlich sind sie stolz auf dich."

„Sie necken mich gern, besonders James. Ich habe schon befürchtet, sie würden heute Abend wieder damit anfangen. Das hätte ich nicht ertragen. Nicht, während du dabei warst."

„So taktlos würden sie bestimmt nicht sein." Tomás lächelte ihr zu. „Ältere Brüder sind gar nicht so schlecht. Ich habe auch eine jüngere Schwester, daher kenne ich mich aus."

„Sieht Isabella dir ähnlich?"

„Man kann erkennen, dass wir Geschwister sind. Allerdings", fügte er trocken hinzu, „ihre Nase ist nicht gebrochen."

„Aber du könntest sie doch ..." Petra stockte.

„Wieder richten lassen?" beendete er ihren Satz. „Ja, das stimmt. Eines Tages werde ich das auch."

„Eines Tages? Warum nicht jetzt?"

Tomás lachte. „Weshalb liegt dir so viel daran?"

„Oh, ich finde dein Gesicht nicht abstoßend, wenn du das meinst." Petra legte den Kopf auf die Seite. „Ich mag dich so vielleicht noch lieber. Wenn deine Nase wieder gerade wäre, würdest du besser aussehen, als für dich gut wäre."

„Danke für das Kompliment", erwiderte er lächelnd. „Obwohl ich zugeben muss, dass eine gebrochene Nase einen Vorteil hat: Sie kann einem ein furchterregendes Aussehen geben." Er sah sie unter halbgeschlossenen Lidern grimmig an.

„Bitte nicht", bat sie. „Hoffentlich wirst du niemals so böse auf mich, dass du mich wirklich so ansiehst."

„Dann benimm dich entsprechend!" Tomás warf einen Blick auf ihren Teller. „Ist das zu viel für dich?"

Petra schaute bedauernd auf den Hummer. Er war köstlich, aber so groß, dass sie gerade die Hälfte geschafft hatte. „Ich glaube, ja." Sie seufzte. „Und morgen werde ich es bereuen."

„Dann nimmst du ihn einfach mit." Auf einen Blick von Tomás eilte ein Ober diensteifrig herbei. Ein paar kurze Anweisungen, der Hummer wurde abgeräumt und nach ein paar Minuten in Folie verpackt und mit einer Schleife versehen zurückgebracht.

„Das ist ein Service!" Petra lachte. Natürlich galt die Aufmerksamkeit des Personals ihrem Begleiter. Und das nicht nur, weil er die Rechnung bezahlte. Selbst hier, im „Las Anclas", wo viele reiche und berühmte Leute verkehrten, wurde Tomás Torres mit jener speziellen Zuvorkommenheit behandelt, die man nur Angehörigen der ältesten und angesehensten Familien der Insel entgegenbrachte. Dieselbe Zuneigung und Hochachtung hatte Petra auch bei anderen Leuten bemerkt, sogar bei dem Polizisten, der auf der Promenade extra aus seinem Auto gestiegen war, um Tomás zu begrüßen.

„Du träumst ja." Seine Stimme rief sie in die Gegenwart zurück.

„Entschuldige." Petra löste ihren Blick von ihm und schüttelte ihre Gedanken ab. „Ich war weit weg."

„Das ist nicht gerade schmeichelhaft für mich. Ich werde jetzt einen Cognac trinken. Möchtest du auch einen?"

„Lieber nicht. Aber ich sehe dir gern dabei zu." Sie stützte ihr Kinn auf die Hände und betrachtete ihn zärtlich. „Bestellst du einen von denen, die mit einer kleinen Flamme unter dem Glas erwärmt werden?"

„Himmel, nein!" Er sah sie belustigt an. „Warum?"

„Ich würde dir gern bei diesem Ritual zuschauen. Und außerdem musst du unbedingt eine Zigarre rauchen."

Tomás lachte. „Würde dich das beeindrucken?"

„Solche Zeremonien passen zu dir", sagte sie einfach. „Tu mir doch wenigstens beim Cognac den Gefallen, ja?"

„Nur, wenn du auch einen trinkst."

„Also gut, auf deine Verantwortung."

Auf einen Wink von Tomás eilte der Ober an ihren Tisch. Gleich darauf brachte er in einem silbernen Gestell zwei große Cognacschwenker, die über kleinen Flammen erwärmt wurden.

„Auf dein Wohl!" Tomás schwenkte das Glas mit der goldenen Flüssigkeit und reichte es ihr.

„Auf dein Wohl!" Petra spürte sofort die Wirkung und lehnte sich mit glänzenden Augen zurück. „Du liebe Güte!"

„Hier hast du also deine Zeremonie." Er lachte.

Petra sah in ihr Glas. Der Ober hatte großzügig eingeschenkt. „Tomás, ich glaube nicht, dass ich das alles trinken kann."

„Auf Mallorca ist es eine unverzeihliche Beleidigung für den Gastgeber, wenn man seinen Cognac nicht austrinkt."

„Also gut." Petra holte tief Luft und leerte ihr Glas in einem Zug. Der Cognac stieg ihr augenblicklich zu Kopf. In ihren Ohren rauschte es, und Tomás' Stimme schien von weither zu kommen. „Du hättest ihn ganz langsam trinken müssen, Petra. Bist du nicht froh, dass du jetzt nicht auch noch eine Zigarre rauchen musst?"

„Ich habe das Gefühl, mein Kopf zerspringt." Der Raum schien sich um sie zu drehen, und ihr Herz schlug wie rasend. „Tomás", sagte sie mühsam, „ich glaube, wenn du mich nicht ganz schnell an die frische Luft bringst, falle ich um."

Er war sofort an ihrer Seite und half ihr beim Aufstehen. Auf einen Wink brachte der Ober ihren Umhang.

„Komm", sagte Tomás zärtlich, „wir gehen noch ein bisschen am Hafen spazieren."

„Aber die Rechnung …"

„Die Rechnung wird nach Alcamar geschickt." Sanft führte er sie hinaus, vorbei am Personal, das sich verbeugte, und dann waren sie endlich draußen in der kühlen Nacht.

6. KAPITEL

Mit geschlossenen Augen atmete Petra gierig die kühle Nachtluft ein. Die frische Brise kühlte ihre heißen Wangen. Langsam ließ der Schwindel nach, doch sie hatte noch immer das Gefühl zu schweben. Tomás hielt sie fest umschlungen. Mit einem tiefen Seufzer lehnte sie ihren Kopf an seine Schulter. „Du bist der wunderbarste Mann, den ich je kennen gelernt habe", flüsterte sie.

„Petra."

„Es tut mir leid, dass ich auf Sa Virgen so gemein zu dir war. Damals wusste ich ja noch nicht ..."

„Petra, hast du schon jemals vorher Cognac getrunken?"

„Noch nie. Merkt man das?"

„Nur, wenn man dich sehr gut kennt", sagte er beruhigend. „Lass uns ein Stück spazieren gehen."

„Ich bin schwer", warnte sie ihn, denn sie wusste, wie unsicher sie auf den Beinen war.

„Ich werde schon damit fertig."

„Du bist so stark." Petra lehnte sich wieder an ihn. Ihre Füße schienen den Boden gar nicht zu berühren.

„Sieh dir die Boote an", sagte Tomás sanft. „Wo liegt die ‚Sulky Susan' vor Anker?"

„Am anderen Ende, wo die vernünftigen Boote sind." Petra zeigte auf die großen Yachten, die an der Kaimauer vertäut waren. „All dies hier ist wertloses Zeug."

„Sie gefallen dir also nicht?"

„Ich weiß nicht. Eigentlich liebe ich alle Boote." Sie betrachtete gedankenverloren die unzähligen Masten, die sich gegen den dunklen Himmel abhoben.

„Ich wünschte, wir wären jetzt auf Sa Virgen", sagte sie verträumt. „Nur du und ich, oben auf den Klippen."

„Nachts ist es dort wunderbar. Ich fahre einmal mit dir hin."

„Und wir verbringen die Nacht dort?"

„Ja."

„Versprich es!" forderte sie, weil sie fürchtete, er könnte es nur im Scherz gesagt haben. Sie blieb vor ihm stehen. Die Lichter, die in der Bucht tanzten, spiegelten sich in seinen Augen wider und machten sie nur noch geheimnisvoller. „Bitte, Tomás!"

Er nahm sie in die Arme, ihre Lippen berührten sich sanft und forschend. Tomás flüsterte ihren Namen und zog sie fester an sich. Die Welt schien um sie herum zu versinken. Petra zitterte vor Begehren und schmiegte sich an ihn. Sie presste ihre Brüste gegen seinen Körper, zärtlich berührte sie sein Gesicht und streichelte sein Haar.

Sein Kuss wurde drängender. Es gab nichts mehr auf der Welt als ihre sich liebkosenden Zungen, ihre Lippen und die berauschende Nähe ihrer Körper. Petra war atemlos und benommen, aber nicht mehr vom Alkohol.

Irgendwo in der Stadt schlug eine Kirchturmuhr elf.

„Jetzt bin ich wieder nüchtern", bekannte sie leise. „Habe ich mich im ‚Las Anclas' sehr lächerlich gemacht?"

„Kein Mensch hat etwas bemerkt", beruhigte Tomás sie. Äußerlich schien er völlig gefasst, aber etwas in seinen Augen und in seiner Stimme weckte wieder ihr Begehren.

„So hat mich noch niemand in aller Öffentlichkeit geküsst", flüsterte sie.

„Dann hast du ein sehr langweiliges Leben geführt", antwortete er lächelnd und streichelte ihren Hals.

„Bitte nicht!" Sie hielt seine Hand fest. „Tomás, du machst mir Angst. Ich habe so etwas noch nie gefühlt."

„Vielleicht sollte ich dir jedes Mal, wenn wir ausgehen, ein wenig Cognac zu trinken geben", schlug er vor und legte seinen Arm um ihre schlanke Taille.

„Wir werden uns also noch oft treffen?" fragte sie. „Ich würde sterben, wenn du dich nur mit mir amüsieren wolltest!"

„Warum bist du so unsicher?"

„Weil du etwas Besonderes bist und ich nicht."
„Willst du etwa Komplimente hören?"
„Aber ich …"
„Ich spiele nicht mit dir, Petra." Tomás blieb stehen und sah sie durchdringend an. „Das ist nicht meine Art. Ich will jetzt nicht über meine Gefühle zu dir reden, denn erstens ist dies nicht der richtige Ort, und zweitens bist du noch nicht wieder nüchtern. Aber eins kann ich dir sagen: Ich fühle für dich genauso viel wie du für mich."

Petra lächelte. „Meine Gefühle sind sehr verwirrend …"
„Natürlich, aber mach dir keine Sorgen! Du bist zu romantisch."

Während sie am Hafen entlangschlenderten, lenkte Tomás das Gespräch auf andere Themen. Plötzlich blieb Petra stehen.

„Sieh doch, da ist die ‚Epoca'!" Petra zog Tomás mit zum Ankerplatz der wunderbaren grauen Yacht. „Du bist ein Glückspilz", sagte sie bewundernd und betrachtete das Boot. „Sie ist wirklich fabelhaft."

„Magst du sie?"
„Anfangs nicht", gab Petra zu. „Sie sah so protzig aus und sehr aggressiv."

„Sie ist beides." Seine Stimme klang spöttisch.
„Zeig sie mir", bat Petra. „Ich möchte so gern wissen, wie sie von innen aussieht."

„Du hast doch schon einen Blick hineingeworfen", erinnerte Tomás. „Durch dein Fernglas."

„Aber ich möchte sie richtig sehen."
„Meine Großmutter würde das sehr missbilligen." Er lächelte sie an. „Ein Mann und eine Frau allein auf einem Boot, mitten in der Nacht, und noch dazu ohne Anstandsdame."

„Mit Cristina Colom warst du auch allein. Und soweit ich das durch mein Fernglas erkennen konnte, hattet ihr keine Anstandsdame dabei – es sei denn, sie war in der Champagnerflasche versteckt."

„Dein Fernglas muss tatsächlich viel schärfer sein, als ich dachte", erwiderte er unbeeindruckt.

„Bitte." Sie schenkte ihm ein bezauberndes Lächeln. „James wird mir nie verzeihen, wenn ich diese Gelegenheit nicht wahrnehme. Er ist ganz verrückt auf Boote. Ich weiß, dass die ‚Epoca' einfach phantastisch sein muss."

„Ja, das ist sie. Also gut." Tomás zog sein Dinnerjacket aus, reichte es ihr und schwang sich geschickt auf die Yacht. Petra konnte in der Dunkelheit nur sein weißes Hemd erkennen, als er eine Strickleiter für sie herabließ, damit sie an Bord klettern konnte. Er hatte inzwischen eine Lampe eingeschaltet. Petra betrachtete den weichen Wollteppich und die mit feinstem grauen Leder bezogenen Sessel der Sitzecke.

Staunend folgte Petra Tomás zum Sonnendeck, das durch Segeltuch nach allen Seiten vor neugierigen Blicken geschützt war. Das Cockpit der Yacht war geräumig, und neben dem Steuerrad blinkten unzählige Armaturen und Instrumente.

Tomás erläuterte ihr kurz die Arbeitsweise des elektronischen Navigationssystems. „Theoretisch ist es möglich, mit diesem Schiff von hier bis nach Amerika zu fahren, ohne auch nur einen Blick auf eine Seekarte zu werfen", erklärte er. „Möchtest du die Kabinen sehen?"

„Ja!"

Unter Deck befanden sich zwei Doppelkabinen, ein geräumiger Salon und eine Kombüse. Er zeigte ihr zuerst die größere der beiden Kabinen, deren Einrichtung ihr fast den Atem verschlug.

Im hellen Wollteppich versanken die Füße fast knöcheltief, er passte in der Farbe genau zu den Wänden, die mit feinstem Kalbsleder bespannt waren. Im Mahagoniholz der Schränke, Regale und des Toilettentisches spiegelte sich die indirekte Beleuchtung des Raumes wider. Das Bett war breit und niedrig. Mit einem Seufzer sank Petra darauf.

„Gefällt es dir?" fragte Tomás.

„Es ist dekadent, überwältigend luxuriös und entspricht gar nicht meinem Geschmack, aber ich liebe es." Sie lächelte zu ihm auf und ließ sich zurückfallen.

„So genusssüchtig kenne ich dich gar nicht." Er setzte sich neben sie und strich ihr das kastanienbraune Haar aus der Stirn. „Ich dachte, du liebst eher das Einfache."

„Oh, ich könnte mich schon an diesen Luxus gewöhnen. Ich glaube wirklich, dass ich langsam korrupt werde." Petra wurde ernst. Als sie ihm in die Augen sah, spürte sie wieder die berauschende Wirkung seiner Nähe. „Vielen Dank für diesen Abend, Tomás. Ich habe jede Minute genossen."

„Das freut mich." Er beugte sich hinunter und küsste sie auf den Mund. Doch als ob er ihre Erregung nicht spürte, löste er sich schon bald von ihr und lächelte sie an. Petra hob die Hand und streichelte sanft seine Wange.

„Glaubst du, ich bin zu jung für dich?" fragte sie sanft.

„Ein bisschen", gab Tomás zu. „Warum fragst du?"

„Manchmal bist du so merkwürdig." Sie zögerte. „Wenn du mich berührst oder küsst. Als ob du dich bewusst zurückhältst. Ist es so?"

„Es fällt mir schwer, mich zurückzuhalten, aber ich tue es."

„Ich wollte, du tätest es nicht", sagte sie und errötete. „Jedenfalls manchmal."

„Das Lamm gewährt dem Wolf Eintritt in sein Haus?"

„Ich bin kein Lamm, Tomás."

„Doch, das bist du", widersprach er zärtlich. „Und als verantwortungsbewusster Wolf muss ich auf dich Acht geben."

„Ich habe heute Abend alle Vernunft in den Wind geschlagen, als ich den Cognac trank", sagte sie und berührte mit dem Finger sanft seinen Mund. „Warum tust du nicht dasselbe?"

„Petra, Petra." Er sah sie zärtlich an. „Langsam glaube ich, dass du mich hierher gebracht hast, um mich zu verführen."

„Das würde ich gern tun", gab sie mit einem nervösen Lachen zu. „Wenn ich nur wüsste, wie."

Er hielt ihre Hand fest und küsste die schlanken Finger. „Es dauert seine Zeit, die Kunst der Verführung zu lernen."

„Das klingt schön." Ihre Lippen öffneten sich leicht.

„Diese Kunst verlangt einige Kenntnisse." Tomás küsste die Innen-

seite ihrer Handgelenke, wo der Puls jetzt schnell und ungleichmäßig schlug. „Und sie erfordert eine lange und mühevolle Praxis."
„Ich habe den Vorteil eines guten Lehrers", flüsterte Petra. „Und ich verspreche, eine gute Schülerin zu sein."
„Eine gute Schülerin. Also schreckt dich langes, mühsames Studium nicht ab."
Petra schüttelte den Kopf. Sie wusste, dass sie für keinen anderen Mann empfinden könnte wie für Tomás Torres. Das brauchte sie ihm nicht zu sagen, denn er konnte es in ihrem Blick sehen und an ihrem klopfenden Herzen fühlen, das seinem so nah war.
Langsam fuhr er mit dem Zeigefinger ihren Hals entlang und über die zarte Haut zwischen ihren Brüsten. „Du bist wunderschön", sagte er leise und streifte die Träger des Kleides von ihren Schultern, bis sich ihre vollen Brüste seinen bewundernden Blicken darboten.

Diesmal hielt Tomás sich nicht zurück, das spürte Petra an seinem Kuss. Seine Zunge reizte ihre Sinne, bis sie sich aufstöhnend gegen ihn presste. Ungeduldig öffnete sie die Knöpfe seines Hemdes und streichelte seinen nackten Oberkörper. Seine Muskeln waren angespannt vor Erwartung. Petra fühlte alle Zurückhaltung schwinden. Einige Minuten zuvor hatte sie noch nicht daran gedacht, mit ihm zu schlafen. Doch jetzt gab es nichts, was sie sich sehnlicher wünschte. Sie begehrte ihn zu sehr. Ihr Körper sehnte sich nach ihm mit einer Kraft, für die es kein Zurück mehr gab.
Zuerst waren ihre Küsse lang und sanft. Doch je mehr er Petra erregte, desto fordernder wurden auch ihre Zärtlichkeiten. Hastig streifte er sein Hemd ab. Fasziniert beobachtete Petra das Spiel seiner Muskeln, während er ihr das Kleid auszog und vorsichtig über einen Stuhl legte. Darunter trug sie nur einen spitzenbesetzten Slip, und als er sie wieder in die Arme zog, spürte sie seine nackte Haut auf ihrer wie einen elektrischen Schock. Tomás war so stark und muskulös. Sie genoss es, ihn zu berühren, und auch er war offenbar von ihrem Körper erregt. Die Weichheit ihrer Haut, die rosigen Knospen ihrer

Brüste, all das schien ihn mit tiefer Zärtlichkeit zu erfüllen. Mit den Händen und dem Mund erforschte er ihren Körper, als wäre sie die erste Frau, die er liebte.

Petra hätte sich nie träumen lassen, dass Liebe so sein könnte. Sie war bereit für ihn, als seine Zärtlichkeiten schließlich ihre intimsten Regionen erreichten. Ihre Hände fanden ihn, erforschten sein Verlangen und ließen ihn leise aufstöhnen.

Es war seltsam und wunderbar, ihn so zu berühren und selbst von ihm liebkost zu werden. Ahnte er, dass dies das erste Mal für sie war? Aber jetzt hatte das keine Bedeutung mehr. Sie spürte sein Begehren und sehnte sich danach, ihn in sich zu fühlen. Nichts hatte mehr Bedeutung außer der Leidenschaft, die sie vereinte. Vielleicht wartete ein neues Leben auf sie, ein Leben, in dem Tomás sie immer mit seiner Liebe umgeben würde, so wie er es jetzt tat.

„Mein Liebling", sagte sie mit rauer Stimme. „Bitte, lass mich nicht länger warten!"

Er lächelte zärtlich. „Bist du dir über die möglichen Konsequenzen im Klaren?"

„Konsequenzen? Oh …" Petra lächelte. „Im Moment ist es ganz sicher, Liebling."

Er sah sie skeptisch an. „Nichts ist ganz sicher, besonders nicht diese Art von russischem Roulette."

Sie schüttelte verzweifelt den Kopf, weil sie nicht wollte, dass jetzt alles endete. „Es wird keine Folgen haben."

„Du scheinst dir sehr sicher zu sein." Er küsste sie auf die Lippen. „Hast du Vorkehrungen getroffen?"

„Ja", sagte sie und schloss die Augen, damit er nicht sah, dass sie log. „Komm zu mir. Bitte!"

Sie begehrte ihn so sehr, dass sie nicht eine Sekunde länger warten konnte. Und als hätte ihre Leidenschaft seine gesteigert, glitt er mit einem Aufstöhnen zwischen ihre Schenkel.

Petra hatte das Gefühl, als ob ihr ganzes Leben sich in diesen einen Moment konzentrierte. Sie machte ihm ihre Jungfräulichkeit zum Geschenk, denn sie wusste in diesem Augenblick, dass sie ihn liebte, wie sie noch nie jemanden geliebt hatte. Es war schön und seltsam, ihn tief in sich zu fühlen, und sie wurde sich undeutlich bewusst, dass ihr Tränen über die Wangen liefen.

„Preciosa", flüsterte er bewegt und küsste sie sehr sanft. „Ich liebe dich, Petra, Liebling."

„Ich liebe dich auch." Ihre Stimme schwankte. „Ich liebe dich so sehr, Tomás." Sie sah zu ihm auf, und ihre schönen Augen waren noch feucht von Tränen.

Sie hatte keinen Schmerz gespürt, nur sein Verlangen gefühlt, als er in sie eindrang. Er bewegte sich so sanft und vorsichtig, dass sie es zunächst kaum spürte. Aber dieses Gefühl änderte sich, wuchs und wurde zu einer überwältigenden Welle der Leidenschaft, die anders, intensiver war als ihre ersten Berührungen. Jede Faser ihres Körpers, jeder Muskel nahm den Rhythmus auf, der sie miteinander verband. Seine Stärke und Leidenschaft rissen sie mit sich fort, und es gab nichts mehr auf der Welt außer ihnen beiden und ihrer Liebe.

Hinterher fühlte Petra sich wie auf Wolken, während sie in seinen Armen lag. Es schienen Stunden zu vergehen, ehe sie ihre Umgebung wieder wahrnahm: die kühle Luft auf ihrer feuchten Haut, das Plätschern des Wassers gegen die Bordwand und Tomás, der ihr zärtlich sagte, dass sie nicht zu weinen brauche.

„Es tut mir leid." Petra trocknete sich die Augen. „Ich bin nicht immer so."

„Ich will dich gar nicht anders." Er lächelte und strich ihr das wirre Haar aus der Stirn. „Weißt du, dass du die ganze Zeit nur spanisch gesprochen hast?"

„Nein." Sie lachte verlegen. „Ich wundere mich, dass ich überhaupt den Atem hatte, irgendetwas zu sagen."

Tomás zog sie an sich und küsste sie. „Du bist wunderbar", flüsterte er. „Ich habe nie eine Frau wie dich gekannt."

Sie lag in seinen Armen und hörte ihn Dinge sagen, die sie von diesem Mann nie erwartet hätte. Insgeheim amüsierte sie sich, weil er nicht bemerkt hatte, dass sie noch Jungfrau gewesen war. Bedeutete das ein Kompliment für sie oder nicht? Irgendwie hatte sie geahnt, dass das erste Mal für sie völlig problemlos verlaufen würde. Aber so hatte sie es sich niemals vorgestellt.

Viel später sah Tomás auf seine Armbanduhr. „Es ist schon ein Uhr! Warten deine Eltern nicht auf dich?"

„Sie haben es aufgegeben, sich um mich Sorgen zu machen."

„Was?" fragte er entrüstet. „Kommst du immer erst um ein Uhr nachts nach Haus?"

„Nein", beruhigte Petra ihn. Zum ersten Mal bereute sie, dass sie noch bei ihren Eltern lebte. Es wäre schön, die Nacht mit Tomás auf der Yacht zu verbringen. „Ich sollte mich wirklich auf den Heimweg machen." Sie setzte sich langsam auf und strich sich mit einer müden Bewegung die Haare aus dem Gesicht. „Ich fühle mich, als ob ich einen Marathonlauf hinter mir hätte."

„Es gibt hier eine Dusche", sagte Tomás. „Ich glaube, wir passen beide hinein. Kommst du mit?"

Es schien ganz natürlich, dass das Duschen viel länger als notwendig dauerte und dass sie sich beinahe noch einmal geliebt hätten. Doch schließlich riss Petra sich von ihm los und wickelte sich in ein dickes, weiches Badetuch.

Forschend sah sie in den großen Wandspiegel. Ihr Körper war derselbe: schlank, mit vollen, kleinen Brüsten und langen Beinen. Doch ihr Gesicht war anders, etwas Neues lag in ihrem Blick, eine Art von stiller Freude, die vorher nicht da war. Tomás kam zu ihr und schüttelte das Wasser aus seinen Haaren.

„Du bist ja eitel." Er küsste ihre nackte Schulter.

„Nein." Sie lächelte seinem Spiegelbild zu. „Ich wollte nur sehen, ob deine Liebe mich verändert hat."

„Du bist sehr schön." Er nahm ihr das Handtuch aus der Hand und stellte sich neben sie, so dass sie sich gemeinsam im Spiegel betrachten konnten. „Was meinst du, passen wir zusammen?"

„Ich glaube ja." Seine Größe und Statur ließen Petra zart und zerbrechlich aussehen, und das unterstrich wiederum seine männliche Kraft.

„Komm, Liebling! Wir müssen gehen, es ist schon sehr spät. Dein Vater wird mich umbringen."

Sie stellte sich auf die Zehenspitzen und gab ihm einen Kuss. „Und wenn er uns beide umbringt, mir ist es einerlei. Dies ist die glücklichste Nacht meines Lebens!"

Die Heimfahrt im offenen Ferrari war zauberhaft. Der Wagen schien wie für solche Gelegenheiten geschaffen. Petra schmiegte sich eng an Tomás. Sie fühlte sich völlig eins mit ihm, geborgen in einer Welt, in der nur sie beide existierten.

„Worüber denkst du so angestrengt nach?" fragte er und strich ihr sanft über die Wange.

„Über dich." Petra lächelte ihm zu. Vor wenigen Wochen noch war er ein Fremder für sie gewesen, und nun liebte sie ihn mit jeder Faser ihres Herzens. Doch ihr war, als sei dies vom Schicksal vorherbestimmt gewesen. Es hatte einfach passieren müssen. Ob seine Liebe bestehen blieb? Ihr Glück wurde von der Angst getrübt, von Tomás verlassen zu werden.

Ach, sie hätte lieber weiter vor sich hinträumen sollen, anstatt sich Gedanken darüber zu machen, wie viel sie für Tomás bedeutete. Was konnte ein so reicher, bedeutender Mann schon von einem Mädchen wie ihr wollen? Vielleicht war seine Liebe zu ihr nur eine Illusion, auf die sie sich lieber nicht verlassen sollte.

Tomás hatte sich über ganz andere Dinge Gedanken gemacht. „Du kommst doch zu der Versammlung morgen?" fragte er unvermittelt.

„Ich sitze in der ersten Reihe. Das würde ich mir auf keinen Fall entgehen lassen", erwiderte Petra mit gespielter Fröhlichkeit. „Ganz Palma wird da sein."

„Dein Freund Barry Lear will damit Aufsehen erregen", stellte Tomás fest. „Er geht die Sache emotional an."

„Seine Gefühle sind eben sehr stark", meinte sie und schmiegte sich an Tomás.

„Das glaube ich", sagte er trocken. „Aber was fühlt er? Liebe zur Natur oder Hass gegen Menschen? Ich mag ihn nicht."

„Ich aber. Er ist ehrlich und engagiert sich für die Umwelt. Außerdem ist er Experte, was Falken angeht."

„Wie schön für ihn."

„Du respektierst keinen von ihnen, nicht wahr?" fragte Petra heftig. „Wenn es um Umweltschützer geht, bist du sehr verletzend."

„Und du lässt dich zu sehr von ihnen beeindrucken", fuhr Tomás unbeirrt fort. „Lear tut, als sei er Experte, dabei hat er sein Wissen nur aus Büchern. Er kann dir ganz genau sagen, wie viele Mäuse ein Falke pro Jahr verschlingt, aber er kann nicht einmal einen gebrochenen Flügel schienen oder einen kranken Vogel kurieren."

„Was meinst du damit?" Sie rückte von ihm ab.

„Mein Onkel, Emilio Torres, ist ein wirklicher Experte auf dem Gebiet. Er ist Falkner, wie mein Großvater und Urgroßvater es waren. Barry Lear muss ihn bei kranken oder verletzten Vögeln um Rat fragen." Tomás warf ihr einen kurzen Blick zu. „Du kannst dir vorstellen, wie schwer ihm das fällt. Er hasst Emilio, weil der mehr über Falken weiß, als er selbst je wissen wird. Und indem er ihn um Hilfe bittet, gibt er zu, dass Emilio der bessere Mann ist."

„Die Jagd mit Falken ist eine grausame Sache", war alles, was Petra als Erwiderung einfiel. „Es ist nicht besser als Stierkampf."

Tomás nickte. „Die Falkenjagd ist grausam und schön, genau wie das Leben. Mit dem Stierkampf ist es ähnlich. Beide sind fest in der spanischen Kultur verwurzelt."

„Aber du kannst den Stierkampf in der heutigen Zeit doch unmöglich gutheißen!"

„Ich billige ihn nicht, aber ich lehne ihn auch nicht ab. Das steht mir nicht zu." Er sah sie an. „Erzähl mir jetzt bitte nicht, dass Stierkampf grausam und brutal und primitiv ist. Das weiß ich selbst."

Petra lächelte verächtlich. „Merkwürdig, dass diese blutigen Sportarten immer als traditionelles Kulturgut angesehen werden. In England ist es dasselbe mit der Fuchsjagd."

„Ich versichere dir, dass der Stierkampf nicht meinem Geschmack entspricht", beruhigte Tomás sie. „Aber die Falknerei, ah, Petra, das ist ein wunderbarer Zeitvertreib. Dem Falken zusehen, wenn er sich wie ein Blitz in den blauen Himmel emporschwingt – das ist wahre Schönheit!"

„Ein heidnischer Brauch", erwiderte sie heftig.

Er lachte. „Ich teile ja auch nicht deine Bewunderung für Barry Lear oder seinen Freund Peraza. Ihr Fanatismus zwingt sie zu Entscheidungen, vor denen jeder vernünftige Mensch zurückschreckt."

„Zum Beispiel?" fragte Petra herausfordernd.

„Die Besetzung von Sa Virgen letztes Jahr."

„Damit hatten sie überhaupt nichts zu tun", versicherte Petra. „Ich gebe zu, dass das Ganze keine gute Idee war, aber es hätte doch etwas bringen können, wenn alles so gelaufen wäre, wie es geplant war. Die Schwierigkeit war, dass eine Gruppe von Außenseitern sich einmischte, Leute, die sich für die Umwelt überhaupt nicht interessieren. Jede Bewegung zieht auch einige Verrückte an, aber du darfst sie nicht mit den Leuten verwechseln, die sich wirklich engagieren."

Tomás parkte den Wagen vor Petras Elternhaus. „Lass uns nicht streiten", bat er zärtlich. „Diese Nacht bedeutet mir zu viel."

„Mir auch." Petra schmiegte sich an ihn und fühlte, wie ihr Ärger verflog, als er sie küsste. Es war ein langer, inniger Kuss, der sie daran erinnerte, was nachts zwischen ihnen geschehen war.

„Du musst schleunigst ins Bett", sagte Tomás entschlossen und stieg aus. Er schlang seinen Arm um ihre Taille und begleitete sie bis zur Haustür. Auf der Veranda umfasste er ihr Gesicht mit beiden Händen und küsste sie zärtlich. „Und nun schlaf gut, mein Herz."

„Tomás …" Sie wollte ihm sagen, wie wunderbar diese Nacht für sie gewesen war und was sie ihr bedeutete. Aber er legte ihr sofort den Finger auf die Lippen.

„Sag nichts. Jetzt ist nicht die Zeit dafür. Ich weiß ohnehin, was du mir sagen willst. Wir sehen uns morgen."

Sie schloss die Tür auf und warf ihm zum Abschied noch eine Kusshand zu.

Im Haus war es still. Mit geschlossenen Augen wartete Petra in der Dunkelheit, bis das Motorengeräusch seines Wagens verklungen waren. Erst dann ging sie langsam die Treppe hinauf in ihr Zimmer.

7. KAPITEL

Petra hatte die Ramon-Lull-Halle noch nie so überfüllt gesehen. Im Zuschauerraum drängten sich die Leute, und auf der Bühne trugen mindestens drei verschiedene Kamerateams mit ihren Mikrophonen und blendenden Scheinwerfern zum allgemeinen Durcheinander bei. Es herrschte eine erregte, angespannte Atmosphäre, die Luft schien vor Elektrizität zu knistern.

Die Mitglieder der Umweltgruppe waren vollständig vertreten, doch Petra erkannte auch andere Leute, die sie seit Monaten nicht gesehen hatte. Es war ein großes Ereignis für eine Sache, die bisher nur wenig öffentliches Interesse erregt hatte. Für ihre Gruppe war das Ganze jetzt schon ein Erfolg.

Angesichts des Massenaufgebots der Medien und der erregten Menge, die auf die Hauptakteure dieses Abends wartete, fühlte Petra ihre Zuversicht schwinden. Wenn die Debatte nun nicht so verlief, wie Tomás erwartete? Wenn dieser Abend tatsächlich dazu führte, seine Pläne für Sa Virgen zu vereiteln?

Petra mochte nicht einmal daran denken. Sie war so mit ihrer Liebe beschäftigt gewesen, dass ihr solche Überlegungen gar nicht in den Sinn gekommen waren.

Das Gemurmel der Menge war inzwischen bedrohlich angeschwollen. Hoffentlich war heute Abend keiner von den radikalen Umweltschützern anwesend!

Die Hauptpersonen wurden mit Applaus und vereinzelten Zwischenrufen empfangen. Barry Lear machte einen ernsten, gespannten Eindruck. Hinter ihm erschien, wie üblich, Andres Peraza, gefolgt von einer Gruppe bekannter Wissenschaftler.

Tomás, der die Bühne als Letzter betrat, überragte die anderen um Haupteslänge. Petra fand ihn faszinierend in seinem dunklen Anzug. Sein Gesicht war völlig ausdruckslos. Er wurde begleitet von einem silberhaarigen untersetzten Mann mittleren Alters, wahrscheinlich Alfonso Ramirez. Ihnen folgten einige andere, offiziell aussehende Leute, unter denen Petra den Sprecher von Proyecto Virgen erkannte, der schon mehrmals an ihren Versammlungen teilgenommen hatte.

Aus den hinteren Reihen kamen Zwischenrufe, aber Petra konnte im allgemeinen Lärm nichts verstehen.

Endlich erschien auch der Vertreter des Umweltministeriums, der höflich lächelte. Er wurde von einer jungen Frau, offenbar seiner Sekretärin, begleitet.

„Jetzt geht's los", flüsterte James.

Petra nickte. Sie hatte nur Augen für Tomás, doch abgesehen von einem kurzen Nicken zur Begrüßung nahm er keine Notiz von ihr. Aufmerksam lauschte er seinem Rechtsanwalt, der ihm etwas ins Ohr flüsterte.

Der Tisch auf der Bühne war in V-Form aufgebaut. Tomás und seine Begleiter saßen auf der rechten, die Umweltschützer auf der linken Seite. In der Mitte hatte Leon Iglesias Platz genommen, der die Diskussion leitete. Er hatte Erfahrung als Diskussionsleiter. Auf seine Bitte hin wurde es sofort ruhig im Saal. Iglesias stellte Tomás, den Vertreter des Ministeriums und einige der Umweltschützer vor und eröffnete dann die Debatte. Zunächst sollten die Hauptpersonen Tomás Fragen stellen, danach die Zuschauer.

Zuerst wurde Barry Lear das Wort erteilt. In seinem furchtbaren Spanisch ließ er eine lange Anklagerede gegen Tomás vom Stapel. Leon Iglesias musste ihn schließlich ermahnen, seine Fragen zu stellen. Doch der Applaus zeigte, dass Barry zumindest von einem Teil der Zuschauer unterstützt wurde.

Als Tomás antwortete, wurde es totenstill in der Halle. Einen größeren Kontrast zu Barrys aufgeregtem Wortschwall hätte es nicht geben können. Seine klare, tiefe Stimme strahlte so viel Zuversicht aus, dass alle Nervosität von Petra abfiel. Punkt für Punkt widerlegte er Barrys Argumente, und Petra hatte das Gefühl, dass sich niemand im ganzen Saal seiner Aufrichtigkeit und Überzeugungskraft entziehen konnte.

Am Ende der Rede gab es tosenden Applaus, aber auch einige Buhrufe. Petra wandte sich ihrem Bruder zu und flüsterte aufgeregt: „Wie fandest du ihn?"

„Einfach großartig", versicherte James. Mit einem Blick auf das gespannte, blasse Gesicht seiner Schwester fügte er hinzu: „Dir liegt viel an ihm, nicht wahr?"

Petra nickte nur und wandte ihre Aufmerksamkeit wieder dem Geschehen auf der Bühne zu. Tomás versicherte gerade in seiner ruhigen, kühlen Art, dass er alles tun würde, um die Vögel auf Sa Virgen zu schützen.

„Lügner!" rief jemand aus dem hinteren Teil der Halle.

„Ich bin kein Lügner", erwiderte Tomás ruhig. „Wer mich kennt, der weiß, dass ich vieles bin, aber kein Lügner."

Applaus und Gelächter folgten seinen Worten. Als Nächster stellte ein Wissenschaftler eine lange und komplizierte Frage, und der Vertreter des Umweltministeriums zeigte erste Anzeichen von Schläfrigkeit. Petra war froh, dass die Spannung in der Halle beträchtlich nachgelassen hatte.

„Er wird es schaffen", sagte sie zu James, der ihr lächelnd zustimmte.

Während der nächsten Stunde sah es tatsächlich so aus, als würde Tomás als Sieger aus der Diskussion hervorgehen. Zusammen mit Alfonso Ramirez beantwortete er alle Fragen offen und ehrlich, und Petra hatte das Gefühl, dass die meisten der Anwesenden auf der Seite der beiden standen. Zwei der Wissenschaftler hatten schon ihre Überzeugung geäußert, dass der Natur auf Sa Virgen durch Tomás' Pläne kein Schaden zugefügt würde.

Petra atmete auf. Auch wenn sie selbst schon lange davon überzeugt war, tat es doch gut, dass anerkannte Experten zustimmten. Sie wusste jetzt, dass die Pläne Sa Virgen nicht gefährden würden, und niemand, der diese Debatte verfolgt hatte, konnte anderer Ansicht sein.

Doch Barrys Miene blieb düster. Petra erinnerte sich, dass Tomás der Ansicht war, er lasse sich niemals umstimmen. Aber Tomás' Argumente waren so überzeugend, dass es keine Widerstände mehr geben konnte.

Womit sie nicht gerechnet hatte, war die Tatsache, dass die Gegner von Proyecto Virgen Ausländer waren, und die waren im Saal stark vertreten. Tomás mochte die Sympathien der einheimischen Bevölkerung auf seiner Seite haben, aber als den Zuschauern Gelegenheit gegeben wurde, Fragen zu stellen, veränderte sich die Stimmung zu seinen Ungunsten. Einige wurden ausgesprochen beleidigend, und im hinteren Teil des Saales schien ein Handgemenge im Gange zu sein.

Petra fühlte wieder Angst in sich aufsteigen. Während sie nach hinten spähte, fiel ihr Blick auf einige junge Leute in der Mitte der Halle. Sie sahen ziemlich verwahrlost und draufgängerisch aus. Ein großes Mädchen mit rotem Gesicht hob die geballte Faust und beschimpfte Tomás. Also sind sie doch da, dachte Petra besorgt. Sie hatte so gehofft, diese Radikalen würden nicht kommen.

Was dann folgte, konnte Petra nicht mehr richtig sehen, aber einer der Zuschauer hatte das große Mädchen anscheinend umgestoßen. Plötzlich war die ganze Halle in Aufruhr, einige Frauen schrien vor Angst.

Wie alle anderen war auch Petra aufgesprungen. Leon Iglesias bat mit lauter Stimme um Ruhe, aber keiner hörte mehr auf ihn. Dann flog etwas durch die Luft und landete krachend neben dem Tisch auf der Bühne. Fassungslos erkannte Petra eine Flasche.

Der Vertreter des Ministeriums sprang auf und schob seine Sekretärin zum Ausgang. Die Atmosphäre hatte sich völlig verändert, Unheil lag in der Luft. Das Handgemenge hatte sich ausgebreitet, und man konnte nicht mehr erkennen, wer sich bewusst daran beteiligte oder wer nur versuchte, sich aus der Gefahrenzone zu retten. Unter Führung des Mädchens mit dem roten Gesicht sang eine Gruppe: „Sa Virgen den Falken!" Das hatten sie auch letztes Jahr auf der Insel gesungen. Banner wurden wie Kriegsflaggen geschwungen. Immer mehr Flaschen flogen in Richtung Bühne.

Petra erkannte entsetzt, dass sie nur zu diesem Zweck mitgebracht worden waren. Überall war das Geräusch von splitterndem Glas zu hören, und sie sah einen Kameramann, der sich die blutüberströmte Hand hielt.

Verzweifelt versuchte sie, auf die Bühne zu gelangen, besessen von dem Gedanken, Tomás irgendwie gegen die Angriffe zu schützen. Doch James hielt sie zurück und kauerte sich mit ihr auf den Boden.

„Halt deinen Kopf unten", befahl er ihr und versuchte, sie mit seinem Körper zu schützen. „Das kann nicht lange dauern."

Sie wollte sich befreien, aber James war zu stark für sie. Glas splitterte neben ihnen, sie schrak zusammen.

Dann flaute der Tumult ab. James lockerte seinen Griff. Einige Leute standen mit Bannern auf der Bühne, die anderen hatten entweder ihr Heil in der Flucht gesucht oder kauerten sich schutzsuchend zusammen. Die Bühne war ein einziges Durcheinander von schreienden Menschen, zerbrochenen Stühlen und Glasscherben. Der Vertreter des Umweltministeriums war plötzlich verschwunden, auch Tomás war nicht mehr da.

Dann sah Petra plötzlich Alfonso Ramirez über eine Gestalt gebeugt, die zwischen den zerbrochenen Stühlen lag. Wie ein körperlicher Schmerz traf sie die Erkenntnis, dass diese Gestalt Tomás sein musste. Blut war überall auf seinem Hemd und seinem Anzug, sein Gesicht war schneeweiß. Ramirez versuchte vergeblich, mit einem Taschentuch die blutende Wunde an Tomás' Kopf zu stillen.

Plötzlich hatte Petra das Gefühl, dass ihre Beine nachgaben. Der Saal schien sich zu drehen, und dann wurde es dunkel um sie.

James fing seine Schwester auf und verhinderte, dass sie zwischen die umherliegenden Glassplitter fiel. Behutsam trug er sie zu einem Stuhl und wartete, bis Petra langsam wieder zu sich kam.

„Tomás", stöhnte sie.

„Wie fühlst du dich?" fragte James, jetzt mehr Arzt als Bruder. „Du bist nur für ein paar Augenblicke ohnmächtig gewesen, das ist alles."

„Tomás ist verletzt!"

„Ich weiß." James versuchte sie zu beruhigen. „Ich hole schnell meine Tasche aus dem Auto. Du wartest hier auf mich, in Ordnung?"

Petra nickte. Doch sobald James außer Sicht war, stand sie langsam auf und machte sich auf die Suche nach Tomás. Alfonso Ramirez versuchte immer noch, das Blut aus Tomás' Gesicht zu wischen, und nun bemerkte Petra auch die tiefe Kopfwunde.

„Tomás", flüsterte sie und kniete neben ihm nieder. „Bist du in Ordnung?" Aber er zeigte keine Reaktion.

Das konnte doch nur ein Alptraum sein. Es war unmöglich, dass dies wirklich passiert war. Wo blieb James nur? Inzwischen waren Polizisten im Saal, die die Menge zum Gehen aufforderten. Petra sah, dass auch einige andere Leute verletzt waren.

„Er hat eine Gehirnerschütterung", sagte Ramirez hilflos.

„Mein Bruder ist Arzt. Er holt nur seine Tasche und wird jeden Moment zurück sein." Sie wischte sich die Tränen aus dem Gesicht. „Tomás, kannst du mich hören?"

„Das war Absicht!" sagte Ramirez verbittert. „Ich habe gesehen, wie der junge Mann mit einer Flasche auf ihn zielte, nur ein paar Meter entfernt. Und ich konnte nichts tun. Sie hätten ihn fast umgebracht!"

Endlich erschien James mit seiner Instrumententasche. Er untersuchte Tomás sorgfältig. „Schlimm", sagte er leise. „Das gefällt mir gar nicht."

„Was können wir denn tun?" fragte Ramirez.

„Im Moment nicht viel", erwiderte James. „Der Krankenwagen wird gleich kommen. Bis dahin werde ich die Wunde reinigen und verbinden. Nimm seinen Kopf in deinen Schoß, Petra."

Vorsichtig legte sie Tomás' Kopf in ihren Schoß, ohne darauf zu achten, dass ihr schönes weißes Kostüm bald blutverschmiert war. James nahm Desinfektionsmittel und Instrumente aus seiner Tasche und behandelte die Wunde.

Petra musste den Blick abwenden. Die Halle sah aus wie ein Schlachtfeld. Am anderen Ende trieben die Polizisten die letzten singenden Fanatiker aus dem Saal. Anscheinend waren einige von ihnen verhaftet worden. Eine Kamera funktionierte noch, und das dazugehörige Team filmte eifrig die schreckliche Szene.

Sie sah wieder auf Tomás hinunter. Unter der Sonnenbräune war sein Gesicht weiß wie Schnee. „Ist er schwer verletzt?" fragte sie ihren Bruder.

„Nach dem Röntgen werden wir mehr wissen", sagte er. „Ah! Ich habe einen großen Glassplitter herausbekommen. Mit ein bisschen Glück wird er morgen nur noch grässliche Kopfschmerzen haben. Sein Kopf scheint jedenfalls einiges aushalten zu können. Ich glaube, die Wunde ist jetzt sauber. Kannst du mir beim Verbinden helfen?"

Petra nickte und versuchte, sich an alles zu erinnern, was ihr Bruder ihr über Erste Hilfe beigebracht hatte. Während Petra sorgfältig die Wunde verband, fiel ihr ein, dass sie ein Mitglied der Gruppe war, die ihm so übel mitgespielt hatte. Wie dumm war sie gewesen! Sie war dafür verantwortlich, dass er hier lag. Wenn er starb, war es ihre Schuld!

Dieser Gedanke machte sie noch elender. Verzweifelt betete sie darum, dass Tomás ihre Dummheit nicht mit seinem Tod bezahlen musste.

„Wie geht es ihm?"

Petra erkannte Barry Lear, der sich besorgt über Tomás beugte. „Wird er wieder in Ordnung kommen?"

„Ich weiß nicht", erwiderte James kurz. „Sie haben ein paar sehr gewalttätige Freunde, Mr. Lear."

„Das waren nicht meine Freunde", wehrte Barry ruhig ab. „Ich kann nur mein Bedauern über diesen Vorfall ausdrücken."

„Bedauern?" wiederholte Petra. „Ist das alles, was du dazu zu sagen hast?"

„Ich fürchte, einige Leute haben den Kopf verloren", antwortete Barry kühl. „Sie haben ihrem Frust und ihrem Ärger freien Lauf gelassen. Das ist sehr bedauerlich."

„Es ist schockierend", sagte einer der älteren Polizisten zornig. „Don Tomás ist ein guter Mensch. Dies alles hätte nicht passieren dürfen!"

„Es täte mir sehr leid, wenn er ernstlich verletzt sein sollte", versicherte Barry.

Sein Blick fiel auf Petra, und sie erkannte plötzlich den zynischen Ausdruck in seinen Augen. Offenbar bereute er nichts von dem, was passiert war.

Dieser Gedanke schien ihr so ungeheuerlich, dass sie es zuerst nicht glauben wollte. War das Ganze geplant gewesen, selbst dies? Und war sie selbst, ohne es zu wissen, in ein Komplott verstrickt?

Ihr Blick wanderte von dem Polizisten zu Barry. Hast du es geplant? Barrys Gesicht blieb völlig kalt und ausdruckslos. Sein Blick war mitleidslos wie der eines Raubvogels. Nichts war ihm zu entnehmen, er gab keine Antwort auf ihre unausgesprochene Frage.

In der Zwischenzeit hatte James Tomás' Puls kontrolliert und untersuchte jetzt mit einem Ophthalmoskop die Augen seines Patienten. „Ich glaube, es ist eine schwere Gehirnerschütterung", sagte er. „Einen Schädelbruch kann ich fast mit Sicherheit ausschließen."

Ein Polizist eilte heran. „Der Krankenwagen ist da."

James lächelte Petra aufmunternd zu. „Du wirst dich erst einmal von ihm trennen müssen, Schwesterchen."

Die Krankenpfleger hoben Tomás vorsichtig auf die Trage. Petra beobachtete, wie sie mit ihm in Richtung Ausgang verschwanden, und fühlte Panik in sich aufsteigen.

„Können wir nicht auch zum Krankenhaus fahren?" bat sie ihren Bruder verzweifelt.

„Das hat keinen Sinn. Er wird wahrscheinlich sofort geröntgt und dann auf eine Station gebracht oder vielleicht in den Operationssaal."

„Ich möchte aber trotzdem hin."

„Na gut." James nickte ihr beruhigend zu. „Wir fahren in deinem Wagen hinterher." Er sah sich im Saal um. „Wir nehmen besser den Bühnenausgang."

Als James und Petra auf die dunkle Nebenstraße hinauskamen, blieben sie wie erstarrt stehen. Ein paar Meter entfernt parkte Tomás' Ferrari. Oder das, was nur noch davon übrig geblieben war. Und das sah trostlos aus.

Jemand hatte mit Knüppeln oder Eisenstangen so lange auf den Wagen eingeschlagen, bis er nur noch ein Haufen Blech war. Beim Anblick der zersprungenen Windschutzscheibe und der verbeulten Motorhaube ergriff Petra wieder Panik. Die Türen hingen wie zerbrochene Flügel in den Angeln. Selbst das Polster der Ledersitze war aufgeschlitzt, so dass die Füllung herausquoll.

„Verdammt noch mal!" fluchte James. „Haben sie denn immer noch nicht genug angestellt?"

„Verrückt", flüsterte Petra. Sie starrte fassungslos auf den zertrümmerten Wagen. „Sie sind alle verrückt!"

„Warte hier. Ich hole die Polizei." James rannte zurück in den Saal.

Ein Slogan war auf den Wagen gesprüht worden, aber Petra wollte gar nicht lesen, was da stand. Wie gelähmt vor Grauen, schien sie jetzt erst zu begreifen, wozu Menschen fähig sind.

Schritte kamen näher. Petra drehte sich um und erkannte Barry Lear, der mit den Händen in den Taschen auf sie zukam.

Er betrachtete den zerbeulten Ferrari und lächelte. „Das ist wirklich eine Schande." Die Schadenfreude in seinem Blick brachte Petra in Wut.

„Das ist alles dein Werk", sagte sie und bemühte sich, ihre Stimme unter Kontrolle zu halten.

„Wie kommst du darauf?" fragte er ungerührt und kickte ein Stück Glas weg. „Ich finde, dies hier ist der reinste Vandalismus. Obwohl einige Leute es vielleicht als einen gerechten Racheakt betrachten würden."

In diesem Moment wusste Petra, dass sie sich nicht geirrt hatte. Barry und die anderen hatten dieses Debakel von vornherein geplant. Der Abend war genauso abgelaufen, wie sie es sich vorgestellt hatten. Und sie selbst hatte es durch ihre Naivität und Dummheit überhaupt erst möglich gemacht.

Ungläubig sah sie ihn an. „Du bist ja verrückt!"

Barry warf ihr einen eiskalten Blick zu. „Ich habe dir doch gesagt, dass er diesen Abend nicht vergessen würde, oder?"

„Und das hast du damit gemeint?" Petra taumelte. Sie musste sich gegen die kalte Steinwand lehnen. „Barry, ich kann es einfach nicht glauben. Du musst doch wissen, was du getan hast. Nach allem, was letztes Jahr auf Sa Virgen geschehen ist ..." Sie schüttelte langsam den Kopf. „Ist dir nicht klar, dass du ihn hättest töten können?"

Er sah sie unbewegt an. Weder die Geschehnisse in der Halle noch die Zerstörung des Wagens bedeuteten ihm etwas. „Ich habe nichts damit zu tun."

„Du lügst!"

„Ich habe sogar um Ruhe und Ordnung gebeten." Er grinste. „Ich war sehr mutig, das haben mir viele Leute versichert." Er legte den Kopf auf die Seite und erinnerte mehr denn je an einen Vogel. „Außerdem ist es jetzt vorbei. Wir sollten daran denken, worum es hier geht."

„Ich habe es tatsächlich vergessen", sagte sie bitter. „Worum geht es denn?"

„Um die Welt, in der wir leben." Plötzlich klang Barry leidenschaftlich. „Es geht um die Leute, die zu reich und zu mächtig sind, um eines Besseren belehrt zu werden. Es geht um die hilflosen Vögel und Pflanzen auf Sa Virgen, die von rücksichtslosen Müßiggängern und ihren Autos zermalmt werden, wenn wir nichts dagegen tun."

„Dagegen tun?" wiederholte Petra ungläubig. „Du glaubst, mit Aktionen wie heute Abend etwas für den Umweltschutz zu tun? Dann sollte man dich einsperren!"

Sein Blick wurde hart. „Ich wusste, dass du nicht fähig bist, bei uns mitzumachen. Deshalb haben wir dir auch nicht erzählt, was heute passieren würde. Du bist und bleibst ein Mitglied der bürgerlichen Gesellschaft. Und wenn du glaubst, ich wüsste nicht, dass du in Torres verliebt bist, dann hast du dich geirrt."

„Ich verstehe nicht, warum du das getan hast", sagte Petra ruhig.

„Was macht dich so sicher, dass diese Katastrophe etwas Gutes für uns und für Sa Virgen bewirken könnte?"

„Auf Mallorca treiben die Hoteliers ihr Unwesen", erwiderte Barry brüsk. „Deshalb hat es auch nie wirkliche Opposition gegen Torres' Pläne gegeben. Alle sind nur darauf aus, ihr Schäfchen ins Trockene zu bringen. Diese Leute werden nicht aufhören, bis das ganze Land um das Mittelmeer eine einzige Betonwüste ist. Bis es keine Bäume mehr geben wird außer in den Hotelgärten, keine lebenden Wesen im Meer außer Touristen und keinen Vogel mehr in der Luft!" Er sah sie wutentbrannt an. „Die Behörden sind auf der Seite dieser Leute, Petra. Sie sind verrückt, nicht wir. Verrückt nach Geld, nach Profit, nach Hotels!"

Petra schüttelte den Kopf. Das Fünkchen Wahrheit, das in seinen Worten steckte, machte alles andere nur umso konfuser.

„Wir müssen zeigen, dass das Volk dagegen ist", fuhr er ruhiger fort. „Die breite Basis des Volkes, keine reichen Bastarde wie Torres. Wenn morgen in den Zeitungen steht, was hier passiert ist, wird es wie ein Signal wirken. Ein Signal für die einfachen Leute, sich zu erheben und ihre Opposition zum Ausdruck zu bringen. Wir zeigen ihnen, dass man aufstehen und gegen das Establishment kämpfen kann. Und dann sind wir nicht mehr ein paar Außenseiter, Petra. Wir werden das ganze Volk hinter uns haben."

„Wenn ich der Polizei erzähle, was du mir eben gesagt hast ..." begann Petra, aber Barry unterbrach sie höhnisch. „Dann streite ich einfach alles ab, genauso wie alle anderen. Es war eben ein spontaner Gefühlsausbruch des Volkes. Niemand wird dir glauben."

„Vielleicht doch!"

„Und wenn es so wäre, dann steckst du selbst bis zu deinem hübschen Hals in Schwierigkeiten", höhnte Barry.

„Wie meinst du das?"

„Du hast Torres schließlich hergebracht. Also bist du mitverantwortlich für das, was passiert ist. Und wenn wir ins Gefängnis gehen, dann gehst du mit, das schwöre ich dir." Sie hörten Schritte, und Barry drehte sich schnell um. „Du siehst, es ist auch für dich besser, wenn du den Mund hältst, Petra."

James war mit zwei Polizisten zurückgekehrt. Petra schwieg, als sie das zertrümmerte Auto untersuchten und Barry ihnen Entrüstung vorspielte. Sie fühlte sich wie erstarrt. Durch ihre Naivität hatte sie sich mitschuldig gemacht. Wie konnte sie mit dieser Schuld jemals fertig werden? Sollte sie die Polizisten über Barry aufklären? Aber wie konnte sie das tun, ohne sich selbst zu belasten? Und sie hatte keine Beweise, nicht einmal ein volles Geständnis von Barry.

Sie merkte, dass Barry sie beobachtete. In seinem Blick lag eine unmissverständliche Drohung. Er war ein Fanatiker, der für seine Sache alles tun würde. Er ist verrückt, dachte Petra.

„Señorita!" Mit besorgtem Gesichtsausdruck kam einer der Polizisten auf sie zu. „Sind Sie verletzt?" Er starrte auf den großen Blutfleck auf ihrem Rock. „Nein", sagte sie müde, „das Blut ist von Señor Torres. Ich bin in Ordnung."

„Ihr Bruder hat uns schon alles erzählt", sagte der Polizist. „Sie brauchen nicht länger hierzubleiben. Sie können nach Haus fahren und sich ausruhen. Sie sehen sehr mitgenommen aus."

„Das ist eine gute Idee", stimmte Barry heuchlerisch zu. „Warum bringen Sie Ihre Schwester nicht nach Haus, Doktor Castle? Sie muss einen schweren Schock bekommen haben."

„Sie haben Recht." James strich Petra das Haar aus dem Gesicht. „Hier können wir nichts mehr tun. Wir fahren nach Hause und trinken eine Tasse Tee. Danach bringe ich dich ins Krankenhaus, damit du Tomás sehen kannst. In Ordnung?"

„Ja", flüsterte sie. Vor Erschöpfung und Sorge konnte sie sich kaum noch auf den Beinen halten. James legte den Arm um Petra und führte sie vorsichtig zu ihrem Wagen.

„Er wird wieder gesund werden, Petra. Du wirst schon sehen. Alles wird wieder in Ordnung kommen."

8. KAPITEL

James fuhr seine Schwester auf ihre flehentliche Bitte erst zum Krankenhaus, doch sie wurden nicht zu Tomás vorgelassen, da die Untersuchungen noch nicht abgeschlossen waren. James entging nicht, dass Petra vor Kummer und Sorge einem Nervenzusammenbruch nahe war, und bestand schließlich darauf, sie nach Hause zu bringen, damit sie Ruhe bekam.

Am nächsten Morgen fühlte Petra sich noch völlig erschöpft, als sie um zehn Uhr aufwachte. James brachte ihr die neuesten Nachrichten.

„Der Röntgenbefund ist gut", berichtete er und reichte ihr eine Tasse Tee. „Ich habe das aus zuverlässiger Quelle. Kein Schädelbruch und keine Blutgerinnsel."

„Gott sei Dank!" Petra setzte sich auf. „Wird er wieder gesund?"

„So wie es jetzt aussieht, ja. Die Wunde musste genäht werden, aber da sie über dem Haaransatz liegt, wird man es nicht sehen." James lächelte.

„Und wann wird er entlassen?"

„Wahrscheinlich morgen schon. Heute Nachmittag darf er Besuch empfangen. Ich fahre dich hin. Hier sind die Zeitungen. Ich dachte, das interessiert dich vielleicht."

Die Vorfälle in der Ramon-Lull-Halle füllten die Titelseiten aller drei Morgenzeitungen. Auf einer war ein Foto von Petra, wie sie Tomás' Kopf auf ihrem Schoß hielt. Um sie herum standen Polizisten. Sogar die radikalste der Zeitungen verurteilte die Vorkommnisse, obwohl sie ein Interview mit Andres Peraza brachte, in dem er versuchte, die Aufmerksamkeit wieder auf Sa Virgen zu lenken. Trotz allem hatte Petra jedoch das Gefühl, dass Barrys Aktionen sich gegen ihn selbst und seine Freunde wandten.

Petra stand langsam auf und zog sich an. Sie hätte sich nicht elender fühlen können, wenn sie selbst gestern Abend von einer Flasche getroffen worden wäre.

James nutzte seine Kontakte im Krankenhaus, so dass Petra eine Stunde vor der offiziellen Besuchszeit vorgelassen wurde.

Doch Petra musste erkennen, dass ihr jemand zuvorgekommen war. Eine schlanke, elegante Frau verließ gerade das Privatzimmer von Tomás und versperrte ihr den Weg. Petra sah in Cristina Coloms kalte Augen.

„Ich habe ihn vor Ihnen gewarnt", erklärte Cristina ruhig. „Er wollte nicht auf mich hören. Vielleicht tut er es jetzt. Warum sind Sie gekommen? Um sich an seinem Anblick zu weiden?"

„Ich möchte zu Tomás", erwiderte Petra mühsam beherrscht. „Die Schwester sagte mir, er sei wach."

Cristina lächelte kalt. „Glauben Sie etwa, dass Tomás Sie sehen will? Sie sind unverschämter, als ich dachte."

„Lassen Sie mich vorbei!" verlangte Petra energisch.

Cristinas Blick glitt über Petras Kleidung. Cristina war nur etwa sechs oder sieben Jahre älter, aber es lagen Welten zwischen dem Auftreten und Stil der Spanierin und Petras Natürlichkeit.

„Die Schwester hat sich geirrt", sagte Cristina kurz. „Er schläft gerade. Sie können jetzt nicht hinein."

„Dann warte ich", erwiderte Petra kühl.

„In der Zwischenzeit kann ich ja ein offenes Wort mit Ihnen reden", sagte Cristina herausfordernd. „Sie hatten es von Anfang an darauf angelegt, sich an Tomás heranzumachen. Ein hübsches Spielchen, das Sie sich da ausgedacht haben. Aber Sie waren ein bisschen zu schlau und ein bisschen zu unverschämt. Das Spiel ist aus, Miss Castle."

„Ich weiß nicht, wovon Sie sprechen", wehrte sich Petra steif.

„Sie sind so leicht zu durchschauen", meinte Cristina verächtlich. „Ihre Absichten sind nur allzu deutlich. Aber ich kann Ihnen versichern, dass Ihre Pläne, soweit sie Tomás Torres betreffen, nicht aufgehen werden."

„Sie haben kein Recht, so mit mir zu sprechen!" Petra zitterte vor Wut über Cristinas Beleidigungen. „Ich bin nicht im Mindesten an seinem Geld interessiert."

„Seinem Geld?" Cristina lachte höhnisch. „Das ist es also? Dachten Sie, er wäre reich? Eine gute Partie für eine Bürgerliche wie Sie?"

„So hat mich gestern schon einmal jemand genannt", bemerkte Petra trocken. „Aber einer von der anderen Seite." Hinter der zur Schau getragenen Ruhe verbarg sie ihre Verwirrung. „Ich hatte den Eindruck, dass er reich ist, aber für mich ist es unwichtig."

„Ich muss Sie leider enttäuschen", sagte Cristina scheinheilig. „Tomás Torres hat kaum genug Geld, um Alcamar zu halten. Warum, glauben Sie, lässt er sich die Nase nicht richten? Weil er dummerweise meint, er müsse zuerst seine Leute bezahlen. Haben Sie das nicht gewusst?"

„Nein."

„Sie kleiner Dummkopf! Haben Sie sich etwa Hoffnungen gemacht, in die Torres-Familie einzuheiraten?"

„Natürlich nicht. Aber Alcamar – und die Yacht ..."

Cristina zog die Augenbrauen hoch. „Die ‚Epoca'? Tomás hat kein Geld für solch teure Spielzeuge", erwiderte sie verächtlich. „Die ‚Epoca' gehört mir. Und was Alcamar betrifft, so hat Tomás sich ganz auf den Anbau von Zitrusfrüchten verlegt. Aber in den letzten Jahren mussten Tausende von Zitrusplantagen im Mittelmeerraum aufgegeben werden. Haben Sie das auch nicht gewusst? Sie wissen doch sonst alles, was Ihre Umwelt angeht. Seit kurzem versucht Tomás es mit Avocados und Obst, aber das wird erst in ungefähr zehn Jahren Profit bringen ... Und was glauben Sie wohl, wie viel Geld es kostet, das riesige Haus instand zu halten?" Sie betrachtete Petra amüsiert. „Die Torres sind nicht reich, sie mussten sogar die Goyas verkaufen, um ihre Rechnungen zu bezahlen. Das Bankkonto ist leer, und da jetzt auch noch der Ferrari seines Vaters demoliert ist, hat Tomás Torres nicht einmal mehr ein Auto!"

Petra fühlte sich unsagbar elend. Die vielen tausend Orangenbäume, die Tomás gepflanzt hatte, die ganze mühsame Arbeit, sollte das alles umsonst gewesen sein? Darum also hatte er damals auf dem Turm gesagt, es wäre besser gewesen, er hätte niemals einen Baum gepflanzt!

„Glauben Sie etwa, Tomás hat Proyecto Virgen aus Spaß gestartet?" fuhr Cristina fort. „Er braucht das Geld, sonst muss er Alcamar wahrscheinlich aufgeben!"

„Oh nein!" Petra war entsetzt.

„Oh doch. Auf diese winzige Insel hat er all seine Hoffnungen gesetzt. Er hat sich halb umgebracht, um das nötige Geld für seine Pläne zusammenzubekommen, damit er Alcamar erhalten kann. Und Ihre miese Bande von so genannten Umweltschützern versucht, ihn zu ruinieren."

Petra war bestürzt. Wie wenig wusste sie über Tomás! Er lebte also nicht im Überfluss, sondern musste um seine Existenz und um seinen Besitz kämpfen. Wie unwichtig erschienen dagegen ihre eigenen Sorgen! Und auch der gestrige Abend gewann plötzlich eine ganz neue Bedeutung.

Sie musste sich abwenden, weil sie Cristina Coloms durchdringenden Blick nicht mehr ertragen konnte. Warum hatte Tomás ihr nichts von seinen Sorgen erzählt? Er hätte sich ihr anvertrauen sollen, anstatt sie in dem Glauben zu lassen, er führe ein sorgloses Leben. Sein Stolz hatte ihn daran gehindert, ihr alles zu erzählen, das wusste sie instinktiv. Deshalb hatte er ihr auch verschwiegen, dass die ‚Epoca' nicht ihm gehörte. Wusste er nicht, dass sie lieber am Strand mit ihm geschlafen hätte anstatt auf der Yacht dieser Frau?

„Ich dachte mir schon, dass die Wahrheit Ihre Einstellung ändern würde", sagte Cristina herablassend. „Sie haben ihm gar nichts zu bieten. Mit meinem Geld könnte er dagegen die ihm zustehende Position an der Spitze der Gesellschaft Mallorcas übernehmen." Ihr Blick ging in die Ferne, als sähe sie eine wunderbare Zukunft vor sich. „Die wichtigsten Persönlichkeiten Europas werden bei uns zu Gast sein, und ich werde Bälle geben, die selbst den König vor Neid erblassen lassen."

Petra schwieg, und Cristina setzte sich auf einen Stuhl in der kleinen Sitzecke. Aus einem goldenen Etui nahm sie eine Zigarette und zündete sie an. „Ich weiß nicht, ob Sie naiv sind oder einfach nur berechnend", fuhr sie fort. „Aber ich möchte Ihnen einen Rat geben: Ge-

hen Sie, und zwar jetzt. Vergessen Sie Tomás Torres, denn was immer zwischen Ihnen beiden war – es ist vorbei. Wenn Sie durch diese Tür gehen, werden Sie es bereuen, das kann ich Ihnen versichern."
„Ich möchte ihn sehen", beharrte Petra müde.
„Wie Sie wollen." Cristinas Stimme klang gleichgültig. „Ich werde Sie nicht daran hindern."
Petra sah sie misstrauisch an. „Er ist wach, nicht wahr?" fragte sie. „Sie haben mich vorhin belogen."
Cristina schwieg. Mit boshaftem Blick beobachtete sie, wie Petra in Tomás' Zimmer ging.

Tomás saß in einem roten Seidenmorgenrock am Fenster und starrte hinaus. Er wandte sich nicht um, und Petra wusste nicht, wie sie beginnen sollte. Schließlich brach er selbst das Schweigen.
„Ich habe deine Stimme draußen gehört. Was willst du hier?"
„Dich sehen." Sie war entsetzt über seine Gleichgültigkeit. „Und dir alles erklären."
„Erklären?" Er drehte sich zu ihr um, aber sein Blick war kalt. „Du hättest lieber nicht herkommen sollen, Petra!" Sein Gesicht war wie eine steinerne Maske, die Mundwinkel waren verächtlich heruntergezogen. Noch niemals hatte sie ihn so bitter und wütend gesehen.
„Ich habe mich in dir getäuscht", sagte er ruhig. „Was für ein Narr ich doch gewesen bin!"
„Tomás", flüsterte sie, „es tut mir so leid. Wenn ich gewusst hätte, was passieren würde, hätte ich dich niemals überredet hinzugehen."
„Du brauchst mir nichts mehr vorzumachen. Die Sache war bis ins Detail geplant, nicht wahr?"
Petra senkte den Kopf, während ihr die Tränen über die Wangen liefen. „Ja, es war alles geplant."
„Und ich soll dir glauben, dass du nichts davon gewusst hast?" Seine gleichgültige Stimme traf sie härter als die Worte.
„Ja", bat sie mit tränenerstickter Stimme. „Ja! Ich möchte, dass du mir glaubst, denn es ist die Wahrheit. Barry Lear und die anderen ha-

ben mich dazu gedrängt, dich zu der Versammlung zu bringen. Aber, Tomás, ich wusste nicht, was sie vorhatten. Ich habe ihnen vertraut und gedacht, es sollte eine ganz normale Versammlung werden!"

„Sie haben also von dir verlangt, mich zu der Debatte zu locken", stellte Tomás trocken fest. „Mit allen Mitteln? Auch mit Sex?"

„Nein!"

„Dann war der Sex deine Idee?" Seine Hände umklammerten die Stuhllehnen so fest, dass die Knöchel weiß hervortraten.

„Es war keine Idee. Es passierte zwischen uns, das weißt du ganz genau."

„Ich weiß nur, dass du mich lächerlich gemacht hast", erwiderte Tomás rau. Verbitterung spiegelte sich in seinem schönen Gesicht wider. Petra spürte, dass er tief enttäuscht war und dass er sie nicht an sich heranlassen würde. „Ich kann verstehen, dass du mir eins auswischen wolltest", fuhr er kalt fort. „Aber warum hast du mit mir geschlafen? Den ganzen Morgen habe ich darüber nachgedacht, und es sind mir nur drei mögliche Gründe eingefallen: Entweder du hast es aus Neugier getan, oder aus Grausamkeit, oder einfach, weil du deinen Spaß haben wolltest." Sein Blick war eiskalt. „Wahrscheinlich hast du es zum Vergnügen getan."

„Tomás", sagte Petra leise, „du warst der erste Mann, mit dem ich geschlafen habe."

Er betrachtete sie einen Moment lang ungläubig, dann brach er in höhnisches Gelächter aus. „Auf jeden Fall hast du Phantasie!"

„Es ist wahr." Dass er sie so zurückstieß, trieb ihr das Blut in die Wangen. „Ich habe es dir nicht erzählt, weil ich einen besseren Moment abwarten wollte."

Er zog spöttisch eine Augenbraue hoch. „Einen besseren Moment?"

„Wenn wir mehr Zeit haben." Petra ging einen Schritt auf ihn zu. „Tomás, Liebling – ich hätte meine Jungfräulichkeit doch nicht zum Spaß geopfert oder nur, um dich zu der Versammlung zu locken."

„Du warst nicht unberührt!" Seine Verachtung traf sie wie ein

Schlag. „Warum verkaufst du dich so billig? Du hast Erfahrung in der Liebe, und du hast mir viel Vergnügen bereitet. Dein Gerede von Jungfräulichkeit ist lächerlich."

„Wenn ich dir Vergnügen bereitet habe, dann nur, weil ich dich liebe." Sie versuchte, gegen ihre Tränen anzukämpfen. „Es war das erste Mal für mich, das musst du mir einfach glauben!"

„Keine Lügen mehr." Tomás erhob sich und stand ihr drohend gegenüber. „Hör jetzt auf zu weinen! Das macht die Sache auch nicht besser."

„Warum glaubst du mir nicht?" stöhnte sie. „Ich dachte, wir bedeuten einander so viel ..."

„Ich bin kein Narr, Petra. Du wolltest an jenem Abend mit mir schlafen, das hast du mir selbst gesagt. Und außerdem glaube ich nicht, dass eine Jungfrau Vorkehrungen gegen eine Schwangerschaft treffen würde!"

„Oh, Tomás ..." Sie merkte, dass alles, was sie damals gesagt und getan hatte, sich nun gegen sie wandte. „In der Hinsicht habe ich dich wirklich belogen."

„Es ist genug, Petra", erwiderte er müde. „Von all deinen Lügen bekomme ich nur Kopfschmerzen."

„Es sind keine Lügen! Wenn einer gelogen hat, dann warst du es! Du hast mir vorgemacht, die ‚Epoca' gehöre dir. Du hättest mich nicht dorthin bringen dürfen! Wenn ich gewusst hätte, dass es ihr Schiff ist, wäre ich nie an Bord gegangen."

„Du warst es doch, die darauf drängte, die ‚Epoca' zu besichtigen", erinnerte er sie kalt.

„Nachdem du mich hingeführt hattest!"

„Das ist ein schmutziges Thema", sagte er abrupt.

„Schmutzig? Da hast du recht – im Bett einer anderen Frau mit mir zu schlafen!"

„Willst du mir jetzt einen Vortrag über Moral halten?" fragte er trocken.

„Vielleicht täte dir das ganz gut. Du hast mir viele Dinge verschwiegen. Warum hast du mir nichts über deine finanzielle Situation gesagt? Warum hast du mich glauben lassen, dass du reich bist?"

„Das ist es also?" fragte er langsam. „War das dein eigentliches Ziel? Das Geld?"

Sie starrte ihn entsetzt an. Wenn er das glaubte, gab es wirklich keine Hoffnung mehr. Sie wandte sich von ihm ab. „Was immer du von mir denkst, Tomás", sagte sie ruhig, „ich möchte, dass du weißt, wie leid mir alles tut, was gestern Abend passiert ist. Und was deine finanzielle Situation angeht, so habe ich nur deshalb darüber nachgedacht, weil es mit dir zu tun hat und weil mir auch das leid tut. Du hättest es mir erzählen sollen."

„Ich will weder deine Entschuldigungen noch dein Mitleid", erwiderte er scharf. „Spar dir das alles für den nächsten Mann auf."

„Es wird keinen nächsten Mann für mich geben. Du bist wirklich ein Narr, wenn du das nicht weißt, Tomás." Während sie in sein hartes, kaltes Gesicht sah, fühlte Petra eine Welle der Verzweiflung in sich aufsteigen und flüsterte: „Warum muss es nur so enden?"

„Es endete letzte Nacht", entgegnete Tomás unbewegt. „Und glaub mir, Petra, ich bedaure das nicht. Du bedeutest jetzt nicht mehr für mich, als ich für dich bedeutet habe."

Petra spürte, dass dies das Ende war, und verließ den Raum. Als die Tür zuschlug, hatte sie das Gefühl, alles verloren zu haben, was ihr jemals etwas bedeutet hatte: ihre Hoffnungen, ihre Liebe, ihr Leben.

Draußen erwartete sie Cristina mit kalter Wut im Blick.

„Du kleine Schlampe", fauchte sie. „Ich habe alles gehört. Auf meiner Yacht! In meinem Bett!"

Petra wischte sich müde die Tränen vom Gesicht. „Dann haben Sie ja auch gehört, dass ich Tomás für den Besitzer der ‚Epoca' hielt."

Cristina versuchte, sich wieder unter Kontrolle zu bringen. „Sie, eine Jungfrau? Dass ich nicht lache! Indem Sie sich meine Yacht und mein Bett aussuchten, wollten Sie wohl Ihre Macht demonstrieren? Ich könnte Sie umbringen!"

Ein Blick auf das bleiche, wutverzerrte Gesicht Cristinas überzeugte Petra, dass es wirklich so gemeint war. „Ich wollte niemanden verletzen", sagte sie so beherrscht wie möglich. „Es ist einfach so passiert."

„Bei Ihnen passiert nichts einfach so", erwiderte Cristina verächtlich. „Ich hatte keine Ahnung, dass die Sache schon so weit fortgeschritten war! Aber trotzdem ist sie jetzt vorbei." Petra merkte, dass Cristina verzweifelt versuchte, sich zu beherrschen. „Sie haben das Spiel verloren, Petra. Er hat seinen Spaß mit Ihnen gehabt, aber nun ist es genug. Tomás Torres gehört mir, und dagegen können Sie nichts tun. Nichts!"

„Cristina ..."

„Gehen Sie, bevor ich etwas tue, das ich hinterher bereue. Bieten Sie Ihre Jungfernschaft jemand anderem an!"

Sie rauschte an Petra vorbei, als existiere sie nicht mehr, und verschwand in Tomás' Zimmer.

Petra konnte sich kaum auf ihre Arbeit bei Gomila & Rodriguez konzentrieren, denn ihre Gedanken waren ein einziges Durcheinander.

Mittwochabend brachte James Neuigkeiten aus dem Krankenhaus. Tomás war einen Tag nach Petras Besuch entlassen worden und erholte sich schnell von seiner Verletzung.

James setzte sich neben Petra ans Fenster ihres Zimmer, wohin sie sich jeden Tag nach der Arbeit zurückzog. „Du solltest ihn anrufen."

„Nein."

„Er macht dich für den Vorfall verantwortlich, nicht wahr?" Sie antwortete nicht, und er fuhr eindringlich fort: „Aber vielleicht denkt er inzwischen anders darüber, oder er erinnert sich nicht mehr daran. Eine Gehirnerschütterung kann seltsame Auswirkungen haben."

„Ja, ich weiß."

„Wahrscheinlich sehnt er sich nach dir."

Petra sah schweigend aus dem Fenster.

„Warum fährst du nicht nach Alcamar und erklärst ihm alles?"

„Nein. Ich werde ihm das nie begreiflich machen können."

„Aber glaubst du nicht …"

„Bitte, James, ich möchte allein sein."

Mit einem resignierten Seufzer stand James auf und polterte die Treppe hinunter. Er verstand sie nicht. Wie sollte er auch?

Seit Tagen befand Petra sich in einer dumpfen, bitteren Verzweiflung, und sie war zu erschöpft, um sich daraus zu befreien. Im Büro und zu Hause hatten sich alle rührend um sie gekümmert, aber sie sehnte sich nur danach, allein zu sein. Undeutlich war ihr bewusst, dass diese Apathie ein Selbstschutz war.

Welche Ironie: Sa Virgen hatte sie zusammengebracht und wieder getrennt. Wegen eines dummen Missverständnisses hatte sie alles verloren. Wie war sie verblendet gewesen von Barry Lear, Andres Peraza und Julia Symmonds! Hätte sie sich in ihrem Liebestraum mit Tomás nur ein bisschen Zeit genommen, um über alles nachzudenken.

Wäre sie, hätte sie …

Tränen liefen ihr über die Wangen, ohne dass sie es bemerkte. Dieser schöne Traum war nur kurz gewesen, aber würde sie für den Rest ihres Lebens verfolgen. Bevor sie Tomás traf, wusste sie nicht, wie wunderbar die Liebe sein konnte. Nun dehnte sich das Leben lang, dunkel und leer vor ihr aus.

Cristina und Tomás waren wie füreinander geschaffen. Und sie, die dumme kleine Pute, blieb auf der Strecke.

Es war ihr egal. Sie wollte nie wieder etwas von ihm sehen oder hören. Als er am Abend vorher für ein kurzes Interview im Fernsehen erschienen war, hatte Petra das Zimmer verlassen. Sie fühlte sich nicht in der Lage, auch nur mit seinem Bild in einem Raum zu sein.

Auch über Barry Lear hatte es einige Berichte gegeben. Er versuchte geschickt, die öffentliche Aufmerksamkeit auf sich und seine Sache zu lenken. Aber anscheinend ging seine Rechnung nicht auf. Viele Menschen fühlten sich von dem, was geschehen war, abgestoßen. Sie hätte ihn am letzten Freitag anzeigen sollen. Aber auch hier hatte sie die falsche Entscheidung getroffen.

Petra wollte nie wieder zu den Treffen der Umweltgruppe gehen.

Wie sollte sie feststellen, wer von ihnen schuldig war, wer unschuldig, wer ein gefährlicher Fanatiker war und wer wirklich an die Sache glaubte?

Die nächsten Wochen würden hart für sie werden. Sie hatte Tomás Torres geliebt. Und es war keine kurze Verliebtheit gewesen, sondern die tiefe Leidenschaft einer Frau, die wie ein Blitz von diesen Gefühlen getroffen worden war.

Aber war sie nicht gewarnt worden? Damals, bei ihrem ersten Besuch in Alcamar, war ihr plötzlich der Gedanke gekommen, dass eine Liebe, die wie ein Blitz einschlug, meist nicht länger als ein Gewitter dauerte.

Für sie war dieses Gewitter vorbei. Und nun musste sie die brennende Dürre danach durchstehen.

Trotz ihrer Verzweiflung hoffte Petra, dass Tomás zu ihr zurückkam und sich alle Missverständnisse aufklärten. Ihr Herz setzte jedes Mal einen Schlag lang aus, wenn es an der Tür klopfte oder das Telefon klingelte. Aber es war nie Tomás, und während die Tage vergingen, erlosch das letzte Fünkchen Hoffnung in ihr.

Auch gegen Barry Lear unternahm sie nichts. Sie konnte ohnehin nichts gegen ihn ausrichten. Wenn Tomás zu ihr zurückgekehrt wäre, hätte sie ihm alles erzählt und wäre auch zur Polizei gegangen. Doch ohne ihn hatte sie weder die Kraft noch den Willen dazu.

Petras Verzweiflung erreichte ihren Höhepunkt, als James eine Woche später nach London zurückflog. Beim Abschied auf dem Flughafen war sie tief deprimiert und hätte sich am liebsten irgendwo verkrochen. Unter dem Vorwand, eine Zeitung besorgen zu wollen, führte James sie ein Stück von den Eltern weg und betrachtete besorgt Petras blasses Gesicht.

„Du wirst einen anderen Mann finden", tröstete er sanft. „Vergiss Tomás! Ich glaube nicht, dass er zu dir zurückkommt." Und als sie ihn verständnislos ansah, fuhr er fort: „Ich habe letzte Woche versucht, ihn zu erreichen. Ich dachte, ich könnte ihn davon überzeugen, dass du unschuldig bist. Aber er wollte nicht einmal am Telefon mit mir sprechen."

„Oh." Petra senkte den Kopf.

„Es tut mir leid, denn ich weiß, was du für ihn empfindest. Aber er denkt anscheinend, dass du an dem Attentat auf ihn beteiligt warst. Davon lässt er sich nicht abbringen. Am besten vergisst du ihn so schnell wie möglich." James drückte ihr etwas in die Hand. „Dies ist für dich, ein kleines Abschiedsgeschenk." Er umarmte sie schnell und warf ihr einen aufmunternden Blick zu. „Kopf hoch, Schwesterchen!"

Erst auf der Rückfahrt öffnete Petra das flache Paket. Es war ein Buch: „Wie richte ich mir meine eigene Wohnung ein?" Und auf der ersten Seite stand gekritzelt: „Warum nicht? Alles Liebe, James."

Petra sah nachdenklich zum Fenster hinaus. Vielleicht war es wirklich Zeit, ihr Elternhaus zu verlassen.

Warum nicht? Ja, warum eigentlich nicht?

Gleich in der nächsten Woche begann Petra mit der Wohnungssuche. Sie ging die Annoncen in den Zeitungen durch, traf sich mit Vermietern, verhandelte mit Wohnungsmaklern und merkte plötzlich, dass sie sich verändert hatte. Vielleicht war „erwachsen" das richtige Wort für die Veränderung, die in ihr blitzartig vorgegangen war. Sie hatte an Erfahrung gewonnen und aus ihren Fehlern gelernt.

Aber sie war auch selbstbewusster geworden, und sie beschloss, ihr Leben selbst in die Hand zu nehmen. Sie wollte sich nie wieder so tief verletzen lassen!

Und plötzlich wurde Petra auch klar, dass sie nicht für den Rest ihres Lebens bei Gomila & Rodriguez arbeiten mochte. Sie schätzte ihre Arbeitgeber sehr, und die Arbeit war interessant, aber sie erwartete mehr vom Leben. Sie wusste, dass sie mit ihren Fähigkeiten überall etwas erreichen konnte.

Sobald sie sich in ihrer neuen Wohnung in der Altstadt von Palma eingerichtet hatte, bewarb sie sich bei Eurotrans.

Schon einige Tage später bekam sie eine Einladung in das große

Büro an der Paseo de Sagrera. Die Tatsache, dass der zuständige Manager wegen ihres Vorstellungsgespräches extra von Barcelona nach Mallorca geflogen war, bestätigte ihr, wie wichtig die internationale Übersetzungsfirma ihre Bewerbung nahm.

Der Manager war sehr interessiert an Petras Mitarbeit. Ihre hervorragenden Fremdsprachenkenntnisse waren ausschlaggebend. Er fragte, ob sie bereit wäre, zu reisen und im Ausland zu arbeiten. Petra antwortete einfach: „Natürlich", und er bot ihr auf der Stelle einen guten Vertrag an.

Später saß sie vor dem Café „Lonja" in der Sonne und dachte über ihr Leben nach. Erst ein Monat war seit den Ereignissen in der Ramon-Lull-Halle vergangen. In dieser Zeit hatte sie einen Geliebten verloren, ihr Elternhaus verlassen, ihre eigene Wohnung eingerichtet und eine neue Arbeitsstelle gefunden. Nun musste sie nur ihr Glück wiederfinden.

Am Nachmittag kündigte sie ihre alte Stellung. Señor Gomila war traurig, aber nicht sonderlich erstaunt über ihre Entscheidung.

„Ich werde Sie vermissen", sagte er betrübt. „Etwas ist mit Ihnen geschehen, Petra. Plötzlich sind Sie eine Frau mit traurigen Augen, die ein wenig zu selten lächelt. Vergessen Sie die Kündigungsfrist." Er nickte ihr zu. „Doña Elisabetta wird ab Montag Ihre Arbeit übernehmen. Ihr Gehalt bekommen Sie natürlich weiter." Mit einer Handbewegung wischte er ihre Proteste beiseite und fuhr fort: „Sie haben hart für uns gearbeitet, vielleicht zu hart. Und dieses verstaubte, kleine Büro ist kein Platz für eine schöne junge Frau mit Ihren Fähigkeiten." Er streckte ihr mit einem herzlichen Lächeln die Hand entgegen. „Ich wünsche Ihnen alles erdenklich Gute, Petra."

9. KAPITEL

Petra wusste es Anfang Juni, als sie gerade in Paris war. Das Kongresszentrum hatte eine Klimaanlage, und der Raum, in dem die Simultandolmetscher arbeiteten, war kühl und dämmrig. Den ganzen Tag lang saß sie vor dem Mikrophon und übersetzte endlose Reden vom Spanischen ins Französische oder umgekehrt.

An diesem herrlichen Sommernachmittag saß Petra auf einer Bank an der Seine und starrte ins Wasser. Viele junge Männer warfen ihr bewundernde Blicke zu. Sie war aufgeblüht, und nicht einmal zwei Wochen ständiges Dolmetschen für eine Ingenieurkonferenz hatten ihr strahlendes Aussehen beeinträchtigen können.

Gleich nach ihrer Ankunft in Paris hatte sie sich das Haar abschneiden lassen. Nach der neuesten Mode geschnitten, umrahmte es nun weich ihr schmales Gesicht und betonte ihren schlanken Hals.

Ihr waren beinahe die Tränen gekommen, als die dicken, glänzenden Locken zu Boden fielen. Ihr war, als verlöre sie damit den letzten Rest ihrer Unschuld.

Petra freute sich, dass sie sich so wundervoll fühlte, zumindest körperlich. Nur die tägliche Übelkeit war unangenehm, und die ersten Tage der Konferenz waren schrecklich für sie gewesen. Zum Glück wurde ihr immer schlecht, bevor sie das Hotel verließ.

Sie brauchte keinen Arzt, der ihr ihren Zustand bestätigte. Ihr war klar, was die morgendliche Übelkeit bedeutete. Geahnt hatte sie es schon, als sie auf der ‚Epoca' mit Tomás schlief. Damals wusste sie irgendwie, dass es passieren würde, und doch hatte sie ihm vorgelogen, dass sie Vorkehrungen gegen eine Schwangerschaft getroffen hatte.

Warum? Diese Frage hatte sie sich schon so oft gestellt. Sie war dumm gewesen, unerfahren, romantisch und sehr verliebt. Aber vielleicht hatte sie auch einfach sein Baby gewollt. Vielleicht war das die ehrlichste Antwort.

Doch nun musste sie sich mit der Frage auseinandersetzen, was sie tun sollte. Dabei spielten auch die Menschen eine Rolle, die ihr nahestanden.

Ihre Eltern hatten trotz ihres unkonventionellen Lebensstils im Grunde sehr altmodische Ansichten, und es traf sie sicher hart, wenn ihre Tochter ein uneheliches Kind bekam.

James und Helen würden auch nicht gerade begeistert sein, wenn auch aus anderen Gründen. Sie liebten sie sehr und betrachteten diese Schwangerschaft bestimmt als eine Katastrophe für sie. Vielleicht würden sie sich freuen, aber vor allem würden sie sich Sorgen machen.

Aber hatten sie nicht Recht? Ihre berufliche Karriere endete in ein paar Monaten, zumindest vorübergehend. Lange konnte sie nicht mehr kreuz und quer durch Europa reisen, schon gar nicht, wenn das Baby erst einmal geboren war.

Zumindest finanziell sah sie keine Probleme. Sie hatte genug gespart, um sich und das Kind ein oder zwei Jahre durchzubringen. Doch für unverheiratete Mütter gab es noch viele andere Schwierigkeiten, darüber machte sie sich keine Illusionen.

Womit sie in ihren Überlegungen bei dem Menschen angekommen war, den das alles, neben ihr selbst, am meisten betraf.

In den letzten beiden Wochen hatte Petra jeden Abend hier gesessen und sich gefragt, ob sie es Tomás erzählen sollte. Sie liebte ihn mehr denn je. Ihre Gefühle waren tiefer und reifer geworden, so wie sie selbst erwachsener geworden war.

Trotzdem wusste sie nicht, was sie tun sollte. Wenn er nun mit Cristina Colom verlobt war? Vielleicht hatte er sie inzwischen schon geheiratet.

Das Herz tat Petra weh bei dem Gedanken. Und wenn er sie zurückwies, weil er das für einen neuen Trick hielt? Wenn er nicht glaubte, dass sie noch Jungfrau gewesen war, warum sollte er dann glauben, dass er der Vater des Kindes ist?

Es hatte keinen Zweck, darüber nachzudenken ...

Doch warum sollte sie es ihm nicht erzählen? Schließlich erwartete sie ihr gemeinsames Kind. Ganz gleich, welche Missverständnisse zwischen ihnen standen, sie musste es ihm sagen.

Petra betrachtete ihren flachen Bauch. Noch war nichts zu sehen, sie hatte sogar ein wenig abgenommen. Doch es blieb ihr nicht mehr viel Zeit.

Am nächsten Tag war ihre Arbeit in Paris beendet, und sie hatte den Flug nach Palma für das Wochenende gebucht. Dort wollte sie zum Arzt gehen, um sich bestätigen zu lassen, dass sie schwanger war, und Kontakt mit der Klinik aufnehmen, in der sie ihr Kind zur Welt bringen wollte.

Und dann musste sie es ihren Eltern erzählen.

Tomás wollte sie in den nächsten Tagen benachrichtigen. Es hatte keinen Zweck, es länger hinauszuschieben. Entweder jetzt oder nie.

Als Petra an diesem Abend langsam zu ihrem Hotel ging, wusste sie, dass sie es ihm erzählen musste. Welche Folgen es auch haben würde, und ob er es ihr glaubte oder nicht, sie musste Tomás Torres sagen, dass sie sein Kind erwartete.

Bis sie in Palma einen Arzt aufgesucht hatte, erzählte Petra ihren Eltern noch nichts von dem Baby. Dr. Lopez bestätigte, dass sie schwanger war, und am Montag nahm sie ein paar Stunden frei, um zu ihrer ersten Untersuchung in die Klinik zu gehen, in der sie ihr Kind zur Welt bringen wollte.

Die Vorbereitungen für die Geburt nahmen sie schon jetzt in Anspruch.

Sie fand sogar Gefallen an dem endlosen Papierkram, der zu erledigen war. Und diese Freude teilte sie mit den anderen zukünftigen Müttern, die sie in der Klinik traf.

Wenn doch Tomás jetzt bei ihr wäre! Petra fühlte sich so glücklich, so erregt über die Tatsache, ein Kind zu bekommen, dass sie es am liebsten der ganzen Welt erzählt hätte.

Am Mittwochnachmittag hatte sie sich freigenommen. Sie entschloss sich, an diesem Tag nach Alcamar hinauszufahren. Es hatte keinen Zweck, ihn anzurufen – er würde wahrscheinlich gar nicht mit ihr reden wollen. Es war besser, unangemeldet dort zu erscheinen und zu hoffen, dass er zu Hause war.

Vor Nervosität konnte sie kaum das Lenkrad halten. Die Luft flimmerte vor Hitze, als Petra das Tor von Alcamar erreichte. Sie stieg aus und drückte auf die Klingel. Diesmal wurde sie nicht erwartet.

Es dauerte fünf Minuten, bis sie den alten Mann mit dem Schlüssel herankommen sah.

„Guten Tag, Señorita." Er lächelte freundlich und öffnete das große Tor. „Wie geht es Ihnen?"

„Mir geht es gut. Ist Don Tomás da?"

„Natürlich! Aber er ist nicht im Haus. Sie werden ihn dort hinten finden." Der alte Mann wies auf die Hügel hinter den Orangenplantagen.

„Wo ist er genau?" fragte sie hilflos.

„Es gibt da eine Straße, die er immer benutzt", gab der Mann freundlich Auskunft. „Ich sage Ihnen, wie Sie hinkommen."

Eine halbe Stunde dauerte es, bis sie Tomás gefunden hatte, und auch das nur durch Zufall.

Petra bemerkte einen Vogel hoch am Himmel und hielt den Wagen an. In der Nähe graste ein Pferd, und dann entdeckte sie in der Ferne einen Mann. Sie wusste, dass es Tomás war. Langsam stieg sie aus und ging auf ihn zu.

Der schrille Schrei des herrlichen Falken lenkte Petras Blick nach oben. Sie beobachtete, wie der Vogel die Flügel weit ausbreitete, um den Schwung abzufangen, bevor er sich auf Tomás' Faust niederließ.

Als sie ihn erreichte, fütterte er den Falken gerade mit rohem Fleisch.

„Komm nicht näher", sagte er. „Du erschreckst ihn sonst."

Petra blieb stehen. Der Falke war ein wunderschönes Tier mit glänzendem Gefieder und scharfen Augen. Die spitzen Klauen krallten sich in den dicken Lederhandschuh. Tomás war schlanker geworden, seit sie ihn das letzte Mal gesehen hatte, aber das ließ ihn nur noch attraktiver erscheinen. Während Petra beobachtete, wie er sich mit dem Vogel beschäftigte, fühlte sie ihr Herz heftig schlagen.

Tomás senkte langsam den Arm und warf den Falken hoch in die Luft.

Mit heftigem Flügelschlag schwang das Tier sich auf und schoss wie ein Pfeil davon. Petra sah ihm nach, bis es nur noch ein Punkt am blauen Himmel war.

„Du gehörst nicht in diese Zeit, Tomás", sagte sie leise.

Er sah ihr direkt, aber unbeteiligt in die Augen. „Du siehst gut aus, Petra."

„Du auch." Sie hätte alles darum gegeben, wenn sie ihn einfach hätte umarmen und küssen können. Doch er schien so weit weg von ihr zu sein.

„Ich habe gehört, dass du im Ausland warst."

„In Paris", sagte sie und versuchte zu lächeln. „Nächste Woche bin ich in Holland. Ich reise viel, aber meistens sehe ich nur das Innere der Kongresszentren."

Er betrachtete sie mit ausdrucksloser Miene. „Wann hast du dir die Haare abschneiden lassen?"

„Als ich in Paris ankam." Petra errötete. „Ich frage dich lieber nicht, wie es dir gefällt."

„Ob es mir gefällt, spielt keine Rolle." Tomás nahm eine kleine silberne Taschenflasche von seinem Gürtel und bot sie ihr an. Der scharfe Geschmack des Weinbrands brachte alle Erinnerungen zurück, und ihre Augen füllten sich mit Tränen. Sie gab die Flasche zurück und schwieg.

„Warum bist du gekommen, Petra?"

„Ich wollte mit dir reden."

Er trank einen Schluck und verschloss die Flasche wieder. „Worüber sollten wir denn noch reden?" Er sprach ganz sachlich, und das traf sie mehr als Verachtung.

Sie bemühte sich, ihren Schmerz vor ihm zu verbergen. „Was macht denn deine Kopfwunde?"

„Es geht", erwiderte er kurz. „Der Wagen war allerdings nicht so widerstandsfähig. Ein Sammler aus Deutschland hat ihn gekauft. Er will ihn restaurieren."

„Der Wagen gehörte deinem Vater, nicht wahr?"

Er nickte. „Ich habe meinen Vater geliebt, aber leider hat er mir nur Dinge hinterlassen, deren Unterhaltung sehr kostspielig ist. Wie den Ferrari oder Alcamar."

„Tomás, ich habe nichts mit dem zu tun gehabt, was in jener Nacht passiert ist. Das weißt du doch sicher inzwischen." Petras Stimme klang flehend.

„Auch das spielt keine Rolle mehr", erwiderte er unbewegt, ja fast kalt.

„Für mich aber!"

„Nach drei Monaten ..." Er zuckte die Schultern. „Ob du damit zu tun hattest oder nicht, es interessiert mich nicht mehr. Das ist lange vorbei."

Petra hatte gedacht, dass er sie nicht mehr verletzen könnte, doch jetzt spürte sie den Schmerz wieder. „Kümmert es dich denn nicht, ob ich mitschuldig war oder nicht?" fragte sie verzweifelt. „Bedeutet es gar nichts für dich, dass ich hier bin?"

Als hätte er sie nicht gehört, beobachtete er den Falken, der sich ihnen näherte. „Geh bitte ein Stück weg!"

Petra gehorchte, und der Vogel schwebte über ihren Kopf hinweg, stieg dann aber wieder hoch in die Luft, ohne auf Tomás' Hand zu landen. „Du machst ihn nervös", sagte er. „Nimm bitte den Hut ab und beweg dich nicht!"

Seit drei Monaten sahen sie sich zum ersten Mal wieder, und er kümmerte sich nur um diesen Vogel.

Sollte sie ihm überhaupt von dem Baby erzählen? Was sollte das bewirken? Ihr war zum Weinen zumute. Sie liebte ihn immer noch so sehr, aber seine Gefühle für sie hatten sich anscheinend geändert. Ihr blieb keine Hoffnung.

Diesmal landete der Falke auf Tomás' ausgestreckter Hand. Petra beobachtete schweigend, wie Tomás mit seinen schlanken Fingern das glänzende Gefieder streichelte.

Genauso hatte er sie einst liebkost. Aber das war lange her. Nun war sein Gesicht völlig ausdruckslos, und sein Blick blieb leer, während er sie betrachtete.

„Wie geht es Cristina?" fragte Petra schließlich, nur um etwas zu sagen.

„Wie immer."

„Wirst du sie heiraten?"

„Ja."

Dieses eine Wort traf sie wie ein Schlag. Einen Moment lang schien die Landschaft vor ihren Augen zu verschwimmen, alles Blut war aus ihrem Gesicht gewichen. „Ich wünsche dir alles Gute." Das Sprechen fiel ihr schwer. Ihr wurde übel. „Wann ist es so weit?"

„Irgendwann im Herbst."

„Sie muss sehr glücklich sein. Ich wünsche euch beiden alles Gute." Sie wandte sich ab, damit er ihre Tränen nicht sah. „Es hat wenig Zweck für mich, noch länger hierzubleiben, nicht wahr?" fragte sie traurig.

„Nicht, wenn du deshalb weinst", entgegnete er ruhig. „Ich habe dich einmal geliebt, Petra. Du glaubst doch nicht, dass wir jemals nur Freunde sein können?"

„Nein." Sie wischte sich die Tränen fort. Dabei war sie so entschlossen gewesen, heute Nachmittag nicht zu weinen.

„Petra..." Zum ersten Mal war etwas Herzlichkeit in seiner Stimme. „Du bist immer noch die schönste Frau, die ich je gesehen habe. Tröstet dich das etwas?"

„Nein, Tomás." Sie drehte sich zu ihm um. „Es tröstet mich gar nicht. Aber ich überlasse dich jetzt deinem Falken."

Er sah ihr einen Moment lang in die Augen. „Vaya con Dios", sagte er sanft. Geh mit Gott.

„Du auch." Petra wandte sich zum Gehen.

„Warte!" Er lief den Abhang hinunter auf sie zu. „Worüber wolltest du eigentlich mit mir sprechen?"

Petra lächelte unter Tränen. „Das spielt jetzt keine Rolle mehr. Lebe wohl, Tomás."

Er sah ihr nach, während sie zu ihrem Wagen ging.

Als sie einstieg, warf sie noch einen Blick zurück. Mit dem Falken und dem Pferd sah er aus wie ein Prinz aus dem Mittelalter. So wollte sie ihn in Erinnerung behalten.

Dann startete sie den Wagen und machte sich auf den Heimweg.

10. KAPITEL

Cala Vibora war auch im Sommer nicht leicht zu erreichen. Als Petra das Boot zwischen den nadelspitzen Felsen hindurchmanövrierte, spannten sich ihre Gesichtszüge in äußerster Konzentration. Schließlich gab es jetzt noch jemand, an den sie denken musste. Sie wusste, dass sie ohnehin nicht mehr lange segeln konnte, aber heute hatte sie der Versuchung nicht widerstehen können. So hatte einmal alles begonnen, vor langer Zeit. Auch damals wollte sie allein sein.

Der Wind zerzauste ihr kurzes, kastanienbraunes Haar, als sie das Boot durch die gefährlichen Klippen steuerte, und dann glitt die ‚Sulky Susan' an den Felsen vorbei in das stille Wasser der Bucht. Diesmal ankerte dort keine graue Yacht, und auch am weißen Strand war niemand zu sehen.

Petra holte das Segel ein und paddelte mit dem Schlauchboot an Land. Äußerlich war sie dieselbe wie damals im Frühjahr, und doch hatte sie sich verändert. Sie war schöner und reifer geworden, aber um ihren Mund lag ein Zug von Bitterkeit, und ihre braunen Augen blickten traurig.

In Erinnerungen versunken, wanderte sie am Strand entlang.

Hoch über ihr schwebten zwei Falken fast bewegungslos in der Luft. Petra betrachtete sie durch ihr Fernglas. Es waren noch junge Vögel, erst Ende dieses Winters geschlüpft. Jetzt waren sie fast ausgewachsen und suchten mit ihren scharfen hellen Augen die Insel nach Mäusen und Eidechsen ab.

Was würde mit Sa Virgen passieren? Sie hatte Tomás nicht gefragt. Die Umweltgruppe hatte sich aufgelöst. Die Öffentlichkeit war von den Geschehnissen jener Nacht schockiert gewesen. Und obwohl niemand angeklagt worden war, hatte der Ruf der Gruppe sehr gelitten.

Das Umweltministerium hatte keine Einwände gegen Tomás' Pläne geäußert, und somit schien das Schicksal von Sa Virgen besiegelt. Es war keiner mehr da, der die Opposition hätte fortführen können. Barry

Lear war nach Sardinien gegangen, Julia Symmonds nach England, und wohin die anderen verschwunden waren, wusste Petra nicht.

Wahrscheinlich würde innerhalb der nächsten Monate mit dem Bau begonnen. Ein Grund mehr, heute hierher zu segeln. Wenn das Feriendorf erst einmal fertig war, konnte sie nie mehr nach Sa Virgen kommen, das wusste sie. Heute hatte sie sich krankgemeldet, weil sie es nicht über sich brachte, nach ihrer gestrigen Begegnung mit Tomás zur Arbeit zu gehen. Und sie bereute es nicht, hierhergekommen zu sein.

Vorsichtig kletterte Petra den Pfad zu den Klippen hinauf. Sie musste sich in Acht nehmen. Der Arzt hatte sie ermahnt, sich nicht zu überanstrengen.

Als sie den höchsten Punkt der Klippen erreichte, atmete sie schwer. Aber der Ausblick war phantastisch. Vielleicht werden sie davon Fotos in den Reisebroschüren veröffentlichen, dachte sie wütend. Vielleicht entstand gerade an dieser Stelle ein Restaurant mit einer Terrasse und einer Disco ...

Nein. Sie kannte Tomás gut genug, um zu wissen, dass er nie damit einverstanden wäre. Er hatte versprochen, Sa Virgen nicht zu zerstören, und er hielt sein Wort.

Petra setzte sich ins Gras und beobachtete durch ihr Fernglas die Möwen. Möwen scheuten die Menschen nicht. Sie mochten die Touristen sogar und ernährten sich von ihren Abfällen. Die Möwen würden sich mit der neuen Lage schnell abfinden.

Dann sah sie plötzlich die andere Yacht, die an den Felsen vorbei in die Bucht kam.

Petra seufzte. Sie hatte so gehofft, Sa Virgen für sich allein zu haben. Traurig beobachtete sie, wie das andere Boot sich der ‚Sulky Susan' näherte und jemand den Anker warf. Es war nur eine Person an Bord, ein Mann. Etwas in der Art, wie er sich bewegte, erregte ihren Argwohn. Sie schaute durchs Fernglas, ihr Herz klopfte wild – es war Tomás!

Er wusste, dass sie mit der ‚Sulky Susan' gekommen war, deshalb hatte es keinen Zweck, sich zu verstecken. Ratlos sah Petra sich um. Vielleicht kam er nicht auf die Klippen, um ihr nicht zu begegnen.

Aber Tomás stieg den Pfad herauf. Petra spürte ihr Herz bis zum Hals klopfen. Vielleicht war er wütend, weil sie hergekommen war. Und gerade jetzt fühlte sie sich nicht in der Lage, ihm zu begegnen.

Fünf Minuten später war er oben, und sein Gesichtsausdruck verhieß nichts Gutes.

„Bist du dir eigentlich klar darüber, was du machst?" fragte er vorwurfsvoll. „Wie konntest du es riskieren, allein hierherzukommen? Es ist zu gefährlich!"

„Es gab niemand, der mitkommen wollte", erwiderte Petra leise.

Seine Miene entspannte sich ein wenig. „Du hast anscheinend kein Verantwortungsgefühl, Petra. Es sind schon Leute umgekommen bei dem Versuch, Cala Vibora zu erreichen. Wie konntest du es in deinem Zustand wagen?"

„In meinem Zustand?" Sie warf ihm einen schnellen Blick zu.

Er nickte. „Ich weiß es."

„Woher?" fragte sie ruhig.

„Oh, es dauerte eine Weile, bis ich darauf gekommen bin. Dabei hätte ich es eigentlich gleich sehen müssen." Tomás betrachtete sie. „Man sieht es dir an, als ob du ein Plakat vor dir hertragen würdest, auf dem steht: Ich bekomme ein Kind." Er half ihr beim Aufstehen. „Nachdem du fortgegangen warst, habe ich lange Zeit über dich nachgedacht. Heute Nacht wusste ich plötzlich, warum du gekommen warst. Ich konnte dich weder im Büro noch zu Hause erreichen. Als ich entdeckte, dass die ‚Sulky Susan' nicht im Hafen lag, wusste ich, wo ich dich finden würde."

„Ich wollte mich von Sa Virgen verabschieden", sagte Petra. „Wahrscheinlich werde ich nie wieder hierherkommen."

„Das wäre schade." Er wandte den Blick von ihr ab. „Hier an dieser Stelle haben wir uns zum ersten Mal gesehen, nicht wahr?" fragte er sanft. „Das war eine merkwürdige Begegnung."

„Du denkst wahrscheinlich nicht gern daran zurück, nach allem, was passiert ist." Petra lächelte traurig.

„Auf Alcamar gibt es einen Bogen aus Stahl, der einem meiner Vorfahren gehörte." Tomás sprach mehr zu sich selbst. „Als Junge habe ich ihn einmal von der Wand genommen, als keiner aufpasste, und ihn ausprobiert. Es erforderte all meine Kraft, ihn zu spannen." Er wandte sich ihr zu. „Ich schoss auf einen jungen Olivenbaum im Garten. Die Narbe ist heute noch in der Rinde zu sehen." Petra hörte aufmerksam zu und beobachtete sein Gesicht. „Als ich dich damals auf Sa Virgen sah", fuhr er zärtlich fort, „fühlte ich mich wie dieser Olivenbaum. Als ob jemand mich mit einem Pfeil mitten ins Herz getroffen hätte."

„Tomás", flüsterte sie, „warum hast du mich weggeschickt?"

„Ich war sehr verbittert." Er schloss einen Moment die Augen. „Als ich im Krankenhaus aufwachte, warst du nicht da, dafür aber Cristina. Und sie war nur zu bereit, mich gegen dich zu beeinflussen. Ich sage dir lieber nicht, was sie alles erzählt hat." Tomás zögerte, dann fuhr er fort: „Du kannst dir vorstellen, dass sie alle Beweise schon bei der Hand hatte. Ich war noch sehr schwach und leicht beeinflussbar. Sie bearbeitete mich so lange, bis ich glaubte, dass du die Boshaftigkeit in Person bist. Und als du nachmittags kamst, war ich ganz krank vor Schmerz und Trauer. Ich dachte, du hättest mich nur benutzt, Petra. Es hat lange gedauert, bis ich einsah, dass ich getäuscht worden bin. Erst letzte Nacht, als ich ständig über dich nachgedacht habe, merkte ich, wie dumm ich mich verhalten habe."

„Bitte sag mir, wirst du sie wirklich heiraten?" Ihre Stimme schwankte.

„Cristina? Nein. Ich habe dich gestern belogen. Ich habe sie seit Wochen nicht mehr gesehen. Du bist die einzige Frau, die ich jemals lieben werde, Petra. Ich könnte nie etwas für eine andere empfinden."

„Mein Liebling ..." Plötzlich lag sie an seiner Brust und fühlte seine starken Arme um sich. „Ich habe dich so vermisst", schluchzte sie. „Ich dachte, ich müsste sterben ohne dich. Wie du mich angesehen hast ..."

„Dein Haar", sagte er und fuhr mit seinen Fingern durch ihre braunen Locken. „Warum hast du es abschneiden lassen? Du darfst es nie wieder tun, ich verbiete es dir!"

Petra streichelte die starken Muskeln seiner Schultern. „Und du hast abgenommen, Liebling. Du siehst aus wie ein hungriger Wolf."

„Ich konnte weder schlafen noch essen", gestand er lachend. „Ich brauche dich, denn du bist ein Teil von mir."

„Ich will dich nie wieder verlieren." Sie streichelte sein Gesicht und spürte seine Nähe. „Du bist mein Leben."

„Ich habe uns beiden wehgetan", bekannte er leise. „Kannst du mir jemals verzeihen?"

„Wir haben beide Fehler gemacht." Sie lächelte unter Tränen. „Wir waren dumm und irregeführt. Sie haben versucht, uns zu trennen."

„Aber nun sind wir wieder zusammen." Er küsste sie lange, und Petra spürte sein Begehren, das sich nach drei Monaten der Trennung nach Erfüllung sehnte. „Ich will dich", flüsterte er und liebkoste ihren Hals mit seinen Lippen. „Jede Nacht habe ich an dich gedacht ..."

„Ich brauche dich." Sie öffnete die Knöpfe an seinem Hemd. „Lass mich nicht länger warten!"

Eng umschlungen sanken sie ins Gras. Ihre Küsse konnten kaum ihr Verlangen stillen. Sie brauchten keine Worte, um sich zu verstehen, ihre Zärtlichkeiten sagten genug.

Sie liebten sich mit einer Leidenschaft, als ob sie alles Versäumte nachholen wollten. Die Erfüllung schien nicht nur ihre bebenden Körper einzuschließen, sondern auch das Meer, den Himmel und die einsame Insel.

Wieder und wieder flüsterte Petra seinen Namen. Als sie ihn tief in sich fühlte, war ihr, als ob Schmerz und Einsamkeit der vergangenen Monate plötzlich von ihr abfielen.

Lange Zeit lagen sie eng umschlungen und nahmen den Frieden ihres Zusammenseins in sich auf. Lächelnd blickte sie zu Tomás auf und wusste, dass sein Verlangen noch längst nicht gestillt war.

„Ich hatte fast vergessen, was Glück ist", sagte sie zärtlich. „Glaubst du jetzt, dass ich noch Jungfrau war?"

„Vergib mir, dass ich dir damals nicht geglaubt habe. Ich konnte es mir nicht vorstellen."

„Habe ich dir beim ersten Mal wirklich so viel Vergnügen bereitet?" fragte sie.

„Das hast du, meine Geliebte. Wenn ich es gewusst hätte ..."

„Wenn du es gewusst hättest", wiederholte sie, „hätte es einen Unterschied gemacht?"

„Nein. Es war vollkommen."

„Und so wird es immer sein."

Diesmal war es anders, eine Vereinigung voll von Zärtlichkeit und dem Wunsch, den anderen glücklich zu machen. Über ihnen kreischten die Möwen, und die Sonne sandte ihre warmen Strahlen hinunter auf ihre Liebe.

Am späten Nachmittag erwachte Petra in Tomás' Armen. Er hatte sie beobachtet, und als sie die Augen aufschlug, küsste er sie.

„Du hast im Schlaf gelächelt", sagte er. „Ich hoffe, unser Kind wird dein Lächeln erben."

„Bist du ärgerlich wegen des Babys?" Sie berührte seinen Mund mit ihren Fingerspitzen. „Immerhin ist es meine Schuld. Ich habe dir vorgelogen, Vorkehrungen getroffen zu haben."

„Gegen Liebe kannst du keine Vorkehrungen treffen." Tomás lächelte zärtlich. „Aber ich habe damals geahnt, dass du in der Hinsicht nicht ganz ehrlich warst. Weißt du, was ich dachte? Wenn wir ein Kind haben werden, umso besser."

„Das habe ich auch gedacht." Sie umarmte ihn. „Ich freue mich so auf das Baby. Es wird bestimmt ein Junge."

„Was es auch wird", sagte er lächelnd, „wir warten besser nicht mehr allzu lange mit dem Heiraten."

„Meinst du das wirklich?"

„Ich hätte dich einmal beinahe verloren", erwiderte Tomás ernst. „Dieses Risiko gehe ich nicht ein zweites Mal ein. Willst du mich heiraten, Petra?"

Ihr Kuss sagte mehr als Worte, und es dauerte lange, bis sie wieder zu Atem kamen.

„Ich brauche dich so", gestand er schließlich. „Ich werde niemals genug von dir bekommen!"

„Es weiß noch niemand, dass ich schwanger bin. Vielleicht erzähle ich es auch keinem. Wir sagen nur, dass wir heiraten werden, und lassen sie es selbst herausfinden."

„Da gibt es bald nicht mehr viel herauszufinden." Tomás lachte. „Du bist jetzt im dritten Monat. Nicht mehr lange, und man wird es dir ohnehin ansehen."

„Das ist mir egal. Aber wenn ich zu dick bin, komme ich nicht mehr auf die Klippen. Dann kannst du mich nicht mehr hier oben lieben."

„Mir wird schon etwas einfallen."

„Hast du Cristina wirklich seit Monaten nicht mehr gesehen?"

„Nein. Ich habe ihr klargemacht, dass ich entweder dich oder keine will. Es hat sie hart getroffen, doch ich glaube, sie weiß inzwischen, dass sie nichts mehr zu hoffen hat."

„Sie war grässlich zu mir. Aber es war verständlich. Sie hat herausgefunden, dass wir uns auf ihrer Yacht geliebt haben. Das hätten wir nicht tun dürfen."

„Es war nicht geplant", erinnerte Tomás sie. „Es war meine Schuld – ich hätte dir gleich sagen sollen, dass die ‚Epoca' nicht mir gehört. Aber es machte mir Freude, dich herumzuführen. Ich wollte es dir in der Kabine erzählen. Doch als du dich auf das Bett legtest und mich mit deinen wunderschönen Augen ansahst, da war es um mich geschehen."

„Fast tut sie mir leid. Sie wollte dich so sehr."

„Aber sie wusste, was ich für dich empfand. Ich habe nie versucht, es vor ihr zu verbergen. Deshalb hasste sie dich wahrscheinlich auch."

„Hast du jemals daran gedacht, Cristina zu heiraten?"

Er sah sie lange an. „Nein", sagte er dann. „Ich habe es ihr auch nie versprochen. Sie wollte es."

„Sie war fest davon überzeugt, dass sie dich mit ihrem Geld kaufen kann."

„Hast du das nicht auch gedacht?"

„Als Cristina mir erzählte, dass du nicht reich bist ..." Petra zögerte. „Ich dachte, du würdest sie vielleicht heiraten, um Alcamar zu retten."

„Das hat Cristina dir erzählt?" Tomás lachte. „Sie hat ein wenig übertrieben. Gemessen an ihr bin ich wohl arm, sie ist die reichste Frau auf Mallorca. Ich bin zwar nicht die beste Partie der Insel, Petra, doch die Plantagen bringen genug ein. Und wenn die neuen Anpflanzungen erst Profit abwerfen, werden wir ziemlich wohlhabend sein. Alcamar ist keinesfalls in Gefahr."

„Sie sagte, wenn du mich heiraten würdest, müsstest du ein Leben in Armut führen", erinnerte Petra sich. „Ich hatte den Eindruck, du ständest am Rande des Bankrotts!"

„Das tat ich auch – vor ein paar Jahren", gab er zu. „Meine Eltern hinterließen Alcamar in einem furchtbaren Zustand. Es hat mich Jahre harter Arbeit gekostet, es wieder hochzubringen. Der Preiseinbruch auf dem Markt hat mir nicht gerade geholfen, doch ich habe es überlebt. Ich habe feste Abnehmer, und ich kann die Preise relativ stabil halten. Es wird dir also an nichts fehlen."

„Was ich brauche, bist nur du", sagte sie. „Ich würde mit dir auch in einer Hütte leben, und Alcamar ist ein Palast."

Tomás küsste sie. „Wenn du einen Swimmingpool aus Marmor willst, ich lasse dir in einem Monat einen bauen."

„Der Teich reicht mir." Petra lachte. „Und wenn du so gern im grünen Wasser schwimmst, wird er wohl auch für unser Baby reichen. – Wann beginnen die Bauarbeiten auf Sa Virgen?"

„Gar nicht", erwiderte er kurz.

„Du hast deine Meinung geändert?" fragte sie überrascht.

„Ja. Nicht wegen dieser Versammlung. Ich habe einfach gemerkt, dass ich nicht unbedingt reich sein will." Er betrachtete die wunderschöne, wilde Landschaft ringsum. „Ich muss verrückt gewesen sein,

Fremde hierherbringen zu wollen. Sa Virgen muss so bleiben, wie es ist, schön und einsam. Vielleicht erlaubst du mir ja, hier irgendwann ein Haus für uns zu bauen."

„Dir erlauben? Aber die Insel gehört doch dir, mein Liebling!"

„Nicht mehr." Ihre Blicke trafen sich. „Sie ist mein Hochzeitsgeschenk für dich."

Petra lächelte unter Tränen.

„Wir werden sehr glücklich sein", flüsterte Tomás und nahm sie in die Arme.

„Ja", stimmte sie leise zu. „Das werden wir. Für immer."

Die Sonne stand tief am Horizont und färbte den Himmel glutrot. Tomás hielt Petra fest umschlungen. Sie spürte seine Kraft und fühlte sich geborgen.

– ENDE –

Sue Peters

Zärtliches Geständnis
Roman

Aus dem Amerikanischen von
Robyn Peters

1. KAPITEL

„Ist das nicht wieder typisch für Lyn? Sie hat das Wichtigste ausgelassen. Das Einzige, was mir weiterhelfen könnte, fehlt in ihrem Brief."

„Sie hat dir ein Flugticket geschickt, Vera. Wohin soll die Reise gehen?" Sally griff nach dem Papier, das neben dem Teller ihrer Freundin und Mitbewohnerin lag. „Nach Mallorca!" rief sie überrascht. „Und du fliegst schon übermorgen. Was du für ein Glück hast! Sonnenschein und herrliche Sandstrände. Worum geht es eigentlich? Ich wusste gar nicht, dass Lyn es sich leisten kann, Flugtickets zu verschenken."

„Wenn du mal für eine Minute den Mund halten würdest, könnte ich dir den Brief vorlesen."

Vera strich die hastig geschriebenen Zeilen ihrer anderen Freundin glatt. „Hilfe, Vera!" las sie vor. „Man hat mir eine Rolle im Stück ‚Friendly Gathering' angeboten, das jetzt in London aufgeführt werden soll. Das ist meine große Chance, die ich mir nicht entgehen lassen will."

„Sie wäre verrückt, wenn sie dieses Angebot nicht annähme", warf Sally ein.

Vera musste selbst erst noch verdauen, was Lyn schrieb. „Ich soll nach Mallorca fliegen und ihrer Patentante für etwa zwei Wochen aushelfen. Es handelt sich um Mildred Fisher, die bekannte Malerin. Nach Lyns Brief zu urteilen, findet auf Mallorca eine Ausstellung ihrer Bilder statt, und alle Welt wird hinfliegen."

„Dann steht dir ja eine richtig himmlische Zeit bevor, Vera."

„Du hast noch nicht alles gehört. Warte ab. Lyn macht sich ziemliche Sorgen um ihre Patentante. Mildred soll sehr weltfremd sein und nur für ihre Arbeit leben. In ihrem Haus wohnen alle möglichen Leute, die Mildred kaum kennt. Und sie ist von vielen Schmarotzern umgeben, die sie nach Strich und Faden ausnehmen."

Hastig las Vera den Rest der Seite vor. „Ich weiß, dass ich viel von Dir verlange. Aber würdest Du mir den Gefallen tun und nach Mallorca fliegen? Bitte, kümmere Dich an meiner Stelle um Mildred. Du hast ja jetzt ein bisschen Zeit, da das Musical nicht mehr läuft, in dem Du mitgespielt hast."

„Du wirst doch nach Mallorca fliegen, Vera? Zwei Wochen auf der Sonneninsel kannst du dir nicht entgehen lassen, oder?"

„Mir bleibt kaum etwas anderes übrig. Lyn ist doch schon mehr oder weniger auf dem Weg nach London zum Theater. Sie hat es so geschickt eingerichtet, dass ich mit gutem Gewissen gar nicht ablehnen kann."

„Dann machst du dich am besten gleich ans Packen. Hier hast du nichts zu verlieren." Sally stand kurz entschlossen auf und verließ das Zimmer.

Nachdenklich sah Vera auf die Tür, durch die Sally gerade verschwunden war. Eigentlich kam Lyns Brief genau zur rechten Zeit, dachte sie. Nicht nur das Musical war beendet, sondern sie hatte auch noch ihre Arbeitsstelle als Direktionssekretärin verloren, nachdem ihre Firma den Bankrott erklärt hatte. Doch das war noch nicht alles. Außer dem Job hatte Vera auch noch ihren Freund Lomas Deering verloren! Er war der männliche Hauptdarsteller in dem Musical gewesen, das in den vergangenen Monaten dauernd vor völlig ausverkauftem Haus gespielt worden war. Vera und Lomas waren – bis auf die Nächte – unzertrennlich gewesen.

„Ich liebe dich", hatte Vera zu ihm gesagt, als er sie bedrängt hatte. „Und wenn wir erst verheiratet sind ..."

„Wer spricht denn vom Heiraten? Wir sind Künstler", hatte die schockierende Antwort gelautet. „Künstler brauchen ihre Freiheit und dürfen sich nicht anketten lassen."

Vera verzog bei der Erinnerung an diese Worte verächtlich den Mund. Künstler? Sie waren alle nur Laienschauspieler gewesen, die ganz normale Hauptberufe hatten. Sie zum Beispiel war Sekretärin und Lomas Buchhalter. An diesem Tag war ihre Beziehung endgültig in die Brüche gegangen.

Doch die Trennung tat ihr immer noch weh. Darum überlegte sie, dass ihr zwei Wochen Mallorca in jeder Hinsicht nur gut tun könnten. Erstens würde sie ein wenig Geld verdienen, das sie dringend brauchte. Und zweitens hätte sie keine Zeit mehr zu grübeln. Drittens könnte sie sich von ihrer Enttäuschung mit Lomas erholen und neue Kräfte für die Zukunft sammeln.

In diesem Augenblick kam Sally wieder herein. „Wenn Lyn doch nur die Adresse ihrer Patentante mitgeschickt hätte", jammerte Vera. „Mir ist nur bekannt, dass Mildred Fisher irgendwo auf der Insel in der Casa Mimosa wohnt."

„Es dürfte nicht allzu schwer sein, diese Malerin zu finden", meinte Sally, während sie sich wieder setzte.

„Normalerweise nicht. Aber Mildred hat das Haus gerade erst gekauft und verbindet die Ausstellung offenbar mit der Einweihungsparty."

„Ich verstehe Lyn nicht. Wie sollst du ihre Patin finden, wenn du ihre Adresse nicht hast?"

„Ein alter Freund der Familie Fisher fliegt mit derselben Maschine. Lyn hat mit ihm verabredet, dass er mich mitnimmt. Sie schreibt hier: Ich lege sein Foto bei, damit Du ihn erkennst. Ihm habe ich einen Zeitungsausschnitt über unser Musical geschickt, damit er weiß, wer Du bist. Übrigens heißt er Peter Adams."

„Peter Adams. Hört sich gut an. Kann ich das Foto mal sehen?" Sally schmunzelte spitzbübisch.

„Sie hat vergessen, es beizulegen. Außerdem brauchst du mich nicht so beziehungsreich ansehen. Ich habe von Männern restlos genug. Abgesehen davon, ist er ein alter Freund der Familie. Alt, Sally! Und nach den Bildern in den Illustrierten zu urteilen, muss Mildred Fisher mindestens sechzig sein. Bestimmt gehört dieser Familienfreund zu ihrer Generation."

Zwei Tage später stand Vera in der Abfertigungshalle des Flughafens und schaute sich nach Peter Adams um. Wer mochte es sein? Aus halbgesenkten Wimpern musterte sie verstohlen die Mitreisenden.

Die Blicke, die Vera galten, waren durchaus nicht verstohlen. Frauen betrachteten mit offensichtlichem Neid Veras schlanke Figur, die von dem leichten silbergrauen Kostüm und dem Kaschmir-Sweater dezent unterstrichen wurde. Die goldene Kette an Veras Hals schimmerte in dem gleichen Goldton wie ihr Haar.

„Peter Adams", sagte sie leise den Namen vor sich hin. Das hörte sich sehr solide an. Vera lächelte. Wenn dieser Name überhaupt einen Hinweis gibt, sollte ich mich wohl nach einem älteren, gutbürgerlichen Herrn umsehen, dachte sie.

Sie entdeckte einige ältere Urlauber, die offenbar nichts anderes im Sinn hatten, als in der Sonne schön braun zu werden. Ein paar junge Jet-Set-Typen in schicken Anzügen schienen Geschäftsreisende zu sein. Sie flogen bestimmt nach Paris, wo die Passagiere nach Mallorca in eine andere Maschine umsteigen mussten. Alle Direktflüge waren anscheinend ausgebucht gewesen.

Einer der älteren Herren, die mit Vera ins Flugzeug stiegen, konnte dieser geheimnisvolle Peter Adams sein. Er trug einen gewaltigen, unordentlichen Bart und sah von allem am ehesten wie ein Künstler und ein Freund von Mildred Fisher aus.

Vera lächelte ihn an und fragte: „Sind Sie denn Mr. Adams? Peter Adams?"

„Nein, Schätzchen. Aber ich trete gern an seine Stelle, wenn das bedeutet, dass ich mit Ihnen reisen kann."

„Ent... entschuldigen Sie", stotterte Vera und zog sich schleunigst auf ihren Sitzplatz zurück. Sie wollte sich lieber an die Stewardess wenden, als nochmals einen falschen Mann anzusprechen. Peter Adams musste ja auf der Passagierliste stehen, und die Stewardess würde ihn ihr zeigen.

Aber vielleicht steigt er erst in Paris zu, dachte Vera. Wenn doch Lyn nur etwas Genaueres geschrieben hätte! Doch gleich darauf hatte sie ihren Kummer vergessen, denn das Flugzeug kletterte höher und durchbrach die Wolkendecke. Die Sonne strahlte so hell, dass einem der kalte April da unten direkt unwirklich vorkam.

Bald darauf stand ein warmes Essen vor Vera, und sie schob alle alten und neuen Probleme beiseite und machte sich über das Tablett her. Danach musste sie eingeschlafen sein, denn als sie die Augen öffnete, sah sie das kleine Schild über ihrem Kopf aufblinken. Gehorsam schnallte sie den Sitzgurt an und bereitete sich auf die Landung in Paris vor.

Nachdem das Flugzeug in Paris gelandet war, begab sich Vera mit dem Gepäck zur Abflughalle, in der sich nicht sehr viele Passagiere aufhielten. Das kam ihr seltsam vor, denn auf ihren früheren Reisen war die Halle immer voll gewesen. Nun standen die wenigen Reisenden nervös und aufgeregt in kleinen Gruppen beisammen – bis auf einen Mann.

Er stand ganz allein da, abgesondert von den anderen. Ein Mann, der auch in jeder anderen Menschenansammlung aufgefallen wäre. Hoch gewachsen, von athletischer Gestalt, ungewöhnlich attraktiv und mit einer starken Ausstrahlung, überragte er sämtliche Anwesenden. Er schien sich übrigens seiner Vorzüge bewusst zu sein, wie Vera seiner selbstsicheren Art entnahm. Als sein kühler durchdringender Blick dem ihren begegnete, fing ihre Haut plötzlich zu prickeln an. Und das ärgerte Vera.

Falls dieser Mann glaubte, sie würde auf ihn hereinfallen, hatte er sich gründlich geirrt. Körperliche Schönheit war etwas, das man zufällig von der Natur mitbekommen hatte. Nicht darauf sollte man stolz sein, sondern nur auf das, was man sich selbst erarbeitet hatte. Das war Veras eindeutige Ansicht.

Doch allmählich ging es ihr auf die Nerven, so unverschämt gemustert zu werden. Darum drehte sie sich um und wandte dem Mann betont den Rücken zu. Das tat sie immer, wenn sie jemandem zeigen wollte, dass ihr an seiner Aufmerksamkeit nichts lag. Mit dieser Methode hatte sie bis jetzt eigentlich stets Erfolg gehabt. Aber diesmal war es anders.

Deutlich spürte Vera, dass der Mann sie weiterhin scharf beobachtete. Wo blieb nur dieser Peter Adams? Hoffentlich taucht er endlich auf, sonst muss ich ihn durch die Lautsprecher ausrufen lassen, dachte sie. Der Fremde, der sie anstarrte, konnte der Gesuchte wohl nicht sein, denn er war etwa 25 Jahre zu jung.

„Achtung ...", dröhnte es auf einmal durch die Abfertigungshalle. Vera stellte den Koffer ab und hörte gespannt zu. Der Flug nach Mallorca war auf unbestimmte Zeit verschoben worden. Die Ansagerin bedauerte die Unannehmlichkeiten, die sich daraus für die Passagiere ergäben, aber ein unerwarteter Streik der Fluglotsen mache jeden Start zurzeit unmöglich.

Vera stöhnte auf. Was nun? fragte sie sich verzweifelt.

„Kommen Sie!" befahl jemand hinter ihr und packte sie am Arm. Sie wirbelte herum.

„Moment mal!" Vera riss sich empört los.

„Wir dürfen keine Sekunde verlieren, wenn wir noch rechtzeitig ..."

„Ganz gleich, was immer rechtzeitig geschafft werden soll, ich gehe nirgendwo mit Ihnen hin", erklärte sie energisch.

Bildete er sich etwa ein, dass sie sich von einem Fremden einfach mitschleppen ließe? Er benahm sich derart überheblich und selbstsicher, dass ihr Widerstandsgeist erwachte.

Die arrogante Haltung seines Kopfes und sein selbstbewusster Blick verrieten ihr, dass er sich nur nach seinen eigenen Gesetzen richtete und sich von niemandem Steine in den Weg legen ließ. Nicht einmal von den Fluglotsen. Und erst recht nicht von ihr. Er sah sie so grimmig und entschlossen an, dass sie es nicht lange ertrug.

„Sie sind Vera Grant und wollen nach Mallorca zur Casa Mimosa, nicht wahr?"

Verblüfft sah Vera ihn an. Das konnte doch nicht Peter Adams sein, ein alter Freund der Familie Fisher? Alt? Dieser Mann war höchstens 33, 34 Jahre. Und wenn man seinen sehnigen, durchtrainierten Körper sah, musste man ihn für noch jünger halten.

„Ja, ich bin Vera Grant. Aber wer sind Sie?"

„Peter Adams. Nennen Sie mich Peter. Das Foto von mir, das Lyn geschickt hat, ist doch wohl nicht so schlecht, dass Sie mich nicht erkennen? Ich wusste gleich, dass Sie Vera sind. Aber falls Sie mir noch immer nicht trauen und Angst haben, mit einem Fremden zu gehen, zeige ich Ihnen etwas. Es ist der Zeitungsartikel, den Lyn mir schickte."

Er griff in die Tasche seiner maßgeschneiderten Jacke und hielt Vera den Artikel unter die Nase.

„Sind Sie jetzt beruhigt?"

Sie nickte benommen. Also hatte sie sich völlig geirrt, als sie nach einem älteren Herrn Ausschau hielt. Warum war Lyn nur so zerstreut gewesen und hatte das Foto nicht beigelegt? „Ich habe nicht ...", fing Vera an, kam jedoch nicht weiter. Peter unterbrach sie.

„Ein anständiges Mädchen geht mit keinem Fremden", spottete er.

Sie merkte, wie sie vor Wut rot anlief. „Sie lassen mich nicht ausreden", warf sie ihm hitzig vor. „Ich wollte sagen, dass ich Ihr Foto gar nicht bekommen habe. Lyn hat es ihrem Brief an mich nicht beigelegt."

„Das sieht ihr ähnlich. Sie würde auch noch ihren Kopf vergessen, wenn er nicht festsäße. So sind alle weiblichen Wesen."

„Sie haben anscheinend keine gute Meinung von Frauen."

„Beweisen Sie mir das Gegenteil", forderte er sie heraus. Bevor sie darauf antworten konnte, packte er sie heftig am Arm und sagte hart: „Wollen Sie heute noch in die Casa Mimosa oder nicht?"

„Natürlich. Aber ..."

„Dann hören Sie zu streiten auf und kommen endlich mit."

Ihr blieb gar nichts anderes übrig, weil er sie bereits mitzerrte. Und das so schnell, dass sie kaum noch Luft bekam und nicht protestieren konnte. Sie rannten durch die Schwingtür aus dem Flughafengebäude zu einem wartenden Taxi, in das er sie hineinstieß. „Los, setzen Sie sich!" befahl er.

Im nächsten Augenblick warf er die Tür hinter sich zu. Der Taxifahrer stellte Peters eleganten Koffer und eine teure Reisetasche mit den Buchstaben P. A. auf den Vordersitz und fuhr los.

Während sie im Taxi Richtung Paris fuhren, sah Vera Peter Adams von der Seite nachdenklich an. Anscheinend hatte er rechtzeitig vom Streik der Fluglotsen erfahren und seine Reisepläne geändert, bevor er Vera in der Flughalle suchte. Er handelt schnell und entschlossen, dachte sie ... Aber gleichzeitig kam Vera ein anderer Gedanke. Was für ein dummes Ding ich doch bin, schalt sie sich. Er ist nichts weiter als mein Reisebegleiter! Sie beschloss, sich zu fassen, und fragte: „Wohin fahren wir denn?"

„Ins Hotel Cher." Peter lehnte sich in die Polster.

„Ich kann nicht im Cher wohnen. Oder nur, wenn die Fluggesellschaft das Zimmer bezahlt."

Vera wusste, dass das ‚Cher' eines der besten Pariser Hotels war. Bestimmt verlangte man ein Vermögen für die Übernachtung.

„Wir bleiben nicht dort, sondern lassen nur unser Gepäck dort."

„Ich kann das Gepäck nicht im Hotel lassen. Dann hätte ich ja nur das, was ich auf dem Leibe trage", wehrte sich Vera.

„Sie scheinen eine Menge Dinge nicht zu können." Er schüttelte unwillig den Kopf. „Sie können Ihren Koffer nicht mitnehmen, weil das auf der Reise zur Casa Mimosa nicht geht. Aber ich habe dafür gesorgt, dass man uns die Sachen nachschickt. Mildred wird Ihnen in der Zwischenzeit ein Nachthemd leihen. Sie haben ungefähr ihre Größe." Dabei musterte er ungeniert ihre Figur und nickte dann zustimmend, wie um seinen Worten mehr Gewicht zu verleihen.

Vera presste die Lippen zusammen. Wann würde man den Koffer nachschicken? Und was war das für eine Reise, auf der man nichts mitnehmen durfte? Doch sie kam nicht dazu, all die Fragen zu stellen, denn in diesem Augenblick trat der Taxifahrer scharf auf die Bremse. Sie waren vor dem Hotel angelangt. Durch den Ruck nach vorn geschleudert, wollte sich Vera am Vordersitz festklammern. Doch sie erwischte nur Peters Arm.

Blitzschnell ließ sie ihn los und setzte sich in ihrem Sitz wieder zurecht. Der Fahrer sprang aus dem Taxi und verschwand mitsamt dem Gepäck im Hotel.

Aber Peter blieb seelenruhig neben Vera sitzen. Merkwürdig, dachte sie. Warum folgt er dem Fahrer nicht nach? Vielleicht weigerte man sich, das Gepäck aufzubewahren und nachzuschicken. „Sie brauchen nicht bei mir zu bleiben", sagte sie scharf. „Mir liegt genauso viel daran, nach Mallorca zu kommen, wie Ihnen."

„Ob und wann Sie hinkommen, ist mir ziemlich gleichgültig. Aber Mildred würde sich Sorgen machen, und das ist mir durchaus nicht egal." Der Taxifahrer kam zurück, und Peter ordnete an: „Zum Gare du Nord, Pierre, und bitte ein bisschen plötzlich."

Als der Wagen losschoss, stöhnte Vera erschrocken: „Muss das denn unbedingt sein?"

Sie rasten durch die Straßen und bogen so scharf um die Kurven, dass Vera glaubte, sie führen nur auf zwei Rädern. Nach der zweiten Biegung wurde sie von einem starken Arm sanft festgehalten. Sie zuckte zusammen. Das Gefühl, das Peters Arm um ihre Schulter in ihr auslöste, machte sie noch weit mehr nervös als die selbstmörderische Raserei des Fahrers. Plötzlich hielt das Auto mit quietschenden Reifen abrupt an. Peter Adams sprang aus dem Auto und zog Vera mit sich. Ihr schlotterten die Knie. Peter drückte dem Fahrer schnell ein paar Scheine in die Hand, packte Vera am Arm und rannte mit ihr fort.

„Nicht so schnell", keuchte sie atemlos. „Ich bekomme ja schon Seitenstechen."

Anstatt ihr zu antworten, umfasste er Vera, hob sie hoch und trug sie weiter, ohne die Geschwindigkeit zu verlangsamen. So stürmte er zum Bahnsteig, auf dem ein Schnellzug abfahrbereit dastand.

Peter rief etwas zum Waggon hinauf. Eine Tür ging auf, und er hob Vera ins Abteil. Mit einem gewaltigen Satz sprang er selbst in dem Augenblick hinein, in dem sich das stählerne Ungetüm in Bewegung setzte.

„Geschafft", sagte Peter erleichtert, während der Zug anfuhr. „Nun können Sie sich erst einmal erholen." Ritterlich bot er Vera einen Fensterplatz an.

Sie setzte sich aufatmend hin und betrachtete nachdenklich den Fremden, der auf einmal so ganz anders erschien. Ein merkwürdiger Mann. Das dichte, braune, gewellte Haar trug er kurz geschnitten über der hohen Stirn. Und der Mund ... ein energischer Mund. Aber die vollere Unterlippe verriet eine tiefere Empfindsamkeit, die man bei diesem energischen Mann nicht vermutet hätte.

Ein eigenartiger Gedanke ging Vera beim Anblick dieser Lippen durch den Kopf. Wie wäre es wohl, wenn sie von diesen Lippen geküsst würde?

„Kaffee?" fragte Peter in ihre Gedanken hinein.

„Ja, bitte", erwiderte sie zerstreut. In ihrem Nebenberuf als Schauspielerin hatte sie genügend Männer geküsst und nie etwas dabei empfunden. Warum machten ihr diese Lippen auf einmal so zu schaffen? Hastig senkte sie den Blick, weil Peter sie fragend anschaute. Zum Glück reichte ihr der Kellner in diesem Augenblick den Kaffee.

Mit zitternden Händen umklammerte sie die Tasse und kämpfte gegen ihre Verwirrung an. Hoffentlich merkt Peter nicht, wie verunsichert ich bin, dachte Vera und stellte zur Ablenkung schnell eine Frage.

„Wollen Sie mir verraten, wohin wir fahren?"

„Nach Le Havre."

„Le Havre?" wiederholte sie verblüfft. „Was hat es für einen Sinn, an die Atlantikküste zu fahren? Mallorca liegt doch im Mittelmeer! Wir brauchen einen anderen Flughafen, zum Beispiel Nantes oder Marseille."

„Der Streik gilt nicht nur für Paris, sondern für ganz Frankreich. Erst wenn die Fluglotsen wieder arbeiten, werden die Flugzeuge wieder abgefertigt. Und das kann noch tagelang dauern. Aber ich kenne eine andere Möglichkeit, nach Spanien zu gelangen, nämlich mit dem Boot."

Vera runzelte verwundert die Stirn. Ein Schiff? Warum durfte sie dann ihre Koffer nicht mitnehmen?

„Ich verstehe nicht, warum wir unser …", fing sie an, unterbrach sich aber gleich, da sich Peter bequem zurückgelegt hatte und nun die Augen geschlossen hielt. Wollte er schlafen? Oder wich er nur ihren Fragen aus, weil sie ihm unangenehm waren?

Vera vermutete das Letztere. Auf einmal wurde ihr sehr unbehaglich zumute. Zwar glaubte sie inzwischen, dass es sich bei Peter wirklich um den Mann handelte, der sie abholen sollte. Sonst hätte er ja nicht den Zeitungsausschnitt bei sich gehabt.

Wie gut kannte Lyn eigentlich diesen Mann? Dass er ein Freund ihrer Patin war, reichte nicht aus, ihm voll zu vertrauen. Und warum hatte er sie so überstürzt vom Flughafen weggeschleppt? Das kam Vera irgendwie verdächtig vor.

Zwei weitere Reisende, ein Mann und eine Frau, kamen ins Abteil. Das hinderte Vera daran, Peter wachzurütteln und ihm einige Fragen zu stellen.

Allmählich wurde sie immer ängstlicher. Sie hätte sich nicht darauf einlassen dürfen, ohne ihre Koffer und nur mit der Handtasche und den Sachen, die sie am Leibe trug, quer durchs Land zu fahren. Es wäre doch viel vernünftiger gewesen, in Paris das Ende des Streiks abzuwarten. Wahrscheinlich dauerte der nicht länger als vierundzwanzig Stunden.

Hatte dieser Peter Adams sie so überstürzt weggeführt, damit sie keine Zeit für derartige Überlegungen hatte? Mit einem Tag Verspätung auf Mallorca anzukommen, wäre wirklich nicht tragisch gewesen. Also warum diese Hast?

Und noch ein Gedanke beunruhigte Vera. Hätte dieser Mann sie auch so entschlossen mitgeschleppt, wenn sie eine unscheinbare Frau mittleren Alters gewesen wäre? Jetzt bin ich ihm völlig ausgeliefert, fiel ihr plötzlich ein.

Dass Schönheit manchmal auch Gefahren nach sich ziehen konnte, wusste sie. Und sie hatte frühzeitig gelernt, solchen Risiken immer so gut wie möglich aus dem Weg zu gehen. Sollte Peter tatsächlich etwas Gemeines im Schilde führen, bekommt er es mit einer sehr kämpferischen Gefangenen zu tun, nahm sie sich grimmig vor.

Der Zug fuhr auf einmal immer langsamer und hielt schließlich in einem Bahnhof an. Vera wurde durch den Lärm und das Gewühl auf dem Bahnsteig aus ihren düsteren Gedanken gerissen.

Peter Adams stand auf. „Gehen wir!" Schon riss er die Abteiltür auf und sprang auf den Bahnsteig. Dann griff er nach Veras Hand und hielt sie fest umklammert, bis Vera ausgestiegen war und er mit ihr durch die Menschenmenge eilte.

Seine Nähe und Wärme beunruhigten sie auf unerklärliche Weise, aber Vera versuchte, sich nichts anmerken zu lassen. „Warum können wir nicht ..."

„Fragen Sie mich später, wenn wir an Bord sind", unterbrach er sie herrisch. „Jetzt müssen wir erst einmal aus diesem Gewühl heraus."

Er winkte ein Taxi heran, und Vera hielt vorläufig ihre Fragen zurück. Der Taxifahrer war anscheinend genauso draufgängerisch wie sein Pariser Kollege. Mit quietschenden Reifen rasten sie durch die Stadt. Zehn angstvolle Minuten danach hielt das Taxi an, und Vera sah viele Privatyachten ordentlich an der Pier aufgereiht vor sich. Aber weit und breit entdeckte sie keine Fähre. Ein kalter Wind wehte, und Vera stellte schaudernd den Kragen ihres Kostüms hoch. Hoffentlich brauchten sie nicht allzu lange auf die Fähre zu warten. Das Wasser wies bereits unheilverkündende Schaumköpfe auf, so stark war die See durch den Wind aufgewühlt. Die Yachten hüpften wie Korken auf den unruhigen Wellen. Allein dieser Anblick verschaffte Vera ein ungutes Gefühl in der Magengegend. Zum Glück würden sie auf einem großen Fährschiff weiterreisen, nicht auf einer kleinen Yacht.

Vor Kälte zitternd warf Vera einen sehnsüchtigen Blick auf das Abfertigungsgebäude am Ende des Landestegs. Dort würde die Fähre anlegen. Vielleicht konnte man ja in diesem Gebäude auf die Ankunft warten.

Peter nahm sie am Arm. „Kommen Sie. Gleich wird Ihnen wärmer sein", sagte er. Doch er führte sie nicht zu dem Gebäude, sondern zu einer festgezurrten Yacht. Sie war das größte aller Boote, und sie hieß „Sea Spray", wie Vera an der Beschriftung erkannte. Keine der anderen Yachten hatte die Gangway ausgerollt. Also würden von der „Sea Spray" bald Passagiere herunterkommen. Oder hinaufsteigen?

Es dämmerte Vera einen Augenblick, bevor Peter ihr befahl: „Ab mit Ihnen an Bord!"

2. KAPITEL

Das war ja noch schlimmer, als Vera befürchtet hatte. Eine Privatyacht! Allein mit Peter! Nein, unmöglich! Bockig blieb Vera stehen.

„Was ist? Ich sagte Ihnen doch, dass wir mit einem Boot fahren", bemerkte er ungeduldig. „Und das ist ein Boot."

„Das sehe ich selbst." Vor lauter Nervosität und Angst klang ihre Stimme scharf. „Aber …"

„Hallo, Peter", grüßte jemand.

Ein Mann in einer dicken Windjacke erschien an Deck und begrüßte die beiden. „Du kommst genau zur richtigen Zeit, Peter. Jetzt kannst du die Flut ausnutzen." Der Mann nickte Vera lächelnd zu.

„Vera, das ist Tim", stellte Peter vor.

Auch sie nickte, brachte jedoch kein Lächeln zustande. Ihr Gesicht war vor Kälte ganz steif.

„Sie sind für diesen bitteren Wind nicht warm genug angezogen." Tim lachte. „Gehen Sie lieber hinunter, und tauen Sie ein wenig auf. Ella räumt unten die Vorräte ein."

Ella! Also war noch eine Frau an Bord. Vera atmete erleichtert auf. Sie kletterte die Gangway hoch, um möglichst schnell ins Warme zu kommen, sonst würde sie womöglich noch mit einer Lungenentzündung in Mallorca landen. Mit eiskalten Füßen lief sie über das Deck, als Ella in einer ebenso dicken Jacke wie Tim erschien.

„Ich sah Sie schon von weitem kommen!" rief Ella fröhlich. „Darum habe ich vorgesorgt. In der Kombüse steht heißer Tee für Sie bereit."

„Hört sich herrlich an." Vera hätte das Mädchen am liebsten umarmt.

„Im Regal finden Sie noch eine Flasche Rum. Gießen Sie sich eine kräftige Portion in den Tee. Das beugt einer Erkältung vor. Und nun gehen Sie hinunter. Ich helfe inzwischen Peter und Tim beim Ablegen der Yacht. Ich hatte noch keine Zeit, die Tassen auf den Tisch zu stellen.

Aber Sie finden alles in den Fächern." Weil Tim nach ihr rief, rannte Ella zu ihm hin.

Sie scheint sehr nett zu sein, dachte Vera und ging lächelnd nach unten. Es hatte wohl keinen Sinn, den anderen ihre Hilfe anzubieten, weil sie nichts von Booten verstand und nur im Weg gewesen wäre.

In der Kombüse stellte Vera vier Teller und Tassen auf den Tisch. Die Wärme, die sie umgab, tat ihr wohl. Sie entdeckte die braune Teekanne und die Packung Milch auch gleich. Doch bei der Flasche Rum zögerte sie. Sollte sie Rum trinken oder besser nicht? Sie entschied sich für einen Versuch, denn sie wollte keine Erkältung riskieren. Ellas Rat kam ihr vernünftig vor.

Wie viel goss man sich ein? Vera war an Alkohol nicht gewöhnt. Vielleicht schmeckte ihr Rum genauso schlecht wie Whisky, den sie einmal probiert hatte und seitdem hasste.

Sie drehte den Flaschenverschluss auf und goss vorsichtig etwas Rum in ihre Teetasse. Aber weil ihre Hand vor Kälte zitterte, wurde ein großer Schuss daraus. Nun, das war nicht mehr zu ändern, und der erste Schluck verschaffte ihr gleich ein behagliches Gefühl von Wärme.

Vom oberen Deck drangen alle möglichen Geräusche zu ihr herunter. Offenbar legte jetzt die Yacht ab. Dann folgte ein lautes Poltern wie von einem dicken Tau, das auf die Planken fiel. Ein Motor dröhnte auf, und die Yacht fing an zu beben.

Wie lange werden wir wohl bis Mallorca brauchen? fragte sich Vera, während sie noch einen Schluck trank. Sie spürte, wie sich ihre verkrampften Muskeln allmählich entspannten. Dann goss sie die drei übrigen Tassen ein und wartete auf die anderen.

Die Minuten vergingen, und die Geräusche von oben hatten aufgehört – bis auf das gleichmäßige Dröhnen der Maschine. Dann änderten sich die Bewegungen der Yacht, und Vera nahm an, dass sie den Hafen verlassen und das offene Meer erreicht hatten.

Sie schickte ein stummes Stoßgebet zum Himmel, dass ihr Magen durchhalten würde. Seefahrten konnte sie nicht gut vertragen. Ein

Blick durch das Bullauge zeigte ihr hohe Wellen. Hastig wandte sie sich ab. Sie durfte nicht hinausschauen, sonst würde ihr übel werden.

Vor Peter seekrank zu sein, wäre eine zu große Blamage. Die konnte sie sich nicht leisten. Vielleicht wäre es gut, nach oben in die frische Luft zu gehen, überlegte sich Vera. Die anderen befanden sich auch oben und wären für eine Tasse Tee bestimmt dankbar.

Also trank sie ihre Tasse aus, nahm ein Tablett und stellte die drei Tassen, die Teekanne und die Flasche Rum darauf. Dann ging sie vorsichtig die schmale Treppe hinauf. Ein eiskalter Windstoß veranlasste sie, sich schleunigst in den Schutz des Ruderhauses zu begeben. Dort stand Peter, eine Hand leicht auf das Steuer gelegt. Er war allein!

Als Vera herankam, nahm er ihr höflich das schwere Tablett ab.

„Ich dachte mir, dass Ihnen eine Tasse Tee recht wäre", sagte Vera. Obgleich sich ihr jetzt die Gelegenheit bot, ihm ihre Fragen zu stellen, scheute sie davor zurück. Nur eine einzige Frage kam ihr im Augenblick wichtig vor: Wo waren Ella und Tim?

„Das ist sehr nett von Ihnen. Aber warum drei Tassen?" erkundigte sich Peter.

„Die beiden anderen sind für Ella und Tim. Wo stecken sie eigentlich?"

„Im Bistro des Hafens, um sich aufzuwärmen, nehme ich an."

„Soll das etwa heißen, dass sie nicht auf der Yacht sind?"

„Stört es Sie?" fragte er spöttisch.

Es störte sie mehr, als sie zugeben wollte. Peter war ungewöhnlich attraktiv, und das wusste er. Genauso, wie sie wusste, dass sie zu den so genannten schönen Frauen zählte, die stark auf Männer wirkten. Aber wenn Peter versuchen sollte, bei ihr etwas zu erreichen, konnte er einiges erleben.

Um nicht antworten zu müssen, reichte sie Peter die Tasse Tee. Den Rum konnte er sich selbst eingießen, wenn er wollte.

„Danke, Vera. Und was ist mit Ihnen?"

„Ich habe meinen Tee schon getrunken."

„Vielleicht noch einen?"

„Jetzt nicht."

Ihr Magen fing auf einmal vor Nervosität und wegen des Schaukelns der Yacht unangenehm zu brennen an. Ihr wurde immer übler, und sie hatte den Drang, schleunigst nach unten zu gehen. Peter durfte nicht merken, wie sie sich fühlte.

„Wenn Sie fertig sind, bringe ich alles nach unten und spüle die Tassen ab", sagte sie zu Peter.

„Da Sie sowieso in die Kombüse gehen, machen Sie doch gleich etwas zu essen. Ella hat für genügend Vorräte gesorgt."

Er sagte nicht etwa „bitte", sondern hielt es für selbstverständlich, dass sie die Befehle des Kapitäns der Yacht befolgte. Vera ärgerte sich sehr darüber. Aber offensichtlich wusste Peter, warum sie nach Mallorca reiste. Darum behandelte er sie wie eine kleine Hausangestellte, die sich zu fügen hatte.

Sein überhebliches Benehmen lasse ich mir nicht länger gefallen, dachte sie empört. Doch als sie ihm gerade ihre Meinung sagen wollte, stieg die Yacht in einer hohen Welle plötzlich steil nach oben. Dann versank sie tief hinunter, um sich mit der nächsten Welle wieder zu erheben.

Vera schluckte, riss das Tablett an sich und flüchtete in die Kombüse. Doch sie sah noch das Lachen in Peters Augen. Also hatte er gemerkt, was mit ihr los war. Und er genoss es!

Hatte er absichtlich vom Essen gesprochen, damit sie sich noch elender fühlte? Sie traute es ihm durchaus zu. Ihr Stolz erwachte, und sie stellte einige Lebensmittel auf den Tisch.

Ella hatte einige knusprige Fleischpasteten besorgt, die noch heiß waren. Vera schob sie in die Backröhre. Bald erfüllte köstlicher Duft den Raum.

Das ist das Ende, dachte Vera plötzlich. Sie würgte, und ihr Magen hob und senkte sich. Da ihre Beine schlotterten, setzte sie sich schnell auf einen Stuhl, holte tief Luft und hielt den Kopf nach unten. Die ganze Welt schien sich wie wild zu drehen.

„Du meine Güte! Das hat mir gerade noch gefehlt", sagte Peter. Er legte einen Arm um ihren Rücken, den anderen unter ihre Knie und hob Vera hoch.

Was ihm durch den Kopf ging, war ihr völlig gleichgültig. Sie konnte an nichts anderes mehr denken als an das entsetzliche Gefühl der Übelkeit. Und nun musste sie sofort ... Sie zappelte und rannte hinaus.

Als sie es überstanden hatte, wusch Peter ihr das Gesicht und trocknete es ab. Dann legte er Vera auf ein Bett, hüllte ihren zitternden Körper in eine herrlich warme Decke ein und setzte sich dann neben sie. Allmählich drang seine belustigte Stimme in Veras Bewusstsein.

„Ihr Gesicht ist so grün, dass Sie ohne jede Schminke den Frosch Kermit spielen könnten."

Vera drehte erschöpft den Kopf zur Seite und zwang sich, die Augen zu öffnen. Die Lider schienen bleischwer zu sein.

„Für diese gemeine Bemerkung hasse ich Sie."

Peters Lachen war das letzte, was sie noch wahrnahm, bevor der ungewohnte Rum voll wirkte und Vera in tiefen Schlaf versank.

Als sie aufwachte, fühlte sie sich beinahe schon wieder wie ein Mensch. Sie schob die Decke zurück und stützte sich behutsam auf einen Ellenbogen. Der Kopf blieb ruhig. Auch die Yacht hatte sich beruhigt, wie Vera feststellte. Anscheinend hatten sie irgendwo festgemacht.

Sie blickte auf ihre Uhr. Wie lange hatte sie geschlafen? Noch nicht einmal zwei Stunden. Langsam stellte sie die Beine auf den Boden. Wie gut, sie schlotterten nicht mehr!

Als sie an sich herunterblickte, sah sie, dass sie keine Jacke und keine Schuhe trug. Peter musste ihr die Sachen ausgezogen haben. Bei diesem Gedanken errötete Vera, fasste sich jedoch schnell. Sie zog beides an und faltete die Decke ordentlich zusammen.

Falls die Yacht nach Le Havre zurückgekehrt sein sollte, steige ich sofort aus und fahre nach Paris, nahm sich Vera fest vor. Dort wollte sie im Flughafen das Ende des Streiks abwarten, wie lange es dauern würde. Alles war besser, als nochmals seekrank zu werden.

Sie griff nach ihrer Handtasche und eilte aufs Oberdeck. Falls Peter Schwierigkeiten machte, würde sie sich zur Wehr setzen. Das stand fest. Er war nicht an Bord, sondern an Land, wie sie sah. Dort sprach er mit dem Fahrer eines schnittigen Sportwagens. Plötzlich fiel Vera auf, dass sie nicht wieder in dem Hafen angekommen waren, den sie vor zwei Stunden verlassen hatten.

Die Yacht lag in einer kleinen Bucht. Gepflegte Grünflächen breiteten sich an beiden Seiten aus. Ziemlich weit entfernt stand ein kleines Flugzeug. Vera ging über die Planken auf den Kai hinunter.

Peter blickte auf. „Ich dachte schon, Sie würden überhaupt nicht mehr erscheinen. Da Sie endlich hier sind, lassen Sie uns so schnell wie möglich wegkommen." Er deutete auf den wartenden Wagen.

„Warum diese Hast? Wenn wir in Paris herumgehangen hätten, wären wir noch viel später dran." Vera ärgerte sich. Sie konnte ja wirklich nichts dafür, dass die Fluglotsen streiken. „Ich glaubte, wir fahren bis Mallorca mit dem Boot."

„Das dauert viel zu lange. Die restliche Strecke fliegen wir. Wenn Sie sich ein bisschen beeilen, schaffen wir es vielleicht gerade noch. Zum Glück haben wir Rückenwind."

„Müssen wir denn unbedingt zu einer bestimmten Zeit auf der Insel ankommen?"

„Mildreds Ausstellung beginnt um fünf Uhr. Ich soll sie eröffnen. Das ist der Grund." Er lächelte, während er Vera gründlich musterte. „Jetzt hat Ihr Gesicht wenigstens wieder eine normale Farbe. Ich hoffe nur, dass Sie nicht auch noch luftkrank werden."

„Fliegen hat mir noch nie etwas ausgemacht."

Das stimmte. Sie war allerdings auch noch nie in einer so kleinen Maschine geflogen. Während Vera in den Wagen einstieg, betrachtete sie misstrauisch das in einiger Entfernung stehende Flugzeug. War der Chauffeur, der sie im Sportwagen hinfuhr, vielleicht gleichzeitig der Pilot?

Als hätte der Mann ihre Gedanken gelesen, sagte er zu Peter: „Wenn Sie gestartet sind, Mr. Adams, setze ich mich sofort mit Jean-Jaques in Verbindung und werde ihm Ihre Anordnungen mitteilen."

„Tun Sie das." Peter öffnete die Tür des haltenden Autos und half Vera beim Einsteigen ins Flugzeug. Es hatte nur zwei Sitze. Einen für den Piloten, den zweiten für einen Passagier.

Peter überzeugte sich, dass Vera fest angeschnallt war, bevor er sich an den Steuerknüppel setzte. „Jetzt wissen Sie, warum wir kein Gepäck mitnehmen konnten."

Er startete den Motor, und das laute Dröhnen ließ eine Antwort Veras nicht zu. Auf ein Signal vom Fahrer des Sportwagens beschleunigte Peter die Geschwindigkeit des Flugzeugs, das über die Grasfläche raste.

Dann machte es einen kleinen Satz, und sie waren in der Luft.

Während das Flugzeug ruhig dahinflog, konnte Vera ungestört ihren Gedanken nachhängen, die ständig um den Mann am Steuerknüppel kreisten.

Wer genau war eigentlich dieser Peter Adams, der in einem der besten Pariser Hotels einfach sein Gepäck zurückließ und anordnete, es nach Mallorca nachzuschicken? Wer konnte eine Yacht und ein Flugzeug für seine Zwecke benützen und beides mit absoluter Sicherheit steuern? Von der Tatsache gar nicht zu reden, dass er gebeten worden war, die Ausstellung einer weltberühmten Künstlerin zu eröffnen.

Sie kam einfach nicht darauf, um wen es sich bei Peter Adams handelte. Doch von einem war sie fest überzeugt: Er gehörte nicht zu den Schmarotzern, die Lyn so große Sorgen machten. Selbst nach dieser kurzen Zeit mit ihm wusste Vera, dass er es nicht nötig hatte, sich aushalten zu lassen. Sein selbstbewusstes Auftreten, die herrische Art, Schnitt und Eleganz seiner Kleidung sprachen von Reichtum und Selbständigkeit, aber auch davon, dass er freiheitsliebend war und niemanden brauchte.

Vera hatte noch immer keine Lösung des Rätsels gefunden, als Peter ihr über die Schulter zurief: „Mallorca liegt bereits vor uns."

Wie ein Juwel lag die Insel unter ihnen, umrahmt vom tiefen Blau des Mittelmeeres. Das Flugzeug senkte die Nase über einem geschäftigen Flughafen, und das Funkgerät krachte und knatterte. Spanische Stimmen gaben Peter die erforderlichen Landeanweisungen. Er antwortete in fließendem Spanisch und zog mit dem Flugzeug eine Schleife, bevor er landen durfte.

Sie kamen schnell durch den Zoll, da sie kein Gepäck hatten. „Hier entlang", sagte Peter zu Vera. „Ein Taxi wartet draußen auf uns."

Für diesen Mann gab es anscheinend nirgendwo Schwierigkeiten. Er schien es für selbstverständlich zu halten, dass ihm alles zur Verfügung stand, selbst eine Yacht und ein Privatflugzeug. In Veras Kopf rasten die Gedanken. Sie hatte in kurzer Zeit derart viel erlebt, dass sie es noch gar nicht ganz begriff.

Vor dem Flughafengebäude trat ein Mann an Peter und Vera heran und fragte: „Mr. Adams? Ich habe den Auftrag, Sie zur Kunstausstellung zu bringen, Sir."

Da es sehr heiß war, zog Vera die Jacke aus und dachte wehmütig an die zurückgelassenen Koffer. „Könnten wir nicht zuerst zur Casa Mimosa fahren und uns etwas frisch machen?" fragte sie und sah ihn bittend an..

„Dazu haben wir keine Zeit mehr. Die Casa befindet sich auf der anderen Seite der Insel. Und uns bleiben nur noch zehn Minuten bis zum Beginn der Ausstellung", lehnte Peter ab.

Der Chauffeur fuhr jedoch so schnell, dass sie keine zehn Minuten brauchten. Vor einem eindrucksvollen Gebäude, das mit vielen Werbeplakaten für die Ausstellung beklebt war, hielten sie an.

Als Peter seine Visitenkarte vorzeigte, ließ man ihn und Vera sofort hinein. Viele Menschen drängten sich in einem großen Saal, und Peter wurde von allen Seiten begrüßt. Er nahm Vera am Arm und sagte: „Kommen Sie. Ich mache Sie mit Mildred bekannt."

Erfreulicherweise war Mildred Fisher durchaus keine überkandidelte Künstlerin. Doch Vera begriff sofort, warum sich Lyn um ihre weltfremde Patentante solche Sorgen machte. Mildreds Kleid war zerdrückt, und ihr verträumter Blick bewies, dass sie mit ihren Gedanken ganz woanders war. Als Peter ihr erklärte, warum er erst in letzter Minute gekommen war, erwiderte sie zerstreut:

„Ach, wie interessant. Aber du bist doch wohl nicht zu spät erschienen, oder? Wie spät ist es eigentlich? Ich habe keine Ahnung."

„Du musst Vera ein Nachthemd leihen", sagte Peter, nachdem er Mildred die Uhrzeit genannt hatte. „Wir mussten leider unser Gepäck in Paris zurücklassen. Es wird wohl ein paar Tage dauern, bis es hier ankommt."

„Ich trage nur Schlafanzüge. Hoffentlich macht es Ihnen nichts aus, wenn ich Ihnen davon einen gebe, Vera?" Mildred lächelte abwesend.

„Nein, gar nichts. Sie sind sehr liebenswürdig, Miss Fisher."

„Nennen Sie mich Mildred. Das tun alle." Sie deutete vage auf die vielen Menschen. Vera stellte mit einem unterdrückten Lächeln dabei fest, dass auf Mildreds Hand mehrere Farbkleckse prangten. Anscheinend hatte die Künstlerin vergessen, sich vor der Ausstellung die Hände zu waschen.

„Peter, lass uns die offizielle Sache schnell hinter uns bringen, damit wir uns über interessantere Dinge unterhalten können", bat Mildred und wandte sich an Vera. „Gehen Sie schon voraus und schauen Sie sich die Bilder an, falls Sie diese Art Malerei überhaupt mögen. Hoffentlich macht es Ihnen bei uns ein bisschen Spaß. Wir werden uns später in aller Ruhe miteinander unterhalten."

Als Vera die Gemälde sah, atmete sie beglückt auf. Sie war schon auf einigen Ausstellungen gewesen und hatte die dort hängenden Werke kaum von der Tapete unterscheiden können. Doch Mildreds Bilder waren von ganz anderer Klasse. Sie malte sowohl in Öl wie auch in Wasserfarben und war auf beiden Gebieten eine wahre Meisterin. Große Seeansichten und beeindruckende Felsformationen füllten die Rahmen aus, und Vera erkannte einige Szenen von Mallorca wieder.

Die Aquarelle waren sanfter und zarter als die Ölgemälde. Vera beneidete die Leute, die sich so etwas leisten konnten. Die an den Rahmen diskret befestigten Preise verrieten ihr, dass sie selbst dazu nicht in der Lage wäre.

An einer Säule hingen Miniaturen, winzige Kostbarkeiten von ungewöhnlicher Schönheit. Einige waren Porträts, und Vera vermutete, dass die Menschen, die Mildred Modell gesessen hatten, Verwandte oder Freunde waren. Ob es auch ein Miniaturporträt von Peter gab? Vera suchte es, doch bevor sie es finden konnte, ertönte seine Stimme:

„Meine sehr geehrten Damen und Herren ...", fing er an und nahm die Eröffnung mit eleganter Leichtigkeit vor.

Als die offizielle Ansprache beendet war, reichten Kellner Snacks und Erfrischungen herum. Plötzlich merkte Vera, dass sie schrecklichen Hunger hatte. Kein Wunder, denn sie war ja sowohl ums Frühstück wie auch ums Mittagessen gekommen, und nun ging es bereits auf den Abend zu. Wer weiß, dachte sie, wann es Dinner gibt. Wohl erst nach Schluss der Ausstellung, und das konnte noch lange dauern. Darum griff sie kräftig zu, nahm sich noch eine Tasse Kaffee und schlenderte zu Peter und Mildred hin.

Die beiden unterhielten sich mit einem schlanken, hoch gewachsenen Mädchen. Es hatte schwarze Haare und ebensolche Augen und blickte Vera herausfordernd an.

Sie zögerte, denn sie wollte sich nicht aufdrängen. Doch da rief Mildred ihr zu: „Kommen Sie nur. Ich möchte Sie mit Una bekannt machen. Una, das ist Vera. Ich habe dir schon von ihr erzählt."

Anscheinend hatte sich das Mädchen eine ganz andere Frau vorgestellt. Una bemühte sich sichtlich, ihren Schock zu verbergen, während Mildred weitersprach:

„Una ist die Tochter meiner besten Freundin, mit der ich die Schule besuchte. Was für ein lieber Mensch."

Damit meinte sie bestimmt nicht Una, sondern deren Mutter, dachte Vera spöttisch. Der Blick, den sie von Una bekam, war alles andere als lieb. Schiere Boshaftigkeit stand in den schwarzen Augen des Mädchens. Boshaftigkeit oder sogar Hass. Offenbar reizte es Una maßlos, dass eine jüngere und attraktive Frau plötzlich auf der Bildfläche erschien und ihr den Mann streitig machen könnte, den sie für ihren Besitz hielt.

Vera schätzte, dass Una ungefähr so alt wie Peter sein musste, also mehrere Jahre älter als sie selbst, und wahrscheinlich von wesentlich mehr Erfahrung. Nun, ihretwegen brauchte sich diese Frau wahrlich keine Sorgen zu machen. Sie konnte Peter liebend gern behalten. Vera war nach Mallorca gekommen, um sich etwas Geld zu verdienen. Und sie wollte den Aufenthalt so friedlich wie möglich gestalten.

Friedlich? In Peters Nähe würde ihr das kaum gelingen. Vera hatte von seiner überheblichen, bestimmenden Art restlos genug. Sie musste allerdings zugeben, dass er sie rechtzeitig nach Mallorca gebracht hatte. Sie säße wahrscheinlich noch immer auf dem Pariser Flughafen, wenn es nach ihr gegangen wäre.

Mildred unterbrach ihre Gedanken mit der Bemerkung: „Vielleicht sind Sie ja auf dem Rundgang durch die Galerie Una schon begegnet."

„Begegnet, das nicht", höhnte Una. „Ich habe nur gesehen, wie sie sich mit Essen vollstopfte."

Vera wurde rot vor Zorn. Sie hatte nur zugegriffen, um nicht vor Hunger zusammenzubrechen. Aber Unas hässliche Erwiderung sollte durchblicken lassen, dass Vera zu denjenigen gehörte, die sich auf Partys durchfraßen.

Was würde Mildred jetzt von ihr denken? Mühsam hielt Vera die scharfe Antwort zurück, die ihr schon auf der Zunge lag. Jetzt war nicht der Augenblick, Mildred alles zu erklären. Das sollte später geschehen. Una war sie keine Erklärung schuldig; und Peter wusste ja, warum sie hungrig gewesen war.

Sie warf ihm einen bitterbösen Blick zu, der die Frage enthielt: Warum haben Sie mich nicht verteidigt, wie es der Anstand erfordert hätte? Aber sie sah nur sein belustigtes Lächeln, und das machte sie noch wütender.

„Du solltest auch etwas essen, Una", sagte Mildred. „Du rauchst zu viel und isst zu wenig."

Una schob verärgert das Kinn vor. „Ich gehe zurück zur Casa. Von den vielen Menschen hier habe ich genug. Kommst du mit, Peter?"

Besitzergreifend legte sie die Hand auf seinen Arm und wollte Peter mitziehen. Doch er schüttelte abweisend den Kopf. „Ich hatte noch keine Gelegenheit, mir die Bilder anzuschauen. Geh schon voraus, Una. Wir sehen uns dann später."

Una blickte ihn beleidigt an. Aber sie hatte sich selbst in eine Ecke gedrängt und musste nun zähneknirschend nachgeben. Mit kaum verhohlenem Zorn verschwand sie.

Mildred wandte sich an Vera. „Begleiten Sie Peter, Liebes, und sehen Sie sich nochmals ein wenig um. Walsh Crayton fährt mich heim, und sein Wagen ist nur ein Zweisitzer. Da haben wir nicht alle Platz."

„Ist Walsh noch immer hier?" erkundigte sich Peter. Vera wunderte sich über diese Frage. Wer mochte dieser Walsh Crayton sein? Vielleicht einer der Schmarotzer?

Mildred beantwortete die Frage nicht, sondern bemerkte nur: „Wir essen irgendwann nach sieben Uhr auf der Terrasse zu Abend." Dann schlenderte sie geistesabwesend fort und verlor sich in der Menge.

Gegen sieben Uhr? Vera atmete auf. Dann brauchte sie also nicht allzu lange mit Peter zusammen zu sein. Sie hoffte, dass sich noch andere Leute zu ihnen gesellen würden, während sie sich mit Peter die Ausstellungsstücke ansah. Der Gedanke, schon wieder mit diesem überheblichen Menschen auch nur kurze Zeit allein zu sein, behagte Vera keineswegs.

3. KAPITEL

Leider erwies sich Veras Hoffnung, dass sich ihnen noch andere Leute anschließen würden, als trügerisch. Man blickte ihr und Peter auf dem Rundgang nur interessiert und nachdenklich hinterher.

Vor einem besonders eindrucksvollen Gemälde blieb Peter stehen. „Die sind alle sehr gut, nicht wahr? Aber das hier besonders, finde ich."

„Ja, es ist phantastisch."

Das war nicht gelogen. In der Tat kamen Vera die Gemälde beim zweiten Betrachten noch bemerkenswerter vor. „Mir gefallen die Aquarelle am besten."

„Die liebt Mildred auch besonders. Das da drüben hat sie in einem Orangenhain in der Nähe der Casa gemalt." Peter zeigte auf ein Gemälde, das farbenfroh gekleidete Pflücker im Hain darstellte. Das Bild wirkte so lebendig, dass Vera glaubte, fast den Duft der Orangen riechen und den heißen Sonnenschein fühlen zu können.

„Das Gut gehört einem von Mildreds Freunden", fuhr Peter fort. „Wir haben dort einen ganzen Tag bei einem Picknick verbracht und auch ein wenig bei der Ernte geholfen, während Mildred malte. Es hat uns großen Spaß gemacht."

Erstaunt blickte Vera ihn an. Sie entdeckte auf einmal eine neue Seite an diesem vielschichtigen Mann. Es fiel ihr nicht schwer, sich vorzustellen, wie er bei der Ernte mitmachte. Und das hatte er bestimmt genauso geschickt und sicher getan wie die Yacht und das Flugzeug zu steuern.

War Una auch dabei gewesen? fragte sich Vera. Aber es gelang ihr nicht, sich das dunkelhaarige, raffinierte Geschöpf bei irgendeiner Arbeit vorzustellen.

Mit seinen Erklärungen brachte Peter jedes der Gemälde und Aquarelle zum Leben und führte Vera damit in eine andere Welt ein. Eine Welt, in die Una hineingehörte, Vera jedoch ganz entschieden nicht.

Plötzlich wurde sie von tiefer Niedergeschlagenheit überwältigt. Und daran ist Peter schuld, versuchte sich Vera einzureden. Sie waren inzwischen bei den Miniaturen angelangt, und Peter fragte:

„Finden Sie eine davon besonders reizvoll?"

Mit leiser Sehnsucht in der Stimme erwiderte sie: „Ja, dieses mit der Windmühle und den wilden Blumen." Natürlich konnte sie sich keine der Miniaturen leisten, obwohl sie nicht ganz so teuer wie die Ölgemälde waren.

„Die meisten Miniaturen sind im Auftrag gemalt. Irgendwo müsste auch Unas Porträt hängen ... Ach, da ist es ja."

Es war eine Una, wie das Künstlerauge sie sah. Eine sanftere, liebenswürdigere Una als das Mädchen, das Vera kennen gelernt hatte. Wer hatte wohl den Auftrag für dieses Bild erteilt? Vielleicht Peter?

Bestürzt gestand sich Vera ein, dass dieser Gedanke sie noch mehr deprimierte. Zum Glück wurde sie gleich darauf abgelenkt, weil eine Gruppe Besucher auf Peter zukam. Ein Mann sagte: „Wenn Sie ohne Wagen hier sind, können wir Sie zur Casa Mimosa mitnehmen. Wir haben zwar nur einen Kleinbus. Doch wenn wir zusammenrücken, gibt es noch Platz für zwei weitere Passagiere."

Peter nahm das Angebot dankend an. Er stieg mit Vera ein, wobei sie gegen ihn gedrückt wurde. Fünf Leute saßen auf einer Bank, die eigentlich nur Platz für drei bot.

„Nehmt einfach jemanden auf den Schoß", schlug der Fahrer vor.

Schmunzelnd stimmte Peter zu. „Das ist eine gute Idee." Schon zog er Vera auf seine Knie.

„Lassen Sie mich herunter", flüsterte sie verwirrt.

„Dann müssten Sie auf dem Fußboden sitzen."

Vera bekam ein rotes Gesicht und wäre am liebsten im Erdboden versunken. Sie bemühte sich, im dahinholpernden Bus möglichst aufrecht zu sitzen, denn Peter hielt sie so fest, dass sich ihre Körper berührten. Doch nach einiger Zeit verkrampften sich ihre Muskeln, und sie war gezwungen, sich an Peter anzulehnen.

„Sitzen Sie bequem?" erkundigte er sich.

Sein Atem wehte an ihr Ohr, und ihre Haut fing zu prickeln an. „Ja, danke", schwindelte sie, obwohl ihr sehr unbehaglich zumute war. Die Fahrt schien endlos zu dauern.

Mit röhrendem Motor fuhr der Bus über die Bergstraße an der Westseite der Insel und legte sich dabei so scharf in die Kurven, dass Vera den Atem anhielt. Sie schloss die Augen. Aber nun spürte sie umso deutlicher Peters warmen Körper und konnte sogar sein Herz schlagen hören. „Wie ... wie weit ist es noch?" stotterte sie befangen.

„Wir sind gleich da. Sie können die Augen aufmachen. Das Schlimmste haben wir hinter uns."

Als der Bus durch zwei schmiedeeiserne Tore rollte, atmete sie erleichtert auf.

Nachdem sie vor der „Casa Mimosa" angekommen waren, wurde Vera von einem jungen Hausmädchen aufs Zimmer geführt, während Peter im Erdgeschoss blieb. Die Hausherrin musste schon vor ihnen heimgekommen sein, denn auf Veras Bett lag bereits ein ordentlich gefalteter und gebügelter, aber auch schon sehr abgetragener Schlafanzug.

Wie angelegentlich sich Mildred um das Wohl ihrer Gäste kümmerte, bewiesen eine frische Tube Zahnpasta, die neue Zahn- und Haarbürste und eine Dose zartparfümierten Talkumpuders. Alles befand sich im Bad, das zum Zimmer gehörte.

Vera ging hinunter, um sich bei ihrer Gastgeberin zu bedanken. „Das war doch selbstverständlich", erwiderte Mildred lächelnd. „Leider kann ich Ihnen wohl kaum Kleider für den Tag leihen. Meine sind genauso abgetragen wie die Schlafanzüge. Außerdem würden sie Ihnen sowieso nicht stehen."

„Vielleicht kommt mein Gepäck ja morgen an."

„Bestimmt nicht", meinte Peter, während er aus seinem Sessel aufstand und die Zeitung weglegte. „Ich habe soeben die Nachrichten aus Frankreich gelesen. Der Streik wird wohl noch lange dauern, weil keine Seite nachgeben will."

„Damit ist alles klar", sagte Mildred. „Sie sollten sich morgen in der Stadt ein paar hübsche Sachen kaufen, Vera."

„Morgen? Werden Sie mich denn hier nicht brauchen?"

„Bis zum Abend nicht. Aber ich möchte Sie bitten, auch für mich einiges zu besorgen. Ich gebe Ihnen eine Liste der gewünschten Dinge. Und nach dem Abendessen können Sie für uns singen. Ich höre Gesang so gern, und Lyn erzählte mir, dass Sie eine ungewöhnlich schöne Stimme haben." Mildred musterte Vera gründlicher. „Und nicht nur das, wie ich sehe. Sie haben auch ein schönes Gesicht. Ich brenne darauf, es auf die Leinwand zu bannen."

„Doch nicht heute Abend, Mildred. Das arme Mädchen sieht völlig erschöpft aus", sagte ein untersetzter Mann. Er sprach mit kanadischem Akzent und hatte genauso eisgraues Haar wie Mildred. Er nahm sie am Arm, wobei er Vera anlächelte. „Lassen Sie sich von ihr bloß nicht ausnutzen. Wenn sie malt, vergisst sie zu essen und zu schlafen. Und dazu gibt sie auch ihren Modellen keine Zeit." Dann wandte er sich an Peter. „Meinst du nicht auch, dass Mildred zur Stadt mitfahren und einkaufen sollte? Fast alles, was sie trägt, gehört in den Abfall."

Wenn Una das gesagt hätte, wäre diese Bemerkung hässlich und gemein gewesen. Aber bei dem Mann hörte man heraus, dass er Mildred nur liebevoll necken, jedoch keinesfalls beleidigen wollte. Das musste Walsh Crayton sein, dachte Vera. Sie mochte diesen Mann auf den ersten Blick.

Mildred schnitt ihm eine Grimasse. „Mir sind meine Kleider gut genug. Und nun Schluss damit. Ich möchte euch lieber von meiner Idee für ein neues Gemälde erzählen, bevor ich vom Abendessen unterbrochen werde."

Sie zog Walsh und Peter auf die Terrasse zu einer Ecke, wo sich ein Klappstuhl und allerlei Malutensilien befanden. Vera blieb allein zurück und überlegte sich, ob sie den anderen folgen sollte. Da kam Una herein und musterte kritisch Veras Kleidung.

„Wir mussten wegen des Streiks unser Gepäck in Paris lassen", verteidigte sich Vera verlegen, bereute jedoch sofort diese Worte. Warum verteidigte sie sich vor Una? Aber sie konnte nichts mehr daran ändern und merkte, wie das „wir" Una reizte.

„Ach, das kam Ihnen ja gerade recht, nicht wahr?"

„Nein, ganz im Gegenteil", entgegnete Vera hitzig. „Dieser Pullover ist mir viel zu warm. Aber unsere Koffer passten nicht in das kleine Flugzeug, und darum ließ Peter sie in einem Pariser Hotel zurück. Warum gerade im Cher, weiß ich nicht."

„Das ist doch klar. Es gehört ihm."

Es dauerte eine Weile, bis Vera Unas Worte verdaut hatte. „Das Cher gehört ihm?" wiederholte sie völlig verdattert.

„Natürlich. Ihm gehören viele Hotels in allen Hauptstädten und ein Drittel von denen hier auf der Insel. Behaupten Sie bloß nicht, dass Sie davon keine Ahnung hatten."

„Das wusste ich in der Tat nicht. Warum sollte ich? Er war mir ja gar nicht bekannt."

Allmählich verstand Vera einiges. Und vielleicht erklärte es auch, warum Una ihr gegenüber so feindselig war. Als Eigentümer des ‚Cher' und vieler anderer Hotels sowie mit seinem fabelhaften Aussehen gehörte Peter bestimmt zu den begehrtesten Heiratskandidaten.

„Wahrscheinlich glauben Sie, dass sich ein paar Unbequemlichkeiten lohnen, weil Mildred Ihnen ja neue Kleider kaufen wird."

Bei dem gemeinen Angriff des Mädchens zuckte Vera zusammen. „Das glaube ich absolut nicht, und ich habe keine Ahnung von Mildreds Absicht."

„Wirklich nicht? Ich habe ja selbst gehört, dass Mildred sagte, Sie sollten morgen in die Stadt fahren und sich etwas kaufen."

„Na und? Sie wird jedenfalls für meine Kleidung nicht bezahlen", erwiderte Vera heftig.

„Vielleicht möchten Sie, dass Peter dafür aufkommt. Das haben Sie doch im Sinn, nicht wahr?"

Nun konnte Vera ihren Zorn nicht länger bändigen. „Ich habe gar nichts im Sinn."

„Nein? Nichts und niemanden?"

„Nein!" rief Vera empört, riss sich aber gleich zusammen. Sie wollte sich keinesfalls auf einen Streit mit Una einlassen, auch wenn die es darauf anlegte.

„Na schön. Aber vergessen Sie nicht ..." Una deutete mit der langen Zigarettenspitze auf Vera. „Vergessen Sie ja nicht, dass Peter bereits vergeben ist." Das war eine deutliche Warnung. „Aber Peter ist viel zu weltmännisch, um sich von einer kleinen Goldgräberin einfangen zu lassen."

„Wie können Sie es wagen!" Veras Stimme bebte vor Empörung. Trotz aller guten Vorsätze konnte sie nicht mehr friedlich sein. Offener Kampf war ausgebrochen, obwohl Vera nichts getan hatte, was Una zu dem Angriff hätte verleiten können. „Wenn sich Peter vor Goldgräberinnen fürchtet, braucht er sich vor mir nicht zu hüten. Falls ich das Pech hätte, ihn – wie Sie so grob sagten – einzufangen, würde ich ihn umgehend von der Angel losmachen und zurückwerfen."

„Kommt ihr Mädchen zum Essen?" fragte Peter hinter ihnen, und die beiden wirbelten herum.

Vera stockte der Atem. Was hatte Peter mitgehört? Sie war so zornig gewesen, dass sie nicht mehr vernünftig hatte denken können. Wenn Peter ihre letzte Bemerkung mitbekommen haben sollte, wäre auch er jetzt bestimmt feindselig eingestellt.

Während des Essens spürte Vera deutlich die Feindseligkeit Unas. Vera lehnte sich hinter Peters kräftiger Gestalt zurück. Una riss das Gespräch an sich und unterhielt sich dann nur noch mit Peter. Als der Kaffee auf dem Tisch stand, sprang sie auf und rief:

„Ich langweile mich furchtbar. Lasst uns tanzen."

Gleich hörte man das Stühlerücken der jungen Gäste, aus denen sich fast die ganze Gesellschaft zusammensetzte. Tische wurden zurückgeschoben, und laute Musik dröhnte aus den Lautsprechern am Ende der Terrasse, worauf man zu tanzen begann.

„Una, drehen Sie die Lautstärke auf ein erträgliches Maß herunter", bat Walsh. Aber Una nahm davon keine Notiz. Sie zog Peter hoch, denn er sollte beim Tanzen mitmachen – wenn man die wilden Verrenkungen und Zuckungen überhaupt so nennen konnte.

Vera tanzte sehr gern. Aber sie hatte keine Lust, sich auf diese Art zur Schau zu stellen. Die überlaute Musik verursachte ihr bald Kopfschmerzen, und sie presste eine Hand an die schmerzende Schläfe.

Mildred, die das sah, sagte: „Morgen, wenn Sie ausgeruht sind, mache ich Sie mit den Gästen bekannt. Einige kenne ich selbst noch nicht. Die meisten der Tanzenden sind Unas Freunde. Sie hat sie gern hier und braucht jetzt ein wenig Ablenkung, weil ihre Ehe gerade auseinandergeht."

Die wahre Ablenkung, die diese Frau sucht, heißt offensichtlich Peter Adams, dachte Vera grimmig.

Unas Art zu tanzen war das reinste Liebeswerben. Hemmungslos und wild bot sich Una eindeutig ihrem Partner an. Mit raffinierten Bewegungen der Arme ließ sie das schulterfreie Oberteil ihres Kleides tief herunterrutschen, und sie schaute Peter herausfordernd mit ihren schwarzen Augen an. Peter schien nichts gegen ihre Verführungskünste zu haben, denn er lächelte und tanzte mit.

Die Musik steigerte sich zu einem heftigen Lärm von Trommeln und Schlagzeug. Doch als sich Vera die Ohren zuhalten wollte, hörte der Krach abrupt auf. In die plötzliche Stille hinein sagte Peter: „Gönnen wir unseren Ohren eine kleine Pause."

Una sah wütend und verärgert aus. Aber Mildred warf Peter einen dankbaren Blick zu. „Ich fürchte, dass mein Geschmack für moderne Musik nicht besonders ausgeprägt ist", entschuldigte sie sich.

„Vera wird uns etwas vorsingen, das dir besser gefällt", erwiderte Peter. Er schaute Vera mit einem Blick an, der ein stummer Befehl war. Das schätzte sie gar nicht, und ihr Widerstandsgeist erwachte. Sie brauchte jedoch nicht zu protestieren, denn Walsh Crayton kam ihr zur Hilfe. Er hatte gemerkt, wie müde sie war, und bat Mildred, an diesem Abend auf den Gesang zu verzichten. Vera spielte einen Augenblick mit dem Gedanken, sich zu entschuldigen und nicht zu singen. Doch damit würde sie Schwäche zeigen, und das ließ ihr Stolz nicht zu.

Also fing sie zu singen an. Sie trug einige Balladen vor, für die sich ihre warme Altstimme besonders eignete. Es dauerte nicht lange, bis Vera die Müdigkeit vergaß und sich ganz an die Musik verlor.

Der letzte Ton verklang, dann war Stille. Die Zuhörer schienen den Atem anzuhalten, bis jemand laut Beifall klatschte und man Vera umringte.

„Das war großartig."

„Ihre Stimme ist so schön, wie Sie es sind."

„Weiter! Wir möchten noch mehr hören."

Una war die Einzige, die keine Beifallsäußerungen von sich gab. Sie stand an der Seite und biss sich auf die Lippen. Ihr Gesicht war vor Neid verzerrt. Vera wandte sich ab und schaute auf Peter. Sein Gesicht konnte sie nicht sehen, weil es im Schatten lag. Er lehnte an der Terrassenmauer und schien noch immer zu lauschen.

„Zugabe! Zugabe!" Aus einer Stimme wurde ein ganzer Chor, und Vera wusste nicht, was sie tun sollte. Sie fühlte sich auf einmal noch viel erschöpfter als vorher. Dunkle Schatten umgaben ihre Augen, und ihre Wangen waren blass. Hilflos blickte sie auf Mildred, die Veras Erschöpfung erkannte und abwehrend die Hand hob.

„Genug für heute. Morgen Abend, wenn Vera ausgeruht ist, wird sie uns vielleicht wieder etwas vorsingen. Heute nicht mehr." Dann wandte sich Mildred an Vera. „Danke, mein Liebes, Sie müssen so lange wie möglich in meinem Haus bleiben."

Una schnappte nach Luft. Vera stand auf, ging aber auf die Einladung nicht ein. „Natürlich singe ich so oft, wie Sie es wünschen." Sie fügte ein für alle bestimmtes „Gute Nacht" hinzu und lief dann schnell auf ihr Zimmer.

Als Vera im Bett lag und die Augen schloss, konnte sie nicht einschlafen, weil zu viele Fragen auf sie einstürmten. Was sollte sie tun, wenn Mildred die Einladung wiederholte? Bleiben oder nach zwei Wochen abreisen? Einerseits wollte sie schon aus dem Grund bleiben, weil sie das Geld gut gebrauchen konnte. Andererseits würde ihr Una hier das Leben so schwer wie möglich machen.

Und Peter? Läge ihm an ihrem Bleiben? Oder war es ihm völlig gleichgültig? Nun, es interessierte sie nicht, was er meinte. Trotzdem ging er ihr nicht aus dem Kopf, und mit dem Gedanken an ihn schlief sie irgendwann endlich ein.

Als Vera am nächsten Morgen in das Esszimmer kam, saßen Mildred und Peter bereits beim Frühstück. „Gibt es hier einen Bus, der in die Stadt fährt?" fragte Vera, während sie sich setzte.

Es war ein heißer Tag, und sie hatte das Haar hochgesteckt, weil sie so die Hitze besser ertrug. Je schneller sie den Sweater und den warmen Rock durch eine Kleidung aus Baumwolle ersetzen konnte, desto besser.

Vera war sehr froh, dass sie stets ihre Reiseschecks in der Handtasche bei sich trug und nie in den Koffer steckte. Sonst wäre sie jetzt in der peinlichen Lage gewesen, Mildred um ein Darlehen bitten zu müssen. Und das hätte ihr nach Unas gemeinen Bemerkungen ganz besondere Schwierigkeiten gemacht.

„Nehmen Sie den Minibus", erwiderte Mildred.

Unsicher wandte Vera ein: „Ich habe keine Erfahrung mit diesen Bergstraßen."

„Sie brauchen nicht zu fahren. Ich tue es." Peter sah von seinem Teller hoch. „Ich muss heute Morgen sowieso in die Stadt, um die nicht verkauften Gemälde von der Ausstellung abzuholen. Es werden wahrscheinlich nicht sehr viele sein." Er lächelte Mildred bei der letzten Bemerkung an.

„Wie lieb von dir, mir diese Dinge abzunehmen, Peter. In geschäftlichen Angelegenheiten bin ich nämlich ein hoffnungsloser Fall." Mildred lächelte Peter dankbar an.

„Als ob wir das nicht wüssten! Du würdest dem Portier einen echten Goya als Trinkgeld geben, wenn man nicht auf dich aufpassen würde", sagte Walsh, der gerade hereingekommen war und die letzten Sätze mit angehört hatte. „Gehen wir ein bisschen spazieren, bevor es zu heiß wird, Mildred?"

„Du schleppst mich jeden Morgen gerade dann zu einem Spaziergang mit, wenn das Licht am besten ist", beschwerte sich Mildred gutmütig.

„Ich muss dich ja erwischen, bevor du dich ganz an dein neuestes Werk verlierst, sonst bekäme ich dich überhaupt nicht mehr von der Staffelei weg."

„Also gut, wenn es denn sein muss." Mit einem gespielt tiefen Seufzer gab Mildred nach. Während sie aufstand, sagte sie zu Vera: „Kaufen Sie sich ein paar besonders hübsche Sachen, Liebes. Wir wollen heute Abend nämlich feiern."

„Ich werde mich bemühen", versprach Vera. Walsh schlenderte mit Mildred davon, und Peter wandte sich an Vera.

„Wir fahren jetzt auch gleich los, damit Sie in diesen Kleidern nicht noch vor Hitze schmelzen."

Als Vera dann im Kleinbus saß, litten ihre Nerven nicht nur wegen der vielen Kurven bei der Fahrt über die Berge. Es gab noch einen anderen Grund. Zu deutlich war sie sich Peters Nähe bewusst. Wenn er die Gänge umschaltete, berührte sein Arm den ihren. Sie rückte zwar ein Stück von ihm ab, doch ihre Haut prickelte noch lange an der Stelle, die er berührt hatte. Peter hingegen lehnte sich so entspannt und lässig zurück, dass sie ihn um seine Ruhe beneidete.

Obwohl Vera kühl und gelassen wirkte, war sie so aufgeregt wie noch nie. Sie wusste nicht, wie sie auf Peters überwältigende Männlichkeit reagieren sollte. Dass sie sich so sehr anstrengen musste, ihre Gefühle zu unterdrücken, machte sie gereizt und böse auf sich selbst.

Als Peter vor dem Haus anhielt, in dem die Ausstellung stattgefunden hatte, gab es für Vera nur noch eines: so schnell wie möglich verschwinden. Sie wollte Peter beim Einkaufen nicht bei sich haben. Nach seinem bisherigen Verhalten zu urteilen, würde er ihr bestimmt vorschreiben, was sie kaufen sollte. Und die Geschäfte, in denen er einzukaufen pflegte, konnte sie sich keinesfalls leisten.

Schon stieß Vera die Wagentür auf. „Danke fürs Mitnehmen. Ich lasse Sie jetzt allein, damit Sie die Angelegenheit mit Mildreds Gemälden in Ruhe erledigen können. Wir treffen uns später. Um welche Zeit?"

„In genau fünf Minuten."

„Wie bitte?" Verblüfft blickte Vera ihn an. „In fünf Minuten kann ich beim besten Willen nichts besorgen. Ich habe eine ganze Liste mit Dingen, die ich für Mildred mitbringen muss. Außerdem …"

„Das ist mir klar. In fünf Minuten schaffen Sie es nicht einmal, von hier ins Einkaufszentrum zu gelangen, das fast eine Meile entfernt ist. Also, Sie bleiben sitzen. Ich gehe schnell hinein und sage den Leuten, dass sie die Kiste oder was auch immer schon einladen können. Dann fahren wir zum ‚Dinaldo', parken den Wagen und erledigen von dort aus unsere Einkäufe."

‚Ihm gehören eine Menge Hotels auf dieser Insel', hatte Una gesagt, fiel Vera plötzlich ein. Bestimmt auch das ‚Dinaldo' mit einem freien Parkplatz für Peter in der überfüllten Innenstadt!

Nachdenklich runzelte Vera die Stirn. Sie musste sich unbedingt etwas ausdenken, um ihn gleich nach der Ankunft vor dem ‚Dinaldo' loszuwerden. Wenn sie sich recht erinnerte, befand sich dieses vornehme Hotel in einer eleganten Geschäftsstraße. Vera hatte es in ihrem letzten Urlaub genossen, die Schaufenster zu betrachten. Das wollte sie auch heute tun. Aber was man hinter den Fenstern verkaufte, war für sie ebenso unerschwinglich wie Mildreds Gemälde.

Peter musste sich ja auch einige Sachen kaufen, wie sich Vera erleichtert entsann. Sein Gepäck befand sich ebenso im Pariser Hotel wie ihres. Bestimmt würde er gleich nach der Ankunft im Einkaufszentrum losgehen und sich neue Sachen besorgen.

4. KAPITEL

Am Hotel ‚Dinaldo' fuhr Peter den Kleinbus auf einen reservierten Parkplatz. Das Schild an der Wand trug seinen Namen. Damit bestätigte sich Veras Vermutung, dass ihm dieses Hotel gehörte. Ein uniformierter Mann eilte auf ihn zu, und Peter sprach in schnellem Spanisch zu dem Mann.

„Si, Señor." Der Parkwächter nahm den Zündschlüssel entgegen und entfernte sich.

Peter half Vera beim Aussteigen und sagte: „Wir biegen nur rechts um die Ecke. Dort ist ein Geschäft, in dem Sie alles unter einem Dach finden, was Sie benötigen."

„Ich möchte mich aber erst noch ein wenig umschauen. Wollen wir uns in etwa einer Stunde am Kleinbus treffen?"

Peter gab keine Antwort, sondern lief bereits weiter. Vera merkte gleich, dass sie sich nicht geirrt hatte. Ihre Angst, welche Art Geschäft er wählen würde, war berechtigt gewesen. Als sie um die Ecke bogen, sah sie die schwarzen Marmorsäulen und die Glastürme mit dem goldenen Firmennamen vor sich. Es war das eleganteste und teuerste Geschäft des gesamten Einkaufszentrums, wie sie wusste.

„Hier sind wir, Vera. Wenn Sie sich wirklich in dem gegenüberliegenden Warenhaus umschauen und dort einkaufen wollen, wird es ewig dauern. Sie müssen auch mit langen Warteschlangen an den Kassen rechnen." Peter deutete mit dem Kopf auf das große Kaufhaus mit den buntdekorierten Schaufenstern. Die Insassen von mindestens vier Bussen strömten und drängten sich in das Warenhaus, wie Vera entgeistert feststellte. Trotzdem wäre es genau richtig für sie. Dort bekam man Kleider von guter Qualität und zu vernünftigen Preisen. Ihr Koffer musste ja bald kommen, und Mildred erwartete bestimmt nicht von ihr, dass sie in einem Modellkleid zur Feier erschien.

Allerdings war Peter kein Mann, den man lange warten lassen durfte. Und an den Kassen dieses Kaufhauses würde es tatsächlich ewig dauern. Was tun?

„Ich muss zuerst noch einen Reisescheck einwechseln." Noch einmal unternahm Vera den Versuch, Peter abzuwimmeln. Aber er wischte auch diesen Einwand wie die vorherigen einfach beiseite.
„Das erledigt man hier in diesem Geschäft für Sie."
Nun gab Vera auf. Sie war wegen des Wagens auf Peter angewiesen und durfte ihn nicht verärgern. Nun, sie würde mit ihm gehen, aber nur das Allernotwendigste kaufen. Dafür müssten ihre Reiseschecks reichen. Später konnte sie auf ihr bisschen Bargeld und den Lohn für ihre Arbeit bei Mildred zurückgreifen.

Eigentlich hatte sie geplant, diesen Verdienst als Notgroschen auf die Seite zu legen. Natürlich wusste Vera, dass sie ihren Eltern, die in einer Kleinstadt lebten, stets willkommen war. Dort unterhielt ihr Vater eine Tierarztpraxis. Doch Vera schätzte ihre Unabhängigkeit viel zu sehr.

Trotz aller Bedenken verspürte Vera ein herrlich wohliges Gefühl, als sie mit Peter an den mächtigen Marmorsäulen vorbei in den parfümierten Innenraum des Geschäfts trat.

Bald waren alle Dinge besorgt, die auf Mildreds Liste standen. Peter führte Vera in den Fahrstuhl. Die Herrenabteilung befand sich im ersten Stockwerk, die für Damen im zweiten.

Oben angekommen, blieb Peter zu ihrer Bestürzung neben ihr. „Ich finde mich allein zurecht. Befürchten Sie etwa, ich könnte mich verlaufen? Besorgen Sie Ihre Sachen. Wir treffen uns später."

„Ich brauche nichts."

„Das kann nicht wahr sein. Sie haben doch auch Ihren Koffer in Paris zurückgelassen."

„Weil ich sehr oft nach Mallorca komme, ist alles Nötige nochmals hier vorhanden. Das erspart mir, jedes Mal mein ganzes Gepäck mitzubringen."

„Sie hatten aber in Paris einiges Gepäck mit."

„Ja, weil ich gerade von einem längeren Auslandsaufenthalt zurückgekommen war. Sie dürfen mir glauben, dass ich auf Mallorca wirklich alles habe, was ich brauche."

Betont blickte Vera auf die Hose und das Hemd, das Peter seit gestern trug. Er lachte und sagte:

„Meine Anzüge, Wäsche und alles Übrige befinden sich im ‚Dinaldo'. Ich habe den Parkwächter beauftragt, mir alles Erforderliche einzupacken und in den Wagen zu legen. Sie können sich also für Ihre Einkäufe viel Zeit und Ruhe lassen."

Das mit der Ruhe war leichter gesagt als getan. Peters Nähe machte Vera schwer zu schaffen. Da er ihr dauernd über die Schulter schaute, war es ihr peinlich, die Preisschilder genauer zu betrachten. Trotzdem tat sie es und rechnete jedes Mal die Pesetas in englische Pfund um. Das Ergebnis erschreckte sie.

Die Sachen ohne Preisschild legte sie gleich wieder weg, denn die kosteten bestimmt ein Vermögen. Dass Peter scharfe Augen hatte, merkte sie, als sie wieder ein Kleid zurückhängen wollte.

„Warum tun Sie das?" fragte er. „Die violette Farbe dieses Kleides passt genau zur Farbe Ihrer Augen. Gefällt es Ihnen denn nicht?"

„So etwas brauche ich nicht."

„Das ist doch unwichtig, wenn es Ihnen gefällt."

Es war bei Veras finanziellen Verhältnissen ungeheuer wichtig. Doch das wollte sie keinesfalls zugeben. Sie presste die Lippen zusammen und hängte das schöne Kleid energisch auf den Ständer. Peter reagierte sichtlich ungeduldig auf ihren vermeintlichen Eigensinn.

„Wenn Sie so weitermachen, werden Sie noch den ganzen Tag hier vertrödeln. Es muss doch etwas geben, das Ihnen zusagt."

Davon gab es eine ganze Menge, das bildschöne violette Kleid eingeschlossen. Dass es ihr genau passen würde, hatte Vera auf den ersten Blick erkannt. Aber sie konnte es sich einfach nicht leisten.

„Warum sind Sie mitgekommen, wenn Sie es anscheinend so eilig haben?" fragte Vera gereizt. Dann suchte sie sich einen leichten grünen Rock, zwei Oberteile, eine dünne Hose und ein hübsches Baumwollkleid aus, das sich auch für den Abend eignete.

„Für das Fest brauchen Sie ein langes Kleid", bemerkte Peter.

„Mildred möchte den Erfolg ihrer Ausstellung feiern."

Daran hatte Vera nicht gedacht. Sie war der Meinung gewesen, dass das Baumwollkleid bis zur Ankunft ihres Koffers für sämtliche Gelegenheiten ausreiche. Und die Sachen, die sie gewählt hatte, kosteten sowieso schon viel zu viel. Trotzdem blieb ihr nichts anderes übrig, als auch noch wenigstens einen langen Rock zu kaufen. Als sie das Preisschild sah, wurde sie blass, ließ sich jedoch ihren Schreck nicht anmerken. Beladen mit den vielen teuren Sachen, ging sie auf die Umkleidekabine zu.

Als Vera schließlich in der Umkleidekabine allein war, fing sie zu rechnen an. Die Hose musste sie zurückgeben, denn selbst ohne die blieben ihr nur noch ganze fünf Pfund von ihrem englischen Geld übrig. Plötzlich hörte sie vor der Kabine Peter fragen: „Darf ich mal sehen?"

Und dann antwortete die Verkäuferin: „Bitte einen Augenblick. Ich stelle nur schnell fest, ob es geht."

Das Mädchen steckte den Kopf durch den Türspalt, drehte sich um und sagte: „Si, Señor, die Señorita ist angezogen."

Und da kam er auch schon in die geräumige Umkleidekabine, um Veras neue Kleidung zu begutachten. Bei seinem prüfenden Blick fing ihre Haut zu prickeln an.

„Hmmm, sehr nett", bemerkte er mit leisem Spott.

Natürlich, das hatte sie nicht anders erwartet. „Gehen Sie hinaus. Ich möchte mich umziehen und zur Casa zurückfahren", sagte sie ärgerlich.

Vera drehte Peter den Rücken zu.

„Soll ich Ihnen mit dem Reißverschluss helfen?"

„Nein!" Sie wirbelte herum und erkannte, dass er belustigt grinste. Warum musste er sich dauernd über sie lustig machen und ihr Selbstbewusstsein schwächen? Sie hasste ihn dafür. „Verschwinden Sie endlich!" fauchte sie ihn an.

Er gehorchte, aber mit einem so spöttischen Ausdruck, dass Vera versucht war, die Tür hinter ihm zuzuknallen. Zitternd legte sie ihre getragenen Sachen zusammen und behielt den kurzen Rock und ein Oberteil an. Ihr war nicht bewusst, dass sie darin viel jünger und sehr mädchenhaft aussah. Als sie aus der Kabine herauskam, leuchteten Peters Augen bewundernd auf.

In der neuen Kleidung fühlte sich Vera gleich viel wohler und sicherer. Lächelnd reichte ihr die Verkäuferin eine große Einkaufstüte und entfernte sich.

„Meine Rechnung, bitte!" rief Vera dem Mädchen hinterher.

„Die ist bereits erledigt, Señorita."

„Erledigt?" Vera drehte sich zu Peter um.

Er fasste sie am Arm und zog sie weiter. „Ja."

Wütend blickte sie ihn an. Sie durfte sich hier im Geschäft nicht mit ihm streiten, und damit hatte er offensichtlich gerechnet.

„Wie konnten Sie es wagen, meine Rechnung zu bezahlen?" zischte sie empört. Wenn Männer einem Mädchen teure Garderobe kauften, erwarteten sie gewöhnlich eine Gegenleistung. Es war eine Unverschämtheit von Peter, sie für so ein Mädchen zu halten. „Ich bezahle meine Kleider selbst. In der Casa bekommen Sie jeden Penny sofort zurück."

„Pesetas, keine Pennys", verbesserte er gelassen. „Und Sie schulden Mildred das Geld, nicht mir."

„Hat Mildred denn hier ein Konto?" fragte Vera überrascht.

Er grinste verschmitzt. „Ab und zu zieht sich selbst Mildred hübsch an. Wenn sie malt, vergisst sie alles andere. Aber gelegentlich fällt ihr ein, dass es nicht nur Gemälde gibt. Sie werden erleben, dass sie zu der heutigen Feier in großer Aufmachung erscheint."

„Na schön. Dann gebe ich eben Mildred sofort nach der Ankunft in der Casa das Geld zurück. Ich bin keine Schmarotzerin, auch wenn Sie mich vielleicht dafür halten."

„Ich habe Sie keinen Augenblick für so etwas gehalten." Peters Stimme war hart geworden.

„Aber Una glaubt, dass ich eine Goldgräberin bin."

„Una sagt oft Dinge, die sie nicht so meint."

Vor dem ‚Dinaldo' angekommen, sagte Peter: „Geben Sie Ihre Einkäufe beim Portier ab. Er legt sie in den Kleinbus, während wir hier zu Mittag essen."

„Fahren wir denn nicht gleich zur Casa? Sie hatten es doch vorhin noch so eilig!"

„Ich sagte ja schon, dass es nicht eilt." Sein ungeduldiger Tonfall machte deutlich, dass er sich nicht gern wiederholte.

Im Geschäft hatte Vera den gegenteiligen Eindruck gewonnen und vermutet, dass Peter so schnell wie möglich zu Una zurückwollte. Am vergangenen Abend war ihm das Mädchen keinen Moment von der Seite gewichen und hatte die ganze Zeit über ihn bestimmt. Das gestattete er gewiss nur jemandem, den er mochte und wenn er damit einverstanden war. Sonst bestimmte immer nur er.

Das tat er während des Essens ausnahmsweise nicht. Zu Veras Überraschung erwies er sich als der perfekte Gastgeber. Er unterhielt sich mit ihr über alles Mögliche und erwähnte mit keinem Wort die unangenehme Auseinandersetzung beim Einkaufen. Vera fing langsam an, sich zu entspannen und vor ihm nicht mehr so auf der Hut zu sein wie bisher.

Sie genoss die köstlich gewürzte Suppe, die gegrillten Sardinen in Tartarsauce und die knusprigen Brötchen. Danach folgten gebratenes Spanferkel und zartes, frisches Gemüse, wie man es in London kaum bekam. Dazu tranken sie Wein. Beendet wurde das Mahl mit aromatischen Erdbeeren.

„Haben Sie schon den großen Markt gesehen?" erkundigte sich Peter, als sie den Kaffee tranken.

„Nein. Während meines letzten Urlaubs hier hatte ich dafür nicht genug Zeit."

„Heute ist Markttag. Wenn wir hier fertig sind, gehen wir hin und schauen ihn uns an."

Aha, nun befahl er schon wieder, und darüber ärgerte sich Vera. Sie hatte sich während der Reise mit seinem Kommandoton abfinden müssen, aber nun brauchte sie es sich nicht länger gefallen zu lassen.

„Auch jetzt habe ich keine Zeit, mir irgendwelche Märkte anzuschauen. Ich muss zur Casa. Schließlich bin ich nicht zu meinem Vergnügen hier, sondern um zu arbeiten."

„Mildred braucht Sie erst am Abend. Das hat sie heute beim Frühstück selbst gesagt."

„Trotzdem ...", fing Vera hartnäckig an.

Er unterbrach sie. „Ohne mich kommen Sie nicht zur Casa. Öffentliche Verkehrsmittel gibt es nämlich nicht. Ich werde mir jedenfalls den Markt anschauen. Es liegt bei Ihnen, ob Sie mitkommen oder allein hierbleiben wollen."

Er sah ihr forschend in die Augen. Aber Vera hielt seinem Blick stand.

„Also, ganz wie Sie wollen", bemerkte Peter nach einer Weile gelassen.

Wenn sie etwas wollte, dann war es, nichts mehr mit diesem unmöglichen, aber auch unwahrscheinlich attraktiven Mann zu tun zu haben.

Der Kellner trat an den Tisch und fragte höflich: „Wünschen Sie noch etwas, Sir?"

„Nein, danke. Wir gehen schon. Ich hole mir nach meiner Rückkehr die Wagenschlüssel beim Portier ab."

Peter stand auf. Vera blieb nichts anderes übrig, als sich ebenfalls zu erheben. Wieder einmal hatte er einfach über sie bestimmt, und das regte sie furchtbar auf.

In den Straßen der Stadt drängten sich derart viele Touristen, dass Vera sich mit Peter nicht unterhalten konnte.

„Nicht so schnell, bitte, ich bin an diese Temperaturen noch nicht gewöhnt", musste Vera ihn bitten, als sie eine schmale Kopfsteintreppe hinaufkletterten.

Bereitwillig verlangsamte er den Schritt. „Der Markt ist gleich da oben am Ende der Gasse", tröstete er sie.

Allein hätte sie nie hingefunden. Die Verkaufsgebäude lagen versteckt zwischen zwei Geschäftsreihen, und nur jemand, der sich auskannte, wäre an diesen Platz gelangt.

Die Gasse war dunkel, kühl und so eng, dass sich die schmiedeeisernen Balkone der zwei Häuserzeilen fast berührten und die Sonne nicht hindurchdrang. Außer Vera, Peter und einem Mischlingshund, der unter einem Mandelbaum schlief, gab es überraschenderweise niemanden hier. Allein hätte sich Vera nicht weitergetraut. Doch mit Peter an ihrer Seite fühlte sie sich sicher und konnte sich über dieses alte, verborgene Mallorca freuen.

Der Gegensatz zu den überfüllten Straßen von vorhin war so groß und beinahe gespenstisch, dass sich Vera unwillkürlich näher an Peter drängte. Belustigt schaute er sie an und sagte:

„Sie brauchen sich nicht zu fürchten. Die Einheimischen halten jetzt ihre geheiligte Siesta ab. Darum ist alles so menschenleer und verlassen. Nur die Touristen lieben die pralle Sonne, obwohl das natürlich sehr unvernünftig ist."

„Wenn ich diese dicke schwarze Wolke dort drüben sehe, werden die Touristen bald ohne Sonne auskommen müssen."

Peter nickte und ging mit Vera weiter. Bald darauf hatten sie das Ende der Gasse erreicht und traten auf den weiten Marktplatz hinaus. Plötzlich verschwand die Sonne, und ein kalter Wind zerrte an den Sachen, die an den Verkaufsbuden aufgehängt waren.

Spitzentischtücher, Kleider, Blusen und tausend andere Dinge wehten und schwankten im zunehmenden Wind. Vera erschauerte, und Peter sagte: „Ihnen ist kalt. Haben Sie keine Jacke mitgenommen?"

„Nein. Die ist im Koffer." Ein lauter Donner übertönte das Ende des Satzes.

„Schnell! Stellen wir uns irgendwo unter!" Peter schob Vera unter die Markise der nächstgelegenen Marktbude. Gerade rechtzeitig, bevor der Regen wie ein Wasserfall vom Himmel platschte und auf die Markise hämmerte, wie Vera es noch nie erlebt hatte.

Der eisige Wind blies jede Wärme weg, und Vera, die gerade erst luftigere Sachen angezogen hatte, fror entsetzlich. Sie bekam eine Gänsehaut und klapperte mit den Zähnen. Es gelang ihr nicht, sich zusammenzunehmen. Wie lange würde das Gewitter noch dauern?

„Der Señorita ist kalt", sagte der Budenbesitzer und nahm die günstige Gelegenheit wahr, seine Waren anzubieten. „Wir haben schöne Schals. Aus Baumwolle und Seide. Oder hier dieser ist aus reiner Kaschmirwolle. Sie sind leicht und warm …"

„Nein, danke", fiel Vera ihm hastig ins Wort.

„Die Farben passen gut zu Ihrem Kleid." So schnell gab der Budenbesitzer nicht auf.

Das konnte sie selbst sehen. Die Schals waren in allen Regenbogenfarben gehalten und sehr weich und schön. Es wäre herrlich, den kalten Körper warm einwickeln zu können. Trotzdem wiederholte sie energisch: „Nein!"

„Ja", fiel Peter ihr in den Rücken und zeigte auf einen blasslila Kaschmirschal. Schon holte ihn der Mann vom Haken und reichte Peter die verlockende Handarbeit.

„Nein, ich will ihn nicht!" rief Vera zornig. Doch Peter legte ihr den Schal bereits über den Kopf und die Schultern.

„Natürlich wollen Sie", sagte Peter und hielt den Schal, der ihr fast bis zum Rocksaum reichte, um ihren Körper fest.

Die weiche, zarte Wolle wärmte Vera tatsächlich so sehr, dass sie zu zittern aufhörte. Peter zog sie an sich heran und schützte sie mit seinem Körper vor den schneidenden Windböen. Obwohl er selbst nur leicht bekleidet war, schien ihm die Kälte nichts auszumachen. Als seine Wärme zu Vera überströmte, hielt sie den Atem an. Benommen versuchte sie, von ihm abzurücken.

Es gelang ihr nicht, denn er hielt sie fest. Irgendetwas erwachte tief in ihrem Innern. Es war etwas, das sie weder verstehen noch beherrschen konnte. Es machte sie hilflos, und darüber ärgerte sie sich. Unwillkürlich griff sie Peter an.

„Ich lasse mir von Fremden nichts schenken."

„Ich bin kein Fremder."

Als was betrachtete er sich dann? Oder sie? Sein lachender Blick forderte sie zum Raten auf. Vera, die plötzlich verwirrt war, senkte den Blick.

Sie wollte sich nicht daran erinnern, dass Peter sie ins Bett gelegt hatte, als sie auf der Yacht seekrank geworden war. Oder dass er sie während der Fahrt über die Berge der Sierra auf seinen Knien gehalten hatte. Und auch nicht, dass er an diesem Morgen mit ihr zum Einkaufen gegangen war. Wenn man all das berücksichtigte, konnte man kaum noch von einem Fremden sprechen.

Sie spürte deutlich, dass er sie scharf beobachtete. Sein Blick schweifte über ihr Gesicht und schien darin die Zweifel und Unsicherheit zu erkennen. Hastig sagte sie:

„Geben Sie den Schal zurück. Ich möchte von Ihnen keine Geschenke. Sie haben kein Recht ..."

„Ich habe sehr wohl das Recht, in Mildreds Interesse zu handeln", unterbrach er sie.

„Was hat denn Mildred damit zu tun?" fragte sie schnippisch.

„Sie freut sich über Ihren Gesang. Wenn Sie eine raue Kehle bekommen, können Sie nicht mehr singen."

Dieser Mann schreckte offenbar vor nichts zurück. Jeden ihrer Einwände überrollte er mit einer Rücksichtslosigkeit, die ihresgleichen suchte. Es wurde Vera klar, dass sie gegen Peter nicht ankam, auch wenn sie es noch so verzweifelt versuchte.

Liebend gern hätte sie den Schal abgenommen und zurückgegeben. Aber irgendetwas in ihr brachte sie dazu, etwas ganz anderes mit dem unerwünschten Geschenk zu tun. Sie schlang es sich noch fester um den Körper und lächelte sogar dabei. Wie aus weiter Ferne hörte sie jemanden sagen:

„Es hat aufgehört zu regnen. Komm, Schatz. Wir gehen zu einem anderen Verkaufsstand und ..." Zwei Touristen entfernten sich.

Sie zwinkerte ein paarmal und schaute sich um. Es regnete in der Tat nicht mehr. Und nun durchbrach ein Sonnenstrahl die letzten Wolken, und Dunst stieg aus der Segeltuchmarkise auf. Peter ließ Vera los.

„Wir müssen auch gehen." Diesmal war es Peter, der sprach. „Ich habe versprochen, an der Ausstellungshalle vorbeizukommen und den Mann zur Casa mitzunehmen, der alles organisiert hat. Er nimmt an der Feier teil."

Ach, darum war Peter mit ihr auf den Markt gegangen! Um die Zeit totzuschlagen, bis er den Mann abholen konnte. Und sie hatte geglaubt, sie sollte etwas gezeigt bekommen, das sie noch nicht kannte.

Bei diesem Gedanken waren die Gefühle für Peter, die gerade erst zu wachsen begonnen hatten, plötzlich wie abgestorben. Dafür erwachte ihr Trotz. Nun wollte sie erst recht noch eine Zeit auf dem Markt bleiben. Die Sonne brannte wieder mit ganzer Kraft vom Himmel und brachte die bunte Szenerie von vorhin zum Leben. Es wäre zu schön, sich all das noch eine Weile anschauen zu können. Doch Peter ließ es nicht zu.

Verbittert schweigend ging Vera neben Peter weiter, als ihnen eine Zigeunerin plötzlich den Weg versperrte und im Singsang bat: „Kaufen Sie eine Blume für die Dame, mein Herr. Das bringt Glück."

Falls die Frau einmal schön gewesen sein sollte, hatte die gnadenlose Hitze vieler Inselsommer die letzten Spuren ausgebrannt. Doch die Zigeunerin stand in so königlicher, stolzer Haltung da, dass man darüber alles vergaß. Liebend gern hätte Vera dieses bemerkenswerte Geschöpf auf die Leinwand gebannt und fragte sich, ob es vielleicht Mildred schon gelungen sein mochte.

„Kaufen Sie eine Blume …"

Vera kramte in ihrer Handtasche, wurde jedoch von der Frau übersehen, die Peter mit durchdringendem Blick fixierte.

„Für die Dame. Es bringt Glück", ertönte ihr Singsang.

Peter griff in die Hosentasche, ließ sich eine rote Nelke geben, und die Zigeunerin ging weiter, wobei sie rief: „Kaufen Sie eine Blume für die Dame …"

„Das bringt Glück", beendete Vera stumm den Satz.

Würde ihr die Nelke vielleicht Glück bringen?

Plötzlich stockte ihr der Atem. Hatte Peter die Blume etwa nicht für sie, sondern für Una gekauft? Auf einmal war es für Vera ungeheuer wichtig, dass sie die Nelke bekam. Warum ist es mir so wichtig? fragte sie sich im nächsten Augenblick. Warum wünsche ich mir diese Nelke mehr als alles andere? Sehnsüchtig blickte sie auf die rote Blüte in Peters Hand. Und dann wurde es ihr bewusst! Sie wollte nicht, dass Una die Nelke von Peter erhielt. Das leuchtende Rot würde wunderbar zu Unas schwarzem Haar passen, aber die Blume war nicht für diese Frau bestimmt. Die Zigeunerin hatte Vera für die Empfängerin gehalten, und dabei sollte es bleiben.

„Für die Dame. Das bringt Glück", machte Peter die Alte nach und steckte Vera die Nelke ins Haar.

Aus einem unerklärlichen Grund musste Vera plötzlich mit den Tränen kämpfen und sie zwinkerte heftig, um sich nichts anmerken zu lassen. Peter sagte lächelnd: „Sie sollten immer Blumen im Haar tragen. Das steht Ihnen großartig."

Vorsichtig betastete Vera die Blütenblätter. Sie fühlten sich zart und weich und noch immer ein wenig feucht an. Unvermittelt, und genau so unerklärlich wie eben noch die Tränen, erfasste sie ein Gefühl, das sie froh und glücklich stimmte. Sie hätte am liebsten laut gesungen. Und dieses freudige, erregende Gefühl steigerte sich noch mehr, als Peter ihre Hand ergriff und leise sagte:

„Kommen Sie. Wir wollen unser Sträßchen wiederfinden."

Unser Sträßchen! Übermut überkam Vera, und sie fing an, ein lustiges Lied zu singen.

Peter, der die Melodie kannte, lachte. Er schwang ihre Hand hin und her. Und dann liefen sie beide über den von Regen noch dampfenden Marktplatz, vergnügt wie zwei Kinder, bis sie schließlich das Sträßchen gefunden hatten.

5. KAPITEL

Plötzlich blieb Vera stehen, woraufhin sich Peter überrascht zu ihr umdrehte. „Oh nein, das ist ja der reinste Fluss geworden!" rief sie entgeistert aus. Das Wasser strömte die abfallende Gasse hinunter und überflutete bereits die darunterliegende Geschäftsstraße.

Vera streckte einen Fuß aus, um zu sehen, ob sie die wenigen Pflastersteine erreichen würde, die noch aus dem Wasser ragten. Falls sie auf diese und noch einige weitere springen könnte, dann …

„Machen Sie sich die Füße nicht nass." Bevor Vera begriff, was Peter beabsichtigte, hatte er sie schon hochgehoben und in die Arme genommen. Er trug sie so leicht und mühelos, als wäre sie ein kleines Kind.

Aber sein Blick verriet, dass er sie für alles andere als ein kleines Kind hielt. Vera fing in seinen Armen zu zittern und nervös zu zappeln an. „Lassen Sie mich herunter", bat sie.

„Halten Sie still, oder ich stelle Sie in einer Pfütze ab."

Sie traute ihm ohne weiteres zu, dass er seine Drohung wahr machen würde. Aber sein Mund so dicht an ihrem war viel gefährlicher als nasse Füße, und Peter lachte auch noch über ihre Verwirrung.

Er sprang von Stein zu Stein und schätzte vor jedem Sprung genau die Entfernung ab, um nicht auszurutschen. Jedes Mal gelang es ihm, sicher die nächste kleine Insel im Wasser zu erreichen, bis sie am Mandelbaum angelangt waren.

Nun stand Peter der letzte und längste Sprung bevor. Hinter dem Mandelbaum floss das Wasser in einer Abflussrinne weiter, die man extra für derartige Überflutungen in die Mitte der Gasse eingebaut hatte. Allerdings war der Abstand zwischen dem Stein, auf dem Peter jetzt stand, bis zum trockenen Boden unter dem Baum doppelt so weit wie die bisherigen.

Falls der Sprung missglückte, würden sie bis an die Waden in der Flut stecken, die Schmutz und Abfälle mit sich führte.

„Lassen Sie mich hinunter!" rief Vera ängstlich. Peter nahm es nicht zur Kenntnis. Mit einem schnellen Blick maß er die Entfernung und schnellte sich mit der Grazie und geballten Kraft, die Vera an einen Panther erinnerten, in die Luft.

Genauso sprang ein Raubtier auf seine Beute los ...

Erschrocken zuckte Vera bei diesem Gedanken zusammen. Gleich darauf bekam sie einen anderen Schreck. Peter landete geschmeidig auf dem Boden. Aber ein Stein war locker und rutschte weg. Blitzschnell lehnte sich Peter an den Baum, um das Gleichgewicht nicht zu verlieren. Der Baum schwankte, und ein eiskalter Schauer ergoss sich aus der Krone auf Veras Gesicht.

„Brrr. Mit dieser Dusche habe ich nicht gerechnet", keuchte sie. Peter stellte Vera ab und ging auf der schmalen Straße weiter, während Vera stehen blieb, um sich das Wasser aus den Augen zu wischen.

Nach kurzer Zeit fühlte sich Vera schon wieder so weit wohl, dass sie Peter folgen konnte. Als sie ihn eingeholt hatte, betrachtete er sie von der Seite und drehte sich dann plötzlich zu ihr um.

„Das ist ja echt", sagte er überrascht.

„Was ist echt?"

„Ich spreche von der Farbe."

Warum war er so plötzlich stehen geblieben, und warum musterte er so gründlich ihr Gesicht? Veras Herz fing wild zu hämmern an. Sie konnte fast ihr Blut in den Adern rauschen hören, und der Mund wurde ihr trocken. „Was für eine Farbe?" brachte sie mühsam heraus.

„Die Farbe Ihrer Wimpern."

„Selbstverständlich ist die Farbe echt", erwiderte sie mit kaum hörbarer Stimme.

„Sie sind so dunkel, und Ihr Haar ist ganz blond. Ich glaubte, Sie würden Wimperntusche benutzen. Aber die hätte das Wasser, das sich über Ihr Gesicht ergoss, verschmiert. Das passierte Una einmal, als sie nass wurde."

Vera konnte sich nicht helfen. Sie brach in helles Lachen aus. Es war zu komisch, sich Unas verschmiertes Gesicht vorzustellen. Doch gleich darauf verging Vera das Lachen. Peter musste Una sehr nahe gewesen sein, um das verschmierte Make-up zu sehen.

So nahe wie jetzt seine Lippen an Veras Mund. Als Peter ihren Kopf umfasste und ihn ganz dicht an seinen heranzog, erstarrte sie.

„Kein Wunder, dass Mildred es nicht erwarten kann, Sie zu malen", flüsterte Peter und küsste Vera auf den Mund. „Sie sind wunderschön."

Ihr war, als würde eine glühende Welle durch ihren Körper schießen. Scheinbar endlose Sekunden vergingen, und Vera erlebte etwas so Einmaliges, Gewaltiges, wie es ihr noch nie geschehen war. Die Zweige des Mandelbaumes bewegten sich sanft über ihr, und sie fragte sich benommen, ob der Baum süße oder bittere Früchte trug.

Bittersüß ...

Süß war das Gefühl von Peters Lippen, die die ihren umschlossen. Eine verführerische, aber gefährliche Süße. Denn Peter gehörte in eine Welt, die ihr fremd war. Unas Welt.

Bitter war das Wissen, dass sie einen Fehler gemacht hatte, als sie sich den Schal und die Nelke schenken ließ. Peter musste ja annehmen, dass er nun das Recht auf ein Gegengeschenk hätte – nämlich ihre Küsse und Zärtlichkeiten.

Schon befreite sie sich aus seinen Armen. „Ich verkaufe keine Küsse und Zärtlichkeiten. Weder für Schals noch für Blumen." Blindlings rannte sie weg, ohne auf das Wasser und die schlüpfrigen Steine zu achten.

Hinter sich hörte sie Peters schnelle Schritte und merkte, dass er sie gleich einholen würde. Von sinnloser Panik erfasst, flüchtete sie gehetzt zu der Hauptstraße mit den vielen Menschen. Dort würde es Peter nicht wagen, sie festzuhalten und wieder zu küssen.

Vor lauter Verstörtheit sah sie den Stein nicht, der aus dem Pflaster herausragte. Sie blieb mit dem Absatz hängen und hätte beinahe den Schuh verloren. Peter fing sie genau in dem Augenblick auf, als sie stolperte und hinzufallen drohte.

„Sie dummes kleines Ding. Wollen Sie sich unbedingt den Knöchel brechen?" schimpfte er gereizt. „Was ist denn mit Ihnen los? Sind Sie denn noch nie geküsst worden?"

Sie konnte all die Fragen nicht beantworten, denn sie wusste ja selbst nicht, was mit ihr los war. Ihre Gefühle befanden sich in einem derartigen Wirrwarr, dass sie kaum zu einem vernünftigen Gedanken fähig war. Natürlich hatte man sie schon geküsst. Aber noch kein Kuss war von so verheerender Wirkung gewesen, dass sie am ganzen Leib zitterte.

„Ihnen ist ja noch immer kalt." Peter missverstand das Zittern und legte ihr den Schal um die Schultern, den sie über dem Arm getragen hatte.

Tat er das nur, um sie vor einer Erkältung zu bewahren, damit sie für Mildred singen konnte? Bedeutete das, dass er sie also nur für eine Angestellte hielt? Bei dieser Möglichkeit wurde Vera von so tiefer Niedergeschlagenheit erfasst, dass sie kein Wort mehr sagen konnte. Stumm ging sie neben Peter zum Auto.

Als er sie dann vor der Ausstellungshalle im Bus zurückließ, um den Mann zu holen, der an der Feier am Abend teilnehmen sollte, setzte sie sich ganz nach hinten. Peter kam zurück und sah, dass sie sich weggesetzt hatte. Sein Gesichtsausdruck wurde finster, doch er sagte nichts. Der Gast stieg ein, schien jedoch die angespannte Stimmung nicht zu bemerken.

Kaum hatte der Kleinbus vor der Casa angehalten, da schlenderte auch schon Una heran. Anscheinend hatte sie auf Peters Rückkehr gewartet. Ihr Blick richtete sich sofort auf Veras Kopf.

Die Nelke, die Peter ihr ins Haar gesteckt hatte! Zu spät erinnerte sich Vera daran. Sie hatte die Blume auf der Heimfahrt abnehmen wollen, weil Una bestimmt eine große Sache daraus machen würde, hatte es aber vergessen.

Nun ärgerte sich Vera über ihre Vergesslichkeit, jedoch noch mehr darüber, dass sie sich von der Bösartigkeit dieses Mädchens überhaupt beeinflussen ließ. Aber Peters Anwesenheit in der Casa brachte schon genügend Spannungen und Schwierigkeiten mit sich, und Vera standen ja noch zwei Wochen bevor. Darum durfte sie die angespannte Lage nicht noch mehr verschärfen.

Bestimmt kannte Una die Zigeunerin und deren Singsang „Eine Blume für die Dame". Vera sah, dass Unas Blick wütend von der Blume zu dem Kaschmirschal und dann zu der großen Einkaufstüte schweifte.

„Sie haben sich ja ganz schön was zusammengeangelt", höhnte Una und verzog dabei verächtlich ihren Mund.

Vera schnappte bei diesem Angriff nach Luft. Doch bevor sie eine scharfe Antwort geben konnte, war Peter um den Kleinbus herumgekommen und sagte zu Una:

„Kümmere dich bitte um Benito, mein Liebes. Ich will mich noch schnell umziehen. Gib ihm einen Drink. Er hat ihn bestimmt nötig, denn es war im Bus sehr stickig."

Dass auch Vera einen Drink nötig haben könnte, sagte Peter nicht. Ihr war nicht nur der Bus heiß und stickig vorgekommen, sondern sie hatte aus anderen Gründen noch jetzt einen ganz trockenen Mund. Nun, vielleicht fand Peter ja, dass Angestellte für sich selbst sorgen könnten.

Vera riss sich wirklich nicht darum, sich von Una einen Drink geben zu lassen. Jede Erfrischung aus deren Hand wäre mit Boshaftigkeit gemixt und würde entsprechend schmecken. Aber dass Peter dieses Geschöpf „mein Liebes" genannt hatte, das tat weh.

Una schenkte Benito ein strahlendes Lächeln und legte die Hand auf seinen Arm. Vera wandte sich ab. Sie hatte auf einmal das Bedürfnis, allein zu sein. Unbemerkt schlüpfte sie durch den Botengang in die kühle Marmorhalle und weiter zu ihrem Zimmer.

„Vera!" rief Peter, als sie schon an der Tür stand und gerade ins Zimmer gehen wollte.

Sie tat, als hätte sie nichts gehört. Es würde schon nichts Wichtiges sein, denn Peter war ja sehr lange nicht aufgefallen, dass sie sich entfernt hatte. Im Zimmer warf sie die Einkaufstasche aufs Bett und goss sich ein Glas Saft aus dem Kühlschrank ein, über den jedes Gästezimmer verfügte. Anschließend ging sie unter die Dusche.

Nachdem Vera geduscht hatte, hatte sie endlich Zeit, sich mit ihren Einkäufen zu beschäftigen. Der lange Rock musste wahrscheinlich noch gebügelt werden, bevor sie ihn tragen konnte.

Sie schüttete den Inhalt der Tasche auf das Bett und starrte entgeistert auf die violette Seide, die sich aus der Verpackung löste. Das lange Abendkleid!

Das Kleid, das genau zu ihren Augen passte, wie Peter behauptet hatte. Das Kleid, das sie nicht kaufen wollte, weil daran kein Preisschild befestigt gewesen war. Peter musste es gekauft haben, während sie in der Umkleidekabine die anderen Sachen anprobiert hatte.

Wie konnte er es wagen! Wie konnte er ihr vorschreiben, was sie tragen sollte! Was fiel ihm ein, Geld für sie auszugeben? Er wusste doch genau, dass sie sich das Kleid nicht einmal von Mildred schenken ließe. Darüber hatten sie im Geschäft ja gesprochen. Was für eine Frechheit von ihm!

Ich werde dieses Kleid nicht anziehen! dachte Vera empört. Sie wollte im langen Rock und dem Oberteil, das sie selbst ausgesucht hatte, unten erscheinen und Peter damit zeigen, was sie von seiner Überheblichkeit hielt. Und morgen bringe ich das Kleid zurück, und wenn ich den ganzen Weg zu Fuß gehen muss, dachte sie grimmig.

Ein leises Klopfen an der Tür schreckte sie aus ihren Gedanken. „Herein!" rief sie. Wahrscheinlich war es das Hausmädchen, das sich erkundigen wollte, ob Vera vor dem Essen noch etwas brauchte.

Hastig hängte sie das violette Kleid an den Schrank und nahm den langen Rock und das Oberteil vom Bett. Beides sah ziemlich zerdrückt aus. Also kam das Hausmädchen gerade recht, um die Sachen zum Aufbügeln zu holen.

„Einfach perfekt, Liebes!" rief Mildred begeistert. Vera hatte sich geirrt. Es war nicht das Hausmädchen, es war Mildred. Sie sah hinreißend aus. Vera konnte in ihr kaum die zerstreute, farbenbekleckste und unordentliche Frau wiedererkennen, die sie bis jetzt dargestellt hatte.

„Gelegentlich macht es mir Spaß, meine Freunde in Erstaunen zu versetzen." Mildred lachte vergnügt.

Vera wurde rot. „Entschuldigen Sie bitte. Ich wollte keinesfalls …"

„Natürlich nicht", fiel Mildred ihr ins Wort. „Sie müssen mir meinen merkwürdigen Sinn für Humor verzeihen. Aber ich kam eigentlich hierher, um mir Ihr Kleid anzuschauen und nicht, um meines vorzuführen." Voller Bewunderung betrachtete Mildred die Schöpfung aus violetter Seide. „Es ist ein wahrer Traum. Von Peter erfuhr ich, welch ausgezeichnete Wahl Sie getroffen haben. Sie haben einen wirklich guten Geschmack."

Dabei hatte Peter das Kleid ausgesucht und Mildred davon auf seine Art berichtet. Anscheinend wollte er es Vera unmöglich machen, das Kleid abzulehnen. Aber er würde schon noch merken, wie gewaltig er sich irrte.

„Sie müssen es unbedingt tragen, wenn ich Ihr Porträt male, Vera. Wir sollten gleich morgen früh beginnen. Da ist das Licht am besten."

„Ich soll Ihnen in diesem Kleid Modell sitzen?" fragte Vera mit unterdrücktem Zorn. Schon wieder wurde sie von Peter zum Nachgeben gezwungen.

„Ja, Liebes. Nur in diesem. Kein anderes wäre besser geeignet." Vera war so wütend, dass sie am liebsten geschrien oder etwas an die Wand geschmissen hätte. Und dieses verhasste Kleid hätte sie Peter am liebsten an den Kopf geworfen!

Sie griff nach dem langen Rock. „Ich dachte, dieser wäre …"

Mildred warf einen flüchtigen Blick darauf. „Ach, der ist ganz gut für morgen geeignet, wenn Peter uns zu einem Picknick über die Insel fährt. Aber heute Abend müssen Sie unbedingt das violette Kleid tragen, damit ich Sie darin beobachten kann. Ich möchte sehen, wie der Stoff bei gewissen Bewegungen fällt und wie er in unterschiedlichen Beleuchtungen wirkt."

Hilflos stand Vera da. Sie wusste nicht, was sie sagen sollte.

Mildred lächelte. „Es ist sehr lieb von Ihnen, mir Modell zu sitzen, Vera. Ich bin überzeugt, dass es mein bisher bestes Porträt wird. Ende des Sommers findet in New York eine wichtige Ausstellung statt. Das Gemälde, das am besten beurteilt wird, bleibt ein Jahr an bevorzugter Stelle hängen. Das bedeutet in Malerkreisen sehr viel, und ich bin leider so ehrgeizig, dass ich an dem Wettbewerb mitmache."

Plötzlich schaute Mildred Vera eindringlich und fast wie um Verständnis bittend an und fügte hinzu: „Man darf sich nur mit neuen Porträts an dieser Ausstellung beteiligen, und die meisten meiner Bilder haben dort schon gehangen. Wenn Sie bereit wären, noch ein, zwei Wochen länger zu bleiben, würde ich sehr hart arbeiten. Dann könnte ich das Gemälde rechtzeitig zum Abgabetermin fertig stellen."

Es war unmöglich, Mildred etwas abzuschlagen, selbst wenn Vera es sich hätte leisten können. Und sie wollte auch an diesem Abend das Kleid tragen.

Aber nur wegen Mildred und nicht, weil Peter es wünschte. Und um dafür bezahlen zu können, würde sie noch länger in der Casa bleiben, auch wenn sie es nicht wollte. Nach dem Erlebnis mit Peter hatte Vera nur den einen Wunsch, so schnell wie möglich dieses Haus zu verlassen.

Nachdem Mildred das Zimmer verlassen hatte, geschah etwas Merkwürdiges. Kaum hatte Vera das Kleid angezogen, da fühlte sie sich gleich viel wohler und selbstbewusster. Als sie einen Blick in den Spiegel warf, wurden ihre Augen vor Überraschung riesengroß. Die Frau, die ihr gegenüberstand, wirkte wie eine zarte Porzellanfigur. Das Kleid saß wie maßgeschneidert. In weichem Fall umgab die Seide ihren schlanken Körper, dessen Konturen sich bei jeder Bewegung sanft darunter abzeichneten.

Die violette Farbe passte genau zum violett schimmernden Blau ihrer Augen, und Vera hatte diesmal das Haar nicht hochgesteckt, sondern trug es für die Feier lose. In schimmernden Wellen fiel es ihr weit über die Schultern.

Mildred hatte darauf bestanden, Vera eine Perlenkette und ein Perlenarmband zu leihen, wobei sie mit entwaffnender Ehrlichkeit sagte: „Die sind nicht echt, Vera. Man stellt sie hier auf der Insel her. Sie können sie mir nach Beendigung des Porträts zurückgeben. Aber Sie müssen die Perlen tragen. Sie sind das Tüpfelchen auf dem i."

Nun schimmerten die Perlen mit Veras blondem Haar um die Wette, und die Falten des Kleides wehten bei jedem Schritt an die Füße in den Silbersandalen. Auch die Schuhe waren von Mildred geliehen.

Vera musste zugeben, dass sie sehr gut aussah. Und dieses Wissen gab ihr das Selbstvertrauen, das sie dringend brauchte, als sie die Treppe hinunterstieg und sich zu Mildred und deren Gästen begab.

Bei ihrem Erscheinen verstummte die lebhafte Unterhaltung. Nur die Musik der Stereoanlage spielte weiter. Alle Blicke richteten sich auf Vera, die einen Augenblick stehen blieb, bevor sie auf die Terrasse hinaustrat.

Vera nahm nur drei Menschen wahr. Mildred, die sie freundlich anschaute. Dann Una. Ihr Blick und das verkniffene Gesicht waren bösartig und sprachen Bände. Peters Gesichtsausdruck konnte Vera nicht genau beurteilen.

Aber falls es ein triumphierender sein sollte, weil sie das Kleid doch trug, irrte sich Peter. Er müsste an ihrer stolzen, abweisenden Haltung erkennen, dass sie das Kleid nicht seinetwegen, sondern Mildred zuliebe angezogen hatte.

Für einen Moment begegneten sich Veras und Peters Blick. Doch schon rief der Gong zum Abendessen, und alle Anwesenden fingen wieder zu reden an. Als das vorzügliche Mahl beendet war, sagte Mildred: „Und nun wird Vera für uns singen. Uns ist alles recht, was Sie vortragen, Liebes, wenn wir nur Ihre schöne Stimme hören dürfen."

„Singen Sie bloß nicht wieder diese uralten Lieder, mit denen Sie uns gestern langweilten, sondern etwas Moderneres", schaltete sich Una gehässig ein.

Es gelang Vera, ihren Zorn zu bändigen. Schließlich war sie hier, um Mildreds Gäste zu unterhalten, und Una gehörte dazu. Ihretwegen sang Vera einige entsprechende Songs, obwohl sie weder ihrer Stimme noch ihrer Stimmung entsprachen.

Was hatte sie eigentlich für eine Stimmung? Es fiel ihr schwer, das richtig zu beurteilen. Ihre Gefühle waren verworren wie die eines Teenagers. Aber eines dieser Gefühle war Zorn, das wusste Vera nur allzu gut.

Zorn auf Peter und Una und noch mehr auf sich selbst. Warum gestattete sie den beiden, ihr sonst so ausgeglichenes Wesen durcheinanderzubringen?

Sie trug ein halbes Dutzend Lieder vor, und dann kam Peter mit einem kühlen Getränk zu ihr und befahl: „Machen Sie Pause, während wir tanzen."

Er drehte sich aber gleich wieder um und schaltete den Stereorekorder ein. Es kam Vera vor, als hätte ihr Gesang ihn gelangweilt. Anscheinend wollte Peter lieber etwas Interessanteres tun, zum Beispiel mit Una tanzen.

Vera beobachtete die beiden und trank dabei aus dem Glas, das Peter ihr gebracht hatte.

Allmählich hatten die Tanzenden genug, und Vera beobachtete sie, wie sie nacheinander zu ihren Tischen zurückgingen, um sich mit einem kühlen Drink zu erfrischen. Plötzlich vernahm man in der wohltuenden Stille, die nach dem Abschalten des Rekorders herrschte, Peters Stimme.

„Sie können jetzt weitersingen, Vera. Aber bitte etwas, das Mildred gefällt."

Ach, nun sollte Vera also die Pause ausfüllen, in der sich die Gäste für den nächsten wilden Tanz erholten! Wie ein Spaßmacher bei Hofe, der die Gesellschaft zu amüsieren hatte, wenn es der Herrscher befahl.

Vera spürte, wie sich alles in ihr vor Wut verspannte. Doch sie zwang sich zur Ruhe. Sie wollte singen, um ihre Pflicht zu erfüllen.

Aber auch, um jede einzelne Peseta zurückzahlen zu können, die ihre Kleider gekostet hatten.

Vor allem das violette Abendkleid und der Schal. Ja, sogar die Nelke, falls vom Gehalt noch etwas übrig blieb.

Also fing sie zu singen an. Diesmal fiel es ihr leichter, weil sie die Lieder sang, die Mildred gefielen und die auch Vera bevorzugte. Sie kannte viele davon, und alle waren Liebeslieder.

Lieder, die länger leben als die Liebe, dachte sie bitter. Doch das merkte man ihrer Stimme nicht an, als sie das letzte Lied vortrug: „Wirst du mit einem Fremden tanzen …?"

Stumm und fasziniert lauschten die Zuhörer der musikalischen Aufforderung. „Wirst du mit einem Fremden tanzen, wenn ich der Fremde bin?"

Die Töne verklangen, und Vera sah, dass Peter aufstand. Er ging zum Stereorekorder und kramte in den Kassetten. Offenbar suchte er eine bestimmte. Vera hielt das für ein Zeichen, dass Peter wieder tanzen wollte.

Nun, das war ihr sehr recht. Sie griff nach dem halbvollen Glas mit dem Orangensaft und hob es an den Mund. Plötzlich hielt sie inne. Peter hatte die Kassette in den Rekorder geschoben, doch statt lauter Rockmusik hörte man die sanfte Aufforderung: „Wirst du mit einem Fremden tanzen?"

Im ersten Augenblick glaubte Vera, dass die Phantasie mit ihr durchgegangen sei. Doch die Kassette spielte weiter, und Unas bösartige Stimme war durchaus keine Phantasie, sondern hässliche Wirklichkeit.

„Sie gehen ja ganz schön unverfroren auf Ihr Ziel los", sagte Una giftig. Mit diesen Worten beschuldigte sie Vera in aller Öffentlichkeit, an Peter das Lied gerichtet und ihn zum Tanzen aufgefordert zu haben.

Er drängte sich bereits an den Paaren vorbei, die sich auf der Tanzfläche befanden, und eilte zu Vera hin. Sie spürte, wie sich ihr Puls beschleunigte, als er sich näherte.

Blitzschnell erhob sich Una vom Stuhl und wollte Peter aufhalten. Doch ein tanzendes Paar versperrte ihr ungewollt den Weg. Peter ging weiter, hielt vor Vera an und fragte mit einem Lächeln: „Wirst du mit einem Fremden tanzen?"

Das Blut schoss ihr in die Wangen. Also glaubte auch er, dass das Lied eine Einladung gewesen war. Warum hätte er wohl sonst eine Angestellte der Casa aufgefordert?

Vera fühlte sich zutiefst verletzt, denn sie hatte Peter mit ihrem Lied keinesfalls ermutigen wollen. So schamlos war sie nicht, auch wenn Una das behauptete.

Oder hat mir mein Unterbewusstsein einen Streich gespielt und mein wahres Gefühl verraten? fragte sich Vera. Der plötzliche Zweifel machte ihr zu schaffen. Hatte sie vielleicht doch gern mit Peter tanzen wollen und war sich dessen nur nicht bewusst gewesen?

6. KAPITEL

*P*eter nahm Vera bereits in die Arme, um mit ihr zu tanzen. Sie versteifte sich und versuchte, ihn abzuwehren. „Sie sind kein Fremder. Das haben Sie selbst gesagt", flüsterte sie. Laut zu sprechen, wagte sie nicht. Eine Auseinandersetzung würde nicht unbemerkt bleiben und Anlass zu Gerüchten und Vermutungen geben. Warum nur hatte sie dieses Lied gesungen? Nun saß sie in der Falle und konnte nicht mehr flüchten. Peter hielt sie so fest umschlungen, dass daran nicht zu denken war.

Damit er ihr keine unangenehmen Fragen stellen konnte, lenkte sie ihn mit eigenen Fragen ab. „Warum haben Sie dieses Kleid zu meinen Einkäufen in die Tasche legen lassen? Sie sahen doch, dass ich es auf den Ständer zurückhängte."

„Weil es genau das Richtige für Sie ist."

„Ich entscheide persönlich, welche Kleider richtig für mich sind. Sie hatten kein Recht ..."

„Oh ja. Mildred sagte mir, dass sie etwas ganz Besonderes malen möchte, und an Ihnen sieht dieses Kleid nach etwas ganz Besonderem aus."

„Ich habe genügend Kleider, die sich genauso dafür eignen", flüsterte sie hitzig.

„Die befinden sich in Ihrem Koffer in Paris."

„Der kommt ja in ein, zwei Tagen hier an."

„Mildred kann aber nicht ein, zwei Tage warten. Wenn sie ein neues Bild geplant hat, muss sie sofort zu malen anfangen. Sie brauchen übrigens für das Kleid nicht zu bezahlen."

Stolz hob Vera den Kopf. „Ich sagte Ihnen schon ..."

„Dass Sie Ihre Kleider selbst kaufen und bezahlen. Ich weiß. Aber Sie können das Kleid als Lohn für das Modellsitzen annehmen, weil Mildred etwas Besonderes gewünscht hat."

„Was für einen Lohn? Ich verstehe nicht."

„Wenn Mildred jemanden auffordert, für sie zu sitzen, zahlt sie dem Modell einen angemessenen Betrag. Nur wenn sie im Auftrag malt, muss der Auftraggeber für das Sitzen bezahlen."

„Mildred hat mich nicht angestellt, für sie zu sitzen."

Vera musste sich eingestehen, dass Mildred sie überhaupt nicht angestellt hatte. Das war Lyn gewesen, die Freundin, der sie diese unangenehme Lage verdankte.

„Ich bin kein Modell", fügte Vera erregt hinzu.

„Sie sind ein eigensinniges, viel zu stolzes Geschöpf. Wenn Sie das Kleid nach Beendigung des Porträts nicht wollen, geben Sie es halt mitsamt den geliehenen Perlen zurück." Er sprach das Wort „Perlen" so verächtlich aus, dass auf Veras Wangen vor Zorn zwei rote Flecken erschienen.

„Auch wenn es keine echten Perlen sind, heißt das noch lange nicht, dass sie hässlich sein müssen. Man braucht für schöne Dinge nicht immer ein Vermögen auszugeben. Auch Preiswertes kann sehr schön sein."

„Das ist auch meine Meinung." Peter schaute sie so eindringlich an, dass sie den Atem anhielt. Hielt Peter sie für schön? Aber womöglich auch für käuflich?

Plötzlich rief einer der Gäste: „Lasst uns alle an den Strand hinuntergehen. Das wäre eine nette Abwechslung vom Tanzen."

Der Vorschlag wurde begeistert aufgenommen, und die Paare entfernten sich von der Terrasse. Vera ergriff die günstige Gelegenheit und sagte hastig: „Ich laufe nur auf mein Zimmer und hole mir den Schal. Es wird schon recht kühl."

In Wirklichkeit wollte sie oben bleiben und den anderen den Strand überlassen. Doch diese Absicht wurde von Mildred durchkreuzt. „Sie müssen unbedingt mitkommen, Vera. Der Strand im Mondlicht ist ein zauberhafter Anblick."

„In ein paar Minuten komme ich hinterher." Widerstrebend gab Vera nach. Mildred nickte lächelnd und wandte sich an Una, die daneben stand. „Reiche mir bitte den Arm, meine Liebe. Der Pfad zum Strand ist ziemlich holprig."

Una blieb nichts anderes übrig, als diesen Wunsch zu erfüllen. Aber sie fasste mit der anderen Hand Peter sofort am Ärmel und verlangte: „Führe uns hin. Ich bin im Finstern blind wie eine Motte."

Begleitet von Walsh entfernten sie sich. Vera begab sich auf die Suche nach dem Schal. Sie ließ sich damit viel Zeit, denn die anderen sollten möglichst weit entfernt sein, bevor sie ihnen folgte. Mildred konnte nicht schnell gehen, und Vera wollte zuerst noch über alles nachdenken, bevor sie wieder mit Peter zusammenkam.

Allmählich gefährdete er ihren Seelenfrieden. Seine herrische, überhebliche Art stieß sie ab. Doch irgendetwas in ihr, das sie weder verstehen noch erklären konnte, zog sie unwiderstehlich zu ihm hin. Und das behagte ihr ganz und gar nicht.

Bevor sie Peter kennen gelernt hatte, hatte Vera nie an ihrer Fähigkeit gezweifelt, über ihr Leben selbst zu bestimmen. Das war ihr sogar während der Freundschaft mit Lomas gelungen. Doch nun, keine 48 Stunden nach der ersten Begegnung mit Peter, konnte sie nicht einmal mehr ihre Gedanken richtig kontrollieren. Nur deshalb war ihr die peinliche Sache mit dem Lied passiert, das er als Einladung aufgefasst hatte.

Zehn Minuten lief Vera nachdenklich in ihrem Zimmer auf und ab. Dann legte sie endlich den Schal um und begab sich auf den Weg durch den Pinienwald.

Der Mondschein drang kaum durch die Wipfel der Pinien. Nur manchmal, wenn der Wind die Zweige bewegte, konnte sich Vera auf ihrem Weg etwas besser orientieren. Mildred hatte gesagt, dass der Pfad holprig sei, und Vera ging so vorsichtig wie möglich.

Auf einmal fing sie an zu zittern und zog den Schal fester um sich. Irgendetwas fiel von oben vor ihre Füße, und sie zuckte zusammen.

„Passen Sie auf, wohin Sie treten, damit Sie nicht über die Baumwurzeln stolpern", sagte eine Stimme.

Vera erstarrte und versuchte, in der Finsternis etwas zu sehen.

„Ich wollte Sie nicht erschrecken." Peter hatte sich an einen der vorsichtshalber im Wald aufgestellten Feuerlöscher gelehnt und richtete sich auf. „Sie zittern ja. Das tut mir leid. Ich habe auf Sie gewartet und möchte Sie an den Strand führen."

Als sie sich ein wenig gefasst hatte, sagte sie schroff: „Ich wäre auch ohne Sie an den Strand gekommen." Seine ausgestreckte Hand übersah sie geflissentlich und ging weiter. Plötzlich stolperte sie über eine der Baumwurzeln, vor denen er sie gewarnt hatte, und fiel Peter direkt in die Arme. Dabei schoss ihr der Gedanke durch den Kopf: Genau das würde Una als Trick anwenden, damit er sie in die Arme nimmt. Und Veras nächster Gedanke war: Vielleicht glaubt er, dass ich absichtlich gestolpert bin.

Diese Möglichkeit war so schlimm für sie, dass sie noch heftiger zitterte. Peter zog sie an sich heran. „Bleiben Sie still stehen, bis sich Ihre Augen an die Dunkelheit gewöhnt und Sie sich beruhigt haben."

Wie konnte sie sich beruhigen, wenn seine Arme um sie lagen? Ihre Haut fing zu prickeln an, und ihr Herz hämmerte wild. „Wir müssen gehen", plapperte sie drauflos. „Mildred wartet bestimmt schon auf uns."

„Una und Walsh sind ja bei ihr. Sie wartet sicherlich nicht." Peter rührte sich nicht von der Stelle.

„Vielleicht möchte sie, dass ich wieder singe."

„Schon möglich. Übrigens singen Sie sehr schön, Vera." Peters Stimme war sanft geworden. Er hielt Vera so fest an sich gedrückt, dass sie sich nicht losmachen konnte.

„Sie singen von Liebe, Vera. Ist sie für Sie nichts anderes als nur ein Lied? Oder wissen Sie, was Liebe wirklich bedeutet?"

Und dann senkte er den Kopf, und sein Mund suchte die Antwort.

Einige Sekunden war Vera wie gelähmt. Sie begriff noch gar nicht ganz, was hier geschah. Langsam erfasste sie die Frage.

„Wissen Sie, was Liebe wirklich bedeutet?"

Diese Frage ging Vera nicht aus dem Sinn und quälte sie. Peters Mund bedrängte ihre Lippen, bis sie sich wie von selbst öffneten. Nach diesem ersten Sieg ließ er seinen Mund weiter über Veras Augen, die

Wangen und das Haar gleiten. Als Peter ihren zarten Hals und die sanfte Höhlung darunter küsste, in der der Perlenanhänger lag, stöhnte Vera erregt auf.

Künstliche Perlen.

Perlen, die in ihre Welt gehörten, aber nicht in seine. Er hatte deren Schönheit nicht gelten lassen, weil die Perlen unecht waren. Genauso unecht wie sein Kuss, weil ein so tiefer Abgrund zwischen ihren beiden Welten klaffte. Heftig zappelte Vera in Peters Armen und rief. „Lassen Sie mich los! Was ist, wenn jemand vorbeikommt?"

„Sie sind schön, so wunderschön." Er beantwortete ihre Frage nicht. Ihm war es gleichgültig, ob jemand kam.

Verzweifelt hämmerte Vera mit den Fäusten auf seinen Brustkorb ein. „Lassen Sie mich endlich los!"

Sie fühlte sich von Peter, dem reichen, attraktiven Mann, nur als Spielzeug benutzt. Er brauchte ja nur mit dem kleinen Finger zu winken, schon kamen die Frauen angerannt. Also sollte er ruhig die Frauen seiner Gesellschaftsschicht heranwinken und sie, Vera, in Ruhe lassen.

Plötzlich hörte Vera, wie jemand rief. „Peter! Peter, wo steckst du? Mildred fragt nach dir!" Es war Unas Stimme. Das Mädchen schien im finsteren Wald gestanden zu haben und lief jetzt auf Peter zu. Dabei hatte sie vorhin behauptet, blind wie eine Motte zu sein, und Peter aufgefordert, sie zu führen.

Er hielt Vera nun nicht mehr ganz so fest, und sie riss sich los. Einige Schritte entfernt blieb sie stehen und strich sich das Haar glatt. Sie hörte Peter antworten:

„Hier bin ich und warte auf Vera."

Sie holte tief Luft und bereitete sich auf die Begegnung mit Una vor. Gefolgt von Walsh trat Una näher und blickte Vera misstrauisch an.

„Da sind Sie ja. Mildred glaubte schon, dass Sie sich verirrt hätten." Unas Stimme war hart und boshaft.

„Ich bin über eine Baumwurzel gestolpert und wartete, bis sich meine Augen an die Finsternis gewöhnt haben." Vera war noch so verstört, dass sie kaum merkte, wie Walsh sie am Arm nahm und fröhlich sagte: „Haken Sie sich bei mir unter. Ich bringe Sie zum Strand. Dort ist es heller."

Der Sand schimmerte silbern im Mondschein. Das lag an den Millionen kleinster Muscheln, die von den Wogen zu feinem Pulver zermahlen wurden. Auch jetzt rauschten die Wellen über den Strand und zogen sich wieder zurück. Doch Vera war so tief in Gedanken versunken, dass sie all das gar nicht richtig wahrnahm. Ihre Verwirrung steigerte sich immer mehr.

Wenn Peter sie nochmals so erregend küsste, würde sie stark genug sein, ihm zu widerstehen? Diese Frage ging ihr durch den Kopf, als sie sich von Walsh losmachte und am Meer entlang schlenderte. Ein seltsames Gefühl stieg in ihr auf, und sie versuchte dagegen anzukämpfen, indem sie zu singen begann.

Ihre Stimme mischte sich mit dem Rauschen der Brandung, die über den Sand spülte. Warum singe ich ein Liebeslied? fragte sich Vera. Liebe ist für zwei Menschen. Aber ich bin allein.

„Wissen Sie, was Liebe wirklich bedeutet?" hörte sie Peters Stimme auch dann noch, als sie sich Stunden später unruhig im Bett wälzte. Sie konnte keinen Schlaf finden. Woran erkannte man die wahre Liebe?

Am nächsten Morgen lagen tiefe Schatten, die von der schlaflosen Nacht kündeten, um Veras Augen. Als sie zum Frühstück auf der Terrasse erschien, rief Mildred: „Sie sehen ja ganz durchgeistigt aus! Bitte, ziehen Sie sich gleich um. Ich muss diesen Ausdruck unbedingt auf die Leinwand bannen, bevor er verschwindet."

Gehorsam kehrte Vera auf ihr Zimmer zurück und schlüpfte in das violette Kleid und die silbernen Sandalen. Dann legte sie noch die Perlen um.

Nach kurzem Zögern nahm sie auch den Schal an sich. Sie wusste nicht genau, wo sie sitzen würde, und der Wind wehte ziemlich kühl von der See her.

Als Vera wieder auf die Terrasse kam, waren auch Una und Peter da. Una musterte Vera von oben bis unten, lachte spöttisch und fragte in herablassendem Tonfall: „Sind Sie mit diesem Kleid ins Bett gegangen? Wie drollig."

Vera biss bei dieser niederträchtigen Bemerkung die Zähne zusammen und versuchte mit großer Mühe, sich zu beherrschen.

„Gehen Sie bitte einmal um die Terrasse herum", bat Mildred. „Bleiben Sie hier und da stehen, damit ich den besten Hintergrund aussuchen kann."

Bei Unas spöttischem Blick fiel es Vera schwer, ungekünstelt zu gehen. Und dass Peter sie beobachtete, machte alles nicht leichter. Ihr Magen zog sich zusammen, und sie war derart verkrampft, dass Mildred lächelnd sagte: „Entspannen Sie sich, Liebes. Ich will Sie ja nur malen und nicht fressen."

Als Una schrill auflachte, fuhr Vera zusammen. Peter nahm Una am Arm. „Komm!" befahl er. „Wir sind hier im Wege."

„Nein. Ich bleibe. Zuschauen macht mir Spaß."

Peter unternahm einen zweiten Versuch, Una zum Gehen zu überreden. Er hatte natürlich bemerkt, dass Vera wegen Una nervös wurde.

Aber Una rührte sich nicht vom Fleck. Das machte Vera noch nervöser. Sie wollte gerade scharf etwas erwidern, als sich Mildred energisch einmischte.

„Geh mit, Una. Sei so gut. Du lenkst mich und mein Modell ab." Mildreds Stimme klang liebenswürdig. Doch der Befehlston, der mitschwang, war nicht zu überhören.

Una zuckte die Schultern. „Na schön. Ich darf dein Modell ja wirklich nicht von der Arbeit ablenken, für die es bezahlt wird." Mit spöttischem Lachen schlenderte sie an Peters Seite weiter. Dabei schmiegte sie sich so eng an ihn, dass Vera dieses Gehabe einfach widerlich fand. Sie atmete auf, als die beiden endlich zwischen den Pinien verschwunden waren.

„Ich suche nur die Farben und alles andere zusammen, dann fangen wir an." Mildred lächelte ermutigend. „Machen Sie es sich inzwischen doch schon mal bequem."

Dankbar setzte sich Vera auf die oberste Stufe der Terrassentreppe und lehnte sich an eine Säule aus Stein. Nun brauchte sie den Schal doch nicht, denn die Terrasse wurde durch die Bäume vor dem Wind geschützt. Also ließ Vera den zartgemusterten Schal von ihrem Schoß leicht über die Stufen fallen. Den Kopf an die Säule geschmiegt, betrachtete sie die violetten Glyzinien, die sich im Wind wiegten. Wenn ich in Zukunft die Farbe Violett sehe, werde ich mich immer an Peter erinnern, dachte sie. Aber sie nahm sich fest vor, künftig diese Farbe zu vermeiden.

Unruhig bewegte sie bei dem Gedanken an die Zukunft den Kopf, und Mildred rief: „Bleiben Sie bitte still sitzen! Diese Pose ist genau richtig."

Vera war so gedankenverloren gewesen, dass sie gar nicht gemerkt hatte, wie eifrig und konzentriert Mildred bereits malte. Gehorsam hielt sie still und betrachtete weiterhin die zarten Blüten im Wind. Dabei versuchte sie erfolglos, nicht an Peter zu denken.

Es war unmöglich, stellte sie bestürzt fest. Dauernd fragte sie sich, wo Peter und Una waren und was sie machten. Gingen sie im Pinienhain spazieren? Und wenn, hatte Peter …

Mit einem Ruck riss Vera sich zusammen. Mildred sah es und erkundigte sich: „Wird es Ihnen unbequem? Ich glaube, wir sollten aufhören und morgen die Sitzung um die gleiche Zeit fortsetzen."

„Mir ist es durchaus nicht unbequem. Ich halte noch lange durch, falls Sie weitermalen möchten."

„Nein. Ich fahre heute Morgen mit Walsh in die Stadt. Ach, da fällt mir etwas ein. Ich möchte Sie um einen Gefallen bitten."

„Worum geht es?" Vera stand auf und begab sich zur Staffelei. „Darf ich mal sehen?"

„Oh nein!" Mildred schüttelte den Kopf. „Ich zeige meine Gemälde erst vor, wenn sie fertig sind. Sie werden zur Ausstellung kommen und dann das Porträt so sehen, wie es gesehen werden sollte – eingerahmt und richtig aufgehängt."

„Das wäre schön", erwiderte Vera. Doch sie wusste, dass sie nicht zur Ausstellung kommen würde, um Peter nicht zu begegnen. Schnell wechselte sie das Thema. „Sie wollten mir noch sagen, was ich für Sie tun kann."

„Es geht um das Picknick auf der Insel, das für heute Abend geplant ist. Würden Sie mit Maria die Speisenfolge überprüfen? Sie ist eine hervorragende Haushälterin, aber sie mag es, dass ich ihre Vorschläge für das Essen begutachte."

„Ich will mein Bestes tun", versprach Vera. Sie winkte Mildred und Walsh noch einmal zu, bevor sie ins Haus ging und Maria suchte.

Als Vera in den Frühstücksraum kam, saßen Una und Maria vor der weit geöffneten Terrassentür am Tisch. Die Haushälterin sah so nervös und aufgeregt aus, dass Vera sich schon zurückziehen wollte, um die beiden nicht zu stören. Doch Maria blickte auf und rief: „Miss Grant, hätten Sie einen Augenblick Zeit?"

Als Vera daraufhin näher kam, fauchte Una: „Das hier geht Sie gar nichts an."

Durch Veras Gegenwart gestärkt brachte Maria den Mut auf, Una zu widersprechen. „Miss Fisher sagte, dass Miss Grant mit mir die Menüs durchspricht, solange sie auf Mallorca ist, Miss Una."

„Ich bin durchaus fähig zu entscheiden, was wir essen."

Marias Gesicht verspannte sich, und Vera hielt es für angebracht, sich einzuschalten. „Würden Sie mir bitte das Menü zeigen, Maria?"

Die Haushälterin, die den Bogen verärgert zerknüllt hatte, strich ihn glatt und reichte ihn Vera.

Sie überflog die sauber geschriebenen Zeilen und sagte: „Das ist ja alles sehr verlockend. Lobstersalat, Artischocken in Butter, frische Erdbeeren. Stammen diese Köstlichkeiten alle von der Insel? Der hiesige Wein ist auch sehr gut. Ich habe gestern beim Mittagessen welchen getrunken."

„Jemandem, der Wein nicht gewöhnt ist, schmeckt jedes Gesöff gut." Una schnaubte verächtlich auf.

„Peter hat den Wein ausgesucht", sagte Vera betont.

Una wurde feuerrot, trotzte jedoch auf. „Ich will Champagner und ausländische Erdbeeren. Ich sah neulich welche in der Stadt."

„Miss Grant?" fragte Maria verunsichert.

„Der hiesige Wein ist genau richtig für das Picknick. Und importierte Erdbeeren sind überflüssig, weil in Mildreds Garten welche wachsen."

„Es handelt sich um ein Casa-Mimosa-Picknick, bei dem es keine Hamburger und Pommes gibt, wie Sie es wahrscheinlich gewohnt sind."

„Aber es ist auch keine vornehme Gartenparty bei der englischen Königin. Maria, was Sie ausgesucht haben, ist bestens geeignet. Es bleibt dabei."

„Wie können Sie es wagen, mich einfach zu übergehen?" Unas Augen flammten auf.

„Ich tue es, weil Mildred mich bat, Marias Vorschläge zu überprüfen. Natürlich kann Sie niemand daran hindern, allen Gästen Champagner anzubieten. Aber auf Ihre Kosten."

Unas Gesicht wurde abwechselnd blass und rot vor Wut. Es dauerte eine Weile, bis sie sich gefasst hatte. „Ich habe meine Meinung geändert. Es wird kein Picknick veranstaltet, sondern ein Grillessen."

„Aber es ist doch alles schon vorbereitet, Miss Una." Die Haushälterin blickte verwirrt von Una zu Vera hinüber.

„Es wird gegrillt. Verstehen Sie mich? Kein Picknick."

„Die ganze Insel ist voller Pinienwälder, Miss. Die sind knochentrocken. Die Gefahr eines Waldbrandes ..."

„Mir ist ein Waldbrand genauso egal wie das vorbereitete Essen", wurde Maria von Una hitzig unterbrochen.

„Aber mir ist es nicht egal", sagte Vera energisch. Sie dachte an die aufgestellten Feuerlöscher im Pinienwald. Die waren bestimmt nicht zum Spaß dort. „Wenn Sie nicht auf einen vernünftigen Einwand hören wollen, muss man Sie dazu zwingen."

„Wer denn? Sie vielleicht?" höhnte Una.

„Nein." Vera trat an die Terrassentür und rief: „Peter! Können Sie einen Augenblick herkommen?" Sie hatte ihn vorhin im Garten gesehen. Wartete er vielleicht auf Una? Am liebsten hätte Vera die Sache selbst bereinigt. Doch Una würde nur noch wütender reagieren, und Peter hielt es anscheinend für sein Recht, über alle zu bestimmen. Also konnte er sich auch mit Una befassen.

Als Peter näher kam, rannte Una ihm sofort entgegen. „Peter, ich will ..."

Maria unterbrach das empörte Mädchen. „Mr. Adams, Miss Fisher sagte mir ..."

„Einer nach dem anderen." Befehlend hob Peter die Hand. „Maria, Sie zuerst." Er ließ ihr offenbar als der älteren den Vortritt, obwohl sie kein Gast, sondern nur die Haushälterin war. Vera wunderte sich.

Una öffnete schmollend den Mund. Doch ein warnender Blick Peters genügte.

„Ich habe schon das ganze Essen für das Picknick vorbereitet. Aber Miss Una möchte jetzt auf einmal, dass gegrillt wird."

„Das geht nicht, Liebes." Peter hakte Unas Arm unter. „Du hast es anscheinend vergessen, darum möchte ich dich daran erinnern. Die Pinienwälder reichen bis zum Strand. In dieser Trockenheit genügt ein einziger Funke von einem Grillfeuer, um den Wald in Brand zu stecken. Wir grillen ein andermal an einer Stelle, die sicher und gefahrlos ist."

Er spricht zu ihr wie zu einem Kind, und genauso hat sich Una ja aufgeführt, dachte Vera verärgert. Liebe macht blind, hieß es. Offenbar war Peter gegenüber Una tatsächlich blind, denn sonst würde er nicht so sanft auf ihr unmögliches Benehmen reagieren. Vera presste die Lippen zusammen, als er Una mit den Worten besänftigte:

„Komm mit und schau dir die ‚Sea Spray' an. Jean-Jaques hat sie heute Morgen hergebracht. Sie ist gerade überholt worden."

Und dann wandte er sich zum ersten Mal an Vera. „Übrigens ist Ihr Koffer auf der Yacht mitgekommen. Ich habe ihn schon auf Ihr Zimmer geschickt, Vera."

Allein saß Vera auf der Terrasse. Die Gäste waren verschwunden. Auch Peter und Una ließen sich nicht blicken. Vielleicht fuhren sie auf der Yacht zu einer der versteckten Höhlen, die es an der ganzen Küste der Insel gab. Vera malte sich selbstquälerisch aus, wie die „Sea Spray" an einer idyllischen Stelle ankerte und Una mit Peter irgendwo in der Sonne lag oder im Meer herumschwamm.

Unwillkürlich seufzte Vera tief auf. Obwohl sie Boote nicht mochte, schwamm sie sehr gern. Es war ein schöner Tag, und die Sonne machte alles noch verlockender.

Dann ging Vera auf ihr Zimmer und befasste sich wieder mit ihren Kleidern. Was sollte sie zu dem Picknick am Abend anziehen? Sie nahm eine lebhaft gemusterte Kulihose sowie das passende Oberteil aus dem Schrank. Die Hosenbeine waren weit, und darin konnte sie sich freier bewegen als in dem engen Rock.

Ob man vor dem Picknick noch schwimmen würde, wusste Vera nicht. Vorsichtshalber zog sie ihren fuchsienroten Bikini unter den Kulihosen an. Dann begab sie sich zur verabredeten Zeit hinunter auf die Terrasse.

Kein Mensch war zu sehen. Also waren alle weggegangen, ohne auf Vera zu warten. Von unglaublichem Zorn überwältigt, sah sie den hoch gewachsenen Mann nicht, der auf sie zukam und höflich fragte: „Sind Sie Miss Grant?"

Sie nickte nur.

„Ich heiße Jean-Jaques und bin der Bootsmann auf Mr. Adams Yacht. Er hat die anderen schon hinüber zur Insel gebracht, und ich soll Sie, Miss Fisher und Mr. Crayton abholen. Natürlich auch das Essen." Jean-Jaques lächelte.

Vera konnte wieder reden. „Soll ich Ihnen helfen, die Sachen auf die Yacht zu tragen?"

„Nein, danke. Maria hat die Dienstboten schon vorausgeschickt, und die haben die Kühlboxen in die Kombüse gestellt."

Es war Vera ein kleiner Trost, dass man sie offenbar doch nicht zu den Dienstboten zählte.

7. KAPITEL

Als Mildred und Walsh zum Landesteg kamen, stiegen alle an Bord der Yacht. Vera blieb oben am Deck stehen, lehnte sich an die Reling und schaute zu, wie die „Sea Spray" durch das ruhige Meer glitt.

Die Überfahrt dauerte etwa eine halbe Stunde. Als sie sich der kleinen Insel näherten, schwamm Peter ihnen entgegen. Mit kräftigen Stößen bewegte er sich durch die Wellen und hob grüßend die Hand, als er an der „Sea Spray" angelangt war.

Mildred und Walsh winkten fröhlich zurück. Nur Vera umklammerte die Reeling und erstarrte, als Peter Wasser trat und ihr direkt ins Gesicht blickte. „Kommen Sie und machen Sie mit!" rief er ihr zu.

Sie zögerte, und Mildred fragte: „Haben Sie etwa keinen Badeanzug mitgenommen?"

„Doch. Ich trage ihn bereits." Im nächsten Augenblick bereute Vera ihre unüberlegten Worte. Sie wollte sehr gern schwimmen. Aber mit allen anderen, nicht allein mit Peter. „Später vielleicht", wich sie aus.

„Seien Sie nicht so schüchtern." Mildred lächelte ermutigend. „Die anderen tragen bestimmt auch schon ihre Bikinis. Ziehen Sie sich aus, Liebes. Ich nehme Ihre Hose und das Oberteil mit, wenn wir an Land gehen."

Ein einziges Wort von Peter beendete Veras Zögern. „Angst?" fragte er und ließ sie nicht aus den Augen.

Die Herausforderung in seinem Blick war nicht zu übersehen. Blitzschnell streifte Vera die Hose und das Oberteil ab und entfernte die Kämmchen aus dem Haar.

„Achtung! Ich komme!" warnte sie und tauchte mit einem eleganten Kopfsprung ins Meer. Neben Peter erschien sie an der Oberfläche. Er lachte, als sich Vera das Wasser aus dem Gesicht schüttelte. Behutsam strich er ihr die nassen Haare aus den Augen. Sie wollte wegschwimmen; doch er hielt sie fest.

„Wenn Ihr Haar so in den Wellen liegt, sehen Sie wie eine Seejungfrau aus", sagte er leise, während er sie eindringlich ansah. Verzweifelt bemühte sie sich, seinem Blick auszuweichen. Es gelang ihr nicht. Sie war wie hypnotisiert. Heiß brannte die Sonne vom Himmel, und die kleinen Locken an Veras Schläfen fingen bereits zu trocknen an. Trotzdem zitterte sie.

„Ihr Haar ist wie Seide." Peter spielte mit einer blonden im Wasser fließenden Strähne. Diese Zärtlichkeit wirkte auf Vera wie ein kleiner elektrischer Schock. „Sitzen Sie eigentlich sonst im Mondschein auf einem Felsen, kämmen sich das Haar und locken die Matrosen mit Ihrem Gesang ins Verderben?"

Nein, er lockt mich mit seinen lächelnden Lippen und den streichelnden Händen ins Verderben, dachte Vera. Mit heftigem Zappeln riss sie sich von ihm los.

„Die Farbe meiner Augen passt nicht zu Ihrem Bild. Seejungfrauen haben grüne Augen!" rief sie aus sicherer Entfernung und tauchte unter.

Als sie in die geheimnisvolle türkisfarbene Tiefe sank, strömte das Haar hinter ihr her. Ein Schwarm kleiner Fische erschrak und flitzte davon.

Vera brauchte den braungebrannten sehnigen Körper nicht zu sehen. Sie wusste auch so, dass Peter ihr folgte. Als sie auf dem weißen Sand des Grundes angelangt war und kaum noch Luft bekam, stand Peter neben ihr.

Er ergriff ihre Hand und zog Vera mit sich nach oben durch die Fluten. Es war wie ein Traumtanz, wie sie beide – auf einmal eng umschlungen – durch das Wasser schwebten. Und dann presste er seinen Mund auf ihre Lippen. Vera verlor auf einmal jedes Zeitgefühl ...

Als Vera endlich wieder aus dem Wasser auftauchte, war sie sehr benommen. Ist es wirklich wahr, was ich gerade beim Tauchen erlebt habe, fragte sie sich, während sie nach Peter Ausschau hielt. Offenkundig musste er sich bereits kurz unter der Wasseroberfläche von ihr getrennt haben, denn er war schon ein ganzes Stückchen von Vera entfernt. Sie sah, wie er mit schnellen, weit ausholenden Zügen auf den Strand zuhielt. Dort stand Una in einem buntgemusterten, auffallend frech geschnittenen Bikini und winkte Peter zu.

Vera war froh, dass Una anscheinend nichts von dem Kuss gemerkt hatte, und schwamm langsam hinter Peter her. Bald war er ihr weit voraus, und schließlich stieg er tropfend an Land und lief auf Una zu. „Warum bist du nicht mitgeschwommen?" rief er ihr zu. „Das Wasser ist herrlich."

„Jemand muss ja das Picknick überwachen."

„Das machen die Hausangestellten. Sie sind es gewohnt, Picknicks auszurichten. Und falls sie Hilfe brauchen, können sie sich an Mildred wenden. Sie ist doch hier."

„Mildred?" Una schnaubte verächtlich auf. „Die ist derart von diesem Walsh besessen, dass man es nicht für möglich hält. Ich verstehe nicht, was sie an diesem Mann findet. Er hat doch überhaupt nichts Besonderes an sich."

„Ich mag ihn. Du betrachtest ihn nicht mit Mildreds Augen, und darum siehst du seine guten Seiten nicht."

„Ich kann mit meinen eigenen Augen kaum etwas sehen, weil sie voller Sand sind", maulte Una. „Jedes Mal, wenn der Wind bläst, weht mir das Zeugs überallhin. Ich wollte, ich wäre gar nicht mitgekommen."

Peter nahm ihr Gejammer nicht zur Kenntnis, sondern fragte: „Hast du schon gesurft?"

„Nein, natürlich nicht. Ich wollte auf dich warten. Einige Gäste haben die Surfbretter schon herausgeholt."

„Es sind aber kaum welche auf dem Wasser, wie ich sehe." Nur ein paar bunte Segel trieben über das Meer.

„Ach, die meisten Leute wissen gar nicht, was ein Surfbrett ist. Du hättest dir die Mühe sparen können und nicht so viele mitnehmen sollen."

„Warum bringst du den Gästen das Surfen nicht bei, Una? Fast alle gehören ja zu deiner Clique."

Schwang etwa leise Kritik in Peters Stimme mit? Vera wunderte sich über den seltsamen Unterton. Sonst sprach Peter nur ausgesprochen nett und sanft zu Una. Jetzt wandte er sich an Vera und fragte:

„Haben Sie schon einmal gesurft?"

„Nein, noch nie."

„Ich werde Ihnen zeigen, wie es geht", bot er sich zu Veras Überraschung an. Von Una bekam sie einen wütenden Blick zugeworfen.

„Warum richtest du dich nicht nach deinem eigenen Rat und bringst es den Leuten aus meiner Clique bei?" fauchte Una, die sich nur mit Mühe beherrschte.

Etwas weiter entfernt lagen einige Surfbretter unter Palmen auf dem Strand. Daneben aalten sich mehrere junge Leute in der Sonne. Una stakste zu ihnen hin. Sie rechnete offenbar damit, dass Peter ihr folgte. Doch das tat er nicht, sondern hob ein Surfbrett auf, das in der Nähe lag. „Möchten Sie es einmal probieren, Vera?" erkundigte er sich.

„Hm. Ist das Segel sehr schwer?"

„Nein, gar nicht. Man muss es nur richtig anheben."

„Ich will es liebend gern einmal probieren."

„Gut", meinte Peter. „Sehen Sie, Sie müssen sich weit zurücklehnen und ziehen dann das Segel auf sich zu. Ihr Körper hält das Brett in Balance, und mit Ihrem Gewicht stemmen Sie das Segel hoch."

Vera beobachtete ihn, wie er auf dem Brett stand und das bunte Segel vom Sand hochrichtete. So müsste man ihn malen, dachte sie und wünschte sich, so begabt wie Mildred zu sein. Es müsste ein herrliches Bild werden. Peters bronzebrauner Körper vor dem Hintergrund des tiefblauen Himmels, der türkisfarbenen See und dem weißen Sand.

Scheinbar leicht und mühelos hatte er das Segel hochgezogen, und Vera hörte lautes Beifallklatschen. Erst jetzt merkte sie, dass sich einige Zuschauer angesammelt hatten.

„So, und nun versuchen Sie es, Vera", sagte Peter und wandte sich an die Umstehenden. „Nehmt jeder ein Surfbrett und fangt an. Ihr werdet schnell begreifen, wie es geht. Solltet ihr Schwierigkeiten haben, ruft entweder Una oder mich zur Hilfe. Wir kümmern uns gern um euch."

„Ich bin nicht zum Picknick gekommen, um Surfneulingen zu helfen", sagte Una bockig. Wieder nahm Peter keine Kenntnis von ihr, sondern trat zu Vera heran und half ihr. Dabei musste er Zauberkräfte besitzen, denn sie lernte schnell, wie man das Segel heranziehen und hochstellen musste.

„So ist es gut. Ausgezeichnet, Vera", lobte Peter und lächelte sie freundlich an.

Sie errötete vor Stolz, aber als Peter zu den anderen ging, fühlte sie sich gleich wieder verlassen. Peter befreite einige der Leute aus den Segeln und Seilen, in die sie sich verwickelt hatten. Bald darauf schwammen die Surfbretter im Meer.

Hier war es viel schwerer als im Sand, das Segel aufzurichten. Das merkte auch Vera. Das Surfbrett schaukelte und gefährdete ihr Gleichgewicht und der Wind blähte das Segel auf, das an ihren Armen zerrte. Einmal bog es sich so sehr auf die Seite, dass Vera beinahe umgekippt wäre. Den übrigen Surfern erging es ähnlich, und einige Segel platschten ins Wasser. Gleich darauf lagen auch die Surfer im Meer.

Mit großer Mühe gelang es Vera, ihr Segel im Wind zu halten. Es war ein aufregendes Erlebnis, als das Brett durch die Wogen glitt, elegant wie ein Schlittschuhläufer auf dem Eis.

Ein anderes Brett folgte ihr und hatte sie schnell überholt. Vera glaubte, dass es Peter sei, erkannte aber dann Una. Das Mädchen drehte um und schoss direkt auf Vera zu.

„Passen Sie auf", rief Vera, die es mit der Angst zu tun bekam.

Una nahm keine Notiz von der Warnung. Vera versuchte verzweifelt, ihr Brett so zu steuern, dass es mit dem anderen nicht zusammenstieß. Peter hatte ihr gezeigt, was sie tun musste. An Land war es ihr sehr leicht vorgekommen, doch hier wollte es ihr nicht gelingen. „Vorsicht!" schrie Vera so laut, dass es Una hören musste.

Es nützte nichts. Mit hartem, verbissenem Gesicht raste Una heran und stieß heftig an Veras Surfbrett. Im nächsten Augenblick rauschte sie weiter. Ihr höhnisches Lachen konnte Vera noch hören, bevor ihr Surfbrett umkippte und sie im Wasser lag.

Das wäre mir sowieso passiert, dachte Vera, die sich mit ihrem Schicksal abfand. Die anderen Neulinge machten dasselbe durch und versuchten mehr oder weniger erfolgreich, die Segel wieder aufzurichten.

Auch Vera kämpfte darum, doch das nasse Segel war zu schwer für sie. Also gab sie auf, nahm das Surfbrett ins Schlepptau und schwamm an den Strand. Una surfte weit draußen auf der See. Plötzlich sah Vera, dass ein zweiter Surfer dem Mädchen folgte. Nach der goldfarbenen Badehose zu urteilen, musste es sich um Peter handeln.

Wenn er nicht aufpasst, dachte Vera plötzlich, wird er mit Unas Surfbrett zusammenstoßen. Vera trat Wasser, um die beiden zu beobachten. Peter war ein so kräftiger Mann, dass er das Brett leicht umlenken konnte. Doch er machte merkwürdigerweise keine Anstalten, Una auszuweichen. Im Gegenteil, er schoss direkt auf sie zu und tat es ihr nach.

Auf einmal hörte Vera Unas schrillen Schrei: „Pass auf". Es nutzte nichts. In der nächsten Sekunde krachten die beiden Bretter zusammen, und gleich darauf lag Una neben dem umgestürzten Segel in den Fluten.

Vera konnte ein spöttisches Lächeln nicht unterdrücken, als sie sich darum bemühte, ihr Surfbrett auf den Strand zu ziehen. Eigentlich sollte ich mich wegen meiner Schadenfreude schämen, dachte sie, was jedoch nicht der Fall war. Nein, sie sagte sogar zufrieden vor sich hin: „Gut gemacht, Peter."

Als Una an Land kam, hatte sich ihre Wut kein bisschen gelegt. Peter überließ sie nicht – wie vorhin Vera – ihrem Schicksal. Kaum war Unas Segel nach dem Zusammenstoß im Wasser gelandet, da sprang er auch schon von seinem Surfbrett und half ihr, das Segel aufzurichten. Erst als sie sicher auf dem Brett stand und weiterglitt, zog er seines hoch und fuhr mit ihr zum Strand.

Es traf Vera hart, dass er sie ganz anders behandelt hatte. Und es verletzte ihren Stolz. Jetzt machten ihr weder das Meer noch das Picknick Spaß. Aber wahrscheinlich war auch den übrigen Gästen die Freude vergangen, weil Una sich so unmöglich aufführte.

Sie fauchte die Dienstboten an, kritisierte das Essen und die Getränke, vor allem den Wein und die Erdbeeren. Und dann weigerte sie sich auch noch, nach dem Picknick mitzusingen. Irgendwer hatte spontan den Vorschlag gemacht, und alle sangen fröhlich die Lieder mit, die Vera anstimmte, bis Una mit einer hässlichen Bemerkung alles zerstörte.

„Ihr führt euch wie Pfadfinder auf, die beim Lagerfeuer losgrölen müssen", sagte Una giftig.

Diese Frau ist wirklich ein verzogenes, boshaftes Geschöpf, dachte Vera verächtlich. Vielleicht wäre Una anders, wenn sie sich ihren Lebensunterhalt selbst verdienen müsste wie ich.

Nach einem besonders hässlichen Wutausbruch wurde es sogar der geduldigen, sanften Mildred zu viel, und sie erkundigte sich: „Hast du Kopfschmerzen, Liebes? Vielleicht warst du zu lange in der Sonne. Am besten, du kommst gleich auf der ersten Fahrt mit Walsh und mir zur Casa zurück. Wir brechen bald auf. Die anderen jungen Leute können natürlich noch bleiben, wenn sie es möchten."

„Ich weiß gar nicht, warum ich überhaupt mitgekommen bin", maulte Una. „Auf dieser Insel kann man überhaupt nichts machen. Ich langweile mich fast zu Tode." Dann wandte sie sich an Peter und verlangte: „Du musst mich entschädigen. Nimm mich zu einer Tour auf der Yacht mit. Zeige mir, was sie alles kann, seit sie überholt wurde. Wir sind schon eine Ewigkeit auf keine längere Fahrt mehr gegangen."

Una schaute bei diesen Worten Vera an, die lässig die Schultern zuckte. Damit wollte sie zum Ausdruck bringen, dass es sie absolut nicht interessierte, wen Peter auf eine Fahrt mitnahm und für wie lange.

Zu ihrer Überraschung ging Peter auf Unas Wunsch nicht ein, sondern sagte ruhig: „Du darfst doch deine Gäste nicht einfach im Stich lassen." Dann setzte er das Gespräch mit den Leuten fort, die in seiner

Nähe standen. Wütend warf Una den Kopf in den Nacken, schleuderte ihre halbgerauchte Zigarette achtlos weg und schlenderte hinter Mildred und Walsh zur Yacht.

Der unangenehme Zwischenfall hatte die Partystimmung restlos verdorben, und so folgten bald auch die übrigen Anwesenden ihrer Gastgeberin. Vera zögerte. Sollte sie ebenfalls mitgehen? Sie entschied sich dagegen, denn dann wäre sie mit Una zusammen.

Außerdem gab es auf der Yacht nicht genügend Platz für alle. Da Vera erst auf der zweiten Fahrt hergekommen war, rechnete man wahrscheinlich damit, dass sie auch auf der zweiten Fahrt zurückkehrte, an der die Hausangestellten diesmal teilnahmen. Doch Peter beendete Veras Unsicherheit, indem er zu Jean-Jaques sagte:

„Nehmen Sie alle mit, die zur Casa zurückwollen. Anschließend holen Sie uns ab. Wir machen inzwischen die Surfbretter zum Transport fertig." Peter lächelte Vera an und fügte hinzu: „Ich zeige Ihnen, wie man die Segel verpackt."

Was verlangte er von ihr? Sollte sie das „Mädchen für alles" sein? „Ich bin hier, um Mildred zu helfen", fauchte sie ihn an. „Aber nicht als Hilfsarbeiterin."

„Es hat keinen Sinn zu lernen, wie man surft, wenn man nicht weiß, wie man mit dem Brett und dem Segel an Land umgehen muss", wies er sie zurecht.

„Una hilft ja auch nicht dabei", rutschte es Vera heraus. Sie wurde rot, als Peter sie durchdringend ansah, und sagte: „Una hilft niemals."

Da Vera schon so weit gegangen war, kam es ihr sinnlos vor, sich zurückzuhalten. Und so ließ sie ihrer Zunge freien Lauf. „Sie benimmt sich unmöglich. Wieso dulden Sie es?" fragte sie zornig. Er bestimmte doch über alle anderen. Warum nicht auch über Una?

„Ich habe meinen Grund, und der hat nichts mit Ihnen zu tun."

Nichts mit einer Angestellten, meinte er wohl. Das glaubte Vera an seinem harten Gesichtsausdruck zu erkennen. Bevor sie sich noch mehr ärgern konnte, wechselte Peter das Thema mit der Bemerkung: „Ich zeige Ihnen, was Sie mit dem Segel tun müssen."

Sie kletterte auf die Yacht, bevor Jean-Jaques die „Sea Spray" wieder richtig angedockt hatte. An die entfernteste Reling gelehnt, nahm Vera von Peter keine Notiz, als er mit den männlichen Hausangestellten an Bord kam. Er ging jedoch nicht ans Ruder, wie sie erwartet hatte, sondern überließ es Jean-Jaques und stellte sich zu ihr.

Warum musste er so dicht an sie heranrücken? Seine Nähe beunruhigte sie, und noch mehr die Tatsache, dass sein Arm den ihren berührte. Peter hatte sich vorgebeugt und schaute auf das Kielwasser, das die Yacht hinter sich ließ. Vera riss den Arm weg und blickte betont auf die kleine Insel, die sie verlassen hatten.

Plötzlich entdeckte Vera den Rauch.

„Peter! Sehen Sie!" rief sie aufgeregt, während sie auf die Stelle zeigte. „Es brennt auf der Insel."

Ein, zwei Sekunden starrte Peter angestrengt hin, dann brüllte er: „Jean-Jaques! Drehen Sie die Sea Spray um! Los, schnell! Vielleicht schaffen wir es noch rechtzeitig."

Im trockenen Pinienwald loderte eine Flamme auf, und man konnte auch schon den scharfen Geruch von Verbranntem riechen. Der Bootsmann schwang die Yacht herum und fuhr mit voller Kraft zurück zur Küste.

Unas halbgerauchte Zigarette ... fiel es Vera ein. Diese hatte sicher den Brand ausgelöst. Doch sie äußerte ihren Verdacht nicht. Was hätte es für einen Sinn? Peter würde glauben, dass sie nur Unheil anrichten wollte. Außerdem konnte er selbst seinen Verstand gebrauchen und sich die Ursache des Brandes zusammenreimen, auch wenn er sonst gegenüber Unas Fehlern blind war.

Der Wind fachte das Feuer immer mehr an, das durch die trockenen Zweige auf dem Boden reichlich Nahrung fand.

„Steuern Sie um die Bucht!" befahl Peter dem Bootsmann. „Ich schwimme an Land. Das ist schneller, als zu warten, bis Sie am Landesteg anlegen." Der nächste Befehl galt Vera. „Sie bleiben an Bord. Hier sind Sie sicher."

„Wenn Sie an Land gehen, komme ich mit." Sie überlegte nicht lange, was sie zu diesem Entschluss trieb. Sie wusste nur, dass sie es tun musste.

„Sie sind verrückt. Ihre dünne Hose und das Oberteil werden durch den ersten Funken Feuer fangen."

„Nicht, wenn die Sachen nass sind." Schon kletterte Vera über die Reling. Peters zornigen Ruf: „Nein! Vera, bleiben Sie zurück!" überhörte sie und sprang ins Wasser. Gleich darauf folgte Peter ihr nach. Am Strand angekommen, war sie froh, dass sie die Sandalen nicht ausgezogen hatte. Selbst durch die Gummisohlen spürte sie die Hitze.

Peter warf einen Blick auf ihre Füße und sah, dass sie Schuhe trug. Das genügte ihm. Er rannte zu einem Stapel Feuerpatschen, die man für einen solchen Notfall bereitgestellt hatte, und riss zwei heraus. Eine warf er Vera zu, und dann schlugen er und sie heftig auf die Flammen ein, die sich immer mehr ausbreiteten und größer wurden. Zum Glück war das Feuer noch nicht sehr weit zwischen die Bäume gelangt, denn sonst ... Vera wagte nicht, sich das auszumalen.

Bald strömte ihr der Schweiß über das Gesicht und mischte sich mit dem Wasser, das aus ihren klatschnassen Haaren tropfte. Die Hose und das Oberteil klebten an ihrem Körper, als sie sich mit Peter verzweifelt bemühte, den immer stärker werdenden Brand auszuschlagen.

Aber kaum hatten sie einige Flammen gelöscht, fing es woanders zu brennen an. Die Hitze wurde langsam unerträglich, die Feuerpatsche immer schwerer. Unglücklich stellte Vera fest, dass ihre Kräfte nachließen. Sie blickte kurz auf Peter, dessen Gesicht rußgeschwärzt und verschwitzt war. Genauso wie ihres.

„Vera! Achtung!" Mit einem Riesensatz sprang Peter zu ihr und riss sie weg, als sie direkt über ihrem Kopf ein lautes Krachen hörte. Ein großer Pinienast, der wie eine Fackel brannte, stürzte in der nächsten Sekunde dicht neben ihr auf den Boden. Wenn Peter sie nicht weggerissen hätte, wäre der Ast genau auf sie gefallen.

Mit einem Arm zog Peter sie weiter zurück, mit dem anderen ergriff er einen zweiten lodernden Ast und drückte ihn von ihr weg. Er brach ab und landete neben ihr auf dem Boden, und sie spürte die Hitze an ihrem Haar. Wäre es nicht klatschnass gewesen, hätte es jetzt gebrannt. All das ereignete sich in Sekundenschnelle. Überall zuckten Flammen auf, und Vera wusste, dass gleich die ganze Insel brennen würde.

„Hierher!" schrie Peter. Benommen schaute sich Vera um und merkte, dass er nicht sie meinte. Die Diener und Jean-Jaques schleppten etwas Langes, Schweres und Hellrotes über den Strand zu Peter hin. Und dann hob Jean-Jaques einen der Feuerlöscher aus der Yacht, und weißer Schaum sprühte auf die Stelle, wo das Feuer am wildesten loderte.

Nach einigen Minuten, die Vera wie eine Ewigkeit vorkamen, war alles vorbei. Es gab keine Flammen mehr, nur noch Rauch stieg vom Boden auf. Auch der hielt nicht lange an, denn die Männer hatten eine Kette bis zum Meer gebildet. Sie reichten wassergefüllte Eimer von einem zum anderen, bis alles gründlich durchnässt war und Peter sich überzeugt hatte, dass kein neues Feuer aufflackern konnte.

Vera und Peter starrten erschöpft auf den schwarzgefärbten, nassen Boden. „Das hätte übel ausgehen können", meinte Jean-Jaques schließlich nachdenklich.

Peter nickte. „Ja. Noch ein paar Minuten länger, und wir wären nicht mehr imstande gewesen, den Brand in den Griff zu bekommen."

Er stieß einen tiefen Seufzer aus und fuhr sich mit der rußigen Hand über die verschwitzte Stirn.

Vera zuckte zusammen, als sie bei dieser Bewegung die große Brandwunde an seinem Arm sah.

„Sie haben sich verbrannt", stieß sie hervor und griff nach seinem Arm. Die Blasen erstreckten sich vom Handgelenk bis zum Ellbogen, wie sie entsetzt feststellte. Peter hatte sich verletzt, um sie vor den herabfallenden Ästen zu schützen! Auf einmal schnürte ein Kloß ihren Hals zu. Das ist bestimmt nur die Reaktion auf den erlittenen Schock, versuchte sie sich einzureden. Dann sagte sie so energisch wie möglich: „Die Wunde muss sofort behandelt werden." An Bord der Yacht befand sich ein Verbandskasten. Das hatte Vera gesehen, als sie nach ihrer Ankunft in die Kombüse ging, um Ellas Tee zu trinken. War das erst vor kurzem gewesen? Ihr kam es wie vor vielen Jahren vor.

„Ich kümmere mich darum, wenn wir in der Casa sind", erwiderte Peter.

„Brandwunden müssen sofort versorgt werden, damit es keine Infektion gibt." Vera hatte ihrem Vater in der Tierarztpraxis geholfen und kannte sich aus. „Ist sonst noch jemand verletzt?" wandte sie sich an Jean-Jaques.

Einer der Diener hatte eine leichtere Verbrennung erlitten, und der Bootsmann unterstützte Vera, indem er bestätigte: „Vera hat recht, Peter. Die Wunde sollte schnell gereinigt und versorgt werden."

„Zuerst signalisieren Sie den Leuten in der Casa, dass wir alle wohlauf sind. Auf der Hauptinsel hat man bestimmt den Rauch gesehen. Ich möchte nicht, dass sich Mildred Sorgen macht. Also, benachrichtigen Sie sie."

Una erwähnte er nicht. Vielleicht kannte er sie gut genug, um zu wissen, dass sie sich nur um sich selbst und nicht um andere sorgte.

8. KAPITEL

Auf der Yacht angekommen, gab Jean-Jaques unverzüglich Lichtzeichen zum Festland hinüber, und Peter bestand darauf, dass sich Vera zuerst um den verletzten Diener kümmerte. Dann schickte er alle in die Kombüse hinunter und veranlasste seinen Bootsmann, jedem einen ordentlichen Schuss Rum zu verpassen. Erst danach gestattete er Vera, seinen Arm zu behandeln.

Sie reinigte die stark verbrannte Haut und litt den Schmerz mit, den sie Peter verursachte. Brandwunden taten scheußlich weh, wie sie wusste. Mit zitternder Stimme sagte sie: „Ich bin bemüht, Ihnen so wenig wie möglich weh zu tun." Und dabei dachte sie: Wenn er nicht gewesen wäre, hätte ich jetzt noch viel größere Schmerzen.

„Machen Sie schon, damit wir fertig werden", erwiderte er schroff.

Sein Gesicht war ausdruckslos. Es verriet nichts von den Qualen, die er jedes Mal erdulden musste, wenn Vera den Arm berührte. Sie beugte sich über die Wunde, reinigte sie und bedeckte sie mit steriler Gaze, bevor sie den Verband anlegte.

„Sind Sie Krankenschwester von Beruf?" fragte Peter.

Vera war so konzentriert gewesen, dass sie bei der Frage erschrak und zusammenzuckte. „Nein, ich ..." Die Binde rollte ihr aus den Fingern, und sie griff danach. Peter tat es gleichzeitig mit der unverletzten Hand, und dabei streifte er an Veras. Sie wollte sie wegziehen, doch plötzlich hielt Peter ihre Finger umklammert. Es war wie ein elektrischer Schock, und Vera wurde rot. Als sie den Blick hob, sah sie, dass Peter über ihre Verwirrung lächelte.

„Sind Sie Krankenschwester?" wiederholte er seine Frage.

„Nein. Aber ich habe meinem Vater oft bei der Arbeit geholfen und tue es auch noch jedes Mal, wenn ich daheim bin. Er ist Tierarzt." Hastig schaute sie weg und legte weiter den Verband an. Geschickt rollte sie die Binde in einer lang gezogenen Acht um Peters Arm und beruhigte sich allmählich bei der vertrauten Tätigkeit. Darum erschrak sie auch nicht mehr, als Peter nachdenklich bemerkte:

„Ihr früheres Leben scheint meinem sehr ähnlich gewesen zu sein. Mein Vater ist nämlich Chirurg."

„Wahrscheinlich in der vornehmen Londoner Harley Street, wo alle berühmten Ärzte ihre Praxis haben", entgegnete Vera trocken.

„Nein, dort nicht, sondern in Wenbury. Das ist eine kleine Stadt, in der es sich friedlich und nett leben lässt. Die Bewohner sind ausgesprochen freundlich."

„Dann verstehe ich nicht ..." Vera wusste nicht recht, wie sie es ausdrücken sollte. Sie deutete auf die hervorragend ausgestattete Kabine der eleganten Yacht. Peter führte nicht nur ein nettes, sondern ausgesprochen luxuriöses Leben.

Er nahm ihren bezeichnenden Blick mit einem Schmunzeln zur Kenntnis. „Mir lag der Beruf eines Arztes nicht. Aber mein älterer Bruder trat in die Fußstapfen meines Vaters, und meine Schwester ist praktische Ärztin. Ich hingegen wollte die Welt sehen."

Er hatte mehr als nur das erreicht, wie Vera fand. Ihm gehörten eine Hotelkette, eine Yacht und ein Privatflugzeug. Neugier veranlasste sie zu der nächsten Frage. „Und nun, da Sie die Welt gesehen haben, was gibt es noch für Sie?"

„Ich liebe die Herausforderungen und den Kampf um den Sieg. Aber vor allem ein richtiges Heim auf Dauer, und da steht Wenbury ganz an der Spitze."

Hatte das Wort „Heim" nicht ein wenig sehnsüchtig geklungen? Das sah dem Peter Adams, den Vera kannte, nicht ähnlich. Doch wie gut kannte sie ihn eigentlich? Erst durch das Feuer und den verbrannten Arm hatte sie eine Seite an ihm entdeckt, die ihr bisher verborgen geblieben war. Und jetzt überraschte er sie damit, dass er ihr mehr über sich und seine Herkunft erzählte.

Es drängte Vera, mehr zu erfahren, und so sagte sie: „Sie haben Dutzende von Heimen über die ganze Welt verstreut, und zwar in jedem Hotel, das Ihnen gehört."

„Eine Hotelsuite ist kein Heim. Dort übernachtet man nur. Mein Heim befindet sich in Wenbury. Im Haus meiner Eltern habe ich meine eigene Wohnung. Wenn ich von einer Reise zurückkomme, halte ich mich da so oft wie nur möglich auf."

Vera nickte nachdenklich, während sie das Ende des Verbandes mit einem Klebepflaster befestigte. Dann stand sie auf und räumte die unbenutzten Sachen in den Verbandkasten ein.

Nach einer Weile erhob sich Peter und ging auf Vera zu, die immer noch am Verbandkasten stand.

Sie erstarrte, als Peter plötzlich hinter ihr stand. Sie war zwischen ihm und dem Schrank gefangen, in dem sich der Verbandkasten befand. Auf dem beengten Raum war es ihr unmöglich, um Peter herum- oder an ihm vorbeizugehen.

Er beugte sich über sie und flüsterte ihr ins Ohr. „Vielen Dank, Vera."

Im nächsten Augenblick umschloss er sie mit seinen Armen. Er zog sie so fest an sich, wie es ihm mit seinem verletzten Arm eigentlich gar nicht möglich sein sollte.

„Sie ... meinen, weil ... weil ich die Verletzung behandelt und verbunden habe?" stotterte Vera. „Das war doch selbstverständlich, das hätte jeder getan."

„Nicht nur deswegen, sondern auch, weil Sie mir bei der Bekämpfung des Waldbrandes so tapfer geholfen haben." Peter schob ihr das noch immer feuchte Haar zurück und legte die Lippen auf ihren Nacken. Wie von selbst schmiegte sie sich an seinen Körper.

„Es war ja kein großer Brand", brachte sie heraus. Verglichen mit dem Feuer, das seine Zärtlichkeiten in ihrem Innern verursachte, waren es nur harmlose Flämmchen gewesen.

„Das Feuer hätte Sie verletzen und Ihre Schönheit beeinträchtigen können", bemerkte er ernst.

„Ich wurde ja nicht einmal versengt."

Zärtlich ließ er seinen Mund über ihre feuchten Locken und ihre Schultern hinunter zu der zarten Haut ihres Armes gleiten.

„Peter ..." Abrupt drehte sich Vera von ihm weg.

Schritte klapperten die Treppe herunter, und Jean-Jaques rief: „Peter, brauchen Sie Hilfe?"

Sofort ließ Peter Vera los. Sie senkte das erhitzte Gesicht und beschäftigte sich angelegentlich mit dem Einräumen einer unbenutzten Binde, die noch auf dem kleinen Tisch lag, als der Bootsmann in der Kabine erschien.

„Ich habe für ein paar Minuten die automatische Steuerung eingeschaltet, denn ich wollte schnell einmal herunterkommen und nach Ihnen sehen", erklärte er.

„Wir sind gerade fertig", erwiderte Peter beiläufig. Jean-Jaques hatte die gefährliche Spannung unterbrochen, die zwischen Peter und Vera entstanden war. Aber leider auch das vertrauliche Gespräch, in dem Peter zum ersten Mal von sich erzählt hatte.

Als Vera einige Minuten später neben ihm auf der Kommandobrücke stand, dachte sie noch immer darüber nach. Vorsichtig nippte sie an dem heißen Grog, den ihr der Bootsmann auf Peters Anweisung gebracht hatte. Das Getränk schmeckte ihr so scheußlich, dass sie eine Grimasse schnitt. Aber es beruhigte auch ihre aufgewühlten Nerven, und dafür war sie dankbar. Vor allem, wenn sie sich an Peters verbrannten Arm erinnerte, wurde ihr jedes Mal komisch zumute. Nun, zum Glück brauchte sie ihn nicht nochmals zu verbinden. Nach der Rückkehr in die „Casa" würde sich ein einheimischer Arzt mit der Verletzung befassen.

Schmutzig und mit unordentlicher Kleidung kamen Peter und Vera auf die Terrasse der „Casa", und Mildred rief beim Anblick von Peters verbundenem Arm entsetzt: „Das ist ja schlimm! Gleich morgen früh fahre ich dich ins Krankenhaus, damit man dich frisch verbindet."

„Das mache ich", bot Walsh sich an. Doch Peter wies beide dankend ab und sagte:

„Es ist nicht nötig. Vera wird es tun."

Sie wirbelte zu ihm herum, und ihre Stimme klang scharf: „Ich bin aber kein Arzt."

„Sie haben genügend Erfahrung, um eine einfache Wunde verbinden zu können. Solange ich es nicht für unbedingt erforderlich halte, werden wir den Arzt im Krankenhaus nicht mit derartigen Lappalien belästigen."

Aber mich schon, dachte Vera empört. Sie fürchtete sich regelrecht davor, am nächsten Morgen den Verband zu entfernen und erneuern zu müssen. Sie war ausnahmsweise diesmal mit Una einer Meinung, als diese gereizt bemerkte:

„Wenn die Wunde so schlimm ist, dass man sie verbinden muss, sollte sich meiner Meinung nach ein richtiger Arzt darum kümmern. Das ist wirklich nichts für eine Person, die vielleicht ein bisschen von Erster Hilfe versteht."

„Peter wird selbst entscheiden, was zu tun ist, Liebes", mischte Mildred sich ein. „Die Fahrt in die Stadt und zurück dauert lange und ist heiß und unbequem. Ich halte es für besser, dass man hier Peters Arm versorgt, falls Vera dazu bereit sein sollte."

Das war Vera durchaus nicht, wusste aber nicht, wie sie sich aus dieser unangenehmen Lage herausreden konnte. Peters Entschlossenheit und Mildreds Vertrauen in ihre Fähigkeiten ließen Vera gar keine andere Wahl als einzuwilligen.

Doch der bloße Gedanke an das schmerzhafte Verbinden versetzte sie in Panik. Dieses Gefühl hatte sie nie gehabt, wenn sie ihrem Vater in der Praxis geholfen hatte. Als sie zu Bett gegangen war, träumte sie sogar davon, und es war der reinste Alptraum.

Am nächsten Morgen lagen wieder tiefe Schatten um Veras Augen, die sie angeblich durchgeistigt aussehen ließen, wie Mildred behauptet hatte. Schweren Herzens machte sich Vera auf die Suche nach Peter. Das Wetter hatte sich während der Nacht geändert. Ein scharfer Wind trieb hohe Wellen mit weißen Schaumköpfen über den Strand unterhalb der „Casa Mimosa", und Peters Stimmung schien sich ebenfalls geändert zu haben.

Er führte sich nun genauso wie früher auf – herrisch und überlegen.

Es war, als hätte es das vertrauliche Gespräch nie gegeben. Als Vera den Kopf über seinen Arm beugte, knurrte Peter zornig:

„Sie haben doch gestern behauptet, dass Sie vom Feuer überhaupt nicht berührt worden seien. Dabei ist Ihr Haar an einer Seite völlig versengt. Warum sind Sie nicht an Bord der Yacht geblieben, wie ich Ihnen befohlen habe? Dort wären Sie sicher gewesen, und es wäre Ihnen nichts geschehen."

„Mein Haar war klatschnass von der See. Ich dachte, da könnte es nicht versengt werden."

„Dieser brennende Ast hätte Ihnen noch viel Schlimmeres antun können. Konnten Sie denn nicht ein bisschen vernünftiger sein? Vielleicht wird jetzt Mildreds Porträt beeinträchtigt."

Ach, so war das in Wirklichkeit! Es ging Peter gar nicht um sie und ihr Haar, sondern nur um Mildred und das Porträt.

„Woher sollte ich wissen, dass der Ast herunterfallen würde?" fauchte Vera empört.

„Wenn Sie meine Anweisungen befolgt hätten, wäre nichts passiert."

Wenn Una die Zigarette nicht fortgeworfen hätte, wäre es überhaupt nicht zu dem Waldbrand gekommen, dachte Vera grimmig. Aber da sie nichts beweisen konnte, wollte sie lieber den Mund halten.

„Das Porträt wird nicht beeinträchtigt", entgegnete sie gereizt. „Mildred malt mich von der anderen Seite."

Sie war noch immer wütend auf Peter, als sie das qualvolle Wechseln des Verbandes beendet hatte. Deshalb kümmerte sie sich nicht um die Blässe, die sich unter Peters braungebrannter Gesichtshaut abzeichnete, sondern räumte den Verbandkasten weg. Dann ging sie nach oben auf ihr Zimmer und zog das lange violette Kleid an, um Mildred für das Bild zu sitzen.

Als Vera bei Mildred auf der Terrasse ankam, nahm sie die gleiche Pose wie am vergangenen Tag ein. Sie brauchte jedoch nicht lange auszuharren. Kalt fegte der Wind über die Terrasse. Aber Vera konnte den warmen Kaschmirschal nicht umlegen, weil sie ihn wieder über die Stufen geworfen hatte. Mildred hielt die Kälte auch nicht länger aus und beendete die Sitzung mit den Worten:

„Ich friere ziemlich, und Sie bestimmt auch, Vera, nicht wahr? Mit klammen steifen Fingern kann ich nicht malen."

Inzwischen war auch Peter auf die Terrasse gekommen. Um nicht zu stören, wollte er gleich wieder fortgehen. Doch Mildred hielt ihn zurück.

„Für heute sind wir fertig, Peter. Der Wind macht sogar mir zu schaffen."

„Wie gut, dass es nicht schon gestern so windig war", bemerkte Peter. „Sonst hätten wir das Feuer auf der Insel nicht löschen können. Bei einem so starken Wind wie heute wäre das Inselchen jetzt nur noch ein verbrannter Flecken Erde im Meer."

„Das hätte mir das Herz gebrochen." Mildred hakte sich bei Peter auf der einen Seite, bei Vera auf der anderen unter. „Ich liebe den Blick von hier über die Bucht hinüber zur Insel ganz besonders. Weil ihr beide die Insel gerettet habt, möchte ich euch etwas schenken."

Sowohl Peter wie Vera weigerten sich entschieden. Doch es half ihnen nichts. „Nein, ich bestehe darauf", erklärte Mildred energisch. „Wie wäre es mit zwei Bildern? Ihr könnt euch aussuchen, was immer ihr wollt."

Vera dachte sofort an das Bild von der Windmühle und den wilden Blumen. Schon auf der Ausstellung hatte sie es in ihr Herz geschlossen, aber auch das Preisschild gesehen. Nein, ein so kostbares Geschenk durfte sie nicht annehmen. Sie war ja nicht Una.

Mildred merkte Veras Zögern und schlug liebenswürdig vor: „Sie brauchen sich jetzt noch nicht endgültig zu entscheiden, Liebes. Überlegen Sie es sich in aller Ruhe und sagen Sie mir dann Bescheid. So, und nun lasst uns ins Haus gehen. Walsh hat für heute einiges geplant."

„So ist es", bestätigte Walsh lächelnd. „Ich möchte die Höhlen auf der anderen Seite der Insel sehen, bevor ich nach Kanada zurückfliege." Lächelnd fügte er hinzu: „Wer sie noch nicht kennt, ist herzlich zum Mitkommen eingeladen."

„Ach, diese alte Touristenattraktion." Una schnaubte verächtlich auf. „Dort werden sich bestimmt die vielen Menschen gegenseitig auf die Füße treten."

„Diese alte Touristenattraktion ist eines der Weltwunder, und dieser Tourist hier will es sich keinesfalls entgehen lassen", sagte Walsh spöttisch und wandte sich dann an Vera. „Sind Sie schon in diesen Höhlen gewesen, Vera?"

„Nein, noch nicht. Ich würde sehr gern mitkommen", erwiderte sie und dachte: Wenn ich mit Mildred und Walsh mitfahre, bin ich Una und bestimmt auch Peter für einige Zeit los.

„Was ist mit Ihnen, Jean-Jaques?" fragte Walsh den französischen Bootsmann.

„Ich habe die Höhlen bereits gesehen. Sie sind wunderbar. Zu gern würde ich sie mir noch einmal anschauen; aber wir haben vor, die Yacht wieder auf See auszuprobieren."

„Sonst noch jemand, der mitfährt?"

Anscheinend nicht. Unas Gäste wollten in die Stadt, und Una erklärte schroff: „Ich fahre auf der Yacht mit."

Unas Augen blitzten und forderten Peter heraus, zu widersprechen und ihr das abzuschlagen.

Das tut er bestimmt nicht, dachte Vera. Und gleich darauf umspielte ein spöttisches Lächeln ihre Lippen, denn er antwortete: „Ist schon recht. Wir haben wohl alle etwas Nettes für diesen Tag vor."

Bald darauf erlebte Vera eine große Überraschung. Alle saßen bereits im Auto, und die Yacht befand sich schon weit draußen auf der See. Auf einmal kam Peter vom Landesteg zurück und nahm hinter dem Lenkrad des Wagens Platz, in dem sie zu den Höhlen fahren wollten.

„Ich ... ich dachte ...", stotterte Vera und schaute Peter verblüfft an. „Jean-Jaques sagte doch ..."

„Er sagte, dass wir geplant hatten, die Yacht vorsichtshalber noch einmal auf See auszuprobieren", fiel Peter ihr ins Wort. „Und genau das tut er. Er fährt sie um die ganze Küste herum. Falls sich der Wind nicht legt, wird mein Bootsmann ganz schön mit dem Wellengang zu kämpfen haben. Aber er hat den strikten Befehl, nirgendwo anzulegen, bevor die Umrundung beendet ist. Es sei denn, dass er Schwierigkeiten mit dem Motor bekäme."

Una war fest überzeugt gewesen, dass Peter die ganztägige Probefahrt mitmachen würde. Vera konnte sich lebhaft die Wut des Mädchens vorstellen, wenn es entdeckte, dass es sich verrechnet hatte. Aussteigen konnte Una nicht, denn Jean-Jaques war beauftragt worden, erst die Rundfahrt durchzuführen und ja nicht vorher irgendwo anzulegen. Und die Probefahrt nahm den ganzen Tag in Anspruch!

Vera gab sich Mühe, ihr Lachen zu unterdrücken, was ihr jedoch nicht gelang. Kichernd erkundigte sie sich bei Peter: „Kann Una kochen?"

„Sie braucht keine Mahlzeit zuzubereiten. Maria hat einen großen Korb voll Essen auf die Yacht geschickt. Aber Una wird nicht drum herum kommen, Tee aufzubrühen und das Geschirr abzuspülen, weil Jean-Jaques die ganze Zeit am Steuer bleiben muss." Peter verzog keine Miene. Doch Belustigung tanzte in seinen Augen, und nun platzte Veras Lachen heraus.

Dieser kleine, erheiternde Zwischenfall schien die Schranke zu durchbrechen, die zwischen den beiden bestanden hatte. Das spürte Vera, die sich entspannt zurücklehnte.

Peter fuhr absichtlich langsam, damit seine Passagiere genügend Zeit hatten, sich die Umgebung anzuschauen. Er wich den Hauptstraßen aus, und der Wagen rollte auf Nebenstraßen durch kleine, vom Tourismus noch nicht berührte Dörfer quer über die ganze Insel.

„Das ist die Windmühle, die ich gemalt habe." Mildred wies vom Rücksitz aus Vera darauf hin, die sich bei diesem Anblick mehr als bisher danach sehnte, das kleine Gemälde zu besitzen. Es sollte eine Erinnerung an Mallorca sein.

Die Zeit verging wie im Flug, und bald reihten sie sich alle in die lange Schlange der Touristen ein, die ihrem Reiseleiter durch den Eingang zu den Höhlen folgten.

Der viel benutzte, ausgetretene Pfad führte die Reisegruppe aus der Casa Mimosa zusammen mit den anderen Touristen tief hinunter in die Höhlen. Vera musste sich anstrengen, um etwas sehen zu können. Sie hatte Angst, auf dem schlüpfrigen Weg auszurutschen, und Peter bot ihr höflich an, dass sie sich bei ihm einhaken konnte.

In versteinerter Schönheit wölbte sich über ihren Köpfen die hohe Höhle, deren Felsgebilde von genau ausgerichteten Scheinwerfern angestrahlt wurde. Vera schaute so entzückt und hingerissen nach oben, dass sie vergaß, auf den Pfad zu achten. Im nächsten Augenblick musste sie für ihre Unaufmerksamkeit bezahlen, denn sie rutschte auf einem feuchten Stein aus. Das schmutzige Wasser besprizte ihre Beine, und Peter befahl:

„Stehen Sie still, Vera. Ich trockne Sie ab."

Er schüttelte ein blütenweißes Taschentuch aus und wischte Vera, obwohl sie protestierte, den Schlamm ab. Als Peter damit fertig war, sagte er todernst: „So, jetzt sind wir quitt. Sie haben mir den Arm verbunden, und ich habe Ihre Beine abgetrocknet."

Aber sein Arm musste am kommenden Tag wieder versorgt werden, und davor schreckte Vera zurück. Schnell verscheuchte sie den Gedanken an diese verhasste Tätigkeit und befasste sich lieber mit dem, was sie hier noch erleben und sehen würde. Der Pfad mündete in einen großen Raum, der wie ein Freilichttheater eingerichtet war.

Viele Reihen hölzerner Bänke erhoben sich rings um einen unterirdischen See. Darüber hingen unwahrscheinlich bizarre Gebilde, so genannte Stalaktiten. Die Menschen drängten sich zu den Sitzen, und Peter steuerte Vera zu einer Bank hinter einer Gruppe von Schulkindern. Über deren Köpfe hinweg konnte sie gut auf den See blicken.

„Was geschieht jetzt?" erkundigte sie sich gespannt.

„Warten Sie ab."

Bei dieser nichtssagenden Antwort zuckte Vera die Schultern. Wenn er es ihr nicht verraten wollte, ließ er es halt bleiben. Sie blätterte im Katalog, um es einfach selbst herauszufinden, als plötzlich alle Lichter verloschen.

Völlige Finsternis umgab die Zuschauer, die vor lauter Schreck verstummten. Auch Vera war so überrascht, dass sie unwillkürlich nach Luft schnappte. Sofort umschloss Peter ihre Hand in einem warmen beruhigenden Griff.

Stille und absolutes Dunkel. Da Vera nichts sehen konnte, merkte sie bald, wie sich ihre anderen Sinne verschärften. Überdeutlich hörte sie das Rascheln und Scharren, das die Zuschauer in ihrer Nähe verursachten. Und sie hörte sogar ihren eigenen schnellen Atem und nahm genau wahr, wie ruhig und gleichmäßig Peter atmete und wie sich dabei sein Brustkorb senkte und hob. Wegen der vielen Gäste saßen sie so dicht beieinander, dass ihr Arm seine Brust berührte.

Die Stimme des Reiseleiters durchbrach die Finsternis. Der Mann erklärte das musikalische Schauspiel, das sich gleich auf dem unterirdischen See ereignen würde. Von den Felsgruppen am Rande des Gewässers flammten Lichter auf, schwach zuerst, dann wurden sie immer heller. Sie vertrieben die Dunkelheit, aber Peter ließ Veras Hand trotzdem nicht los.

Jetzt ist der richtige Augenblick, meine Hand zurückzuziehen – jetzt oder nie, dachte Vera und versuchte es. Aber Peters Finger fassten noch fester zu und gaben nicht nach.

Vera warf einen verstohlenen Blick auf Peters Gesicht. Er schaute jedoch angestrengt auf die kleine Flotte von Booten, die nun über den See glitten. Die Boote waren mit Lichtern bestückt, und bei jedem Ruderschlag glitzerten die Wassertropfen wie winzige funkelnde Edelsteine auf.

Die Ruderer saßen im Schatten. Ebenso die Musiker hinter ihnen in den Booten. Sanfte Musik stieg aus dem See empor und erfüllte jede Ecke und Nische der Höhle mit ihrem Klang. Die Boote trugen die Musiker hin und her über das Gewässer, und die Töne wirkten wie ein Zauberbann auf die vielen Zuschauer. Unwillkürlich zuckte Veras Hand in Peters Griff, der daraufhin noch fester wurde.

Ein unbeschreibliches Gefühl strömte durch Veras Körper. Wie hypnotisiert saß sie da und freute sich unsagbar, dass sie diesen Augenblick einmaliger Schönheit erleben und sogar mit Peter zusammen genießen durfte.

Die Musik wurde leiser und verklang. Als die Boote langsam eins nach dem anderen hinter dem steinernen spitzenartigen Vorhang der Stalaktiten verschwanden, seufzte Vera tief auf. Noch immer verzaubert, drehte sie sich zu Peter um. Sein Blick hielt den ihren für lange Zeit fest. Und da geschah es. Irgendetwas Unerklärliches in ihrem Innern, etwas, das mit dem sonnigen Tag und dem Zauber der Musik zu tun haben musste, sagte Vera eindeutig, welches Bild sie sich von Mildred erbitten sollte.

Es war nicht das kleine Gemälde mit der Windmühle und den wilden Blumen.

9. KAPITEL

Peters Arm zu verbinden, fiel Vera nicht leichter als beim ersten Mal. Sie war es, die ständig zusammenzuckte, nicht etwa ihr Patient. Peter sah es und bemerkte:
„Sie sind viel zu weichherzig, Vera."

„Nun wissen Sie, warum ich nicht Krankenschwester geworden bin", erwiderte sie schroff.

„Sie wollen sich doch wohl nicht weigern, mir diesen kleinen Gefallen zu erweisen – oder?"

Darauf gab Vera keine Antwort. Hatte er sie absichtlich herausgefordert oder bildete sie es sich nur ein? Ihr blieb keine Zeit, darüber nachzudenken. Als sie die Binde sorgfältig um die Brandstelle wickelte, hielt Peter ihre Finger fest und zog ihre Hand an sich. „Oder?"

„Ich hasse es", keuchte Vera und versuchte, sich loszureißen.

„Warum? Ich will den wahren Grund wissen." Plötzlich klang seine Stimme hart, und sein Arm hatte trotz der Verletzung nichts von seiner Kraft eingebüßt. „Es hat Ihnen offensichtlich nichts ausgemacht, den Diener zu verbinden. Also warum fällt es Ihnen bei mir so schwer?"

Wie konnte sie diese Frage beantworten, auf die sie selbst keine Antwort wusste? Vera hatte die Verletzung des Mannes geschickt und sachlich versorgt, während Peter gewartet und ihr dabei zugesehen hatte. Irgendwie war es verrückt und unerklärlich, dass sie es für Peter so widerstrebend tat. Doch sie musste ihm eine Antwort geben, damit er endlich ihre Hand losließ. Ihr fiel nichts anderes ein als: „Weil es mich langweilt."

„Es langweilt Sie? Oder bin vielleicht ich es, der Sie langweilt, Vera?"

Seine Stimme war so sanft und leise, dass Vera erst nach ein, zwei Sekunden erfasste, was er gefragt hatte. Und dann dauerte es noch eine weitere Sekunde, bis sie begriff, dass er ihr mit diesen Worten eine herrliche Möglichkeit gegeben hatte, ihn von sich fernzuhalten.

„Nein ... Ja ... Mich langweilt überhaupt alles hier. Diese Sinnlosigkeit. Dieses Nichtstun und In-den-Tag-Hineinleben. Am meisten hasse ich die Oberflächlichkeit der Leute hier."

Nun, da der Damm geborsten war, konnte Vera nicht mehr aufhören. Ohne auf seinen verdutzten Gesichtsausdruck zu achten, sprach sie weiter. Ihr war jedes Mittel recht, mit dem sie ihn veranlassen würde, keine Notiz mehr von ihr zu nehmen. „Mildred ist die Einzige, die ein Ziel im Leben zu haben scheint. Die anderen wollen es wohl gar nicht."

Dass das ungerecht war und nicht stimmte, wusste Vera. Sie hatte mit dieser Beschuldigung Una und deren Clique gemeint, aber keinesfalls Peter und Walsh. Doch nun waren die Worte ausgesprochen, und sie konnte sie nicht mehr zurücknehmen. Die gewünschte Wirkung trat ein.

Langsam ließ Peter Veras Hand los. Sein Gesicht war blass und finster geworden. Doch vielleicht stammt die Blässe vom schmerzhaften Verbinden, redete sich Vera ein.

Mit zusammengebissenen Zähnen stieß Peter heraus: „Ich werde Sie nie mehr langweilen." Schon machte er auf dem Absatz kehrt und stürmte hinaus. Mit lautem Krachen warf er die Tür hinter sich zu.

Wer Peter von diesem Tag an verband, blieb Vera verborgen. Jeden Morgen verschwand er für ein paar Stunden und kehrte mit einem frischverbundenen Arm in die Casa zurück.

Zu ihrer Verwunderung stellte Vera fest, dass ihr das tägliche Alleinsein mit Peter sehr fehlte. Er ging ihr nach der hässlichen Auseinandersetzung aus dem Weg, und Vera sah ihn nur noch selten. Und wenn, dann immer in Gegenwart anderer.

Die Spannung zwischen ihnen steigerte sich und wurde von Una bei jeder sich bietenden Gelegenheit noch mehr angeheizt. Sie schreckte nicht davor zurück, allen zu zeigen, dass sie immer wieder Peters Aufmerksamkeit auf sich ziehen konnte. Im Verlauf der Tage hörten Vera und Peter ganz auf, miteinander zu sprechen. Sie taten es nur noch, wenn sie wegen der Anwesenheit anderer aus Höflichkeit miteinander ein paar nichts sagende Worte wechseln mussten, damit niemand etwas bemerkte.

Tagsüber arbeitete Peter mit Jean-Jaques an der Yacht, und am Abend wurde er von Una völlig in Anspruch genommen. Wenn es der Zufall wollte, dass Vera für einen Augenblick mit Peter allein blieb, behandelte er sie mit eisiger Höflichkeit. Und bei der erstbesten Gelegenheit entfernte er sich sofort.

Unendlich langsam schleppten sich die Tage dahin. Für Mildred zu sitzen, half Vera über die Vormittage hinweg. Aber bald hörten die Sitzungen auf, denn nach einer besonders langen sagte Mildred erleichtert:

„So, das war's. Nun brauchen Sie mir nicht mehr Modell zu sitzen, Vera. Ich habe an dem Porträt alles getan, was mir möglich gewesen ist. Jetzt muss ich nur noch den Hintergrund an einzelnen Stellen ein bisschen vervollkommnen. Aber das kann ich ohne Sie machen."

In den kommenden Tagen befasste sich Mildred ganz mit den letzten Arbeiten an diesem Bild. Vera half inzwischen Maria bei all den Dingen, die das Führen eines so großen Haushalts mit sich brachte. Maria hatte ausdrücklich darum gebeten. Doch als das Porträt beendet war, konnte sich Mildred wieder selbst um alles kümmern. Da wusste Vera, dass ihre Zeit auf Mallorca dem Ende zuging.

Heimlich traf sie alle Vorbereitungen für die Abreise.

Das Rückflugticket war auf kein bestimmtes Datum ausgestellt worden. Vera rief an einem Nachmittag im Flughafen an und hatte großes Glück. Sie konnte bereits am nächsten Morgen mit einer Maschine direkt nach London fliegen. Zunächst verriet Vera niemandem, dass sie abreisen würde. Nicht einmal Mildred wusste Bescheid. Vera wollte es ihr erst am Abend mitteilen, damit Mildred keine Zeit mehr hatte, irgendwelche Einwände zu erheben und um eine Verschiebung des Fluges zu bitten.

An diesem Abend saßen nur noch wenige Gäste zum Dinner auf der Terrasse, und die restlichen beabsichtigten, am nächsten Tag ebenfalls abzureisen. Das hatte auch Walsh geplant. Von Unas Abschied wurde nicht gesprochen.

Was den Gästen an Zahl fehlte, machten sie durch Fröhlichkeit wett. Es gelang ihnen, eine Gruppe Dorfmusikanten zu überreden, auf der Terrasse zum Tanz aufzuspielen.

Während des Essens verhielt sich Vera ziemlich still, denn es bedrückte sie, dass noch niemand von ihrem Heimflug Kenntnis hatte und sie es gleich gestehen musste.

Obwohl die Gäste Mildred immer wieder bedrängten, ihnen das Porträt zu zeigen, blieb sie hartnäckig bei ihrer Weigerung.

„Aber ich werde Ihnen allen Freikarten für die Ausstellung schicken", versprach sie ihnen. „Dort können Sie sich dann in Ruhe das Gemälde anschauen."

Nach dem Abendessen fingen die Dorfmusikanten an, zum Tanz aufzuspielen. Auch Vera wurde zum Tanz gebeten, und sie bemühte sich angestrengt, so auszusehen, als machte es ihr großen Spaß.

Aus einem unerklärlichen Grund hatte sie für diesen letzten Abend das lange violette Kleid angezogen. Doch das bereute sie in dem Augenblick, als Peter an sie herantrat und sagte:

„Sie werden nie mehr ein Kleid finden, das besser als dieses zu Ihnen passt."

Er war so unglaublich von sich selbst überzeugt und glaubte, immer im Recht zu sein. Das ging so weit, dass er sich sogar anmaßte, über die Kleidung anderer Menschen zu bestimmen. Trotzig schob Vera das Kinn vor.

„Ich habe eine Menge Kleider, die mir besser gefallen", erwiderte sie hitzig.

Bis jetzt war es ihr gelungen, einen Tanz mit Peter zu vermeiden. Die Männer aus Unas Clique rissen sich um sie und forderten sie immer wieder auf. Und nun war es schon ziemlich spät. Doch in diesem Augenblick kam Peter zu ihr hin und fragte sie, ob sie mit ihm tanzen wollte. Sie konnte schlecht nein sagen und ging mit ihm auf die Tanzfläche. Dort fragte er sie. „Macht es Ihnen eigentlich Spaß, die unerreichbare Frau zu spielen?"

Vera blickte ihn mit unschuldigen Augen an. „Ich weiß nicht, was Sie damit meinen. Ich bin hier in der Casa, um Mildred bei den Aufgaben als Gastgeberin zu unterstützen. Dafür werde ich bezahlt." Sie konnte nicht verhindern, dass ihre Stimme bei dem letzten Satz verbittert klang.

„Mildred bezahlt Sie nicht dafür, dass Sie sich die ganze Zeit nur mit Unas Clique abgeben."

„Eine Gastgeberin muss mit sämtlichen männlichen Gästen tanzen. Und ich bin Mildreds Vertretung."

„Auch ich gehöre zu den Gästen. Darum habe ich einen Anspruch auf einen Teil Ihrer Zeit."

„Dieser Quickstep ist Ihr Anteil."

„Ich will aber noch den letzten Walzer haben."

Obwohl die Musik zum nächsten Tanz überwechselte, hielt Peter Vera an den Handgelenken fest und nahm sie dann in seine Arme. „Versuchen Sie wenigstens den Anschein zu erwecken, als ob Sie es genießen würden. Das sollten Sie schon Mildred zuliebe tun, die hofft, dass Sie sich amüsieren."

Mit scharfer Stimme entgegnete Vera betont: „Was ich genieße, ist die Musik." Um das zu beweisen, summte sie die Walzermelodie mit. Peter fiel überraschend mit seinem Bariton ein.

Vera zwang sich zu einem Lächeln und blickte einen Augenblick auf. Peter schaute sie eindringlich an. Mühsam brachte sie es fertig, den Text des Liedes mitzusingen.

„Ich tanze den letzten Walzer mit dir ..."

Es war in der Tat der letzte Walzer, den sie mit Peter tanzen würde. Der allerletzte Tanz, zu dem er sie gezwungen hatte. Aber nie mehr wieder, nahm sie sich fest vor. Merkwürdigerweise war sie nicht froh, als die Musik endete. Mildred bat Vera zu singen, während die Dorfmusikanten einige Erfrischungen zu sich nahmen. Vera gehorchte, doch das Herz tat ihr weh.

„Wie wunderbar ist es, verliebt zu sein ...", lautete der Text des ersten Liedes.

Wen wollte der Texter mit diesen Worten hinters Licht führen? dachte Vera verbittert und fing sofort mit einem anderen Lied an. Doch das war genauso sinnlos, weil sie nicht mehr an die Liebe glaubte.

„Wenn ich mich in dich verliebe, wird es eine Liebe für immer sein. Wenn ich mich verliebe ..."

Ihre Liebe hatte nicht lange gedauert, von einer Ewigkeit war erst recht nicht die Rede. Man hörte Veras Stimme deutlich den Schmerz, die Qual und die Enttäuschung an. Ein so tiefes Empfinden schwang in ihrer Stimme mit, dass die Unterhaltung auf der Terrasse verstummte. Alle Gäste lauschten wie gebannt.

Der letzte Ton des Liedes verklang. Die Musikanten kamen zurück und spielten erneut zum Tanz. Peter, der ans Geländer gelehnt dagestanden hatte, richtete sich auf und trat an Vera heran. Sein Gesicht war kalt und hart und seine Stimme schroff, als er sagte:

„Sie müssen sich ja sehr nach einem bestimmten Mann sehnen, um so zu singen."

Wie wenig er von ihr wusste! Der Platz in ihrem Herzen, den Lomas einst eingenommen hatte, war nun nichts anderes als schwarze Leere. Und es gab keinen anderen Mann, der ihn einnahm. Aber Vera log, um sich zu schützen.

„So ist es. Ich reise übrigens morgen ab und fliege zurück nach Hause." Mit dieser Bemerkung ließ sie durchblicken, dass tatsächlich ein Mann auf ihre Rückkehr wartete.

„Wenn Sie sich so einsam fühlen und sich nach jemandem sehnen, warum sind Sie dann nicht schon längst abgereist?" Kaum hatte Peter das gesagt, da drehte er sich auch schon abrupt um und wandte sich an Una: „Komm, lass uns tanzen." Er nahm das Mädchen in die Arme. Vera, die sich auf einmal völlig einsam und verlassen fühlte, ließ er einfach auf der Terrasse stehen.

Als Mildred von dem bevorstehenden Abflug erfuhr, war sie sehr bestürzt und bat Vera, wie vermutet, doch noch ein wenig länger zu bleiben. Doch Vera ließ sich nicht überreden. Sie entschuldigte sich mit der fadenscheinigen Erklärung, dass sie noch packen müsse, dann flüchtete sie auf ihr Zimmer.

Langsam zog sie das lange violette Abendkleid aus. Sie wollte es nie mehr wieder sehen, obwohl sie die Absicht hatte, es zu bezahlen. Sie hängte es in den Kleiderschrank und machte die Tür fest zu. Beim Aufräumen würde das Zimmermädchen das Kleid finden. Von mir aus kann sie es behalten, dachte Vera.

Als sie sich an das vergangene Gespräch mit Mildred erinnerte, fühlte sie sich entsetzlich elend. Mildred hatte sich die größte Mühe gegeben, Vera zu einer Verlängerung ihres Aufenthaltes in der Casa zu überreden. Vergeblich. Vera war unnachgiebig geblieben. Das hatte Mildred schließlich eingesehen und gesagt: „Ich möchte wirklich nicht, dass Sie schon fortgehen, Vera. Aber wenn Sie es durchaus wünschen, werde ich Ihnen das Gehalt geben, auf das wir uns geeinigt hatten."

„Sie müssen aber den Betrag davon abziehen, den ich damals für meine Einkäufe in der Stadt ausgegeben habe", hatte Vera mit Nachdruck erwidert.

„Kommt überhaupt nicht in Frage."

„Ich bestehe darauf." Auch in diesem Punkt hatte sich Vera auf kein Zugeständnis eingelassen, und Mildred hatte schließlich nachgeben müssen.

„Also gut, wenn Sie sich absolut nicht davon abbringen lassen", hatte Mildred geseufzt. „Aber die bescheidene Summe, die ein paar Baumwollsachen kosten …" Weiter war sie nicht gekommen, denn sie war von Vera unterbrochen worden.

„Das Abendkleid ist nicht aus Baumwolle, und es kostet bestimmt ein kleines Vermögen."

„Man hat mir dieses Kleid nicht auf die Rechnung gesetzt. Wussten Sie denn nicht, dass Peter es für Sie gekauft hat? Er war so angetan von der violetten Farbe, weil sie genau zu Ihren Augen passt."

Nun, dann wird eben Peter das Geld zurückbekommen, hatte Vera in heller Empörung gedacht. Sie war so wütend gewesen, dass sie sich mit äußerster Willenskraft hatte zwingen müssen, sich das verhasste

Kleid nicht gleich an Ort und Stelle herunterzureißen und es Peter an den Kopf zu werfen ...

Veras Zorn hatte sich immer noch nicht gelegt, als sie in Rekordzeit ihre Sachen im Koffer verstaute, und da sie sonst nichts mehr zu tun brauchte, stürmte sie danach auf den Balkon vor ihrem Zimmer. Dort marschierte sie unruhig hin und her.

Stille legte sich über die Casa Mimosa. Noch immer blieb Vera auf dem Balkon. Sie fühlte sich leer und ausgebrannt. Selbst ihr Zorn war abgeklungen. Nach einiger Zeit sah sie die Dorfmusikanten aus der Küche herauskommen. Offenbar hatte Maria ihnen noch etwas zu essen vorgesetzt, bevor sie sich auf den Heimweg begaben.

Auf einmal hob der Geiger den Bogen, und die bunt gekleidete Gruppe ging fröhlich singend durch die Nacht. „Spiel, Zigeuner. Lehre mich zu lächeln ..."

Durch die dunklen Pinienwälder wehten die Worte an Veras Ohr. Sie ließen sie an die vergangene Zeit auf Mallorca denken. Es waren bittersüße Erinnerungen ...

Vera schlug die Hände vors Gesicht und ließ den Tränen freien Lauf.

Am nächsten Morgen legte Vera besonders viel Make-up auf, um die Spuren der unruhigen Nacht zu verdecken. Nun hatte sie nur noch eines zu tun, bevor sie die Casa Mimosa verließ. Und das wollte sie unverzüglich erledigen.

Unter den Telefongesprächen, die sie führen musste, war auch eines mit dem vornehmen Kleidergeschäft in der Stadt. Sie wollte unbedingt herausfinden, was das lange Kleid gekostet hatte. Natürlich war ihr bewusst gewesen, dass es sich um ein teures Kleid gehandelt hatte. Doch als man ihr den Preis nannte, schnappte sie im ersten Schock nach Luft. Noch jetzt, als sie sich hinsetzte und die Zahl sorgfältig auf ein Blatt von Mildreds rosafarbenem Briefpapier schrieb, saß ihr der Schreck darüber in den Knochen.

Unter diesen Betrag fügte sie die Kosten für den Schal und die Nelke hinzu und rechnete alles zusammen.

Die Endsumme war so hoch, dass fast das ganze Geld draufging, das Vera am Abend zuvor von Mildred erhalten hatte. Nur das Mittagessen mit Peter ließ Vera aus. In seinem eigenen Hotel brauchte er ja für die Mahlzeit nicht zu bezahlen.

Die Rechnung war fertig, und Vera legte den Betrag in Banknoten in einen Umschlag, auf den sie Peters Namen schrieb. Sie wollte ihm keinen Scheck hinterlassen, weil sie befürchtete, dass Peter den Scheck einfach nicht einlösen würde.

So, nun hatte sie alles erledigt und konnte abreisen. Ihr Koffer war bereits abgeholt worden, und Vera ging zu den Gästen hinunter, die ebenfalls im Kleinbus zum Flughafen fahren wollten.

Mildred stand schon da und küsste Vera herzlich auf die Wange. „Wir sehen uns ja bei der New Yorker Ausstellung, Liebes. Bis dahin habe ich auch das Bild fertig, das Sie bekommen sollen. Ich bin sehr gespannt, was Sie dazu sagen werden."

Doch Vera war fest entschlossen, das Bild nicht anzunehmen. Sie bereute jetzt, dass sie überhaupt einen Wunsch geäußert hatte. Aber da sie keinesfalls an der Ausstellung teilnehmen würde, brauchte sie sich auch nicht der peinlichen Lage auszusetzen, es dort notgedrungen in Empfang zu nehmen.

Aber sie brachte es einfach nicht übers Herz, Mildred zu gestehen, dass sie nicht nach New York kommen würde. Erleichtert drehte sie sich zu Walsh um, der ihr in diesem Augenblick die Hand zum Abschied entgegenhielt.

„Ich glaubte, Sie fahren mit uns zum Flughafen", sagte Vera und schüttelte ihm die Hand.

„Nein. Peter bringt Sie hin. Mildred und ich möchten noch einen Tag miteinander verbringen, bevor ich wieder nach Kanada zurückkehren muss."

Von Una wurde nicht gesprochen. Vielleicht fuhr sie ja im Kleinbus mit. Bei diesem Gedanken erschrak Vera. Sie hatte das Mädchen den ganzen Morgen noch nicht gesehen. Nervös umklammerte sie den Umschlag in ihrer Jackentasche.

Es wäre schlimm, wenn sie Peter den Umschlag in Unas Anwesenheit geben müsste. Wenn er feststellte, was sich darin befand, würde er furchtbar wütend sein. Vera fürchtete sich vor der Auseinandersetzung mit ihm. Doch wenn sie ihre Selbstachtung nicht verlieren wollte, durfte sie nicht zurückweichen.

Während der Fahrt zum Flughafen überlegte Vera krampfhaft, wann und wo sie Peter das Geld am besten zustecken sollte. Er würde sich bestimmt nicht lange im Flughafen aufhalten, da Una nicht mitgefahren war. Für ihre Clique interessierte er sich nicht. Und bei mir will er keinesfalls bleiben, dachte Vera. Sie nahm sich vor, sich bis zur letzten Minute bei den anderen aufzuhalten, Peter den Umschlag in die Hand zu drücken und dann schleunigst durch den Zoll zu gehen. Das war die beste Möglichkeit, denn in die Abflughalle konnte er ihr ohne Flugschein nicht folgen.

Ihr Plan hätte gelingen können, wenn sie nicht so unüberlegt gewesen wäre, sich in die hinterste Reihe im Bus zu setzen. Als sie endlich aussteigen konnte, hatte Peter sich bereits mit einem flüchtigen „Auf Wiedersehen, guten Flug" von den Gästen verabschiedet und packte Vera gleich am Arm. Er trug bereits ihren Koffer und steuerte sie energisch zum Abfertigungsschalter.

„Ich komme allein zurecht", sträubte sie sich schroff. Doch er kümmerte sich nicht darum, sondern stellte den Koffer auf die Waage und wartete, bis Vera den Flugschein zurückbekam. Dann sagte er:

„Sie haben noch Zeit für eine Tasse Kaffee."

„Ich möchte jetzt keinen. Den trinke ich später im Flugzeug."

Mit Peter allein beim Kaffee zu sitzen, war das Letzte, was sie sich wünschte. Der Umschlag mit dem Geld machte ihr schwer zu schaffen. Sie sehnte sich danach, ihn endlich loszuwerden und zu verschwinden, bevor Peter ihn öffnete. Ein Vulkanausbruch wäre wahrscheinlich harmlos im Vergleich zu dem, was unweigerlich folgen musste, wenn

Peter das Geld entdeckte. Vera legte keinen Wert darauf, bei dieser Explosion anwesend zu sein.

„Ich gehe jetzt, weil ich im zollfreien Geschäft noch etwas einkaufen möchte", schwindelte sie.

Dabei hatte sie gar kein Geld für etwaige zollfreie Sachen. Aber es war eine gute Ausrede, gegen die Peter nichts einwenden konnte. Vera griff nach dem Umschlag. Jetzt war die beste Gelegenheit, Peter das Geld zu geben. Sie musste gleich durch die Kontrolle für das Handgepäck, und dann war sie ihre Sorgen los.

Das Rollband für das Handgepäck befand sich nur wenige Schritte entfernt, und sie schätzte heimlich ab, wie weit es bis dahin war. Plötzlich fiel ihr auf, dass auch Peter scharf auf das Laufband blickte. Wusste er etwa, woran sie dachte? Panik stieg in ihr auf.

„Vera", fing er mit rauer Stimme an. „Ich …"

Sie ließ ihn nicht weitersprechen, holte tief Luft und drückte ihm den Umschlag in die Hand. „Ich muss weg. Leben Sie wohl." Hastig schob sie das Handgepäck zum Röntgenapparat und rannte durch die Schranke.

Erst einige Meter dahinter wagte Vera, sich umzudrehen. Peter stand noch auf derselben Stelle, starr wie eine Steinfigur. Sein Gesicht war kreidebleich. Den Umschlag hielt er in der zusammengeballten Faust. Kein Zweifel, Peter hatte den Inhalt gesehen.

10. KAPITEL

Daheim in England angekommen, fand Vera in ihrer Wohnung einige Briefe vor. Einer stammte von Sally. Sie schrieb, dass sie im Norden Englands einen Job gefunden hätte und nicht mehr in die gemeinsame Wohnung zurückkehren würde. Der zweite kam von ihrer Mutter, die schrieb: „Dein Vater hat einen neuen Assistenten. Ich habe ihn vorläufig in Deinem Zimmer untergebracht, weil die Jungs über die Ferien zu Hause sind."

Also musste Vera entweder eine neue Mitbewohnerin finden oder das Apartment kündigen. Und selbst ein Besuch in ihrem Elternhaus war ihr verwehrt, denn der Assistent wohnte in ihrem Zimmer. Was sollte sie tun? Sie wollte die fröhliche Sally nicht durch eine Fremde ersetzen, und ein geeignetes, preiswertes Apartment zu bekommen, war so gut wie unmöglich. Aber ihre alte Wohnung konnte sie sich allein auch nicht leisten.

Ihr Geld wurde allmählich knapp, und so nahm Vera jeden Job an, der sich ihr bot. Frühling und Sommer vergingen, und noch immer hatte sie keinen Entschluss gefasst. Da kamen eines Morgens zwei Briefe an. In einem kündigte ihr der Hausbesitzer eine gewaltige Mietpreiserhöhung an, der zweite war von Mildred. Sie hatte Vera eine Freikarte, den Flugschein nach New York und die Nachricht eines Hotels geschickt, dass ein Zimmer gebucht und bezahlt worden war. Zum Schluss schrieb Mildred noch: „Sie brauchen nicht zu antworten. Kommen Sie einfach her. Wir vermissen Sie."

Vera griff bereits zum Briefpapier, um abzusagen, als sie es sich plötzlich anders überlegte. Warum sollte sie nicht nach New York fliegen? Hier hatte sie nichts zu verlieren. Das Wiedersehen mit Peter würde sie schon überstehen. Sein Zorn musste in der langen Zeit abgekühlt sein, und an ihrer Gesellschaft würde ihm wohl genauso wenig liegen wie ihr an seiner. Vielleicht könnte sie drüben sogar als Au-pair-Mädchen arbeiten. Ein Versuch lohnte sich auf alle Fälle.

Kaum hatte Vera sich entschieden, da handelte sie auch sofort. Sie teilte ihrer Familie mit, was sie beabsichtigte, kündigte das Apartment und landete nach drei Tagen bereits in New York.

Ein Mietwagen holte sie am Flughafen ab und brachte sie ins Hotel. Erleichtert atmete Vera auf, dass Peter sie nicht abgeholt hatte. Ihr blieben jetzt noch einige Stunden Zeit bis zum Wiedersehen mit ihm.

Im Hotelzimmer fand sie eine Nachricht von Mildred vor: „Wir sind alle in der Galerie und treffen Sie zum Abendessen." Vera freute sich auf Mildred und zog sich für das Dinner besonders sorgfältig an.

Vor Aufregung waren ihre Hände feucht und zitterten, als es an der Zeit war, in die Halle hinunterzugehen. Mit klopfendem Herzen betrat Vera die erste Treppenstufe. Unten stand Peter. Bei seinem Blick musste sich Vera am Geländer festhalten, denn ihre Knie begannen plötzlich zu schlottern. Vor Peter blieb sie stehen. Er versperrte ihr den Weg. Trotzig schob sie das Kinn vor und schaute ihm direkt in das Gesicht. Noch immer rührte er sich nicht, und da wurde ihr etwas deutlich klar: Nichts hatte sich geändert. Peter war noch genauso zornig auf sie wie damals auf dem Flughafen von Mallorca.

In diesem Augenblick erschienen Mildred und Walsh, die in der Hotelhalle gesessen hatten. Walsh drückte Vera ein Glas in die Hand und sagte fröhlich: „Ich weiß noch, dass Sie in der Casa Mimosa gern einen Schluck vor dem Essen getrunken haben. Willkommen in New York. Der Drink ist übrigens nicht sehr stark, Vera."

Er konnte gar nicht stark genug sein, um ihr über die Angst vor Peters Zorn hinwegzuhelfen. Als Walsh hinzufügte: „Nehmen Sie Vera nicht für sich in Anspruch, Peter. Mildred freut sich zu sehr auf das Wiedersehen", trat Peter endlich zur Seite. Doch sein Blick sprach Bände.

Mildreds Begrüßung war so warm und herzlich, dass sie Vera ein wenig für Peters eisiges Verhalten entschädigte. Dann stellte sich heraus, dass an dem Dinner noch viele andere Künstler teilnahmen. Vera saß zu ihrer Erleichterung weit von Peter entfernt, und Una war nicht anwesend. Es wurde ein richtig netter Abend. Aber gleich nach dem Essen zog sich Vera mit der Ausrede zurück, dass ihr der Zeitunterschied sehr zu schaffen mache.

In ihrem Zimmer wartete eine Überraschung auf sie. Ein hübsch verpacktes Päckchen lag auf dem Frisiertisch. Neugierig wickelte sie es aus. Konnte es das Bild sein, das Mildred ihr versprochen hatte? Nein, für eine Miniatur war das Päckchen zu groß. Als sie den Deckel abhob, sah sie mehrere Lagen Seidenpapier. Plötzlich ahnte Vera, worum es sich handelte, und ihre Hände fingen zu zittern an.

Sie hatte sich nicht geirrt. Es waren das violette Kleid und der Kaschmirschal sowie eine kurze Notiz in Peters kräftiger und selbstbewusster Schrift. „Mildred stattet Sie anschließend mit den passenden Perlen aus", stand nur da, sonst nichts. In wilder Wut starrte Vera auf die knappe Zeile.

Peter bestimmte schon wieder einmal, was sie anziehen sollte, auch wenn sie sich noch so sehr wehrte. Aber sie wollte ihm unverzüglich sagen, was er mit seinem Befehl machen konnte. Schon sprang sie auf und riss das Kleid und den Schal an sich. An der Tür kam sie zur Vernunft. Peter war bestimmt noch mit den anderen Gästen zusammen, und eine Szene in aller Öffentlichkeit war nicht ihr Stil. Nun, dann würde sie ihn eben gleich morgen früh zur Rede stellen!

Früh am nächsten Morgen eilte Vera mit dem sorgfältig eingewickelten Päckchen hinunter. Sie begegnete Peter in der Hotelhalle. „Hier haben Sie das zurück", sagte sie und hielt ihm das Päckchen entgegen. Ungerührt steckte er die Hände in die Hosentaschen und betrachtete Vera dabei kühl.

„Sie brauchen die Sachen, weil Sie sie heute zur Ausstellung tragen sollen."

„Sie haben mir nichts vorzuschreiben. Ich ziehe eins meiner Kleider an", sagte sie wütend.

Sein Blick wurde eisig. „Von mir aus können Sie im Bikini in die Galerie kommen. Damit es ganz klar ist: Mich interessiert Ihre Kleidung absolut nicht. Hier geht es nur um Mildred. Falls Sie ihr überhaupt von Nutzen sind, dann nur, wenn Sie genau dem Gemälde entsprechen, das sie von Ihnen gemalt hat. Die Mitglieder der Jury können sich dadurch überzeugen, was für ein großartiges Werk sie geschaffen hat. Dazu brauchen Sie dieses und kein anderes Kleid. Warum hätte ich mir sonst wohl die Mühe gemacht, Ihnen das violette Abendkleid zu schicken?"

In diesem Augenblick kam Walsh heran und fragte: „Was haben Sie beide heute eigentlich vor?"

„Ich muss zu einer Vorstandssitzung", erwiderte Peter und wandte sich mit beißendem Spott an Vera: „Wir sind nicht alle Nichtstuer, auch wenn Sie das glauben."

Also ärgerte er sich immer noch darüber, dass sie ihn damals mit Unas Playboys gleichgesetzt hatte. Diese Tatsache verschaffte Vera eigenartigerweise eine gewisse Befriedigung.

Mildred gesellte sich auch noch zu ihnen und bat: „Könnte jemand tagsüber mit Walsh etwas unternehmen? Ich habe noch entsetzlich viel in der Galerie zu tun, und da wäre er mir im Weg."

„Bleiben nur Sie übrig, Vera." Walsh grinste vergnügt. „Kommen Sie, wir wollen die viel beschäftigten Leute nicht aufhalten. Lassen Sie uns etwas Nettes unternehmen. Oder haben Sie etwas anderes für heute geplant?"

„Nein", erwiderte sie ehrlich erfreut. „Ich mache gern mit."

„Ziehen Sie sich nicht zu fein an", riet er ihr, und sie ging auf ihr Zimmer. Dort wählte sie einen lindgrünen Hosenanzug und einen honigfarbenen Seidenpulli für den Tag mit Walsh aus.

Dass Vera ihre Kleidung gut gewählt hatte, erkannte sie an Walshs bewunderndem Blick, als sie zu ihm in sein riesiges Auto stieg. Er fuhr geschickt durch den dichten Verkehr, und bald hatten sie die Wolkenkratzer hinter sich gelassen.

„Wohin fahren wir eigentlich?" erkundigte sie sich.

„Wo es frische Luft gibt und wir uns etwas sportlich betätigen können. Sie reiten doch, nicht wahr?"

„Ja. Aber leider hatte ich in letzter Zeit keine Gelegenheit mehr dazu."

„Heute bekommen Sie die Gelegenheit", erwiderte Walsh schmunzelnd und bog in eine Nebenstraße ab, die zu einer Art Ranch führte. Das Schild am Tor besagte, dass es sich um ein Hotel handelte. Saftig weite Rasenflächen wurden von Hügeln begrenzt, und in der Ferne schimmerte ein Fluss. Alles in allem ein wahres Reiterparadies.

„Das ist eine so genannte Dude Ranch", erklärte Walsh. „Hier erholen sich die Leute, die die Stadt verlassen, aber nicht weit reisen wollen. Peter hat den Bedarf an solchen Hotels erkannt, die Ranch gekauft und völlig modernisiert."

„Peter!" rief Vera. Musste sie immer wieder von ihm hören?

„Ja. Er hat hier die Vorstandssitzung geleitet und schlug beim Frühstück vor, Sie zum Reiten herzubringen."

Schon wieder hatte er über sie bestimmt. War er vielleicht noch hier auf der Ranch? Ja! Denn jetzt kam er im Reitanzug zu ihnen hin. Anscheinend wollte er mit ihnen ausreiten. Aber da hatte er sich verrechnet. Ich mache nicht mit, dachte Vera erbost. Walsh lief bereits zu den Ställen.

„Sie brauchen sich nicht um meine Freizeitgestaltung zu kümmern", fauchte sie Peter an.

Walsh unterbrach Vera. „Sie kann reiten!" rief er Peter fröhlich zu. „Wie Sie es vermutet haben."

Widerborstig erwiderte sie: „Aber ich will heute nicht reiten. Es ist … zu warm." Etwas anderes war ihr nicht eingefallen.

„Lassen Sie mich nicht im Stich", bat Walsh. „Ich möchte Ihnen so gern meine Lieblingsstelle am Fluss zeigen. Peter leiht Ihnen zum Schutz gegen die Sonne auch einen Cowboyhut."

Peter schaute sie nur stumm an. In seinem Blick erkannte sie die deutliche Frage: Wollen Sie auch Walsh alles verderben?

Hat sich denn alles gegen mich verschworen? dachte Vera und spürte einen bitteren Geschmack im Mund. Peter drehte sich um.

„Ich hole Ihnen den Hut", sagte er nur und ging davon.

Als Vera die Pferde sah, stieg leise Erregung in ihr auf. Es waren besonders edle und gepflegte Tiere, und ihre Stute hatte sehr kluge Augen und zuckte wachsam mit den Ohren. Was für ein Unterschied zu den groben Reitstallpferden, auf denen Vera sonst immer geritten war! Ihr Herz klopfte freudig.

Peter kam mit einem echten Stetson-Hut zurück und wandte sich an den Pferdepfleger. „Danke, Jack. Ich helfe Miss Grant selbst in den Sattel."

„Ich brauche keine Hilfe", empörte sich Vera und steckte einen Fuß in den Steigbügel. Sie griff in den Sattel und zog sich hoch. Doch sie kam nicht ganz nach oben. Der Westernsattel war höher als die englischen, die Zügel viel länger und die Steigbügel festgemacht und nicht lose schwingend. Wütend glitt Vera vom Pferd.

Peter bemerkte nur: „Wenn Sie sich von mir helfen ließen ..."

Sie fiel ihm ins Wort. „Das will ich nicht. Man braucht nur die Lederriemen der Steigbügel zu kürzen. Das ist alles."

„Setzen Sie den Hut auf. Ich kümmere mich inzwischen für Sie um die Steigbügel." Blitzschnell stülpte er ihr den Hut tief über die Augen, küsste sie auf den Mund und schwang sie in den Sattel. Dann kürzte er die Bügel.

„Sie ... Sie ...", keuchte Vera, doch er lächelte nur und saß gleich darauf elegant auf dem Rücken eines großen grauen Hengstes.

Walsh ritt voraus zu seinem Lieblingsplatz. Vera und Peter folgten. Die Sonne schien angenehm warm, die Umgebung war grün und friedlich. Doch in Vera sah es gar nicht friedlich aus. Peters Kuss brannte noch auf ihren Lippen, und Zorn und Enttäuschung wechselten miteinander ab.

An ihrer Seite plätscherte und sprudelte der Fluss und schien Vera zum Singen aufzufordern. Ihr war jedoch nicht danach zumute. Als Walsh stolz auf die schöne Aussicht deutete, erwiderte sie automatisch: „Wie reizend."

„Sie sind so still", bemerkte Walsh. „Müde?"

„Vielleicht ein bisschen", redete sie sich heraus. Sofort wendete er sein Pferd, um zur Ranch zurückzureiten.

„Oder langweilen Sie sich?" fragte Peter scharf.

„Schon möglich", zischte sie und gab der Stute die Sporen.

Am Abend zog Vera das violette Kleid an. Zum letzten Mal, nahm sie sich vor. Dann legte sie die Halskette und das Armband um und ging nach unten, um Mildreds Meinung zu hören.

„Großartig. Ich bin schrecklich aufgeregt, dass eins meiner Bilder in der Ausstellung hängt. Ganz gleich, ob es den 1. Preis bekommt oder nicht", sprudelte Mildred hervor.

„Ich kann kaum erwarten, es zu sehen."

„Sie brauchen nur in den Spiegel zu blicken, Liebes."

Das wollte Vera nicht. Sie hasste das Kleid und den Schal und war immer noch wütend, als sie einige Zeit später mit Mildred und Walsh die Galerie betrat. Peter war bereits da. Vera beachtete ihn nicht und ging durch die Galerie. Die Wände hingen voller Bilder. Nur eine Stelle am Eingang war leer. Dort würde das Siegerbild aufgehängt werden. Aber welches? fragte sich Vera und machte sich auf die Suche nach Mildreds Gemälde.

Völlig überrascht blieb sie davor stehen. Das Mädchen auf der Leinwand sah ihr so ähnlich, als würde sie sich im Spiegel betrachten. Mildred hatte ein Meisterwerk geschaffen! Aber es hing zwischen den Meisterwerken der berühmtesten Künstler, die es auf der Welt gab. Vera wünschte Mildreds Bild viel Glück und trat zur Seite, um die Jurymitglieder vorbeizulassen, die den letzten und entscheidenden Rundgang unternahmen. Plötzlich hatte Vera eine Idee und handelte, ohne lange zu überlegen.

Das Porträt hing neben einer kleinen Treppe, die zur Bühne führte. Während sich die Juryleute miteinander besprachen, setzte sich Vera auf die oberste Stufe und ließ den Schal die übrigen Stufen vom Schoß herabgleiten. Es war genau dieselbe Pose wie damals auf der Terrassentreppe in der Casa.

Einer der Kritiker rief: „Hier! Das wird es sein!" Er blickte vom Porträt auf Vera und wieder zurück. „Die Ähnlichkeit und der besondere Ausdruck stimmen so genau überein, dass man kaum weiß, welches das Porträt und welches das Modell ist." Die anderen Jurymitglieder nickten zustimmend.

Beifall rauschte von allen Seiten auf, und Mildred drückte Vera an sich. Journalisten und Fernsehreporter drängten sich heran und verlangten, dass Vera sich unter das Gemälde setzte. Und dann wurde sie wieder und wieder fotografiert.

In einer feierlichen Zeremonie wurde das Bild von der Wand genommen und auf den Ehrenplatz gehängt. Mildred konnte sich vor Freude kaum fassen. Peter umarmte Mildred und sagte zu Vera: „Gratuliere." Sonst nichts.

„Wofür? Das Bild ist ein Meisterwerk und hat allein gesiegt."

„Nein, Vera", wandte Mildred ein. „Ich bin überzeugt, dass Sie mit Ihrer Pose die Entscheidung herbeigeführt haben. Wie kann ich Ihnen jemals danken? Da fällt mir ein, dass ich Ihnen und Peter die versprochenen Bilder noch gar nicht gegeben habe. Nun, hier sind sie. Ich brachte sie mit."

Aus ihrer großen Umhängetasche holte Mildred zwei kleine Schachteln heraus und hielt sie Vera und Peter entgegen. Plötzlich zögerte sie, überkreuzte die Hände und bot den beiden die jeweils andere Schachtel an. „Öffnet sie. Ich möchte sehen, ob euch die Bilder gefallen."

Vera erschrak. Warum hatte sie ausgerechnet um diese Miniatur gebeten? Vor Peter durfte sie keinesfalls die Schachtel öffnen. Aber dann würde Mildred den Grund wissen wollen, und das wäre noch viel unangenehmer. Vielleicht hebe ich nur kurz den Deckel an und sehe kurz hinein, bevor ich ihn wieder zuklappe, dachte Vera. Das müsste Mildred genügen.

Mit zitternden Fingern hob Vera den Deckel hoch. „Nun?" drängte Mildred, und Vera atmete tief durch und schaute in die Schachtel. Aus dem schönen Goldrahmen blickte ihr das eigene Gesicht entgegen!

Sie hatte sich nicht ihr eigenes Porträt gewünscht. Mildred musste sich geirrt haben. Verwirrt schaute Vera auf Mildred und dann auf Peter. Er erwiderte so eindringlich ihren Blick, dass sie noch verwirrter wurde.

Mildred beugte sich vor und lugte in Veras Schachtel. „Ach, wie dumm von mir. Ich habe die Schachteln vertauscht. Ihr müsst sie auswechseln." Dann sagte Mildred zu Walsh. „Ich habe schrecklichen Hunger. Komm, wir gehen zum kalten Büfett."

Mildred, die sonst ihren Hunger immer vergaß ... Vera wunderte sich. Sie blieb mit Peter allein zurück. Beide schwiegen. Veras Gedanken rasten. Warum sollte sie die Schachtel mit Peter tauschen? Was fing sie mit einem Porträt von Una an, das sich Peter todsicher gewünscht hatte? Und umgekehrt, was lag Peter an einem Porträt von ihr, Vera? Bestimmt nicht das Geringste.

Sie zuckte zusammen, als Peter sie am Arm nahm und sagte: „Kommen Sie. Ich muss mit Ihnen sprechen."

„Wir haben nichts miteinander zu besprechen", wehrte sie ab. Doch er zog sie rücksichtslos durch die überfüllte Halle hinaus ins Freie.

Als sie schließlich in einem ruhigen Garten angekommen waren, blieb Peter stehen, hielt Vera mit einer Hand fest und hob mit der anderen ihr Gesicht an. „Was für ein Bild haben Sie sich von Mildred gewünscht?" fragte er.

„Ich ... ich weiß es nicht mehr." Kein Mensch würde die Wahrheit aus ihr herausbekommen – vor allem Peter nicht. „Lassen Sie mich los! Sie tun mir weh."

„Ich lasse Sie erst los, wenn Sie es mir gesagt haben."

Nein, sie brachte die Worte nicht über die Lippen. Aber vielleicht konnte sie Peter mit etwas anderem hinters Licht führen. Stumm öffnete sie die Schachtel und nahm die Miniatur heraus.

„Das ist es nicht!" Peters Augen glitzerten. „Mildred sagte, sie habe sich geirrt."

„Das hat sie nicht."

„Ich will es wissen! Reden Sie, Vera. Welches Bild wollten Sie?"

„Das sage ich nicht." Veras Stimme klang wie ein Schluchzen.

„Gut. Dann tauschen wir jetzt die Schachteln aus." Peter riss Vera die Schachtel weg und gab ihr seine. „Sehen Sie hinein!" befahl er, und zögernd tat sie es.

Mildred hatte sich nicht geirrt. Veras Gesicht wurde abwechselnd blass und rot, als ihr nicht Una, sondern Peter entgegenblickte. Das war das gewünschte Bild.

Und das bedeutete ... Wie ein Blitz traf Vera die Erkenntnis. „Sie ... Sie haben sich ein Bild von mir gewünscht?" flüsterte sie entgeistert. „Warum?"

„Sie wollten ein Bild von mir. Warum?" spottete Peter. Als sie nicht antwortete, fuhr er schroff fort: „Weil Sie mich lieben. Es gibt keinen anderen Grund." Im nächsten Augenblick hatte Peter seinen Mund auf ihre Lippen gelegt. Vera wehrte sich anfangs noch, aber dann gab sie dem Sturm ihrer Gefühle nach. Peter hatte Recht. Sie liebte ihn. Doch Una stand zwischen ihnen, und Vera hauchte: „Una ..."

„Was hat sie mit uns zu tun? Ich liebe dich, Vera."

Ungläubig hob sie das Gesicht, und er fügte hinzu: „Ich habe dich vom ersten Augenblick an geliebt. Schon damals, als wir uns in Paris begegneten. Du kehrtest mir den Rücken zu und hast das seitdem immer wieder gemacht. Gib mir eine Chance. Bitte."

Peter hatte um etwas gebeten? Das konnte doch nicht wahr sein. „Ich ... ich dachte, dass du ... und Una ..."

„Nur auf Mildreds Wunsch habe ich mich um Una gekümmert. Ich hielt es schon damals für falsch, und wie sich zeigte, hatte ich Recht. Una ist übrigens zu ihrem Mann zurückgegangen. Viel zu spät, wie ich finde. Ich bat Mildred schon vor langer Zeit, Una wegzuschicken. Aber Mildred ist zu gutmütig. Sie hatte Angst, Una würde sich etwas antun. Dabei ist die viel zu sehr auf sich und ihr Wohl bedacht, um sich zu schaden. Aber als sie absichtlich in dein Surfbrett gefahren ist, war es selbst Mildred zu viel."

Zart streichelte Peter Veras seidiges Haar. „Das Feuer hat dein Haar angesengt. Zum Glück versengte es nicht auch noch dein zauberhaftes Gesicht. Das hätte ich Una nie verziehen."

„Und wenn es passiert wäre?" Vera musste es erfahren.

„Ich würde dich auch dann genauso lieben. Daran wird sich nie etwas ändern." Sein Blick versprach ihr all das Glück, das sie schon jetzt empfand und das sie in den kommenden Jahren nicht verlassen würde.

Benommen hörte sie Peter sagen: „Nach dieser üblen Geschichte setzte sich Mildred mit Unas Mann in Verbindung, der sofort nach Mallorca kam. Der arme Kerl liebt Una immer noch und will es nochmals mit ihr versuchen."

„Und ich glaubte, dass du sie liebst."

„Wie konntest du so etwas glauben, da ich doch nur dich liebe? Aber du wolltest mich nicht. Du nahmst nicht einmal das Kleid und den Schal von mir an."

„Die Nelke habe ich behalten", flüsterte Vera.

„Warum?"

„Das hast du doch vorhin selbst gesagt."

„Ich möchte es aber von dir hören."

Sie schaute in sein geliebtes, vertrautes Gesicht und antwortete kaum hörbar. „Weil ich dich liebe."

„Sag das noch einmal."

„Ich liebe dich. Ich liebe dich ..." Sie konnte es nicht oft genug aussprechen, und es fiel ihr gar nicht schwer. Peters Küsse bedeckten ihre Augen, ihre Wangen und das Haar. Nur nicht den Mund, damit Vera die Worte wiederholen konnte, die auch Peter zwischendurch immer wieder aussprach.

Erst nach langer Zeit zog Vera Peters Gesicht zu ihrem Mund herunter. Sie sehnte sich nach seinen Küssen und erschrak doch, als sie die Feuchte auf Peters Wangen spürte. Aber sie beruhigte sich gleich wieder wegen der zärtlichen Worte, die sie von diesem Mann nie erwartet hätte und mit denen er sie jetzt überschüttete.

Die Zeit schien stehen zu bleiben und sich zu einer Ewigkeit auszudehnen. Endlich lehnte sich Vera mit erhitzten Wangen und strahlenden Augen in Peters Armen zurück, und er gestand ihr voller Reue:

„Ich habe mich dir gegenüber furchtbar gemein benommen, mein kleiner Liebling. Ich zwang dich, mir den Arm zu verbinden, obwohl ich merkte, wie sehr du es hasstest. Aber nur auf diese Art konnte ich dich in meine Nähe bekommen und dich dazu bringen, mich zu berühren. Und an dem Abend, als du auf der Terrasse für uns gesungen hast, bin ich vor Eifersucht fast wahnsinnig geworden. Ich glaubte, du würdest dich vor Sehnsucht nach einem anderen Mann verzehren."

„Mein Gefühl muss viel früher als mein Verstand gewusst haben, dass ich nur für dich gesungen habe." Wie klar für Vera auf einmal alles war. „Peter, ich bin die ganze Zeit so blind gewesen."

„Nicht nur du. Ich war es genauso. Und ich bin der größte Feigling gewesen. Ich habe nicht gewagt, dir meine Liebe zu gestehen, weil ich befürchtete, du würdest mich zurückweisen. Ich wollte mir die Hoffnung, dass du eines Tages deine Meinung ändern könntest, nicht zerstören lassen. Erst Mildred hat uns beiden die Augen geöffnet. Sie gab uns ganz bewusst die falschen Schachteln."

„Wie konnte Mildred von unseren wahren Gefühlen wissen?" fragte Vera versonnen.

„Weiblicher Instinkt. Und weil sie selbst liebt. Es ist Walsh. Sie wollen nach Beendigung der Ausstellung heiraten." Peter lächelte.

„Das ist ja wunderbar!" rief Vera ehrlich erfreut. „Ich muss mir das passende Geschenk für Mildred überlegen." Angestrengt nachdenkend runzelte Vera die Stirn. Was schenkte eine arbeitslose Sekretärin einer reichen Künstlerin, die sich selbst jeden Wunsch erfüllen konnte?

„Du hast ihr bereits das schönste Geschenk gemacht, indem du ihr halfst, den 1. Preis für das Porträt zu bekommen." Peter verstand Vera so gut, dass er ihr die Schwierigkeiten anmerkte. „Du bleibst bis nach der Heirat!" befahl er. Und diesmal hörte Vera einen Befehl von ihm sehr gern. „Wir werden die beiden mit einer Einladung zu unserer eigenen Hochzeit überraschen." Er küsste Vera auf die rot gewordenen Wangen und flüsterte ihr bittend ins Ohr: „Lass uns bald heiraten, Liebling. Es war die reinste Qual, all die vielen Monate warten zu müssen. Bitte, Vera, lass mich nicht noch länger warten."

„Nur so lange, bis wir unseren Angehörigen die große Neuigkeit mitgeteilt haben", erwiderte Vera glücklich lächelnd.

„Meine Leute werden gar nicht überrascht sein. In den Briefen, die ich nach Wenbury schickte, sprach ich in jeder Zeile von dir."

Zufrieden kuschelte sich Vera ganz eng in Peters Umarmung. „Weißt du, ich bin sehr froh, dass sich nun Walsh um Mildred kümmern wird. Sie ist so weltfremd und braucht einen starken Mann, der ihr alle Hindernisse aus dem Weg räumt."

„Ich brauche dich noch viel mehr als Mildred ihren Walsh", sagte Peter leise.

Dass Peter sie brauchte und es ausgesprochen hatte, machte Vera noch viel glücklicher. Zärtlich griff sie in sein Haar und spielte mit den dunklen Locken, die sich in seinem Nacken bildeten. Danach hatte sie sich schon lange gesehnt.

„Wir werden uns in England ein Heim suchen. Ein richtiges Zuhause, kein Hotel. Ich besitze auch schon das erste Stück für unsere Einrichtung." Peter lachte über Veras neugierigen Gesichtsausdruck und beantwortete die stumme Frage: „Ich kaufte Mildred das Bild von der Windmühle und den wilden Blumen ab. Das erstand ich schon damals auf der ersten Ausstellung in Mallorca; und ich behielt es, obwohl ich kaum noch daran glaubte, dass sich meine Hoffnung jemals erfüllen würde. Es ist die Miniatur, die dir so gut gefallen hat, und ich wollte dir damit eine Freude machen."

Auf einmal wurde Peters lächelndes Gesicht sehr ernst. Er sah Vera tief in die Augen und fügte eindringlich hinzu: „Vera, ich mag mich keine einzige Minute mehr von dir trennen. Aber wird es dir mit mir nicht langweilig sein?" Diese Frage verriet ihr, wie sehr ihn Veras frühere Bemerkung getroffen haben musste.

„Langweilen? Mit dir? Nein, Peter, niemals. Das waren doch nur Una und ihre Clique, die ich damit gemeint habe."

„Ach die." Peter winkte die Erinnerung an diese Leute mit einer lässigen Handbewegung beiseite. „Ich muss dir noch etwas gestehen. Du ahnst ja nicht, wie sehr ich mir damals, als wir zusammen einkaufen gingen, wünschte, dir ein Brautkleid kaufen zu können. Es gab bildschöne weiße Kleider in diesem Geschäft."

„Ich darf an meiner Hochzeit Weiß tragen", sagte Vera.

Wie stolz und froh sie jetzt war, dass sie Lomas' Drängen nicht nachgegeben hatte und nicht seine Geliebte geworden war. Nun konnte sie sich reinen Herzens dem Mann schenken, den sie so unsagbar liebte.

Peter schaute in ihr Gesicht, und es dauerte lange, bis er die Bedeutung ihrer Worte erfasst hatte. Aber dann leuchtete sein Blick auf, und er presste Vera hart an sich. Mit heiserer, bewegter Stimme versprach er ihr: „Ich werde dir die Perlen schenken, die du zu deinem Brautkleid tragen sollst. Echte Perlen, mein Liebling."

Vera lächelte und erwiderte: „Ich möchte aber lieber Perlen von der Insel tragen, auf der ich mein Glück gefunden habe. Du brauchst kein Vermögen auszugeben, wenn du etwas Schönes bekommen willst." Darüber hatten sie schon einmal gesprochen, und nun neckte sie ihn mit ihren Worten.

„Du hast recht", stimmte Peter zu und verschlang ihr Gesicht mit seinen Blicken. „Eine Heiratsgenehmigung kostet wirklich nicht viel."

„Geizhals", scherzte Vera.

Peter lachte und pflückte von dem Rosenbogen, unter dem sie standen, eine Blüte ab, die er Vera ins Haar steckte. „Du solltest immer eine Blume im Haar tragen."

„Kaufen Sie eine Blume für die Dame", machte Vera den singenden Ruf der Zigeunerin nach.

„Das bringt Ihnen Glück", fügte Peter leise hinzu. Er blickte sie mit einem strahlenden Lächeln an. „Es ist wahr geworden, nicht wahr? Und das habe ich mir so sehr gewünscht."

– ENDE –

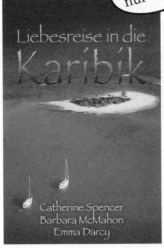

Band-Nr. 15010
8,95 € (D)
ISBN: 978-3-89941-374-8
448 Seiten

Liebesreise in die Karibik

Catherine Spencer
Samtweiche Nächte auf Bellefleure
Endlich traut Anne-Marie sich, Ethan ihre Liebe zu gestehen. Und scheint ihn damit von sich fort zu treiben.

Barbara McMahon
Ein Millionär zum Verlieben
Auf der Kairbikinsel Barbados fällt Lacey von einem Missgeschick ins nächste – und dabei immer wieder in die Arme des attraktiven Millionärs Steve …

Emma Darcy
Entscheidung auf Tortola
Welches Geheimnis umgibt die schöne Rosalie? Adam muss es einfach herausfinden und hofft, dass die sinnliche Stimmung auf Tortola ihm dabei hilft.

3 Romane nur 8,95 €

Band-Nr. 15011
8,95 € (D)
ISBN: 978-3-89941-375-5
432 Seiten

Liebesreise in 1001 Nacht

Michelle Reid
Ein Sohn für den Scheich
Leona liebt ihren Mann Scheich Hassan so sehr, dass sie ihn für sein vermeintliches Glück verlässt. Nur kann es für Hassan ohne sie kein Glück geben.

Lynne Graham
Der Wüstenpalast
In einem Palast in der Wüste erlebt Bethany was es bedeutet, von einem Mann aus vollem Herzen geliebt zu werden.

Sandra Marton
Der Falke des Nordens
Aufregender kann ein Abenteuer nicht sein: Erst wird die junge Joanna von Prinz Khalil entführt, und dann in seinem Wüstenpalast nach allen Regeln der Kunst umworben

3 Romane nur 8,95 €

Band-Nr. 15007
8,95 € (D)
ISBN-10: 3-89941-367-9
ISBN-13: 978-3-89941-367-0
448 Seiten

Liebesreise nach Cornwall

Angela Devine
Der Kuss der Rose
Rose freut sich sehr auf das Haus, das sie in einem malerischen Fischerdorf in Cornwall geerbt hat. Doch wer ist der geheimnisvolle Fremde, dem sie immer wieder über den Weg läuft?

Charlotte Lamb
Das Cottage am Moor
Ein paar herrliche Wochen in dem einsamen, idyllisch gelegenen Cottage am Moor liegen vor Juliet, als unvermittelt ihr Ex-Mann auftaucht. Wie hat er sie gefunden – und was will er von ihr?

Alison Fraser
Felsen der Liebe
Ausgerechnet Guy Delacroix ist der andere Besitzer des majestätischen Anwesens „Heron's View", das Meg geerbt hat – der Mann, der ihre Liebe vor Jahren nie erwiderte.

3 Romane nur 8,95 €

Band-Nr. 15009
8,95 € (D)
ISBN-10: 3-89941-371-7
ISBN-13: 978-3-89941-371-7
432 Seiten

Miranda Lee
Liebesreise nach Australien

Das Haus am Lake Macquarie
Wer ist die schöne Fremde, der sein Vater das Ferienhaus am Lake Macquarie vererbt hat – und die in Luke den Wunsch weckt, seine anstehende Hochzeit abzusagen?

Flitterwochen auf Dream Island
Es ist ein unmoralisches Angebot: Der attraktive Fotograf Rafe soll die rassige Isabel auf ihre Flitterwochen begleiten – und sie verwöhnen.

Traumhafte Tage in Sydney
Justin McCarthy will keine Frau in seinem Leben haben, doch nach nur einem Wochenende an der Goldküste ist er unsterblich verliebt.